미국문학의 근원과 프레임

Resources and Frames of American Literature

이 책은 2017년도 한국연구재단 대학인문역량강화사업(CORE) 지원에 의해 출판되었음.

미국문학의 근원과 프레임

Resources and Frames of American Literature

장정훈 지음

도서출판 동인

깊은 애정과 인내심을 갖고
항상 곁을 지켜준 사랑하는 아내 선경희
예쁘고 소중한 세 딸 지혜, 지은, 지원에게
이 책을 바칩니다.

| 지은이의 말 |

미국은 개척의 과정에서 인디언과 치열한 생존경쟁을 벌였고 노예제도를 둘러싸고 홍역을 겪었으며, 흑백과 이념적 갈등은 터지기 쉬운 뇌관의 상태로 남아 있다. 하지만 미국은 제1·2차 세계대전을 겪으면서 경제적·정치적 초강대국으로 성장하여 정치·경제·문화 등의 거의 모든 부분에서 그 힘과 위용을 과시하고 있다.

다민족/다문화 국가인 미국의 문학은 정부의 문화용광로정책, 즉 동화정책 때문에 다양한 문화·민족들이 섞여있고 융합되어 있다. 최근에는 흑인, 유대인, 미국 원주민(인디언), 아시아계 이민자, 그리고 라틴계 이민자 등 소수인종들의 인권 존중을 요구하는 목소리가 높아지고, 이들 소수인종 출신 작가들의 작품성이 인정되면서 기존 미국문학에 소수문학(minority literature)이 첨가되어 실로 다양하고 풍부한 문학 활동이 이루어지고 있다.

어느 나라 문학이든 그것을 충실하게 이해하기 위해서는 그 나라의 역사와 문화에 대한 이해가 선행되어야 한다. 개국 초창기의 청교도정신과 개척정신, 그리고 영국의 정신적 종속으로부터 벗어나기 위한 미국 지성인들의 노력 등에 대한 고찰이 필요하다. 또한 산업발달, 제1·2차 세계대전, 베트남 전쟁, 9·11 테러 등과 같은 시대·사회 변화에 따른 문학작품의 양상, 서술기법의 변화 등에 대한 분석이 필요하다.

문학은 시대정신의 반영이므로 역사 · 문화와 긴밀한 관계를 가진다. 따라서 작가를 길러낸 시대에 대한 역사 · 문화에 대한 고찰, 그리고 작가가 어떻게 자신의 작품에 그 시대정신을 구현해내고 있는가에 대한 분석이 동시에 이루어져야 한다. 즉 작가의 창작행위, 혹은 작품이 사회적 · 문화적 · 인식론적 맥락에서 어떤 의미를 갖는지 시대별 · 작품별로 일별해 볼 수 있는 연구서 및 교재의 필요성은 절실하다.

하지만 문화사적인 배경을 고찰하면서 미국문학에 대한 전체적인 흐름과 개괄적인 지식을 포함하고, 구체적인 작품의 해석과 평가를 보여주면서 전문적인 깊이까지 담고 있는 미국문학 개설서는 거의 없다. 지금까지 출간된 미국문학 개설서들은 번역본 중심인 데다 지나치게 소략하거나 내용이 허술하여 영문학을 전공하고 있는 일반 학생들에게 믿고 추천할만한 교재를 찾기 어렵다. 또한 기존에 출판된 〈미문학 개관〉 연구서 및 교재들은 때로 미국 혹은 미국작가에 대한 왜곡된 정보를 담고 있는 경우도 있고, 특히 최근 미국문학의 경향과 작가들에 대한 내용이 생략되어 있는 경우가 많다. 원서의 경우 그 양이 방대하여 빠른 시간 안에 미국문학에 대해 일목요연하게 정리하는 것은 실제로 불가능하다. 따라서 영문학 전공자들에게 문화와 역사에 대한 이해능력을 향상시켜줄 수 있고, 시대와 사회의 변화에 따른 문학작품의 형태와 경향, 그리고 문학적 감수성과 비평능력을 향상시킬 수 있는 연구서 및 교재 출판이 절실히 요구된다.

본 책은 북미 신대륙의 식민지 탐험 및 개척의 배경을 포함하여 식민지 시대의 초기 미국문학, 미국건국에 영향을 미친 구대륙의 합리주의 및 계몽주의 등에 의한 역사 · 문화적 사건들 및 사상적 배경 등을 우선 고찰한다. 시대별로 미국문학이 진전되어온 문학사조의 역사적 배경과 흐름, 그리고 그 특성에 대한 분석을 시도한다. 각 시대별, 문학사조별 대표작가들의 작품 개관과 그 작품의 핵심적인 특징들에 대한 문학 비평적 분석이 동시에 이루어진다. 미국문학에서 각기 구사된 서술기법의 발전 및 변화의 양상이 미시적으로, 때로는 거시적으로 비교・대조된다. 정전(正傳)에 속하는 주요 미국작가들의 작품을 비롯하여 이제까지 거의 알려지지 않았으나 문학적 가치가 높은 초기 작품, 최근의 소수인종 출신 미국작가, 그리고 서술 혹은 서사기법의 특이성을 보이는 포스트모던 작가들의 작품에 대한 분석도 이루어진다.

본 책이 미국문학을 연구하는 연구자 및 학생들에게, 또한 미국문학에 관심을 갖고 있는 일반인들에게 '미국문학의 근원과 프레임'을 이해하는 데 중요한 가이드북 및 지침서가 되기를 희망해본다.

필자는 이 책을 집필하고 출판하는 과정에서 여러 사람들의 큰 도움을 받았다. 학문적・문학적 토론 과정에서 깊고 날카로운 견해를 피력해주신 전남대학교 영어영문학과의 나희경 교수님과 철학과의 노양진 교수님, 그리고 결코 쉽지만은 않은 학자의 길을 가도록 격려해주신, 정년퇴임하신 고지문 교수님께 깊은 감사의 말씀을 올린다. 학자와 교육자로서의 모범을 보여주시고 인문학에 대한 지적 토론의 장을 함께해주신 전남대학교 영어영문학과의 교수님과 강사 선생님들, 그리고 인문대학 여러 교수님들께도 감사드린다. 이 책이 완성될 때까지 깊은 애정과 인내심을 보여준 아내와 아이들, 부모님과 형제들, 그리고 안타깝게도 생을 달리하신 장인, 그리고 언제나 격려해주시는 장모님을 비롯한 처갓집 식구들에게도 깊은 감사의 마음을 전한다. 끝으로 어려운 상황 속에서도 이 책의 출판을 결정해주신 도서출판 동인의 이성모 사장님과 실질적인 업무를 담당해주신 직원 분들께도 감사드린다.

2019년 2월
장정훈

| 차 례 |

제3장 낭만주의 시대의 미국문학(1820-1865) | 67

제4장 미국 르네상스(An American Renaissance) | 91

제7장 20세기 전반의 미국문학 | 175

제1장

식민시대 초기부터 1776년까지

1. 탐험의 문학

초기 미국의 탐험가들은 영국인이나 스페인 혹은 프랑스 사람이 아니었다. 미국 탐험에 관한 최초 유럽인의 기록은 스칸디나비아어로 되어 있다. 고대 스칸디나비아어로 된 『빈란드 전설』(*Vinland Saga*)은 크리스토퍼 콜럼버스(Christopher Columbus, 1451-1506)가 신세계를 발견하기 약 4백 년 전인 11세기 초반에 레이프 에릭손(고대 노르드어: Leifr Eiríksson, 아이슬란드어: Leifur Eiríksson)과 북유럽 유랑자 무리가 어떻게 미국의 북동부 해안[아마도 캐나다의 노바스코샤(Nova Scotia) 어딘가]에 잠시 정착하게 되었는가를 이야기하고 있다.

그러나 미국 대륙이 나머지 세계에 처음으로 알려지고 지속적인 접촉이 이루어진 것은, 스페인 지도자 페르디난드(Ferdinand)와 이사벨라(Isabella)의 후원을 받은 이탈리아 탐험가 크리스토퍼 콜럼버스에 의해서였다. 1493년에 인쇄된 콜럼버스의 일기 『에피스톨라』(*Epistola*)는 극적인 항해에 대해 다루고 있다. 여기에는 선원들이 괴물에 대한 공포감과 지구 끝에서 떨어질지 모른다는 두려움을 느꼈고, 폭동이 일어날 뻔했으며, 배가 예전의 다른 배보다 더 멀리 왔다는 사실을 선원들에게 숨기기 위해 콜럼버스가 항해일지를 속였고, 아메리카 대륙에 접근하면서 처음 본 장면에 대한 묘사 등이 담겨 있다.

바르톨로메 데 라 카사스(Bartolomé de las Casas)는 미국 인디언들과 유럽인들의 초기 접촉 상황에 대해 풍부한 정보를 제공해주고 있다. 젊은 성직자였던 그는 쿠바 정복에 도움을 주기도 했다. 그는 콜럼버스의 항해일지를 옮겨 썼으며, 훗날 스페인의 인디언 노예화에 대한 길고 생생한 비판서인 『인디언의 역사』(*Historia de Las Indias*)를 집필했다.

미국을 식민지화하려던 영국의 초기 시도들은 모두 크게 실패했다. 첫 식민지는 1585년 노스캐롤라이나(North Carolina) 해변 근처에 있는 로노크(Roanoke)에 세워졌으나, 식민지 개척자들은 이제 모두 사라졌고 오늘날에는 푸른 눈의 크로아탄 인디언(Croatan Indians)들에 관한 전설만이 남아 있다. 두 번째 식민지는 1607년에 세워진 제임스타운(Jamestown)이다. 이곳은 배고픔, 잔인함, 혼란을 참아낸 식민지였다. 그러나 당시 문헌에 미국은 풍요와 기회의 땅으로 밝게 묘사된다.

식민지화에 대한 기록은 세계적으로 알려졌으며 로노크 탐험은 토마스 해리엇(Thomas Hariot, 1560-1621)의 『신개척지 버지니아에 대한 짧고 충실한 보고서』(*A Brief and True Report of the New-Found Land of Virginia*, 1588)에 정성스럽게 기록되어 있다. 해리엇의 책은 라틴어, 프랑스어, 독일어로 바로 번역되었고, 향후 유럽인들에게 북미대륙에 대한 관심을 크게 고조시킨다.

제임스타운 식민지에 관한 주요 기록은 식민지 지도자 중 한 사람이었던 존 스미스 선장(Captain John Smith, 1580-1631)의 글을 참고할 만하다. 그는 북미대륙 버지니아(Virginia) 내의 제임스타운을 건설하고 통치하는 데 크게 기여한 군인 겸 정치가로 식민지 총독(1608-1609)으로 재직하는 동안 확고하고도 현실적인 인디언 정책을 수립하여 식민지 개척과 정착에 큰 업적을 남긴다. 『식민지 설치 이후 버지니아에서 발생한 사건과 사고』(*A True Relation of Such Occurrences and Accidents of Note as Hath Happened in Virginia Since the First Planting of That Colony*, 1608)는 식민지 초기의 정황과 기록문학의 특성을 엿볼 수 있는 귀중한 문서 중 하나로, 1607년 제임스타운 식민지를 통치하고 관리한 내용을 담은 책이다. 주로 서간체로 쓰여 있으며 당시 정착지의 삶과 인디언과의 관계를 잘 묘사하고 있다.

『뉴잉글랜드 묘사』(*A Description of New England*, 1616)는 스미스의 두 차례에 걸친 뉴잉글랜드 일대의 항해에 바탕을 둔 작품으로 식민지의 선전 및 홍보용 문헌이다. 당시 영국에서 종교적 박해를 받던 많은 청교도들은 이 작품을 읽고 감명을 받아 신대륙 행을 결심하였다고 알려지고 있다.

『버지니아와 뉴잉글랜드 전사』(*The General Histories of Virginia, New England, and the Summer Isles*, 1624)는 스미스의 가장 방대한 저서로 영국의 신대륙 이주에 대한 종합적인 역사기록물이다. 이른바 포카혼타스의 전설 같은 이야기[1]를 포함하여 동료 탐험가들의 이야기나 페스트, 기근 그리고 식인 이야기까지 잡다한 내용을 담고 있다. 하지만 여기서 주의해야 할 점이 있다. 스미스의 글은 해리엇의 정확하고 과학적인 문체와는 완전히 다른 글이다. 스미스는 지독한 낭만주의자였다. 따라서 그가 사용하는 문체는 엘리자베스 스타일(Elizabethan style)의 미사여구(Euphuism)로 화려한 문체, 비유법, 대칭적인 문장

1) 이 이야기는 포와탄(Powhattan) 추장이 총애하는 딸 포카혼타스(Pocahontas)가 추장에게 사로잡힌 스미스 선장의 생명을 어떻게 구해주는지를 들려준다. 이후 그녀의 부드러움, 똑똑함, 아름다움에 반한 영국인들은 포와탄에게 포카혼타스를 볼모로 요구했고, 그녀는 1614년 영국 신사 존 롤프(John Rolfe)와 결혼했다. 그 결혼으로 식민지 이주자들과 인디언들 사이에 8년 동안의 평화가 시작되었고, 고전하던 새로운 식민지에서 이주자들의 생존이 보장되었다.

구조를 많이 사용했다. 따라서 인디언 처녀 포카혼타스의 이야기는 사실일 수 있고, 허구일 수 있다는 것이다. 그럼에도 불구하고 포카혼타스 이야기는 미국의 역사와 관련하여 미국인의 상상력에 깊숙이 뿌리내린다.

17세기에는 해적, 모험가, 탐험가들이 부인과 자식들을 데리고 농기구나 공업도구들을 가지고 오면서 두 번째 영구적인 식민지 개척의 길을 텄다. 일기, 편지, 여행기, 항해일지, 탐험가의 재정 후원자－유럽 지도자 혹은 영국과 네덜란드의 합자회사들－에게 보내는 보고서 등에 초기 탐험의 기록이 적혀 있으며, 정착된 식민지에 대한 기록이 이를 보충해준다.

결국 영국이 북아메리카 식민지를 차지하게 되었고, 따라서 가장 잘 알려지고 선집(選集)에 가장 많이 실린 식민지 문학의 언어는 영어가 되었다. 미국의 소수문학이 20세기에 꽃을 피우게 되고 미국이 더욱더 다문화적인 성격을 갖게 됨에 따라, 학자들은 미국에 있는 다양한 민족의 유산에 대한 중요성을 재발견하고 있다. 비록 앞으로 다룰 미국문학의 역사가 주로 영어로 된 것에 집중되어 있지만, 미국문학의 근원이 전 세계적인 차원에서 시작되었다는 점은 인지할 필요가 있다.

2. 뉴잉글랜드의 식민지 시대 문학

세계 역사에서 청교도(Puritanism)만큼 지적인 식민지 개척자들은 없을 것이다. 1630년과 1690년 사이 뉴잉글랜드로 알려진 미국의 북동부 지역에는 대학교 졸업 학력을 지닌 사람들이 유럽 본국만큼이나 많았다. 이런 사실은, 당시 교육을 가장 많이 받은 사람들이 황야에서 기꺼이 생명을 내던질 것 같지 않던 귀족들이었다는 점을 생각하면 매우 놀랄만한 일이다. 자립적이고 대개 스스로 학식을 깨우친 청교도들은 눈에 띄게 예외적인 사람들이었다. 그들은 뉴잉글랜드 전역에 식민지를 세우면서 하느님의 의지를 이해하고 실행하기 위해 교육을 원했다. 청교도의 이념을 정리하면 다음과 같다.

- the depravity of man 모든 인간은 원죄 속에 태어났으며, 그들 스스로 구하기 위해 할 수 있는 일은 아무 것도 없다.
- the supremacy of divine 하느님은 그의 절대적 권능으로 자의에 따라 어떤 사람은 구하시고 다른 사람들은 멸하신다.
- predestination 하느님께서는 처음부터 누가 구원될 것인가를 인지하고 계신다.
- free-grace 인간은 구원의 은총을 구할 수도 거부할 수도 없다.
- election 신의 선민(신으로부터 선택된 사람)

청교도들에게 좋은 글은 하느님 숭배의 중요성과 영혼이 지상에서 직면하는 정신적인 위험을 철저하게 인식하도록 일깨워주는 글이었다. 청교도 스타일은 복잡한 형이상학적 시에서부터 가정생활을 적은 일기, 지나칠 정도로 현학적인 종교 역사에 이르기까지 매우 다양했다. 스타일이나 장르가 어떻든 간에 청교도의 글들이 지닌 일정한 주제는 변함없었다. 인생은 하나의 시험으로 간주되었다. 시험에서의 실패는 영원한 저주 및 지옥불로, 성공은 천국의 기쁨으로 이끈다고 청교도들은 생각했다. 세상은 하느님이 수없이 변장하는 강력한 적 사탄과 힘을 겨루는 전쟁터였다. 청교도들 다수는 예수가 지상에 다시 돌아와 인간의 고통을 종식시키고 천 년 동안의 평화와 번영을 알릴 '천년왕국'을 열렬히 기다렸다.

학자들은 청교도와 자본주의 사이의 연관성을 오랫동안 지적해왔다. 둘 다 야망, 근면, 성공에 대한 열정적인 노력에 의존하고 있기 때문이다. 청교도들은 비록 자신이 '구원'을 받아 천국으로 갈 선택받은 자에 속해 있는지 알 수 없다 해도, 세속적인 성공이 선택받았음을 보여주는 계시라고 믿었다. 부와 명예의 추구는 자신을 위해서뿐만 아니라 정신적인 건강을 도모하여 영생에 대한 약속을 확인할 수 있는 방법으로 여겨졌다.

'청지기 의식'(stewardship)이라는 개념 또한 성공을 부추겼다. 청교도들은 모든 사물과 사건을 깊은 정신적 의미를 지닌 상징으로 해석했으며, 개인의 이익 및 사회의 복지를 추구하는 것 또한 하느님의 계획을 진척시키는 것이라고 믿었다. 그들은 세속과 종교 사이에 명확한 선을 긋지 않았다. 또한 삶의 모든 것은 신의 의지가 표현된 것으로 여겼는데 이는 후에 초월주의(Transcendentalism)에서 다시 부각되는 믿음이다.

청교도 작가들은 일상적인 사건의 영적인 의미를 밝히기 위해 이를 기록하는 동시에 통상적으로 성경 구절을 인용했다. 역사는 상징적인 종교 파노라마로 신세계에 대한 청교도의 승리와 지상에서의 하느님 왕국 건설로 귀결되는 것이라고 여겼다.

뉴잉글랜드에 정착한 최초의 청교도 식민지 이주자들은 종교개혁의 진지함을 실증적으로 보여주었다. "필그림"(Pilgrims)으로 알려진 이들은, 종교박해가 있던 1608년 영국에서 그 당시에도 종교적 관용으로 유명했던 네덜란드로 이주한 작은 신앙집단이었다.

대부분의 청교도들이 그렇듯이 그들은 성경을 문자 그대로 해석했다. 그들은 고린도후서의 "그러므로 주께서 말씀하시기를 너희는 저희 중에서 나와서 따로 있고"라는 부분을 읽고 그에 따라 행동했다. 영국 국교회를 내부로부터 정화하는 것에 절망을 느낀 '분리주의자들'은 지하 교회를 형성하고 국왕 대신 교회에 대한 충성을 맹세했다. 이들은 지옥으로 떨어질 저주받은 이교도로 간주되었을 뿐만 아니라 국왕에 대한 반역자로 여겨져 박해를 받았다. 이런 차별 속에서 결국 그들은 신세계로 오게 된다.

1) 윌리엄 브래드퍼드(William Bradford, 1590–1657)

윌리엄 브래드퍼드는 분리주의자들이 아메리카에 도착한 직후 매사추세츠만(Massachusetts 灣) 식민지에 있는 플리머스(Plymouth) 지역 지도자로 선출된다. 그는 독실한 신자이자 독학자로서, "하느님의 오래된 신탁, 그 아름다움을 두 눈으로 직접 확인하기 위해" 히브리어를 배우는 등 여러 가지 언어에 통달했다.

플리머스 지도자가 되기 전에 그는 영국인들의 네덜란드 이주와 메이플라워호를 통한 플리머스로의 이동에서 활약했는데, 이를 통해 식민지 최초 역사가로서의 이상적인 자격을 갖추게 된다. 그의 『플리머스 식민지의 역사』(*Of Plymouth Plantation*, 1651)는 식민지 초기 상황을 뛰어나게 그린 작품이다. 다음은 그가 아메리카에 대한 첫인상을 적은 유명한 구절이다.

> Being thus passed the vast ocean, and a sea of troubles before in their preparation (as may be remembered by that which went before), they had now no friends to welcome them nor inns to entertain or refresh their weatherbeaten bodies; no houses or much less towns to repair to, to seek for succour . . . these savage barbarians, . . . were readier to fill their sides full of arrows than otherwise. And for the season it was winter, and they that know the winters of that country know them to be sharp and violent, and subject to cruel and fierce storm, dangerous to travel to known places, much more to search an unknown coast. Besides, what could they see but hideous and desolate wilderness, full of wild beasts and wild men.

넓은 대양, 고난의 바다를 그렇게 지난 후 그들은 이제 환영해주는 친구도 없고 유흥을 즐기거나 날씨에 지친 몸을 쉬게 할 여인숙도 없는 곳

> 에 도착했다. 집도 없었고, 구원을 청하거나 자주 방문할 수 있는 마을은 더더욱 없었으며 . . . 야만인들은 . . . 언제라도 그들의 몸에 화살을 퍼부을 준비가 되어 있었다. 그리고 그곳의 겨울이 살을 에는 듯 지독하며, 잔인하고 날카로운 눈보라가 언제라도 들이닥치리라는 것을 알고 있었기에, 알고 있는 곳을 여행하는 것도 위험했고 더군다나 알 수 없는 해안을 찾아가는 것은 더욱 위험했다. 게다가 그들이 볼 수 있었던 것은 야생 동물과 야만인으로 가득한 끔직하고 황량한 황무지였다.

브래드퍼드는 필그림들이 아직 선상에 있을 때 신세계에서의 식민지 자치에 대한 최초의 문서, "메이플라워 서약서"를 작성하기도 했다. 이 서약서는 150여 년 후에 작성되는 독립선언서의 선구자 역할을 한다.

청교도들은 신성하지 않은 귀족들이나 비도덕적인 사람들이 하는 것이라며, 춤이나 카드놀이 등의 세속적인 놀이를 인정하지 않았다. 흥미 위주의 책을 읽거나 쓰는 것도 허용하지 않았다. 청교도들은 논픽션이나 신성한 장르, 즉 시, 설교, 신학 관련 소책자, 역사 관련 글에 엄청난 에너지를 쏟아부었다. 청교도들의 개인적 일기나 명상록은 내성적이면서 동시에 열정적인 이들의 풍요로운 내면세계를 보여준다.

2) 존 윈슬롭(John Winthrop, 1588–1649)

윈슬롭은 온건파 청교도 변호사로서 매사추세츠만 식민지를 건설하고 여러 번 총독을 역임한 정치가이다. 『기독교 자비의 모델』(*A Model of Christian Charity*, 1630)은 신세계에 이주한 청교도 이주민들이 신과의 특별한 계약으로 신성한 공동체를 구성하게 되었다는 내용을 담은 설교문이다. 여기에서 그는 진정한 크리스천은 그리스도 안에서 하나의 몸이고 하나로 묶는 것은 사랑이며, 하나가 된 몸은 기쁠 때나 슬플 때나 행복할 때나 불행할 때나 함께

해야 한다고 주장한다.

『1630-1649까지 뉴잉글랜드 역사』(*The History of New England from 1630 to 1649*, 1790)는 그가 영국을 떠나기 전 1630년 부활절부터 죽기 두 달 전까지 근 20년간의 일기인데, 크고 작은 사건들을 진지하게 묘사하여 당시의 청교도 사회를 이해하는 데 매우 귀중한 사료가 되고 있다.

3) 앤 브래드스트리트(Anne Bradstreet, 1612경-1672)

미국인이 처음으로 출간한, 그리고 미국에서 여성이 최초로 출간한 책은 앤 브래드스트리트의 시집이다. 식민시대 초기에는 인쇄기가 부족했기 때문에 이 책이 영국에서 출간된 것이 놀라운 일은 아니다. 브래드스트리트는 백작의 부동산 관리자의 딸로 영국에서 태어나 그곳에서 교육을 받았다. 그녀는 18세 때 가족과 함께 미국으로 건너왔다. 그녀의 남편은 이후 보스턴(Boston)으로 성장하게 되는 매사추세츠만 식민지의 지도자가 되었다.

그녀는 계절 등 관습적인 소재를 다룬 종교적인 장시(長詩)를 선호했으나, 현대의 독자들은 그녀가 일상생활을 소재로 쓴 재치 있는 시와 남편과 아이들에게 바친 따뜻하고 사랑스러운 시들을 더 즐겨 읽는다. 그녀는 영국의 형이상학파 시로부터 영감을 받았으며, 그녀의 시집 『최근 미국에 출현한 열 번째 뮤즈』(*The Tenth Muse Lately Sprung Up in America*, 1650)는 에드먼드 스펜서(Edmund Spenser, 1552?-1599)와 필립 시드니(Philip Sidney, 1554-1586), 그리고 기타 영국시인들의 영향을 받았다. 그녀는 대개 정교하고 기발한 착상이나 확장된 은유 등을 사용하였다.

시 「내 친애하며 사랑하는 남편에게」("To My Dear and Loving Husband," 1678)는 당시 유럽에서 인기 있던 동양적인 이미지와 사랑이라는 주제, 비교법 등을 사용하고 있는데, 시의 결론에는 깊은 신앙심이 표현되어 있다.

If ever two were one, then surely we.
If ever man were loved by wife, then thee;
If ever wife was happy in a man,
Compare with me ye women if you can.
I prize thy love more than whole mines of gold,
Or all the riches that the East doth hold.
My love is such that rivers cannot quench,
Nor ought but love from thee give recompense.
Thy love is such I can no way repay;
The heavens reward thee manifold, I pray.
Then while we live, in love let's so persever,
That when we live no more we may live ever.

둘이 하나인 게 있다면 그건 분명히 우리일 거예요.
부인에게 사랑받는 남자가 있다면 그것은 당신일 거예요.
한 남자 때문에 행복한 부인이 있다면
여성들이여, 나와 한번 비교해보세요.
나는 당신의 사랑을 광산 가득한 금보다
동양의 모든 부(富)보다 더 귀하게 여겨요.
내 사랑은 강물로도 축일 수 없으며
당신의 사랑만이 내 사랑을 보상할 수 있어요.
당신의 사랑을 내가 직접 갚을 수 없으니
하늘이 당신에게 몇 배로 갚아주길 기도할 수밖에.
그러면 우리 사는 동안 사랑으로 견뎌
이 땅을 떠나면 영원히 살 수 있도록 해요.

4) 에드워드 테일러(Edward Taylor, 1644경-1729)

열정적이고 뛰어난 시인이자 성직자인 에드워드 테일러는 앤 브래드스트리트와 대부분의 뉴잉글랜드 초기 작가들처럼 영국에서 태어났다. 자작농의 아들로 태어나 교사로 일하던 테일러는 1668년에 영국 국교회에 대한 충성을 맹세하기보다는 뉴잉글랜드로 건너가기로 결심했다. 그는 하버드 대학에서 공부했으며, 대부분의 하버드 출신 성직자들이 그렇듯이 그리스어, 라틴어, 히브리어를 알고 있었다. 사심 없고 신앙심 돈독한 테일러는 이주자들을 대상으로 선교활동을 하다가 매사추세츠 중심에서 160킬로미터나 떨어진, 숲이 우거지고 황량한 벽지 웨스트필드에서 평생 목사로 활동한다. 테일러는 그 지역에서 교육을 가장 잘 받은 사람이었고, 자신의 지식을 활용해 마을의 목사, 의사, 시민의 지도자 역할을 수행한다.

겸손하고 신앙심 깊으며 근면했던 테일러는 자신의 시를 출간하지 않았는데, 1930년대에 와서야 그의 시가 발굴된다. 그는 분명 자신의 작품이 발견된 것이 신의 섭리라고 여겼을 것이다.

테일러는 장례식 비가(悲歌), 서정시, 중세 논쟁 시, 주로 순교자의 역사를 다룬 500페이지 분량의 시 「운문의 기독교 역사」("Metrical History of Christianity") 등 다양한 시를 창작했다. 현대 비평가들은 짤막한 예비 명상시 연작이 그의 최고 작품이라 평가한다.

5) 마이클 위글스워스(Michael Wigglesworth, 1631–1705)

주목할만한 뉴잉글랜드 식민지 시인 중 하나인 마이클 위글스워스는 테일러처럼 영국에서 태어나 하버드에서 공부했으며, 청교도 성직자이자 의사이기도 했다. 그는 유명한 장시(長詩) 「운명의 날」("The Day of Doom," 1662)에서 청교도적인 주제를 다루었다. 캘빈주의 교리를 대중화시킨 이 작품은 식민지 시대에 가장 인기 있었던 시이다. 이 시는 발라드 운율을 통해 저주받아 지옥으로 떨어지는 모습을 섬뜩하게 그려냈다. 그의 시는 종종 운율이 맞지 않는 등 조악했으나 사람들로부터 많은 사랑을 받았다. 이 작품은 환상적인 공포 이야기와 장 캘빈(Jean Calvin)의 권위를 결합했다. 미국인들은 2백 년 이상이 기념비적인 종교 공포 시를 암송하며 지냈다. 아이들은 자랑스럽게 이 작품을 암기했으며 성인들은 일상적인 대화 속에서 이 시를 언급하곤 했다.

이 시에 묘사된 끔찍한 처벌은 나다니엘 호손(Nathaniel Hawthorne, 1804-1864)의 『주홍글자』(*The Scarlet Letter*, 1850)에 나오는 죄의식으로 가득한 청교도 목사 아서 딤스데일(Arthur Dimmesdale)의 자학적인 상처, 그리고 허먼 멜빌(Herman Melville, 1819-1891)의 『백경』(*Moby-Dick*, 1851)에서 금지된 지식을 찾으려다 미국을 상징하는 배를 침몰시킨 뉴잉글랜드 판 파우스트인 다리 불구자 에이햅 선장(Captain Ahab)의 소름끼치는 상처와 그리 동떨어진 것이 아니다. 『백경』은 20세기 미국소설가 윌리엄 포크너(William Faulkner, 1897-1962)가 좋아했던 소설로, 포크너의 끔찍하고 심오한 작품들은 미국 프로테스탄트의 어둡고 형이상학적인 비전이 아직 고갈되지 않았음을 보여준다.

뉴잉글랜드 문학이 비록 새로운 배경과 종교적 열정, 잦은 성경구절의 언급 등으로 새로운 정체성을 지니고 있긴 하지만, 대부분 식민지 문학이 그렇듯이 초기 뉴잉글랜드의 시들 역시 모국문학의 형식과 기법을 흉내 내었다. 고립된 신세계 작가들은 빠른 운송수단이나 전자통신이 출현하기 아주 오래전에 살았던 사람들이다. 식민지 작가들은 영국에서는 이미 유행이 지난 글을 좇고 있었다. 당시 미국 최고의 시인 에드워드 테일러(Edward Taylor, 1644?-1729)가 영국에서는 이미 인기가 없어진 형이상학파 시를 썼던 것도 이 때문이다. 테일러의 시처럼 놀라운 독창성을 지닌 값진 작품들이 외딴 식민지 상황에서 자라났다.

식민지 작가들은 대부분 벤 존슨(Ben Jonson, 1572-1637) 같은 위대한 영국작가들을 몰랐던 것으로 보인다. 어떤 식민지 작가들은 다른 종교적 분파에 속하는 영국시인들을 거부하여 영어가 생산해낸 최고로 섬세하고 서정적이며 극적인 작품들로부터 자신들을 차단하게 된다. 또한 많은 식민지 이주자들은 책이 부족했기 때문에 무지할 수밖에 없었다.

당시 좋은 글쓰기, 믿음, 행동의 표본이 된 것은 공인된 영어 번역본 성경이었다. 로마 교회만큼이나 오래된 성경책은 그 연륜으로 인해 청교도의 눈에 권위적으로 보였다.

뉴잉글랜드 청교도들은 구약에 나오는 유대인 이야기에 집착했다. 유대인처럼 자신들도 진정한 유일신인 하느님에 대한 신앙 때문에 박해받고 있으며, 또한 자신들이 새로운 예루살렘, 즉 지상낙원을 세울 수 있는 선택받은 사람들이라고 믿었다. 청교도들은 구약성경의 유대인과 자신들 사이에 유사한 점이 많다고 생각했다. 모세는 이스라엘인들을 이집트에서 탈출시켰는데, 하느님의 기적적인 도움을 받아 홍해를 가른 후, 십계명의 형태로 되어 있는 신성한 율법을 하사받았다. 모세와 같이 청교도 지도자들도 자신이 영국의 영적인 타락으로부터 청교도들을 구해내고, 하느님의 도움으로 거친 바다를 기적적으로 건넜으며, 하느님의 바람대로 새로운 법령과 새로운 형태의 정부를 만들고 있다고 믿었다. 식민지 세계는 고풍스러운 경향이 있었는데, 뉴잉글랜드 또한 예외가 아니었다. 뉴잉글랜드 청교도들은 선택, 믿음, 환경적인 면 모두 고풍스러웠다.

6) **새뮤얼 시월**(Samuel Sewall, 1652–1730)

새뮤얼 시월의 『일기』(*Diary*)는 1674년부터 1729년까지를 생생하고 흡입력 있게 기록하고 있다. 시월은 브래드퍼드나 테일러에서 찾을 수 있는 초기 뉴잉글랜드 작가들과 유사한 삶을 살았다. 시월 또한 영국에서 태어났으며, 어렸을 때 식민지에 오게 된다. 그는 하버드를 졸업했으며 보스턴에 보금자리를 마련했고 법, 행정, 종교업무 경력을 쌓았다.

시월은 동시대 다른 작가들보다 늦게 태어나서 뉴잉글랜드 식민지가 엄격한 종교생활을 했던 초기 청교도 시기에서, 세속적이며 상업적인 부를 축적하는 시기로 변해가는 것을 목격할 수 있었다. 동시대 영국작가 새뮤얼 피프스(Samuel Pepys, 1633-1703)의 일기와 비견되는 시월의 『일기』는 이런 변화의 상황을 담아낸다.

피프스의 일기처럼 시월의 일기 또한 일상생활을 자세하게 기록하고 있으며, 신앙심을 지니고 잘 살아야 한다는 그의 관심을 반영하고 있다. 이 일기에는 시월이 구애 중인 여성을 위해 사탕을 조금 구입했다는 이야기와, 가발을 쓰고 마차를 이용하는 등 귀족적이고 돈이 많이 드는 일들을 좋아해야 하는지에 대한 그들의 논쟁이 담겨 있다.

7) 메리 롤랜드슨(Mary Rowlandson, 1635경-1678경)

식민지 시대에 주목할만한 최초의 여성 산문작가는 메리 롤랜드슨이다. 목사와 결혼한 그녀는 1676년 인디언 대학살 사건 당시 인디언에게 붙잡히게 되는데, 그녀는 인디언에게 포로로 잡혀 있었던 11주의 기록을 생생하고 감동적으로 그려낸다. 그녀가 쓴 책은 대학살 이후 존 윌리엄스(John Williams, 1664-1729)가 프랑스인과 인디언들에게 잡혀 포로로 보낸 2년을 그린 작품 『되찾은 포로』(*The Redeemed Captive*, 1707)와 함께 인디언에 대한 적대감정에 부채질을 했다.

당시 여성이 주로 창작한 작품들은, 쓰는 데 특별한 교육이 필요 없는 가정생활에 대한 이야기들이었다. 여성문학이 가정을 배경으로 한 리얼리즘이나 상식적인 위트 때문에 인기가 있었다고 할 수도 있다. 일례로 사라 켐블 나이트(Sarah Kemble Knight, 1666-1727)의 생생한 작품, 『일기』(*Journal*, 1825년 사후 출간)는 1704년에 그녀가 혼자서 보스턴에서 뉴욕(New York)까지 왕복여행을 했던 기록으로, 청교도 글쓰기의 특징인 바로크적 복잡성에서 벗어나 있었다.

8) 코튼 매더(Cotton Mather, 1663–1728)

대단한 현학자인 코튼 매더를 빼놓고는 뉴잉글랜드 식민지 문학 이야기를 끝마칠 수 없다. 매사추세츠만에서 4대에 걸쳐 살았던 매더 가문 중 세 번째 세대에 속하는 그는, 5백 부가 넘는 책과 팸플릿을 통해 뉴잉글랜드에 대한 글을 장황하게 적었다. 매더의 가장 야심찬 작품인 『미국에서의 그리스도의 위업: 뉴잉글랜드 교회 역사』(*Magnalia Christi Americana: Ecclesiastical History of New England*, 1702)는 일련의 전기문을 통해 뉴잉글랜드 정착의 역사를 속속들이 기록하고 있다.

이 두꺼운 책은 하느님의 왕국을 건설하기 위해 미개척지로 간 청교도들의 신성한 사명감을 반영하고 있다. 책의 구조는 미국의 대표적인 '성인들의 생애'를 순차적으로 기술한 것이다. 그의 열의는 그의 허세를 어느 정도 만회시켜준다. 그는 "나는 궁핍한 유럽에서 빠져나와 미국 해변으로 날아오면서 기독교의 경이로움에 대해 글을 적고 있다"라고 쓴다.

9) 로저 윌리엄스(Roger Williams, 1603경–1683)

1700년대로 향해가면서, 종교적 관용의 흐름을 어떻게든 막아보려는 산발적이고 무자비한 청교도의 노력에도 불구하고, 종교적 교조주의는 점차 수그러들게 된다. 목사 로저 윌리엄스는 종교에 대한 관점 때문에 고통받은 인물이다. 영국에서 재단사의 아들로 태어난 그는 1635년 뉴잉글랜드에서 자신의 종교적 관점 때문에 매서운 한겨울에 추방당했다. 존 윈슬롭(John Winthrop, 1588–1649)과 몰래 연락을 취했던 그는 인디언들과 살면서 겨우 목숨을 부지할 수 있었다. 1636년에는 로드아일랜드(Rhode Island)에 새로운 식민지를 개척하고 다른 종교를 지닌 사람들을 맞아들였다.

영국 케임브리지 대학교 졸업생인 그는 노동자에 대한 동정심을 가지고 있었고 시대와는 다른 견해를 가지고 있었다. 그의 생각은 시대에 앞서 있었다. 그는 일찍부터 제국주의를 비난했으며, 미국 땅이 인디언들의 것이므로 유럽의 왕들에겐 토지허가증을 발급할 권리가 없다고 주장하기도 했다. 윌리엄스는 또한 교회와 국가를 분리해야 한다고 주장했는데 이는 오늘날 미국정부의 기본원칙 중 하나이다. 그는 법정이 종교적인 이유로 사람들을 처벌할 힘을 지녀서는 안 된다며, 뉴잉글랜드의 엄격한 신정(神政)을 공격하는 자세를 견지했다.

평등과 민주주의를 믿었던 그는 인디언들의 평생친구였다. 윌리엄의 수많은 책들 중에는 초기 인디언 관용어 선집 중 한 권인 『미국 언어의 열쇠』(*A Key Into the Language of America*, 1643)가 있다. 이 책은 또한 그가 인디언 부족과 함께 살았던 실제 경험을 기초로 인디언들의 삶을 과감하게 묘사해 '기술민족학'의 모태가 된다. 각 장은 하나의 주제를 다루고 있는데, 예를 들어 식사법 및 식사시간 등이 한 장을 구성한다. 각 장은 주제에 관련한 인디언 단어와 문구가 논평, 일화, 그리고 결론에 해당하는 시와 결합되어 있다. 이 책의 첫 번째 장은 다음과 같은 시로 끝난다.

> If Natures Sons both wild and tame,
> Human and Courteous be:
> How ill becomes it Sonnes of God
> To want Humanity?

> 자연의 아이들이 야생적이거나 길들여졌거나 상관없이
> 인간적이고 예의 바르다면
> 신의 아이들이 인간성이 부족한 것은

얼마나 좋지 않은 일인가.

오락에 대한 장에서 그는 "사람이 스스로 기독교인이라고 부르는 수천 명 사이에서보다 이 야만인들 사이에서 자유롭고 기분전환이 되는 여흥을 더 많이 발견한다는 점은 참으로 이상한 진실이다"라고 논평했다.

윌리엄스의 인생 또한 독특하고 인상적이다. 내전이 진행되고 있을 무렵 영국을 방문했을 때 석탄 공급이 중단되자, 그는 겨울 동안 자신의 생사를 무릅쓰면서도 뉴잉글랜드로부터 런던의 가난한 사람들에게 땔나무를 배달하도록 했다. 그는 서로 다른 기독교 종파뿐만 아니라 비 기독교인에게도 종교적 관용을 베풀어야 한다는 주장을 담은 글을 쓰기도 했다.

"대부분의 이교도, 유대인, 터키인, 혹은 적그리스도적인 양심과 숭배가 모든 국가의 모든 이에게 허용되어야 한다는 것이 하느님의 의지이자 명령이다"라고 그는 『양심을 원인으로 한 피비린내 나는 박해의 가르침』(*The Bloudy Tenent of Persecution for Cause of Conscience*, 1644)에 적고 있다. 그가 지혜를 터득하게 된 계기는 상냥하고 인간적인 인디언들 사이에서 살았던 이질적인 문화 경험 때문이었음이 분명하다.

미국 식민지에서 점차 자라난 관용과 종교적 자유정신은 로드아일랜드와 퀘이커(Quakers)교도들의 본거지인 펜실베이니아(Pennsylvania)에 처음으로 자리를 잡았다. 인간적이며 관용적인 퀘이커교도, 혹은 '친구들'이라고 알려진 이들은 신성한 개인적 양심이 사회적 질서 및 도덕성의 근원이라고 믿었다.

보편적인 사랑 및 형제애에 대한 근본적인 믿음을 지녔던 퀘이커교도들은 교조적인 종교 권위에 반대하면서 매우 민주적인 종교집단이 되었다. 퀘이커교도들은 그들의 영향력에 두려움을 느낀 이들 때문에 종교적으로 엄격한 매사추세츠에서 추방당했으며, 1681년 윌리엄 펜(William Penn, 1644-1718)의 지도하에 펜실베이니아에 성공적인 식민지를 건설했다.

10) 존 울먼(John Woolman, 1720-1772)

퀘이커교도의 작품 중 가장 잘 알려진 것은 존 울먼의 『일기』(*Journal*, 1774)로, 이 작품은 자신의 내면세계를 감미롭고 순수하게 담아내어 미국과 유럽의 많은 작가들로부터 찬사를 받았던 작품이다. 이 놀라운 남성은 인디언들에게 무언가를 배울 수 있고 또 그들의 생각을 공유할 수 있을 거란 생각으로 자신의 편안한 집을 버리고 야생에서 인디언들과 함께 거주했다.

그는 자신의 욕심이 "인디언들의 삶과 그들이 믿고 살아가는 정신을 느끼고 이해하기 위한 것"이라고 소박하게 적는다. 정의를 사랑한 울먼의 관심은 자연스럽게 사회비판으로 옮겨간다. "나는 많은 백인들이 인디언들에게 럼을 팔고 있는 것을 알게 되었는데, 이는 매우 사악한 짓이다"라고 그는 단언한다.

울먼은 또한 최초의 노예제도 반대론자 중 한 명으로, 1753년에 「흑인 노예 소유권에 대한 고찰」("Some Considerations on the Keeping of Negroes")과 1762년에 「흑인 노예 소유권에 대한 고찰, 2부」("Some Considerations on the Keeping of Negroes, Part Second")라는 두 편의 에세이를 쓴다.

열렬한 인본주의자인 그는 부당하다고 생각되는 권위와 법에 대해 '수동적 복종'의 길을 택했는데, 이는 몇 세대가 지난 후 헨리 데이비드 소로우(Henry David Thoreau, 1817-1862)의 유명한 에세이 「시민 불복종」("Civil Disobedience," 1849)의 모체가 된다.

11) 조나단 에드워즈(Jonathan Edwards, 1703-1758)

존 울먼과 정반대 인물인 조나단 에드워즈는 퀘이커교가 두드러지기 17년 전에 태어났다. 울먼은 공식적인 교육을 거의 받지 못했지만 에드워즈는 고등교육까지 받았다. 울먼은 내적인 빛을 따랐지만 에드워즈는 법과 권위를 헌신적으로 따랐다. 둘 다 훌륭한 작가지만 식민지 종교의 경험 면에서 극단적인 양 축을 드러내 보인다.

에드워즈는 극단적인 의무감과 엄격한 청교도 환경에서 자랐는데, 이런 성장배경 때문에 자유주의의 물결 속에서도 엄격하고 어두운 분위기의 캘빈주의를 변호할 수 있게 된다. 그는 놀랍고 힘 있는 설교집인 『진노한 하느님 손아귀 안의 죄인들』(*Sinners in the Hands of an Angry God*)의 작가로 가장 잘 알려져 있다.

에드워즈의 설교는 지대한 영향을 끼쳐 전체 회중(會衆)을 엉엉 울게 만들었다. 하지만 사람들은 결국 이런 그로테스크한 가혹함 때문에 에드워즈가 그렇게 용감하게 변호했던 캘빈주의로부터 멀어지게 된다. 에드워즈의 교조적이고 중세적인 설교는 상대적으로 평화롭게 번성하고 있는 18세기 식민지 이주자들의 경험에 더 이상 들어맞지 않게 되었다. 에드워즈 이후 종교적 관용이라는 신선하고 자유로운 경향이 힘을 얻게 되었다.

3. 남부 및 중부 식민지의 문학

혁명 전 남부 문학은 플랜테이션(대농장)이라는 지배적인 사회·경제적 시스템을 반영하듯이 귀족적이며 세속적이었다. 초기 영국인 이주자들은 종교적 자유보다는 경제적 기회 때문에 남부 식민지에 관심을 갖게 된다.

비록 남부인 다수는 노예보다 별로 나을 것 없이 가난하게 사는 농부나 상인들이었다. 하지만 남부의 학식 있는 상류층은 엄청난 토지를 보유하고 있는 귀족층이었다. 이들의 삶은 노예제도에 의해 가능했다. 노예제도는 남부의 부유한 백인들을 육체노동으로부터 해방시켰으며, 이들에게 여가시간을 만들어주었고, 또한 아메리카 황야에서의 귀족적인 삶이라는 꿈을 가능하게 해주었다. 청교도가 강조한 근면, 교육, 성실은 거의 언급되지 않았고 대신 승마나 사냥 같은 즐거움에 대한 이야기들이 오갔다. 교회는 품위 있는 사회생활의 중심지 역할을 할 뿐, 양심을 세밀하게 검토하기 위한 재판소가 아니었다.

1) 윌리엄 버드(William Byrd, 1674–1744)

남부 문화는 자연적으로 신사 계급이라는 이상에 초점을 맞추게 되었다. 여기서 신사란 르네상스식 인간으로 농장경영도 잘하고, 동시에 그리스 고전작품도 읽을 줄 아는, 봉건시대 영주와 같은 권력을 지닌 이를 말한다.

윌리엄 버드는 남부 식민지 상류계급을 대변한다. 그는 1,040헥타르의 땅을 상속받아 7,160헥타르로 확장한 상인이자 무역인이며 대농장주였다. 3,600권의 책을 구비한 그의 서재는 남부에서 가장 큰 것이었다. 어렸을 때부터 총명했던 그는 아버지 덕택에 영국과 네덜란드의 유명 학교에서 공부하며 더욱 많은 지식을 얻게 되었다.

그는 프랑스왕실을 방문한 적이 있으며 영국왕립협회 회원이 되었고 당시 손꼽히는 영국작가들, 특히 극작가인 존 위철리(John Wycherley), 윌리엄 콩그리브(William Congreve) 등과 친하게 지냈다. 그가 영국에서 쓴 일기, 즉 『윌리엄 버드의 비밀일기』(*The Secret Diary of William Byrd of Westover*, 1709–12, 1941)는 뉴잉글랜드 청교도들의 일기와는 정반대로 환상적인 저녁식사, 화려한 파티, 호색 등에 대한 이야기로 가득했으며, 영혼 탐색에 대한 내적인 기록은 거의 존재하지 않았다.

버드는 1728년 버지니아와 노스캐롤라이나, 인접한 두 식민지를 가르는 경계선을 조사하기 위해 몇 주 동안 미개척지로 960킬로미터를 여행한 경험을 생생하게 적은 『경계선의 역사』(*The History of the Dividing Line Run in the Year 1728*)

가 오늘날 가장 널리 알려져 있다. 문명화된 신사였던 버드는 넓은 황야와 인디언들, 반쯤 미개인이 된 백인들, 야생동물들, 갖가지 어려운 상황에서 마주친 순간적인 인상들을 통해 가장 미국적이고 남부적인 작품을 창조해냈다.

그는 최초의 버지니아 식민지 이주자들을 "대부분 좋은 가정을 버린 백 명 정도의 남성들"이라며 희화화하고, 제임스타운에서 "진정한 영국인들답게 교회를 짓는 데는 50파운드도 들지 않았는데 술집을 짓는 데는 5백 파운드가 들었다"며 그곳 사람들을 조롱하기도 했다. 버드의 글은 남부 사람들이 물질적인 세계, 즉 대지, 인디언, 농장, 가축, 이주자 등에 날카로운 관심을 지니고 있었음을 보여주는 좋은 예이다.

2) 로버트 비벌리(Robert Beverley, 1673경–1722)

또 다른 부유한 농장주이면서 『버지니아의 역사 및 현황』(*The History and Present State of Virginia*, 1705, 1722)의 작가인 로버트 비벌리는 인간적이고 박력 있는 스타일로 버지니아 식민지의 역사를 기록한다. 버드처럼 그도 인디언들을 칭찬했으며 버지니아 지역에 대한 이상한 유럽적 미신들, 예를 들어 "누구든 그 동네에 오면 흑인이 된다"는 믿음 등에 대해 논평을 했다. 그는 또한 오늘날까지 남부에 남아 있는 특성인 친절함에 대해 언급한다.

인간의 사악함이나 어리석음을 아이러니, 조롱, 혹은 위트로 공격하는 문학 장르인 해학적 풍자(humorous satire)가 식민지 남부지역에 자주 등장했다. 이주민 한 무리는 『조지아 식민지에 대한 진실하고 역사적인 이야기』(*A True and Historical Narrative of the Colony of Georgia*, 1741)라는 소책자에서 조지아(Georgia)주의 박애주의적인 설립자 제임스 오글소프(James Oglethorpe) 장군을 풍자한다. 그들은 장군이 자신들을 가난하게 만들고 지나치게 일을 많이 시켜 "모욕이라는 소중한 가치"를 개발하고 "미래의 야망에 대한 걱정"을 피하도록 하고 있다며, 칭찬하는 듯 비난하고 있다.

일반적으로 식민지 남부는 가볍고 세속적이며, 유익하고 사실적인 문학 전통과 관련이 있다고 말할 수 있다. 남부 사람들은 영국의 문학적 유행을 흉내 내면서 동시에 특수한 신세계 상황을 위트와 정확한 관찰력으로 풍자함으로써 높은 상상력을 성취할 수 있었다.

3) **올라우다 에퀴아노**(Olaudah Equiano, 1745경-1797경)

올라우다 에퀴아노와 주피터 해먼(Jupiter Hammon, 1720경-1800경)은 식민지 시대에 출현한 중요한 흑인 작가들이다. 아프리카 서부 나이지리아(southeastern Nigeria)에서 온 이보(Igbo)족, 에퀴아노는 미국에서 자서전을 쓴 첫 번째 흑인으로, 그의 자서전 제목은 『아프리카인 올라우다 에퀴아노, 혹은 구스타부스 바사의 흥미로운 인생 이야기』(*The Interesting Narrative of the Life of Olaudah Equiano, or Gustavus Vass, the African*, 1789)이다.

노예설화 장르 초기의 실례인 이 책에서 에퀴아노는 자신의 고향에 대한 이야기와 서인도제도에서 붙잡혀 노예생활을 할 때 느꼈던 두려움과 인간의 잔인성을 묘사하고 있다. 기독교로 개종한 에퀴아노는 또한 기독교인들로부터 '비기독교적'으로 잔인하게 취급받았던 슬픈 이야기를 서술했는데, 그가 느꼈던 이러한 감정은 이후 아프리카계 미국인 작가들이 몇 세기 동안 강조하게 되는 민감한 주제이다.

4) **주피터 해먼**(Jupiter Hammon, 1720경-1800경)

뉴욕주 롱아일랜드(Long Island)의 흑인 노예이자 시인인 주피터 해먼은, 종교시들과 함께 아이들을 세습 노예제도 속으로 몰아가지 말고 자유롭게 해주어야 한다고 주장한 『뉴욕주 흑인들에게 바치는 연설』(*An Address to the*

Negroes of the State of New York, 1787)로 유명하다. 그의 시, 「저녁의 사색」("An Evening Thought")은 미국에서 흑인 남성이 발표한 첫 번째 시이다.

4. 인디언 구비문학

미국문학은 인디언 문화에서 구전된 신화, 전설, 민담, 민요 등의 구비문학으로부터 시작한다. 북아메리카에 있던 5백 개 이상의 인디언 언어와 부족문화 속에 기록문학은 존재하지 않았다. 반면 미국 원주민의 구비문학은 매우 다양하다. 나바호(Navajo)족 같은 반 유목부족의 사냥문화에서 나온 이야기는, 푸에블로(pueblo)에 거주하는 아코마(Acoma)족 같은 농업중심의 정착부족의 이야기와 다르다. 또한 오지브와(Ojibwa)족과 같은 미국북부 호숫가 정착부족들의 이야기는 호피(Hopi)족과 같은 사막지역 부족들의 이야기와 확연히 다르다.

인디언 부족들은 신이나 동물, 식물이나 신성한 인물을 숭배하는 자체 종교를 지니고 있었다. 인디언들의 통치형태는 민주주의로부터 원로회, 신탁정치까지 다양했다. 이렇게 부족마다 다른 점들이 구비문학에 스며들어 있다.

인디언의 이야기들은 공통적으로 정신적인 어머니로서 자연에 대한 존경심을 표현한다. 자연은 살아 숨쉬며, 또한 영적인 힘을 지닌다. 그래서 인디언들 이야기에는 동물이나 식물, 그리고 한 부족이나 개인과 연관된 토테미즘이 자주 등장한다. 미국문학에서 인디언들의 성스러움에 대한 개념과 가장 가까운 것은 랠프 월도 에머슨(Ralph Waldo Emerson, 1803-1882)이 주장한 모든 생명체에 존재하는 초월적인 힘인 대령(大靈, Over-Soul)이다.

멕시코 부족들은 톨텍(Toltec)과 아즈텍(Aztec)의 신(神)인 케찰코아틀(Quetzalcoatl)을 받들었으며, 다른 부족들 또한 높은 신이나 그로 인한 문화를 지니고 있었다. 그러나 유럽처럼 하나의 절대적인 신에 대한 표준화되고 긴 종교적 이야기는 존재하지 않는다. 유럽 구세대의 영적인 이야기들과 가장 가까운 것은 샤먼의 입문의식이나 여행에 관한 이야기이다. 샤먼 이야기들과는 다른 오지브와족의 마나보조(Manabozho)나 나바호족의 코요테(Coyote) 등 문화적 영웅에 대한 이야기들도 있었다. 문화적인 영웅 트릭스터(Trickster)들에 대한 묘사는 다양하게 이루어진다.

트릭스터는 한 이야기에서 영웅처럼 행동하는가 하면, 다른 이야기에서는 이기적이고 어리석은 인물로 등장한다. 스위스 심리학자 칼 융(Carl Gustav Jung, 1875-1961) 등을 비롯한 학자들은 트릭스터에 관한 이야기가 정신의 도덕과 관계없는 열등한 면을 표현하는 것이라며 경시했지만, 인디언 출신을 포함한 최근의 학자들은 그리스 신화에서 존경받는 영웅들인 오디세우스(Odysseus)와 프로메테우스(Prometheus) 또한 본질적으로 트릭스터였다고 지적한다.

서정시, 성가, 신화, 동화, 우스갯소리, 주문, 수수께끼, 속담, 서사시, 전설 등 거의 모든 구비문학 장르가 미국 인디언 문학에 나타난다. 조상이나 부족 이동에 관한 이야기가 매우 많았으며, 몽환적인 노래(vision-song)나 치유의 노래, 그리고 트릭스터 관련 이야기들 또한 풍부했다. 창조설화들은 특히 인기가 있었다. 세부 내용은 조금씩 다르지만 많은 부족들 사이에서 전해지던 유명한 설화 중 하나는, 세상을 지탱하고 있는 거북이 이야기이다. 샤이엔(Cheyenne)족의 설화에 따르면 창조주 마헤오(Maheo)에게는 물로 구성된 우주로부터 세상을 만들어낼 수 있는 기회가 네 번 있었다고 한다.

> He sends four water birds diving to try to bring up earth from the bottom. The snow goose, loon, and mallard soar high into the sky and sweep down in a dive, but cannot reach bottom; but the little coot, who cannot fly, succeeds in bringing up some mud in his bill. Only one creature, humble Grandmother Turtle, is the right shape to support the

mud world Maheo shapes on her shell—hence the Indian name for America, "Turtle Island."

그는 물새 네 마리를 보내 우주의 밑바닥에서 흙을 끌어올리도록 했다. 흰기러기, 되강오리(loon), 청둥오리가 하늘 높이 올라간 후 세차게 곤두박질하여 잠수했지만 바닥에는 닿을 수 없었다. 한편 날지 못하는 작은 검둥오리는 자신의 부리에 약간의 진흙을 가져오는 데 성공했다. 마헤오는 진흙을 소박한 할머니 거북이 등에 붙였다. 오직 할머니 거북만이 진흙으로 만든 세상을 지탱할 수 있는 올바른 모양을 등에 지니고 있었기 때문이다. 그래서 인디언들은 미국을 '거북섬'(Turtle Island)이라고 부른다.

설화처럼 노래나 시 또한 신성한 것에서부터 가볍고 유머가 가득한 것까지 다양했다. 자장가, 전투가, 사랑노래, 그리고 아이들 놀이, 노름, 다양한 허드렛일, 마법, 무도의식 등과 관련된 민요가 있었다. 일반적으로 민요들은 반복적이었다. 꿈을 묘사한 짧은 시-노래(poem-song)는 일본 단시(短詩)인 하이쿠(haiku, 俳句)나 동양의 영향이 느껴지는 이미지즘 시를 연상시킬 정도로 투명한 심상과 섬세한 분위기를 지니고 있었다. 다음은 치피와족의 노래이다.

A loon I thought it was
But it was
My love's
splashing oar.

되강오리인 줄 알았는데
그것은
내 사랑이
노 젓는 소리였다네.

대개 매우 짧은 몽환적인 노래들은 또 하나의 특유한 양식이다. 꿈속에서나 환영 속에서, 때때로 불쑥 나타나는 이 노래들은 치유적이거나, 사냥에 관련되어 있거나, 혹은 사랑에 관한 노래일 경우가 많았다. 대부분의 몽환적인 노래는 다음의 모독(Modoc)족의 노래처럼 개인적이었다.

I
the song
I walk here.

나는
노래
이곳을 걷는다.

인디언의 구전 전통과 전체 미국문학의 관계는, 미국문학 연구 분야에서 자료가 매우 풍부하면서도 적게 탐구된 주제 중 하나이다. 미국에 대한 인디언의 공헌은 사람들이 믿는 것보다 훨씬 더 방대하다. 일례로 인디언 단어 수백 개가 현재 미국에서 일상적으로 사용되고 있다. canoe(카누), tobacco(담배), potato(감자), moccasin(가죽구두), moose(큰사슴), persimmon(감), raccoon(너구리), tomahawk(토마호크, 전투용 도끼), totem(토템) 등이 바로 인디언 단어에서 유래한 것들이다.

제2장

민주주의 기원 및 혁명세대 작가들 (1776-1820)

미국이 영국에 대항하여 힘들게 싸운 독립혁명(1775-1783)은 최초로 식민 권력에 저항한 현대 전쟁이었다. 당시 많은 이들에게 미국의 독립 쟁취는 미국과 미국인들이 위대한 업적을 이룰 운명을 지니고 있음을 보여주는 신의 계시처럼 보였다. 군사적 승리는 새로운 문학에 대한 희망을 부채질했다. 하지만 혁명 당시나 직후에는 뛰어난 정치적 글들을 제외하고는 주목할만한 작품들이 거의 나오지 않았다.

미국의 저술들은 영국에서 혹평을 받았다. 미국인들은 자신들이 영국의 문학적 모델에 지나칠 정도로 의존하고 있음을 고통스럽게 인식했다. 독자적인 문학 추구가 전국적인 강박관념이 되었다. 1816년 미국의 한 잡지 편집자는 "종속 상태는 치욕으로 가득한 퇴보 상태이며, 우리 자신이 생산하는 것들에 대해 해외의 정신에 의존한다는 것은 게으름이라는 죄 속에 어리석음이라는 나약함을 더하는 것이다"라고 표현했다.

군사혁명과 달리 문화적 혁명은 강요에 의해 쟁취할 수 있는 것이 아니라 공유된 경험의 토양에서 자라나야만 하는 것이다. 문화적 혁명은 사람들의 마음을 표현하는 것이며, 새로운 감수성과 풍부한 경험으로부터 점진적으로 나오는 것이다. 미국이 문화적 독립을 얻어내기까지는 50년간의 축적된 역사가 필요했다. 그리하여 워싱턴 어빙(Washington Irving, 1783-1859), 제임스 페니모어 쿠퍼(James Fenimore Cooper, 1789-1851), 랠프 월도 에머슨((Ralph Waldo Emerson, 1803-1882), 헨리 데이비드 소로우(Henry David Thoreau, 1817-1862), 허먼 멜빌(Herman Melville, 1819-1891), 나다니엘 호손(Nathaniel Hawthorne, 1804-1864), 에드거 앨런 포(Edgar Allan Poe, 1809-1849), 월트 휘트먼(Walt Whitman, 1819-1892), 에밀리 디킨슨(Emily Dickinson, 1830-1886) 등 위대한 미국작가 1세대가 탄생한다. 미국의 문학적 독립은 지속적인 영국과의 동일시, 영국이나 고전문학 모델에 대한 지나친 모방, 그리고 출판을 막고 있던 정치상황 때문에 느리게 이루어졌다.

애국심으로 충만했던 혁명기 작가들은 어쩔 수 없이 자의식을 가질 수밖에 없었는데, 자신들의 미국적 감수성에서 뿌리를 찾을 수 없었기 때문이다. 혁명세대의 식민지 작가들은 영국에서 태어나 어른이 될 때까지 영국시민으로 성장했으며, 영국적인 생각과 영국적인 의상 및 행동양식을 습득한 사람들이었다. 그들의 부모와 조부모는 영국인이거나 유럽인이었고 친구들도 마찬가지였다. 뿐만 아니라 미국의 문예사조는 영국에 비해 시간적으로 훨씬 뒤처진 상태였으며, 이러한 상황은 모방을 더욱 부추겼다. 그들은 주로 조지프 애디슨(Joseph Addison, 1672-1719), 리처드 스틸(Richard Steele, 1672-1729), 조나단 스위프트(Jonathan Swift, 1667-1745), 알렉산더 포프(Alexander Pope, 1688-1744), 올리버 골드스미스(Oliver Goldsmith, 1728-1774), 새뮤얼 존슨(Samuel Johnson, 1709-1784) 등 영국의 신고전주의 작가들을 주로 모방했다.

새로운 국가를 서둘러 건설해야 했기에 미국정부는 재능 있고 교육받은 이들을 정치, 법률, 외교 분야에 끌어들였다. 당시 지식인들의 입장에서 보면 이런 분야로의 진출은 명예와 영광, 그리고 경제적 안정을 가져다주는 일이었다. 반면 글쓰기는 돈이 되지 않았다. 이제 막 영국에서 분리된 미국의 초기 작가들은 현대적인 출판사, 독자, 적절한 법적 보호 등을 찾을 수 없었다. 편집이나 유통, 광고 또한 초보적인 수준이었다.

1825년까지 대부분 미국작가들은 자신들의 작품을 출간하기 위해 출판비를 지불했다. 따라서 워싱턴 어빙을 비롯한 뉴욕의 니커보커 그룹(Knickerbockers), 그리고 '하트퍼드 위츠'(Hartford Wits)로 알려진 코네티컷 시인 그룹(The Connecticut Wits, 신고전주의) 등 시간적으로 여유 있고 경제적으로 부유한 사람들만이 글쓰기에 전념할 수 있었다. 예외적인 인물도 있었다. 바로 가난한 서민 출신의 작가 벤저민 프랭클린(Benjamin Franklin, 1706-1790)으로, 그는 인쇄업자였기 때문에 자신의 작품을 출간할 수 있었다.

찰스 브록든 브라운(Charles Brockden Brown, 1771-1810)은 당시의 상황을 전형적으로 보여주는 작가이다. 흥미로운 고딕소설을 창작한 브라운은 글로 생계를 유지하려고 했던 미국 최초의 전업 작가였다. 그러나 그의 짧은 생애는 가난에서 벗어나지 못한 채 막을 내렸다.

독자의 부족 또한 문제였다. 미국에서 소양을 지닌 소수의 독자들은 주로 유명한 영국작가들의 작품을 읽었다. 이는 식민지였던 국가들이 과거 통치 국가를 맹목적으로 존경하는 풍토에 어느 정도 기인한다. 하지만 근본적으로 당시 미국작품의 수준은 낮았다고 볼 수 있다. 단지 저널리즘만이 경제적인 보상을 해주었으며, 일반 독자들은 길고 실험적인 문학작품이 아니라 가볍고 읽기 쉬운 시나 시사적인 짧은 수필을 원했다.

적절한 저작권법의 부재는 미국문학 정체의 가장 명백한 원인이었을지도 모른다. 영국 베스트셀러들의 해적판을 찍어내는 미국 인쇄소들이 미국작가의 알려지지 않은 작품에 돈을 지불하기를 꺼려한 것은 이해할만한 일이다. 외국서적을 허가받지 않고 다시 인쇄하는 것은 프랭클린 같은 인쇄업자들에게 수입의 원천이 되었을 뿐만 아니라, 고전 및 위대한 유럽서적들로 미국대중을 교육시킨다는 명분이 되기도 했다.

저작권법의 부재가 초기 출판업자들에게 수익을 가져다주었기에 그 누구도 나서서 이 법을 개정하지 않았다. 해적 행위는 미국의 혁명작가들 1세대를 굶주리게 만들었다. 그럼에도 불구하고 다량으로 공급되는 값싼 해적판 외국서적과 고전작품은 새로운 국가 설립 후 50년 동안 최초의 위대한 미국작가들을 비롯하여 많은 미국인에게 교양을 제공해주었다. 미국의 낭만주의가 도래했던 1825년경이 되어서야 드디어 위대한 미국작가들이 그 모습을 드러내게 된다.

1. 계몽사상(Enlightenment)

본질적으로 계몽사상은 자연과 인간과 신에 대한 태도에 있어서, 초자연론으로부터 합리주의에로의 전환을 의미한다. 전통적인 교의를 포기한 사람들은 자연의 경이와 놀라운 섭리에 대해 별로 관심이 없었으며, 오히려 초자연적인 힘보다는 과학적인 법칙에 의해 운행되는 우주의 일반적이며 규칙적인 양상에 대해 보다 관심이 있었다. 계몽운동 기간 인간의 이성이 최상의 위세를 떨쳤다. 이성에 의해 자연법칙을 배울 수 있으며, 우주와 조화를 이루어 목적을 달성할 수 있었다. 인간은 이제 더 이상 원죄의 희생물이 아니며, 따라서 인간은 성서와 성직자의 도움 없이도 자신의 이성을 통해 자기자신을 개선시킬 수 있다고 믿게 된다.

> They shared Enlightenment belief that human intelligence (or 'reason') could understand both nature and man. Unlike the Puritans—who saw man as a sinful failure—the Enlightenment thinkers were sure man could improve himself and wanted to create a happy society based on justice and freedom. (High 15)
>
> 그들은 인간이 자신의 지성(혹은 이성)으로 자연과 인간을 이해할 수 있다는 계몽주의적 믿음을 공유했다. 인간을 죄를 범한 실패자로 보았던 청교도 인들과는 달리, 계몽주의 사상가들은 인간은 자기 자신을 개선시킬 수 있다고 확신했고 정의와 자유에 근거한 행복한 사회를 창조하기를 원했다.

자연종교라고 할 수 있는 이신론(Deism)은 이러한 사상적 변화로부터 발전한다. 신은 단지 자연법칙을 통해서만 자신의 모습을 드러내고 인간은 이성을 통해서만 신을 이해할 수 있다는 것이다. 이신론자들은 이성과 과학을 신뢰하고, 인간의 선천적 도덕의식을 믿었으며, 고결한 생활을 주장했다. 이신론은 신에 대한 신념과 이성주의(rationalism)와의 결합이라고 볼 수 있다.

이신론의 주요 명제는 다음과 같다.

첫째, 제1원인인 초월적 하느님이 우주를 창조하셨으나 스스로 운행되도록 내버려두셨다. 따라서 하느님은 내재하지 않으며, 완전한 인격도 아니시고 인간사의 주관자도 섭리자도 아니다.

둘째, 우주는 폐쇄 체계 안에서 인과율의 일치체로 창조되었기 때문에 결정론적 성격을 지닌다. 따라서 어떠한 기적도 일어나지 않는다.

셋째, 인간은 인격체이지만 우주라는 기계의 한 부품이다. 즉 사람은 하느님과 본질적 관계(원형과 형상의 관계)를 맺고 있지 않으며, 따라서 자신이 살고 있는 체계를 초월할 방도가 없다. 인간의 성품은 하느님의 속성에 근거를 두는 것이 아니다. 따라서 더 나은 존재가 될 희망도 없다.

넷째, 우주, 즉 세상은 타락했거나 비정상적인 상태에 있는 것이 아니라 정상적인 상태에 있다. 인간은 우주를 알 수 있고 우주를 연구함으로써 하느님이 어떤 분인지 확실히 알 수 있다.

다섯째, 우리는 일반 계시에 국한된다. 우주는 정상이기 때문에 뭣이 옳은가를 보여준다. 그렇다면 선과 악의 구분은 존재하지 않으며, 악은 존재하지 않게 된다.

여섯째, 창조시에 역사의 과정이 정해졌기 때문에 역사는 직선적이다.

제임스 사이어(James W. Sire) 교수는 『기독교 세계관과 현대사상』(*The Universe Next Door: A Basic Worldview Catalog*)이라는 책에서 이신론이 명맥을 유지할 수 없었던 이유로, 이신론이 선과 악의 구분을 지워버림으로써 윤리가 설 자리를 삭제해버렸고, 개별에서 완벽한 보편을 추출하려는 시도 자체가 불가능하다는 점을 지적한다. 이신론이 내세우는 신의 이해에 대한 이성적 태도는 결국 믿음이라는 도약 없이는 한계에 부딪힐 수밖에 없을 것이다. 또한 이성적 판단 자체가 항상 옳다고 볼 수도 없을 것이다.

1) **벤저민 프랭클린**(Benjamin Franklin, 1706–1790)

데이비드 흄(David Hume, 1711-1776)이 "미국 최초의 위대한 작가"라고 불렀던 벤저민 프랭클린은 인간 이성이라는 계몽주의적 이상을 구현했다. 실천적인 인물이었음에도 불구하고 이상주의자였던 프랭클린은 근면하여 크게 성공했고, 자신의 어린 시절을 유명한 작품 『자서전』(*Autobiography*)에 기록했다. 작가, 인쇄업자, 출판업자, 과학자, 박애주의자, 외교관이었던 그는 당시 가장 유명하고 존경받는 평민 출신의 사람이었다. 그는 미국에서 처음으로 자수성가한 사람이었으며, 귀족중심 시대에 태어난 가난한 민주주의자로 모범을 보여 미국이 귀족사회에서 벗어날 수 있는 기틀을 마련했다.

프랭클린은 이민 2세였다. 양초 제조업자였던 그의 청교도적인 아버지는 1683년에 영국에서 매사추세츠주 보스턴으로 건너왔다. 프랭클린의 삶은, 계몽주의가 능력 있는 개인에게 끼치는 영향을 여러모로 보여준다. 독학을 통해 존 로크(John Locke, 1632-1704), 샤프츠버리(Anthony Ashley Cooper, Third Earl of Shaftesbury, 1671-1713), 조지프 애디슨(Joseph Addison, 1672-1719), 그리고 여타 계몽주의 작가들의 작품들을 두루 섭렵한 프랭클린은 자신의 삶에 이성을 적용하고, 자신의 이상을 무너뜨리려 위협할 경우 전통, 특히 오래된 청교도 전통과도 단절해야 한다는 것을 계몽주의 작가들로부터 배웠다.

젊었을 때 프랭클린은 여러 언어를 독학으로 습득했고, 폭넓은 독서를 했으며, 대중을 위한 글을 창작했다. 보스턴에서 펜실베이니아주 필라델피아로 이주했을 때, 그는 이미 상류층이 받아야 할 교육을 마친 것과 다름없는 상태였다. 그는 근면함, 꼼꼼한 일 처리, 지속적인 자기성찰, 더 나아지려는 욕망 등 청교도의 자격을 갖추고 있었다. 이타적이었던 프랭클린은 일반인들이 자신의 통찰력을 공유하여 성공할 수 있도록 하기 위해, 미국적인 장르인 자기계발서적을 최초로 만든다.

프랭클린의 『가난한 리처드의 달력』(*Poor Richard's Almanack*)은 1732년에 시작되어 몇 년 동안 지속해서 발간된다. 이 연간 서적은 늙은 에이브러햄(Abraham) 목사와 가난한 리처드 등 재미있는 등장인물을 통해, 뼈가 있는 기억할만한 잠언들로 독자들을 훈계한다. 여기에는 매년 날씨와 같은 일상의 정보는 물론 시, 속담, 점성술, 및 천문학적 정보를 담고 있으며 근면, 검소, 인내, 자기 향상, 경제적 자립, 사회에서의 지위와 부의 획득을 위한 수단으로서 이러한 미덕이 강조된다. 그리고 근면, 검소, 인내, 절약, 경건한 신앙 등 철저한 청교도로서의 덕성도 강조된다. 리처드는 자기 향상을 강조한 전형적인 자수성가형 이미지를 부각시킴으로써 소위 아메리칸 드림을 구현한 상징적 인물로 존경받는다.

여기에 실려 있는 「부(富)에 이르는 길」("The Way to Wealth")이라는 글에서 "평범하고 깨끗한 노인이며 하얀 머리카락을 지닌" 에이브러햄 목사는 가난한 리처드에게 "현명한 사람에게는 한마디면 족하다," "하늘은 스스로 돕는 자를 돕는다," "일찍 자고 일찍 일어나면 건강하고 부유하고 현명하게 된다" 등의 구절을 인용한다. 가난한 리처드는 "근면은 빚을 갚고 절망은 빚을 늘린다"는 식의 심리학적인 말을 하기도 하고, "근면은 행운을 가져다주는 어머니이다"라며 열심히 일하도록 충고하기도 한다. 그는 "오늘의 하나가, 내일은 두 가지 가치가 있다"며 게으르지 말 것을 권한다.

때로 그는 자신의 관점을 예시하기 위해 일화를 만들어내기도 한다. "사소한 태만이 큰 불행을 가져올 수 있다. 못 하나가 없어서 편자는 못 쓰게 되었고, 편자 하나가 없어서 말은 쓸모없게 되고, 말이 없으므로 기수가 길을 잃고 적에게 잡혀 살해되었다. 이것은 모두 말, 편자, 못에 대한 애정이 없었기 때문이다." 프랭클린은 교훈적인 표현을 요약하는 데 천재적이어서 "한 가지 악덕을 유지하는 힘이라면 아이 둘은 키울 수 있다," "조그만 구멍이라도 거대한 배를 침몰시킬 수 있다," "바보들은 맛있는 음식을 만들고 현명한 사람들은 그것을 먹는다" 등의 표현을 사용했다.

프랭클린의 『자서전』(*The Autobiography*)은 부분적으로 또 하나의 자기계발서이다. 자신의 아들에게 충고하기 위해 쓴 이 책은 자신의 유년을 다루고 있다. 가장 유명한 부분은 자기수양에 대한 과학적인 계획을 묘사하는 부분이다. 프랭클린은 절제, 침묵, 질서, 결단, 절약, 근면, 성실, 정의, 중용, 청결, 평온, 순결, 겸손 등 13가지 덕목을 나열한다. 그는 각 덕목마다 잠언을 하나씩 연결시켰는데, 예를 들어 절제에 대한 잠언은 "몸이 거북할 정도로 먹지 말고 기분이 흐트러질 정도로 마시지 말라"는 것이다. 실천적인 과학자였던 프랭클린은 자신을 실험주체로 하여 완벽성이라는 개념을 실험한 사람이다.

좋은 습관을 기르기 위해서 프랭클린은 다시 사용할 수 있는 달력 형태의 일지를 만들어 날마다 한 가지 덕목을 실행했다. 또한 잘못했던 일도 모두 기록했다. 그의 이론은 현대의 행동심리학을 미리 보여준 것으로, 그 체계적인 기록 방법은 현대 행동교정 방식을 예고하고 있다. 자기수양 계획은 완벽성이라는 계몽주의적 믿음과 도덕적 자아성찰이라는 청교도적 행동을 결합한 것이다.

프랭클린은 일찍이 글쓰기가 자신의 생각을 가장 잘 진척시킬 수 있다는 사실을 깨닫고 글쓰기 자체를 목적이 아닌 수단으로 삼아 유연한 산문 스타일을 정교하게 완성했다. 그는 "배운 것을 쓰고 일반인들의 표현으로 말하라"고 충고했다. 과학자인 그는 "긍정적인 표현, 명백한 의미, 자연스러운 평이함이 모든 것을 가능한 한 수학적인 단순함에 이르도록 하기에, 정밀하고 꾸밈없고 자연스러운 구사 방법을 사용하라"는 영국왕립과학회의 1667년 지침을 따랐다.

부와 명성에도 불구하고 프랭클린은 민주적인 감각을 잃지 않았으며, 1787년 미국 헌법이 작성될 때도 중요한 역할을 했다. 그는 말년에 노예제도 폐지협회의 회장을 지냈다. 그리고 그가 생애 마지막으로 시도한 일들 중 하나는 세계의 공교육을 장려하는 것이었다.

2) 헥터 세인트 존 드 크레브쾨르
(Hector St. John de Crevecoeur, 1735–1813)

또 다른 계몽주의 인물로는 헥터 세인트 존 드 크레브쾨르가 있다. 그의 『미국 농부의 편지』(*Letters from an American Farmer*, 1782)는 미국이 평화, 부, 자부심 등의 기회를 제공한다는 인상적인 개념을 유럽인들에게 전했다. 미국인도 농부도 아닌, 혁명 전 뉴욕시 외곽에 대농장을 보유하고 있었던 프랑스 귀족 크레브쾨르는 식민지 이주민들의 근면성, 인내심, 점진적 번영 등을 12편의 편지로 열정적으로 칭찬했다. 이 편지들은 미국을 농업의 천국으로 묘사했으며, 이러한 관점은 이후 토마스 제퍼슨(Thomas Jefferson, 1743-1826)과 랠프 월도 에머슨(Ralph Waldo Emerson, 1803-1882)을 비롯한 수많은 작가들에게 영감을 준다.

크레브쾨르는 미국과 미국의 새로운 특성에 대해 사려 깊은 관점을 피력한 최초의 유럽인이었다. 그는 『미국 농부로부터 온 편지들』(*From Letters from an American Farmer*)의 「미국인은 누구인가」("What Is an American?")라는 에세이에서 미국의 특징을 묘사하는 '용광로'(melting-pot) 이미지를 처음으로 사용한다.

> What then is the American, this new man? He is either an European, or the descendant of an European, hence that strange mixture of blood, which you will find in no other country. I could point out to you a family whose grandfather was an Englishman, whose wife was Dutch, whose son married a French woman, and whose present four sons have now four wives of different nations. . . . Here individuals of all nations are melted into a new race of men, whose labours and posterity will one day cause great changes in the world.

> 미국인, 이 새로운 인류는 누구인가? 그는 유럽인이거나 유럽인의 후손 둘 중 하나, 따라서 다른 나라에서는 찾아볼 수 없는, 혈통이 이상하게 섞인 사람이다. 나는 당신에게 네덜란드 출신 부인을 둔 영국인 노인과 프랑스 여성과 결혼한 그의 아들, 그리고 각기 다른 나라에서 온 네 명의 부인과 같이 살고 있는 손자들이 있는 가정을 소개할 수 있다. . . . 이곳에서 모든 국가의 개인들이 새로운 인종의 사람들과 섞이게 되고 그들의 자손들은 언젠가 세상에 변화를 가져올 것이다.

그는 이주자들이 신세계에 이루어놓은 변형(metamorphosis)을 강조하며, 미국의 이상화와 미래에 대한 낙관론을 피력한다.

3) 토마스 제퍼슨(Thomas Jefferson, 1743–1826)

제퍼슨은 미국 독립선언문을 기초했고 지방분권적인 민주주의 합중국을 제창한 정치가이다. 그는 미국의 공화당을 창설하고 나중에 미국의 제3대 대통령이 되었다. 제퍼슨은 버지니아 출신으로 독학으로 공부하여 버지니아의 명문인 윌리엄앤드메리 대학(College of William and Mary)에서 2년 동안 수학하고 법률가의 꿈을 키우던 중 버지니아 식민지의회 의원으로 선출되어 40여 년 동안 공직에 봉사하였다. 그는 "사람 밑에 사람 없고 사람 위에 사람 없다"와 "모든 사람은 신 앞에 평등하다"라는 명언을 남겼다. 그는 『버지니아주에 대한 노트』(*Notes on the State of Virginia*, 1785)에서 버지니아주의 사회적 · 정치적 역사를 기술하는데, 이곳에는 그의 정치적인 신념이 피력되어 있다. 여기서 제퍼슨은 노예제도를 반대하는 입장을 표명한다.

4) 알렉산더 해밀턴(Alexander Hamilton, 1757–1804)

제퍼슨이 지방분권적 민주주의의 예찬가라면 해밀턴은 그 반대로 중앙집권적 연방주의를 옹호한 정치가이다. 『연방주의자』(*The Federalist*, 1787-1788)는 알렉산더 해밀턴, 존 제이(John Jay), 제임스 매디슨(James Madison) 등이 쓴 85편의 평론집으로, 제퍼슨 사상에 반대하여 연방정부에 강력한 힘을 집중시키려는 연방주의자들의 수필을 모은 것이다. 해밀턴은 85편의 저술 중 51편을 썼고, 주로 나라의 부국책에 관한 글이었다. 비록 순수문학은 아니지만 후대에 많은 영향을 미친다.

2. 정치 팸플릿

혁명문학의 열정은 당시 가장 인기를 끌던 정치문헌의 형태인 팸플릿에서 찾을 수 있다. 혁명 당시 미국에는 2천여 종의 팸플릿이 발간되었다. 팸플릿은 애국자들의 마음을 설레게 했고 영국당원을 위협했다. 팸플릿은 극적인 역할을 수행했는데, 종종 군중을 선동하기 위해 공공장소에서 크게 읽히기도 했다. 미국의 군인들은 숙소에서 종종 팸플릿을 소리 내어 읽었고, 영국당원들은 공개적으로 이를 불태웠다.

토마스 페인(Thomas Paine, 1737-1809)은 사상적으로는 프랭클린과 비슷한 계몽주의 운동가이나 실천방법 면에 있어서는 큰 차이가 있다. 온화하고 신사적인 프랭클린에 비하여 페인의 문체는 직선적이고 대담한 선동적인 문체이다. 『상식』(*Com-mon Sense*, 1776)은 미국독립의 정당성을 홍보하기 위한 팸플릿으로 식민지인에게 독립의 의지와 의욕을 북돋우는 데 크게 공헌한 소책자이다. 『상식』은 출간된 지 3개월 만에 10만 부나 팔렸다. 이 글은 오늘날 읽어도 선동적이다. 페인은 "미국의 명분은 크게 보면 인류의 명분이다"라고 적으며 현재에도 강력한 개념인 미국 예외주의를 표명한다. 이는 근본적으로 미국의 정치가 민주주의에 대한 실험이며, 미국은 모든 이주자에게 문을 개방하고 있는 국가이기에 미국의 운명이 전체적으로 모든 인류의 운명에 영향을 미친다는 것을 의미한다. 『미국의 위기』(*The American Crisis*, 1776-1783)는 영국과 독립전쟁을 치르면서 고비 때마다 대륙군의 사기를 드높이기 위하여 발표한 13편의 격려문으로, 사기저하로 침체일로에 있던 워싱턴의 대륙군대에 큰 용기를 주었다. 『인간의 권리』(*The Rights of Man*, 1791-1792)는 프랑스혁명을 옹호한 글로, 자유 혁명가로서 그의 투철한 신념이 잘 나타나 있다.

민주주의 사회에서 정치적인 글은 투표권자인 유권자에게 호소해야 하기 때문에 무엇보다도 명료한 것이어야 했다. 그리고 학식 있는 유권자를 양성하기 위해 미국 헌법 제정자들 다수는 보편적인 교육을 장려했다. 활발한 문자세계를 보여주는 한 예는 신문의 급증이다. 혁명시기의 미국인들은 세계 어느 곳의 사람들보다 신문을 많이 읽었다. 이민자들 또한 단순한 스타일의 언어를 필요로 했다.

영어가 제2외국어인 새로운 이주자들에게 명료한 언어는 필수적인 것이었다. 토마스 제퍼슨의 독립선언서 초안은 명료하고 논리적이었으며, 위원회의 수정을 거쳐 더욱더 단순명료해졌다. 헌법을 옹호하기 위해 작성된 『연방주의자 논문집』(*The Federalist Papers*) 또한 민주주의 국가에서의 논쟁에 적합한 명료하고 논리적인 글로 채워졌다.

3. 신고전주의: 코네티컷 재사들 (The Connecticut Wits: Hartforf Wits)

코네티컷 재사들은 18세기 후반 예일 대학의 총장을 위시한 교직자와 학생들이 주축이 된 일군의 인텔리 시인들의 모임으로, 미국 최초의 문인클럽이라 할 수 있다. 이들의 기교나 문체는 그리스와 로마의 고전, 또는 영국 신고전주의자의 시를 모방하였다. 이들은 다소 이데올로기 성향이 짙으며, 정치적으로는 연방주의자, 종교적으로는 캘빈주의자로 구성되어 보수적인 성향의 문인들이다. 이성을 존중하고 풍자를 내세우고 있으나, 그들의 시는 서정미가 떨어진다는 평가를 받는다.

1) 존 트럼블(John Trumbull, 1750–1831)

미국의 독립전쟁 시대에는 풍자시가 전통적인 시보다 훨씬 나은 대접을 받았다. 모방 영웅시(mock epic)[2] 장르는 미국시인들에게 자연적인 자신의 목소리를 사용할 것을 장려했다. 미국시인들은 그리스 시인 호메로스(Homeros)나 로마 시인 버질(라틴어: Publius Vergilius Maro, 베르길리우스 / 영어: Vergil or Virgil)의 가식적이고 뻔한 영웅적 감상주의와 개성 없는 관습적 미사여구의 웅덩이에 빠지지 않도록 주의했다.

트럼블은 특히 풍자시에 재능을 보였다. 그의 『우둔 개선』(*The Progress of Dulness*, 1773)은 미국의 교육을 비판한 3부로 구성된 산문 풍자시이다. 제1부에서는 목사직의 지루함과 대학의 빈약한 교과과정을 비난하고, 제2부에서는 대학이 자유사상가와 색마가 되는 것을 배우는 곳으로 알고 있는 속물들을 비판한다. 또한 제3부에서는 요염한 여자를 다루고 있으며, 이와 아울러 여성교육 개혁을 주장한다. 이 시를 통해 트럼블은 당시의 졸렬한 교육과 속물적인 종교관을 풍자하면서 여성교육의 개혁을 주장한다.

「맥핑걸」("M'Fingal," 1776) 역시 유머 가득한 모방 영웅시이다. 트럼블은 양식화된 감정표현이나 관습적인 문장전환을 풍자를 위한 수단으로 사용했으며, 혁명에 대한 과장된 미사여구 자체도 조롱의 대상으로 삼는다. 영국 시인 새뮤얼 버틀러(Samuel Butler, 1835-1902)의 「휴디브래스」("Hudibras")를 모델로 한 이 모방 영웅시는 보수적인 토리당(Tory Party)원인 맥핑걸을 조롱한다. 「맥핑걸」은 반세기 동안 30판이 넘게 계속 팔렸으며, 미국에서뿐만 아니라 영

---

2) mock-heroic poem의 주된 특징
① old-fashioned language를 사용(neoclassical language)
② 영웅시체를 익살스럽게 모방
③ Iambic pentameter
④ 거창한 주제로 사소한 사건을 엄청나게 큰 것처럼 생각해서 쓰는 우스꽝스러운 글
⑤ The effect is very funny

국에서도 찬사를 받았다. 풍자는 시사 논평이나 비판을 담고 있었고, 정치·사회적인 문제가 일상에서 주요한 대화 내용이었기 때문에 혁명 당시 독자들에게 호소력을 지닐 수 있었다.

2) **티모시 드와이트**(Timothy Dwight, 1752–1817)

드와이트는 성직자 출신 시인으로 '대각성 운동'을 주창한 조나단 에드워즈(Jonathan Edwards, 1703–1758)의 손자로 장관을 역임한 정치가이다. 미국문학계의 애국주의자들은 위대한 미국 독립혁명을 표현하기 위해서는 전설적인 영웅의 업적을 고상한 언어로 표현한 길고 극적인 서사시가 필요하다고 확신했다. 많은 작가들이 서사시를 시도했으나 성공한 이는 없었다. 후에 예일대학교 총장이 된 드와이트는 약속된 땅에 들어가려는 여호수아의 노력을 다룬 성경 이야기에 기초하여 서사시 『가나안의 정복』(*The Conquest of Canaan*, 1785)을 집필했다. 드와이트는 미국군 지휘자였으며 후에 미국 초대 대통령이 된 워싱턴 장군을 여호수아로 비유했으며, 영국시인 알렉산더 포프(Alexander Pope, 1688–1744)가 호머의 서사시를 번역하면서 사용한 형태인 대구(對句) 형식을 차용했다.

드와이트의 서사시는 의욕적이었던 만큼 지루하기도 했다. 영국의 비평가들은 이 작품을 철저하게 헐뜯는다. 트럼블은 신파조의 전투장면에 천둥번개가 너무 많이 등장한다며, 그 서사시 자체가 번개를 맞아야 한다고 주장하기도 했다.

드와이트의 대표적 장시 「녹색의 구릉지」("Greenfield Hill," 1794)는 유럽을 타락한 곳으로 묘사하는 반면에 신대륙 미국은 덕성을 갖춘 영광의 장소로 묘사해 신대륙의 우월성을 강조한다. 7부 4,337행으로 구성된 이 장편시는 신대륙의 독자들에게 자긍심을 심어주기 위한 의도에서 쓰였기 때문에 예술적인 면에서 다소 미흡하다는 평가를 받는다.

3) **조엘 발로우**(Joel Barlow, 1754–1812)

발로우는 다른 코네티컷 재사들과는 다르게 귀족주의적 정치를 배격하고 민주주의를 신봉한 시인이자 극작가이다. 「콜럼버스의 꿈」("Vision of Columbus," 1787)은 미국의 발견과 그 후에 일어나는 사건을 묘사한 애국 서사시로서 잉카문명과 영국 식민지 문명을 비교한 장편시이다. 「즉석 푸딩」("The Hasty Pudding," 1793)은 그가 나폴레옹 혁명의 지지자로서 프랑스에 머무는 동안 미국생활의 소박한 즐거움과 안락함을 그리워하며 쓴 회고풍 시이다. 이 시는 푸딩을 만드는 하찮은 일을 묘사하면서 신고전주의 영웅시적 언어와 리듬을 사용함으로써 유사 영웅시로 불린다.

4. 미국 혁명기 시인

필립 프리노(Philip Freneau, 1752-1832)는 혁명시대에 최고의 시인으로 평가받는다. 프리노는 유럽의 낭만주의를 작품 속에 결합했으며 하트퍼드 위츠의 모방적인 시와 모호한 보편주의에서 탈피했다. 그는 융통성 없는 성격과 열정적이며 민주적인 정신으로 성공과 실패를 동시에 맛본 인물이다.

하트퍼드 위츠는 지식인층의 일반적인 특징인 문화 보수주의를 반영했다. 프리노는 이와 같은 토리당의 보수적인 잔재에 대해 반대하면서 "군주정치와 직함에 따른 차별을 선호하는 하트퍼드에서의 귀족적이고 사색적인 당파적 글쓰기"에 대해 불만을 토로했다. 프리노는 비록 좋은 교육을 받고 하트퍼드 위츠 소속 작가들만큼 고전작품을 잘 알았지만, 이들과는 달리 자유·

민주적인 명분을 끌어안았다.

급진적인 프랑스 개신교인 위그노파적 배경을 지닌 프리노는 독립전쟁 동안에는 민병으로 전투에 참가하기도 했다. 그는 1780년에 체포되어 영국인 선박 두 곳에 수감되었는데, 그의 가족이 감옥에서 나올 수 있도록 애써 준 덕택에 겨우 죽음을 모면할 수 있었다.

그는 시 「영국 감옥선」("The British Prison Ship," 1781)을 통해 "세상을 피로 얼룩지게 만들려는" 영국군의 잔인함을 날카롭게 비난했다. 이 시에는 영국에 대한 독설과 비난으로 가득하다. 이 시를 비롯하여 「유토의 봄」("Eutaw Springs"), 「미국의 자유」("American Liberty"), 「정치적 기도문」("A Political Litany"), 「한밤중의 자문」("A Midnight Consultation"), 「조지 3세의 독백」("George the Third's Soliloquy") 등 혁명에 관련한 작품들은 그에게 '미국 혁명 시인'이라는 명성을 안겨주었다.

그에게 미국은 영원히 번성할 새로운 낙원이었다. 인류의 이상을 실현시켜줄 영광스러운 미국의 미래라는 주제는 그의 모든 작품 속에서 끊임없이 반복된다. 잠시 동안 교편을 잡던 프레노는 서인도제도의 산타크루즈섬에서 한동안 머문 적이 있는데, 이때 쓴 「밤의 집」("The House of Night," 1779)은 낭만적 어조를 도입한 시로 삶과 죽음의 초월적 의미를 노래한다. 「산타크루즈의 미」("The Beauties of Santa Cruz," 1815)는 낙원같이 아름답고 순수한 자연과 노예제도에 대한 반대라는 저항적 주제가 절묘하게 조화를 이루는 서정시다. 자연의 아름다움을 칭송하고 자연을 파괴하는 문명사회에 대한 날카로운 비판이 돋보인다.

프리노는 민주주의라는 위대한 명분을 생각하면서 평생 여러 가지 잡지를 편집했다. 토마스 제퍼슨은 프리노가 1791년 호전적이고 반연방주의적인 『내셔널 가제트』(*National Gazette*)를 창간하는 데 도움을 주었다. 당시 프리노는 미국에서 가장 영향력 있고 개혁적인 성향을 지닌 신문 편집자였으며, 이 분야에서 윌리엄 컬른 브라이언트(William Cullen Bryant, 1794-1878), 윌리엄 로이드 개리슨(William Lloyd Garrison, 1805-1879) 등의 선임자가 된다.

시인이자 편집자였던 프리노는 민주적 이상을 고수했다. 그의 시들은 주로 미국적인 소재를 다루고 있으며, 일반독자들을 위해 신문에 발표되었다. 「담배의 미덕」("The Virtue of Tobacco")은 남부경제의 대들보인 담배에 관한 것이며, 「럼 단지」("The Jug of Rum")는 서인도제도의 알코올이자 초기 미국무역에서 결정적인 상품이고 신세계의 주요 수출품인 럼을 찬양하고 있다. 「해터러스의 파일럿」("The Pilot of Hatteras")에서도 평범한 미국인들의 모습을 묘사하고 있다.

프리노는 진정한 민주주의에 어울리는 자연스러운 구어체를 사용했지만, 달콤한 향기가 나는 토종관목을 찬양한 「야생 인동덩굴」("The Wild Honey Suckle," 1786) 등 선집에 자주 실리는 작품들에서는 섬세한 신고전적 서정성을 보여주기도 했다. 1820년대에 '미국 르네상스'(An American Renaissance)가 시작될 때까지, 이보다 40년 앞서 프리노가 달성한 시적 성취를 능가하는 미국 시는 없었다.

5. 여성 및 소수자

식민지 시대에는 주목할만한 여성 작가 몇 명이 출현했다. 앤 브래드스트리트(Anne Bradstreet, 1612경-1672), 앤 허친슨(Anne Hutchinson, 1591-1643), 사라 켐블 나이트(Sarah Kemble Knight, 1666-1727) 등 식민지 시대 여성들은 원시적인 상황이나 위험에도 불구하고 상당한 사회적·문학적 영향을 끼친다. 하지만 혁명시대에는 우후죽순처럼 많은 학교가 생겨나고, 많은 잡지와 신문들이 발간되었으며, 문학단체들이 많이 조직되었음에도 불구하고 여성과 소수민족들의 작품은 거의 생산되지 않았다.

1620년에 메이플라워(Mayflower)호를 타고 미국에 온 여성 18명 중에서 4명만이 첫해 이후에도 살아남았다. 혹독한 생존여건의 식민지 시대에는 살아남은 사람들은 모두 중요했고, 재능 있는 자라면 누구나 자기표현을 할 수 있었다. 그러나 새로운 공화국이 수립되고 문화적 제도들이 공식화되면서 여성과 소수민족 작가들은 소외된다.

1) **필리스 위틀리**(Phillis Wheatley, 1753경-1784)

독립 후 미국생활이 어려웠다는 것을 고려할 때, 그 당시 최고의 시 중 일부가 뛰어난 흑인 여성에 의해 쓰였다는 것은 아이러니이다. 미국에서 중요한 최초의 아프리카계 미국인인 필리스 위틀리는 아프리카에서 태어나 7세경에 매사추세츠 보스턴으로 오게 되었는데, 보스턴에서 신앙심 깊고 부유한 재단사 존 위틀리에게 팔려 그의 부인 시중을 들게 된다. 위틀리 부부는 필리스의 놀라운 지적 능력을 알아차렸고, 부부의 딸 메리를 통해 필리스는 읽고 쓰는 것을 배운다.

위틀리 시의 주제는 종교적인 것이었으며 그녀의 스타일은 필립 프리노처럼 신고전주의적이었다. 매우 유명한 그녀의 시 중 하나인 「젊은 아프리카 화가 S. M에게, 그녀의 작품을 보고」("To S. M., a Young African Painter, on Seeing His Works")는 재능 있는 흑인을 칭찬하고 격려하며, 기독교 개종 경험을 통해 얻게 된 강력한 종교적 감수성을 보여주는 짧은 시이다.

백인 비평가들이 보기에는 너무 관습적이었고, 흑인 비평가들이 보기에는 노예제도의 부도덕성에 대해 항의하지 않았기에, 현대 비평가들은 이 시에 대해 불편함을 느끼고 있다. 하지만 이 작품은 인종차별주의와 정면으로 맞서며 영적인 동등함을 진지하게 보여준다. 위틀리는 「아프리카에서 미국으로 실려 옴에 대해」("On Being Brought from Africa to America")라는 시에서 보이듯이, 인종문제를 자신 있게 언급한 최초의 시인이다.

'Twas mercy brought me from my *Pagan* land,
Taught my benighted soul to understand
That there's a God, that there's a *Saviour* too:
Once I redemption neither sought nor knew.
Some view our sable race with scornful eye,
"Their colour is a diabolic die."
Remember, *Christians*, *Negros*, black as *Cain*,
May be refin'd, and join th' angelic train.

이교도 땅에서 나를 데려와 내 어두운 영혼에
하느님이 있음을, 구세주가 있음을 가르침은
축복 받은 일이었습니다.
한때 나는 구원을 찾지도 알지도 못했습니다.
어떤 이는 우리 흑인을 경멸 섞인 눈으로 바라보며
"저 색은 악마의 색이야"라고 말하죠.
기독교인들이여 기억하세요, 카인처럼 검은 흑인들이
마음을 씻고 천사의 행렬에 참가할 수 있다는 것을.

2) 기타 여성 작가들

문학성이 있는 혁명시기 여성 작가들 다수가 페미니스트 학자들에 의해 재발견되고 있다. 수재너 로슨(Susanna Rowson, 1762경-1824)은 미국 최초의 전업 작가 중 한 명이다. 그녀가 집필한 7편의 소설 중에는 유혹에 대한 이야기를 다룬 베스트셀러 『샬럿 템플』(*Charlotte Temple*, 1791)이 포함되어 있다. 그녀는 페미니즘 및 노예제 폐지를 다루었으며, 미국 인디언들을 존경심을 가지고 묘사했다.

오랫동안 잊혔던 소설가 한나 포스터(Hannah Webster Foster, 1758-1840)의 베

스트셀러, 『바람난 여자』(*The Coquette*, 1797)는 순결과 유혹 사이에 마음 둘 곳 몰라 하는 젊은 여성에 대한 이야기이다. 냉정한 성직자 애인으로부터 거부당한 이 젊은 여성은 유혹당하고 버림받은 후 아이를 낳고 혼자 죽는다.

주디스 사전트 머레이(Judith Sargent Murray, 1751-1820)는 자신의 작품이 진지한 관심을 받을 수 있도록 남성의 이름으로 책을 출간했다. 머시 오티스 워런(Mercy Otis Warren, 1728-1814)은 시인, 역사가, 극작가, 풍자가, 애국주의자였다. 그녀는 혁명 전 자신의 집에서 모임을 주최하고 연극을 통해 영국인을 공격했으며, 당시로서는 유일했던 미국혁명에 대한 급진적인 역사서를 집필한다.

머시 오티스 워런과 아비게일 애덤스(Abigail Adams, 1744-1818)를 비롯한 여성들의 편지는 시대 상황을 보여주는 중요한 문서이다. 예를 들어 아비게일 애덤스는 1776년에 남편 존 애덤스(John Adams, 1735-1826, 제2대 미국 대통령)에게 보낸 서한에서, 여성의 독립이 미국 헌법으로 보장되어야 한다고 주장했다.

제3장

낭만주의 시대의 미국문학(1820-1865)

1. 낭만주의 문학의 시대적 배경

1) 잭슨과 민주주의

미국의 낭만주의 시대는 능력도 부족하고 대중의 인기도 없이 허송세월을 보내던 존 애덤스(John Adams, 1735-1826)를 물리치고, 보통사람의 지지를 받아 대통령에 당선되어 소위 잭슨시대(Jacksonian Age)를 연 앤드류 잭슨(Andrew Jackson, 1767-1845) 대통령 치하를 전후한 시점부터 남북전쟁이 끝나는 시대까지를 일컫는다. 이때는 미국의 소위 대중 민주주의 시대가 열리고 신생국 미국이 단일국가로서 정체성을 확립하며 당당한 목소리를 내기 시작한 민주주의 확립기이다.

이 시대를 이끈 역사적 영웅은 잭슨 대통령이다. 이전의 대통령들이 대부분 버지니아의 부유한 명문가 출신이었던 점에 비하면 그는 버지니아 서민 출신이었다. 잭슨은 1812년 영국과의 전쟁이 발발하자 민병대를 이끌고 전투에 참가해 혁혁한 공을 세운 전쟁영웅이었다. 그가 대통령에 취임했을 당시에도 미국은 사실 대중 민주주의가 아니라 귀족 민주주의였다. 대부분의 주는 세금을 낼 수 있는 백인에게만 투표권을 주었다. 비밀투표의 원칙은 지켜지지 않았고 심지어 말로 투표하는 경우도 있었다. 노예나 흑인은 물론 여성에게도 투표권이 주어지지 않았다. 그러나 참정권은 점차 확대되어, 1824년 대통령 선거에서는 전체 백인 남성 중 27%에게만 투표권이 주어지던 것이 잭슨이 당선된 1828년에는 58%, 그리고 다음 대통령 마틴 밴 뷰런(Martin Van Buren, 1782-1862) 치하의 1840년에는 80% 백인에게 투표권이 확대되었다.

잭슨 대통령 재임 기간에 일어난 큰 변화 중에 하나는 미국 내에서 정당이 정치세력의 한 축으로 자리 잡은 것이다. 초대 대통령 워싱턴은 정당이 없는 무소속이었고, 그 후 제퍼슨과 해밀턴을 중심축으로 하는 공화파와 연방파가 있었으나 두 지반은 소수를 바탕으로 한 정파 수준이었다. 영국과의 전쟁 중에 연방파가 사라지자 공화파 내에서 잭슨의 정책을 지지하는 민주공화파는 민주당(Democratic Party)으로, 지지하지 않는 국민공화파는 휘그당(Whig Party)으로 각각 발전하게 되었다. 민주당이 전통적으로 제퍼슨의 사상을 이어받았다면, 휘그당은 해밀턴의 사상을 이어 받았다고 볼 수 있다. 남북전쟁 직전 노예해방 문제를 놓고 휘그당이 해체, 재구성되면서 공화당과 휘그당으로 분파한다. 나중에 휘그당은 소멸되고 공화당만 남는다. 이로써 미국에는 처음으로 민주당과 공화당이라는 양당제도가 확립되어 오늘에 이르고 있다.

2) 노예제도와 남북의 갈등

미국역사에서 현실과 이상의 괴리로 파생된 위기 중 하나가 1855년부터 1870년 사이에 찾아왔다. 이 시기에 세 가지 근본적인 문제가 한계점에 도달했던 것이다. 즉 첫째는 제퍼슨의 농본주의와 해밀턴의 산업주의의 충돌이고, 둘째는 남부의 농장경영자와 북부의 상공업자의 대립이며, 셋째는 문화적으로 성숙한 동부와 미숙하지만 역동적으로 발전해가는 서부와 대립이다.

앤드류 잭슨이 구축해놓은 확실한 기반 덕분에 미국은 민주주의로 향하는 탄탄대로를 달리게 되었다. 1845년 텍사스 공화국을 병합하고, 1846년 오리건 지역을 영국으로부터 할양받았으며, 1848년 캘리포니아 지역을 멕시코로부터 넘겨받아 미국의 영토는 독립 당시보다 엄청나게 확대되었다. 서부로의 행진이 이어지고 골드러시가 그 절정에 이르자 운하개설과 철도부설이 가속화되었다. 이제 대서양에서 태평양까지 아메리카 합중국이라는 깃발 아래 미국은 자랑스럽게 뭉칠 수 있었다.

이 영광스러운 번영의 길 앞에 커다란 분열을 일으키게 될 노예제라는 숙명적인 난제가 가로막고 있었다. 미국이 건국 초기에는 자유와 평등이라는 건국이념 속에서 이 제도는 곧 소멸될 것 같아 보였다. 당시 담배와 쌀을 주로 재배하던 남부에서 담배와 쌀은 더 이상 이익이 남는 수출품이 못 되었기에 노예는 일을 하고 싶어도 마땅한 일자리가 없는 형편이었다. 따라서 남부의 자유주의적 농장주들은 노예제도의 폐지를 모색하고 있었다. 그런데 18세기 말에 영국에서 기계를 사용해 다량으로 목화를 방적하고 직조하는 방법이 발명되었다. 때마침 1793년 매사추세츠의 엘리 휘트니(Eli Whitney, 1765-1825)라는 청년이 목화씨를 뽑는 씨아(cotton gin)를 고안했다. 이러한 호기를 맞아 목화재배는 다시 이윤이 남는 농사가 되어 놀라운 속도로 발전하였다. 그런데 목화농사에는 단순작업을 할 노예와 같은 값싼 노동력이 필수적이었다. 노예에 대한 수요가 급격히 늘자 노예의 시세도 상승일로로 치달았다. 휘트니의 씨아 발명 이전에는 상급 흑인 1명 값은 300달러였던 데 비하여 1830년에는 8백 달러로, 1860년에는 1,800달러로 치솟았다. 노예의 숫자도 기하급수적으로 늘어 1790년에는 75만 명 정도에서 1860년에는 400만 명으로 늘었다. 그래서 남부의 농장주에게는 노예가 부의 척도가 되고 노예의 숫자가 부자의 필수조건이 되었다. 사우스캐롤라이나와 조지아에는 소위 목화왕이 재력가로 군림하여 정치와 경제를 온통 좌우하게 된다.

한편, 북부의 주들은 노예제도를 배척하며 사실상 금지하는 단계에 있었는데, 흑인에게까지 투표권이 확대됨으로써 연방하원에서 20석의 의원을 남부가 추가적으로 확보하게 된 것을 불쾌하게 여기고 있었다. 좀 더 적극적으로 노예제 문제를 해결하고자 나선 북부인의 노력은 1830년대에 들어와 윌리엄 로이드 개리슨(William Lloyd Garrison)이 『해방자』(*Liberator*)라는 신문을 발간하면서 노예해방의 운동에 탄력이 붙게 된다.

하지만 이러한 북부의 노예폐지 운동에 대해 대다수 남부인과 소수 북부인의 저항 역시 만만치 않았다. 그들에게 노예는 생존과 직결되어 있었다. 목화재배 지역이 앨라배마, 루이지애나, 텍사스, 아칸소 등으로 확대됨에 따라 노예분포 지역도 확산되었다. 면화가 남부경제에서 얼마나 큰 비중을 차지했는지는 수치상으로 확인할 수 있다. 남북전쟁 직전 면화가 미국 전체 수출량의 3분의 2를 차지할 정도로 중요한 작물이었다.

흑인 노예는 미국경제, 특히 남부경제를 지탱하는 주체이자 핵심이었으나 그들의 실체적 존재는 사고 팔 수 있는 가축과 다름없었다. 그들은 해 뜰 때부터 해 질 때까지 강제노동에 시달렸다. 노예는 재산을 소유하거나 글을 배우는 것도 법적으로 금지되었다. 그들은 법적으로 담보의 대상이 되었으나 증언으로 나설 수는 없었다. 게다가 그들은 법적으로 자유로운 혼인이 불가능함으로써 대부분의 농장주들이 노예끼리 짝을 맺게 해주었는데, 이유인 즉 노예에게 자식이 생기면 재산이 그만큼 늘어나기 때문이었다.

노예제도를 둘러싸고 남북이 분열의 열기로 들끓고 있을 때, 기름은 부은 것은 1860년 대통령 선거였다. 노예제 폐지를 주장하며 휘그당을 대신하여 새로 창단된 공화당은 열렬한 노예제 폐지론자인 윌리엄 시워드(William

Henry Seward, 1801-1872)를 내세울 경우 남부의 지지를 받기 어려울 것을 우려해 온건파인 에이브러햄 링컨(Abraham Lincoln, 1809-1865)을 대통령 후보로 지명했다. 링컨은 노예제가 도덕적으로 잘못이 많지만 근본적으로 노예폐지론자는 아니었다. 그는 단지 노예제도가 연방을 분열시킬 수 있음을 염려했고 무력을 쓰더라고 그러한 불행한 사태를 막아야 한다는 단호한 자세를 견지하고 있었다.

90퍼센트가 넘는 북부사람들의 압도적인 지지로 링컨이 대통령으로 당선되는 것을 보면서, 남부인은 연방 내에서 소수파로 몰리기 전에 단호한 결단, 즉 연방으로부터 이탈하여 자신들만의 새로운 연합국가를 만들 생각도 하게 된다. 그리하여 1860년 12월 사우스캐롤라이나를 시작으로 미시시피, 플로리다, 조지아, 루이지애나, 텍사스 등 7개 주가 차례로 연방에서의 탈퇴를 선언했다.

이들 주 대표들은 앨라배마주의 몽고메리(Montgomery)에 모여 새로운 국가인 미국연합(Confederate of States of America)을 선포하고 미시시피 출신의 제퍼슨 데이비스(Jefferson Davis)를 대통령으로 선출했다. 사우스캐롤라이나의 찰스턴 항구 인공섬에 있는 섬터 요새(Fort Sumter)의 포격은 요식행위에 불과했다. 양측은 이 전부터 전쟁구실만 찾고 있었을 뿐이었다. 전쟁이 일어나자 남부지역에서는 버지니아, 아칸소, 테네시, 노스캐롤라이나 등의 주가 추가로 남부 연합에 가담했다. 남부 연합은 몽고메리에서 수도를 버지니아의 리치몬드로 옮기고 곧장 전쟁에 돌입했다. 개전 초기에는 남부군이 기세를 올렸다. 전쟁이 주로 남부군이 익숙한 남쪽에서 치러졌고 주민들의 협조가 많았으며, 남부군에는 전쟁경험이 많은 지휘관과 병사들이 많았기 때문이다. 버지니아 출신 리(Robert Edward Lee, 1807-1870) 장군은 연방군 최고사령관의 자리를 사양하고 남부 연합군의 지휘를 맡았다.

하지만 이 전쟁은 결코 남부가 이길 수 있는 전쟁이 아니었다. 북부는 남부보다 인구 면에서 2배 이상 많았고, 자본 면에서 4배, 제조업체 면에서 6.5배, 산업노동자 수에서 12배, 공업 생산성에서 11배, 철도의 길이 면에서도 2배였다. 사실상 인적·물적 자원뿐만 아니라 정보나 작전 면에서도 단연 앞서는 북부는 이미 승리를 예견하고 있었다.

하지만 전쟁은 장기전으로 흘러갔다. 전쟁이 계속되던 1863년 1월 1일을 기해 링컨 대통령은 남부지역을 포함해 모든 미국에서 노예를 해방시킨다는 노예해방령(Emancipation Proclamation)을 선포한다. 흑인 지원자가 봇물을 이루었고 그들은 전선에서 백인보다 더 열정적으로 싸웠다. 결국 북군은 이길 수밖에 없었지만 링컨은 노예해방의 대가가 그렇게 값비쌀 줄 상상도 못했을 것이다. 역사상 미국이 치른 모든 전쟁의 사망자를 합친 숫자를 넘어 약 61만 명의 사상자를 내고서 역사적인 전쟁의 승리는 북부에 돌아갔다. 1865년 4월 9일 피츠버그의 전투에서 패한 남군의 총사령관 리 장군은 버지니아의 한 농가에서 북군의 그랜트(Ulysses S. Grant, 1822-1885) 장군에게 깨끗이 항복한다.

2. 미국의 낭만주의 문학

1) 미국 낭만주의 문학의 특징

독일에서 시작되어 영국과 프랑스 등으로 빠르게 확산된 낭만주의 운동은, 윌리엄 워즈워스(William Wordsworth, 1770-1850)와 새뮤얼 테일러 콜리지(Samuel Taylor Coleridge, 1772-1834)가 『서정가요집』(*Lyrical Ballads*)을 출간해 영국 시에 일대 혁명을 일으킨 지 약 20년 후인 1820년경에 미국에 도착한다. 유럽에서와 마찬가지로 낭만주의의 신선하고 새로운 비전이 미국의 예술가와 지식인들을 전율시켰다. 하지만 중요한 차이점이 있는데, 미국의 낭만주의는 국가 확장의 시기와 맞물려 미국적 목소리의 발견과 동시에 일어났다는 것이다. 미국의 국가정체성이 굳어지고 이상주의 및 낭만주의에 대한 열정이 증가함에 따라 미국 르네상스(An American Renaissance)의 대작들이 탄생하게 된다.

낭만주의적 사고는 영감으로서의 예술, 자연의 정신과 미학, 유기적인 성장의 은유 등을 중심으로 이루어졌다. 낭만주의자들은 과학이 아닌 예술이 보편적인 진실을 가장 잘 표현할 수 있다고 믿었다. 낭만주의자들은 개인과 사회에서 표현예술의 중요성을 강조했다.

자아의 개발이 주제가 되었고 자기인식이 가장 우선하는 방법이 되었다. 낭만주의 이론에 따르면 자아와 자연이 하나라면 자기인식은 이기적인 막다른 골목이 아니라 우주로 향해 길을 여는 지식의 한 형태이다. 자아가 인류와 하나라면 개인은 사회의 불평들을 개혁하여 인간의 고통을 덜어줘야 하는 도덕적 의무를 지닌다. 이전 세대까지는 이기주의로 여겨졌던 '자아'의 개념이 새롭게 정의된 것이다. 자아실현(self-realization), 자기표현(self-expression), 자기의지(self-reliance) 등 긍정적인 의미를 지닌 새로운 복합어들이 등장하게 된다.

독창적이며 주관적인 자아가 소중하게 여겨진 동시에 심리영역 또한 중요하게 간주된다. 뛰어난 예술적 효과와 기술이 한층 고양된 심리적 상태를 환기시키기 위해 개발된다. 산꼭대기에서 본 풍경처럼 장엄한 아름다움으로 인한 효과인 "숭고"(sublime)는 경외감, 존경심, 광대함, 인간이 이해하기 힘든 힘 등을 느끼게 해주었다.

낭만주의는 대부분의 미국시인과 창조적인 수필가들에게 긍정적이며 또한 적절한 것이었다. 미국의 거대한 산, 사막, 열대성 기후는 숭고를 구현할 수 있게 해주었다. 특히 낭만주의 정신은 미국 민주주의에 적합한 사상으로 간주되었다. 낭만주의가 개인주의를 강조하고 일반인의 가치를 긍정하며, 상상력에 미학적 · 윤리적 가치를 두고 있기 때문이다. 확실히 랠프 월도 에머슨(Ralph Waldo Emerson, 1803-1882), 헨리 데이비드 소로우(Henry David Thoreau, 1817-1862) 등 뉴잉글랜드 초월주의자들은 낭만주의 운동의 낙관적이고 긍정적인 면에서 새로운 영감을 얻었다. 낭만주의가 뉴잉글랜드라는 기름진 토양에 떨어지게 된 것이다.

고전주의의 반동으로 나온 낭만주의는 전체보다 개인을, 규칙보다 자유를, 이성보다 감정을, 사실적 묘사보다 직관에 의한 상상적인 묘사를 더욱 중시한다. 미국의 낭만주의는 신대륙과 인디언이라는 새로운 배경과 청교도 정신이라는 사상적 배경, 자유민주국가라는 정치적 배경 때문에 유럽의 낭만주의와 다소 다른 특징을 보인다.

첫째, 미국의 낭만주의 작가들은 자연과 우주를 아름다운 것으로 보며 예찬하거나 경외심을 표하는데, 윌리엄 컬른 브라이언트(Willian Cullen Bryant, 1794-1878)의 시나 제임스 페니모어 쿠퍼(James Fenimore Cooper, 1789-1851)의 소설에서 이런 경향이 두드러지게 나타난다.

둘째, 그들은 조직보다는 개인을, 특수한 신분의 사람보다 보통사람들의 삶에 특별한 관심을 가지는데, 이것은 미국인의 내면에 깊이 뿌리박고 있는 개인주의와 관련이 크다. 인도주의적 평등이념을 바탕으로 하는 이런 성향은 노예해방, 채무자의 공개태형 금지, 공립학교 및 병원 건립, 여권운동과 같은 개혁운동을 불러일으키고, 민간전승의 전설을 포함한 모든 원시적인 것에 대한 관심을 부추겼다. 특히 이들은 때 묻지 않은 원주민을 '고상한 야만인'(noble savage)으로 이상화시키기도 했다.

셋째, 감성적인 상상력을 강조하는 경향은 이국적・회화적・음악적・감각적 그리고 초자연적인 성향으로 나타났는데, 이런 것들은 거의 모든 미국 낭만주의 작가들에게서 공통적으로 나타나는 현상이다.

넷째, 이들은 모두 아득한 과거에 대해 깊은 관심을 가졌는데, 허드슨강을 중심으로 한 전설적 이야기를 탐구한 워싱턴 어빙(Washington Irving, 1783-

1859), 역사소설에 깊은 관심을 보인 쿠퍼 등에게서 뚜렷한 경향을 찾아볼 수 있다.

다섯째, 비정상적 잠재의식이나 내면적인 것에 대한 깊은 관심을 가진 경향은 나다니엘 호손(Nathaniel Hawthorne, 1804-1864)이나 에드거 앨런 포(Edgar Allan Poe, 1809-1849)에게서 찾아볼 수 있다(이호영 75).

미국 낭만주의는 인습적이고 구시대적인 유럽과 형식을 타파하고 새로운 것을 지향하는 미국적 신선미가 들어있다. 독립혁명 시대를 거쳐 서부로 향하는 약진과 진보의 역동성이 낭만주의의 열정을 수용하였으나, 19세기 후반 남북전쟁의 발발과 더불어 물질주의 사상의 급속한 확산으로 인하여 미국 낭만주의는 서서히 퇴색한다.

2) 니커보커 작가(Knickerbockers)

니커보커란 용어는 뉴욕의 역사를 담은 워싱턴 어빙의 저서 『뉴욕의 니커보커의 역사』(*Knickerbocker's History of New York*, 1809)에서 유래한다. 소위 니커보커 작가들이란 뉴욕을 무대로 작품 활동을 벌인 초기 낭만주의 미국작가들을 가리킨다.

> In the early part of the nineteenth century, New York City was the center of American writing. Its writers were called "Knickerbockers," and period from 1810 to 1840 is known as the "Knickerbocker era" of American literature. (High 30)

> 19세기 초반에 뉴욕은 미국 문학의 중심지였다. 이때의 작가들은 "니커보커"로 불린다. 1810년부터 1840년은 미국 문학의 "니커보커 시대"로 알려져 있다.

하지만 이들은 서로 작품의 공통성을 찾아보기 어렵고, 어떤 공통적인 목적을 위하여 함께 노력하지도 않았다. 그들이 문학 그룹으로 불린 이유는 거의 동시대에 뉴욕에서 활동했다는 사실 때문이다. 니커보커 작가들의 숫자는 많지만 대부분 군소작가에 지나지 않는다. 비교적 높이 평가받고 있는 작가는 어빙과 쿠퍼이다.

① 워싱턴 어빙(Washington Irving, 1783–1859)

워싱턴 어빙은 뉴욕의 유복한 상인가족의 11남매 중 막내로 태어난다. 어빙은 미국 최초의 본격적 작가로 인정받는다. 그는 미국 낭만주의가 낳은 위대한 수필가이자 소설가, 미국문학의 아버지라 불리기도 한다. 어빙은 해학과 풍자에 남다른 재능을 갖고 있는 유머 작가로, 경쾌하고 평범한 문체는 남녀노소 모두에게 큰 사랑을 받고 있다. 그의 작품은 현대까지도 인기리에 애독되는데 그 이유는 아마도 가끔은 무질서하고 비합리적이기도 한 인생에서 애써 즐겁고 긍정적인 면을 찾아내려는 그의 낙천적인 성격 때문일 것이다.

미국문학에서 어빙의 존재의미는 여러 부분에서 개척자적 역할을 했다는 사실에서 찾을 수 있다. 어빙은 당대의 문필가들과는 달리 정치로부터 해방된 순문학을 시도했는데, 정치색이 짙거나 지나치게 도덕적인 시대 상황을 고려할 때 이것은 신선한 충격이었다. 그는 마크 트웨인(Mark Twain, 1835-1910)으로 대표되는 미국적 유머와 올리버 웬델 홈스(Oliver Wendell Holmes, 1809-1894), 로버트 로웰(Robert Lowell, 1917-1977) 등이 즐겨 사용한 세련된 위트를 누구보다도 먼저 구사한 작가였다. 어빙은 신변수필과 고딕소설의 두 낭만주의 장르에 능했다. 고딕소설의 경우, 그는 가끔 공상세계의 분위기에 의한 토착적 색채를 가미한다. 그는 문학의 중요한 요소로 "이야기나 등장인물"(story or character)보다 "감정"(feeling)과 "언어"(language)를 중시했다.

어빙은 갓 태어난 신생국의 역사의식을 발견해낸다. 그의 수많은 작품들은 역사를 재구성하고 그 역사에 살아 숨 쉬는 상상의 생명력을 불어넣음으로써 신생국의 정신을 구축하려는 헌신적인 노력의 결과물로 파악할 수 있다. 그는 작품의 소재로 미국역사의 가장 극적인 장면, 즉 신세계의 발견, 국가의 영웅인 첫 번째 대통령, 서부 탐험 등을 선택한다. 그의 처녀작은 재치가 번득이는 풍자작품 『뉴욕의 역사』(*History of New York*, 1809)인데, 이 작품은 디드리히 니커보커(Diedrich Knickerbocker)라는 필명으로 발표된다.

> Irving's book created a lot of interest in the local history of the city, but it was a humorous rather than a serious history of the city. In the preface, he writes that his purpose is "to clothe home scenes and places and familiar names with imaginative and whimsical associations." Irving actually invented many of the events and legends he writes about in the book. The idea was to give the region of New York City a special "local color." But more importantly, the book is a masterpiece of comedy which laughs at the Puritans and at New York's early Dutch governors. (High 30)

> 어빙의 책은 이 도시의 지역 역사에 대한 많은 관심을 불러일으킨다. 하지만 이 책은 이 도시의 역사에 대한 진지한 기록이라기보다는 유머러스한 것이다. 이 책의 서문에서 어빙은 자신의 목적이 고향의 장면과 장소, 그리고 친숙한 이름들을 상상적이고 묘한 것과 연관된 것들로 옷을 입히는 것이었음을 밝힌다. 어빙은 실제로 많은 사건들과 전설들을 만들어내 이 책을 쓴다. 이런 생각은 뉴욕이라는 도시에 독특한 "지방색"을 갖게 한다. 하지만 보다 중요한 것은 이 책은 청교도인들과 뉴욕의 초기 네덜란드 주지사들을 조롱하고 있는 코미디 대작이라는 점이다.

이 책의 근본목적은 독자를 즐겁게 하려는 것이었으며, 기본 논조는 해학적이다. 디드리히 니커보커는 정신을 혼란케 하는 재치, 거드름을 피우는 태도와 함께 해학을 전달할 뿐만 아니라, 그 자신이 스스로 해학의 화신이 된다. 풍자작품으로서 이 작품은 널리 청교도, 네덜란드, 그리고 스웨덴 이주민들뿐만 아니라, 어빙의 동시대인들을 조롱한다. 이 책은 상당한 예술성을 보여주고 있을 뿐만 아니라 토착적인 소재로 보편성을 달성하고 있다. 그리고 다른 수많은 작가들을 풍자함으로써, 부담 없이 자유자재로 세계 여러 나라 문학들을 차용하고 있다. 무엇보다도 중요한 것은 그의 인물들은 시공을 초월한 위선자, 느림보, 노략자, 가짜 지성인, 수다쟁이, 대식가, 허풍쟁이 등과 같이 인간성 그 차제를 상징하고 있다는 것이다.

그의 또 다른 대표작으로 『스케치북』(*The Sketch Book*, 1820)을 들 수 있다. 이 작품은 32편의 단편소설을 엮는 것이다. 이 단편 모음집에 미국 단편소설의 효시로 꼽히는 「립 반 윙클」("Rip Van Winkle")과 고딕적인 요소가 강한 단편, 「슬리피 할로우의 전설」("The Legend of Sleepy Hollow")이 들어있다. 이 작품은 쇠퇴해가던 고딕 로맨스를 부흥시키는 데 큰 역할을 한다. 이 작품들은 독일의 민간설화에서 소재를 취했지만, 뉴욕 인근과 허드슨강 유역을 배경으로 삼음으로써 미국적인 특색을 뚜렷하게 나타냈다.

어빙의 낭만주의적 특징은 정리하면 다음과 같다.

ⓐ supernaturalism: use of the supernatural (초자연적인 것의 가미)
ⓑ antiquarian interest (과거에 대한 관심)
ⓒ the use of the exotic (환상적인 것을 이용)
ⓓ taste a humble life (소박한 삶에 대한 취향)
ⓔ use of nature (자연의 사용)
ⓕ escape into fantasy (환상의 세계로 들어가려는 경향)

어빙의 명성은 주로 에세이나 단편소설 등 소품에서 유래했기에 짧은 '이야기의 연출자'라 할 수 있다. 다재다능한 어빙은 과거와 현재 유럽과 미국 사이의 문화의 조정자로서 이상적인 인물이며 이 직분에 꼭 맞는 재능을 타고났다. 그의 소설에는 토속적인 전설이 가미되어 이국적인 정취가 넘치고 자연의 묘사가 훌륭하여 미국 낭만주의의 특징을 유감없이 보여준다.

② 제임스 페니모어 쿠퍼(James Fenimore Cooper, 1789-1851)

제임스 페니모어 쿠퍼는 어빙처럼 과거의 감각에 미국적 색채를 덧입혔다. 그러나 우리는 쿠퍼를 통해 황금시대에 관한 강력한 신화와 신화의 상실에 따른 고통을 발견할 수 있다. 어빙을 비롯하여 쿠퍼를 전후한 미국작가들이 신화, 성(城), 멋진 주제 등을 찾아 유럽을 뒤졌다면, 쿠퍼는 미국이 황야(wilderness)처럼 시간을 초월해 존재하고 있었다는 미국의 본질적 신화를 포착한다. 미국의 역사는 인디언에 대한 백인의 침범의 역사이다. 미국에 온 유럽인의 역사는 에덴동산에서의 타락을 재현한 것이다. 황야는 미국인의 눈앞에서, 다가오는 개척자들에 의해 신기루처럼 사라져버렸다. 처음에 식민주의자들을 이끌었던 새로운 에덴, 즉 황야가 파괴되었다는 인식, 이것이 쿠퍼가 지닌 비극적 상상력이었다.

쿠퍼가 황야의 변형뿐만 아니라 바다 및 타 문화권에서 온 사람들 간의 충돌 등 다른 소재들을 생생하게 그리게 된 것은 개인적인 경험 덕택이었다. 퀘이커교도 집안에서 태어난 그는 뉴욕주 중앙의 쿠퍼스타운(Cooperstown)에 있는 아버지의 외딴 사유지에서 자랐다. 이 지역은 쿠퍼가 어렸을 때는 상대적으로 평화로웠지만, 한때 인디언 대학살의 현장이기도 했다. 어린 시절 쿠퍼는 봉건적인 환경에서 성장했다. 그의 아버지 윌리엄 쿠퍼(William Cooper, 1754-1809)는 지주이자 지도자였다. 쿠퍼는 어렸을 때 쿠퍼스타운에서 변경

개척자들과 인디언들을 보았으며, 훗날 백인 이주민들이 그들의 땅을 빼앗는 것을 보게 된다.

쿠퍼가 창조한 유명한 허구의 인물 내티 범포(Natty Bumppo)는 신사이면서 토마스 제퍼슨을 닮은 '자연의 귀족'으로 변방 개척자의 모습을 재현하는 인물이다. 내티 범포는 눈이 밝아 사냥감을 귀신 같이 찾아낸다고 우호적인 모히칸족에게는 '호크아이'(Hawkeye), 백발백중 사격 솜씨 때문에 적대적인 휴런족(Hurons)에게는 '장총'(La Longue Carabine)이라고 불리는 숲속의 사람이다. 그는 30여 년 동안 산속에서 살며 사냥을 하다가 종종 백인의 길잡이(pathfinder)로 활약하기도 한다. 『가죽 각반 이야기』(*Leather-Stocking Tales*)의 공통 주인공으로 나오는 내티 범포의 실제 모델은 유명한 개척자 다니엘 분(Daniel Boone)이다. 쿠퍼에 의해 창조된 허구의 인물 내티 범포는 뛰어난 산사람으로, 인디언 부족에 의해 입양된 온유한 남성이다. 다니엘 분과 내티 범포 둘 다 자연과 자유를 사랑했다. 그들은 점점 다가오는 이주자들을 피해 계속 서쪽으로 움직였다. 내티 범포는 순결하고, 고상한 마음을 지녔으며, 매우 정신적인 인물이었다.

내티 범포는 미국문학에 등장하는 최초의 유명한 변방 개척자이며 이후 등장하는 수많은 카우보이나 벽지 영웅들의 선배이다. 내티 범포는 문명을 등지고 야생생활을 했으나 소박한 인간에게 나타나는 도의적인 절개와 지조를 지닌 인물이다. 동시에 그는 문명인에게는 소용이 없는 야생의 힘을 지닌 사람이다. 그는 자신이 보호하려고 하는 사회보다 더 나은, 이상적이고 올바른 개인주의자였다. 가난하고 외톨이지만 그래도 순수한 내티 범포는 윤리적 가치의 초석이며, 허먼 멜빌(Herman Melville, 1819-1891)의 빌리 버드(Billy Bud)와 마크 트웨인(Mark Twain, 1835-1910)의 헉 핀(Huck Finn)으로 이어지는 인물들의 시금석 역할을 한다.

『가죽 각반 이야기』로 알려진 5권의 소설은 내티 범포의 생애를 다룬 연작소설이다. 쿠퍼의 최고작인 『가죽 각반 이야기』는 배경으로 북미대륙을, 등장인물로는 인디언 부족을, 사회적 배경으로는 전쟁과 서부로의 이주를 다루고 있는 거대한 서사극이다. 또한 이 작품은 1740년부터 1804년까지 개척기 미국의 모습을 생생하게 그려내고 있다. 이 작품의 순서와 주된 내용을 나열하면 다음과 같다.

ⓐ 『개척자들』(*The Pioneers*, 1823)

이 작품은 『가죽 각반 이야기』의 첫 번째 작품으로 서부 개척시대의 역동적인 시기를 배경으로 한다. 이 작품에서 내티 범포는 늙은 나이로 등장한다. 그와 그의 가장 친한 친구인 칭카치국(Chingachook)은 술주정뱅이로 등장하는데, 이들은 젊었을 때의 품위와 고결함을 상실한다. 이는 백인의 침탈에 의한 미국 원주민 혹은 인디언의 삶의 현실이 반영된 것이다. 칭카치국은 죽기 전에 자신의 부족에게 되돌아감으로써 고결함을 어느 정도 회복한다. 쿠퍼는 이 작품에서 개척지 마을에서의 삶의 현실과 계절 변화와 같은 자연을 정밀하게 묘사한다. 작가는 역사와 모험, 그리고 지역의 관습을 결합시켜, 소위말해서 "묘사적 이야기"(descriptive tale)를 창조해낸다.

이 작품의 근본 주제는 백인과 인디언의 인종적 갈등이다. 그렇다면 쿠퍼가 묘사하는 미국 원주민 혹은 인디언의 모습은 어떠한가?

> Cooper's Indians, even the "bad" ones, are almost always brave. In general, he divides Indians into two types. His good ones—like Uncas and Chingachgook (Natt's best friend)—are loyal and affectionate. Some critics complain that they are too good and that Cooper saw them, wrongly, as "noble savages." The bad ones are filled with evil and cannot be trusted. Still, there is always a sadness in Cooper's depiction of the Indians. They are a dying race, sacrificed to the advance of white

culture. At the same time, Cooper seems to be warning all of humanity that this could be the fate of other races. (High 34-35)

쿠퍼가 묘사하는 인디언은 비록 악당일지라도 언제나 용감하다. 일반적으로 그는 인디언을 두 가지 형태로 구별한다. 운카스와 칭카치국(내티의 가장 친한 친구)과 같은 착한 인디언들은 충직하고 애정이 많다. 일부 비평가들은 그들은 너무 착해서 쿠퍼가 그들을 "고귀한 야만인"으로 보고 있는 것인 아닌가 하는 의구심을 제기한다. 나쁜 인디언들은 악으로 가득 차 있고 결코 신뢰할 수 없는 인물들이다. 하지만 쿠퍼의 인디언에 대한 묘사는 언제나 슬픔이 있다. 그 인디언들은 죽어가는 인종들이고 백인 문화의 침탈에 의해 희생당한 종족이다. 동시에 쿠퍼는 인류에게 이런 상황이 다른 모든 인종들에게도 일어날 수 있는 운명임을 경고한다.

백인과 인디언의 갈등은 19세기 말까지 미국에서 가장 흔한 일이었다. 쿠퍼는 이 주제를 『가죽 각반 이야기』 전체에 지속적으로 사용한다. 그는 백인과 인디언의 전투 장면을 작품 속에 많이 삽입한다. 작가 자신과 주인공인 내티는 무조건 인디언을 혐오하는 이들을 거부한다. 인디언을 혐오하는 이들은 가장 최악의 미국인으로, 동물과 인간을 단지 "쾌락을 위해서"(for the sport of it)(High 34) 죽이는 것으로 작품 속에서 묘사된다.

ⓑ 『모히칸족의 최후』(*The Last of the Mohicans*, 1826)

This is one of America's most famous novels, shows Natty an a much younger age. It is an exciting story, full of action. Characters fight and are taken prisoner, then escape or are rescued. Uncas, the Mohican, is the last of his tribe. He replaces Natty as the hero in the last half of the novel. Uncas is killed by the evil Indian, Magwa. (High 35)

> 이 작품은 미국 소설 중 가장 유명한 소설로 내티가 젊은 나이로 등장한다. 이 작품은 액션으로 가득한 흥미로운 이야기이다. 등장인물들은 싸우고, 감옥에 투옥되기도 하고, 도망치고 구조된다. 운카스는 모히칸족의 마지막 생존자이다. 이 작품의 후반에서 운카스는 주인공으로 내티를 대신한다. 운카스는 사악한 인디언인 마그와에 의해 살해당한다.

이 작품은 운카스라는 최후의 모히칸족이 휴런(Huron)족의 마그와라는 사악한 인디언에 의해 살해된다는 내용으로 구성된다. 이 작품은 1757년을 시대적 배경으로 조지호(Lake George)에 접해있는 윌리엄 헨리(William Henry) 요새에 주둔했던 프랑스 군과 인디언들의 전투에 대한 역사적 사실을 채용한다. 이 작품은 여주인공 앨리스(Alice)와 코어 먼로(Core Munroe) 자매가 요새의 사령관인 부친을 찾아가는 장면에서 시작된다. 요새에서 일어난 학살 장면, 도주와 체포, 그리고 아슬아슬한 구출 등과 관련된 일련의 사건들은 독자의 흥미를 자아내기에 충분하다. 백인과 인디언의 인종적 갈등과 대립 속에서 폭력적 보복이 이루어지기도 하고, 적에 대한 잔인성과 노약자에 대한 존경과 같은 인간의 선과 악이 뚜렷한 대조를 이룬다. 독자는 역사로부터 밀려나 민족절멸의 상황에 처한 인디언의 아픔 역사를 다시 생각해 볼 수 있다. 폐허가 된 통나무집과 요새는 이 소설의 제목처럼 인생의 무상함을 더욱 느끼게 하며, 쿠퍼가 묘사하는 장엄한 자연 경관은 숭고미를 느끼게 한다.

ⓒ 『대평원』(*The Prairie*, 1827)

> Natty is now in his eighties. He is too old for heroism. But Cooper makes him seem like Moses in the Bible as he guides a group of settlers to their new homeland. His beloved forests have all been cleared and are now farmland. To escape "civilization," he must now live on the treeless plains. (High 35)

이 작품에서 내티는 80대로 등장한다. 이제 그는 영웅적 모험을 하기에는 너무 나이가 많다. 하지만 쿠퍼는 그에게 성경의 모세처럼 새로운 땅으로 정착민들을 안내하는 역할을 맡긴다. 그가 사랑하는 숲은 이제 사라지고 모두 경작지로 대체되었다. 문명으로부터 벗어나기 위해 그는 나무가 없는 평원에서 살아가야만 한다.

80대의 노인이 된 내티는 이제 문제를 해결함에 있어 자신의 몸이나 총보다는 두뇌, 즉 지혜를 사용한다. 쿠퍼는 이 작품에서 내티가 사용했던 지방 사투리를 풍취 있게 다듬고, 첫 장에서 눈부신 햇살로 그를 극적으로 변신시켜 이주민의 대열에서 길을 안내하도록 함으로써 성경의 모세의 역할을 부여한다. 내티의 소박한 믿음과 자연에 대한 친숙함이 돋보이며, 모든 사건이 내티가 한 번도 가본 적이 없는 바다와 같은 서부 대평원에서 일어난다.

ⓓ 『길잡이』(*The Pathfinder*, 1840)

We again see Natty as a young man. He almost marries a girl called Mabel Dunham, but decides to return to his life in the wilderness. Cooper also changes his hero's manner of speaking, making him a kind of backwoods philosopher. (High 35)

이 작품에서 우리는 다시 젊은 내티를 보게 된다. 그는 메이벌 던햄과 거의 결혼할 뻔 했으나 황야에서의 삶을 선택한다. 쿠퍼는 이 주인공의 말하는 어투를 바꿔 운둔한 철학자의 모습을 부여한다.

이 작품은 온타리오호수(Ontario Lake) 지역을 배경으로 한다. 이 작품은 쿠퍼가 1808-09년 사이에 이곳에 머물었을 때의 경험을 토대로 하고 있으며, 호수와 주변의 자연 묘사가 뛰어난 작품이다.

ⓔ 『사슴 사냥꾼』(*The Deerslayer*, 1841)

The Deerslayer shows Natty in his early twenties. Although we see him kill his first Indian, his essential goodness is contrasted with the Indian haters, Hurry Harry and Thomas Hutter. At the end of the novel he visits the scene of its main events, fifteen years after they happened. He finds only a tiny piece of faded ribbon which had belonged to girl who once loved him. The reader shares Natt's feeling of sadness about the past. (High 35)

『사슴 사냥꾼』에서 내티는 20대 초반으로 등장한다. 비록 그가 처음에 인디언을 살해하지만 그의 본질적인 선함은 인디언을 증오하는 허리 해리와 토마스 후터와는 대조되는 사람이다. 소설의 말미에서 그는 살인 사건이 일어나고 15년 뒤에 그 장소를 다시 방문한다. 그는 그곳에서 그가 한 때 사랑했던 소녀의 색 바랜 리본 조각만을 발견한다. 독자는 과거에 대한 내티의 슬픈 감정을 공유하게 된다.

20대 초반의 주인공 내티는 '매의 눈'(Hawkeye)이라는 새 이름으로 상징적 성인 의식을 경험한다. 이 작품은 『가죽 각반 이야기』 중에 가장 목가적인 작품으로 인디언 생활의 정감을 간접적으로 전달해 주는 작품이다.

『가죽 각반 이야기』(*Leather-Stocking Tales*) 5부작 외에도 쿠퍼는 미국 최초의 해양소설 『파일럿』(*The Pilot*, 1824)을 썼는데, 이 작품은 미국 독립전쟁을 배경으로 바다에서 일어나는 사건을 기술한다. 도덕적이고 용감하며 애국적이고 바다 냄새가 물씬 나는 이상적 뱃사람, 롱 톰 카핀(Long Tom Coffin)의 성격 묘사가 인상적이다.

『스파이』(*The Spy*, 1821)는 미국 최초의 역사소설로 평가받으며, 미국 최초의 건국시기 정치외교가였던 존 제이(John Jay)에게서 들었던 정치비화를 중심으로 엮은 로맨스 소설이다. 물건을 팔며 미국과 영국 양쪽 병영을 오가던 하비 버치(Harvey Birch)라는 밀정이 주인공이다.

『붉은 해적』(*The Red Rober*, 1827)은 역시 독립전쟁을 배경으로 한 해적의 모험담인데 주인공은 자신을 해적인 동시에 애국자로 간주한다. 그는 반항적이며 낭만적인 선과 악을 겸비한 복잡한 성격의 인물이다.

쿠퍼의 소설들은 개척자들이 차례차례 정착하는 모습을 그려내고 있다. 소설에는 원래 인디언이 살고 있던 거친 땅에 정찰병, 군인, 상인, 개척자 등이 도착하고, 이어 가난하고 지친 이주 가족들, 판사, 의사, 은행원 등의 중산층 가족들이 도착하는 모습이 그려진다. 새로운 무리가 들어오면 이전에 있던 무리들은 물러나곤 했는데, 백인들이 들어오자 인디언들은 서부로 도망쳐야 했다. 학교, 교회, 감옥 등을 세운 '문명화된' 중산층은 변방 개척활동을 한 하층계급 사람들을 대신하게 되었으며, 이 변방 개척자들은 더욱 서쪽으로 이동하여 그들보다 앞서 도착한 인디언들을 대체하게 된다. 쿠퍼는 끝없는 이주민들의 이동상황을 묘사하면서, 이익뿐만 아니라 손실의 차원에서 이를 바라본다.

쿠퍼의 소설들은 개인과 사회, 자연과 문화, 영성(靈性)과 조직적인 종교 사이에 상당한 긴장감을 드러내 보인다. 쿠퍼의 소설에 나타나는 자연과 인디언은 근본적으로 선한 존재이며, 문화적 혜택을 많이 받은 사람들 또한 선한 인물이다. 반면 그 중간에 위치한 인물들은 자연이나 문화를 이해할 만큼 교육받지도 못했으며 세련되지도 않은 욕심 많고 가난한 백인 정착민들이다. 루디야드 키플링(Rudyard Kipling, 1865-1936), E. M. 포스터(Edward Morgan Forster, 1879-1970), 허먼 멜빌 등 서로 다른 문화가 충돌하는 모습을 민감하게 관찰한 작가들처럼 쿠퍼 또한 문화 상대주의자였다. 그는 어떤 문화도 미덕이나 고상함에 있어 우선권을 가지지 않음을 이해했다.

쿠퍼는 어빙이 하지 않았던 미국적 상황을 받아들였다. 어빙은 유럽 전설, 문화, 역사를 수입하고 채택함으로써 미국적 배경에 유럽인의 감수성을 결합했다. 하지만 쿠퍼는 한 걸음 더 나아갔다. 그는 미국적 배경과 등장인물, 주제를 창조했다. 쿠퍼는 미국의 풍습과 풍물에 대한 해박한 지식을 갖고 있었고, 풍부한 방언을 사용하여 뛰어난 장면을 연출한다.

3) 윌리엄 컬른 브라이언트(William Cullen Bryant, 1794–1878)

브라이언트는 매사추세츠(Massachusetts) 서부 커밍턴(Cummington)에서 태어났는데 그곳의 아름다운 자연은 훗날 자연시인으로 성장할 그에게 훌륭한 무대가 된다. 의사이자 철저한 캘빈교파인 부친의 뜻대로 그는 캘빈주의와 연방주의적 교육을 받고 자란다. 그는 시인이자 변호사였고 사회비평가였다. 그는 미국시를 신고전주의의 딱딱한 속박에서 벗어나 시의 원천은 인간의 감정임을 역설한다.

> Although his grandparents had been Puritans, Bryant's own philosophy was democratic and liberal. As a poet, he disliked the old neoclassical style. He agreed with the Romantic poets of Europe (such as England's Wordsworth) that the new poetry should not simply copy the forms and ideas of the ancient classics. Rather, it should break away from the old patterns. The new kind of poetry should help the reader to understand the world through his emotions. For Bryant, like other Romantics, "the great spring of poetry is emotion," and its aim is to find a new, "higher" kind of knowledge. (High 37-38)

> 비록 그의 조부모님은 청교도인이었지만 브라이언트 자신의 철학은 민주적이고 진보적이었다. 시인으로서 그는 신고전주의 스타일을 싫어했다. 그는 새로운 시는 고대 고전들의 형식이나 관념을 단지 모방해서는 안 된다는 영국의 워즈워스와 같은 유럽 낭만주의 시인들의 주장에 동의했다. 오히려 옛날 패턴으로부터 벗어나야 한다고 생각했다. 새로운

종류의 시는 독자가 감정을 통해 세상을 이해할 수 있도록 도움을 줄 수 있어야 한다. 다른 낭만주의 작가들처럼 브라이언트에게 "시의 위대한 원천은 감정이고," 시의 목적은 보다 "고상한" 지식을 찾는 것이다.

브라이언트의 대표적인 시는 「죽음의 명상」("Thanatopsis," 1817)이다. 1810년 학비문제로 예일 대학을 포기한 그는 우울증에 걸려 적막하고 인적이 드문 햄프셔 언덕을 오가며 삶과 죽음에 대해 깊이 명상한 시, 「죽음의 명상」의 초고를 쓴다. 이 시는 여러 번의 개작을 거쳐 1817년 『노스 아메리칸 리뷰』(*North American Review*)에 정식으로 발표되면서 세상에 알려졌으며, 애잔하고 감상적인 정서를 담고 있다.

And, lost each human trace, surrendering up
Thine individual being, thou shalt go
To mix for ever with the elements,
To be a brother to the insensible rock. . . .

그리고 패배를 받아들임으로써 인간 개개인은 자신의 흔적을 상실한다.
개인적 존재로서 너는 떠나야 한다.
모든 자연의 요소들과 섞이기 위해
느낄 수 없는 바위와 형제가 되기 위해 . . .

이 시에서 시인은 기독교적이라기보다는 스토아 철학의 시각에서 죽음을 명상한다. 인간에게 죽음은 불가피한 것이기 때문에, 잠과 같이 자연스러운 과정이다. 따라서 우리는 의연한 체념과 큰 섭리에 대한 자각을 통해 수용해야 한다. 브라이언트에게 죽음은 인간의 모든 흔적을 뒤로하고, "영원히 자연과 섞이기 위해, 바위와 형제가 되기 위해" 삶의 근원인 흙으로 돌아가는 것으로 보았다.

브라이언트의 「대평원」("The Prairies," 1832)은 미국 중서부 대평원의 자연풍경에 대한 감성적인 묘사를 하고 있는 무운시이다. 시인은 말을 타고 자신의 눈앞에 펼쳐지는 광대한 자연을 바라본다.

. . . Lo! they stretch,
In airy undulations, far away,
As if the ocean, in his gentles swell,
Stood still, with all his rounded billows fixed,
And motionless forever.

. . . 보라! 그것들이 펼쳐진 보습을,
저 멀리 땅으로부터 약간은 솟아올랐다가 떨어지는 모습을,
마치 대양의 파도가 부드럽게 이는 것처럼,
모든 둥그런 파도가 정지하여 잠잠해진 것처럼,
영원히 움직이지도 않고 정지되어 있네.

시인은 상상력을 통해 대평원에서의 세속적 인간의 모습을 마음속에 그린다. 당시 매우 중요한 애국시 중 하나였던 이 시는 비할 데 없는 자연풍경의 아름다움과 유구한 문명을 강조하고 있다.

브라이언트는 신문 편집자로서 일하면서, 「인디언 소녀의 비탄」("The Indian Girl's Lament")과 「아프리칸 추장」("The African Chief")이라는 시를 통해 노동자와 흑인들의 권익을 옹호한다.

Bryant was also a writer with a deep social conscience. As a newspaper editor, he fought hard for the rights of the laborer and of blacks. In such poems as *The Indian Girl's Lament* and *The African Chief,* he praises the qualities that unite all people. But it is his nature poetry which we read with the greatest pleasure today. Furthermore, this poetry prepared the way for the Transcendentalist writers who would soon bring American literature to the attention of the world. (High 39)

브라이언트는 또한 사회적 양심에 깊은 관심을 가진 작가였다. 신문 편집자로서 그는 노동자와 흑인의 권리를 위해서 싸웠다. 「인디언 소녀의 비탄」과 「아프리칸 추장」 같은 시에서 그는 모든 사람을 연합시킬 수 있는 것을 찬미한다. 하지만 오늘날 우리가 큰 기쁨을 갖고 감상할 수 있는 것은 그의 자연에 대한 시이다. 더군다나 이 자연 시는 미국문학에 대한 세계의 관심을 갖도록 했던 초월주의 작가들이 등장할 수 있는 제반 여건이 된다.

브라이언트는 과거, 죽음, 자유, 그리고 자연이라는 낭만주의적 주제를 이해하기 쉽게 그리고 명확하고 간결하게 표현함으로써 고전주의와 낭만주의적 요소를 함께 지닌 이상적인 미국의 시민이요 존경받는 작가였다.

제4장

미국 르네상스
(An American Renaissance)

1. 초월주의(Transcendentalism)

초월주의는 독일의 관념주의 철학자 임마누엘 칸트(Immanuel Kant, 1724-1804)의 철학을 기본적인 개념으로 존 로크(John Locke, 1632-1704)의 자연법사상과 데이비드 흄(David Hume, 1711-1776)의 경험론, 루소(Jean Jacques Rousseau, 1712-1778)의 합리주의, 데카르트(René Descartes, 1596-1650)의 이성주의 등이 통합된 계몽주의 철학에서 유래한다. 자연에 대한 경외, 찬미, 헌신을 추구함으로써 윌리엄 워즈워스(William Wordsworth, 1770-1850)의 범신론(Pantheism), 신비주의(Mysticism) 등과 맥을 같이한다. 초월주의 운동은 세상과 신이 동일하다는 근본적인 믿음에 기초한다. 각 개인의 영혼은 세계와 동일한 것, 즉 소(小)세계라고 여겨졌다. 자기의지 및 개인주의에 대한 학설은 개인의 영혼과 신이 동일한 것이라는 믿음을 통해 전개된다.

미국의 초절주의는 유럽의 합리주의 철학과 동양의 신비주의 철학이 조화되어 미국만의 독특한 계몽주의 철학으로 나타나는데, 이것은 미국 고유의 사상이자 행동규범이다. 이것은 인간성을 지나치게 구속하는 캘빈주의 청교도 사상의 반동으로 출현한 것으로, 청교도 입장으로 보면 이신론(Deism)을 넘어 이단으로 몰리면서 청교도부터 많은 공격을 받기도 했다. 18세기 중엽 조나단 에드워즈(Jonathan Edwards, 1703-1758)의 '대각성 운동'(The Great Awakening)이 청교도 신앙부흥운동이라면, 초월주의는 19세기 엄격한 캘빈주의에 속박되어 있던 인간성 해방운동이다.

초월주의는 보스턴에서 서쪽으로 32킬로미터 떨어진 뉴잉글랜드의 작은 마을 콩코드와 밀접한 관련이 있다. 콩코드는 식민지 시대 당시 매사추세츠만 식민지의 첫 번째 내륙 정착지였다. 숲으로 둘러싸인 콩코드는 평화로운 마을로, 서점이나 대학이 가까이 있어서 문화적 혜택을 많이 받을 수 있는 장소였다. 콩코드는 미국 독립혁명의 첫 번째 전투가 발생한 곳으로 랠프 월도 에머슨(Ralph Waldo Emerson, 1803-1882)의 시, 「콩코드 찬가」("Concord Hymn")는 이 전투를 기념하고 있다. 이 시는 미국문학 중 매우 유명한 도입부 중 하나로 시작된다.

By the rude bridge that arched the flood
Their flag to April's breeze unfurled
Here once the embattled farmers stood
And fired the shot heard round the world

시내 위로 휘어진 거친 다리 옆에
그들의 깃발이 사월 미풍에 날렸다.
한때 농부들이 여기 진을 치고 있었고
그들이 쏜 총소리는 온 세상에 울렸다.

콩코드는 시골에 위치한 예술가의 첫 번째 집합소였으며, 미국의 물질주의에 대한 정신적·문화적 대안을 제공해준 첫 번째 장소이기도 했다. 콩코드는 고상한 대화와 단순한 삶(에머슨과 헨리 데이비드 소로우 둘 다 채소밭이 있었다)을 위한 장소였다. 에머슨은 소로우와 함께 1834년에 콩코드로 거주지를 옮긴다. 소설가 나다니엘 호손(Nathaniel Hawthorne, 1804-1864), 페미니즘 작가 마거릿 풀러(Margaret Fuller, 1810-1850), 소설가 루이자 메이 올커트(Louisa May Alcott, 1832-1888)의 아버지이자 교육자인 애머스 브론슨 올커트(Amos Bronson Alcott, 1799-1888), 시인 윌리엄 엘러리 채닝(William Ellery Channing, 1780-1842) 등도 이곳으로 오게 된다.

초월주의 모임은 1836년에 특별한 짜임새 없이 구성되었으며, 에머슨, 소로우, 풀러, 채닝, 올커트, 오레스테스 브라운슨(Orestes Augustus Brownson, 1803-1876), 시어도어 파커(Theodore Parker, 1810-1860) 등 다수가 회원이었다. 초월주의자들은 계간지 『다이얼』(*The Dial*)을 간행했는데, 이 잡지는 4년 동안 지속되었고 처음에는 마거릿 풀러가, 이후에 에머슨이 편집을 담당했다. 그들은 문학뿐만 아니라 사회개혁에도 참여했다. 많은 초월주의자들은 노예제도 폐지론자들이었으며, 일부는 근처에 있던 브룩 농장[Brook Farm, 공동 농장. 호손의 『블라이스데일 로맨스』(*The Blithedale Romance*)에 묘사됨]과 같은 실험적인 유토피아적 공동체에 참여했다.

많은 유럽 단체와 달리 초월주의자들은 선언서를 발표하지 않았다. 그들은 개인적인 차이, 각자의 독특한 관점을 존중했다. 초월주의적 낭만주의자들은 급진적인 개인주의를 극단으로 몰고 갔다. 미국작가들은 자신들을 사회와 관습 밖에 있는 외로운 탐험자라고 여겼다. 허먼 멜빌의 에이햅 선장, 마크 트웨인의 헉 핀, 에드거 앨런 포의 아서 고든 핌 같은 미국적 영웅들은 형이상학적으로 자아발견을 추구하다가 위험에 직면하고, 때때로 파멸에 이르기까지 한다. 미국 낭만주의 작가들에게 '기정 사실'이라는 것은 존재하지 않았다.

초월주의자들은 문학적·사회적 관습을 거부한다. 그들은 미국적인 진정한 문학형식, 내용, 목소리 그 모든 것을 동시에 발견하고자 했다. 에머슨의 『자연』(*Nature*, 1836)과 소로우의 『월든』(*Walden*, 1845)은 초월주의 운동의 텍스트이자 선언문이라 해도 과언은 아니다.

1) 랠프 월도 에머슨(Ralph Waldo Emerson, 1803-1882)

에머슨은 미국이 낳은 위대한 사상가 중의 한 명으로 '콩코드의 현인'(the Sage of Concord)이라 불렸다. 그는 삼위일체설과 예수의 신성을 부정하고, 하느님은 오직 일체(Unity)라는 유니테리언파 목사의 아들로 태어났다. 부친이 일찍 죽는 바람에 온갖 고생을 하였으나 어머니의 헌신적인 노력으로 하버드를 졸업할 수 있었다. 대학 졸업 후 그는 목회자의 길을 걸었는데, 기성신앙에 대한 불신으로 목사직을 사임했다. 유럽 순회여행을 하면서 윌리엄 워즈워스(William Wordsworth, 1770-1850), 새뮤얼 콜리지(Samuel Taylor Coleridge, 1772-1834) 그리고 토마스 칼라일(Thomas Carlyle, 1795-1881)을 만나 교류한다. 미국으로 돌아온 그는 순회강연을 하면서 생계를 유지하다가 콩코드에 자리잡고 이 도시를 뉴잉글랜드 문예부흥의 중심지로 만든다. 그는 노예제도나 여권신장 같은 현실문제보다는 다분히 공상적이고 이상적인 관념론에 심취한다. 그의 초절주의 또는 초월주의 사상의 원리와 내용은 그의 대표적 저서, 『자연』(*Nature*, 1836)에 잘 나타나 있다.

초절주의는 신, 인간, 자연을 우주영혼의 공유자로 보며 통일적 존재를 강조하는 바, 에머슨은 이를 대령(Over-Soul)이라 불렀다. 자기를 통해 흐르는 신성을 느끼기 위해 에머슨은 자연으로 눈을 돌린다. 전통적 의미의 종교는 그에게 별 쓸모가 없었다. 그의 종교는 자연종교였으며, 스스로 자신의 사제로 삼았다. 에머슨은 자연의 가장 미미한 것조차도 그 자체의 존재법칙과

의미를 갖는 소우주로 보고 자연을 섬기며 배웠다. 개인, 자연 그리고 고독을 강조함으로써 초월주의는 낭만주의의 한 중요한 분파가 된다.

초월주의 사상을 정리하면 다음과 같다.

- 관념론(Idealism), 즉 바깥 사물보다는 정신의 우위를 강조했고 직관적 지식(Intuitive Knowledge)을 중시.
- 자연이나 인간 속에 내재하는 어떤 신성을 믿고 인간의 위엄성을 강조.
- 존재의 일체(Unity of Being): 신, 인간, 자연, 모두 대령(Over-Soul)이라는 보편적 영혼을 공유.
- 논리(Logic)보다는 감정(Feeling)과 직관(Intuition)을 통해 진실을 찾고자 노력.
- 범신론적 사상(Pantheism): 초절주의자들은 모든 곳, 인간, 자연에서 신(God)을 찾았다. 자연 그 자체가 그들의 성경(Bible)이었고, 새, 구름, 나무, 눈 모두가 그들에게는 특별한 의미를 지니고 있었다. 그들은 삼라만상에서 신성을 느꼈다.
- 초절주의는 무종파적, 때로는 반기독교적 경향이 있었다.
- 유니테리언니즘(Unitarianism)－나중에는 반대.
  －성부, 성자, 성신, 즉 신성을 하나로 생각.
  －신과 대화를 할 때에는 교회를 통해서가 아니라 직접 개인이 할 수 있음.
  －직관을 중시.
  －칸트 후기 학파를 존중.
- 신봉한 점.
  －God is love.
  －God lives in each man.
  －Man can know God directly by intuition.

—He can know God through nature.

—He should live simply, close to nature.

—Every individual is important.

—Natural and moral law match each other.

- 배척한 점.

—Puritanical Calvinism.

—Unitarian Coldness.

—Materialism.

—Any kind of Domination (Political tyranny).

—The past (Tradition).

—Science.

에머슨의 철학은 자기모순을 지닌다. 이성적인 체계가 직관과 융통성에 대한 자신의 낭만주의적 믿음과 어긋나기 때문에, 그가 논리적인 지적체계를 구축하는 것을 의식적으로 피했던 것이 사실이다. 에머슨은 「자기의지」("Self-Reliance")라는 수필에서 바보같이 일관성을 지키는 것은 마음이 편협하다는 것을 보여주는 것이라고 말했다. 하지만 그는 자연으로부터 영감을 받은 미국적 개인주의의 발생을 요구하는 데는 놀라울 정도로 일관성을 유지했다. 새로운 국가비전의 필요성, 개인경험의 이용, 우주적인 대령(大靈)의 개념, 보상이론 등 그의 주요 사상 대부분은 그의 첫 번째 저술 『자연』에 제시되어 있다. 에머슨의 주요 작품을 정리하면 다음과 같다.

① 『자연』(*Nature*, 1836)

이 저서는 인간을 자연 위에 올려놓고 신과 동일시하며, 인간을 "유한세계에서의 창조자"의 위치에 올려놓고 있다. 에머슨은 서문에서 현대인은 이제 더 이상 과거세대의 눈을 통해서 자연을 보아서는 안 되며, 자연과의

“근원적인 관계”를 찾아내야 한다고 말하고 있다.

> In 1836, Emerson published *Nature,* the clearest statement of Transcendentalist ideas. In it he stated that man should not see nature merely as something to be used; that man's relationship with nature transcends the idea of usefulness. He saw an important difference between *understanding* (judging things only according to the senses) and "Reason." (High 43)

1836년에 에머슨은 초월주의의 이상에 대한 명확한 서술인 『자연』을 출판한다. 이 책에서 그는 인간은 자연을 단지 활용할 수 있는 것으로 봐서는 안 되며, 인간과 자연의 관계는 유용성이라는 관념을 초월한다고 주장한다. 그는 단지 감각에 의해 사물을 판단하는 오성과 “이성”의 중요한 차이점을 인식했다.

② 『자기 신뢰』(*Self-Reliance*, 1841)

－엄격한 개인주의와 비영합주의(전통과 인습에 반대)를 강조.
－너 자신의 생각을 믿어라. 너의 개인적 입장에서 진리인 것은 모든 인간에게도 진리이다.
－위대해진다는 것은 오해받는 것이다.
－비영합주의, 개인의 천성이 신성이다(개인이 중요한 것이다).
－인습에서 탈피, 미래를 지향, 역사는 개인이나 소수의 전기(자신이 믿는 것이 모든 사람에게도 진리이다).

③ 『대령』(*The Over-Soul*, 1841)

－만물에 존재하는 유동적 생명력(범신론적 우주관에서 나온 것).

－서로 모순된 것을 균형 있게 만드는 것.
－이 세상에 살면서 직관에 의해서 대령을 인식해야 하고 대령이 작용하고 있는 그 속에서 나온 자신을 신뢰.

④ 『**미국 학자**』(*The American Scholar*, 1837)

1837년에 에머슨이 하버드 대학에서 한 유명한 연설로, 전통과 과거의 영향을 공격하고 미국인의 창조성(American creativity)의 새로운 분출을 외쳤다. 학자는 "책을 학습"(book learning)하는 사람이 아니라 "독창적인 사색가"(the original thinker)여야 하고, 미국의 학자들은 자기 자신을 알기 위해서 자연을 공부해야 한다고 그는 주장한다. 또한 그는 자기신뢰의 중요성을 강조했으며, 이것은 물론 초월주의적 직관에 대한 관심을 의미한다.

⑤ 『**시인**』(*The Poet*, 1884)

－에머슨의 시와 예술에 대한 주요 사상이 담긴 몇몇 시들이 들어 있는 에세이.
－시의 소재는 무한하다.
－시의 형식은 고유의 구조를 가져야 한다.
－시인은 완전한 인간(complete man)을 대표한다. 이는 시인이 인식과 표현에 있어 가장 빼어난 사람이기 때문이다.
－시인은 우리를 옛날 사고(old thoughts)로부터 해방시켜준다.

영국 비평가 매튜 아놀드(Matthew Arnold, 1822-1888)는 19세기 영어로 된 글 중 가장 중요한 것은 워즈워스의 시와 에머슨의 수필이라고 말했다. 위대한 산문작가이며 시인인 에머슨은 월트 휘트먼(Walt Whitman, 1819-1892), 에밀리 디킨슨(Emily Dickinson, 1830-1886), 에드윈 알링턴 로빈슨(Edwin Arlington Robinson, 1869-1935), 월러스 스티븐스(Wallace Stevens, 1879-1955), 해럴드 하트 크레인(Harold Hart Crane, 1899- 1932), 로버트 프로스트(Robert Frost, 1874-1963) 등 많은 시인들에게 영향을 미친다. 그는 또한 존 듀이(John Dewey, 1859-1952), 조지 산타야나(George Santayana, 1863-1952), 프리드리히 니체(Friedrich Nietzsche, 1844-1900), 윌리엄 제임스(William James, 1842-1910) 등의 철학에 영향을 미친 것으로 평가된다.

2) 헨리 데이비드 소로우(Henry David Thoreau, 1817-1862)

소로우는 에머슨 철학의 실천가이자 말과 행동의 시인이다. 그는 프랑스인과 스코틀랜드인의 후손으로 매사추세츠 콩코드에서 태어난다. 그가 태어나 일생을 보낸 콩코드는 당시 비록 작은 도시지만 초월주의를 비롯한 새로운 지적 기운이 넘쳐나던 곳이었다. 1837년 친지의 도움과 고학으로 어렵게 하버드를 졸업한 소로우는 잠시 교편을 잡았다가 1841년부터 2년간, 그리고 1857년부터 2년간 콩코드에 있는 에머슨의 집에서 가사 일을 거들며 살았다. 그는 에머슨과 교우하면서 그의 저서인 『자연』을 읽고 사상적으로 감명을 받아 평생 초월주의자로 살아가기로 결심한다. 하지만 그의 글은 에머슨보다 훨씬 '생생한 문체'(lively style)를 가지고 있고, 에머슨은 자연에 대해 추상적으로 글을 썼지만 소로우는 경험 많은 '숲에 사는 사람'(woodsman)으로서 식물, 강, 그리고 야생의 삶에 관해 상세히 서술한다.

소로우는 평생 철저하게 물질적인 삶을 거부한다. 그는 물질적 욕망이나 사회적인 명예, 지위 등을 배격하고 사색을 즐기면서 평범한 삶의 실천을 위해 콩코드 인근에 있는 월든 호숫가에 오두막집을 지어놓고 만2년 동안(1847-1848) 자연에 칩거하는 생활을 한다. 월든 숲속에서 보낸 2년간은 그의 생애의 전성기이며 가장 열정적인 시기였다. 이곳에서의 경험을 근거로 그는 『콩코드강과 메리맥강의 일주일』(*A week on the Concord and Merrimack Rivers*, 1846)과 『월든, 혹은 숲속의 생활』(*Walden, or Life in the Woods*, 1854)을 내놓는다.

『콩코드강과 메리맥강의 일주일』에서 소로우는 1839년 형 존(John)과의 강변 유람을 회상하고 있는데, 그는 예리한 통찰력으로 자연과 인간, 문학과 사회의 상관관계를 명상하고 자신의 행동방향을 모색한다. 그리고 그는 좋은 시나 산문에 대한 자신의 의견을 진솔하게 피력하며 종종 자신의 시를 소개하기도 한다.

『월든, 혹은 숲속의 생활』에서 소로우는 경제적인 속박이 없는 천연의 자연에서 자유로운 영적 삶을 즐기는 인생관을 모색한다. 이 작품에는 에머슨의 초월주의 사상을 실천하는 낙관적인 삶의 태도가 드러나 있다. 이 작품은 자연과 그 속에 내재한 우주의 영과 조화를 이루는 삶, 인간 개인에 대한 신뢰, 물질적 욕구를 최소화하고 영적으로 충만한 삶, 개인의 자유의지를 바탕으로 한 새로운 자연관의 정립, 확실한 자기신뢰 등과 같은 소로우 사상의 진수를 담고 있다.

『시민 불복종』(*Civil Disobedience*, 1848)은 미국의 패권주의와 노예제도에 반대하며 인두세 납부를 거부함으로써 하루 동안 유치장에 수감되었다가 풀려난 후, 그 부당성을 항의한 글이다. 그는 도망치는 노예를 도와주기도 했고, 노예폐지론자들의 회의에서 연설을 했으며, 사형선고를 받은 노예해방 운동가를 구명하고자 탄원하기도 했다. 그는 국가가 의롭지 못한 일을 시민에게 강요해서는 안 되며, 그런 경우 개인은 그것을 거부할 권리를 가진다는 이른바 "시민 불복종론"을 주장한다. 그는 콩코드 유치장에서 하루를 보내며 "우리는 첫째 인간이어야 하며, 그 다음이 시민"이라고 주장한다. 이러한 시민 불복종론은 마하트마 간디(Mahatma Gandhi, 1869-1948)와 마틴 루터 킹(Martin Luther King, 1929-1968) 목사의 비폭력 운동에 큰 영향을 미친다.

생태학적인 관심, 혼자서 모든 것을 하는 독립성, 노예폐지론에 대한 윤리적인 기여, 시민 불복종 및 평화적인 저항이라는 정치적 이론 등으로 인해 오늘날 소로우는 초월주의자들 중에서 가장 매력적인 작가로 남아 있다. 그의 생각들은 아직도 신선하며, 그의 예리하고 시적인 스타일과 철저하게 관찰하는 습관은 극히 현대적이다.

3) 마거릿 풀러(Margaret Fuller, 1810–1850)

뛰어난 수필가인 마거릿 풀러는 매사추세츠주 케임브리지에서 태어나 성장했다. 검소한 집안에서 태어난 그녀는 집에서 아버지에게 교육을 받았으며(당시 여성은 하버드에 들어갈 수 없었다), 어렸을 때 고전과 현대 작품을 배우며 신동이라는 소리를 들었다. 그녀는 독일 낭만주의 문학, 특히 괴테를 좋아해 그의 작품을 번역하기도 했다.

미국에서 주목할만한 여성 저널리스트였던 풀러는 서평과, 여성 수감자 및 정신병자 대우 등과 같은 사회적 문제를 다룬 기사를 작성했다. 이러한 기사 일부는 그녀의 저서 『문학과 예술에 관한 글』(*Papers on Literature and Art*, 1846)에 실려 있다. 이보다 앞서 1845년에 그녀는 자신의 최고작 『19세기 여성』(*Woman in the Nineteenth Century*)을 집필했다. 이 글은 원래 초월주의자 잡지 『다이얼』에 실렸는데, 풀러는 1840년부터 1842년까지 이 잡지의 편집을 담당한 바 있다.

풀러의 『19세기 여성』은 여성의 사회적 역할을 탐구한다. 풀러는 종종 민주주의적, 초월주의적 원리들을 적용하여 성차별에 대한 수많은 미세한 원인과 사악한 결과에 대해 철저히 분석하면서, 이에 대해 취해야 할 긍정적인 조치들을 제안한다. 그녀의 생각 중 다수는 매우 현대적이다. 그녀는 '자립'의 중요성을 강조하면서 여성들이 "규율을 자신들 내부에서가 아니라 외부로부터 습득하도록 가르침을 받았기에" 자립정신이 결여되어 있다고 주장했다.

풀러는 페미니스트였을 뿐만 아니라 인간의 창조적인 자유와 모든 인간의 존엄성이라는 명분에 헌신한 행동주의자이자 개혁주의자였다.

2. 월트 휘트먼(Walt Whitman, 1819-1892)

뉴욕주 롱아일랜드에서 태어난 월트 휘트먼은 목수이면서 민중의 대변인으로, 혁신적인 작품들을 통해 미국의 민주주의 정신을 표현한 시인이다. 휘트먼은 대부분 독학으로 지식을 깨우쳤는데, 일하기 위해 11세에 학교를 떠나는 바람에 미국작가들에게 존경심을 갖고 영국작가들을 모방하게 만드는 전통적인 교육을 받지 않을 수 있었다. 그가 평생 수정하고 교정했던 시집 『풀잎』(*Leaves of Grass*, 1855)에는 미국인이 쓴 가장 독창적인 작품인 「나 자신의 노래」("Song of Myself")가 실려 있다. 『풀잎』이라는 시집을 우편으로 선물받은 에머슨은 "미국이 지금까지 내놓은 적이 없는 가장 뛰어난 기지와 지혜의 산물입니다"라고 답장에 써 보냈다. 이 대담한 시집에 대해 에머슨을 비롯한 여러 사람들이 보낸 열정적인 찬사는 시인으로서 휘트먼의 입지를 확인시켜 주었다.

모든 피조물을 찬미하고 있는 사변적인 시집 『풀잎』은 에머슨의 글로부터 많은 영감을 받았는데, 재미있는 점은 에머슨이 자신의 수필 「시인」에서 휘트먼 같이 신념이 강하고 마음이 열려 있으며 우주적인 시인을 예견한 적이 있다는 점이다. 『풀잎』의 혁신적이고 각운에 연연하지 않는 자유시 형식, 성(性)에 대한 묘사, 생동감 있는 민주주의적 감수성에 대한 공개적인 찬미, 시인의 자아는 시, 우주, 독자와 하나라는 식의 극단적으로 낭만주의적인 주장 등은 미국 시의 방향을 완전히 바꾸어놓는다.

휘트먼은 그가 경험한 미국의 민주주의 이상을 새로운 형태의 시로 연출하려는 원대한 포부를 갖고 1855년부터 1892년까지 시집, 『풀잎』을 계속적으로 수정하고 증보시켜 나갔다. 1855년 초판본 서문에서 "미합중국 자체가 본질적으로 가장 뛰어난 시"라고 말했는데, 이 선언은 애국심의 표현일 뿐만 아니라 미국적 민주주의에 대한 최고의 찬사라 할 수 있겠다.

『풀잎』의 초판은 서사시와 자유시로 구성된 시를 모은 것이다. 이 작품은 종래의 전통적 시형을 크게 벗어나 미국의 적나라한 모습을 그대로 찬미한 시집의 서문과 12편의 제목이 없는 시들로 엮어진 시집이다. 『풀잎』은 1855년 초판 이후 1892년 9판에 이르기까지 매번 수정되고 증보된 시문집이다. 판이 거듭될 때마다 신작이 추가되고 이전의 작품은 손질되었다. 하지만 그의 시는 형식이 결여되고 성 문제가 노골적으로 다루어졌기 때문에 많은 논란을 불러일으키기도 했다.

『나의 노래』(*Song of Myself*, 1855, 1881)는 휘트먼 특유의 자유로운 운율이 하나의 흐름으로 펼쳐지는 1300여 행에 달하는 단시들의 집합이다. 이 속에는 휘트먼이 하고 싶은 말의 요점이 모두 포함되어 있다. 그러나 신기하고도 도전적인 내용을 의식적으로 표현했기 때문에 자칫하면 허세 부린다는 오해를 사기도 한다. 그는 여기에서 "나는 육체의 시인이요, 또 영혼의 시인"이라고 한다. 그는 인간적인 자아에서 우주적인 자아로 나아가 우주의 섭리로 동화되는 현란한 이미지를 노출하고 있다.

이 시는 수많은 구체적인 풍경과 소리로 꿈틀거리고 있다. 휘트먼의 새들은 다른 시들에서 관습적으로 표현되는 '날개 달린 영혼'이 아니다. "노란 왕관을 쓴 왜가리는 밤에 늪지에 와서 작은 게를 먹는다"에서 보는 것처럼 구체적이다. 휘트먼은 자신이 보거나 상상한 모든 것에 자신을 투영한다. 그는 "장사와 모험을 위해 모든 항구로 여행을 하고, 현대적인 군중과 함께 열의에 가득 차고 또 변덕스럽게 서둘러 움직이는" 대중적인 인간이다. 하지만 그는 또한 고통 받는 인간이다. "아이들이 보는 가운데 마녀로 선고받아 마큰장작에 태워진 늙은 어머니 . . . 나는 사냥개에게 쫓기는 노예, 그 개들이 물 때마다 몸을 움츠린다. . . . 나는 구타당해 가슴뼈가 부러진 화부(火夫).” 이렇듯 휘트먼은 모든 인간의 평범함과 인간의 존엄성을 강조하는 타고난 민주주의 시인이었다.

휘트먼의 위대함이 엿보이는 시들 중에는 「브루클린 페리를 타면서」(“Crossing Brooklyn Ferry,” 1856), 「끝없이 흔들리는 요람에서」(“Out of the Cradle Endlessly Rocking,” 1859), 그리고 「앞뜰에 마지막 라일락이 피어날 때」(“When Lilacs Last in the Dooryard Bloom’d,” 1865) 등이 있다.

「브루클린 페리를 타면서」에서 휘트먼은 능란한 솜씨로 일상의 체험에 신비감을 불어넣는다. 브루클린 나루터는 그에게 너무나 친숙한 장소이며, 그는 1850년부터 10년간 거의 매일 이 강을 건너 다녔다. 이 시에서 그는 이러한 친숙함을 만화경 속으로 압축시키는 데 성공한다. 이 시에서는 움직이는 이미지가 지배적이다. 배와 강물이 움직이고 밤과 낮이 교차되며 빛과 어둠이 역전된다. 그 움직임은 시인의 상상력에 의하여 시공을 초월하여 미래로 투사된 다음 과거의 회상을 거쳐 현재로 회귀한다.

「끝없이 흔들리는 요람에서」는 휘트먼이 시인이 되는 과정을 읊은 시이다. 일종의 의식, 즉 고전적 전통과 의식을 거쳐, 휘트먼은 자연 속에 몸담고 특별한 교훈을 얻기 위해 기다린다. 한 쌍의 앵무새로부터 사랑과 고통의 의미를 배우고, 요람을 흔드는 바다로부터 생과 사의 관계와 죽음의 의미를 배운다.

「앞뜰에 마지막 라일락이 피어날 때」는 에이브러햄 링컨의 죽음에 대한 감동적인 만가이다. 이 시는 링컨 대통령에게 최대의 찬사를 보낸 목가적 추도시이지만, 특정한 개인의 죽음을 넘어서 모든 인간의 죽음으로 확산된다. 암살당한 링컨의 시신이 영구열차 편으로 워싱턴에서 스프링필드로 운구될 때, 라일락꽃이 만발했고 금성이 빛나고 있었으며, 외로운 새는 짝을 찾아 울고 있었다. 이 시는 봄이면 피어나는 라일락을 통해, 인간의 죽음과 자연의 재생을 대비하며 영혼의 새로운 삶을 기원하는 재생의 추도시라 할 수 있다.

휘트먼을 가리켜 미국시인으로 부르기보다 바로 미국 그 자체라고 극찬한 에즈라 파운드(Ezra Pound, 1885-1972)의 평처럼, 휘트먼의 시만큼 독창적이고 혁명적인 시는 일찍이 없었다. 휘트먼은 시는 자연스럽게 써야 한다고 믿었다. 그는 군더더기 같은 장식을 배격했으며 사상이 앞서야 하고 운율은 그 뒤를 따라야 한다고 주장한다. 그러나 『풀잎』의 판이 거듭되면서 그의 시는 종래의 기교와 소리에 보다 많은 관심을 둔다. 휘트먼은 시어들을 신중하게 선택하여 사용했다. 후기 시에서는 속어와 현대식 영어들이 감소되는 반면에, 고어가 증가하는 경향을 보인다. 그는 접미사를 이용해 흔쾌히 새로운 단어를 만들었으며, 명사를 동사로 동사를 명사로 자유롭게 사용한다. 목록 형식과 대구법, 그리고 반복법 등을 도입한 그의 자유로운 운율 구사는 신약 성서에 비견되기도 한다. 지금도 형식주의 비평가들은 그의 특징인 무형식의 형식에 미간을 찌푸리기도 하지만, 휘트먼이 지닌 힘과 영향력은 무시하지는 못한다.

3. 나다니엘 호손(Nathaniel Hawthorne, 1804-1864)

영국인의 후손으로 미국에서의 다섯 번째 세대인 나다니엘 호손은 동인도와의 무역을 전문으로 하는 부유한 항구도시 세일럼(매사추세츠주 보스턴 북부)에서 태어났다. 호손의 5대조인 윌리엄 호손은 당시 치안판사로 재직하면서 이교도와 퀘이커교도들을 처형하는 데 적극 가담한다. 그의 아들이자 호손의 고조부, 존 호손은 1692년 세일럼에서 열린 마녀 재판에서 가혹한 판결을 내린 치졸한 판사 중의 한 명이었다. 객관적으로 보면 이들은 17세기 세일럼의 신정사회를 이끌던 수많은 권력자 중에 속했으나, 호손은 그들의 불의와 잔혹함을 쉽게 넘길 수 없었다. 그는 조상들의 행위를 죄악으로 간주했을 뿐만 아니라 그들의 육신과 본성을 물려받은 자신도 그 끔찍한 원죄에서 자유스러울 수 없다고 생각했기에 평생 죄의식에 시달렸다. 그의 작품의 주된 주제인 씻을 수 없는 악과 죄의 문제, 인간의 도덕적 책임, 그리고 어둡고 무거운 분위기는 대체로 이러한 원죄의식에서 발현된다고 할 수 있다.

호손은 브룩 농장(Brook Farm)에 동참했을 때는 초월주의에 동조했으나 후에 초월주의자들을 공격한다. 이 점이 드러난 작품은 「천국 철도」("Celestial Railroad," 1843)이다. 이 작품은 존 버니언(John Bunyan)의 『천로역정』(*Pilgrim's Progress*)의 주인공인 크리스천(Christian)에 관한 아이러닉한 단편소설(Ironic short story)이다. 『천로역정』에서 크리스천이 걸어서 인생의 험난한 길을 여행해야 하고, 그 길을 따라 고통·죄악·의심과 같은 인생의 문제들에 직면한다. 그러나 호손의 이야기에서는 철도가 천국(Celestial City)으로 데려다준다. 이 철도는 인간의 인생에서 죄악과 의심과 같은 문제들을 다루는 데 있어서 초월주의자들의 실패를 상징한다.

호손의 많은 이야기들은 뉴잉글랜드 청교도를 배경으로 하고 있으며, 그의 최고 작품인 『주홍글자』(*The Scarlet Letter*, 1850)는 청교도적인 미국의 고전적 초상화가 된다. 이 소설은 감수성이 풍부하고 신앙심 깊은 젊은이, 아서 딤스데일(Arthur Dimmesdale) 목사와 관능적이고 아름다운 도회지 여성 헤스터 프린(Hester Prynne)의 금지된 사랑을 그린다. 헤스터는 격정적이면서도 자제심이 있고, 지역사회에 고립되어 있으면서도 헌신적으로 봉사한다. 전통적 관점에서 볼 때 그녀는 자신의 죄에 대해 뉘우치는 빛은 없으나, 사랑하는 사람과의 영원한 사랑에 대해서는 희망적이다. 딤스데일은 지적 능력은 뛰어나나 위선적인 모습을 보인다. 헤스터와 딤스데일 사이에서 태어난 펄(Pearl)은 이들의 죄를 상징하면서도 진정한 사랑과 생명력을 상징한다. 반면 헤스터의 전 남편 칠링워스(Chillingworth)는 악을 상징한다. 칠링워스가 옛날에는 학구적이고 사려 깊고, 조용하며 다소 자비스러운 점이 없지 않았다는 사실을 고려하면, 그는 밀턴의 사탄과 같이, 악의 본질이라기보다는 '덕을 상실한 사람'으로도 볼 수 있을 것이다. 이 소설은 초기 청교도 식민시대인 1650년경의 보스턴을 배경으로 도덕성, 성적인 억압, 죄의식, 고백, 정신적 구원 등에 대한 청교도적 집착과 편견을 중점적으로 다룬다.

당시 『주홍글자』는 과감하고 심지어 도발적인 작품이었다. 그렇지만 호손은 부드러운 스타일, 현실과 거리가 있는 역사적 배경, 모호함 등을 알레고리 기법을 이용해 암울한 주제를 유연하게 만듦으로써 일반 대중의 비위를 맞춰주었다. 그렇지만 랠프 월도 에머슨과 허먼 멜빌 같은 정교한 작가들은 이 책이 지니고 있는 몸서리쳐지는 힘을 인식했다. 이 소설은 새로운 것에 대한 충격과 자유로운 민주주의적 경험, 특히 성적·종교적 자유가 개인에게 미치는 영향이라는 19세기 미국에서 주로 은폐되었던 주제를 다룬다.

『일곱 박공의 집』(*The House of the Seven Gables*, 1851)에서 호손은 『주홍글자』에서처럼 다시 뉴잉글랜드 역사를 다룬다. 이 소설에서 '집'의 무너짐은 실제로 가옥이 무너지는 것일 뿐만 아니라, 세일럼의 가족 붕괴를 의미한다. 이 소설의 주제는 유산으로 이어받은 저주와, 사랑을 통한 저주의 해결이다. 한 비평가가 지적했듯이 이상주의적인 주인공, 홀그레이브(Holgrave)는 호손 자신의 낡은 귀족가족에 대한 민주주의적 불신을 대변한다. 작품의 주제는 대를 이어온 저주인데 선조가 지은 죄의 응보가 후손에게 앙갚음으로 돌아오고, 저주를 마감한 집은 의미를 상실한다는 것이다.

호손은 『블라이스데일 로맨스』(*The Blithedale Romance*, 1852)에서 사회주의적 유토피아인 브룩 농장을 건설한 초월주의자들의 경험을 다룬다. 이 작품에서 호손은 자기중심적이고 권력에 굶주려 있으며 민주주의에 대해 진정한 관심을 두지 않는 사회개혁가들을 비난한다. 『대리석 목신상』(*The Marble Faun*,

1860)에서는 로마를 배경으로 죄와 응보, 인간의 고립, 죄의 고백과 구원 등 청교도적인 주제를 다룬다. 하지만 이 두 작품은 『주홍글자』에 비해 크게 성공하지 못한다.

인간의 죄와 악, 그리고 구원의 문제와 같은 청교도적인 주제들과 청교도 식민지 시대의 뉴잉글랜드라는 호손 특유의 배경은 그의 유명한 단편소설 「목사의 검은 베일」("The Minister's Black Veil"), 「영 굿맨 브라운」("Young Goodman Brown"), 「나의 친척 몰리노 소령」("My Kinsman, Major Molineux") 등의 특징이기도 하다.

「목사의 검은 베일」 역시 호손 작품의 주된 주제 중 하나인 외로움과 소외, 그리고 죄의 문제가 다루어진다. 뉴잉글랜드 목사는 모든 인간의 원죄를 숨기기 위해 항상 검은 베일을 쓰고 다닌다. 하지만 이 검은 베일은 그를 사회와 여인의 사랑으로부터 단절시켜버린다.

「영 굿맨 브라운」에서 주인공 브라운은 숲속 여행을 통해 마을에 사는 모든 사람들이 악마 숭배자라는 것을 인식한다. 어떻게 보면 그는 다른 사람들의 죄에 대해 꿈을 꿈으로써 자기 자신의 죄는 숨기고자 하는 의도를 가진 것일 수도 있다.

「나의 친척 몰리노 소령」은 시골 출신의 순진한 젊은이가 한 번도 만난 적 없는 권력 있는 친척으로부터 도움을 받기 위해 도시로 가는 이야기를 담고 있는데, 이런 주인공의 행보는 도시화되는 19세기 미국에서 흔히 있는 일이었다. 주인공 로빈(Robin)은 소령을 찾는 데 많은 어려움을 겪다가, 마침내 불명예스러운 범죄자처럼 보이는 한 남자가 동네에서 우스꽝스럽고 잔인하게 추방당하는 한밤의 이상한 폭동에 휘말리게 된다. 로빈은 가장 크게 웃지만 '범죄자'가 다름 아닌 그가 찾으려 했던 친척(혁명적인 미국 폭도에 의해 전복된 영국인들을 대표하는)이었음을 알게 된다. 이 이야기는 모든 인류가 공유하고 있는 죄와 고통의 굴레를 확인시켜준다. 또한 자수성가에 대한 주제를 강조하는데, 즉 민주주의 사회의 모든 미국인들처럼 로빈 또한 부유한 친척으로부터 특혜를 받으려 하기보다는 스스로 열심히 일해서 성공해야만 한다는 것을 암시한다.

호손의 작품의 특징인 죄와 악은 정적인 추상적 개념이 아니라, 인간의 영혼 속에 전개되는 현상이며 내재되어 있는 것이다. 그는 상징적 수법, 알레고리, 아이러니, 풍유적 표현 등의 다양한 문학적 기법을 활용하여 인간의 어두운 내면세계를 탐구한다. 때론 인간의 내면세계에 대한 그의 냉혹한 탐색은 공포와 음산한 결과를 낳기도 한다. 하지만 죄와 악에 대한 청교도적 구원이 아니라, '마음'(Heart)과 '이성'(Mind)의 균형에 의한 구원을 강조함으로써, 인간의 한계와 실존, 그리고 가능성을 추구함으로써 문학작품의 예술성을 구현한다.

4. 허먼 멜빌(Herman Melville, 1819-1891)

멜빌은 스코틀랜드계의 부유한 수입업자의 아들로 뉴욕시에서 태어났다. 그의 조상 중 한 명은 미국 독립전쟁의 영웅이었고, 부친은 부유한 사업가였으며, 모친은 사회관과 종교관이 엄격한 명문가 후손이었다. 멜빌은 유복한 소년 시절을 보냈으나 부친 사업의 도산과 죽음은 일가에 막대한 빚을 남겨놓았다. 부친이 좀 더 재정에 밝고 모친의 가정교육이 좀 더 유연했다면 멜빌의 반항아 기질은 나타나지 않았을지도 모른다. 1839년 멜빌은 19세가 되자 선원이 되어 리버풀 항로의 외항선을 탔다. 이때의 경험이 훗날 그의 자서전적 소설 『레드번』(*Redburn*, 1849)의 토대가 된다. 이어 1841년 포경선에 승선하면서 그의 인생에서 결정적 전기를 맞이한다.

그의 첫 번째 소설 『타이피』(*Typee*, 1846)는 그가 남태평양에 이르러 동료 청년들과 함께 배에서 탈출하여 마르케사스제도로 가서 2개월 정도 살다가 인근의 타히티로 도망친 경험을 다룬다. 이 책은 섬사람들과 그들의 자연스럽고 조화로운 생활을 찬미하며 기독교 선교사들을 비판하고 있는데, 멜빌은 선교사들이 그들이 개종시키러 온 원주민보다 실제로 더 미개하다고 보았다. 이 작품을 통해 젊은 멜빌이 겪었던 풍부한 민주주의적 경험과 독재 및 부정행위에 대한 그의 증오심을 읽을 수 있다.

포경선 생활의 경험은 『오부』(*Omoo*, 1847)와 『마디』(*Mardi*, 1849)의 소재가 된다. 이어 수병생활 중 체험한 신체적 학대와 인간의 타락을 다룬 『흰 재킷』(*White Jacket*, 1850), 한 인간의 편집광적인 태도와 악의 문제를 다룬 그의 대표작 『백경』(*Moby-Dick*, 1851) 등이 잇달아 발표된다.

호손에게 헌정된 『백경』은 고래와 고래잡이에 대한 멜빌의 지대한 관심과 폭넓은 경험에서 비롯된 미국 최초의 포경에 관한 모험담이다. 멜빌은 고래에 대한 풍부한 지식과 사료를 총동원하여 이 소설을 썼기에, 고래는 물론 당시 포경선과 포경산업에 대해서도 세밀하고 정확하게 묘사할 수 있었다. 자신의 다리를 앗아간 백경에게 복수하기 위하여 편집광적으로 날뛰는 에이햅 선장(Captain Ahab)과 백경의 실체를 파악하려 끊임없이 애쓰고 있는 내레이터 이슈미얼(Ishmael), 그리고 다양한 인종으로 구성된 피쿼드(Pequod)호의 선원을 포함한 모든 등장인물들의 생생한 액션을 그린 이 소설은 사실과 상상을 절묘하게 혼합하고 있다. 『백경』은 선과 악을 포함한 우리의 인생 전반에 대한 강한 철학적 우화이며, 지식과 진리에 대한 형이상학적이고 인식론적인 탐구인 동시에 종교적 전통과 도덕적 가치, 그리고 당시의 정치적 상황 등에 대한 신랄한 풍자이다.

『백경』의 주요한 주제 중 하나는 인간 지식과 능력의 한계성이다. 소설의 도입부에서 화자로 나온 이슈미얼은 역사적으로 고래에 관한 다양한 물건들을 나열하는데, 이 과정에서 독자는 고래가 범상한 존재가 아니라는 것을 인식하게 된다. 소설이 전개되면서 고래는 더욱 신비로운 존재로 변하고 인간의 지식과 능력으로는 백경과 같은 영물을 당하지 못할 것이라는 점이 암시되고 있다. 따라서 에이햅 선장의 노력은 실패할 수밖에 없다. 그럼에도 불구하고 불가능한 것에 도전하려는 인간의 노력은 또 다른 의미에서 인간을 인간답게 인식하게 한다.

『백경』에서 멜빌은 이기주의와 지배욕구로 무장된 에이햅 선장의 모습과는 아주 대조적으로 식인종을 포함한 선원사회를 우정과 동료애가 충만한 바람직한 공간으로 묘사하고 있다. 피쿼드호는 인종차별이 격심한 이 세상 한가운데 떠 있는 평등과 우정의 섬이기도 하다. 식인종이 예배에 참가하고 이슈미얼이 우상에게 예물을 바치는 모습은 서로의 문화와 인격을 존중하는 아름다운 화합과 동료애를 느끼게 한다.

『백경』의 에필로그는 선박 파괴의 비극성을 완화시켜준다. 멜빌은 내내 우정의 중요성과 다문화적인 인간 사회를 강조한다. 배가 가라앉자 이슈미얼은 친한 친구이자 영웅, 문신을 한 작살잡이이자 폴리네시아의 왕자인 퀴퀘그(Queequeg)가 만들고 장식한 관을 이용해 죽음을 모면한다. 관의 원시적이고 신화적인 장식은 우주의 역사를 통합하고 있다. 이슈미얼은 죽음과 관계된 물건에 의해 죽음을 피하게 된 셈이다. 결국 죽음으로부터 삶이 나오게 되는 것이다.

『백경』은 사냥꾼 신화, 통과의례에 대한 주제, 에덴 같은 섬에 대한 상징주의, 기술시대 이전 사람들의 긍정성 부각, 부활에 대한 의지 등을 다루고 있기 때문에 원시적인 자연을 배경으로 인간 정신을 훌륭하게 극화시킨 '자연 서사시'라고 일컬어진다. 인간을 자연에 위치시킨 점은 뚜렷하게 미국적인 것이다.

『백경』 이후 멜빌은 편견에 빠진 미국사회를 통렬하게 비판한 『신용사기꾼』(*The Confidence Man*, 1857)을 위시해서 성지순례로부터 영감을 받아 집필한 시집 『클라렐』(*Clarel*, 1876)을 출판한다. 그의 사후에 출간된 마지막 걸작 『빌리

버드』(*Billy Bud*, 1924)는 신의 법과 인간의 법, 즉 '자비와 정의'(mercy and justice)의 문제에 의문을 제기하면서 개인과 사회의 상호역학적인 관계를 규명한다.

멜빌은 인간은 두 세계, 즉 "선과 악, 신과 사탄, 머리와 가슴"(good against evil, God against Satan, the head against the heart)에서 전쟁을 하면서 살아간다고 생각한다. 그의 작품 속의 주인공들은 항상 진리를 찾아다닌다. 멜빌은 "비관주의"(tragic view of life)를 가지고 있었고, 낭만주의적 경향이 짙은 작품을 창작한다. 하지만 그는 『백경』의 포경선, 또는 포경 산업에 대한 자세한 묘사에서 알 수 있는 것처럼 사실주의적 경향도 가지고 있었다.

5. 에드거 앨런 포(Edgar Allan Poe, 1809-1849)

미국 남부 출신의 에드거 앨런 포는 어두운 형이상학적 비전을 리얼리즘, 패러디, 희극적 요소들과 결합한 점에서 멜빌과 통한다. 포는 단편소설 장르를 세련되게 만들었으며 탐정소설을 개발하기도 했다. 포는 다수의 소설 작품을 통해 오늘날 인기 있는 공상과학소설, 공포소설, 판타지 장르의 초석을 깔아놓았다.

미국의 작가들 가운데 포만큼 힘들고 불행한 삶을 살아간 사람도 드물다. 그의 비극적 삶은 불운과 불안정한 가정환경이 만들어낸 결과물이다. 그의 양친은 모두 연극배우였는데 그는 모친으로부터는 섬세한 미적 감각을, 부친에게는 아일랜드인 특유의 예리한 두뇌와 명상적인 기질을 이어받았다. 두 살 때 양친을 잃은 포는 리치먼드(Richmond)의 부유한 아일랜드계 상인 존 앨런(John and Frances Allan) 부부에게 입양된다. 포가 양친으로부터 이어받은 아일랜드 기질과 어린 시절의 엄격한 가정의 훈육은 조화롭지 못하여 그는 정서적으로 위기일발의 불안함을 안고 살아갔다. 예술에서 미와 조화를 발견하려는 포의 일생에 걸친 노력은 이 유년기의 정서불안적인 생활과 무관하지 않을 것이다. 어린 시절 그는 외면적으로는 웃으면서 속으로는 우울했고, 겉으로 행복을 포장하면서도 얻을 수 없는 미를, 그리고 죽음을 그리워하는 시를 쓰고 있었다.

포는 뉴잉글랜드 초월주의자들의 종교적인 전통에서 완전히 벗어나 있었지만, 그들이 소유한 이상주의적 전통만은 충분히 받아들였다. 그러므로 포는 기질로 보아 그들보다 더 자연스럽게 감정과 이성의 조화를 자신의 예술에 담을 수 있었다. 그는 이성과 감성에 동시에 호소하는 글을 선호했다. 그는 문학작품을 어떤 개인의 영달이나 교훈적 목적을 달성하기 위한 보조적 수단으로 보는 시각을 거부했다. 그에게 문학은 영적인 차원을 포함한 아름다운 그 자체를 위하여 창조될 때만 가치가 있고 그것을 위하여 각고의 노력을 기울여야 한다고 주장한다.

다재다능한 포는 시, 평론, 소설 세 분야에서 활발하게 문학 활동을 한다.

1) 시

포는 새로운 상징주의적인 시의 세계를 구축했다는 평을 듣는다. 그의 시는 대체로 간단한 것이 특징이며 단순한 통일성의 효과를 중시한다. 영혼을 고양시켜 감동을 유도하는 것을 목표로 한 그에게 장시는 적합하지 않았을 것이다. 또 시를 '아름다움의 운율적 창조'라고 정의하였는데, 그의 시에서 중요한 것은 감각적 요소다. 포는 인간 영혼의 심연을 찾아가서 그 영혼의 고뇌를 상징적으로 표현한 시인이며, 그의 시는 음악과 회화, 리듬과 이미지로 표현된 예술품이다.

1836년 병약한 열세 살짜리 사촌누이 버지니아 클렘(Virginia Clemm)과의 결혼과 이후의 사별은 그의 정신세계를 뒤흔든 폭풍이었다. 여성에 대한 그의 막연한 환상은 그녀를 통해 구체화 된다. 1847년 그녀의 죽음과 더불어 그러한 이미지는 완전한 이상적인 미로 승화한다. 「헬렌에게」("To Helen," 1831), 「천국에 있는 그대에게」("To One in Paradise," 1834), 「애너벨 리」("Annabel Lee," 1849) 등 주옥같은 서정시는 가까이 갈 수 없는 이상적인 여성에 대한 비련의 사랑을 읊은 것이다.

포에게 국제적인 명성을 안겨준 시는 「갈가마귀」("The Raven," 1845)라는 시이다. 당시 많은 남부 시인들의 시처럼 이 시 또한 매우 음악적이며 지나칠 정도로 운율적이다. 이 시에서 죽은 자의 영혼에 사로잡혀 잠 못 이루는 화자는 자정에 독서를 하면서 떠나간 리노어(Lenore)의 죽음을 추모하고 있다가, 썩은 고기를 먹는, 즉 죽음의 상징인 갈가마귀의 방문을 받는다. 갈가마귀는 문 위에 내려앉아 불길하게 이 시의 유명한 후렴구이자 갈가마귀의 울음소리를 흉내 낸 "이젠 끝이다"(nevermore)라는 단어를 반복한다. 이 시는 삶 속의 죽음을 보여주는 정지된 장면에서 끝맺는다.

And the raven, never flitting, still is sitting, *still* is sitting
On the pallid bust of Pallas just above my chamber door;
And his eyes have all the seeming of a demon's that is dreaming,
And the lamp-light o'er him streaming throws his shadow on the floor;
And my soul from out that shadow that lies floating on the floor
　Shall be lifted—nevermore!

그리고 갈가마귀는 날아가지 않고 아직도 앉아 있었다,
나의 침실 문 바로 위 팔라스의 창백한 흉상 위에 아직도;
그의 두 눈은 꿈꾸고 있는 악마의 모든 모습을 담고 있고
그의 위에서 흐르던 등잔불이 마루 위에 그의 그림자를 던지고 있다;
나의 영혼은 마루 위에 누운 채 떠돌아다니는 그 그림자를 떠나
　떠오를 것이다—이젠 끝이다!

자연과학과 미학을 절묘하게 연결시킨 사색적 산문시 「유레카」("Eureka," 1848) 역시 그의 시의 진수를 보여주는 작품으로 간주된다. 『태멀린과 그 밖의 시들』(*Tameline and Other Poems*, 1827)은 바이런풍의 시를 모은 포의 첫 시집이며, 『갈가마귀와 그 밖의 시들』(*The Raven and Other Poems*, 1845)은 그의 시적 재능을 유감없이 보여준다.

2) 비평

포는 볼티모어, 필라델피아, 뉴욕 등 대도시로 옮겨 다니며 잡지사 편집인으로서의 오랜 경험과 타고난 예리한 감식력으로 미국 비평의 발전에 지대한 영향을 준다. 하지만 그는 문학비평에 있어 다소 주관성이 강하다는 지적도 받는다.

포는 『작시의 원리』(*The Philosophy of Composition*, 1846)와 『시의 원리』(*The Poetic Principle*, 1849)에서 자신의 문학, 특히 시나 소설에 관한 이론을 제시한다. 특히 다음은 『작시의 원리』의 일부분으로, 포는 시나 소설의 창작에 있어 가장 중요한 것은 간결성에 의한 '통일성의 효과'에 있음을 역설한다.

> The initial consideration was that of extent. If any literary work is too long to be read at one sitting, we must be content to dispense with the immensely important effect derivable from unity of impression—for, if two sittings be required, the affairs of the world interfere, and every thing like totality is at once destroyed. But since, *ceteris paribus*, no poet can afford to dispense with any thing that may advance his design, it but remains to be seen whether there is, in extent, any advantage to counterbalance the loss of unity which attends it. Here I say no, at once. What we term a long poem is, in fact, merely a succession of brief ones—that is to say, of brief poetical effects. It is needless to demonstrate that

a poem is such, only inasmuch as it intensely excites, by elevating, the soul; and all intense excitements are, through a psychal necessity, brief. For this reason, at least one half of the *Paradise Lost* is essentially prose —a succession of poetical excitements interspersed, *inevitably*, with corresponding depressions—the whole being deprived, through the extremeness of its length, of the vastly important artistic element, totality, or unity of effect.

우선적으로 고려해야 할 것은 작품의 길이이다. 만약 어떤 문학 작품이 너무 길어 한 번에 앉아서 읽기가 힘들다면 인상의 통일성으로부터 파생된 엄청나게 중요한 효과를 분배하는 데 만족해야 할 것이다. 왜냐하면 두 번 앉은 일이 필요하게 된다면 세상의 일들이 끼어들게 되고 총체성 같은 것은 즉각 파괴되어버릴 것이다. 하지만 다른 사정이 같다면(*ceteris paribus,* other things being equal), 자신이 원래 계획했던 것보다 앞서는 어떤 것을 분배할 만큼 여유가 있는 시인은 없을 것이기 때문에, 길이에 있어 통일성의 상실에 균형을 맞출 수 있는 어떤 장점이 있을지 또는 없을지를 살펴보는 일이 단지 남게 될 것이다. 나는 즉각 없다고 단언한다. 우리가 장시라 했을 때 사실은 단지 짧은 시들의 연속일 뿐이다. 다시 말해 짧은 시적 효과일 뿐이다. 시는 격하게 흥분을 자아내는 것이기에 시가 인간 영혼을 고양시킨다는 사실은 설명할 필요가 없을 것이다. 그리고 심리적 필요성에 의해 모든 강렬한 흥분을 자아내는 것은 간결함이다. 이런 이유 때문에—적어도 『실락원』의 절반은 본질적으로 산문이고, [이 작품에는] 시적인 흥분의 연속성이 필연적으로 절망에 상응하여 배치되어 있다.—길이가 극단적으로 길게 되면 결핍되는 것은 예술적으로 매우 중요한 요소인 총체성 혹은 효과의 통일성이다.

포는 『시의 원리』에서 시는 시 자체를 위해서(for a poem's sake) 쓰여야 하며 예술의 궁극의 목적은 미학이라고 주장한다. 다시 말해 시의 목적은 인간 정신의 깊은 심연에 잠겨 있는 심미감을 만족시키는 것이고, 이런 만족감은 도덕이나 진리 탐구, 또는 교훈과는 엄밀히 구별해야 한다고 주장한다. "시는 율동적인 미의 창조"이기 때문에 미의 창조를 위해서는 예술 고유의 법칙을 이해하는 것이 필수적인데, 그 법칙은 "단일한 효과를 낳는 통일성"에 근거한다. "단일한 효과를 낳는 통일성"에 의해 미는 창조될 수 있음을 포는 역설한다.

3) 소설

포는 "단일한 효과를 낳는 통일성"의 미를 높이는 가장 효과적인 인간의 감정과 정서는 우울과 공포라고 주장한다. 따라서 그는 추리소설과 공포소설을 많이 쓴다. 1841년 발표된 『루 모그가의 살인』(*The Murders in the Rue Morgue*)은 현대 탐정소설의 효시로 간주된다. 『마리 로젯의 수수께끼』(*The Mystery of Marie Roget*, 1842), 『황금 벌레』(*The Gold Bug*, 1843), 「도난당한 편지」("The Purloined Letter," 1844) 등은 탐정소설이다. 포는 수수께끼, 암호해독, 논리적인 추리 등을 이 작품들에 도입함으로써 추리작가로서의 그의 재능을 보여준다. 이 작품들에는 훗날 셜록 홈즈(Sherlock Homes)의 원형이 되는, 논리적이고 명석한 두뇌를 가진 명탐정 뒤팽(Monsieur Dupin)이 등장한다. 이 밖에도 포는 그로테스크한 소설 『어셔 가의 몰락』(*The Fall of the House of Usher*, 1839)이나 공포소설 「검은 고양이」("The Black Cat," 1843)를 위시한 많은 작품을 발표하는데, 이 작품들은 성격상 고딕소설로 분류할 수 있다. 이런 고딕적인 배경은 단순히 장식적인 것만은 아니라, 심적으로 불안한 등장인물이 지나칠 정도로 문명화되었지만 죽은 것이나 다름없는 내부 세계를 지니고 있음을 반영한다. 포는 이런 등장인물들의 무의식 세계를 상징적으로 표현한다. 이는 포의 예술세계의 큰 특징이다.

6. 보스턴 브라민스(The Boston Brahmins)

19세기 뉴잉글랜드 문학계를 리드한 또 한 그룹의 작가는 하버드 그룹(Harvard Group)이라고도 일컬어지는 브라민(Brahmin)이다. 이들은 대체로 부유하고 유서 깊은 보스턴 상류가문 출신들이기에 사람들은 인도의 브라민을 본따 그렇게 불렀다.

이런 보수적인 지식인들은 진지하고 진중하며, 전통적 앵글로색슨의 관습과 복장, 보스턴 브라민 악센트를 선호하였다. 대표적인 문인으로 헨리 워즈워스 롱펠로우(Henry Wadsworth Longfellow, 1807-1882), 제임스 러셀 로웰(James Russell Lowell, 1819-1891), 올리버 웬델 홈스(Oliver Wendell Holmes, 1809-1894) 등이 있다.

초월주의자들이 인간의 내적 삶에 지대한 관심을 보인 반면에, 브라민스는 인간의 외형적인 면, 즉 품위, 우아함, 예절, 등을 중시하였다. 간혹 영국적인 것을 모방하기도 했지만 그들은 보스턴을 미국 정신과 사색의 중심지로 간주하고 토요클럽(Saturday Club)을 조직해 매월 정기화합을 가졌다. 이들은 1857년 창간된 이 클럽의 기관지 『애틀랜틱 먼슬리』(*The Atlantic Monthly*)를 통하여 문학뿐만 아니라 예술과 정치에 대한 견해를 발표하였다. 이들은 보수적인 성향으로 청교도적인 초월주의보다 개인적이고 자유로운 유니테리언교파를 좋아했고, 개혁정신보다 복고적이고 목가적인 낭만주의를 선호했다. 이 클럽의 노력으로 미국의 낭만주의가 얼마나 연장되었다고 이야기해도 과언은 아닐 것이다.

1) 헨리 워즈워스 롱펠로우(Henry Wadsworth Longfellow, 1807–1882)

메인주 포틀랜드에서 태어난 롱펠로우는 보우든 대학을 졸업하고 유럽 등지에서 수학한 뒤 1829년부터 1834년까지 모교에서, 그리고 두 번째 유학을 마친 다음 1837년부터 1854년까지 하버드에서 근대언어와 유럽문학을 가르쳤다. 그는 유럽문학을 번역하고 미국에 이식하는 등 미국의 문학계를 위하여 크게 공헌하는 한편, 많은 시를 발표하여 각계각층에 전폭적인 사랑을 받으면서 시의 대중화에 성공을 거두었다. 그의 장점은 부드러운 낭만과 감상적인 서정시, 즉 사랑과 이별의 연애시에 있지만, 민요와 로맨스, 서정적 드라마, 소네트, 산문, 여행기 등 다방면에서 두각을 나타냈다.

유명한 산문 로맨스 『하이피어리언』(*Hyperion, a Romance*, 1839)이 출판되고, 교훈적 서정시, 「삶의 찬가」("A Psalm of Life")와 「밤의 성가」("Hymn To The Night") 등이 수록되어 있는 그의 처녀시집, 『밤의 소리』(*Voices of the Night*, 1839)가 출판되면서 그의 창작활동은 본격화된다. 「삶의 찬가」는 롱펠로우에게 시인의 명성을 얻게 해준 시이며, 괴테에 대한 연구에서 자극받은 행동주의 철학과 '현재를 즐겨라'라는 낙천적인 주제를 혼합시킨 서정시이다. 「밤의 성가」는 『밤의 소리』 서두에 실려 있는 엘레지 풍의 서정시이다. 제4연은 밤에 대한 의인화로 구성되고 있으며, 마지막 2연은 밤에 대한 돈호법을 구사하고 있다. 전체적으로 암울한 배경과 도피적 내용의 시이다.

1847년 발표한 『에반젤린』(*Evangeline*)은 그의 명성을 더욱 높여준 대표작이다. 설화체 운문의 이 장시는 앞부분은 미국의 과거를 배경으로 한 전원시이고, 뒷부분은 긴 여행을 다룬 모험시이다. 이야기의 내용은 현재 캐나다 동쪽 끝부분 노바스코티아(Nova Scotia)의 한 마을에서 시작된다. 헤어진 연인들이 서로를 찾기 위해 모험을 떠나지만 이승에서의 여행은 저승을 위한 순례일 뿐, 죽음을 통해 하나가 된다는 영적합일의 러브스토리이다. 이 시의 특이한 운율은 많은 강약격과 강강격을 응용한 무운과 강약약 강약약 6보격으로 되어 있다.

롱펠로우는 철학적 사색가는 아니었지만, 미국의 과거를 이상화시키면서 지난 시절에 대한 우울, 어린 시절에 대한 향수(nostalgia) 등의 감상적인 요소를 '긴 대화체 형식의 시'(long narrative poem)로 작품화한다. 물론 지나친 도덕적 이상주의와 감상적인 요소는 그의 문학적 가치를 저하시킬 위험성이 있다. 하지만 그가 유럽적 낭만적인 주제와 형식을 과감히 수용하여, 미국문학의 시야와 지평을 넓히는 데 크게 이바지했다는 점은 문학사적으로 평가받을 만하다. 그는 시대를 뛰어넘어 미국의 시인 가운데 매우 널리 읽히고 사랑받은 시인 중의 한 명이다.

2) 제임스 러셀 로웰(James Russell Lowell, 1819-1891)

정년퇴직한 롱펠로우의 뒤를 이어 하버드 대학에서 현대언어학 교수로 강단에 선 제임스 러셀 로웰은 미국문학에서 영국 비평가 매튜 아놀드 같은 존재이다. 그는 시인으로 시작했다가 점점 시적인 능력을 상실하고, 존경받는 비평가 및 교육자로 두각을 나타낸다. 그는 『애틀랜틱 먼슬리』(*Atlantic Monthly*)의 편집자와 『노스 아메리칸 리뷰』(*North American Review*)의 공동 편집자로 상당한 영향력을 행사했다. 그의 『비평가들을 위한 우화』(*A Fable for Critics*, 1848)는 미국작가들에 대한 재미있고, 적절한 평가서이다. 이 책에서 로웰은 "바나비 러지(Barnaby Rudge, 찰스 디킨스의 소설에 나오는 등장인물)를 닮은 포가 자신의 까마귀를 들고 오고 있다. 그의 5분의 3은 천재적이며 나머지 5분의 2는 허튼소리에 불과하다"라고 평가한다.

로웰은 열렬한 노예폐지론자인 부인, 마리아 화이트(Maria White)의 영향을 받아 자유개혁가, 노예제도 폐지론자, 여성 참정권 및 미성년 노동금지법에 대한 강력한 지지자가 된다. 『비글로 서간집, 첫 번째 시리즈』(*Biglow Papers, First Series*, 1847-48)는 노예제도 폐지를 주장하는 시와 기사들을 모아 단행본으로 편찬한 것이다. 뉴잉글랜드 방언으로 쓴 이 연재물은 멕시코 전쟁을 노예제도를 확산시키기 위한 시도라고 공격한다.

문화비평가로서 로웰은 당대 최고였다. 그는 폭넓은 취미, 박학다식, 가치에 대한 열렬한 탐구심을 바탕으로 과거와 현재의 훌륭한 예술을 평가할 수 있는 하나의 비평 잣대와 원칙을 정립한다. 그는 문학이 인생의 이상적 표현이므로 인간의 정신을 고양시킴으로써 기쁨을 주어야 한다는 신념하에, 작품의 인상과 역사적 이해, 그리고 윤리적 판단 등을 인간의 감수성과 결부시킨다. 하지만 그는 에머슨, 소로우, 휘트먼 등 당대 인사들에 대해서는 비평을 자제했다.

3) 올리버 웬델 홈스(Oliver Wendell Holmes, 1809–1894)

홈스는 매사추세츠주에 있는 하버드 대학의 본고장인 보스턴 외곽 케임브리지에서 목사의 아들로 태어났다. 그의 어머니는 시인 앤 브래드스트리트(Anne Bradstreet)의 후손이다. 홈스는 당시, 그리고 이후에도 위트와 지성, 매력의 상징이었으며 사회, 언어로부터 의학, 인간 본성에 이르기까지 모든 것을 해석하는 모범적인 인물로 여겨졌다.

그가 가장 좋아하는 주제는 보스턴 문화의 우수성(superiority)을 강조하는 것이었고, 그의 에세이는 항상 유머가 있었다. 홈스는 종교적이고 명상적인 시보다는 '희극적인 시'(humorous poetry)에 능숙했다. 그의 '특별한 목적이 없는 시'(light verse)에는 세련미, 유머, 그리고 위트가 돋보인다. 이런 세련된 형태의 간결한 시를 통해 그는 자신이 좋아하는 것(strong likes)과 싫어하는 것(dislikes)을 분명히 한다. 「집사의 명작」("The Deacon's Masterpiece," 1858)에서는 좁고 편협한 캘빈주의에 대하여 비판하고, 『엘지 베너』(*Elsie Venner*, 1861)라는 소설에서는 인간의 도덕적 책임을 논하면서 캘빈주의적 사고(Calvinist idea)에 대해 공격한다.

보수주의자 홈스는 에머슨을 비롯한 초월주의자들을 비판하고, 당시 미국 여러 지역에서 건설되고 있던 공동체사회의 미래에 대해서도 회의적이었다. 그는 질서를 존중하고, 당시 무의미한 생존이나 브라민스의 속물적이고 위선적인 태도를 정면으로 공격했다. 그는 비록 보수적인 사람이었지만 여성들의 의과대학 입학을 지지하는 등 개혁적인 태도를 견지했던 당대의 지성인이었다.

7. 여성 작가들 및 개혁가들

1) **해리엇 비처 스토**(Harriet Beecher Stowe, 1811–1896)

해리엇 비처 스토의 소설 『톰 아저씨의 오두막』(*Uncle Tom's Cabin*)은 19세기 가장 인기 있었던 소설이다. 잡지 『내셔널 이러』(*National Era*)에 처음 연재되었던 이 소설은 발표와 동시에 베스트셀러가 되었다. 영국에서만 40개 출판사에서 이 소설을 인쇄했으며, 이내 20개 국어로 번역되었고, 프랑스의 조르주 상드(George Sand, 1804-1876), 독일의 하인리히 하이네(Heinrich Heine, 1797-1856), 러시아의 이반 투르게네프(Ivan Sergeevich Turgenev, 1818-1883) 등의 작가들로부터 격찬을 받았다. 스토가 작품에서 표현한 미국 노예제도 폐지에 대한 열정적인 호소는 10년이 채 지나기 전에 미국 남북전쟁(1861-1865)의 단초가 된 논쟁에 불씨를 댕겼다.

『톰 아저씨의 오두막』이 성공한 이유는 명백한 것이었다. 민주주의와 만인의 평등을 구현하고 있는 것으로 알려진 국가인 미국에서 노예제도는 엄청난 규모의 부정행위나 다름없다는 생각을 이 소설이 보여주었기 때문이다.

스토 자신은 뉴잉글랜드 청교도 출신의 전형이었다. 그녀의 아버지, 동기, 남편 모두 이름 있고 학식 있는 프로테스탄트 성직자 및 개혁가였다. 스토는 교회예배에 참석했다가 매를 맞고 있는 늙고 남루한 노예의 환영이 떠올라 이 소설을 쓰게 되었다고 한다. 후에 그녀는 소설이 하느님에게 영감을 받고 "하느님에 의해 써진 것"이라고 말했다. 그녀가 소설을 쓰게 된 동기는 삶을 경건하게 만들려는 종교적 열정에서 비롯되었다. 낭만주의는 감정의 시대를 이끌었고, 가족과 사랑이라는 미덕은 최고의 가치로 평가된다. 스토의 소설에서 노예제도가 비판의 대상이 되는 것은 가정의 가치를 침해하고 있었기 때문이었다.

이 작품의 주인공 톰 아저씨는 친절한 주인 세인트 클레어(St. Clare)를 개종시키려 노력하고, 그가 죽었을 때 주인을 위해 기도하며, 여성노예들을 보호하려다 살해당하는 진정한 기독교적인 순교자이다. 노예제도는 정치적이거나 철학적인 이유 때문이 아니라, 무엇보다도 가족들을 강제로 헤어지게 하고 정상적인 부모의 사랑을 파괴하며 내재적으로 비기독교적이기 때문에 사악한 것으로 묘사되고 있다. 이 책에서 가장 감상적인 장면은 고통받고 있는 여성노예가 울부짖는 자신의 아이를 도와주지 못하는 장면과 아이의 아버지가 가족과 떨어져 팔려가는 장면이다. 이는 신성한 가족 간의 사랑에 대한 범죄행위였다.

스토의 소설은 원래 남부지역을 공격하려는 의도를 지니고 있지는 않았다. 사실 스토는 남부를 방문하고 남부 사람들을 좋아했으며 그들을 친절한 사람들로 묘사했다. 소설 속에서 남부의 노예소유자들은 좋은 주인들이고 톰을 잘 대우한다. 세인트 클레어는 개인적으로 노예제도를 싫어하며 자신의 노예 모두를 해방시켜주려 한다. 반면 사악한 주인 사이먼 레그리(Simon Legree)는 북부 사람이며 악당이다. 아이러니한 것은 이 소설이 10년 뒤 전쟁을 치르게 되는 미국 북부와 남부를 화해시키려는 의도를 지니고 있었다는 것이다. 하지만 궁극적으로 이 책은 남부에 대한 논쟁서로 노예제도 폐지론자를 비롯한 많은 사람들에게 활용된다.

2) 해리엇 제이콥스(Harriet Jacobs, 1818-1896)

노스캐롤라이나에서 노예로 태어난 해리엇 제이콥스는 여성주인을 통해 글을 배웠다. 제이콥스는 주인이 죽자마자 다른 백인 남성주인에게 팔려가게 되었는데, 그 주인은 그녀와 강제로 성관계를 맺으려 했다. 그녀는 그를 거부하고 다른 백인 남성을 만나 두 아이를 낳았고, 두 아이는 그녀의 할머니와 같이 살게 된다. 그녀는 솔직하게 "강제에 복종하는 것보다 자신을 줘버리는 편이 자존심에 상처를 덜 받는 것 같다"고 적는다. 그녀는 주인으로부터 도망친 다음, 자신이 북쪽으로 갔다는 소문을 내기 시작한다.

그녀는 붙잡혀 다시 노예가 되어 처벌받게 될까 두려워하면서, 주인이 살고 있는 같은 읍내의 할머니 집에 숨어 캄캄한 다락방에서 거의 7년을 보낸다. 그녀는 천장에 뚫어놓은 구멍을 통해 사랑스러운 자신의 아이들을 훔쳐보면서 삶을 이어간다. 그녀는 마침내 북부로 도피해 뉴욕주 로체스터(Rochester)에 정착하게 된다. 로체스터는 프레더릭 더글러스(Frederick Douglass, 1817-1895)가 노예제도 반대 신문 『노스 스타』(*The North Star*)를 발행한 곳이며, 가까운 곳에 있는 세니카폴스(Seneca Falls)는 여권신장대회가 열렸던 곳이다.

로체스터에서 제이콥스는 퀘이커교도이며 페미니스트이자 노예제도 폐지론자인 에이미 포스트(Amy Post, 1802-1889)와 친구가 되었다. 포스트는 제이콥스에게 자서전을 쓰도록 권고했다. 『노예소녀의 인생에 일어난 사건들』(*Incidents in the Life of a Slave Girl*)은 '린다 브렌트'(Linda Brent)라는 가명으로 1861년에 출간되었으며 편집은 리디아 차일드(Lydia Maria Child, 1802-1880)가 담당했다. 이 책은 흑인 여성 노예들에 대한 성적 착취를 거리낌 없이 비판하고 있다. 제이콥스의 책은 노예서사(slave narrative) 장르에 속한다.

3) 해리엇 윌슨(Harriet Wilson, 1807경-1870)

해리엇 윌슨은 미국에서 소설을 출간한 최초의 아프리카계 미국인이다. 그녀가 쓴 소설은 『우리의 검둥이: 혹은 북부의 하얀 2층집에 사는 자유로운 흑인의 삶에 대한 스케치, 노예제도의 그림자가 거기에도 드리워져 있음을 보여주는』(*Our Nig: or, Sketches from the life of a Free Black, in a two-storey white house, North. showing that Slavery's Shadows Fall Even There*, 1859)이다. 이 작품은 백인 여성과 흑인 남성의 결혼을 사실적으로 극화하고 있으며, 부유한 기독교 집안 흑인 노예의 어려운 생활도 묘사하고 있다. 이 책은 처음엔 자전적인 이야기로 여겨졌으나, 나중에 허구로 판명된다.

제이콥스와 마찬가지로 윌슨도 자신의 본명으로 책을 출간하지는 않았으며('우리의 검둥이'라는 표현은 아이러니하다), 그녀의 작품은 최근까지 제대로 평가받지 못했다. 그 당시 대부분 여성 작가들의 작품도 마찬가지였다. 흑인 소설 연구의 선봉으로 주목받고 있는 아프리카계 미국인 학자 헨리 루이스 게이츠 주니어(Henry Louis Gates Jr., 1950-)는 1983년에 『우리의 검둥이』를 다시 출간한다.

4) 프레더릭 더글러스(Frederick Douglass, 1817-1895)

프레더릭 더글러스는 메릴랜드의 대농장에서 노예로 태어났다. 그는 운이 좋아 어렸을 때 상대적으로 자유로운 볼티모어에 보내졌으며 그곳에서 글을 배웠다. 1838년 21세의 나이에 매사추세츠로 도망친 더글러스는 노예제도 폐지론자이며 편집자인 윌리엄 로이드 개리슨(William Lloyd Garrison, 1805-1879)의 도움을 받아 노예제도 반대 학회에서 강연을 시작하게 된다.

1845년에 더글러스는 노예서사 중 최고작이며, 가장 인기 있는 『미국 노예 프레더릭 더글러스의 인생 이야기』(*Narrative of the Life of Frederick Douglass, An American Slave*, 1855년 재판, 1892년 개정판)를 출간했다. 당시 노예서사는 종종 백인 노예제도 폐지론자들이 문맹인 흑인의 이야기를 받아 적은 것으로 선전용 글로 사용되었는데, 남북전쟁 직전 몇 년 동안 유명했던 장르다. 더글러스의 노예서사는 생생하며 매우 잘 써진 글이다. 또한 독특한 통찰력을 통해 노예의 심리상태 및 노예제도가 흑인들에게 안겨준 고통을 보여준다.

노예서사는 미국에서 흑인문학 최초의 산문 장르였다. 노예서사는 아프리카계 미국인의 정체성을 확립하고자 하는 어려운 임무를 맡은 흑인들에게 도움을 주었고, 20세기 내내 흑인 소설의 기법 및 주제 면에서 중요한 역할을 했다. 정체성 찾기, 인종차별에 대한 분노, 쫓기며 지하생활을 하는 느낌 등은 리처드 라이트, 제임스 볼드윈, 랠프 엘리슨, 토니 모리슨 등 20세기 미국 흑인 작가들의 작품에서 반복된다.

8. 노예서사(Slave Narrative)

미국의 낭만주의 시대에 유행했던 또 하나의 장르는 노예이야기인데 이것은 오로지 미국 낭만주의만의 특질적인 문학형식이다. 이것은 주로 흑인들이 노예로서의 억압적인 생활에 시달리다가 자유를 찾아 북으로 도피하여 정착한 이야기를 다룬다. 1760년부터 남북전쟁이 끝날 때까지 약 100여 명의 노예들의 자서전적인 이야기가 출판되었고, 내전 후에도 50명의 전직 노예들이 직접적으로 혹은 구술을 통해 자신들이 살아온 인생역정을 책으로 내놓았다. 하지만 노예이야기가 독특한 어조와 형식을 갖춘 문학양식으로 발돋움한 시기는 미국 낭만주의 전성시대라 할 수 있는 1840년에서 1860년 사이였다. 노예 출신의 흑인이 당당한 인간으로서 자아를 발견하고 확립해

가는 과정을 추적하는 노예이야기의 궁극적 목적은 개인의 가치를 존중하고 자유와 평등의 기치를 드높이는 것으로 낭만주의 문학이 지향하는 목표와 같은 방향이다.

이 노예이야기의 주된 목적은 노예제도의 잔혹함과 비인간적 처사를 고발함으로써 많은 사람들의 지지와 동정을 모아 노예제도를 폐지하는 것이었다. 19세기 초 처음으로 노예제도 폐지가 현실문제로 대두되고, 1850년에 '도망노예법'(Fugitive Slave Law)이 통과되면서 미국사회에서는 노예제도가 뜨거운 감자로 부상하였으며, 노예제도에 대한 반대 분위기도 전국으로 확산된다. 이러한 반노예적 분위기를 더욱 가열시킨 것이 바로 노예서사이다.

노예서사의 일반적인 구성은 그 내용과 형식면에서 기독교의 신화 구조를 취한다. 따라서 노예서사는 낙원에서의 추방과 타락, 생존을 위한 투쟁, 그리고 신의 도움으로 북부라는 약속된 땅으로 탈출하고 정착하게 된다는 스토리가 대부분이다. 이 중에서 끊임없이 등장하는 채찍질과 성적학대, 굶주림과 정신적 학대, 그리고 백인 주인들의 위선과 변덕과 같은 비인간적인 처사들은 일반 독자들의 관심과 동정을 끌기에 충분했다. 그 밖에도 노예서사에는 글자를 깨우치기 위한 열망과 노력, 자유에 대한 사무친 갈망, 탈출노예들의 성공담, 노예가정의 물리적 해체, 죽음을 무릅쓴 도망과 추적 등을 담고 있다.

노예서사의 효시로는 1760년에 발표된 브리턴 해먼(Briton Hammon)의 자서전적 기록인 『검둥이 브리턴 해먼의 특이한 고통과 놀라운 구원이야기』(*A Narrative of the Uncommon Sufferings and Surprising Deliverance of Briton Harmmon, a Negro Man*, 1760)라고 인정된다. 하지만 이런 이야기가 대중에게 널리 알려진 것은 노예출신인 내트 터너(Nat Turner, 1800-1831)의 『내트 터너의 고백』(*The Confessions of Nat Turner*, 1831)과 여성노예 출신인 해리엇 제이콥스(Harriet Jacobs, 1813-1897)의 『노예소녀 본인이 쓴 인생사』(*Incidents in the Life of a Slave Girl, Written by Herself*, 1861), 링컨

대통령 부인과 절친했던 엘리자베스 케클리(Elizabeth Keckley, 1818-1907)의 『막후에서: 노예로서 30년과 백악관에서 4년』(*Behind the Scenes: or Thirty Years a slave, and Four Years in the white House*, 1874) 등이 있다.

20세기에 들어와서도 노예이야기의 맥이 그대로 전승되었는데 흑인의 성공과 인종 간의 협력을 찬양한 성공스토리의 전형인 부커 워싱턴(Booker T. Washington, 1855-1915)의 『속박에서 벗어나』(*Up From Slavery*, 1901)가 대표적인 작품이다. 그리고 1993년 노벨문학상을 수상한 토니 모리슨(Toni Morrison, 1931-)의 『빌러비드』(*Beloved*, 1987)도 노예서사의 전통을 이어받은 작품이라 할 수 있다.

제5장

사실주의 문학의 발생: 1860–1914 (19세기 후반)

1. 배경: 남북전쟁과 도금시대 (The Civil War and the "Gilded Age")

미국 남북전쟁(The Civil War, 1861-1865)은 산업 위주의 북부와 농업이 주된 산업이며 노예를 보유하고 있던 남부 사이의 전쟁으로 미국역사의 분수령이었다. 전쟁이 끝나자 젊은 민주주의 국가를 건설하고자 하는 순진한 낙관주의가 점점 힘을 잃게 된다. 미국적인 이상주의는 남아 있었지만 방향을 달리한다. 전쟁 전에 이상주의자들은 인권, 특히 노예제도 폐지를 옹호했으나 전후의 미국인들은 점점 더 진보와 자수성가를 이상화하기 시작했다. 전후는 백만장자 제조업자와 투기꾼들의 시대로 찰스 다윈(Darwin, Charles, 1809-1882)의 진화론이나 '적자생존' 이론이 때로 성공적인 거대 사업가의 비도덕적인 방법들을 뒷받침해주는 듯한 인상을 주는 시기였다.

남북전쟁이 끝나자 미국의 산업은 번창한다. 군수품 생산이 북부의 산업을 한 단계 끌어올렸고, 결국 북부에 강한 경제력과 정치적 영향력을 선사하게 된다. 그것은 또한 산업 지도자들에게 인력과 기계 관리에 대한 가치 있는 경험을 가져다주었다. 미국 땅에 매장된 철, 석탄, 석유, 금, 은 등 방대한 천연자원 또한 사업에 도움을 주었다. 1869년 새로운 대륙횡단철도가 부설되고, 1861년 대륙 내 전신이 실용화되면서, 산업계는 원료・시장・통신에 쉽게 접근할 수 있었다. 이주자의 지속적인 유입으로 값싼 노동력이 계속 제공되기도 했다.

1860년부터 1910년 사이 2,300만 명에 달하는 이주민들이 미국에 들어오게 되었는데 초기에는 독일인, 스칸디나비아인, 아일랜드인 등이, 이후에는 유럽 중부 및 남부인들이 주로 들어왔다. 중국인, 일본인, 필리핀인 계약노동자들 또한 하와이 대농장주들, 철도업체 및 기타 서부해안에 사업장을 두고 있는 미국업체들에 투입되었다.

1860년에 미국인 대부분은 농장이나 작은 마을에 살고 있었는데, 1919년경에는 인구의 절반이 약 12개 도시에 집중된다. 때문에 사람들로 북적대는 허술한 주택, 비위생적인 환경, 저임금, 열악한 작업환경, 사업에 대한 부적절한 제약 등 도시화 및 산업화에 따른 문제들이 발생한다. 노조가 생겨나고 파업도 종종 발생한다. 농민들 또한 동부에 있는 J. P. 모건(John Pierpont Morgan, 1837-1913)과 존 D. 록펠러(John Davison Rockefeller, 1839-1937) 같은 소위 악덕자본가들 때문에 자신들이 피해를 본다고 생각한다.

남북전쟁 후부터 제1차 세계대전에 이르는 약 반세기 동안에 일어난 서부개척과 대규모 정착, 급속한 도시화와 산업화로 인한 사회적 변화는 자연스럽게 새로운 미국문학의 등장으로 이어진다. 이상보다는 현실을 중시한 이 시기의 사실주의 문학은 미국사회와 미국인의 삶을 진단하고 표현하는 수단으로 자리 잡는다. 동부와 남부 중심의 문학은 그 영향권을 중서부를 포함한 미국 전역으로 확대함으로써 지방색 문학(Localism)이 대두하는 계기가 된다. 중서부 지방을 중심으로 새로운 작가가 등장하게 되었고, 이들이 다룬 주제와 소재는 기존의 낭만적 이상주의와는 크게 달랐다. 놀라운 산업발달의 여파로 물질주의(materialism)가 팽배해지고, 과학의 진보는 결정론(determinism)을 낳았으며, 아메리칸 드림을 좇아 대서양을 건넌 이민자들은 배금주의에 젖어들었다.

남북전쟁 이후 정치, 경제, 사회적인 분야에서 이룩한 비약적 발전의 이면에 도사리고 있는 부정과 부패 등을 비판하면서 생겨난 '도금시대'(The Gilded Age)라는 명칭은 당대 최고의 소설가 마크 트웨인(Mark Twain, 1835-1910)과 저널리스트이자 소설가인 찰스 더들리 와너(Charles Dudly Warner, 1828-1900)의 공저인 『도금시대』(*The Gilded Age: A Tale of Today*, 1873)에서 유래한 용어이다. 이 작품은 남북전쟁 이후 미국이 농업국에서 공업국으로 변천되는 과정에서 물욕과 위선에 사로잡힌 무리들이 각종 비리와 부정을 서슴지 않는 시대상을 통렬하게 비판한다. 신생국 미국은 서부개척이라는 미명하에 삼림을 훼손하고, 버팔로를 위시한 야생동물의 수를 급감시켰고, 인디언을 열악한 오지로 몰아내는 등 만행을 저질렀다. 나아가 정부나 군대를 등에 업고 철도회사나 토지투기꾼들이 제멋대로 설치는 등 비도덕적인 풍토가 조성된다. 아메리칸 드림은 황금만능주의를 확산시키는 부작용만 초래했다는 비판을 듣게 된다.

사실주의(realism)는 대체로 19세기 중엽에 프랑스와 영국에서 낭만주의에 대한 반동으로 소설분야를 중심으로 일어난 문예사조를 일컫는다. 프랑스의 발자크(Honoré de Balzac, 1799-1850), 영국의 조지 엘리엇(George Eliot, 1819-1880) 등이 앞장섰고, 미국에서는 윌리엄 딘 하웰스(William Dean Howells, 1837-1920)가 선두주자이다. 사실주의 소설은 흔히 낭만주의와 대조를 이룬다. 낭만주의는 이상과 꿈, 자연의 아름다움을 좇기 때문에 감상적이고 모험적이며, 현실도피적인 측면이 있다. 하지만 사실주의는 있는 그대로의 인생을 모방하듯 정확하게 그려낸다. 사실주의는 실용적인 가치관을 갖고 있으며, 진리를 상대적인 것으로 간주한다. 진리는 현실의 과학적 바탕 위에서 가시적 결과와 경험에 의해 증명될 수 있어야 한다고 믿는다. 민주주의를 신봉하는 사실주의자들은 낭만주의 작품의 주인공처럼 고상한 인물도 아니고 초인적인 능력을 갖추고 있는 인물이 아닌 평범한 사람의 일상을 평범한 구어체 문체로 그린다.

미국의 사실주의는 물질주의가 만연한 시대풍조와 궤를 같이한다. 남북전쟁 후 급속한 산업화와 도시화에 편승하여 급격한 인성의 파괴는 이 시대 작가들로 하여금 현실세계의 면면을 좀 더 충실하게 그려내고, 변화의 원인과 의미를 심도 있게 탐구하도록 요구한다. 이러한 시대적 요청에 따라 이 시대의 비리와 부정을 고발하고 올바른 윤리의식을 고취하려는 현실참여문학이 득세한다. 이러한 사실주의는 윌리엄 하웰스를 필두로 하여 마크 트웨인, 프랜시스 브렛 하트(Francis Brett Harte, 1836-1902) 등이 선도한다.

2. 사실주의 문학의 리더: 윌리엄 딘 하웰스(William Dean Howells, 1837-1920)

하웰스는 미국문필가의 최고 지도자였을 뿐만 아니라 19세기의 매우 영향력 있는 작가 중의 한 사람이었다. 그는 동시대의 낭만주의에 대한 공격을 주도했고, 자신의 작품에서 일반 사람들의 삶과 관련된 여러 문제를 날카롭게 분석하고 비판한다. 그의 미국문학에 대한 신념은 다음에 잘 나타나 있다.

> Like most Americans in the 1880s, he realized that business and businessmen were at the center of society, and he felt that novels should depict them. The good realist should be interested in "the common

feelings of commonplace people." On the other hand, he felt that authors should not make society look more ugly than it is. He disapproved of the way that french realists filled their novels with murder, crime and "guilty sex." American novels should depict the "more smiling aspects of life." (High 86)

1880년의 거의 모든 미국인들처럼 그는 사업과 사업가가 사회의 중심이라는 것을 인식했고 소설이 그들을 묘사해야 한다고 느꼈다. 훌륭한 사실주의자는 보통 사람들의 보편적인 느낌에 가져야 한다. 다른 한편으로 그는 작가는 사회를 있는 그대로 보다 추하게 만들어서는 안 된다고 느꼈다. 그는 프랑스 사실주의자들이 그들의 소설을 살인, 범죄, 그리고 "죄악의 성"으로 채우는 방식을 거부했다. 미국 소설은 "사회의 보다 밝은 측면"을 묘사해야 한다.

하웰스가 낭만주의 작가에 맞선 기본적인 전제는 낭만주의 작가는 인간의 삶을 실제 있는 그대로 그리지 않는다는 것이다. 즉, 낭만주의 작가들은 인간의 삶을 감상적으로 다루거나 이상화하며, 그들이 그리는 인물들을 불가능할 정도로 선하거나 악하게 만들며, 이 인물들을 실제 혹은 상상의 이국적인 장소로 보낸다는 것이다. 여기에 내포돼 있는 의미는, 낭만주의 소설이 현실로부터의 도피를 제공하려는 데 그 뜻을 두고 있어, 인간의 상황을 진지하게 다루고 있지 못하다는 것이다. 하웰스는 이야기가 시간적인 측면에서는 동시대의 것이어야 하고, 배경적인 측면에서는 일상적인 것이 돼야 하며, 대부분 인간 존재의 본질에 충실해야 한다는 점을 강조한다. 또한 그는 유럽의 사실주의자들이 "살인, 범죄, 죄악의 성"을 주로 다루고 있지만, 미국의 사실주의는 인생의 보다 밝은 측면을 묘사해야 한다고 주장한다.

하웰스는 월간지 『하퍼스 먼슬리』(*Haper's Monthy*)의 편집자로서 그 당시 햄린 갈런드(Hamlin Garland, 1860-1940), 스티븐 크레인(Stephen Crane, 1871-1900), 프랭

크 노리스(Frank Norris, 1870-1902) 등을 포함한 젊은 작가들을 적극적으로 후원하는 한편, 마크 트웨인이 동부에서 작가로 입지를 굳히는 데 큰 도움을 준다.

낭만주의를 공격함에 있어 하웰스는 사실주의의 입장에서 다음의 5가지를 강조한다.

- The commonplace rather than the unusual is the best material of fiction.
- Character is more important than plot.
- The writer should reveal the good in life as more real than evil.
- Realism is the expression of democracy and therefore more suited to American writers.
- The novelist should write objectively, not putting his own personality between character and reader.

- 첫째, 특이한 것보다 평범한 것이 소설의 가장 좋은 재료이다.
- 둘째, 인물의 묘사가 플롯보다 중요하다.
- 셋째, 작가는 인생에서의 악보다 선을 더 진실한 것으로 표현해야 한다.
- 넷째, 사실주의는 민주주의의 표현인 만큼, 미국문학의 표현방법으로 특히 적절하다.
- 다섯째, 소설가는 자기 자신의 인격을 등장인물과 독자 사이에 개입시키지 않고 객관적으로 서술해야 한다.

하웰스 작품의 주제는 크게 사랑(love)과 부의 불평등(inequalities of fortune), 두 갈래로 분류된다. 그의 38편의 전 작품을 3기로 나눌 때, 1기와 2기는 전자에, 3기는 후자에 속한다. 전자인 사랑을 다루는 데 있어 심각한 것, 추악한 것은 피하고, 우아하고 역설적이고 교훈적인 사랑이 취급된다. 후자인 부의 불평등을 다루면서 그가 의도한 것은 곤경에 처해 있는 근로자를 주제로 한 프롤레타리아 계열의 작품이 아니라, 상류계층의 기만과 도덕적 부패를 해부한다. 그의 작품은 중산계층이 이룩하고 있는 새로운 세계에의 공명을 보여주는 톨스토이(Leo Tolstoy, 1828-1910)의 사회관과 종교관에 뿌리박은 박애주의(Humanitarianism)의 경향을 띤다.

하웰스 문학의 1기는 하이네(Heinrich Heine, 1797-1856)와 헨리 워즈워스 롱펠로우(Henry Wadsworth Longfellow, 1807-1882)의 영향을 받은 「두 친구의 시」("Poems of Two Friends")와 그의 첫 소설, 『그들의 신혼여행』(*Their Wedding Journey*, 1872)이 해당된다. 『그들의 신혼여행』은 나이아가라폭포 쪽으로 신혼여행을 다녀온 경험을 소설로 꾸민 것이다.

제2기는 제인 오스틴(Jane Austen, 1775-1817), 조지 엘리엇(George Eliot, 1819-1880), 귀스타브 플로베르(Gustave Flaubert, 1821-1880), 이반 투르게네프(Ivan Sergeevich Turgenev, 1818-1883) 등 사실주의 작가들의 영향을 받아 사실주의 소설을 발표한 시기이다. 『인디언 서머』(*Indian Summer*, 1885-1886)는 플로렌스에 살고 있는 미국인을 그린 것으로 국제적 감각이 풍성한 소설이다. 이 소설은 진보와 상식을 찬양하고 낭만주의의 진부함을 폭로하고 있으며, 국적이탈과 육아문제 등 사회문제를 다룬다. 『현대적 이혼소송』(*A Modern Instance*, 1882)은 결혼생활의 불화, 여성의 사회적 지위, 이혼제도 등을 논한 작품이다. 이 작품에서 하웰스는 이혼하는 커플에 책임을 묻는 것보다 그들이 속한 사회에 비난을 돌린다. 그의 인물들은 평범할수록 더 바람직하다. 왜냐하면 그들은 산업화와 도시화 등의 변화에 눌려 희생당한 수많은 동시대인을 대변해주기 때문이다. 『사일러스 래팜의 출세』(*The Rise of Silas Lapham*, 1885)는 자수성가하여 부호가 된 레팜 일가와 사회적 지위는 갖췄으나 돈이 없는 코리(Corey) 일가 사이에 전개되는 알력과 갈등을 통해 당시의 돈과 명예를 둘러싼 사회계층의 갈등을 다룬다.

제3기는 레프 톨스토이(Leo Tolstoy, 1828-1910), 존 러스킨(John Ruskin, 1819-1900), 칼 마르크스(Karl Heinrich Marx, 1818-1883)의 영향을 받아 사회주의적 성격을 띤다. 『신흥부자의 위험』(*A Hazard of New Fortunes*, 1890)은 빈민들의 사회적 소외와 고통에 신음하는 모습을 통찰함으로써 미국 도시생활에 대한 분석을 시도한다. 이 작품에서도 하웰스는 주인공이자 자신의 분신인 베질 마치(Basil March)가 사회적 불평등, 벼락부자, 노동착취, 파업과 같은 사회적 요인에 휘둘리고 있는 데 관심을 집중한다. 『앨트루리아 출신 여행자』(*A Traveler from Altruria*, 1894)는 사회비평과 유토피아 사상을 결합하고 있는 피카레스크(picaresque) 소설이다. 국외자인 주인공은 미국인이 불평등과 탐욕 때문에 고통을 겪고 있다는 것을 인식하고 자신의 고국 앨트루리아에 대해 얘기한다. 그곳은 평화, 우애, 박애, 그리고 예술이 지배하는 곳이고 누구나 하루에 세 시간만 일하는 곳이며, 사업과 돈, 가난, 범죄도 종교적 광신주의도 없는 낙원이라 소개한다.

하웰스는 이국적인 배경과 영웅적인 인물, 그리고 남다른 사건을 주로 다루는 낭만주의 소설은 독자에게 그릇된 인생관을 심어주기 때문에 유해하다고 판단한다. 그는 작가는 평범한 것을 대상으로 구체적이고 정교한 글쓰기를 해야 한다고 주장한다. 정확한 세부묘사가 가능한 비상한 식견을 가진 하웰스는 마크 트웨인과 함께 미국 사실주의를 대표하는 작가이다.

3. 지방색 문학(Local Colorism)

지방색 문학이란 미국문학에서만 찾아볼 수 있는 특이한 문학의 형태로, 특정 지역의 특이한 지형이나 풍토, 의상, 언어, 민담, 역사 등을 집중적으로 조명하는 문학양식이다. 지방색 문화는 사실주의 문학의 한 축을 담당하며

19세기 후반 미국에서 크게 유행한다. 그 대표적인 작가로는 중서부 지역에서 활동한 마크 트웨인(Mark Twain, 1835-1910), 햄린 갈런드(Hamlin Garland, 1860-1940), 프랜시스 브렛 하트(Francis Brett Harte, 1836-1902), 남부를 중심으로 한 조지 워싱턴 케이블(George Washington Cable, 1844-1925), 조엘 챈들러 해리스(Joel Chandler Harris, 1848-1880), 뉴잉글랜드 지방에서 활동한 사라 온 주잇(Sarah Orne Jewett, 1849-1909), 메리 윌킨스 프리먼(Mary E. Wilkins Freeman, 1852-1930) 등이 있다.

특정 지방의 사투리, 괴벽이 있는 인물, 감상적 묘사, 기발한 유머가 특징을 이루는 지방색 문학은 사실주의 문학이 일반적으로 지닌 진지함이나 인간의 보편적 운명에 대한 탐구와 분석은 결핍되어 있다. 많은 지방색 문학이 19세기 중반 이후 등장한 대중잡지의 독자를 겨냥한 문학스케치나 단편소설의 형태로 쓰였다는 사실도 이런 경향과 무관하지 않다. 20세기에 들어오면 다수의 작가들이 자신이 활동하는 지방을 집중적으로 탐색하면서도, 그 주제나 작품의 메시지는 특정 지방의 풍습이나 이데올로기를 넘어 인류 보편적 가치를 탐구하는 경우가 많아진다. 이런 지방색 작가로는 마크 트웨인을 비롯하여 이디스 와턴(Edith Wharton, 1862-1937), 윌러 캐더(Wila Cather, 1873-1947), 엘렌 글래스고(Ellen Glasgow, 1873-1945), 윌리엄 포크너(William Faulkner, 1897-1962), 로버트 펜 워렌(Robert Penn Warren, 1905-1989) 등을 들 수 있다.

1) **마크 트웨인**(Samuel Clemens/Mark Twain, 1835-1910)

필명 마크 트웨인으로 더 유명한 새뮤얼 클레멘스(Samuel Langhorne Clemens)는 미주리주 미시시피강의 변방 개척지에 속하는 한니발(Hannibal)에서 성장했다. 모든 미국문학은 트웨인의 『허클베리 핀의 모험』(*The Adventures of Huckleberry Finn*, 1884)이라는 책 한 권에서 나왔다는 어니스트 헤밍웨이의 말은 미국문학 전통에서 트웨인이 차지한 독보적인 위치를 대변한다. 19세기 초 미국작가들은 영국인들처럼 자신들도 우아하게 글을 쓸 수 있다는 것을 입증하기 위해 미사여구를 즐겨 쓰거나, 감상적이거나, 혹은 과시욕이 강한 경향이 있었다. 반면 힘 있고 사실적이며 구어체적인 미국식 영어를 사용한 트웨인의 문체는 다른 작가들에게 미국적 목소리에 대한 새로운 방향을 제시해준다. 트웨인은 뚜렷하게 구별되는 유머러스한 사투리와 사회인습을 포착한다.

트웨인을 비롯한 19세기 후반 미국작가들에게 사실주의는 단순한 문학적 기법만이 아니었다. 그것은 진실을 이야기하고 닳아빠진 관습을 파괴하는 도구였다. 따라서 사실주의는 심오할 정도로 해방적이며 잠재적으로 반사회적인 경향을 지닌다.

트웨인의 『순진한 자의 해외여행』(*The Innocents Abroad*, 1869)은 그가 1867년 유럽과 성지순례 기간 중에 미국 신문, 잡지에 보낸 편지들을 재정리한 여행담이다. 이 작품에는 유럽의 귀족들에 대한 그의 민주적 증오, 그가 안내자에게 행한 기만, 18세기 이전 유럽의 대 화가들에 대한 칭찬과 거부, 잘난 체를 뽐내는 여행객에게 보내는 우롱, 예루살렘 성지순례자들의 거짓된 신앙 등 유럽여행에 대한 그의 감상과 해학들이 들어 있다.

『유랑기』(*Roughing It*, 1872)는 트웨인의 서부로의 여행을 소재로 한 자전적 소설이다.

> . . . Twain's next important book, *Roughing It,* [is] about his travels in the Far West. This book also began as a series of newspaper articles. He gives us clear pictures of the people he met; the cowboys, the stagecoach drivers, the criminals and the "lawmen." Although it isn't one of Twain's great works, it is very funny. It features many hoaxes and also another form of Western humor, the "tall tale." In one episode an angry buffalo climbs a tree to chase a hunter, and in another a camel chokes to death on one of Twain's notebooks. (High 80-81)

. . . 트웨인의 중요한 소설 중의 하나인 『유랑기』는 서부로의 여행을 다룬다. 이 작품은 일련의 신문기사로 시작된다. 그는 여행을 하는 과정에서 만나게 되는 카우보이, 역마차 운전수, 범죄자, 그리고 법 집행관과 같은 사람들의 모습을 적나라하게 묘사한다. 비록 이 작품이 트웨인의 위대한 작품은 아닐지라도 굉장히 재미있는 작품이다. 이 작품에는 속이기와 서부의 유머형식이라 할 수 있는 "거짓말 같은 이야기 혹은 허풍"이 많이 들어 있다. 한 에피소드를 들자면, 화가 난 들소가 사냥꾼을 쫓기 위해 나무 위로 올라가고, 트웨인의 노트 위에서 낙타가 질식사하기도 한다.

이 작품에는 "속이기"(hoax), 그리고 "거짓말 같은 이야기 혹은 허풍"(tall tale) 등 트웨인 식의 유머와 위트가 잘 드러나 있기 때문에, 트웨인의 작품을 이해하는 길잡이가 될 수 있다.

그의 첫 단편집인 『캘러베러스 군의 명물 뜀뛰는 개구리』(*The Celebrated Jumping Frog of Calaveras County*, 1867)는 토속민담을 바탕으로 한 향토소설이다. 트웨인은 "영국 유머의 특성이 내용에 있다면, 미국의 유머는 말하는 방식에 있다"고 생각하고 서부의 허풍 이야기의 전통을 바탕으로, 지역인의 생활방식과 언어적 특색을 꼼꼼하게 묘사하고 해학적으로 풍자한다.

마크 트웨인의 대표적인 작품은 『톰 소여의 모험』(*The Adventures of Tom Sawyer*, 1876), 『미시시피에서의 생활』(*Life on the Mississippi*, 1883), 『허클베리 핀의 모험』이다.

『톰 소여의 모험』은 소년기의 호기심, 공포, 환희로 가득 차 있고, 모험적인 액션이 파노라마처럼 전개된다. 다음은 이 작품을 잘 설명해준다.

Twain's *Adventures of Tom Sawyer* is a story about "bad boys," a popular theme in American literature. The two young heroes, Tom and

Huck Finn, are "bad" only because they fight against the stupidity of the adult world. In the end they win. Twain creates a highly realistic background for his story. We get to know the village very well, with its many colorful characters, its graveyards and the house in which there was supposed to be a ghost. Although there are many similarities between Tom and Huck, there are also important differences. Twain studies the psychology of his characters carefully. Tom is very romantic. His view of life comes from books about knights in the Middle Ages. A whistle from Huck outside Tom's window calls him out for a night of adventures. Afterwards, Tom can always return to his Aunt Polly's house. Huck has no real home. By the end of the novel, we can see Tom growing up. Soon, he will also be a part of the adult world. Huck, however, is a real outsider. He has had a harder life and never sees the world in the romantic way that Tom does. (High 81)

트웨인의 『톰 소여의 모험』은 미국 문학에서 인기 있는 주제인 "악동들"에 대한 이야기이다. 두 명의 어린 주인공, 톰과 허크는 어른들의 어리석음과 싸우기 때문에 나쁘다. 하지만 그들은 결국엔 이긴다. 트웨인은 이 이야기에서 고도의 사실주의적 배경을 창조한다. 우리 독자는 다양한 인물들이 살고 있는 마을, 그 마을의 묘지들, 그리고 유령이 등장하게 될 집들에 대해 잘 알게 된다. 톰과 허크 사이에 많은 유사성이 있지만 중요한 차이점이 존재한다. 트웨인은 등장인물의 심리를 깊이 연구한다. 톰은 매우 낭만적이다. 톰의 인생관은 중세시대의 기사도에 대한 책에서 유래 한 것이다. 톰의 방 창문 바깥에서 허크가 휘파람을 불어 톰을 불러내면, 그들의 밤의 모험이 시작된다. 나중에 톰은 언제나 폴리 아줌마 집으로 되돌아 올 수 있다. 하지만 허크는 되돌아갈 집이 없다. 소설의 말미에서 우리는 톰이 성장했음을 알 수 있다. 조만간에 그는 어른들의 세계에 합류할 것이다. 하지만 허크는 진정한 아웃사이더이다. 그는 힘든 생활을 해왔고, 톰처럼 세상을 낭만적으로 보지 않는다.

『미시시피에서의 생활』에서 트웨인은 증기선 조타수로 훈련받던 젊은 시절을 생각하며 "나는 이제 강의 모양을 배우기 위해 일하러 갔다. 내가 파악하려고 했던, 이해되지 않고 포착하기 힘든 모든 사물들 중에서 강은 가장 어려운 상대였다"고 적는다. 트웨인의 상상세계에서는 장대하고 기만적이며, 계속 변화하는 강 또한 주된 소재가 된다. 작가로서 트웨인의 윤리의식은 배를 안전한 곳으로 돌려야 하는 조타수의 책임감을 반영한다. 새뮤얼 클레멘스의 필명 "마크 트웨인"은 보트가 안전하게 지나가기 위해서 필요한 깊이인 두 길(3.6미터)을 의미하는데, 수로 안내원을 하면서 미시시피강을 떠돌아다닌 그의 경력에 대한 상징적 의미를 함축한다. 유머와 스타일을 겸비한 흔치 않은 재능을 지닌 트웨인의 진지한 목적의식으로 인해, 그의 글은 신선하고 호소력 짙은 작품으로 남아 있다.

『허클베리 핀의 모험』은 1884년에 출간되었으며 미시시피 강가에 있는 마을 세인트피터스버그(St. Petersburg)를 배경으로 한다. 알코올 중독자이자 부랑자 아버지, "팹" 핀("Pap" Finn)을 둔 헉은 괜찮은 집안에 입양되지만, 술 취한 아버지로부터 살해위협을 받게 된다. 헉은 생명이 위태로움을 느끼고 죽음을 가장한 채 그 집을 떠난다. 그는 추방된 노예 짐(Jim)과 함께 도망치는데, 짐의 주인 왓슨(Miss Watson)은 짐을 더욱더 고된 노예생활을 해야 하는 남부에다 팔아버리려는 생각을 하고 있었다. 헉과 짐은 뗏목을 타고 거대한 미시시피강을 따라 흘러간다. 증기선에 뗏목이 부서지는 바람에 서로 헤어졌다가 다시 만나기도 한다.

그들은 사회의 다양성, 관대함, 때로 잔인하면서 비이성적인 측면을 보여주는 우스꽝스럽고 위험한 모험을 겪는다. 마지막에 왓슨이 이미 짐을 해방시켰다는 사실이 알려지고, 헉은 괜찮은 집안에 입양된다. 그러나 헉은 문명화된 사회를 참지 못하고 인디언의 땅으로 도망칠 계획을 세운다. 소설의 마지막은 인간을 도덕적으로 타락시키는 문명의 영향으로부터 벗어나 원시적인 황야로 나아가는 길을 보여줌으로써, 고전적인 미국 성공신화의 또 다른 버전을 독자에게 던져준다. 제임스 페니모어 쿠퍼(James Fenimore Cooper, 1789-1851)의 소설들, 월트 휘트먼(Walt Whitman, 1819-1892)의 열려 있는 길에 대한 찬가, 윌리엄 포크너(William Faulkner, 1897-1962)의 『곰』(*The Bear*), 잭 케루악(Jack Kerouac, 1922-1969)의 『길 위에서』(*On the Road*, 1957)는 이와 같은 예를 보여주는 작품들이다.

『허클베리 핀의 모험』은 수많은 문학적 해석을 유발해왔다. 명백한 것은 이 소설이 죽음, 부활, 통과의례에 대한 이야기라는 것이다. 헉은 자신의 양심의 소리를 따르기로 결심하고, 스스로 법을 어긴 것에 대해 저주를 받게 될 것이라고 생각하면서도, 흑인 노예가 자유를 찾아 도주하도록 도와준다. 노예 짐은 헉에게 아버지 같은 존재였고, 헉을 복잡한 인간본성 속으로 들어가게 해주며, 그에게 도덕적 결단을 할 수 있는 용기를 준다. 헉은 자신이 속해 있던 노예사회의 울타리를 벗어나 도덕적으로 성숙한다.

이 소설은 또한 조화로운 사회라는 트웨인의 이상을 극화한다. 헉은 "뗏목에서 필요한 것은 무엇보다도 모두가 만족하고 기분이 좋으며 서로에게 친절하게 대하는 것이다"라고 표현한다. 멜빌의 포경선 피쿼드호처럼 뗏목은 가라앉고, 뗏목과 함께 그 특별한 공동체도 가라앉는다. 뗏목이라는 순수하고 단순한 세계는 증기선이 상징하는 진보에 궁극적으로 무너지지만, 삶만큼 방대하고 변화무쌍한 강의 신화적인 이미지는 그대로 남게 된다.

트웨인은 만년에 이르러 국내외적으로 다양한 문화의 공존을 인정하는 다원주의적 사고를 존중하며, 쿠바와 필리핀에 개입한 미국의 제국주의적 횡포에 분노한다. 『적도를 따라서』(*Following the Equator*, 1897), 『암흑 속에 앉아서』(*Sitting in the Darkness*, 1897)는 이러한 반제국주의적 사고를 집약적으로 보여준다. 그는 시대와 영합하기보다는 제국주의, 식민주의, 인종차별, 여성차별 등의 모순을 폭로하고 그것을 바로 잡기 위한 운동에 참여한다.

그는 미국문학에서 타고난 해학작가로서, 또 향토작가로서 최고봉을 차지한다. 그의 해학은 여러 가지 토착적인 기질을 결합하고 있다. 뉴잉글랜드 기질은 톰과 폴리(Polly) 아주머니의 성격 혹은 스타일에 나타나 있을 뿐만 아니라, 그가 종종 사용하는 과대평가 및 정치적 풍자 속에도 나타난다. 남부 기질은 동물, 장난, 개척지의 자만, 허풍, 그리고 틀 이야기 등 그의 작품 도처에 산재해 있다. 그는 해학극, 말의 오용, 잘못된 말의 인용 등 모든 기법을 잘 알고 있었기 때문에, 그의 문장은 구절마다 웃음을 자아내게 했다. 트웨인은 일생 풍자를 사용한다. 우울, 군주정치, 개혁운동, 고딕건축, 감상적이고 화려한 글 등 처음 보기엔 그의 목표가 완전히 빗나가 보이지만, 그것은 대부분이 그가 확고한 사실주의 문학가의 열정으로 반대했던 낭만주의와 관계가 있다. 그의 생애 중 마지막 20년 동안은 풍자가 점점 신랄해졌고 일반화되어 갔다. 그는 자신의 작품을 통해 악의 근원, 결정론의 의미, 그리고 인간의 도덕적 감각의 본질 등을 숙고한다.

2) **햄린 갈런드**(Hamlin Garland, 1860–1940)

갈런드는 하웰스의 영향을 받아 사실주의 문학을 더욱 활성화시키고 사회적 저항과 아메리칸드림의 실패를 그려낸 작가이다. 마크 트웨인과는 다르게 갈런드는 서부의 신화를 창조하기보다는 그것을 파괴하는 데 주력한다. 그는 자신이 잘 알고 있는 소재에 대하여 있는 '그대로의 삶'(Life as it is)을 사실적으로 그려야 한다고 믿었다. 그에게는 부모가 농사를 지으며 살고 있는 중서부 지역이 바로 이런 무대이자 대상이었다. 갈런드는 힘들게 살아가는 농부들의 따분한 일상은 용감하고 정의로운 서부 개척자들의 찬란한 신화와는 거리가 멀었다. 그는 꿈과 활력이 넘치는 농부의 희망찬 모습 대신에 힘든 노동에 지쳐 꿈을 상실한 그들의 모습을 묘사함으로써 미화된 신화의 허상을 해체시키고자 했다.

『발길 잦은 길』(*Main-Travelled Roads*, 1891)은 그가 중서부 지방, 즉 미네소타, 위스콘신, 네브래스카, 그리고 다코타 농부들의 고된 삶에 대한 이야기이다. 이 작품은 미국 농민을 문학적 상상력이 만들어낸 가공의 인물이 아니라 지쳐있지만 불굴의 의지를 지닌 인간의 모습으로 그렸다는 찬사를 듣는다. 『발길 잦은 길』의 성공에 힘입어 갈런드는 단편소설집, 『대평원 사람들』(*Prairie*, 1892)을 비롯한 작품집을 계속 발표하는데, 이들 작품집에 실린 30여 편의 소설들은 그의 명성을 반석 위로 올려놓는다.

갈런드는 평론집 『무너지는 우상들』(*Crumbling Idols*, 1894)에서 '진실주의'(Veritism)는 자연주의적 관점을 한 단계 넘어선 것으로, 무자비하고 추한 현실에 대한 사실적 묘사와 기록 그 자체에 의미를 두기보다는 보통사람들의 삶을 제대로 해석하고 향상시키는 데 그 궁극적 목적이 있다고 정의한다. 휘트먼처럼 갈런드도 미국은 단지 미국인에 의해서만 묘사될 수 있으며, 또한 단지 그 지방 거주자만이 그 지방의 특색을 이해하고 묘사할 수 있다고 주장한다. 그는 교훈주의와 감상주의로부터 예술가를 구할 수 있는 것은 특정한 지역의 진실에 접근하는 것이라 생각한다.

만년에 그는 개척자로서의 꿋꿋한 여성의 삶을 그린 『중부 변경의 딸』(*A Daughter of the Middle Border*, 1921)을 발표하여 또다시 큰 호평을 받으며 퓰리처상(Pulitzer Prize)을 수상한다. 문학이론의 한계에도 불구하고 갈런드가 미국의 지방색 문학과 자연주의 문학의 발전에 크게 이바지 한 점은 높이 평가받을 만하다.

3) 프랜시스 브렛 하트(Francis Brett Harte, 1836-1902)

브렛 하트는 서부 광산 개척지를 배경으로 한 단편소설, 「요란스러운 탄광촌의 행운」("The Luck of Roaring Camp"), 「포커 플랫의 추방자들」("The Outcasts of

Poker Flat") 등의 모험소설 작가로 알려져 있다. 그는 『요란스러운 탄광촌의 행운과 기타 스케치』(*The Luck of Roaring Camp and Other Sketches*, 1870)를 출판함으로써 전국적인 유명세를 탄다. 그는 새롭고 신선한 소재, 즉 원주민, 동부 출신의 광부와 노름꾼, 중국계 이민자와 히스패닉 계열의 사람들이 한데 모여 혼탁한 공동사회를 형성하는 골드러시 시대 광산촌의 생생한 목소리를 전해준다. 리얼리즘 작가 계열에 속하는 그는 사회 밑바닥 인물들을 진지한 문학작품에 처음으로 도입한다. 하트의 작품을 극찬한 바 있는 영국의 찰스 디킨스(Charles Dickens, 1812-1870)가 그랬듯이, 하트 또한 사회의 낙오자들이 사실은 아름다운 영혼을 소유하고 있음을 보여준다.

4) 조지 워싱턴 케이블(George Washington Cable, 1844-1925)

케이블은 버지니아 출신 노예소유주인 부친과 뉴잉글랜드의 유서 깊은 가문 출신 모친 사이에 뉴올리언스에서 태어났다. 남북전쟁 때 남군에 참가한 경험이 있는 그는 미시시피 남부지역의 향토문학 개척자로서 남부지방주의 작가 가운데 유일하게 진보 성향의 백인이었다. 그는 주로 남북전쟁 전 뉴올리언스 지방의 프랑스인과 스페인 사람을 총칭하는 '크레올'(Creole)의 삶을 그린 단편소설 때문에 후세에 기억된다.

그의 소설은 루이지애나주에 살고 있는 백인과 인디언 그리고 흑인혼혈족을 다룬 것으로 지방색 짙은 향토소설이다. 『크레올의 옛 시절』(*Old Creole Days*, 1879)은 루이지애나 지방의 프랑스계 혼혈인들의 삶의 애환을 그린 지방색이 풍부한 로맨스 단편집이다.

5) 조엘 챈들러 해리스(Joel Chandler Harris, 1848-1908)

흑인 민속을 가장 널리 유행시킨 지방주의 작가는 해리스였다. 조지아주의 시골농장 일꾼으로 10대를 보낸 그는 신문기자와 정치평론가로서의 오랜 경험을 토대로 소설을 창작한다. 그는 남부의 농원을 배경으로 유머, 방언, 흑인 민화에서 취재한 동화 등을 작품의 소재로 활용한다. 『엉클 레머스: 그의 노래와 속담』(*Uncle Remus: His Songs and Sayings*, 1880)은 조지아주의 흑인 민화를 늙은 흑인 레머스가 이야기하는 형식으로 전개한다. 내면적으로 이 설화는 '형제 토끼'와 기타 동물들을 다룬 민담이지만, 외형적으로는 농장의 늙은 흑인 레머스가 전래되는 이야기를 백인꼬마에게 들려주는 것이다. 그는 제프리 초서(Geoffrey Chaucer, 1343-1400), 조반니 보카치오(Giovanni Boccaccio, 1313-1375), 그리고 남서부 해학작가들처럼, 작품에 민담을 활용하는 방법이 환상과 현실을 혼합하는 이상적 방법이라는 것을 찾아냈다. 『애틀랜타 헌법』(*Atlanta Constitution*) 지에 발표된 이 이야기는 단순하고 소박한 유머와 흑인방언을 구사함으로써 향토문학 발전에 크게 공헌한다.

6) 사라 온 주잇(Sarah Orne Jewett, 1849-1909)

주잇은 메인(Maine)주 출신으로 풍속묘사와 인물묘사에 치중한 풍속작가이다. 그녀는 거기에다 논리적 의식까지 가미하여 향토색 짙은 현실도피 성향의 작품을 썼다. 그녀의 소설은 겉으로 보면 비예술적으로 보이지만, 실상은 탁월한 예술성을 내포하고 있다. 그녀는 평생에 걸쳐 한 지역만을 연구함으로써 작품의 신비성을 획득할 수 있었고 향토화된 이야기를 통해 보편적인 의미를 완성시켰다. 그녀의 소설은 향토소설이든 아니든 간에 미국소설 속에 대체로 깊이 뿌리박힌 인간에 대한 깊은 통찰이 담겨져 있다. 『백로』(*The White Heron*, 1886)는 젊은 여주인공이 나무에 올라가 백로가 나는 모습을 보며 자유를 그리워하는 내용을 그린다. 『전나무의 나라』(*The Country if the Pointed Firs*, 1896)는 일인칭 산문 스케치 선집으로 메인주 어느 항구의 인정과 풍습을 여성적인 세밀한 필치로 아름답게 묘사한 작품이다.

7) 메리 윌킨스 프리먼(Mary E. Wilkins Freeman, 1852-1930)

프리먼은 뉴잉글랜드의 유서 깊은 가문에서 태어나 매사추세츠와 버몬트에서 성장하였다. 뉴잉글랜드의 지방색 묘사에 전념했으면서도 단순히 황토적인 묘사에만 그치지 않은 작가이다. 그녀는 음울하고 딱딱하고 침울한 청교도 자손들의 생활을 사실적으로 묘사하는 데 성공을 거둔다. 희극적인 요소가 적지 않음에도 불구하고 그녀의 작품은 비극적인 중압감을 가지고 있으며, 시골 사람들의 소박함에 어울리는 절박한 문체로 쓰였다. 그녀는 주로 반항하는 인간의지를 다루고 있으나, 종종 조용히 쇠락을 걷고 있는 사람들도 그린다. 그녀의 성공작 『펨브로크』(*Pembroke*, 1894)는 장인이 될 사람에게 반항한 청년을 그리고 있다.

4. 고급 리얼리스트

1) 내성의 문학

미국의 국력이 나날이 발전함에 따라 새로운 시대정신을 적극적으로 수용한 트웨인과는 달리 새로운 산업시대가 초래한 모든 것에 반발한 작가들도 적지 않았다. 19세기 말 미국문학이 걸어가야 할 길은 두 갈래였다. 하나는 자연과 인생을 그대로 수용하는 길이요, 다른 하나는 '의식의 탐구'처럼 내부를 향하여 나아가는 길이다. 휘트먼이나 트웨인은 전자의 길을 걸었고, 포와 호손은 후자 쪽에 치우친 길을 걸었다. 훗날 T. S. 엘리엇과 윌리엄 포크너가 이 길을 걷는다. 이 길은 얼핏 보면 비미국적인 듯 보이지만, 이것을 배제했다면 미국문학은 올바르게 성장할 수 있는 성장 동력을 얻지 못했을 것이다. 에드거 앨런 포, 에밀리 디킨스, 헨리 제임스 같은 내향의 작가들도 휘트먼이나 트웨인 못지않게 미국문학의 건설자임 셈이다.

① 에밀리 디킨슨(Emily Dickinson, 1830-1886)

내성의 시인 디킨슨은 자유시의 거장 휘트먼과 여러 면에서 대조적이다. 살아있을 때 이미 유명세를 탄 휘트먼의 명성은 현대에 이르러 다소 퇴색된 반면에 생전에 불과 7편밖에 발표하지 못하고 은둔생활을 한 디킨슨은 현대 미국을 대표하는 시인으로 평가받는다. 그리고 휘트먼의 시의 진보적인 시형과 자유분방한 언어구사는 디킨슨의 압축적 구조와 축소적인 언어와 대조를 이룬다. 나아가 휘트먼의 자신만만한 낙관주의는 디킨슨의 암울하고 소심한 감수성과 상반된다. 모더니즘이 1910년에서 40년까지 내면추구의 문학이라고 한다면 디킨슨은 마땅히 모더니즘의 선구자로 꼽을 수 있을 것이다. 그녀의 현실에서 철수(withdrawal)와 고도의 개인적 이미지 구사, 불완전한 압운, 그리고 파격적인 구문은 극히 현대적이다. 에밀리 디킨슨을 필두로 20세기 시인들은 화합과 전진을 특성으로 하는 휘트먼과는 달리 자신들의 세계로 철수하여 자신들만의 감각으로 시를 쓰고는 은둔한다. 에밀리 디킨슨의 경우 그 도피는 집이지만, 절대적인 세계로의 진입이었다.

에밀리 디킨슨이 평생을 은둔하다시피 살았던 곳은 매사추세츠의 대학촌인 앰허스트(Amherst)이다. 부친이 변호사이자 국회의원인 명망가였기에 그녀는 당시 여성으로서는 드물게 비교적 지적교류가 활발한 가정에서 성장할 수 있었다. 디킨슨이 신학대학 재학 중 신앙고백을 강요받는 일로 학교를 그만둔 것은 그녀의 올곧고 배타적 성격을 보여주는 단적인 사례이다. 워싱턴을 비롯한 몇몇 대도시들을 잠깐씩 방문한 것 외에 평생을 결혼도 하지 않은 채 고향에서 칩거하면서도 디킨슨은 시의 환희 속에서 즐거운 삶을 살았다. 그녀의 세계는 집 뜰이요 인근에 있는 코네티컷 골짜기 정도였다. 그녀는 이곳에서 상상의 나래를 펴고 영혼과 교감했다. 이 영혼의 세계에서 그녀는 주옥같은 시를 창작한다.

디킨슨의 시 주제로 절대적 우위를 보이는 것은 삶과 죽음이다. 1,700여 편의 시 가운데 500편이 넘는 시가 삶과 죽음을 다룬 것이다. 그녀는 흔히 폭풍전야의 고요와 정적이 침잠한 방에서 자신의 죽음을 가상한다. 「나는 내가 죽을 때 윙윙거리는 파리 소리를 들었지」("I heard a Fly buzz when I died")에서처럼 그녀는 추상적 개념에 구체적 생명력을 불어 넣어 극적효과를 높인다. 평탄한 삶을 살아간 사람 가운데 그녀만큼 사랑과 죽음을 알고, 그것을 시로 구현할 수 있었던 사람은 드물다. 그 당시 개성이 강한 미혼여성은 오히려 사회에 속박당할 수밖에 없었다. 자신의 배부로 후퇴한 여성은 이루지 못한 열정의 소망 속에 묻혀 살았고, 침묵 속에서 열정을 불살라야 했다. 디킨슨은 자기성찰 여성의 대변자이다.

디킨슨은 여러 시형을 실험하였으나 대체로 '찬송가 시형'을 즐겨 사용하였다. 이 시형은 찬송가나 발라드 등 민중가요에 많이 쓰이는데 디킨슨은 이 형식을 끌어와 나름대로 변형시켰다. 그녀는 평범하고 대중적인 형식과 난해하며 추상적인 주제 사이의 부조화와 긴장을 도입하여 함축적이고도 복합적인 효과를 거두고 있다. 또한 그녀는 압축과 생략 등으로 언어의 절약을 도모했고, 유머와 익살재담(pun), 풍자와 패러독스, 형이상학적인 비유, 그리고 아이러니와 과감한 생략을 구사하면서 때로는 문법마저도 뛰어넘는 독특한 시의 전형을 창출한다. 예술가의 본능으로 디킨슨이 발견한 이러한 독창적인 표현법은 당시 사람들에게 생소한 것이었다. 이와 같은 그녀의 천재성은 모더니즘 시대에 와서야 비로소 이해되고 인정받았다. 그녀의 스타일은 단순하지만 경제성과 집중성이 두드러지는 동시에 열정적이다. 20세기 시인들처럼 디킨슨은 날카롭고 강렬한 이미지가 시인의 최고 무기임을 알고 있었다. 또한 그녀는 모음운, 불협화음, 불완전음 등을 사용해서 운율의 영역을 확장했을 뿐만 아니라, 생략과 언어의 모호성을 도입한다.

디킨슨은 사랑의 영원성을 찬미한 시 「사랑은 생명 이전」("Love Is Anterior to Life")과 자연에 대한 천진스럽고 소박한 꿈을 묘사한 서정시 「초원을 만들고 싶으면」("To Make a Prairie"), 고결하고 청초한 삶을 살아가는 자신의 생애를 한 마리 작은 새에 비유한 서정시 「희망은 날개 달린 것」("Hope is the thing with Feathers"), 지친 새를 둥지로 돌려보내듯 자신을 피안의 세계로 인도해서 고통을 벗어나게 해달라고 염원하는 시 「만약 내가 한 사람의 가슴앓이를 멈추게 할 수 있다면」("If I Can Stop One Heart From Breaking") 등은 압축적이고 정확한 시어를 구사하여 승리보다 패배, 만족보다 좌절의 소중함을 역설한다. 또한 그녀는 은유나 패러독스 등의 기교가 뛰어난 시 「성공은 승자의 기록」("Success is Counted Sweetest"), 죽음을 오히려 친구처럼 낭만적으로 표현하며, 죽음의 끝이 아니라 영원으로 안내하는 수레로 비유한 형이상학적 시 「죽음을 위해 내가 멈출 수 없어」("Because I Could Not Stop for Death"), 불교의 무소유 사상을 표현한 명상시 「완전한 기쁨이야!」("Tis So Much Joy") 등 시대를 초월하는 수많은 주옥같은 명시들을 남긴다.

② 헨리 제임스(Henry James, 1843–1916)

헨리 제임스는 한때 예술, 특히 문학은 "삶을 만들고 관심을 만들고 중요성을 만든다"라고 쓴 적이 있다. 제임스의 소설과 비평은 당대의 글 중 가장 의식적이고 정교하며 난해하다. 일반적으로 제임스는 트웨인과 함께 19세기 후반 최고의 미국작가로 꼽힌다. 제임스는 국제적인 주제들, 다시 말해 순진한 미국인과 국제적 사고를 지닌 유럽인과의 복잡한 관계를 그린 작가로 주목받는다.

제임스의 중요한 3가지 테마는 ① 미국의 성실과 조야성이 유럽의 허위성·성숙함과 대조를 이루고, ② 인생의 진실과 예술의 진실과의 상극을 이루며, ③ 선과 악에 대한 도덕적 판단 대신에 심리적 판단이 우선한다는 점이다. 생애 말기에 그의 작품은 고도로 복잡한 예술로 향하고 인간의 상황에 대한 더욱 심각한 논평으로 나아가지만, 이 같은 3대 주제를 크게 벗어나지는 않는다.

제임스의 작품은 대체로 3기로 구분한다. 초기는 여행기 『대서양 횡단 스케치』(*Transatlantic Sketches*, 1875), 소설 『로더릭 허드슨』(*Roderick Hudson*, 1876), 『미국인』(*The American*, 1877), 『데이지 밀러』(*Daisy Miller*, 1879) 그리고 대작 『여인의 초상』(*The Portrait of a Lady*, 1881) 등을 집필한 시기이다. 『로더릭 허드슨』에서 로더릭은 로마에서 그림수업을 받는 미국 출신 청년인데 유럽의 성숙한 풍습, 가치관에 완전히 동화된 공작부인에게 매혹된 나머지 수업을 포기하고 만다. 제임스 눈에 비친 로더릭은 미국인의 최대 약점인 조야한 개인주의를 대표할 뿐만 아니라 예술의 정진에 나섰다가 애욕의 소용돌이로 유인당하는 인간이다. 또한 『미국인』에서는 순진하지만 지적이며 이상적이고 자수성가한 백만장자인 크리스토퍼 뉴먼(Christopher Newman)이 신붓감을 찾아 유럽으로 건너간다. 한 여성의 가족이 그가 귀족적인 배경을 지니고 있지 않다는 이유로 그를 거절한다. 이후 그는 복수할 기회를 얻지만, 그러지 않기로 결심함으로써 자신의 도덕적 우월성을 입증한다. 제임스는 『여인의 초상』의 여주인공 이사벨 아처(Isabel Archer)에 대한 철저한 심리적 분석을 통해 신구문화의 대조를 극한까지 이끌어간다.

제임스의 중기는 실험적인 시기로, 다양하고 새로운 주제들이 다루어진다. 정치적 음모를 다루고 있는 『카사마시마 공작부인』(*The Princess Casamassima*, 1885), 페미니즘과 사회개혁을 다룬 『보스턴 사람들』(*The Bostonians*, 1886), 미술골동품을 매체로 하여 벌어지는 미망인과 그 아들과 며느리 이야기인 『포인

턴가의 골동품』(*The Spoils of Poynton*, 1897), 철부지 소녀의 눈을 통하여 양친의 부정을 고발하는 『메이지가 알았던 것』(*What Maisie Knew*, 1897), 어린이의 순수함에 나쁜 영향을 끼치는 악에 관한 이야기인 『나사 조이기』(*The Turn of the Screw*, 1898), 딸에게 자신의 부정한 과거를 알리지 않으려는 모친의 고민을 그린 『사춘기』(*The Awkward*, 1899) 등이 여기에 속한다.

제임스의 성숙기 혹은 말기에는 다시 국제관계로 돌아가서 미국문화와 유럽문화와의 대조를 그린다. 이제는 더욱 정교하고 심리학적인 통찰력으로 그 주제에 접근한다. 복잡하고 신화적인 작품 『비둘기의 날개』(*The Wings of the Dove*, 1902), 뉴잉글랜드 부호의 아들이 파리의 사교계를 섭렵하는 내용의 『대사들』(*The Ambassadors*, 1903), 미국부호와 이탈리아의 가난한 공작과 그들의 파트너인 두 여성을 포함한 4각관계의 로맨스를 그린 『황금의 잔』(*The Golden Bowl*, 1904) 등이 이 시기에 속하는 작품들이다. 트웨인 작품의 주제가 외관과 현실이라면, 제임스의 지속적인 관심은 '인식'(perception)에 있다. 제임스는 자각과 타자에 대한 명백한 인식만이 지혜와 자기희생적인 사랑을 가져올 수 있다고 본다.

제임스는 이야기를 전능한 화자나 전체적인 관점 대신 제한적인 관점을 지닌 관찰자의 눈과 귀를 통하여 전개한다. 특히 이러한 과정에서 흔히 관찰자 자신의 도덕적 성장이 이야기의 핵심을 이룬다는 사실이 중요하다. 제임스는 등장인물의 의식이나 심리상태에 큰 관심을 가진다. 그는 특히 전능한 서술자 대신 중심의식(central consciousness)이라는 제한적 관점의 시각을 등장인물에게 이식함으로써 독자들로 하여금 상황의 분석과정이나 스토리 인식에 참여하는 길을 열어놓는다. 이런 기교는 '의식의 흐름'(stream of consciousness)의 차용이다.

제임스는 소설이란 단순한 스토리텔링이 아니라 복잡하고 설명하기 어려운 인간의 내면을 투영하는 다중의 렌즈 역할을 해야 한다고 주장한다. 그는 소설의 기승전결의 전통적 전개방식보다 독자에게 필요한 주인공의 과거와 현재의 경우가 어떤 계기로 인해 주인공의 마음에 떠오르는 의식을 통하여 연결되는가에 관심을 갖는다. 바로 이 점이 훗날 제임스 조이스(James Joyce, 1882-1941), 버지니아 울프(Virginia Woolf, 1882-1941)를 비롯한 '의식의 흐름' 작가들에게 큰 영향을 미친다. 제임스는 미묘한 성격묘사, 날카로운 감수성, 심리적 국면의 세심한 처리 등으로 소설가로서 서술의 완벽성을 이룩했다. 하지만 지나치게 수법에 치우친 점, 그리고 독자가 이해하기 힘들다는 점이 그의 한계로 지적된다.

2) 고급 향토소설

① 이디스 와턴(Edith Wharton, 1862-1937)

동부 상류사회의 삶과 관습을 우아하게 그린 와턴은 고급 리얼리즘 운동을 리드한 작가다. 그녀는 뉴욕의 상류층 가정에서 태어나 고급문화를 향유하면서 자라났다. 헨리 제임스처럼 미국인과 유럽인을 대비시키고 있는 그녀의 소설의 테마는 '사회적 현실과 내적 자아 사이의 괴리에서 파생하는 비극'이다. 종종 그녀의 작품 속에서는 감수성이 강한 인물들이 등장하는데, 이들은 무자비한 사람이나 사회적 억압 때문에 스스로 갇혀 있다고 생각하며, 인간관계의 부조화로 고뇌한다. 아마도 그 원인은 작가와 한 남자의 아내라는 역할 사이에서 오랫동안 갈등을 겪었으며, 신경쇠약으로 고생한 자신의 경험에 기인하였을 것이다.

와턴은 『환희의 집』(*The House of Mirth*, 1905)을 내놓으면서 작가로서의 위치를 굳힌다. 이 작품은 당시 사랑도 돈으로 사려는 뉴욕 상류사회의 도덕적 타락을 신랄하게 비판한 중편소설이다. 주인공, 릴리 바트(Lily Bart)는 물질적 부와 사랑 사이에서 갈등하다 뜻을 이루지 못하고 진정제 과용으로 숨진다.

이 소설은 신데렐라를 꿈꾸다 사교계의 중심에서 밀려나 끝내 바닥으로 추락한 한 여성의 비극적 로맨스를 생생하게 담아낸다. 워튼은 이 작품을 통해 인간의 삶을 송두리째 파괴할 수 있는 관습과 규범을 중시하는 상류사회의 허식을 풍자한다.

와턴은 1912년 자서전적 소설이라 밝힌 바 있는 『암초』(*Reef*)에 자신의 삶을 투영시킨다. 이 작품은 생명력 넘치고 매력적인 한 여성과 사회적 요구와 전통의 순응 사이에 방황하는 주인공의 고뇌와 갈등을 그려낸다. 『암초』는 사랑이 가져다 준 행복, 그 행복의 치명적인 대가, 그것에 수반된 배신과 환멸의 기록이다.

와턴에게 퓰리처상을 안겨준 『순수의 시대』(*The Age of Innocence*, 1920)는 부와 전통을 중시하는 상류사회를 배경으로 빅토리아풍의 사회적 인습을 풍자한 소설이다. 1870년대 뉴욕을 배경으로 한 이 소설의 주인공 눌랜드 아처(Newland Archer)는 변호사로 상류층 가문의 숙녀 메이 웰런드(May Weland)와 약혼한 사이이다. 어느 날 메이의 사촌 엘렌(Ellen) 백작부인이 불행한 결혼생활을 청산하기 위해 폴란드에서 날아와 눌랜드에게 사건을 맡긴다. 눌랜드는 한눈에 엘렌과 사랑에 빠지지만 명예와 관습, 그리고 현실적인 문제에 부딪쳐 고민에 휩싸인다. 결국 눌랜드는 메이와 결혼하지만 엘렌을 잊지 못한다. 메이가 임신을 하자 엘렌은 유럽으로 돌아간다. 26년 후 메이는 세상을 떠나고 눌랜드와 그의 아들은 엘렌을 만나가 위해 파리에 도착하지만 눌랜드는 차마 엘렌을 보지 못하고 아들만 보낸다. 작가는 19세기 후반 미국 상류층의 세 남녀의 엇갈린 운명적 사랑을 통해 상류사회의 위선과 허식을 조롱한다. 또한 그들이 그렇게 중요시하는 가문의 명예와 사회적 관습이 얼마나 허망한 것인가를 토로한다.

와턴의 문학적 배경은 대체로 뉴욕의 상류사회이지만 『나무의 과일』(*The Fruit of the Tree*, 1907)과 『이선 프롬』(*Ethan Fromm*, 1911)은 삶에 지친 가난한 사람들에 대한 이야기이다. 『나무의 과일』은 근로환경 개선을 게을리 한 무책임한 기업인을 고발한 작품이다. 『이선 프롬』은 뉴잉글랜드 시골을 배경으로 영적인 고립과 절망을 다룬 비극적 이야기이다. 와턴은 헨리 제임스, 마크 트웨인과 더불어 미국 리얼리즘 문학에 크게 이바지한 작가이다. 여성 특유의 섬세하고 감각적인 필치로 작품을 썼기 때문에 미국의 페미니즘을 대표하는 작가로도 재조명 받는다.

② 윌러 캐더(Willa Cather, 1873–1947)

캐더는 버지니아(Virginia)의 윈체스터(Winchester)에서 태어나 열 살 때 미개척 변경지대인 네브래스카(Nebraska)주 레드클라우드(Red Cloud) 근처의 농장으로 온가족이 함께 이주했다. 당시 네브래스카는 북유럽에서 온 이민자들이 가혹한 기후, 거친 자연환경과 싸우면서 황무지를 개척하고 있었는데, 그곳에서 보낸 약 10년간의 경험은 그녀 작품의 향토색을 살찌운 자산이 되었다. 고교 때부터 문학에 흥미와 소질이 있어 네브래스카 주립대학 재학시절 단편과 극평을 썼고, 1895년 졸업 후에는 교사와 잡지사 편집일을 하면서 『제4월 황혼』(*April's Twilights*, 1903)을 발표하며 세인의 관심을 끌었다. 피츠버그에서 몇 년간 신문과 잡지 일을 하다가 1912년부터 본격적으로 작가생활에 전념한다. 그녀는 영웅적인 개척자상을 작품 속에 구현함으로써 미국인의 정신적 지주인 '프런티어 정신'을 찬양한다. 주인공으로는 종교인 · 학자 · 서민 · 농민 등 다양한 신분의 사람들을 등장시키지만, 그 중에서도 굳건한 여성상을 그려냄으로써 페미니즘 작가들의 모범이 된다.

『오 개척자여!』(*O, Pioneers*, 1913), 『종달새 노래』(*The Songs of the Lock*, 1915), 『나의 안토니아』(*My Antonia*, 1918) 등은 소위 캐더의 〈대평원 3부작〉이다. 그 중 『오 개척자여!』와 『나의 안토니아』는 작가가 '흙의 소설'이라 칭했듯이 네브래스카 대초원을 무대로 스토리가 전개된다. 『오 개척자여!』는 스웨덴계 이민의 후예 알렉산드라(Alexandra)라는 여주인공의 파란만장한 인생역정을 그린다. 강한 의지력, 명석한 두뇌, 땅에 대한 남다른 애착심을 소유한 알렉산드라는 산업화가 가속화되면서 모두가 시카고와 같은 대도시로 떠나지만 그녀는 부친이 물려준 땅에 대한 애착을 갖고 끝까지 땅을 지킨다. 남들의 비웃음을 초월하고 끈기와 신념, 그리고 농사기술을 바탕으로 그녀는 보란 듯이 성공한다. 그녀의 막내 동생 에밀(Emil)은 불행한 결혼으로 가슴앓이 하는 마리(Marie)와 사랑을 성사시키지 못하고 죽는다. 사랑하기에 헤어져야 하는 이들의 사랑은 로미오와 줄리엣의 사랑처럼 순수하고 애절하다. 일밖에 모르는 알렉산드라와 배경도 돈도 없는 칼(Carl)의 사랑도 순탄한 길은 아니다. 동생들의 오해와 반대에 칼은 알렉산드라를 일시적으로 떠나지만, 두 사람의 재회할 기회와 결혼이 예고되면서 작품은 해피엔딩으로 종결된다.

『나의 안토니아』는 짐 버든(Jim Burden)이라는 고아소년이 조부모집을 찾아가던 중 자기보다 네 살이나 위인 안토니아라는 이방인 소녀와 네브래스카 블랙호크(Black Hawk)에서 만나는 것으로부터 시작한다. 화자인 짐은 어른이 된 안토니아가 자식이 있는 상태에서 남편에게 버림받지만, 끈끈한 생명력을 발휘해 참담한 현실을 극복하는 과정을 서술한다. 재혼한 안토니아는 대가족을 거느린 중년여성으로 변모하고 짐은 그녀에 대해 플라토닉한 사랑을 한다. 이 소설은 전적으로 아이에서 성인으로 성장하고 있는 짐의 관점에서 서술된다. 웅장한 자연을 배경으로 가혹한 기후와 거친 자연환경 속에서 주인공 안토니오는 대지의 여신처럼 고결하다. 작가는 초기 변경의 개척지에서 용기와 끈기로 한 가정을 지켜나가는 불굴의 여성상을 여성 특유의 섬세하고 유려한 문체로 그려낸다.

1922년 캐더는 사라져가는 개척정신에 대한 안타까움을 담은 『우리 중의 하나』(*One of Ours*)로 퓰리처상을 받는다. 『길 잃은 숙녀』(*A Lost Lady*, 1923)에서는 몰락하는 개척지에서 멀어지는 사랑에 발버둥치는 한 여성의 안타까움을, 그리고 『교수의 집』(*The Professor's House*, 1925)에서는 역사학자인 노교수와 부를 좇는 신세대와의 갈등을 묘사한다. 『대주교 죽는다』(*Death Comes for the Archbishop*, 1927)는 불굴의 정신과 자애로운 믿음으로 포교의 직분을 훌륭히 완수하는 신앙인으로서의 삶을, 『바위 위의 그림자』(*Shadows On the Rock*, 1931)에서는 18세기 전반 캐나다를 배경으로 프랑스 이주민들의 용기와 열정적인 삶을 표현한다.

캐더는 위엄 있고 생동감 있는 문체로 웅장한 서부 대자연을 배경으로 용기 있는 개척민의 끈기, 성공과 실패, 비애와 처절함 등을 주제로 대자연과 투쟁하는 인간의 모습을 그렸다. 따라서 그녀는 미국 지방주의 리얼리즘 전통에 충실하면서도 미와 인간에 대한 믿음을 신봉했기 때문에 고급 리얼리즘 작가로 평가받을 만하다.

③ 엘렌 글래스고(Ellen Glasgow, 1873-1945)

윌라 캐더처럼 글래스고는 지역적 특색이 드러나는 풍물과 풍경을 생생하게 그리면서 여성의 삶을 탐색한다. 하지만 서부의 웅장한 자연에 매료되고 개척민의 끈질긴 생명력을 바라본 캐더와 달리 글래스고는 관습의 질곡에서 헤어나지 못하는 남부의 결함을 예리하게 비판한다.

글래스고는 버지니아의 부유한 전통적 귀족가문 출신이다. 부친은 큰 철강공장을 경영하는 사업가이고 모친은 버지니아 상류층 귀공녀였다. 캘빈주의자인 부친은 다소 독선적이고 냉정한 인물이었기에 열 명의 자녀를 키우던 모친은 우울증에다 신경쇠약으로 고생하였고, 글래스고도 평생 신경쇠약을 앓았다. 가부장적 분위기에서 성장한 글래스고는 여성에게 틀에 박힌 현모양처의 모델을 강요하는 진부한 관습에 불만을 품었다. 그럼에도 불구하고 글래스고의 작품에 등장하는 몇몇 존경스러운 인물도 엄격하고 완고한 부친의 성격과 모습을 반영하고 있다는 점은 아이러니하다.

글래스고의 사실주의 소설들은 대체로 남부경제가 농업경제에서 산업경제로 변천하는 시대 상황에 초점을 맞춘다. 『버지니아』(*Virginia*, 1912)를 위시한 걸출한 작품들은 변천하는 남부의 삶에 중점을 두고 있으며, 그녀의 최고작으로 평가되는 『볼모지』(*Barren Ground*, 1925)와 같은 후기 작품들은 숨 막히는 남부의 전통적 미덕인 여성의 가정에 대한 충실성, 신앙심, 희생과 봉사, 남성에 대한 의존성 등을 탈피하려는 여성을 묘사한다.

글래스고의 첫 번째 소설, 『자손』(*Descendant*, 1897)은 결혼보다 열정을 추구하는 자유분방한 여주인공을 묘사하고 있는데, 비밀리에 집필되어 작자미상으로 출판되었다. 두 번째 소설, 『안쪽 위성의 형상들』(*Phases of an Inferior Planet*, 1898)은 어떤 혼인의 파탄과 여성 간의 고상한 우정에 초점을 맞춘다. 『민중의 소리』(*The Voice of People*, 1900)는 역사소설이며 뛰어난 책략을 가진 남부의 청년이 신분을 뛰어넘어 상류층 여성과 사랑을 성취하는 이야기다. 『고대의 법』(*The Ancient Law*, 1908)은 버지니아 직물공장에 근무하는 가난한 백인 근로자를 묘사하면서 산업 자본주의와 그것에 수반하는 사회악을 분석한다. 『평범한 사람의 로맨스』(*The Romance of a Plain Man*, 1909)와 『오래된 교회의 방앗간 주인』(*The Miller of Old Church*, 1911)에서 글래스고는 성의 전통(gender tradition)에 집중한다. 여기서 그녀는 페미니스트의 관점과 남부 여성의 성의 전통을 대조시킨다. 『인생과 가브리엘라』(*Life and Gabriella*, 1916)의 여주인공 역시 우유부단한 남편에게 버림받으나, 떨치고 일어나 성공적으로 재혼하는 당당한 여성이다. 글래스고는 『그들의 우행에 굴복했다』(*They Stopped to Folly*, 1929)와 『피신한 삶』(*The Sheltered Life*, 1932), 그리고 『철혈기질』(*Vein of Iron*, 1935) 등에서 여성 해방의 문제를 탐구한다.

글래스고의 작품 소재들은 남부 버지니아의 사회와 역사에서 발췌한 것이다. 그녀는 작품에서 주로 보수와 진보, 물질과 정신, 개인과 사회 간의 갈등을 다룬다. 그녀는 철저한 리얼리즘 기법과 아이러니를 구사했으며, 가난한 백인 남자 주인공과 부유한 여성 주인공의 사랑의 성공을 통하여 참다운 민주주의의 의미와 가치를 도입한다. 이것은 동시대의 마크 트웨인을 비롯한 남부 소설가에게서 찾아볼 수 없는 주제였다. 또한 그녀는 지적이고 창의적인 여성상을 구현함으로써 빅토리아풍의 사회적 규범과 전통적 여성관을 거부하고 비판한다. 그녀는 역사소설, 전원소설, 도시소설 등 다양한 소설뿐만 아니라 수많은 단편소설과 전기 등을 남긴 다산 작가이다.

제6장

미국의 자연주의 문학

1. 자연주의의 등장

자연주의는 사실주의보다 한층 더 정확한 인생묘사라 할 수 있으며 그런 의미에서 때때로 과학적 사실주의로 불리기도 한다. 그러나 자연주의는 사실주의처럼 '특별한 내용의 선택'에 의한 문학양식일 뿐만 아니라, '특별한 명제'에 따라 개발된 소설의 양식이다. 이 명제는 19세기 중엽 찰스 다윈(Charles Robert Darwin, 1809-1882) 이후 생물학의 소산인데, 이것에 따르면 자연의 일부인 인간은 전적으로 영혼이 없으며, 자연을 초월한 종교적 또는 영적 세계와도 하등의 관계가 없다는 것이다. 따라서 인간은 단지 동물의 한 종에 불과하므로 그의 성격과 운명은 두 종류의 자연력, 즉, 유전과 환경에 의해 결정된다는 것이다. 1870년대 프랑스 소설가 에밀 졸라(Emile Zola, 1840-1902)는 이른바 실험소설에서 이 이론을 발전시키는데 『목로주점』(*L'Assommoir*, 1877)은 바로 그 실험소설 이론의 산물이다.

자연주의는 당시 지식인 사이에 만연했던 허무주의적 결정론을 과학적 방식으로 작품 속에 구현하려고 한 문학의 흐름이다. 미국의 자연주의는 졸라의 영향을 받아 19세기 말엽에서 20세기 초에 활동했던 스티븐 크레인(Stephen Crane, 1871-1900), 프랭크 노리스(Frank Norris, 1870-1902), 잭 런던(Jack London, 1876-1916), 시어도어 드라이저(Theodore Dreiser, 1871-1945) 등이 대표적 작가이다.

이들은 과거 문학에서 거의 언급되지 않았던 인간의 행동과 신체기능 등에 대해 과학적 태도에 입각해 분석하고 명확한 증거 제시를 통해 그들의 주제를 표현하고자 했다. 그들은 탐욕, 야수적인 성욕과 같은 동물적 욕구를 억제치 못하고, 내부에서 일어나는 호르몬의 분비와 외부에서 가해지는 사회적 압력의 제물이 된 나약한 인물들을 주로 선택한다. 자연주의 소설의 결말은 대개 비극적이지만 초인간적이거나 운명에 의한 비극은 아니다. 자연주의 소설의 주인공은 생존경쟁에서 밀려난 인생의 패배자일 뿐이다.

자연주의자들은 나름대로 새로운 전기를 마련하기 위하여 그 철학적 근거를 혁신적인 과학과 이론에서 구한다. 뉴턴의 만유인력법칙, 다윈의 생물학적 결정론과 적자생존의 법칙, 마르크스의 유물론적 역사관, 프로이트의 무의식에 의한 결정론 등이 대표적인 이론이다. 또한 그들은 유럽의 문학과 문화를 탐구함으로써 추진력을 얻고자 한다.

자연주의자들은 암담한 인생을 노골적으로 묘사하지 않고 도덕성만 강조하는 기존 작가들의 태도를 배격한다. 그들은 급격한 시대 변혁 속에서 노정될 수밖에 없는 인간과 사회의 치부를 적나라하게 표현한다. 물론 이런 부끄러운 비리를 과감하게 폭로하는 비정하고 과감한 태도에 대해 거센 비판이 쏟아지기도 했다. 자연주의자들이 비록 사회의 비리나 치부, 갈등을 생생하게 그려내는 데 성공했다는 것을 인정하더라도, 그 성취는 인간사회의 부패상을 고발했다는 수준에서 크게 나아가지 못했다. 따라서 19세기 말 사회환경의 급변을 몸소 체험하고 현실의 어두운 곳을 조망하면서 과학적 방식으로 비정하게 그려내는 자연주의 작가들에게서 이전의 작품에서 찾아볼 수 있는 희망적인 비전을 기대한다는 것은 무리일 것이다.

자연주의는 본질적으로 결정론을 문학적으로 표현한 것이다. 자연주의는 하층민들의 처참한 생활을 사실적으로 묘사하고, 종교를 세상을 구원할 힘이 있는 것으로 보지도 않으며, 우주를 하나의 기계로 인식한다. 18세기 계몽주의 사상가들 또한 세상을 기계로 파악한 바 있으나, 그들은 자연주의자와는 달리 인간은 신에 의해 창조되고 이성의 힘에 의해 진보와 향상을 도모할 수 있다는 믿음을 가지고 있었다. 자연주의자들은 이 세상에는 신이 존재하지 않으며 사회를 통제 불가능한 맹목적인 기계라고 상상한다.

생물학적이고 사회경제학적인 결정론을 신봉하는 자연주의 작가들은 서술에 있어 최대한 객관성을 유지하려고 노력한다. 이들은 인간의 삶이 어차피 통제할 수 없는 힘에 의해 좌우된다고 믿었기 때문에, 인간의 행위나 투쟁을 도덕적인 잣대에 근거하여 칭찬하거나 비난하지 않는다. 그들에게 인간은 자신의 의지와 상관없이 유전과 환경, 경제력 등과 같은 외부적 힘에 의해 조종되는 피동적인 존재에 불과하다. 미국 자연주의의 대표적 작가인 스티븐 크레인은 『매기: 거리 여자』(*Maggie: A Girl of the Streets*, 1893)에서 인간의 운명은 환경적 요인에 의해 결정되며 자연은 인간에게 매정하다는 것을 보여준다. 시어도어 드라이저는 『캐리 자매』(*Sister Carrie*, 1900)에서 인간을 자유의지를 지닌 독창적 존재가 아니라 환경에 의해 압도당하는 무기력한 존재로 그린다.

하지만 어쩔 수 없는 환경 속에서 좌절하고 포기해버리는 인간의 모습만을 그려내는 것이 자연주의 문학의 전부는 아니다. 어떻게 보면 자연주의 작가들은 험난하고 비인간적인 억압 속에서 살아가는 나약한 인간에 대해 연민의 정을 갖고 인간의 삶의 조건에 대해 고민하면서, 포기하지 않고 끈기 있게 노력하는 가장 인간적인 인간의 모습을 작품 속에 담고자 했다 할 수 있다.

2. 자연주의 작가

1) 스티븐 크레인(Stephen Crane, 1871–1900)

크레인은 감리교 목사의 아들로 뉴저지에서 태어나 대학을 중퇴하고 16세 나이로 신문사에 들어갔다. 20세 때, 『뉴욕 트리뷴』(*New-York Tribune*) 지의 자유기고가로서 뉴욕 빈민굴의 실상을 접하게 된다. 이것을 계기로 『매기: 거리 여자』를 쓰게 된다. 이 작품은 미국 최초의 자연주의 소설로 평가받는다. 이 소설은 가난하고 감수성이 풍부한 소녀의 고통스러운 삶의 이야기다. 알코올 중독에 빠진 소녀의 부모는 딸을 돌보지 않았기 때문에, 매기는 교육을 받지도 못한다. 그녀는 동생의 친구를 그녀의 황무지 같은 세계에서 구원해 줄 기사와 같은 인물로 생각하고 붙잡는다. 하지만 이 남자는 곧 그녀를 버려 버린다. 그녀는 독선적인 어머니로부터 거부당하고 생존을 위해 매춘부가 되지만, 곧 절망에 빠져 자살을 선택한다. 크레인은 세속적인 주제를 다루면서도 교훈을 배제한 객관적이고 과학적인 문체를 구사한다.

크레인은 1895년에 남북전쟁에 관한 흡입력 있는 소설, 『붉은 무공훈장』(*The Red Badge of Courage*)을 내놓아 대대적인 인기를 끈다. 주인공 플레밍(Fleming)은 전쟁의 공포와 혼란으로 분별력을 상실한 상태에서 순전히 우연에 의해 겁쟁이가 되기도 하고 영웅이 되기도 한다. 다음은 이점을 잘 설명해준다.

> In *The Red Badge of Courage*, Crane's greatest novel, the accidents of war make a young man seem to be a hero. The story is set in the Civil War. In the view of the author, war changes men into animals. Seeing that he is about to be killed, young Fleming (the hero) runs like an animal to save his life. After running, he hates himself for being a coward. Then, he is accidentally hit on the head. The other soldiers

think it is a battle wound. They call it his "red badge of courage." Later, in another battle, Fleming again behaves like an animal. But this time he is a fighting, "heroic" animal. The world, like the battlefield, is filled with meaningless confusion. Good and bad, hero and coward, are merely matters of chance, of fate. (High 88-89)

크레인의 훌륭한 소설, 『붉은 무공훈장』에서 전쟁이라는 우연한 사건은 한 젊은이를 영웅으로 보이게 만든다. 이 작품의 배경은 미국의 남북전쟁이다. 작가의 견해에 따르면 전쟁은 인간을 짐승으로 변하게 만든다. 자신이 죽을 수도 있는 상황에 직면했을 때 주인공인 젊은 플레밍은 살기 위해 짐승처럼 도망친다. 도망치면서 그는 겁쟁이가 된 자신이 미워진다. 도망치는 과정에서 그는 넘어져 우연히 머리를 다치게 된다. 다른 군인들은 그것을 전쟁의 상처로 생각한다. 그들은 그 상처를 "붉은 무공훈장"으로 부른다. 나중에 플레밍은 다른 전투에서도 짐승처럼 행동한다. 하지만 이번에는 "영웅적인 짐승"처럼 싸운다. 전쟁터는 의미 없는 혼돈만이 가득할 뿐이다. 선과 악 그리고 영웅과 겁쟁이의 구별은 단지 운명이라는 우연성의 문제일 뿐이다.

크레인은 비겁한 청년 병사의 체험을 통해 전쟁은 살육과 절망의 냉정한 재현이라 시사하고, 거기에 아무런 수식과 의미를 부여하지 않는다. 다만 크레인은 주인공이 전쟁에서 경험하는 충격과 혼돈상태를 정신분석적 차원에서 서술할 뿐이다.

또한 크레인의 단편소설들, 「난파선」("The Open Boat"), 「파란 호텔」("The Blue Hotel"), 「신부, 옐로 스카이에 오다」("The Bride Comes to Yellow Sky") 등은 우연에 의해 인간의 운명이 결정되고 환경의 지배를 받는다는 자연주의 소설의 형식을 잘 보여준다.

2) 프랭크 노리스(Frank Norris, 1870-1902)

세기의 전환기에 소설들에서 "통제할 수 없는 힘"(uncontrollable forces), "에너지"(energy), "진화"(evolution)와 같은 어구들(기계론적 세계관의 핵심적인 요소들)이 등장한다. 작가들은 졸라(Émile François Zola)의 인간에 대한 과학적인 연구, 다윈의 진화론, 독일 철학자 니체(Friedrich Nietzsche)의 영향을 많이 받았고 새로운 방식으로 전통적 사회도덕에 관해 생각한다. 전통적 가치관은 개인이 선과 악을 선택할 수 있고, 선택해야만 한다는 개인의 책임에 대한 사상에 기반을 둔다. 그러나 자연주의 작가들은 개인이 그런 선택을 정말 할 수 있는지에 의문을 가진다. 그들이 한 인간에게 영향을 미치는 많은 외부의 힘을 보았을 때, 개인의 선택과 책임의 영역은 아주 미미한 것이었다. 니체는 개인의 내부에서 작용하는 다른 힘들이 있다고 제안한다. 즉 각 개인은 권력을 지향하는 힘(will to power)을 가지고 있고, 이 의지(will)는 선과 악을 넘어선다는 것이다. 초기 미국 자연주의 소설가인 노리스는 이러한 새로운 사고방식에 영향을 받는다. 그의 등장인물들은 종종 그들 자신의 인생을 통제할 수 없고, 그들은 "열정"(passion)이나 "운명"(fate)에 의해 움직인다.

『맥티그』(*McTeague*, 1899)는 초기 자연주의적 작품이다. 이 작품은 우둔하고 야수적인 무면허 치과의사와 교활한 황금 벌레인 그의 아내가 돈을 놓고 사생결단하는 상황을 그린다. 육체적으론 성인이지만 정신적으로는 아직 성숙하지 못한 맥티그는 샌프란시스코에서 불법적으로 치과를 개업한다. 그는 자신의 친구 마커스 슐러(Marcus Schouler)의 사촌인 트리나 시에프(Trina Sieppe)와 결혼한다. 트리나는 행운 추첨에서 돈을 따서 모으고, 또 그 돈을 투자해서 보다 많은 돈을 축적하게 된다. 그러나 그녀는 자신의 돈을 남편인 맥티그에게 나누어주지 않는다. 맥티그는 몹시 술을 많이 마시며 그녀를 학대하기 시작한다. 슐러는 맥티그가 사기꾼임을 적발해낸다. 맥티그는 아내를 살해하고 돈을 훔쳐 "죽음의 계곡"(Death Valley)을 통해 도망치려 하나, 슐러에게 추적당한다. 격렬한 싸움에서 맥티그는 슐러를 죽이지만, 슐러가 맥티그를 자기와 함께 수갑을 채워버린다. 따라서 맥티그는 사막에서 목말라 죽을 운명에 처한다. 맥티그가 어리석음과 짐승 같은 욕심으로 인해 타락해가는 모습은 인상적이다. 하지만 이 소설은 트리나와 슐러의 성격 묘사가 조금 애매모호하고, 주인공 맥티그는 우매하고 어리석어 다소 멜로드라마의 주인공처럼 보이기도 한다.

『문어』(*The Octopus*, 1901)의 소재는 캘리포니아 소맥 재배지를 둘러싸고 생산을 담당하는 농부와 운송을 독점하는 철도 재벌 사이에 벌어지는 갈등과 투쟁이다. 이 작품은 존 스타인벡(John Steinbeck, 1902-1968)의 『분노의 포도』(*The Grapes of Wrath*, 1939)처럼, 여러 가지 부차적 구성을 사용함으로써 얼핏 보면 자연스러워 보이면서도 불가피한 경제적 힘에 의해 패배당하는 농부들의 처지를 애처롭게 그려내고 있다. 다음은 이 작품을 잘 설명해준다.

> *The Octopus* is a novel about the battle between California wheat farmers and the Southern Pacific Railroad. As in *McTeague*, we see the conflict between the power of nature (the farmers) and a mechanical monster (the railroad). The farmers are defeated by "inevitable" economic forces. In *The Octopus* and then in *The Pit* (1903), Norris uses wheat as the symbol of life. He makes it an almost religious symbol. In this sense, he is different from the "scientific" naturalists. His writing style is also different from that of the other naturalists. Many of his techniques for description (his repetitious and powerful language) seem closer to such romantic writers as Hawthorne. (High 100)

『문어』는 캘리포니아에서 소맥을 재배하는 농부와 남태평양 철도회사 사이의 갈등을 그리고 있는 소설이다. 『맥티그』에서처럼 우리는 자연의 힘을 나타내는 농부와 기계적 괴물을 상징하는 철도 회사 사이의 첨예한 갈등을 볼 수 있다. 농부들은 "피할 수 없는" 경제적 힘에 의해 패배당한다. 『문어』와 『더 핏』에서 노리스는 소맥을 인생의 상징으로 사용한다. 그는 소맥을 거의 종교적 상징물로 만든다. 이런 측면에서 노리스는 "과학적" 자연주의자와는 구별된다. 그의 글쓰는 스타일은 다른 자연주의와는 다르다. 그의 묘사에 대한 많은 기교들은 반복되고 강렬한 언어로 표현된다는 점에서 호손과 같은 낭만주의 작가들에 아깝다.

탐욕스러운 자본을 표상하는 인물인 주인공 베르만(S. Behrman)이 밀에 파묻혀 죽는 장면은 아이러니이자 운명적이다. 그는 죽으면서도 독점판매제를 바꾸어놓지 못하는데, 그 역시 공룡 같은 자본주의에 희생당하는 멜로드라마의 주인공이다.

이 작품에서 노리스가 보여준 세계는 황금이 지배하는 비정한 현실인데 이 작품의 밑바닥에는 낭만주의 작가 호손의 공포가 도사리고 있다. 포악하고 괴이한 힘, 과장된 현실, 그 속에서 소용돌이치는 생존투쟁의 사투, 미움과 노여움의 격정적 파도, 이것들은 이 작품에서 무시할 수 없는 낭만주의적 잔재라 볼 수 있다.

3) 잭 런던(Jack London, 1876–1916)

잭 런던은 황금을 찾아 캘리포니아로 표류한 개척민의 사생아로 태어나 열한 살 때부터 신문배달, 얼음배달, 급사, 요트보이 등 잡역을 하며 빈곤과 고역 속에서 서부각지를 전전하며 성장했다. 런던이 본격적인 선원이 된 때는 1893년 바다표범 잡이 배를 타고 태평양 북서 수역으로 나간 시기였다. 그 후 꿈의 배, '스나크호'를 만들어 세계일주의 항해를 꿈꾸었으나 하와이와 남해제도의 항해로 끝난다. 이때의 체험은 그의 자서전 『스나크호의 항해』

(*The Cruise of the Snark*, 1911)에 실려 있다.

그가 문인으로 데뷔한 것은 1897년 알래스카 클론다이크(Klondike) 금광발견의 소식을 접하고, 탐험대에 끼어 알래스카로 모험을 떠났을 때였다. 그는 이 모험을 소재로 여러 편의 알래스카 이야기를 쓰게 되는데, 그 중 한 편이 1900년에 『늑대의 아들』(*The Son of the Wolf*)이란 이름으로 출판된다. 그의 40편이 넘는 작품은 크게 자연주의적 작품과 사회비판, 또는 사회주의적 작품으로 양분할 수 있는데, 전자에 속하는 작품으로 대표작은 『야생의 부름』(*The Call of the Wild*, 1903)을 들 수 있고, 후자에 속하는 대표작은 『아이언 힐』(*The Tron Heel*, 1908)과 『마틴 에덴』(*Martin Eden*, 1909)을 꼽을 수 있다.

니체의 초인사상과 다윈의 적자생존 법칙을 전폭적으로 수용한 그의 작품은 『야생의 부름』에서 절정에 도달한다. 『야생의 부름』은 체격이나 체력면에서 뛰어난 명견, 버크(Buck)가 주인공으로 등장한다. 버크는 샌프란시스코의 남쪽 해안에 사는 밀러(Miller) 판사의 저택에 살고 있다. 1897년 캐나다 북서부 클론다이크(Klondike)에서 대규모 금이 발견되어 골드러시가 일어나자, 세계 도처로부터 금을 쫓는 무리가 알래스카 쪽으로 쇄도한다. 버크와 같은 체력이 강한 개의 수요가 폭발하자 판사의 정원사가 버크를 훔쳐 업자에게 넘겨버린다. 북으로 끌려 온 버크는 조련사의 곤봉에 얻어맞고, 죽을힘을 다해 우편배달 썰매를 끌고, 거친 에스키모 개들과 생사를 오가는 싸움을 벌이면서 차츰 야수로 변해간다. 사금 채취 업자를 따라 오지의 삼림지대 속으로 들어간 버크는 늑대의 울부짖음을 듣는 순간 묘한 매력을 느끼며 늑대의 무리로 향한다. 결국 그는 야성의 부름에 호응한 것이다. 이 소설의 후반에서 버크는 동물 사랑이 극진한 손턴(Thornton)이라는 인간을 만나면서 인간과의 우정을 회복하는 듯하지만, 개로 태어난 기질적 숙명을 벗어나지는 않는다. 런던은 이 작품을 통해 인간이나 개는 유전과 환경의 힘에 종속당할 수밖에 없는 피동적인 존재라는 것을 강조한다.

『아이언 힐』은 바람직한 사회질서가 수립되기 이전, 몇 세기 동안은 자본주의와 사회주의가 피 터지는 투쟁을 벌이게 될 것을 예언한 소설이며, 그의 사회주의 사상이 구현되어 있다.

런던은 자서전적 소설, 『마틴 에덴』에서 가난하게 지내다가 하루아침에 부와 명예를 거머쥐게 된 주인공의 에덴의 삶을 통해 아메리칸 드림의 내적 압박감을 묘사한다. 가난하지만 지적이고 열심히 일하는 선원 노동자인 에덴은 작가가 되기로 결심한다. 결국 그는 글을 통해 부자가 되고 명성도 얻게 되지만, 자신이 사랑하는 여인이 단지 그의 돈과 명예에만 관심이 있다는 것을 깨닫는다. 그녀가 자신을 사랑할 수 없다는 것에 절망한 그는 인간 본성에 대한 믿음을 상실한다. 그는 더 이상 노동자 계급에 소속되어 있지 않았고, 동시에 부유층의 물질적인 가치마저 거부하면서 소외감을 겪게 된다. 결국 그는 남태평양을 항해하다가 바다에 뛰어들어 자살한다. 당시 최고의 소설들 다수가 그렇듯이, 『마틴 에덴』은 반(反)성공담이다. 엄청난 부(富)에 담겨 있는 절망을 드러낸 점에서 이 소설은 F. 스콧 피츠제럴드(Francis Scott Key Fitzgerald, 1896-1940)의 『위대한 개츠비』(*The Great Gatsby*, 1925)에 선행하는 작품이다.

잭 런던의 작품에는 자연주의적인 관점과 더불어 날카로운 사회비평이 담겨져 있다. 런던은 작품의 주인공으로 이상한 인물이나 동물을 등장시켜, 평범해 보일 수 있는 것을 강렬한 색조로 묘사한다. 바로 이점 때문에 당대의 독자들에게 큰 호응을 얻었다.

4) 시어도어 드라이저(Theodore Dreiser, 1871–1945)

드라이저는 독일에서 건너온 직물공의 아들로 인디아나 주 조그만 시골 마을에서 태어난다. 부친은 생활능력이 거의 없었고 모친은 일자무식으로 남편과 떨어져서 하숙업과 세탁업을 했다. 드라이저는 어려서부터 기아와 추위를 맛보며 고된 노동에 시달린다. 잦은 이사와 부친의 편협한 신앙관은 드라이저로 하여금 고리타분한 인습과 종교에 반항적 기질을 갖게 했으며, 형과 누나들도 품행이 바르지 못해 갖가지 추문을 퍼트려 그를 실망시켰다. 그의 소년 시절은 빈곤과 기아, 그리고 스트레스에 시달린 음울한 시기로, 그에게 지나치게 부의 매력과 마력에 대한 복잡한 의식을 심어준 계기가 된다. 어려운 환경에서도 드라이저는 고교 은사의 도움으로 인디애나 주립대학에서 잠시 공부할 수 있었는데, 입학할 때부터 이미 기성사회와 질서에 실망하고 있었다. 재정적인 성공과 독립을 갈망하는 상황에서 신문사의 일자리는 그에게는 하나의 돌파구였다. 1892년 그는 신문기자가 되어 시카고, 세인트루이스, 피츠버그, 클리블랜드, 뉴욕 등지를 전전했다. 피츠버그의 카네기 도서관에서 그는 플로베르와 발자크의 책을 처음 접했는데, 발자크에게 감동하여 문학의 좌표로 설정한다.

『캐리 자매』(*Sister Carrie*, 1900)는 그의 첫 작품으로, 출판되자마자 판매금지 당했다가 1912년이 되어서야 재출판된다. 이 작품의 주인공 캐리 미버(Carrie Meeber)는 시카고의 유혹과 자극을 찾아 고향을 떠난다. 그녀에겐 옷과 돈, 그리고 사회적 지위 등이 '좋은 삶'을 뜻하며, 그녀는 그런 삶을 찾아 세일즈맨인 찰스 드루트(Charles Drouet)의 정부가 된다. 잠시 만족했던 그녀는 드루트보다 돈도 더 많고 보다 나은 사교계의 조지 허스트우드(George Hurstwood)를 만난다. 그녀는 드루트를 버리고 허스트우드에게로 간다. 하지만 일련의 불운이 겹쳐 허스트우드가 몰락하게 되자 그를 걷어차 버림으로써 그를 죽음으로 내몬다. 캐리는 자신의 성적 매력을 통해 무대 스타로 대성공을 하지만, 그녀의 삶은 지루하고 화려한 아파트는 오히려 외롭고 쓸쓸하기만 하다. 드라이저의 이 소설은 세밀하고 사실적인 묘사가 돋보이는데, 지저분한 환경, 우울과 연민, 불가해한 운명 앞에 방치된 무력한 인간, 인생의 무의미함 등 드라이저의 특징이 잘 드러난다.

'욕망의 3부작'인 『자본가』(*The Financier*, 1912), 『타이탄』(*The Titan*, 1914), 『금욕주의자』(*The Stoic*, 1947)는 그의 사고에 있어 새로운 발달을 보여준다. 그는 인생은 무의미하며, 도덕은 부조리하다는 것을 인식한다. 이제 그는 니체의 "권력의 의지"를 강조한다. 이 3부작은 근대 사업세계의 "초인"(superman)인 코퍼우드(F. A. Cowperwood)의 사업적 성공에 대해서 기술한다. 하지만 드라이저는 자신의 자연주의의 기본원리를 잊지 않는다. 작가는 다음과 같이 말한다.

> "the world only moves forward because of the services of exceptional individual." But on the other hand, Cowperwood is also a "chessman" of fate. Like Carre, his success is mostly the result of chance. (High 115)
>
> 세상은 뛰어난 개인의 봉사에 의해 진보한다. 하지만 다른 한편으로 코퍼우드는 단지 운명의 [체스의] 말에 불과하다. 캐리처럼 그의 성공은 우연의 결과일 뿐이다.

코퍼우드의 사업적 성공은 단지 그의 능력과 노력이 아니라, 캐리처럼, 단지 운명, 혹은 운에 의한 것임을 분명히 한다.

『미국의 비극』(*An American Tragedy*, 1925)은 대체로 드라이저의 가장 우수한 작품으로 간주된다. 이 작품에서 클라이드 그리피스(Clyde Griffiths)라는 가난하게 자란 주인공은 캐리와 같은 세속적 꿈을 가진다. 그는 돈과 성공이 그에게 행복을 가져다 줄 것이라 생각한다. 그는 부와 지위, 그리고 미모까지 갖춘 귀공녀와 결혼하기 위해 임신한 애인을 호수로 유인해 그녀를 죽이려고 계획을 세운다. 마지막에는 마음을 바꾸지만 애인은 사고로 죽게 된다. 대중매체는 이 사건을 집중적으로 보도하고 정치적 야심을 가진 검사는 그를 일급 살인죄로 기소한다. 결국 그는 전기의자에서 생을 마감하다. 드라이저는 클라이드 그리피스는 실제로 죄가 없다고 믿는다. 드라이저는 클라이드 그리피스가 저지른 살인은 약한 본성을 지닌 인간으로서는 감당할 수 없는 환경적인 요인이 초래한 것으로 규정한다. 다시 말해 드라이저는 클라이드 그리피스를 사회의 희생자로 본다. 이 작품은 기회와 성공의 나라 미국에 있어서 헛된 아메리칸 드림을 좇다가 비극적인 죽음을 맞이하는 주인공을 통해 현대사회의 기만과 모순, 그리고 허영을 예리하게 파헤친다. 드라이저에게는 한 청년을 파멸의 길로 몰고 간 요인은 아메리칸 드림을 미덕으로 간주하고 황금만능주의를 용인한 미국사회 그 자체였다.

5) 폭로문학과 업턴 싱클레어(Upton Sinclair, 1878–1968)

20세기 접어들면서 미국문학에는 자연주의 문학과 다소 다른 양상의 문학이 발생한다. 이 문학은 흥미위주의 저널(Yellow Journalism)로 독자의 호기심을 자극하여 독자 수를 늘이려던 선정주의적 언론과 대중잡지로부터 출발한다. 시어도어 루스벨트(Theodore Roosevelt, 1858-1919)의 혁신정책에 힘입어 미국의 정치, 경제, 사회 전반에 걸친 폭로운동이 만연했는데, 문학계에도 예외는 아니었다. 문학에서는 사회의 더러운 면을 폭로하여 사회개혁을 요구하는 사회개혁 소설이 유행한다. 이 시기를 '폭로문학시대'(Muckraker era, 1900-1914)라 한다.

폭로문학가(Muckraker)로는 '문제소설들'(Problem Novels)이라는 연작에서 사회문제를 조명한 데이비드 그레이엄 필립스(David Graham Philips, 1867-1911), 『정글』(*The Jungle*, 1906)에서 시카고 육류포장공장의 비위생적인 가공과정을 고발하여 센세이션을 일으킨 업턴 싱클레어(Upton Beall Sinclair, 1878-1968), 미국 빈민가의 아이들에게 초점을 맞추어 물질주의와 산업자본주의에 소외당하는 미국 빈민가의 실상을 고발한 소설 『게토의 아이들』(*Children of the Ghetto*, 1892)을 내놓은 이즈리얼 쟁윌(Isreal Zangwill, 1864-1926) 등이 있다. 이 중 대표적인 작가는 업턴 싱클레어이다.

싱클레어는 볼티모어에서 태어나 10세 때 뉴욕으로 이주하여 뉴욕 시립 대학을 졸업한 뒤 컬럼비아 대학에서 법을 전공했다. 그동안 가세가 기울어 싸구려 소설이나 잡문을 쓰면서 호구를 연명하다가 우연히 도서관에서 마르크스를 접하게 된다. 1904년 시카고의 육류가공공장을 시찰할 기회가 생겨 그 때 얻은 자료를 토대로 『정글』을 쓴다. 이 작품은 도살장 노동자의 열악한 환경을 주제로 한 것이었으나, 독자들은 그 속에 묘사되어 있는 더러운 환경에 주목하고 분노를 터트렸다. 루스벨트 대통령은 이 젊은 작가를 조사위원으로 위촉하였고, 의회는 그 조사를 바탕으로 식품 청결에 관한 법을 제정한다. 이 소설이 불러일으킨 관심은 정치, 행정적인 차원에서 미국의 음식산업을 개혁하도록 했던 것이다. 이 소설은 폭로 소설의 전형이라 할 수 있고 정확한 사실 위에 작가의 정의감이 소설 속에 열렬하게 불탄다. 그의 작품은 마르크시즘적이라기보다 인도주의적 이상주의에 바탕을 둔다. 그의 소박한 사회주의적 경향은 다분히 낭만적 색채를 띠고 있어 이 시대 대중의 취향에 맞았다.

그의 작품은 거의 100편에 달하지만 20세기 초 경제 및 사회의 공황상황을 그린 『환전업자』(*The Moneychangers*, 1908), 콜로라도 광부의 파업을 그린 『석탄의 왕』(*King of Coal*, 1917), 노동계의 스파이 활동을 그린 『애국자 스토리』(*Story of a Patriot*, 1920) 등이 유명하다.

싱클레어는 인간의 선함을 믿었고, 사회는 변할 수 있다고 확신했다. 하지만 문학적 측면에서는 그의 작품은 만족스럽지 못하다. 그의 등장인물들은 다소 평면적(flat)이고 전형적이며 활기가 없다. 그의 주된 관심은 등장인물보다는 메시지에 있었다. 그의 소설들은 인간이 처한 상황을 구체적으로 묘사하면서 그 상황을 개선시키고자 하는 노력이 필요함을 역설한다.

제7장

20세기 전반의 미국문학

1. 20세기 전반의 시대 상황과 모더니즘 문학

1) 20세기 전반의 시대 상황

19세기 말 필리핀과 하와이를 비롯한 태평양의 여러 섬들을 손에 넣은 미국은 바야흐로 세계 제국주의 열강에 합류하는 기틀을 마련한다. 미국은 남북전쟁을 거치고 산업혁명을 통해 이룩한 산업발전과 자본의 축적으로, 풍요와 번영을 구가하는 산업 강국이 된다. 더구나 두 차례의 세계대전에서 승리를 거두고 냉전시대에서도 소련에 우세를 보임으로써 미국은 자유민주주의 보루로서 자본주의 수호신으로 굳건히 자리매김한다. 소련을 위시한 동구권의 경제, 정치적 몰락은 미국을 정치, 경제, 사회, 학문 등 모든 분야에서 세계 최대 강대국의 위치로 올려놓는다.

이러한 국제 정세에 따라 미국의 문학도 당당히 세계문학의 한축으로 성장과 변모를 거듭한다. 20세기 초 헨리 제임스(Henry James, 1843-1916)와 T. S. 엘리엇(Thomas Stearns Eliot, 1888-1965)은 미국문화의 지방성과 후진성을 애석해 했지만, 오늘의 미국은 다양한 민족적, 인종적, 문화적 화합을 이룬 거대한 용광로(melting pot)로서 세계 문화의 중심국으로 우뚝 서 있다. 정치적, 문화적 위세와 함께 오늘날 미국문학은 다양성과 실험성을 주된 특징으로 발전을 거듭하고 있다.

2) 미국 모더니즘 문학

모더니즘이라는 용어는 제1차 세계대전 이후 문학의 개념, 내용, 감수성, 형식 및 문체에 있어 특징적인 변화를 지칭한다. 비평가들의 견해가 다양하지만, 대체로 전통적인 서구 문화와 서구 예술의 토대와의 근본적인 결별을 의미한다. 이런 의미에서 모더니즘의 선구자로 니체, 마르크스, 프로이트, 그리고 제임스 프레이저(James Frazer, 1854-1941) 등의 사상가를 꼽는다. 니체와 마르크스, 프로이트는 이제까지의 사회기구, 종교와 도덕, 인간의 기반이 되었던 확실성에 대하여 의문을 제기했고, 프레이저는 『황금 가지』(*The Gloden Bough*)에서 기독교 주요 교리와 미개인의 신화와의 유사성을 강조한다.

전통적인 문화의 형식과 내용, 그리고 표현 방법에 대한 항거는 제1차 세계대전이 서구 문명과 문화를 뿌리째 흔든 후이다. 엘리엇이 1923년 제임스 조이스(James Joyce, 1882-1941)의 『율리시즈』(*Ulysses*, 1922)의 서평에서 밝힌 바와 같이, 체계적으로 안정된 사회를 가정한 종래의 전통적인 작품의 구성 양식은 불신과 허무, 그리고 무정부주의가 횡행하는 전후의 현실에 적용될 수 없었다. 영국 모더니즘 문학의 기수라고 할 수 있는 흄(T. E. Hume, 1885-1927)은 자신의 사유가 19세기적 삶의 원리인 연속의 개념을 타파하는 데 있다고 밝힌 바 있다. 미국 모더니즘 운동의 대부라고 할 수 있는 에즈라 파운드(Ezra Pound, 1885-1972)의 슬로건도 '새롭게 하라'였다. 미국 모더니즘 운동의 초기 주역들은 20세기 새로운 사회의 질서와 가치를 창조하고자 했다. 당시 미국은 급속한 산업 발전과 자본의 축적으로 사상 초유의 번영을 구가하면서도, 빈부 격차의 심화, 인종과 계층 간의 첨예한 대립, 인간 소외와 같은 자본주의의 폐단이 노정되고 있었다. 미국 모더니즘 문학은 이러한 혼란스러운 사회와 인간의 무의미한 삶에 대한 비판인 동시에 그것을 넘어서고자 한 노력이었다.

20세기 전반기에 활약한 미국의 모더니스트들은 이러한 노력을 두 가지 방향에서 추구한다. 그 첫 번째 그룹은 에즈라 파운드, T. S. 엘리엇, 거트루드 스타인(Gertrude Stein, 1874-1946), 어니스트 헤밍웨이(Ernest Hemingway, 1899-1961)를 위시한 소위 망명자 그룹이다. 이들은 유럽의 유구한 문화적 전통을 흡수하여 독특한 미국문학을 창조하고자 한다. 두 번째 그룹은 윌리엄 칼로스 윌리엄스(William Carlos Williams, 1883-1963), 로버트 프로스트(Robert Frost, 1874-1963), 해럴드 하트 크레인(Harold Hart Crane, 1899-1932), 바셀 린지(Vachel Lindsay, 1879-1931), 칼 샌드버그(Carl Sandburg, 1878-1967), 에드거 리 매스터스(Edgar Lee Masters, 1868-1950) 등과 같은 시카고 그룹의 시인들이다. 이들은 에머슨, 휘트먼, 디킨슨과 같은 19세기 시인들의 재발견을 통하여 미국문학의 새로운 가능성을 모색한다. 이들은 문학형식의 쇄신과 새로운 언어의 창조를 통해 새로운 문학의 지평을 열 수 있다는 시대적 명제에 공감하면서 미국의 토양과 정서에서 그들의 시적 상상력을 길러내고자 했다. 초창기 미국 모더니즘은 유럽의 모더니즘의 영향을 받지만, 시간이 흐르면서 미국 특유의 모더니즘으로 발전한다. 월러스 스티븐스(Wallace Stevens, 1879-1955)의 시와 윌리엄 포크너(William Faulkner, 1897-1962)의 소설이 그 대표적 예이다.

3) 1920년대와 30년대의 미국문학의 흐름

1920년대는 한마디로 모순과 갈등의 시대였다. 물질적 풍요 속에서의 정신적 황폐화가 확산되자, 빅토리아 식의 가치와 전통을 회복하고자 하는 보수주의자들이 또다시 힘을 얻는다. 미국 수정헌법 제18조에 따라 미국 전역에 알코올 생산, 운송, 판매를 금지한 금주법이 1919년에 도입되고, 진화론이 배척되며, 이민자들을 공산주의자로 몰아 처형했던 사코와 벤제티(Sacco and Vanzetti) 사건[3)]이 발생한다. 이는 모두 완고한 보수주의자들이 견제하고 있음을 보여주는 것이다. 한편에서는 술과 마약에 찌들어 재즈(Jazz)를 탐닉하는 젊은이들이 늘어나고, 20년대의 신여성인 플래퍼(flappers)들이 활개를 치고 여성의 참정권 부여라는 혁신의 물결이 일게 된다.[4)] 이렇듯 이 시기에는 밝음과 어둠이 극명하게 대조를 이룬다. 페미니즘 운동, 흑인민권운동, 다문화주의의 대두와 같은 대변혁은 보수와 진보, 과거와 현재, 비관주의와 낙관주의가 첨예하게 대립했던 1920년대에 싹튼 것이다.

---

3) 이탈리아계 미국인으로 무정부주의자인 니콜라 사코(Nicola Sacco)와 바톨로뮤 벤제티(Bartolomeo Vanjetti)는 1920년 매사추세츠주 한 신발공장에서 무장 강도짓을 하다 두 명을 죽였다는 혐의로 기소된다. 알리바이가 있고 증거가 불충분했으나 무정부주의자란 선입감 때문에 배심원들은 이들을 일급살인죄로 판결한다. 항소가 제기되었으나 판사에게 모두 기각된다. 이 사건은 1925년까지 전 세계의 관심의 대상이 되었고 이들은 1927년 사형을 당한다. 국내외적으로 엄청난 항의집회가 열렸고, 런던과 파리에서는 폭동이 일어나기도 했다.

4) 1920년도에는 금주법에도 불구하고, 재즈와 칵테일, 과감한 스타일의 옷과 춤으로 특징지어지는 지하실 무허가 술집과 나이트클럽이 급격하게 번성한다. 춤, 영화, 자동차 여행, 라디오 등에 온 국민이 열광한다. 특히 미국여성들은 자유를 만끽한다. 제1차 세계대전 당시 무기 생산 공장에서 근무했던 많은 여성들이 도시에 정착하게 됨으로써 그 여성들이 현대적 여성으로 변모한다. 그들은 주로 단발머리에 '플래퍼'(flapper) 스타일의 짧은 옷을 입었고, 1920년에 통과된 수정헌법 제19조에 따른 여성 투표권을 반갑게 받아들인다. 그 여성들은 또한 과감하게 자신들의 마음을 표현했고, 사회에서도 공적인 역할을 수행하기도 한다.

일명 재즈시대(Jazz Age)로도 불리는 1920년대는 시와 소설을 비롯한 여러 장르에 걸쳐 새롭고 다양한 작품들이 대량으로 쏟아져 나온다. 작가들은 사회적, 정신적인 위기와 혼돈의 시기에 개성적으로 반응하고 대처한다. 미국을 떠나 런던, 파리, 이탈리아 등지에서 서로 교류하며 작품 활동을 하는 작가들이 등장한다. 파운드와 엘리엇, 헤밍웨이 같은 지성인이 대표적인 경우이다. 거트루드 스타인은 이들 작가들을 "잃어버린 세대"(Lost Generation)라 명명한다.

역동적인 20년대의 문학은 그 이전 시대의 문학과는 현격한 차이를 보인다. 전위적이고 실험적인 시류가 여러 장르에 나타나며, 본격적으로 모더니즘이라는 거대한 물결에 휩싸인다. 또한 당시로서는 생소하고 혁명적인 미래주의(futurism), 표현주의(expressionism), 초현실주의(surrealism), 다다이즘(dadaism), 큐비즘(cubism) 등이 외국에서 유입됨으로써 문학, 미술, 건축을 비롯한 미국의 예술분야는 변화의 물결을 타게 된다.

20년대의 문학사에서 주목해야 할 것은 할렘 르네상스(Harlem Renaissance)이다. 이것은 뉴욕의 할렘 지구에 몰려든 흑인 작가들이 주축이 된 문학 활동을 지칭한다. 이것은 흑인들로서는 최초의 문화적이고 예술적인 역량의 결집이라 볼 수 있다.

제1차 세계대전을 계기로 남부의 흑인 노동자들이 대규모로 북부의 대도시로 이주하여 산업노동자 계층을 형성한다. 그들은 인종차별로 배제당하는 자신들의 입장을 피력하고 자신들도 백인과 동등한 인간임을 역설한다. 할렘 르네상스를 주도했던 문인으로는 시인이자 소설가이며, 희곡 작가이자 비평가로 활약한 랭스턴 휴스(Langston Hughes, 1902-1967), 시인이자 소설가인 카운티 쿨런(Countee Cullen, 1903-1946), 자메이카 출신의 시인이자 소설가인 클라우드 매케이(Claude Mckay, 1889-1948), 시적 산문 스케치로 유명한 진 투머(Jean Toomer, 1894-1967) 등이 있다. 이들은 미국사회에서 고통스럽게 살아온 흑인들의 “이중의 의식”(double consciousness)을 진솔하게 표현하며, 흑인 고유의 문화와 전통을 지키는 것을 자긍심의 원천으로 삼았다.

30년대에 들어와 미국은 사상 초유의 대공황을 겪으면서 국민 대다수가 실업자로 전락하고 수천만이 기아에 시달린다. 이런 현실에 많은 작가들은 자본주의의 자유방임적인 시장경제체제의 모순과 문제점을 지적하면서 그 대안으로 사회주의와 공산주의의 이념에 빠져든다. 이들은 인간의 내면의식을 탐구하였던 20년대의 모더니즘의 저변에 고립된 개인주의를 배격하고 집단적 가치와 연대의식을 중시한다. 30년대를 대표하는 존 더스 패서스(John Dos Passos, 1896-1970), 제임스 패럴(James T. Farrell, 1904-1979), 존 스타인벡(John Steinbeck, 1902-1968)은 이러한 관점에서 그늘진 사회에서 고통받는 하층민의 삶을 조명한다. 시대적 이념에 편승하여 상투적인 비판에 열을 올리던 많은 프롤레타리아 작가들과는 다르게 이들은 당대 사회에 불어닥친 변화의 실체를 심층적으로 분석하고 역사적 관점에서 복합적으로 파악하려고 노력했다. 이들 역시 전후의 모더니스트처럼 기존의 언어형식으로는 복잡한 현대를 제대로 표현할 수 없다는 인식하에 새로운 방법과 스타일을 개발하고자 고심했다.

미국의 자생적인 비평이론인 신비평(New Criticism)의 등장은 20세기 전반 미국문학계에서 가장 주목할 만하다. 신비평은 텍스트를 구성하는 요소들의 상호연관성, 즉 유기적 통일성의 발견을 비평의 주안점으로 삼는다. 신비평은 작품의 가치가 이질적인 요소들의 균형과 조화에 달렸다는 믿음에 바탕을 두고, 작가의 전기적 요소, 심리, 사상, 시대적 상황 등 작품의 외적 요소를 제외하고 오로지 텍스트의 언어 구사와 그 형식에 비평적 관심을 가질 것을 모을 것을 요구한다. 사상과 감정의 융합을 꾀하고자 한 엘리엇과 중심인물의 의식에 의한 통일적 구조를 강조한 헨리 제임스가 이 비평이론의 근원이다. 언어의 혁신과 형식미를 강조한 모더니즘의 강령이 문학을 평가하는 잣대가 되고, 그것에 부합하는 요소와 형식이 작품의 중요 요소로 평가받게 된다.

C. K. 오그던(C. K. Ogden)과 I. A 리처즈(I. A. Richards)는 『실제 비평』(*Practical Criticism*, 1929)과 『의미의 의미』(*The Meaning of Meaning: A Study of the Influence of Language upon Thought and of the Science of Symbolism*, 1923)라는 저술을 통해 문학작품에 대한 경험적·과학적 분석을 역설함으로써 신비평의 비평적 방법론의 발달에 기여한다. 신비평이라는 용어는 존 크로우 랜섬(John Crowe Ransom)의 책, 『신비평』(*The New Criticism*, 1941)에서 유래한다. 신비평은 1940년에서 1960년에 이르기까지 20여년에 걸쳐 범세계적으로 비평의 흐름을 좌우할 만큼 엄청난 파급력을 지닌다.

2. 20세기 초반의 미국의 시

1) 미국 시의 수호자

① 에드윈 알링턴 로빈슨(Edwin Arlington Robinson, 1869-1935)

로빈슨은 자신의 고향 메인주 가디너(Gardiner)를 '틸베리 타운'(Tilbury Town)이라는 가상의 도시로 꾸미고 좌절, 비애, 그리고 고독에 침잠하고 있는 텔베리 주민들의 허무한 삶을 조명한다. 로빈슨은 기존 시의 형태와 운율을 그대로 사용한다. 그는 시적 기교에 있어 로버트 브라우닝(Robert Browning, 1812-1889)과 토마스 하디(Thomas Hardy, 1840-1928)를 모방하였고, 사상적인 측면에서 후기 빅토리아 시대의 불가지론자의 영향을 받았다. 그의 시는 극적 독백, 소네트, 설화시 등 전통적인 형식과 무운시형(blank verse) 등 기존의 운율을 구사한다.

로빈슨의 현대성은 그가 지그문트 프로이트(Sigmund Freud, 1856-1939)나 제임스 조지 프레이저(James George Frazer, 1854-1941)에 관한 지식이 없었을 텐데도 불구하고 엘리엇이 「황무지」("The Waste Land," 1922)에서 보인 예술가의 소외, 무의미한 삶과 같은 현대적인 주제를 아이러니 기법으로 처리하고 있다는 점이다.

로빈슨의 극적 독백 중 잘 알려진 작품으로는 버림받은 애인에 관한 「루크 하버갈」("Luke Havergal," 1896), 낭만적인 몽상가에 대한 초상인 「미니버 치비」("Miniver Cheevy," 1910), 그리고 자살을 선택하게 되는 부유한 남성에 대한 우울한 초상인 「리처드 코리」("Richard Cory," 1896) 등이 있다. 「리처드 코리」는 4개의 완벽한 규칙적인 4행시로, 로빈슨은 '도금시대'의 공허한 가치관을 토로한다.

> Whenever Richard Cory went down town,
> We people on the pavement looked at him:
> He was a gentleman from sole to crown,
> Clean favored, and imperially slim.
>
> And he was always quietly arrayed,
> And he was always human when he talked;
> But still he fluttered pulses when he said,
> 'Good-morning,' and he glittered when he walked.
>
> And he was rich—yes, richer than a king—
> And admirably schooled in every grace:
> In fine, we thought that he was everything
> To make us wish that we were in his place.
>
> So on we worked, and waited for the light,
> And went without the meat, and cursed the bread;
> And Richard Cory, one calm summer night,
> Went home and put a bullet through his head.

리처드 코리가 시내로 갈 때마다
우리들은 길에서 그를 쳐다봤다.
그는 머리끝부터 발끝까지 신사였는데
잘생기고 제왕과 같이 몸매가 좋았으며

또한 항상 정갈하게 옷을 입었다.
그가 말할 때 그는 항상 인간미가 넘쳤다.
그가 "안녕하세요" 하고 인사할 때 맥박은 강하게 고동쳤으며
그리고 그가 걸을 때 눈이 부셨다.

그리고 그는 부자였다. 왕보다도 더 부유했다.
그리고 모든 면에서 훌륭한 교양을 쌓았다.
요컨대 그는 우리가 그였으면 하고 바라게 만드는
그 모든 것이라고 우리는 생각했다.

그래서 우리는 일을 했고, 빛을 기다렸다.
우리는 고기 없이 살았고, 빵을 저주했다.
그런데 리처드 코리는 어느 고요한 여름밤
집으로 돌아가 머리에 방아쇠를 당겼다.

② 로버트 프로스트(Robert Frost, 1874-1963)

프로스트는 샌프란시스코에서 태어나 열한 살 때 매사추세츠로 이사한다. 그 후 거기서 성장하고, 교육받고, 결혼하고, 농사짓고, 가르치며 살았다. 잠시 동안 하버드와 다트머스에서 고등교육도 접한다. 프로스트의 시는 건초를 만들거나 사과를 따고 쉬는 일만큼이나 평범한 일상사를 노래함으로써 대중의 가슴 속으로 자연스럽게 스며든다.

엘리엇을 위시한 소위 로스트 제너레이션 작가들이 미국을 문화의 불모지로 폄하하고 미국을 떠나 런던이나 파리에서 문학과 예술을 논하던 시절, 프로스트는 미국, 그것도 쇠퇴해가던 뉴잉글랜드(New England)를 지킨 사람이다. 그는 퓰리처상 시 부분에서 4번이나 수상했으며, 케네디 대통령 취임 시 자작시를 낭송할 정도로 20년대와 30년대에 미국에서 가장 존경받고, 사랑받는 시인이었다.

대부분의 그의 시는 교훈적이고 동시대 시인보다 영국 고전주의 알렉산더 포프(Alexander Pope, 1688-1744)나 새뮤얼 존슨(Dr. Samuel Johnson, 1709-1784) 시에 더 가깝다. 에드윈 알링턴 로빈슨(Edwin Arlington Robinson, 1869-1935)처럼 그 역시 소네트와 설화시, 무운시형 같은 전통적인 운율 시를 좋아했다. "자유시는 네트 없이 테니스를 치는 것과 같다"라는 그의 말은 오랫동안 널리 회자된다.

그는 전통적인 농장 생활에 관한 시를 씀으로써 옛것에 대한 향수를 불러일으킨다. 그의 시 소재는 사과 따기, 돌담, 울타리, 시골길 등으로 보편적인 것들이다. 그는 명쾌하고 쉽게 이해할 수 있는 시를 창작했다. 그는 인유나 생략법 등을 거의 사용하지 않았고, 자주 사용하는 각운(脚韻) 또한 일반 독자들이 쉽게 접근할 수 있는 것이었다.

프로스트의 작품은 종종 단순해 보이지만 깊은 의미를 지니고 있다. 예를 들어 거의 최면적인 각운을 지닌 「눈 오는 저녁 숲가에 서서」("Stopping by Woods on a Snowy Evening," 1923)라는 시에서 눈 덮인 숲의 추위와 정적은 수면, 망각, 죽음까지도 성찰하는 인간의 모습을 보여준다.

> Whose woods these are I think I know.
> His house is in the village though;
> He will nor see me stopping here
> To watch his woods fill up with snow.

My little horse must think it queer
To stop without a farmhouse near
Between the woods and frozen lake
The darkest evening of the year

He gives his harness bells a shake
To ask if there is some mistake.
The only other sound's the sweep
Of easy wind and downy flake.

The woods are lovely, dark and deep
But I have promises to keep,
And miles to go before I sleep,
And miles to go before I sleep.

이 숲이 누구의 것인지 나는 알 것 같네.
그의 집이 저기 마을에 있어도
그는 내가 여기에 멈춰 있는 것을 보지 않을 것 같네.
자신의 숲이 눈으로 덮이는 것을 보느라

나의 어린 말은 이상하게 생각하겠지.
농가도 하나 없는
숲과 얼어붙은 호수 사이에
일 년 중 가장 어두운 저녁에 멈춰 있으니

말은 마구에 달린 방울을 흔든다.
무언가 잘못 된 것이라도 있느냐고 묻듯이
들리는 다른 소리는 오직
가볍게 부는 바람 소리와 내리는 눈송이 소리뿐

숲은 아름답고, 어둡고, 그윽하다.
하지만 나는 지켜야 할 약속이 있고,
내가 잠들기 전에 가야할 길이 있다네.
내가 잠들기 전에 가야할 길이 있다네.

「가지 않는 길」("The Road Not Taken," 1916)은 에머슨의 「자기 신뢰」("self-reliance")와 공통점이 있다. 이 시는 자신의 삶에서 선택할 수밖에 없는 상황을 그린다.

Two roads diverged in a yellow wood,
And sorry I could not travel both
And be one traveler, long I stood
And looked down one as far as I could
To where it bent in the undergrowth;
Then took the other . . .

노란 숲 속에 두 갈래 길이 나 있었네.
나는 두 길을 가지 못하는 것을 안타깝게 생각하며
여행자로서 오랫동안 서 있으면서
내가 바라볼 수 있는 데까지 내려다보았습니다.
길이 굽어 꺾여 내려간 곳까지
그리고 다른 길을 택했습니다.

한쪽 길의 선택이 많은 변화를 가져왔고, 그 선택의 결과를 인지했을 때에는 다시 되돌아 갈 수 없었다 한다. 이 짧은 시에서 인생에 대한 프로스트의 삶의 지혜를 엿볼 수 있다.

「사과를 딴 후에」("After Apple-Picking," 1914)는 엄격하지는 않지만, 느슨한 약강 오보격(iambic pentameter)으로 이루어진 시이다. 프로스트는 초기 다른 시들처럼 늦은 가을, 뉴잉글랜드에서의 전원생활을 묘사한다. 화자는 사다리 위에서 사과를 땄던 하루 일과를 회상한다. 화자는 육체적 피로감을 느껴 잠시 졸게 되는데, 밀려오는 잠이 일시적인 잠인지 아니면 "오랫동안의 잠"(long sleep, 죽음)인지 의아해한다. 시인으로서 사과를 따는 노동행위는 일련의 힘든 시작행위일 수 있고, 나뭇가지에 한두 개 남아있는 사과는 아직 완성하지 못한 시일 수 있으며, 밀려오는 잠은 시인 혹은 인간의 죽음을 의미할 수도 있다.

「담벼락 수리」("Mending Wall," 1914)는 담장 쌓기라는 단순한 노동을 통해 얻게 된 삶의 진리를 담고 있다. 이 시는 담장으로 상징되는 분리와 결별만이 인간 사이에 존재한다는 것을 암시하지만, 다른 한편으로 개인이건 국가건 담장으로 상징되는 튼튼한 자아를 구축한 이후 비로소 진정한 왕래가 가능하다는 오묘한 철학을 담고 있다.

「시가 만드는 상」("The Figure a Pome Makes," 1939)은 프로스트가 시에 관해 쓴 수필이다. 여기에서 그는, 시에는 전통적인 형식이 필요하며 또한 서정시에는 의미를 전달하는 주제가 필요하다고 주장한다. 그러나 그는 진정한 시는 어떤 사상을 전달하는 것이 아니라 적절한 분위기 속에서 시가 진행됨에 따라 자연스럽게 사상과 의미가 형성된다고 주장한다.

③ 칼 샌드버그(Carl Sandburg, 1878–1967)

샌드버그는 미국의 현대 시인들 가운데 형식과 내용면에서 휘트먼과 가장 가까운 작품을 쓴 작가이다. 그는 정규적인 교육은 거의 받지 못했고, 신문기자와 색다른 직업을 전전하다가 생계의 수단으로 시에 매달린다. 그 후 시인, 민요수집가, 전기작가, 소설가로서 명성을 얻는다. 샌드버그는 일찍이 자기는 휘트먼보다 에밀리 디킨슨(Emily Dickinson, 1830-1886)의 덕을 보았다고 고백한 바 있지만, 오히려 에이미 로웰(Amy Lowell, 1874-1925)을 위시한 상징주의 시인들의 영향을 받았다. 그가 상징파 시인들로부터 배운 것은 형이상학적인 애매성이 아니라 인간적인 가치에 대한 감수성과 색채와 형태에 대한 예민한 감각이었다.

「안개」("Fog")를 위시한 몇몇 초기 서정시에서는 압축된 자유시의 형식과 이미저리를 사용하고 있다는 점에서 상징주의 시와 흡사하다. 그는 『미국의 노래보따리』(*The American Songbag*, 1927)에 온갖 종류의 민요와 속요를 수집함으로써 미국 최초의 민요수집가로 인정받는다. 『피플, 예스』(*The People, Yes*, 1936)와 6권으로 된 『링컨의 전기』(*Biography of Abraham Lincoln*)는 샌드버그가 인간과 정경을 노래하는 서정시인의 수준을 넘어 모든 것을 수용하는 미국 민중의 대변자였음을 증명한다.

④ 바셀 린지(Vachel Lindsay, 1879–1931)

바셀 린지는 중서부의 소박한 민중주의 찬미자이자, 큰 소리로 읽을 수 있는 강하고 운율적인 시를 쓴 시인이었다. 그의 작품은 한편으로는 기독교 성가나 보드빌(vaudeville)[5]과 같은 대중적이고 민속적인 시 형태를, 다른 한편으로는 발전된 모더니즘 시학을 미묘하게 연결시킨다. 당시 엄청난 인기를 모았던 린지의 시 낭송은 제2차 세계대전 후 재즈 음악과 함께 이루어졌던 '비트'(Beat) 시인들의 시 낭송을 예견하는 것이었다.

시의 대중화를 위해 린지는 '고품격 보드빌'이라고 스스로 명명한, 음악과 강렬한 리듬을 활용한 시 낭송법을 개발한다. 오늘날 기준으로 보면 인종차별적으로 들릴 수 있는 시이자 그의 유명한 작품인 「콩고 강」("The Congo," 1914)은 재즈, 시, 음악, 성가를 섞어 아프리카 인들의 역사를 찬미하

5) 촌극 · 광대극 · 음악 등이 포함된 대중적인 버라이어티 연극.

고 있다. 동시에 그는 에이브러햄 링컨과 존 채프먼(John Chapman, 1774-1845)을 각각 시, 「에이브러햄 링컨, 자정에 길을 걷다」("Abraham Lincoln Walks at Midnight")와 「조니 애플시드」("Johnny Appleseed")를 통해 찬미하는 등, 신화와 사실을 섞어가며 미국의 유명 인사들을 시로 다룬다.

⑤ 로빈슨 제퍼스(Robinson Jeffers, 1887–1962)

두 차례의 세계대전 사이에 재능 많고 참된 시각을 지닌 미국시인들이 대거 등장한다. 그들 중에는 서부 연안 출신의 시인들과 여성 및 흑인시인들도 있었다. 소설가 존 스타인벡처럼 시인 제퍼스는 캘리포니아에 살면서 스페인 농장 소유자, 인디언, 그들의 혼합된 전통, 대지의 아름다움에 대한 글을 썼다. 고전문학을 공부하고 프로이트에 정통했던 그는 거친 해안 풍경을 배경으로 그리스 비극의 주제를 재창조한다.

그의 비극적 이야기 시 중 잘 알려진 작품은 『타마』(*Tamar*, 1924), 『얼룩 털의 종마』(*Roan Stallion*, 1925), 아이스킬로스(Aeschylos)의 『아가멤논』(*Agamemnon*)을 다시 쓴 『비극 너머의 탑』(*The Tower Beyond Tragedy*, 1924), 에우리피데스(Euripidēs)의 비극을 다시 쓴 『메데아』(*Medea*, 1946) 등이 있다.

2) 이미지즘 운동과 이미지스트 시인

① 이미지즘 운동

이미지즘(Imagism) 운동은 모더니즘의 창시자이자 20세기 영문학의 거장 에즈라 파운드(Ezra Pound, 1885-1972)가 1908년부터 런던에 체류하면서 영국 시인 윌리엄 버틀러 예이츠(William Butler Yeats, 1865-1939) 등과 시인클럽을 만들면서 시작된다. 파운드는 죽어가는 영시를 소생시키기 위해 작가이자 철학자인 데이비드 흄(David Hume, 1711-1776)과 제휴하여 20세기 초 조지풍의 시(Georgean verse)의 낡은 시형과 시어를 타파하고 '이미니즘'이라는 새로운 시론 정립과 실천을 주창한다. 흄과 파운드 주변에 모인 미국시인들은 힐다 둘리틀(Hilda Doolittle, 1886-1961), J. G.플레처(John Gould Fletcher, 1886-1950), W. C 윌리엄스(William Carlos Williams, 1883-1819), 그리고 에이미 로웰(Amy Lowell, 1874-1925) 등이었는데 이들은 스스로 '이미지스트'라 칭한 문학 서클을 형성한다. 흄은 「낭만주의와 고전주의」("Romanticism and Classicism")라는 글에서 낭만주의자들은 고전주의가 가지고 있는 건조하고 딱딱한 견고성에 거부감을 갖고 있으며, 정확한 묘사가 시의 목적이라는 사실을 깨닫지 못한다고 지적한다.

파운드가 힐다 툴리틀(Hilda Doolittle, 1886-1961)과 영국 시인 리처드 올딩턴(Richard Aldington, 1892-1962)과 합의하여 『포이트리』(*Poetry*) 지 1973년 3월호에 발표한 이미지즘의 강령이자 시작원리는 다음과 같다.

① 주관적이든 객관적이든 사물을 직접 취급할 것(Direct treatment of the "thing" whether subjective or objective).

② 표현에 기여하지 않는 어휘는 절대 사용하지 말 것(To use absolutely no word that does not contribute to the presentation).

③ 리듬에 관하여: 기계적인 박자에 맞출 것이 아니라 음악적인 악구의 리듬을 맞추어 시를 쓸 것(As regarding rhythm: to compose in the sequence of the musical phrase, not in the sequence of a metronome).

이 세 원칙은 전통적인 시형과 운율을 배격한 것으로 시각, 청각, 촉각 등의 감각적 이미지에 의한 주제의 감각화와 그 주제에 어울리는 자연스러운 리듬의 활용을 주창 한 것이다.

파운드가 주도적 역할을 한 이미지즘 운동에 있어 포드(Ford Madox Ford, 1821-1893)의 영향력도 높이 평가받는다. 포드는 운문이나 산문 가릴 것 없이 모든 종류의 글에서 간결함과 정확성을 지향하는 글쓰기를 강조함으로써 이미지즘 강령의 두 번째 규칙을 정립하는 근거를 제공한다.

② 에즈라 파운드(Ezra Pound, 1885-1972)

파운드의 시어의 핵심은 응축과 압축으로 요약할 수 있다. 이것은 이미지즘의 강령과 상형문자(ideogram)에 대한 그의 관심으로 입증된다. 파운드의 『중국』(*Cathay*, 1915)은 중국의 '이미지적'(imagistic) 시와 일본의 하이쿠(haiku)의 모방으로 유명하다. 하이쿠의 가장 유명한 모방은 「메트로 역에서」("In a Station of the Metro")이다. 이 시는 처음에는 30여 행의 분량이었으나 압축을 거듭하여 다음과 같이 2행으로 줄어든다.

The Apparition of these faces in the crow
Petals on a wet, black bough

군중 속에 환영처럼 나타난 이 얼굴들
비 젖은 검은 가지 위 꽃잎들

이 시는 『포이트리』 지 1913년 4월호에 게재된 것으로 이미지즘 강령의 첫 번째 원칙에 따라 압축과 축약을 가함으로써 간단명료한 시가 탄생하게 된 표본이다. 파운드의 압축시키려는 소망은 엘리엇의 「황무지」에서 다시 한 번 빛을 발한다. 「황무지」는 원래 1,000행이나 되는 긴 시였으나 파운드의 충고를 받아들여 400행으로 압축되었다고 한다.

응축과 압축, 정확한 이미지에 대한 파운드의 열망은 그의 주요시에서 뚜렷하다. 이런 소망은 엘리엇의 '객관적 상관물'(objective correlative)에서 그렇듯이 종종 언어적 유희, 즉 암시(allusion)로 흐르는 경우가 있다. 그의 후기 작품 『캔토스』(*Cantos*, 1925-1972)는 엘리엇의 「황무지」와 마찬가지로 신화적 수법으로 과거와 현재의 문화적 양상을 대조시킴으로써, 현대사회의 타락상을 보여주려 한다. 이 시에서 파운드는 그리스 신화, 단테, 중국의 상형문자, 중세 및 미국의 역사, 경제이론을 위시한 풍부한 지식을 인용함으로써 독자들을 당혹케 한다. 따라서 모더니즘의 기념비적 작품으로 간주되는 『캔토스』는 제임스 조이스(James Joyce, 1882-1941)의 『피네건의 경야』(*Finnegan's Wake*, 1939)에 비견될 만큼 난해하다.

③ 에이미 로웰(Amy Lowell, 1874-1925)

매사추세츠의 명문가 출신의 여류시인 로웰은 매사에 적극적이고 도전적인 성품이었다. 그녀의 초기 시는 존 키츠(John Keats, 1795-1821)의 영향이 뚜렷할 정도로 낭만적이었으나 파운드 등의 이미지스트 시인과 교류하면서 이미니즘 운동과 자유시 운동의 선봉에 선다. 그녀는 자유시, 운율적인 산문, 정확한 이미저리, 그리고 불규칙적인 각운을 강조한다.

그녀의 『현대 미국시의 경향』(*Tendences in Modern American Poetry*, 1917)은 비중 있는 작품이며, 파운드가 가진 예지와 통찰력은 부족하지만 파운드와 공통점이 많으며 그녀의 우수한 작품들은 파운드의 초기 시와 흡사하다.

대표시집 『남, 여, 유령』(*Men, Women, and Ghosts*, 1916) 외에 여러 권의 시집과 논문집이 있고, 만년에는 키츠의 연구에 몰두하여 2권의 키츠 전기를 출판하다. 1926년 사후에 나온 「시간에 대한 시」("Poetry for What's O'clock")로 시 부문 퓰리처상을 받는다. 그녀는 「라일락」("Lilacs")이라는 시에서 동양미가 넘치는 아리따운 자태와 고유의 향을 가진 라일락꽃을 '이 세상의 훈향을 가진 꽃'으로 예찬한다.

④ 힐다 둘리틀(Hilda Doolittle, 1886–1961)

H. D.라는 필명으로 더욱 널리 알려진 둘리틀은 펜실베이니아 출신으로 파운드와 윌리엄 칼로스 윌리엄스(William Carlos Williams, 1883-1963)가 펜실베이니아 대학에 있을 때 학생이었다. 그녀는 25세 때 영국으로 건너가 H. D라는 필명으로 작품 활동을 시작한다. 둘리틀은 이미지즘의 기관지라 할 수 있는 문예지 『이기주의자』(*Egoist*)를 편집했고, 시와 희곡 분야에 크게 이바지 했으며, 1913년 영국 시인 리처드 올딩턴(Richard Aldington, 1892-1962)과 부부가 되어 그리스와 라틴 시를 공동으로 번역하기도 한다.

시집 『바다 정원』(*Sea Garden*, 1916)에 실린 시들은 고전의 금싸라기처럼 잘 다듬어진 시로 평가받는다. 『하이멘』(*Hymen*, 1920)과 『헬리오도라와 기타 시』(*Heliodora and Other Poems*, 1924)는 그리스 신화에서 소재를 가져와 헬레니즘 전통을 노래한 시선집이다. 1925년과 40년엔 이미지즘 시법에 충실한 시선집이 나오지만, 사실 H. D.의 우수작은 여기에 실린 명상적인 장시들이 아니라 초기에 쓴 시들이다. 「더위」("Heat")는 더위를 은유적 실체(metaphorical Physicality)로 형상화시키면서 촉감에 호소하고, 「배나무」("a Pear Tree")는 배나무를 의인화시켜 배꽃을 은가루로 비유하며 시각에 호소하는 작품이다. 간결한 문체와 고전적인 교양미, 그리고 회화적인 서정주의(lyricism)가 그녀 시의 특징이다.

⑤ 윌리엄 칼로스 윌리엄스(William Carlos Williams, 1883–1963)

윌리엄스는 파운드와의 인연으로 이미지즘에 빠져 실험시를 썼으며 미국의 정경을 소재로 삼아 이미지즘의 규범에 따라 그가 사는 주변의 사물과 사람들을 객관적으로 묘사한다. 하지만 곧 이미지즘의 한계성을 느끼고 표현주의로 관심을 돌렸다가 만년에는 사실주의로 기울었다. 그는 이미지즘은 장황한 언어의 사용을 배제하는 데는 유용하지만 그 속에 형식의 필연성을 내포하지 않기에 시를 자유시로 유도해버린다고 지적한다. 그는 시란 하나의 객체(object)로서 그 안에 존재하는 형식을 갖춤으로써 본연의 의미와 내용을 제시해야 된다고 주장한다. 그는 시란 감정을 허용하지 않은 채 생생한 관찰을 통하여 감각적 체험에 한정되어야 한다고 주장함으로써 소위 객체주의(objectivism)를 제시한다. 그는 객체인 시 자체를 감각적으로 처리하면서 그 대상이 자발적으로 불러일으키는 언어의 연상 작용을 통해 즉흥적으로 시가 이루어진다고 생각한다.

윌리엄스는 엘리엇과 파운드가 내세우는 그리스나 동양의 고전주의 문학과는 달리, 시의 자발성과 미국의 문화, 살아 있는 미국의 일상언어로서 대상의 객관성을 나타내고자 했다. 그의 언어는 고상한 것이든 저속한 것이든 자연스러운 언어(natural speech)가 근간이 되어 그것에 긴장감과 무게를 실어 시적으로 처리한다. 그는 화가와 같은 예리한 안목을 가지고 생생하고 강한 인상에 초점을 맞추면서 대상을 압축적으로 묘사하되 나머지는 여백으로 처리한다.

윌리엄스는 휘트먼처럼 시 작법에 있어 미국 일상용어의 특성을 살리면서 수용할 수 있는 시의 형식을 찾고자 했다. 하지만 그는 휘트먼의 시처럼 기복이 있는 시가 아니라 평범한 미국어의 리듬을 고도로 압축하고 단단하게 응축한 시행을 가진 시를 추구한다. 「요트」("The Yachts")에 나오는 '요트시합'(yacht race)은 특권 사회의 상징인 것처럼 풍자하고, 「러시아 무용수」("Dance Russe")는 삶의 환희를 보여주는 이면에 비애가 도사리고 있는 아이러니컬한 시로 희극적 요소에 비극적 장식이 숨겨있는 시다. 「빨간 손수레」("The Red Wheelbarrow," 1923)는 화가처럼 예리한 그의 시각과 구어체 리듬(Speech-rhythms)이 절묘하게 조화를 이룬 시로, 내적 균형(internal balance)을 이룩한 기교의 정수를 보여준다.

so much depends
upon
a red wheel
barrow
glazed with rain
water
beside the white
chickens

너무 많은 것이 달려 있다.
빨간 바퀴의 손수레에
빗물로 반작거리는 수레
흰 병아리는 옆에서

윌리엄스의 대작, 『패터슨』(*Paterson*, 1946-58)은 5부로 된 장편서사시이다. 윌리엄스는 이 작품에서 자전적 인물 패터슨 박사의 눈으로 바라본 그의 고향 뉴저지 주 패터슨을 묘사한다. 이 작품에서 윌리엄스는 서정적인 문구, 산문, 편지, 자서전, 신문기사, 역사적 사실들을 병치시킨다. 이 작품에는 각양각색의 인물과 사건들이 작품의 폭넓은 내적 연상 작용으로 한데 어울린다. 패터슨 시는 점차 인간 상호간에 긴밀한 소통이 막히고, 가족마다 지닌 독자적 문화유산이 망각되며 고독과 불신의 벽이 높아만 간다. 윌리엄스는 이 같은 원인을 경제적, 교육적 박탈감과 정서적 불안정에서 찾는다. 이 작품에서 윌리엄스는 자유분방하면서도 강력한 언어 구사를 통해 상상력의 무한함을 보여주고 휴머니티의 소중함을 역설한다.

3) 그 밖의 현대시인

① 월러스 스티븐스(Wallace Stevens, 1879–1955)

펜실베이니아주에서 태어난 월러스 스티븐스는 하버드 대학과 뉴욕 대학 법대를 졸업했다. 그는 1904년부터 1916년까지 법률 활동을 하면서 왕성한 창작 활동을 겸했다. 1916년 보험회사의 간부가 되기 위해 코네티컷의 하트퍼드로 이사를 가서도 시를 계속 창작했다. 그의 삶은 놀랍게도 시인으로서의 생활과 직장인으로서의 생활로 철저하게 분리되어 있었는데, 보험회사 관계자들은 그가 당시 유명한 시인이라는 사실을 모르고 있었다.

1923년 첫 시집, 『풍금』(*Harmonium*, 1923/1931 개정)이 출판되나, 반응을 얻지 못하여 사업에만 열중하다가 1930년대에 접어들어 왕성하게 활동을 재개한다. 『질서의 개념들』(*Ideas of Order*, 1935), 『푸른 기타를 든 남자 외』(*The Man with the Blue Guitar and Other Poems*, 1937), 『세상의 부품들』(*Parts of a World*, 1942), 『악의 미학』(*Esthetique du Mal*, 1949), 『여름으로의 이동』(*Transport*, 1952), 그리고 『시선집』(*Collected Poems*, 1954) 등을 출판한다.

스티븐스는 프랑스 상징주의의 영향을 받아 섬세한 심미적 세계를 구축함으로써 문자적 의미보다는 그 음향과 암시를 더 중요시 한다. 어떤 시들은 추상파, 인상파, 초현실주의의 그림을 보는 듯 의미가 다양해 비평가들을 당황하게 만든다. 또한 에머슨과 콜리지의 시처럼 낭만적이다. 에머슨과 콜리지에 있어 상상력은 우리를 인지의 세계를 초월하여 이상 세계로 인도한다. 하지만 스티븐스의 상상력은 아무것도 초월하지 않으며 인간 본질로서 우리의 내부에만 존재하는 신성한 것이다.

스티븐스가 그의 시와 시론에서 남달리 관심을 두었던 문제는 실재(reality)가 시인의 상상(imagination)의 세계와 어떻게 결합하는가의 문제였다. 스티븐스가 말하는 진정한 실재는 그것이 상상과 결합된 실재이다. 상상과 결합하지 않는 실재는 껍데기 실제(mere fact)에 지나지 않고, 실재가 없는 상상은 단순한 공상(mere fancy)에 불과하다. 스티븐스는 사실로서의 실재와 상상과 결합된 실재를 구분한다. 상상이 현실과 유리될 때는 그 생명력을 상실하고, 내부 세계가 없는 외부세계는 황량하다. 두 세계가 결합함으로써 인간과 외계(자연)는 상호간에 생명력을 부여받는다. 인간이 항상 사실로서의 실재에 의존하는 것은 그 외부의 실재가 최종적인 실재이기 때문이 아니라, 새로운 상상의 불씨를 얻기 위함이다. 외부 세계에서 촉발된 상상은 예술이라는 하나의 기술(description) 속에서 객관적인 현실의 원천인 '장'(the place)과 상상의 원천인 '인'(the person)이 결합하여 시인의 세계는 통합되고 생명을 얻는다.

「일요일 아침」("Sunday Morning," 1915)은 무운으로 된 서정시다. 이 시는 순간적인 상태에서 영광과 행복을 찾아야 하는 유한한 인간을 감동적으로 묘사한다. 「건반 앞의 피터 퀸스」("Peter Quince at the Clavier," 1915)에서 스티븐스는 아름다움은 구체적인 것에만 존재하며, 언젠가는 사라져버리지만 예술 속에 영원히 살아남는다는 사실을 역설한다. 「검정 새를 보는 13가지 방법」("Thirteen Ways of Looking at a Blackbird," 1917)에서는 '검정 새'에 대한 인식은 새와 배경과의 상호작용에 의해 결정된다는 점을 일깨워준다. 여기서 '검정 새'는 상상의 기능(imaginative function)을 맡고 배경은 현실의 기능(reality function)을 맡아 상상과 현실의 유동적 관계를 시사한다.

스티븐스는 엘리엇과는 달리 인생의 무의미함에 대해 슬퍼하지 않는다. 그는 인간 스스로 패턴과 질서, 그리고 우리들만의 신(gods)을 창조할 수 있다고 믿는다. 인간의 삶에 의미를 창조할 수 있는 것이 "최상의 허구"(Supreme Fictions)이다. 「항아리의 일화」("Anecdote of the Jar," 1923)에서 항아리(jar)는 "최상의 허구"의 대표적 예이다.

I placed a jar in Tennessee,
And round it was, upon a hill.
It made the slovenly wilderness
Surround that hill.

The wilderness rose up to it,
And sprawled around, no longer wild.
The jar was round upon the ground
And tall and of a port in air.

It took dominion every where.
The jar was gray and bare.
It did not give of bird or bush,
Like nothing else in Tennessee.

나는 항아리 하나를 테네시주에 놓았다.
그 항아리는 둥글었고, 언덕 위에 놓였다.
그것은 지저분한 황무지가 그 언덕을 에워싸게 만들었다.

황무지가 그 항아리까지 올라와
주변에 펼쳐지자 더 이상 황폐는 아니었다.
항아리는 땅위에 둥글게 놓였고
키가 크고 대기 중에 있는 항구 같았다(자태가 당당해 보였다)

항아리는 모든 곳을 지배해 버렸다.
항아리는 회색이고 무늬가 없었다.
새나 숲에 어떤 것도 주지 못했다.
테네시주에 그와 같은 것은 없었다.

1연에서 "jar"가 "wilderness"에 놓이게 된다. 이는 인간의 상상력이 현실세계에 도입되어 현실에 질서를 부여하게 되는 것을 의미한다. 2연에서는 "jar"의 지배력이 강화되어 예술이 현실세계와 조화를 이룬다. "The jar was round upon the ground"라는 구절에서 알 수 있듯이, "jar"는 땅위에 있으면서도 여전히 땅과 맞닿아 있다. 이는 예술이 현실에 입각한 상상력이라는 의미를 내포한다. 3연에서는 "jar"가 현실세계를 완전히 지배한다. "jar"에는 아무런 문양도 새겨져 있지 않고 단지 "gray and bare" 한 상태이다. "jar"는 무질서하게 산재해 있는 현실세계를 질서가 있는 이상적 세계로 변화시킨 것이다. 이는 곧 상상력이 현실을 개조할 수 있는 힘을 소유하고 있다는 것이다. 스티븐스는 시인의 역할이 시를 통해 인간을 혼돈의 세상으로부터 구해내어 상상력, 즉 "Supreme Fictions"의 세계로 인도하는 것이라 믿는다.

「키웨스트에서 질서의 관념」("The Idea of Order at Key West," 1935)은 소녀의 노래를 통하여 상상력을 규제하는 자연을 공허한 존재로 부각시킨다. 요컨대 스티븐스는 자신의 시에서 때로는 철학적 추상 속에 몰두하면서도 경탄할만한 시각적 언어를 구사하고 현실을 재구성하는 상상력의 중요성을 강조한다.

② 존 크로우 랜섬(John Crowe Ransom, 1888–1974)

랜섬은 작가이자, 비평가, 교수로서 현대 미국문학에 있어서 가장 중요한 인물에 속한다. 랜섬은 테네시(Tennessee)주 풀라스키(Pulaski)에서 태어나 밴더빌트 대학(Vanderbilt University)에 들어가 철학과 고전문학을 전공했다. 장학생으로 옥스퍼드에서 교육을 받고 현대시를 접하면서 문학으로 궤도를 수정한다.

랜섬은 1922년부터 1925년까지 작은 잡지인 『탈주자』(*The Fugitive*)를 편집했는데, 그의 주요시들은 대부분 이 잡지에 실렸다. 「간헐 열」("Chills and Fever," 1924)과 「속박당한 두 신사」("Two Gentlemen in Bonds," 1927) 등이 유명하다.

1927년 이후 랜섬은 4편의 시만 발표했을 뿐 비평 영역으로 방향을 튼다. 특히 시 이론에 관심이 깊었던 랜섬은 문학 비평에 흥미를 느꼈고, 1929년엔 『천둥 없는 신』(*God Without Thunder*)이라는 평론집을 내놓는다. 1930년 그는 산업화된 북부의 생활방식에 반대하여 남부의 농업패턴을 옹호하는 12명의 작가들의 평론 선집인 『나는 내 입장을 취하겠다』(*I'll Take My Stand*)에 한 편의 평론을 기고한다. 랜섬은 자신의 제자 알렌 테이트(Allen Tate, 1899-1979), 크린스 브룩스(Cleanth Brooks, 1906-1994), 로버트 펜 워렌(Robert Penn Warren, 1905-1989) 등과 함께 남부학파(The Southern School, or Fugitives, Agrarians)를 구성하고 신비평(New Criticism) 운동의 주역이 된다.

랜섬은 1958년 학계에서 은퇴한 뒤 자신의 초기 작품들을 수정하여 『시선집』(*Selected Poems*, 1963)과 『시와 에세이』(*Poems and Essays*, 1970)를 발표한다. 「존 화이트사이드 씨의 딸을 위한 조종」("Bells for John Whiteside's Daughter," 1924)은 에밀리 디킨슨(Emily Dickinson, 1830-1886)의 시를 연상시키듯 근접각운(slant rhyme)과 축약을 사용한 다섯 개의 4행시로 된 서정시이다. 거위를 돌보던 어린 소녀가 죽음으로써 비애가 시 전체를 덮고 있다. 언젠가 한번은 받아들어야 할 죽음이지만, 순수하고 연약한 어린 소녀의 죽음은 더욱 애처로운 상실감을 자아낸다. 「푸른 소녀들」("Blue Girls," 1927)은 여성의 덧없는 아름다움을 슬퍼하는 서정시이다. 시인은 소녀들에게 시들기 전에 아름다움이나 가꾸라고 빈정댄다. 「곡예사」("The Equilibrists," 1927)는 랜섬의 시 가운데 가장 형이상학적인 시에 속한다. 이 시는 단테를 모방하고 있지만 이 시를 읽는 독자는 육체적 사랑(physical love)을 노래한 존 단(John Donne, 1572-1631)을 떠올리게 된다. 하지만 랜섬은 단과는 다르게 연인들을 단테의 연옥에 두는데, 그들은 진정한 사랑을 성취하지 못하고 곡예사처럼 아슬아슬하게 살아갈 뿐이다.

③ E. E. 커밍스(Edward Estlin Cummings, 1894-1962)

일반적으로 e. e. 커밍스로 알려진 에드워드 에스틀린 커밍스는 유머, 세련미, 사랑과 에로티시즘에 대한 찬미, 구두점에 대한 실험과 시각적 형식 등의 특징을 지닌 매력적이고 새로운 시를 창작한다. 화가이기도 했던 그는 시가 언어 예술이 아니라 시각적인 예술임을 주장했고, 자간과 들여쓰기를 남다르게 구사하고 대문자를 거의 사용하지 않는 등 매우 실험적인 시를 창작한다.

커밍스는 일찍부터 원초적 생명력과 시인의 창조적 생명력의 우위를 믿었다. 그의 시 세계는 직관의 세계이자 자벌적, 경이적, 구체적인 생명의 세계이다. 그의 특이한 언어 배열과 엉터리 철자와 구두점 사용에서 보인 그의 괴벽은 오히려 개성 만점의 그의 시를 담아내는 그릇이자 근원이 된다.

주요 작품으로는 『튤립과 굴뚝』(*Tulips and Chimneys*, 1923)을 위시한 이상한 제목의 시집이 많고, 희곡으로는 『그에게』(*Him*, 1927) 등이 있으며, 비평, 전기, 여행기 등 다수가 있다. 하지만 그의 최고의 작품은 비교적 짧은 서정시 형식을 취한다.

「버펄로 빌의 죽음」("Buffalo Bill's Defunct," 1923)은 커밍스의 가장 유명한 서정시 가운데 하나이며 주로 시각적 효과에 초점이 맞추어져 있다. 이 시에는 구두점도 없고 어휘도 제멋대로이며, 시의 행간도 불규칙적이다. 이 시에서 커밍스가 단어를 연이어 붙여 쓴 것은 버펄로 빌의 신기에 가까운 승마와 사격 솜씨에 놀라워하는 아이들의 심적 상황을 상징한다. 버펄로 빌은 비록 은빛 말을 타고 가버렸으나, 인디언과 영웅적 결투를 벌였던 총 솜씨를 보여준 서부 영웅의 이미지를 남겨 놓는다. 이런 빌의 능란한 솜씨가 하찮은 구경거리로 전락했다고 표현한 점은 현대 미국인들의 정신적 전락에 대한 풍자로 볼 수 있다.

「바로」("In Just," 1920)는 띄어쓰기가 제멋대로이고, 구두점도 다 찍지 않았으며, 관계없는 단어를 끼워 넣는 등의 자의적 기교를 통해 시각적이고 공간적인 효과를 노리고 있는 서정시이다. 이 시에서 절름발이 풍선장수(balloon-man) 영감은 봄을 재생시키는 목양의 신(Pan)을 상징하며, 아름다운 풍선을 통하여 환희의 어린 시절이 재현된다. 하지만 이것은 연약하고 덧없는 불안전한 세계(lame)일 뿐이다. 풍선 맨은 휘파람을 불어 어린이를 불러 모으는데 이것은 일종의 봄의 제식으로 작가 고유의 음악적 기법으로 읽을 수 있다. 공간주기(spacing)와 언어합성(merging of words)의 기교를 통하여 작가는 맘껏 뛰어노는 천진난만한 동심의 세계로 빠져든다.

커밍스는 제1차 세계대전에 북 프랑스에서 근무하는 동안 간첩 협의로 3개월 간 투옥된 일이 있었다. 커밍스는 당시 체험을 바탕으로 시도 아니고 소설도 아닌 실험적인 산문 『거대한 방』(*The Enormous Room*, 1922)을 내놓는다. 이 작품은 전쟁을 다루면서도 단 한 번도 전투장면을 삽입하거나 표현하지 않는다.

커밍스는 거트루드 스타인과 입체파의 영향을 받는다. 따라서 그의 작품은 시형, 작시법, 구두점, 조어, 인쇄법 등에서 독자적인 실험의 흔적이 보이고 전위적인 경향을 갖는다. 하지만 작품의 주제는 사랑, 신과 자연의 찬미, 정치, 교회, 대기업, 과학 등 거대한 힘에 반발하는 개인 등 다소 보편적이고 평범한 것들이다.

④ 해럴드 하트 크레인(Harold Hart Crane, 1899–1932)

하트 크레인은 33세의 나이로 바다에 뛰어들어 자살한 고뇌에 찬 젊은 시인이었다. 그는 엘리엇의 「황무지」 이후 가장 야심찬 서사시, 『교량』(*The Bridge*, 1930)을 내놓는다. 여덟 개의 주요 부분과 여러 개의 소부분으로 구성된 이 작품은 뉴욕의 브루클린 다리를 인간과 신과의 연결 관계를 상징하는 것으로 묘사한다. 이 작품을 통하여 크레인은 미국의 과거를 신화적으로 그리는 동시에, 현대 미국의 다양성과 광대함, 그리고 황량한 모습을 동시에 상상한다. 크레인은 이미지를 미묘하게 다른 이미지로 변환시키는 독특한 기법을 발휘하여 역사와 사실, 지리 등을 추상적인 것으로 변형시킨다. 미국인의 낙관적인 전망은 과학적 희망과 성취를 상징하는 브루클린 다리 위에서 절정에 이른다. 이 다리는 현대 건축술의 총아인 동시에 미국적 신화가 결집된 것이라 할 수 있다. 이 시는 인간과 신과의 신비적 합일을 낙관적으로 예언하면서 끝을 맺는다.

「멜빌의 무덤에서」("At Melville's Tomb," 1926)는 『백경』(*Moby-Dick*)의 저자 허먼 멜빌(Herman Melville)에 대한 예찬사로 크레인의 서정시 가운데 최고의 수작으로 꼽힌다. 크레인은 숭고한 예술가의 길을 묵묵히 걸으며, 미국 예술가의 딱한 처지를 뼈저리게 공감하고 있던 멜빌에게 남다른 친밀감을 느낀다. 항해를 마치지 못한 익사자들은 뼈로서 그들이 전하고 싶은 갖가지 체험을 세상에 남기는데, 크레인은 멜빌을 익사자들이 뼈를 통해 남긴 바다의 사연을 해독할 수 있는 위대한 예술가라 칭송한다.

크레인은 다분히 엘리엇의 영향을 받아 언어를 독특하게 사용하는 대담한 실험을 하곤 했다. 하지만 그는 근본적으로 엘리엇과 상반되는 낭만주의자로서 휘트먼이나 영국의 선정적인 시인 딜런 토마스(Dylan Thomas, 1914-1953)와 유사성을 지닌다. 이 계열의 시인들은 자신들을 종교적인 사람으로 생각하지만 그들의 종교는 전통적인 종교라기보다는 자연에서 우러나오는 범신론적인 신앙으로 구원의 신앙과는 거리가 있다. 크레인은 방탕한 생활로 신경쇠약이 악화되어 자신의 처지를 비관한 나머지 유럽, 멕시코, 쿠바 등지를 여행하며 마음의 평화를 찾고자 하나 결국 스스로 죽음을 선택한다.

⑤ 로버트 펜 워렌(Robert Penn Warren, 1905–1989)

미국의 소설가, 시인, 평론가이자 학자인 워렌은 남부의 농경문화를 우선시하는 '탈주자 그룹'(Fugitives)에 가담한 시인이다. 20세기 내내 성공한 작가로 대접 받았던 그는 역사적 맥락에서 나타나는 민주주의적인 가치에 대해 평생 관심을 가졌다. 그가 공동으로 저술에 참여한 『시의 이해』(*Understanding Poetry*, 1939), 『소설의 이해』(*Understanding Fiction*, 1943), 『현대수사학』(*Modern Rhetoric*)은 영문학에 큰 영향력을 끼친 텍스트로 평가받는다. 그의 비평집 『에세이선집』(*Secreted Essays*, 1958)은 신비평을 소개한 걸작으로 평가받는다.

워렌은 현대의 자연과학적 사고와 종교적 사고와의 갈등을 신비적 경험으로 해결하고자 했던 이상주의자였다. 그의 단시 「별보기」("Stargazing")는 자연과 인간의 분리를 믿는 자연과학적 사고로 시작하지만, 시의 결말에서는 자연, 인간, 신과의 신비적 합일을 기원하고 있다.

워렌의 초기 시집 『같은 테마의 11편의 시』(*Eleven Poems on the Same Theme*, 1942)는 형이상학파 시인들의 영향이 뚜렷하며, 힘찬 리듬과 이미지는 그의 후기 시 『존재』(*Being Here*, 1977-1980, 1980)까지 이어진다. 퓰리처상 수상작으로 지속적인 사랑을 받는 소설 『모두가 왕의 신하』(*All the King's Men*, 1946)는 멋쟁이지만 사악한 남부 상원의원 휴이 롱(Huey Long, 1893-1935)의 정치적 비리를 노골적으로 보여주면서 '미국인의 꿈'의 어두운 면을 낱낱이 들추고 있다.

4) T. S. 엘리엇(Thomas Stern Eliot, 1888–1965)

엘리엇은 예이츠와 더불어 20세기를 대표하는 시인이자 극작가이며 비평가이다. 엘리엇은 미주리주 세인트루이스에서 보스턴 출신의 명문 실업가를 부친으로, 문학을 좋아하는 모친으로, 독실한 유니테리언(Unitarian)파 신교 가정에서 태어났다. 하버드 대학, 소르본 대학, 옥스퍼드 대학의 머튼 칼리지(Merton College) 등에서 공부한 그는 동시대 주요 미국작가들 중 가장 훌륭한 교육을 받은 작가였다. 그가 공부했던 산스크리트 어와 동양 철학은 그의 작품에 큰 영향을 미친다.

1914년 제1차 세계대전이 일어난 직후 엘리엇은 영국으로 가기 전에 독일과 프랑스에서 문학과 철학을 연구한다. 그 해 말 엘리엇은 영국문단에 처음으로 소개되고, 당시 신시 운동을 벌이고 있던 에즈라 파운드와 접촉을 하게 된다. 파운드의 주선으로 「앨프레드 프루프록의 연가」("The Love Song of Alfred Prufrock," 1915)가 『포이트리』 지에 발표된다. 이 무렵에 발표된 시들은 「여인의 초상」("Portrait of a Lady"), 「헬렌 숙모」("Helen Aunt") 등인데, 이 시들은 『프루프록과 기타 시』(*Prufrock and other observations*, 1917)에 실린다.

「프루프록의 연가」의 유명한 서두는 인생이 던지는 질문에 답변이 불가능한 현대인을 천박한 골목길로 초대한다.

LET us go then, you and I,
When the evening is spread out against the sky
Like a patient etherized upon a table;
Let us go, through certain half-deserted streets,
The muttering retreats
Of restless nights in one-night cheap hotels
And sawdust restaurants with oyster-shells:
Streets that follow like a tedious argument
Of insidious intent
To lead you to an overwhelming question. . . .
Oh, do not ask, "What is it?"
Let us go and make our visit.

자 우리 갑시다, 당신과 나
수술대 위에 누운 마취된 환자처럼
저녁이 하늘을 배경으로 사지를 뻗고 있는 지금
우리 갑시다, 반쯤 인적 끊긴 어느 거리를 통해
싸구려 일박 여인숙에서의 불안한 밤이
중얼거리며 숨어드는 곳,
굴 껍질 흩어져 있는 톱밥 깔린 레스토랑을 지나
위압적인 질문으로 당신을 인도할
음흉한 의도의
지루한 논쟁처럼 이어진 거리들을 지나
오, 묻지는 마세요, "무엇이냐?"라고.
일단 가서 방문해봅시다.

1922년에는 최고의 걸작 「황무지」("The Waste Land," 1922)가 『크라이테리언』(*The Criterion*) 지 10월호에 실린다. 433행의 난해한 「황무지」는 제임스 조지 프레이저(James George Frazer, 1854-1941) 경의 『황금가지』(*The Golden Bough: A Study in Magic and Religion*)의 성배전설을 기반으로 성경, 단테, 셰익스피어 등을 인용하고 전후 폐허의 런던을 배경으로 제1차 세계대전 후의 황폐한 세계와 구원에 대한 전조를 묘사한다. 황무지에는 불모의 장면과 죽음의 이미지가 속출하는 데 반해 작가의 목소리는 완전히 배제된다. 고대 문학작품과의 대조, 유추를 통해 불분명한 인유와 자의적 인용이 엇갈리며, 역사와 철학, 신화와 종교가 한데 어울려 시를 형성한다. 이 시는 5부로 구성된다.

The poem's structure is divided into five sections. The first section, "The Burial of the Dead," introduces the diverse themes of disillusionment and despair. The second, "A Game of Chess," employs vignettes of several characters—alternating narrations—that address those themes experientially.

"The Fire Sermon," the third section, offers a philosophical meditation in relation to the imagery of death and views of self-denial in juxtaposition influenced by Augustine of Hippo and eastern religions. After a fourth section, "Death by Water," which includes a brief lyrical petition, the culminating fifth section, "What the Thunder Said," concludes with an image of judgment. (https://en.wikipedia.org/wiki/The_Waste_Land)

이 시의 구성은 5개의 장으로 구성되어 있다. 첫 번째 장은 "사자의 매장"으로 환멸과 절망 등의 다양한 주제가 제시된다. 두 번째 장은 "체스 게임"으로 다양한 인물들의 삽화를 채택한다. 서술 시점의 변화를 통해 그런 주제들이 경험적으로 강화시킨다. 세 번째 장은 "불의 설교"로 죽음과 관련된 이미지에 대한 철학적 명상이 이루어지고, 히포의 오거스틴 주교와 동양의 종교의 병치를 통해 자기 부정의 견해가 피력된다. 4장의 "물의 죽음"에는 간결한 서정시적 탄원이 제시되고, 절정의 5장은 "천둥의 설교"로 최종적인 판단의 이미지가 포함된다.

이 시는 작가의 주석에도 불구하고 매우 난해하지만, 전체적으로 정서적 통일성을 이루고 있다. 현대의 불모성과 문명의 붕괴 앞에 통감한 회한과 공포를 충격적으로 묘사하며, 선명한 이미지와 일상 언어의 리듬을 정교하게 교직하고 있다.

엘리엇의 다른 주요 작품 중에는 인간성 상실에 대한 감동적인 만가인 「텅 빈 사람들」("The Hollow Men," 1925), 삶의 의미를 찾으려고 영국 국교회로 마음을 돌리고 있는 「재의 수요일」("Ash-Wednesday," 1930), 시간과 자아의 본질, 영적인 각성 등 초월적인 주제에 대한 복잡하고 실험적인 명상시 「4개의 4중주」("Four Quartets," 1943) 등이 있다.

비평가로서 엘리엇은 "객관적 상관물"(objective correlative)의 이론을 전개한 것으로 유명하다. 그는 『신성한 숲』(*The Sacred Wood: Essays on Poetry and Criticism,*

1920)에서 객관적 상관물을 어떤 특별한 정서를 나타낼 '공식'이 될 "한 무리의 사물, 정황, 일련의 사건"으로 정의한다. 이 객관적 상관물은 개성으로 도피라기보다는 표현되어야 할 대상이며 표현하는 방법에 관한 것이다. 따라서 시인은 객관적 상관물을 발견함으로써 감정에 도피하는 것이 아니라 감정들을 하나로 통일하여 새로운 느낌, 즉 통일된 감수성에 도달함으로써 객관적 상관물로 표현이 가능해진다. 구체적 예를 들면, 「앨프레드 프루프록의 연가」에서 나이든 화자 프루프록은 스스로 "커피스푼으로 내 삶을 쟀다"고 표현한다. 이 구절에서 단조로운 존재와 낭비된 인생을 표현하기 위해 "커피스푼"이라는 상관물이 사용된 것이다.

엘리엇은 시극(poetic drama)의 부활에도 앞장선다. 그의 희곡은 모두 종교적인 주제를 담고 있다. 『성당안의 암살』(*Murder in Cathedral*, 1935)은 의식적으로 헨리 2세 때 베케트 대주교(Archbishop) 암살사건을 다루었고, 『가족의 재회』(*The Family Reunion*, 1939)는 현대 영국 상류층 가정의 구원의 문제를 다룬다. 이 두 극 모두 그리스 비극에서 유래한 코러스 기법을 구사한다. 50년대에 쓰인 『칵테일 파티』(*The Cocktail Party*, 1950)와 『심복 서기』(*The Confidential Clerk*, 1959), 그리고 『고참 정치가』(*The Elder Statesman*, 1959)에서는 종교적 주제를 세련된 사회 희극형식에 담아 중후하게 표현한다.

요컨대 엘리엇은 시인, 비평가, 극자가 편집인, 그리고 학자로서 20세기에 가장 큰 영향력을 행사했으며, 풍부한 문학적, 신화적 인유와 새로운 문체, 새로운 운율을 실험함으로써 영시의 무한한 가능성을 보여준 지성파 작가이며 모더니즘의 선봉장이었다.

3. 20세기 전반의 미국소설

1) 1920년대와 소설의 양상

밖으로 보이는 쾌활함과 현대성, 전례 없는 물질적 번영 등에도 불구하고 1920년대 미국의 젊은이들은 거트루드 스타인이 명명했듯이 "잃어버린 세대"(lost generation)였다. 안정적이고 전통적인 가치 구조가 존재하지 않았기에 개인은 정체성을 상실한다. 안정적인 가족, 익숙하고 기틀 잡힌 사회, 농장에서 파종과 수확을 알려주는 자연의 영원한 리듬, 지속적인 애국주의, 종교적인 믿음과 사고에 의해 심어진 도덕적 가치들, 이 모든 것이 제1차 세계대전과 그 후유증으로 훼손된 것처럼 보였다. 특히 전쟁터에서 불구가 되어 돌아온 많은 상이용사들의 고통과 발탈감은 상대적으로 더 클 수밖에 없었다. 퇴역 군인들과 실업자, 그리고 흑인들은 담배 연기 자욱한 싸구려 술집에서 재즈 음악에 몸을 맡긴 채 신세를 한탄하며 배금풍조를 조소하고 한탄했다. 이 시대는 재즈시대요, 방황의 시대였다.

스콧 피츠제럴드(Francis Scott Fitzgerald, 1896-1940)의 『위대한 개츠비』(*The Great Gatsby*, 1925), 어니스트 헤밍웨이(Ernest Hemingway, 1899-1961)의 『누구를 위하여 종은 울리나』(*For Whom the Bell Tolls*, 1940), 존 더스 파소스(John Dos Passos, 1896-1970)의 『맨해튼 트랜스퍼』(*Manhattan Transfer*, 1925) 등의 소설들이 잃어버린 세대의 무절제와 환멸을 그렸다. 이들 잃어버린 세대 작가들의 작품 속에는 절망과 허무가 가득하지만, 헤밍웨이의 『태양은 다시 떠오른다』(*The Sun Also Rises*, 1926)라는 작품의 제목이 시사하듯 절망과 허무는 또 다른 새로운 삶에 대한 가느다란 희망의 빛을 잉태하고 있었다.

1920년대의 소설에는 종래의 단순한 사회비판소설 내지 문제소설은 거의 사라진다. 이 시대의 작가들이 응시한 것은 외면적인 삶과 사상이 아니라 구체적 현실과 자신들의 내면세계였다. 정치나 사회, 또는 경제적 측면이 아니라 더 본질적인 문화와 정신에 더 관심을 가지고 있었다. 이 시대의 리얼리즘은 더 리얼한 예술의 형태를 취하고, 작가들의 비판의 대상이 된 것은 왜곡된 청교도 사상, 변질된 프런티어 정신, 그리고 전후의 배금주의 사상으로 인한 죄악과 부패였다. 리얼리즘 작가들의 비판이 인간에 대한 분석과 이해의 토대 위에 이루어지고 있다는 점이 이 시대 소설의 특징이다.

2) 신사실주의(New Realism)

신사실주의는 사실주의, 자연주의, 폭로주의, 지방주의 등의 특징이 혼합된 문예사조이다. 사실주의 작가들이 외부 사물을 있는 그대로 묘사했던 반면에 신사실주의 작가들은 사회의 추한 부분까지 정확하게 그리려고 시도한다.

① 셔우드 앤더슨(Sherwood Anderson, 1876–1941)

앤더슨은 오하이오의 캠던(Camdon)에서 마구직공의 아들로 태어난다. 그는 학교 교육도 제대로 받지 못했고, 20세 때 시카고로 가서 노동자가 된다. 그는 시카고에서 카피라이터의 일을 하면서 문인으로서의 여정을 시작한다. 그는 시인이자 소설가인 칼 샌드버그(Carl Sandburg, 1878–1967), 저널리스트이자 비평가, 수필가로 이름 높던 헨리 루이스 멩켄(Henry Louis Mencken, 1880–1956), 자연주의 소설의 대가 시어도어 드라이저(Theodore Dreiser, 1871–1945) 등과 교류하면서 시카고 문예부흥(Chicago Literary Renaissance)[6] 그룹의 일원이 된다.

---

6) 1912-1925년 경 시카고에서 유행한 문예활동으로 대표적인 작가로는 시어도어 드라이저(Theodore Dreiser, 1871-1945), 셔우드 앤더슨(Sherwood Anderson, 1876-1941), 에드거 리 매스터스(Edgar Lee Masters, 1868-1950), 칼 샌드버그(Carl Sandburg, 1878-1967) 등이 있다. 이들은 대체로 중서부 소도시 출신이며, 20세기 사실주의 문학의 전조였던 지방주의 문학

앤더슨의 출세작이자 대표작인 『와인버그 오하이오』(*Winesburg Ohio: The Book of the Grotesque*, 1919)는 독립된 22편의 단편으로 구성된 삽화식 소설이다. 하지만 젊은 신문기자인 주인공을 등장시켜 소설 전체에 횡적인 통일감을 제공하는 '다중 시점의 소설'(multiple point of view)이다. 이 작품에서 앤더슨은 기계 문명이 초래한 인간의 욕구 불만과 소외, 그리고 고독을 묘사하면서 프로이트식 심리분석을 시도한다. 그는 『가난한 백인』(*Poor White*, 1920), 『여러 번의 결혼』(*Many Marriages*, 23) 등 다수의 장편을 내놓았으나, 그의 재능은 단편에서 더욱 빛난다. 『달걀의 승리』(*Triumph of the Egg*, 1921), 『숲에서의 죽음』(*Death in the Woods*, 1933) 등의 단편집에 실린 작품들은 기존 플롯 위주의 구성에서 벗어나 소외된 사람들의 내밀한 성애와 환상이 그로테스크하게 표출되는 순간을 포착하는 데 탁월한 능력을 보여준다.

앤더슨은 주제와 감수성에서 특출함을 보여주었고, 솔직하고 소박한 구어체적 문체를 사용했다. 그는 소설의 내용보다는 이야기의 형식을 강조했고, 꿈에서처럼 과거와 현재, 그리고 미래가 뒤섞이는 시간을 사용했다. 바로 이런 점들 때문에 앤더슨은 종종 미국 모더니즘의 선구자로 평가받는다.

② 싱클레어 루이스(Sinclair Lewis, 1885–1951)

미국의 소설가, 단편작가, 극작가였던 싱클레어 루이스는 1920년대 거의 10년간 미국 최고의 풍자작가로 인정받는다. 1920년대 미국 중류층의 정신적 황폐 상을 고발한 그의 소설은 인간성을 훼손시킨 자본주의와 물질주의에 대한 날카롭고 통찰력 있는 비판이라 인정받는다.

싱클레어 루이스는 미네소타주의 소크 센터(Sauk Centre)에서 태어나 예일

으로부터 깊은 영향을 받았다. 이들은 그 당시 시카고를 위시한 도시환경을 현실적으로 묘사하면서 물질적으로 점점 각박해져가는 미국사회에서 전통적인 시골의 고유의 가치관이 붕괴됨을 아쉬워하면서 '미국인의 꿈'이 사라져가는 것을 안타까워한다.

대학을 졸업한다. 그는 『메인 스트리트: 캐럴 케니코트의 이야기』(*Main Street: The Story of Carol Kennicott*, 1920)에서 미네소타(Minnesota)주 고퍼 평원(Gopher Prairie)을 배경으로 단조롭고 위선적인 소도시 생활을 풍자한다. 대도시에서 고등교육을 받고 자란 신여성 캐럴 케니코트(Carol Kennicott)는 대초원에 이상향을 건설해 보겠다는 꿈을 안고 시골의사 윌 케니코트(Will Kennicott)와 결혼하여 고퍼 읍내로 온다. 개혁적이고 자유분방한 그녀로서는 이 고장의 낙후성과 고리타분한 보수성을 참을 수 없었다. 그녀는 선진 문화를 이식하여 이 지역을 개혁시키고자 노력하지만 사람들의 무시와 질시, 그리고 남편의 몰이해로 좌절한다. 개혁에 대한 그녀의 꿈은 깨지고, 그녀는 홀로 워싱턴으로 탈출한다. 하지만 워싱턴도 시골 읍 고파와 별 다름이 없고, 남편의 설득도 있고 해서 다시 시골로 되돌아온다. 이제 그녀는 그 고장을 인위적으로 개혁하기보다는 있는 그대로를 수용하고 정신적으로 개혁할 꿈을 심어주는 것이 자신의 사명임을 깨닫는다. 자신 역시 인습에 젖어들고, 현실과 타협할 수밖에 없다는 사실을 인지하면서도 자식의 세대에는 달라질 것이라는 희망을 가져본다.

미국생활에 대한 날카로운 재현과 미국적 물질주의, 편협성, 위선 등에 대해 비판한 작가라는 오늘날 루이스에 대한 평가는 전적으로 『메인 스트리트: 캐럴 케니코트의 이야기』 외에, 『배빗』(*Babbit*, 1922), 『애로우스미스』(*Arrowsmith*, 1925), 『엘머 갠트리』(*Elmer Gantry*, 1927), 『공작부인』(*Dodsworth*, 1929) 등에 의거한다. 『배빗』은 미국 상업주의와 관광지의 선전성을 비판하는 풍자소설로 노벨상 수상작품이고, 『애로우스미스』는 헛된 속물근성(snobbism)이 충만한 의사와 그 직업군에 대한 풍자로 퓰리처 수상작으로 선정되었으나 거부한 작품이며, 『엘머 갠트리』는 목사와 속물적인 복음주의를 풍자한 소설로 성직자들의 위선을 공격한 작품이다. 『공작부인』은 자동차 제조업자이자 백만장자인 샘 도즈워스(Sam Dodsworth) 부부 사이의 라이프 스타일의 차이에서 오는 갈등을 그리면서 산업 자본주의의 허구성을 강하게 풍자한 작품이다.

루이스 작품의 기본적인 패턴은 가공적인 중소도시에서 주요 인물을 배치하고 이 고장에 거주하는 사람들의 문화적, 도덕적 천박함을 날카롭게 풍자하는 것이다. 그의 주인공들은 중산계층의 가치관을 다방면으로 통찰할 수 있는 능력을 부여받는다. 또한 『메인 스트리트: 캐럴 케니코트의 이야기』와 『공작부인』에서처럼 루이스가 개혁적이고 자유분방하며 의지력을 갖춘 여주인공을 내세운 점은 이채롭다.

③ 오 헨리(O. Henry, 1862–1910)

본명이 윌리엄 시드니 포터(William Sydney Porter, 1862-1910)인 오 헨리는 극반전이 있는 단편소설로 이름을 날렸다. 그는 기 드 모파상(Guy de Maupassant, 1850-1893)의 영향을 받아 풍자가 두드러지고 동정에 찬 화술로 도시에 사는 평범한 미국인의 삶을 그렸다.

그는 이해하기 쉬운 저널리스틱 스타일(journalistic style)로 글을 썼고, 부와 권력을 가진 사람들보다는 생존경쟁의 패배자들과 소시민들의 삶을 묘사했다. 그의 소설 플롯은 대부분 등장인물의 행동이 그가 바라던 것과는 정반대되는 결과를 만들어 내는 상황으로 전개되고, 중요한 정보는 이야기가 끝날 때가지 독자들로부터 감춤으로써 긴장감과 극전 반전의 효과를 극대화시킨다.

「매기의 선물」("The Gift of the Magi," 1906)은 일반 독자들에게 너무나 알려진 작품이다. 델라(Della)와 짐(Jim), 두 사람은 1주에 8달러를 내고 셋방에서 살고 있는 젊은 부부이다. 델라는 크리스마스를 맞아 남편에게 선물해주기를 원했다. 그러나 그녀가 가진 돈은 너무 적은 양이었다. 그래서 그녀는 그녀의 길고 아름다운 머리카락을 잘라 미장원에 팔고 20달러를 받아 남편에게 줄 시곗줄을 산다. 하지만 집으로 돌아온 짐은 그녀를 위해 그녀가 갖기를 원하던 빗을 사온 것이다. 그리고 그녀의 머리와 선물을 보고는 자신은 그녀의 빗을 사기 위해 자신의 시계를 팔았다고 말한다.

「20년 후」("After Twenty Years")에서는 20년이 지나 세상이 변하고 상황도 변했으나 변색되지 않는 진정한 우정을 그린다. 「마지막 잎새」("The Last Leaves")는 이웃사람을 위하여 목숨도 아끼지 않는 한 예술가의 고귀한 희생과 박애정신을 극적으로 그려낸다. 늙은 화가 베어만(Berman)은 걸작을 그리겠다는 꿈을 40년 동안 품고 살면서 실현하지 못하고 패배자로 삶을 영위한다. 그가 죽어가는 처녀 존시(Johnsy)에게 희망의 불빛을 전하기 위해 악천후에 필사적으로 절필을 휘두른 것은 꺼져가는 예술혼의 마지막 표현이었다.

헨리의 단편소설의 특색은 따뜻한 유머와 짜릿한 페이소스(pathos)가 얽혀 독특한 정조를 나타내는 데에 있다. 이 정조는 천성적인 것이라기보다 그의 쓰디쓴 인생체험에서 저절로 베어 나온 것이다. 그가 소설을 쓴 직접적 동기는 옥중에서 외동딸 마거릿(Margaret)에게 선물을 주고 싶어서였다고 하며, 오 헨리(O. Henry)라는 펜네임을 쓴 것은 딸에게 자기가 옥살이를 한다는 것을 알리지 않기 위해서였다고 한다.

④ 헨리 루이스 멩켄(Henry Louis Mencken, 1889–1956)

멩켄은 미국의 저널리스트, 에세이이스트, 잡지편집인, 미국문학과 문화에 대한 비평가, 미국영어 학자 등 다방면에서 두각을 나타낸다. 그는 독일계 연초공장 소유주의 아들로 태어나 볼티모어(Baltimore)에서 어린 시절을 보낸다. 16세 때 멩켄은 볼티모어 공예학교를 졸업하고 3년간 부친이 경영하는 시가(cigar) 회사에서 근무하나 회사일이 적성이 맞지 않아 그만둔다. 그는 1898년 코스모폴리탄 대학(the Cosmopolitan University)에서 창작과 저널리즘을 공부한다. 부친이 죽자 그는 본격적으로 저널리즘 세계로 뛰어들어 『모닝 헤럴드』(*Morning Herald*), 『볼티모어 선』(*The Baltimore Sun*), 『이브닝 선』(*The Evening Sun*), 『선데이 선』(*The Sunday Sun*) 지 등에서 활약했고, 1924년에는 『아메리카 머큐리』(*The American Mercury*) 지 창간에 동업자로 참여한다.

멩켄은 미국문화 전반을 준엄하게 비판하고, 미국문학의 독립을 주장함으로써 현대 미국문학 발전에 큰 공헌을 한다. 그는 뉴딜정책을 지지하지 않는 등 정부가 취하는 조치에 비평적인 태도를 보였고, 미국의 좌익과 자유주의 운동에 우호적이었다. 그의 대표적인 작품으로는 『조지 버나드 쇼의 극』(*George Bernard Shaw: His Plays*, 1905), 『니체의 철학』(*The Philosophy of Friedrich Nietzsche*, 1907), 『여성의 옹호』(*In Defense of Women*, 1918), 『미국 영어』(*The American Language*, 1919), 『시온의 언덕』(*The Hills of Zion*, 1925), 『대통령 만들기』(*Making a President*, 1932), 『행복한 나날』(*Happy Days*, 1940) 등이 있다.

3) 잃어버린 세대(Lost Generation) 작가

① 거트루드 스타인(Gertrude Stein, 1874-1946)

잃어버린 세대의 대모라 할 수 있는 스타인은 파운드와 함께 모더니스트로 활약한 시인이고, 소설 부문에서는 헨리 제임스(Henry James, 1843-1916)와 어니스트 헤밍웨이(Ernest Hemingway, 1899-1961) 중간쯤에 위치하는 작가이다.

스타인은 부유한 독일계 유대인의 막내딸로 펜실베이니아주에서 태어나 소녀 시절을 캘리포니아에서 보낸다. 대학에서는 헨리 제임스의 형 윌리엄 제임스(William James, 1842-1910)로부터 심리학을 배웠고, 그의 권고로 의학을 공부했다. 하지만 그녀는 문학과 미술로 바뀌어 1902년 유럽으로 건너가 파리에 정착한다. 그녀는 특히 언어의 사용에 관심이 많았는데, 의미가 존재하는 것을 부정하는 것이 아니라 일반적인 문맥에서 단어를 발췌하여 문맥 사이에서 새로운 의미를 창조하는 소위 '새롭게 만드는 방법'(make it new)을 제시한다. 그녀 시에서 자주 등장하는 어휘의 반복적 사용은 경쾌함과 활력을 제공하면서 현재의 순간을 포착하는 데 효과를 발휘한다. 「성스러운 에밀리」("Sacred Emily," 1913)는 『지리와 극』(*Geography and Plays*, 1922)에 수록된 시인데, 여기에 나오는 "Rose is a rose is a rose is a rose"라는 유명한 구절은 선반 위에 진열된 장미를 시각적으로 묘사하기 위하여 단어를 반복적으로 사용한 대표적 예이다.

현재의 사상을 언어를 통해 접근하고자 하는 스타인의 시는 일견 언어의 직접적인 의미보다는 음과 리듬, 그리고 연상에 중점을 둔다. 눈앞의 사상을 언어로 붙들어 매는 데 만족하지 않고, 언어를 다른 존재물과 동일하게 취급하여 흘러가는 시간을 현재의 순간에 담고자 한다. 따라서 그녀는 문체 면에서 획기적인 실험을 한 모더니스트라 볼 수 있을 것이다.

② 프랜시스 스콧 피츠제럴드(Francis Scott Fitzgerald, 1896-1940)

피츠제럴드는 제1차 세계대전 당시 미군에 입대했고, 자신의 근무지인 앨라배마(Alabama)주 몽고메리(Montgomery), 근처에 사는 부유한 미모의 여인 젤다 세이어(Zelda Sayre)와 사랑에 빠진다. 하지만 부와 환락, 여유와 여가를 갈망하던 상류층 젤다에게 평범한 피츠제럴드는 결혼의 적격자가 아니었다. 따라서 그가 출세를 해서 부자가 될 수 있다는 사실이 입증될 때까지 결혼은 미루어질 수밖에 없었다.

피츠제럴드의 꿈은 그의 첫 번째 소설, 『낙원의 이편』(*This Side of Paradise*, 1920)이 출판되면서 이루어진다. 젤다와 사랑이야기를 연상시키는 이 작품은 피츠제럴드 자신의 인생 체험을 토대로 쓴 반 자서전적인 소설이다. 이 소설이 나오자마자 그는 새로운 도덕관을 소유한 신세대 작가로 인정받아 단번에 베스트셀러 작가가 되고, 젤다와 결혼한다. 하지만 젤다와 피츠제럴드의 결혼생활은 마치 소설 속 주인공처럼 파티와 술, 사치와 방종으로 점철된다. 그는 젤다의 사치와 낭비벽을 충족시키기 위해 마구잡이로 글을 써서 잡지에 투고했고, 점차 자신의 재능을 소진시킨다. 이때 발표된 작품은 『플레퍼과 철학자들』(*Flappers and Philosophers*, 1920)과 『재즈시대 이야기』(*Tales of the Jazz Age*, 1922)라는 단편소설집이다.

1924년 프랑스로 건너간 피츠제럴드는 1년간의 노력 끝에 대표작 『위대한 개츠비』(*The Great Gatsby*, 1925)를 출판한다. 밀주를 통해 갑부가 된 개츠비와 그의 옛 애인 데이지(Daisy)의 이루지 못한 사랑을 담은 이 소설에서 피츠제럴드는 희망과 도전, 강인하고 윤리적으로 무장된 개인주의, 진정한 행복의 추구와 같은 미국의 이상주의가 물질주의와 향락, 부정과 위선 때문에 무너져 내리는 상황을 풍자한다.

『위대한 개츠비』의 화자는 중서부 출신의 닉(Nick)으로, 그는 뉴욕에서 자신의 살아온 경험을 회상기법(flashback)을 통해 개츠비와 데이지, 그리고 그들 주변 인물들의 삶을 서술한다. 이 작품에는 등장인물 겸 서술자로서의 닉의 현실적인 시각과 도덕적 판단의 관점이 두드러진다.

1926년에는 단편소설집 『모든 슬픈 젊은이들』(*All the Sad Young Men*)을 내놓는데, 이 속에는 『위대한 개츠비』의 축소판이라 할 수 있는 「겨울의 꿈」("Winter Dreams"), 「부자 소년」("The Rich Boy"), 「사면」("Absolution") 등과 같은 보배 같은 단편들이 들어 있다.

30년대 파리와 리비에라에 거주하던 피츠제럴드는 이미 시대에 뒤떨어진 작가로 치부되어 더 이상 빛을 보지 못했고, 설상가상으로 우울증을 앓던 젤다의 병이 악화되어 평생 입원해야 할 지경에 이른다. 이 시기에 그는 『밤은 부드러워』(*Tender Is the Night*, 1934)를 출판한다. 이 작품은 심리가 불안한 여성과 결혼하는 바람에 삶에 어둠이 드리워지게 되는 젊은 정신과 의사의 이야기이다. 이 작품은 피츠제럴드 자신과 젤라의 삶을 연상시키고, 비평가들로부터 수작으로 평가받는다.

1937년 피츠제럴드는 아내의 질병, 그리고 방탕한 생활로 인한 가난과 빚에 쪼들리며, MGM 영화사의 요청에 따라 할리우드에 머물면서 시나리오 작가로 활동한다. 그는 할리우드를 무대로 한 『마지막 대군』(*The Last Tycoon*)을 집필하던 중 심장발작으로 사망한다.

재즈시대의 대표적인 작가 피츠제럴드는 자신의 작품을 통해 미국의 꿈이 구체적으로 인간의 삶의 모습을 어떻게 변화시키는가를 예술적으로 형상화 시켜보고자 했던 작가이다. 문체상으로는 특별히 전위적 실험을 시도하지 않았으며, 오히려 고풍스러운 취향을 보인다. 내용적으로는 어딘가 향수가 배어있는 로맨티시즘을 나타내고 있는 것이 피츠제럴드의 특색이다.

③ 어니스트 헤밍웨이(Ernest Hemingway, 1899–1961)

어니스트 헤밍웨이처럼 다채로운 삶을 산 작가도 드물다. 헤밍웨이의 삶은 그의 모험소설 중 어딘가에서 튀어나온 듯하다. 피츠제럴드, 드라이저, 그리고 다른 많은 20세기의 우수한 소설가들처럼 헤밍웨이는 미국 중서부 출신이다. 일리노이주에서 태어난 그는 어린 시절에는 미시간주에서 사냥과 낚시 여행을 하면서 방학을 보냈다. 제1차 세계대전 당시에는 의용병으로 자원해 프랑스에 갔으며 부상을 당해 6개월 동안 병원에 입원해 있어야 했다. 헤밍웨이는 전쟁이 끝난 뒤 파리에서 특파원으로 일하며 고국을 떠나 생활하고 있는 셔우드 앤더슨, 에즈라 파운드, F. 스콧 피츠제럴드, 거트루드 스타인 등을 만난다.

특히 스타인은 그의 경제적인 글쓰기 스타일에 영향을 주었다. 그는 감상적 요소나 화려한 수식어와 같은 군더더기를 배제하고 간결하고 정확한 글을 쓰고자 노력했다. 이러한 하드보일드(hard-boiled) 문체는 냉랭하고 강렬한 인상과 극적효과를 나타내는 데 유용하다.

1920년대 헤밍웨이는 수많은 작품을 발표한다. 그는 『3단편과 10편의 시』(*Three Stories and Ten Poems*, 1923)에 이어, 정신적으로 육체적으로 녹초가 되어 전쟁터에서 돌아온 닉 아담스(Nick Adams)를 그린 「두 마음을 가진 큰 강」("Big Two-Hearted River," 1925)을 내놓고 작가로서 위치를 확고히 한다. 곧이어 그는 『태양은 또다시 떠오른다』(*The Sun Also Rises*, 1926)와 『무기여 잘 있거라』(*A Farewell to Arms*, 1929)를 발표한다. 『태양은 또다시 떠오른다』는 프랑스에 체류하면서 환락에 빠진 채, 하릴없이 시간을 보내는 인텔리 보헤미안들의 삶을 다룬다. 주인공 제이크 바니스(Jake Barnes)는 전쟁터에서 부상으로 성불구가 된 미국인 특파원이다. 그는 자신이 사랑하는 영국의 전 남작부인과 함께 파리의 술집과 스페인의 낚시터, 그리고 투우장 등을 전진하면서 찰나적으로 살아간다. 그는 엘리엇의 「황무지」에 이어 또 하나의 정신적 불모성을 상징하는 인물이다.

『무기여 잘 있거라』에서는 전선에서 무단이탈한 헨리(Henry) 중위와 간호사 캐서린(Catherine)의 애련한 사랑을 통해, 죽음이라는 또 다른 폭력, 즉 영원히 빠져나올 수 없는 덫에 걸린 인간의 운명을 담담하게 그린다. 제1차 세계대전 중 이탈리아 전선에서 앰뷸런스 부대에 배속된 헨리 중위는 휴가를 마치고 귀대한다. 그는 친구인 이탈리아인 중위로부터 영국의 종군 간호사 캐서린을 소개받는다. 두 사람은 한때 티격태격하지만 곧 서로 사랑하는 사이로 발전한다. 헨리가 적군의 포탄에 맞아 밀라노 병원으로 후송되자 캐서린도 그곳으로 전임된다. 두 사람의 사랑은 불타오르고 임신한 그녀를 두고 헨리는 일선으로 복귀한다. 이탈리아군의 참패로 철수하는 헨리 부대는 괴멸 직전까지 간다. 필사적으로 도주한 헨리는 천신만고 끝에 캐서린을 다시 만나 레만호(Leman Lake)를 건너 스위스를 탈출한다. 하지만 캐서린은 난산 끝에 죽고, 혼자가 된 헨리는 빗속을 하염없이 슬픔에 젖어 걷는다. 이 작품에서 헤밍웨이는 전쟁이라는 극한상황에 처한 인간이 사랑이라는 꿈을 이루기 위해 혼신의 노력을 하지만 결국 한계를 넘지 못하고 굴복하는 상황을 그렸다. 이것은 전쟁의 포악을 고발하는 동시에 인간이 전쟁터에서 얼마나 무력한 존재인가를 사랑과 죽음의 주제를 통해 극적으로 그린다.

1933년 헤밍웨이는 아프리카를 여행하며 사냥을 즐겼고, 1936년부터 2년간 종군기자로 스페인 내전에 참가한다. 「아프리카의 푸른 구릉」("Green Hills of Africa," 1935)과 「킬리만자로의 눈」("The Snow of Kilimanjaro," 1936)은 그의 아프리카 여행을 토대로 쓴 단편이다. 1940년에 출판된 『누구를 위하여 종은 울리나』(*For Whom the Bell Tolls*)는 스페인 내전을 무대로 전쟁이라는 극한상황에서 죽음의 문제와 사랑의 힘, 그리고 동지애 등을 그려낸 전쟁문학의 걸작이다.

헤밍웨이는 1952년 『노인과 바다』(*The Old Man and the Sea*)를 『라이프』(*Life*)지에 발표한다. 쿠바의 늙은 어부 산티아노(Santiago)는 영웅적으로 거대한 물고기를 잡지만, 상어 떼에게 고스란히 빼앗겨버린다. 내용상 허무주의로 읽을 수 있지만 대어를 잃고서도 오히려 평온을 찾는 늙은 어부의 의연함은 결코 패배자의 모습이 아니다. 그는 파괴될지언정 인생의 패배자는 될 수 없다는 불굴의 정신을 상징한다. 헤밍웨이는 오랫동안 고기를 잡지 못하다가 사흘에 걸쳐 상어와 격투하는 늙은 어부의 고독한 극기적 인내를 대자연을 배경으로 극적으로 묘사함으로써 인간의 존엄성을 재확인시켜준다. 헤밍웨이는 이 작품으로 1953년 퓰리처상을 수상했고, 그 이듬해에는 노벨문학상을 수상한다. 가정문제와 지병, 문학적 재능을 상실했다는 생각에 낙심한 그는 1961년에 총기로 자살을 택한다.

④ 존 더스 패서스(John Dos Passos, 1896–1970)

현대 미국소설에서 매우 개성 있는 실험소설가 중의 한 사람인 더스 패서스는 '잃어버린 세대'에 속하지만 다른 작가들과는 다르게 반전주의와 혁신주의 작가이다. 그는 사회주의적 리얼리즘의 원칙에 따라 작품을 창작했고, 과학적 객관주의를 추구하고, 다큐멘터리적인 요소를 소설에 첨가한다.

패서스의 『3인의 병사』(*Three Soldiers*, 1921)에는 미국 전체 사회를 포옹하는 것처럼 3명의 매우 다른 사람이 등장한다. 주인공인 존 앤드루스(John Andrews)는 입대한 작곡가였는데, 그는 자신의 삶의 구조를 바꾸길 희망한다. 하지만 군대생활이 그에게 가져다준 것은 거친 적대감뿐이었다. 결국 탈영한 그는 마지막에 미처 끝내지 못한 악보가 바람에 날리는 바람에 군병에게 체포된다. 이 작품에서 패서스는 모든 민감하고 감수성이 있는 사람들은 조직과 기계의 힘에 의해 고통당할 수도 있음을 암시한다.

1925년에 나온 또 다른 작품, 『맨해튼 트랜스퍼』(*Manhattan Transfer*)는 독특한 실험소설이다. 이 작품은 20세기 초부터 제1차 세계대전까지 뉴욕 시민들의 삶과 생활환경을 스케치한 소설이다. 그는 미국문명과 문화의 허브, 뉴욕에 사는 여러 부류 사람들의 삶을 영화기법처럼 각 장면을 단편적으로 연결하여 현대를 살아가는 사람들의 사랑, 탄생, 죽음, 욕망과 실의, 미와 추억 등의 감정과 정서를 대비시킨다. 여러 인물들의 이야기가 서로 오버랩 되면서 몇몇은 뒤엉키고 몇몇은 독립적으로 묘사된다. 당시의 신문기사와 유행가 가사도 삽입되기도 한다. 장면묘사에는 시정이 넘치는 산문이 삽화처럼 들어있다. 『맨해튼 트랜스퍼』은 패서스의 폭넓은 사회적 안목과 심미적 안목이 동시에 돋보이는 작품이다.

『미합중국』(*U. S. A.*, 1938)은 그의 가장 야심적인 파노라마식 소설이다. 이 작품은 『북위 42도선』(*The 42nd Parallel*, 1930), 『1919』(1932), 『거금』(*The Big Money*, 1936)으로 구성된 3부작이다. 이 작품은 약 1900년부터 증권시장의 시세 폭락이 일어난 1926년까지의 미국을 기록하고 있다. "카메라의 눈"(The Camera Eye) 부분에서 화자는 시대와 장소의 분위기를 인상주의적으로 묘사한다.

"뉴스영화"(Newsreel) 부분에서는 한 시대의 특징을 규정하는 뉴스단편, 유행가사, 신문표제, 그리고 기타 잡동사니 등을 의도적으로 몽타주(montage)로 처리한다. 제1차 세계대전을 전후하여 미국식 자본주의의 번영 속에 부유하는 12명의 남녀를 통해 전쟁의 참전, 종전, 경제적 호황을 경험하는 미합중국의 명암과 한계를 예리하게 분석한다.

『미합중국』 3부작에서는 새로운 소설 서술기법들이 사용된다. 첫 번째는 당시의 신문 머리기사, 유행가, 광고에서 따온 "뉴스영화" 기법이고, 두 번째는 발명가 토마스 에디슨(Thomas Alva Edison, 1847-1931), 노동운동 지도자 유진 데브스(Eugene Victor Debs, 1855-1926), 영화배우 루돌프 발렌티노(Rudolph Valentino, 1895-1926), 금융업자 존 모건(John Pierpont Morgan, 1837-1913), 사회학자 톨스타인 베블런(Thorstein Veblen, 1857-1929) 등 당시 중요한 미국인들의 삶을 간단히 보여주는 "전기"(biography)식 기법이다. 이런 기법들은 패서스의 소설에 다큐멘터리적인 가치를 부여한다. 세 번째 기법인 "카메라의 눈"은 책에 묘사된 사건에 대한 주관적인 반응을 제공해주며, '의식의 흐름'(stream of consciousness) 기법을 사용한 산문체 시들로 서술하는 것이다.

『미합중국』 3부작에는 삽화 처리된 인물들이 등장할 뿐 특별히 초점이 맞춰진 인물은 존재하지 않는다. 무어하우스(Moorehouse)가 성공한 사람으로 소설의 중심인물에 가까이 가지만, 2부에서는 쇠퇴해버리기 때문에 작품 전체를 아우르는 주인공이 되기에는 부족함이 많다. 오히려 산업자본주의라는 거대한 체제에서 소외되어 방랑하는 고독한 민중에 초점이 맞춰졌다 할 수 있다.

패서스의 작품들은 대체로 주인공의 역할이 분명치 않고 성격묘사가 극히 미진하다. 그럼에도 불구하고 그가 창조한 주인공들은 흥미롭다. 그는 열성적으로 작품을 썼고, 가난하고 불행한 사람들에 대한 동정심을 표현하면서도 그들을 파멸시킨 사회제도나 운명에 대해서는 분노를 표출한다.

⑤ 윌리엄 포크너(William Faulkner, 1897-1962)

헤밍웨이와 함께 20세기 미국소설의 양대산맥으로 평가되는 포크너는 "잃어버린 세대"처럼 전후세계에 대한 환멸과 혐오를 표현한다. 하지만 그는 예술의 가치에 대해서는 신뢰를 표시한다. 그는 긴 문장, 복잡한 문장 구조, 모호한 지시대명사뿐만 아니라, 존 밀턴(John Milton, 1608-1674)과 같은 장엄한 수식어를 구사함으로써 딱딱하고 간단명료한 헤밍웨이의 문체와 대조를 보인다. 그는 비교적 적은 수의 인물을 등장시키는데, 이들은 각각 남부지역의 여러 계층을 대표하는 사람들이다. 그는 '요크나파토아 카운티'(Yoknapatawpha County)[7]라는 가공적인 지방을 무대로 남부의 대표적인 인물들을 등장시켜 비윤리적이고 시대에 뒤떨어진 남부 상류층의 몰락과 전후세계의 소외와 불안을 그려낸다.

포크너의 첫 번째 소설, 『병사의 보상』(*Soldier's Pay*, 1926)은 전쟁으로 인해 붕괴된 삶과 부상당한 한 군인의 고통과 죽음을 소재로 한다. 두 번째 소설 『모기 떼』(*Mosquitoes*, 1927)는 20년대 뉴올리언스의 예술계에 대한 이야기이다. 포크너는 이 작품에서 예술가를 억압하는 조직화된 기성 종교, 시민단체, 예술단체, 교육단체 등의 횡포를 고발하고 지적인 유희와 관념에 사로잡힌 인간의 우행을 예리하게 풍자한다.

포크너는 세 번째 소설 『사토리스』(*Sartoris*, 1929)를 내놓으면서 자신의 고향 옥스퍼드를 배경으로 한 자신만의 우주를 창조한다. 이 소설은 포크너 자신이 '작은 우표 크기 정도의 고향 땅'이라 부른 '요크나파토아 카운티'라

---

7) 포크너의 작품 배경인 '요크나파토아 카운티'는 남부의 가공적 소우주로 인종적 편견과 종교적 불화, 폭력, 악이 판치고 분노와 죄의식으로 가득 차 있는 황폐의 땅이요, 혼돈의 세계이다. 이곳의 주민은 남북전쟁의 후유증으로 말미암아 정신적 패배의식을 극복하지 못하고, 전통적 농업 사회의 특유의 폐쇄된 사회에서 새로운 삶에 대한 꿈을 펼치지 못한다. 이곳에 정착하고 있는 사람들이나 이곳으로 흘러들어온 사람들은 보이지 않는 힘에 의해 이 가상의 공간에서 벗어날 수 없고 벗어나고자 하는 의식도 희박하다.

는 가상적 세계를 그려낸 『요크나파토파 이야기』(*Yoknapatawpha Saga*)의 첫 번째 작품이 된다.

같은 해에 나온 『소리와 분노』(*The Sound and the Fury*, 1929)는 전통적 남부 유서 깊은 가문의 정신적, 물질적 몰락을 다룬 작품이다. 포크너가 『소리와 분노』에서 꾸준히 묻고 있는 것은 시간과 존재의 의미이다. 이 작품의 주요 등장인물들은 모두 의미를 상실한 세계에 살고 있다. 포크너가 이 작품의 제목을 차용한 셰익스피어의 『맥베스』의 한 구절은 이 작품의 분위기와 의미를 충분히 시사한다.

> Out, out, brief candle!
> Life's but a walking shadow, a poor player
> That struts and frets his hour upon the stage
> And then is heard no more: it is a tale
> Told by an idiot, full of sound and fury,
> Signifying nothing, (V-5)
>
> 꺼져라, 꺼져라, 덧없는 촛불이여!
> 인생은 한낱 걸어 다니는 그림자
> 초라한 광대처럼 무대에서 평생을
> 까불고 떠들다가 어느덧
> 그 소리도 사라지고 만다.
> 그것은 백치의 넋두리요
> 소리와 분노뿐
> 아무런 의미도 없다.

『소리와 분노』는 내개의 서로 다른 시점에서 서술된다. 제1부는 33세의 벤지(Benjy: Maurice)가, 제2부는 벤지의 이상적인 형이자 하버드 대학생인 장남

퀜틴(Quentin)이, 제3부는 모친의 편애로 이기적 현실주의자인 차남 제이슨(Jason)이, 제4부는 이 가문의 늙은 하녀 딜지(Dilsey)의 관점에서 서술된다. 포크너는 이들의 생각과 행동에 초점을 두고, '의식의 흐름' 수법으로 소설을 전개한다. 또한 포크너는 제4부 딜지 장은 딜지를 통한 3인칭 묘사를 함으로써 콤슨(Compson) 가문 형제들을 객관적 입장에서 바라볼 수 있도록 허용한다. 이런 기발한 서술전략을 통해 포크너는 사랑, 시간과 실존, 죄의식, 자아와 물욕 등과 같은 삶에 대한 근원적인 문제를 탐구한다. 벤지의 거세 공포, 퀜틴의 근친상간 욕구와 자살, 살아남기 위하여 북부로 탈출하는 제이슨의 이탈 등은 콤슨 가문을 위시한 남부 귀족의 공통적인 타락을 상징한다. 단지 딜지와 몇몇 흑인들만이 정신적 건강과 활력을 보여준다.

포크너는 『내가 누워 죽어갈 때』(*As I Lay Dying*, 1930)에서 15명의 등장인물들의 약 60개의 독백을 모아, 가난한 백인가족의 장례식에 도달하는 과정을 그린다. 또한 『8월의 빛』(*Light in August*, 1932)에서는 백인 여성과 흑인 남성 간의 폭력적인 관계를 그린다. 이 작품은 인종차별주의가 남부 백인 사회를 얼마나 광적인 상황으로 몰아가고 있는가를 보여준다. 『압살롬, 압살롬!』(*Absalom, Absalom!*, 1936)에서는 자수성가한 대농장주가 인종 편견 및 사랑의 실패로 패배자가 된다는 내용을 담는다. 남부의 숙명적인 역사 속에서 오늘날의 인간의 고뇌와 희망, 그리고 불안을 읽고자 하는 포크너의 의도가 이 작품의 복잡한 서술기법을 통해 드러난다. 『촌락』(*The Hamlet*, 1940)에서는 요크나파토파 카운티에 있는 제퍼슨에서 20리 떨어진 한 촌락에 사는 가난한 백인들의 생태를 풍자한다. 이 작품은 초기 단편들을 결합하여 만든 4편의 삽화적 이야기로 구성되어 있다.

포크너는 현실을 세밀하고 정교하게 그리려는 리얼리스트와는 거리가 멀다. 그는 고도로 상징화된 사건을 구상하여 시적인 이미지가 풍부한 수사로 병든 영혼의 세계를 극적으로 그려낸다. 이런 점에서 미국을 대표하는 에드거 앨런 포, 나다니엘 호손, 허먼 멜빌의 전통을 계승하고 있다 하겠다.

4. 위기의 1930년대

1) 1930년대 미국문학의 배경

1929년 10월 24일 뉴욕 주식거래소의 주식 폭락에서 발단된 대공황(The Great Depression)으로 미국경제는 하루아침에 전대미문의 충격에 빠진다. 수많은 기업체가 부도를 내자 엄청난 실업자가 양산된다. 은행의 도산과 폐쇄, 무료급식소 앞에서 기다리는 긴 행렬, 지주들에게 내몰려서 길거리로 나온 소작인들, 실업과 노동쟁의 등으로 미국경제는 된서리를 맞고 어둡고 긴 불황의 터널로 접어든다. 프랭클린 루스벨트(Franklin Delano Roosevelt, 1882-1945)가 행한 정책의 혁신은 연방정부가 나서서 미국의 경제를 근본적으로 개혁하고 규제하는 것이었다. 루스벨트의 프로그램은 구제(relief), 부흥(recovery), 개혁(reform), 이 세 가지 조치를 골자로 하는 것이었다.

대공황은 경제 붕괴에 그치는 것이 아니라 미국인의 정신과 의식에 본질적인 변화를 초래했다. "미국인의 꿈"은 환멸의 악몽으로 변해버린다. 이 시기의 미국문학은 '프롤레타리아 작가동맹'을 중심으로 이데올로기 문제를 강하게 제기함으로써 좌파 성향을 띄게 된다. 사회평등문제에 관심을 두는 사회적 사실주의(Social Realism)나 자연주의 경향이 짙은 문학이 득세를 했고, 그 중심에는 공산계열 잡지 『뉴 매시즈』(*The New Masses*)가 있었다. 드라이저와 더스 패서스는 탄광노동자의 근로환경을 조사하기 위해 현장을 직접 방문하기도 했고, 맬컴 카울리(Malcolm Cowley, 1898-1989)와 에드먼드 윌슨(Edmund Wilson, 1895-1972)과 같은 비평가는 새로운 시대의 도래를 선언하는 경종을 울렸다.

헤밍웨이까지도 제2회 전미작가회의석상에서 노동자를 탄압하는 파시즘을 공격하는 연설을 했고, 프롤레타리아 소설 『가진 것과 갖지 않는 것』(*To Have and Not to Have*, 1937)을 출판하기도 했다. 신진작가 제임스 토마스 패럴(James Thomas Farrell, 1904-1979)이 일찍부터 공산당에 접근해서 주목을 받았고, 흑인 작가 리처드 라이트(Richard Wright, 1908-1960)가 공산당에 입당하고, 존 스타인벡(John Steinbeck, 1902-1968)과 어스킨 콜드웰(Erskine Caldwell, 1903-1987) 등은 공산당과는 거리를 두면서도 사회주의 성향이 강한 소설을 썼다.

2) 사회주의 리얼리즘(Social Realism) 작가

① 토마스 울프(Thomas Wolfe, 1900-1938)

울프는 노스캐롤라이나주의 시골에서 태어나 노스캐롤라이나 대학에서 독서, 시작, 극작 등에 열중했고, 하버드 대학원에서 베이커 교수의 연극학 교실에서 극작법을 공부했다. 졸업 후 뉴욕 대학에서 가르치기도 하고 유럽을 여행하기도 했지만, 당시 유명했던 편집자 맥스웰 퍼킨스(Maxwell Perkins, 1884-1947)의 인정을 받아 1929년에 첫 작품 『천사여, 고향을 바라보라』(*Look Homeward, Angel*)를 발표한다.

『천사여, 고향을 바라보라』에는 작가의 분신인 주인공, 유진 간트(Eugene Gant)의 탄생에서 시작하여 청년기의 가족생활이 서정적으로 그려진다. 유진 간트의 부친은 주정뱅이 석공이고, 모친은 냉혹한 수전노이다. 따듯한 가족애가 없는 집안은 그의 영혼의 안식처가 아니라 앞날을 가로막는 장애물이다. 전후의 암울한 시대를 살아가는 주인공은 주어진 환경에 굴하지 않고 자신의 운명을 개척하려고 발버둥친다.

『천사여, 고향을 바라보라』의 속편으로 여겨지는 『시간과 강에 대하여』(*Of Time and the River*, 1935)는 주인공의 청·장년 시기의 삶을 조명한 자서전적 소설이다. 아버지의 매장, 뉴욕 대학에서의 교수 생활, 유럽 여행, 연상의 여인과의 연애 등을 다루면서 고향을 떠남으로써 넓은 세계에서 자기 탐구에 매진한다는 이야기이다. 사후에 『거미줄과 바위』(*The Web and the Rocks*, 1939)와 『너는 다시 집에 돌아갈 수 없다』(*You Can't Go Home Again*, 1940)가 출판된다. 이 두 작품은 사회 속의 개인을 탐구하고자 했으며, 서정, 풍자, 객관적 묘사가 돋보인다. 울프는 자신의 마음은 고향의 과거에 있지만 과거로 되돌아 갈 수 없기에, 혼돈스러운 현재 삶에서 해결책을 찾아가는 소설 주인공을 창조한다.

② 어스킨 콜드웰(Erskine Caldwell, 1903-1987)

콜드웰은 빈곤이 인간정신에 미치는 영향을 소설의 중심 테마로 삼는다. 특히 가난한 백인(Poor White)의 문제에 큰 관심을 가지고 있었다. 그는 매춘부의 핏줄의 문제를 다룬 처녀작 『사생아』(*The Bastard*, 1929)를 내놓고, 이어 선풍적인 화제작 『타바코 로드』(*Tobacco Road*, 1932)를 발표하여 단번에 유명해진다. 『타바코 로드』는 조지아의 척박한 벽촌에서 담배를 재배하며 짐승처럼 살아가는 가난한 백인일가의 삶과 욕망을 유머러스하게 묘사한 작품이다. 이 작품에는 무지와 부도덕, 성과 물욕의 본능에만 충실한, 원초적 근성이 적나라하게 묘사된다. 이 소설은 이듬해 극화되어 뉴욕 브로드웨이에서 공연되었는데 장장 7년 반의 롱런을 기록한다.

『신의 작은 땅』(*God's Little Acre*, 1933) 역시 남부에 사는 가난한 백인의 물욕과 성욕으로 얼룩진 삶을 조명한 작품이다. 이 작품을 통해 콜드웰은 근대 산업자본주의 확산과 더불어 몰락해 가는 남부 백인들의 정신적 타락상을 고발한다. 물욕이 형제를 죽이고 성욕의 동물적 본능은 그로테스크한 분위기를 연출하지만, 오히려 강한 생명력과 유머를 떠올리게 한다. 콜드웰은 그밖에 20여 편의 장편과 단편집을 10권 이상 냈고, 사회정의, 유머, 약자를 지키는 휴머니즘 등을 옹호하는 작가로 평가받는다.

③ 제임스 토마스 패럴(James Thomas Farrell, 1904–1979)

패럴은 시카고의 아일랜드 계열 가톨릭 신자들이 많이 거주하는 일리노이(Illinois)주 시카고(Chicago)에서 태어나 숙모와 할머니 손에서 양육된다. 그의 고향은 많은 소설의 작품 배경이 된다. 소년 때는 스포츠 광이었고, 시카고대학에서 사회학을 전공했으나 학업 도중 창작에 관심을 갖고 뉴욕에서 점원, 신문기자 등의 직업을 전전하며 사회주의의 영향을 받는다.

패럴은 『젊은 로니건』(*Studs Lonigan*, 1932), 『로니건의 청년기』(*The Young Manhood of Studs Lonigan*, 1934), 『심판 날』(*Judgement Day*, 1935)로 구성된 3부작, 『스터즈 로니건』(*Studs Lonigan*)을 출판한다. 이 작품에서 패럴은 윤리, 도덕이 무너진 도시 슬럼가에서 자라면서 정신적으로 불구가 된 한 젊은이, 즉 대니 오닐(Danny O'Neill)의 자기 파멸의 과정을 추적한다.

패럴은 외부 악에 굴복하는 이야기에 이어 자서전적 성격이 강한 작품으로 다시 대니 오닐을 주인공으로 5부작을 내놓는다. 이 5부작은 『내가 만들지 않은 세계』(*A World I Never Made*, 1936), 『별은 사라지지 않는다』(*No Star is Lost*, 1938), 『아버지와 아들』(*Father and Son*, 1940), 『나의 성난 시절』(*My Days of Anger*, 1943), 『시간의 얼굴』(*The Face of Time*, 1953)로 구성되어 있다. 이 5부작 역시 시카고 아일랜드계 가톨릭 가정의 정신적, 물질적 가난에 대한 이야기로, 지적인 힘에 의해 환경을 극복하는 인도주의적 가치관, 그리고 악한 환경과 싸워나가는 인간의 노력에 대한 믿음이 다큐멘터리 방식으로 표현된다.

좌익성향이지만 스탈린주의에 반대했고 프롤레타리아 작가가 결코 아닌 패럴의 지성과 사상은 평론집 『문학비평노트』(*A Note on Literature*, 1936)에 잘 나타난다.

④ 존 스타인벡(John Steinbeck, 1902–1968)

스타인벡은 캘리포니아주 몬트레이 카운티(Monterey County)에 있는 살리나스(Salinas)에서 태어난다. 독일계의 부친은 제분소를 경영하기도 했으나 군청 공무원으로 오래 근무했다. 그의 모친은 한때 초등학교 교사를 역임했는데, 모친의 영향으로 스타인벡은 많은 책을 가까이하게 된다. 그는 성서와 말로리 경(Sir Thomas Malory, 1405-1471)의 『아서왕의 죽음』(*Le Morte D'Arthur*)을 탐독했는데, 훗날 그의 작품에서 인간의 원죄 의식, 사랑과 구원 같은 성서적 사고와 육욕적 로맨티시즘은 이런 독서의 경험에서 유래한다. 그의 고향 살리나스의 아름답고 풍요로운 자연환경은 그의 감수성을 풍부하게 해준다. 그는 1919년 스탠퍼드 대학에 입학하지만, 대학생활보다는 목장, 도로 공사장, 제당공장 등에서 일해야만 했다. 그는 문학, 생물학, 그리고 그리스 고전에 관심이 많았고, 밀턴의 『실낙원』을 비롯하여 플로베르, 조지 엘리엇, 토마스 하디, 그리고 도스토옙스키를 즐겨 읽었다. 처녀작 『황금의 술잔』(*Cup of Gold*, 1929)은 17세기 영국 해적의 생애를 다룬 역사 로망스이다.

스타인벡은 1932년 『하늘의 목장』(*The Pastures of Heaven*)을 출판한다. 이 작품의 배경은 스타인벡의 고향 살리나스와 가까운 곳이다. 스타인벡은 하늘의 목장이라는 아름다운 골짜기에 사는 사람들의 백치, 광기, 공포, 열락 등 아득한 옛날부터 전해오는 정서와 감정을 유머러스하게 소설화한다.

스타인벡은 『토르티야 대지』(*Tortilla Flat*, 1935)에서 상업주의에 물들지 않고 살아가며, 착취당할 것을 소유하지 않았기 때문에 상업주의 복잡한 기구와 조직에 구속 받지 않는 혼혈족 파이사노(Paisano)의 원시적 삶을 그린다.

반면에 『승산 없는 전장에서』(*In Dubious Battle*, 1936)는 착취를 당하던 떠돌이 노동자의 파업과 폭력을 통한 진압을 다룬다. 이 작품에 등장하는 사람들은 파이사노족과는 완전히 달리 상업주의의 탁류에 휩쓸리고, 그 조직에 완전히 구속된 사람들이다. 이 작품의 주요인물인 짐(Jim)이라는 청년노동자와 그가 형으로 모시는 좌익성향의 맥(Mac)은 서로 합심하여 노동쟁의를 벌이지만 그 투쟁은 애초부터 발버둥에 지나지 않는 것이었다. 하지만 그들은 불구의 의지로 '승산 없는 전장'에 임한다.

『생쥐와 인간』(*Of Mice and Men*, 1937)은 육체적으로 불완전한 두 떠돌이 일꾼의 우정과 인연을 다룬 작품이다. 같은 마을에서 함께 자라 죽마고우인 조지(George)와 레니(Lennie)는 서로를 필요로 한다. 조지는 몸이 허약하여 레니의 곰 같은 힘을 빌려야 하고, 백치에 가까운 레니는 조지의 두뇌를 빌리지 않으면 살아갈 수 없는 처지이다. 두 사람의 꿈은 열심히 일하고 알뜰히 저축하여 작은 농장을 함께 일구는 것이다. 그들은 미래의 꿈을 이루기 위하여 이 농장 저 농장을 전전하지만 꿈의 성취는 고사하고 오히려 살인을 저지르게 된다. 스타인벡은 떠돌아다니는 두 사람의 고난을 통해 소박한 꿈도 실현시킬 수 없는 곳이 바로 미국사회임을 역설한다. 이 작품은 『토르티야 대지』와 『승산 없는 전장에서』보다 훨씬 짧은 작품이지만, 압축과 구성면에서 월등한 작품이다.

『분노의 포도』(*The Grapes of Wrath*, 1939)는 1930년대 초 세계 대공황 때 농장을 잃고, 생존을 위해 캘리포니아로 떠나는 조어드(Joad) 가의 고통을 담고 있는 작품이다. 30년대 초 대공황에 이어 찾아온 3년간의 가뭄은 미국 중부 오클라호마 일대를 비롯한 남부 평원지방을 '흙먼지 지대'(dust bowl)로 변화시킨다. 어려운 경제사정에 가뭄까지 겹치자, 지주와 은행의 빚 독촉을 견디지 못한 농민들은 난민이 되어 유랑의 길로 내몰린다. 농민들은 캘리포니아를 가나안(Canaan)이라 믿고 새로운 일자리와 보금자리를 찾아 서쪽으로 향한다. 하지만 꿈에 그리던 캘리포니아에 도착한 이주민들은 난민보호소와 다름없는 후버빌(Hoovervilles)에 수용된다. 이들은 기존 주민들로부터 오키(Okie)로 불리면서 멸시와 학대를 받으며 착취의 대상이 된다. 이 작품에 묘사되는 이주 농민들의 참상은 경제정책의 실패로 인한 공황이 초래한 폐해를 미국 국민들에게 인식시키는 데 크게 기여했다. 이 소설에서 스타인벡은 인간에 대한 인간의 비정함과 잔인함을 부각시켰고, 가족애와 동료애만이 힘들고 절망적인 상황에서 인간을 구할 수 있는 궁극적인 힘임을 역설한다. 이 소설의 말미에서 사산아를 낳은 조어드 집안의 장녀 로즈(Rose)가 음식을 삼키지 못하여 죽어가는 낯선 남자에게 젖가슴을 열고 모유를 먹이는 장면은 인간애의 극치를 보여준다.

『에덴의 동쪽』(*East of Eden*, 1952)은 다분히 자서전적 요소가 강한 소설이다. 북캘리포니아 지방의 살리나스 계곡(Salinas Valley)으로 이민 온 아일랜드계 새뮤얼 해밀턴(Samuel Hamilton) 일가의 아홉 명의 아들과 딸을 줄거리로 한 작품이다. 순진하고 악을 모르는 성질 탓으로 봉변만 당하는 아담(Adam)을 중심으로 한 이 이야기는 작가의 매력적인 산문과 교묘한 이야기의 전개가 독자를 이끌어간다. 이 작품을 통해 스타인벡은 인간의 원죄와 그 무거운 짐을 벗고 구원으로 나가는 여정을 보여준다.

스타인벡은 소설을 통해 그 시대의 사회문제점들을 제기했고, 특히 땅을 빼앗기고 노동력을 착취당하는 농부와 노동자들의 고통을 실감나게 그렸다. 서정미가 넘치는 그의 소설은 농부와 노동자 같은 보통사람들의 언어와 성격을 세밀하게 그려내는 데 부족함이 없었다. 스타인벡의 작품의 특성으로 자연주의적, 사실주의적, 프롤레타리아적, 낭만주의적, 외과적, 신화적이라는 용어들로 규정하고자 하나, 하나의 수식어는 한 작품에만 해당될 뿐 그의 작품 전체를 아우르기에는 역부족이다. 이것은 스타인벡이 단지 하나의 인생관이나 예술관에 치우치지 않았고, 그 시대의 다양한 철학적, 사상적, 과학적 그리고 문학적 사상을 두루 이해하고 있었다는 사실은 증명하는 것이다.

제8장

20세기 후반의 미국문학

1. 시대적 상황과 전쟁문학

1) 시대적 상황과 문학의 흐름

제2차 세계대전은 4천만 명이 넘은 사상자를 낳은 인류 역사상 가장 큰 전쟁이었기에 파급효과와 후유증도 엄청났다. 유럽의 절반이 소련의 영향권으로 떨어졌고, 중국에서는 공산당 정부가 들어서면서 전 세계가 동서냉전의 경쟁체제로 접어들게 되었다. 제2차 세계대전은 핵무기로 종식된 전쟁이었기에 전 세계 사람들이 그 가공스러운 파괴력 앞에 숨을 죽일 수밖에 없었다. 과학기술뿐만 아니라 인간성 그 자체에 대한 불신이 팽배해졌으며, 인류의 미래 역시 담보될 수 없는 상황에 빠진다. 이러한 불안과 불신의 세상에 신의 존재와 위신조차 의문시되어 실존주의 철학이 부상하고 부조리극이 유행하였으며, 전쟁문학·비트문학 등 저항문학과 흑인문학, 유대계 문학 등 소수파 문학이 세를 얻는 계기를 맞았다.

미국의 1950년대는 흔히 '정치적으로 보수주의, 경제적으로 활황의 시대, 그리고 사회적으로 순응의 시대'로 불린다. 1950년 한국전이 발발하자 공산주의에 대한 적대감이 절정에 달한다. 온 국민에게 공산주의에 대한 경각심을 고취시킬 희생양이 필요했는데, 마침 로젠버그(Rosenberg) 부부의 간첩사건이 터진다. 젊은 시절 한때 공산주의에 빠진 적이 있다는 것을 문제 삼아 원자폭탄 제조기술을 소련에 넘겼다고 몰아 부부를 처형시킨 사건은 미국 행정부와 사법부의 수치로 길이 남을 재판이었다. 제2차 세계대전 이후 미국은 평화와 안정을 희구했고, 1952년 평화와 번영을 약속한 제2차 세계대전의 영웅이자 보수 성향의 드와이트 아이젠하워(Dwight Eisenhower, 1890-1969)가 대통령으로 당선된다. 의회에서는 조셉 매카시(Joseph Raymond McCarthy, 1908-1957) 상원의원이 주도한 소위 공산주의 '빨갱이 잡기' 마녀사냥인 매카시즘(McCarthyism)이 미국 전역을 휩쓸었으나, 대다수의 국민은 애써 외면하고 체제에 순응했다. 수많은 학자와 예술가들이 곤욕을 치렀지만, 안정과 평화를 바라던 다수의 미국인들은 그런 일에는 관심조차 보이지 않았다. 이 양심이 실종된 시기를 미국의 현대의 대표적 시인 중 한 명이자 고백시파(Confessional School of Poetry)의 창시자인 로버트 로웰(Robert Lowell, 1917-1977)은 "진정제를 맞은 50년대"(Tranquilized Fifties)라 비아냥거렸다(이호영 286-87).

그럼에도 불구하고 당시 미국은 전례 없는 경제적 호황을 누리고 있었다. 중산층들은 교외의 저택으로 이사하고 텔레비전과 세탁기, 식기세척기, 냉장고, 믹서 등의 전자제품들이 광범위하게 보급되었다. 사람들은 가정과 교회, 그리고 커뮤니티의 전통과 미덕을 존중하고 애국심과 건전한 정신을 숭상했다. 하지만 이런 번영의 뒤안길엔 언제나 어둠이 따르는 법, 격심한 빈부차로 인해 계층 간의 갈등이 증폭되고 번영의 대열에 끼지 못하고 소외된 군상들이 나타났다. 겉으로 보이는 안정과 번영과는 다르게 내면적으로 모든 질서와 가치관이 무너지고 있었다. 인류를 찰나에 파멸시킬 수 있는 원자폭탄 앞에서 인간은 스스로 무력감에 빠져들어 공허와 허무 속으로 침잠해 들어갔다.

이 시기 미국사회에서는 전후의 커져만 가는 경제구조, 관료주의, 중산계층의 순응성, 고독과 소외, 천박한 대중문화 등에 대해 날카로운 비판을 가하는 소위 비트족(beats) 또는 비트세대라고 부르는 특이한 집단의 작가와 예술가들이 등장한다. 마오쩌둥(Mao Zedong, 1893-1976)이나 피델 카스트로(Fidel Castro, 1926-2016)와 같은 혁명가가 우상으로 떠올랐으며 꿈을 잃은 수많은 대학생들이 술과 마약에 탐닉했다. 성난 비트세대는 괴상하게 치장을 하거나 현란한 록 음악을 들으며 대항문화(counterculture)를 키워갔다. J. D. 샐린저(Jerome David Salinger, 1919-2010)의 『호밀밭의 파수꾼』(*The Catcher in the Rye*, 1951)이 제1차 세계대전에 참전했던 작가의 전후 환멸과 허무의 연장선에 위치하고 있다고 한다면, 시인이자 비트세대의 교조로 불리는 앨런 긴스버그(Allen Ginsberg, 1926-1977)의 장시 「울부짖음」("Howl," 1956)과 잭 케루악(Jack Kerouac, 1922-1969)의 소설 『노상에서』(*On the Road*, 1957)로 시작된 비트운동은 원자폭탄과 무관한 것이 아니었다.

전대미문 학살무기의 위력을 목격한 비트작가들은 모든 기존 가치와 체제에 대한 믿음을 상실했으며, 자신들이 기만과 허위 속에 살고 있다는 절망을 느낀다. 비트세대가 체제 저항과 찰나주의를 추구하게 된 것은 그런 면에서 당연한 귀결이다. 비트작가들은 작품을 통해 기존의 사회적 의무를 거부하며, 정착하지 않고 방랑하면서 기존 가치에 도전하고 저항하는 자유분방한 삶을 대안으로 제시한다. 이들은 당시 미국 중산계층의 상징인 아파트와 교외 지역, 그리고 자동차 문화 등을 조소하고 경멸한다.

50년대에는 비평분야의 활동도 활발해졌다. 전후 갑자기 불어난 대학생들에게 문학을 가르치는 데 신비평이 효과적으로 활용되었다. 작품 자체만의 분석을 통해 작품을 이해하고 평가하는 이 형식주의적 신비평은 존 크로우 랜섬(John Crowe Ransom, 1888-1974), 로버트 펜 워렌(Robert Penn Warren, 1905-1989), 크린스 브룩스(Cleanth Brooks, 1906-1994) 등에 의해 더욱 발전되어 50년대 비평문학의 주류를 이룬다.

60년대 들어서자, 미국 역대 최연소 대통령 존 F. 케네디(John Fitzgerald Kennedy, 1917-1963)는 쿠바 사태, 베를린 봉쇄 등의 역사적으로 중대한 사건을 맞이하면서도 '뉴프런티어'(New Frontier) 기치를 내걸고 경기 회복과 경제성장, 흑인인권신장, 농민과 교육에 복지정책을 과감하게 추진한다. 하지만 그가 추진한 흑인인권법을 위시한 야심찬 계획은 대통령의 갑작스러운 암살로 물거품이 되고 만다. 남은 임기에 이어 재선에 성공한 존슨 대통령은 '위대한 사회'(Great Society)라고 부른 혁신적인 개혁 프로그램을 제시하며 빈곤과의 전쟁을 선포한다. 존슨 정부는 65년에서 70년 사이에 사회보장, 보건, 복지, 교육 등에 대한 연방정부의 지출을 2배로 늘이는 등 획기적인 정책을 추진한 결과, 62년 거의 25%에 달하던 빈곤층의 숫자를 73년에는 11%로 크게 줄이는 데 성공한다. 닉슨정부는 비교적 내치에 성공했다는 평을 듣고 있다. 골칫거리인 물가와 실업문제를 해결했고 국방 예산을 삭감하고 복지예산을 확대함으로써 삶의 질을 향상시켰으며, 공교육을 지원하고 인권개선에 앞장서는 등 친 서민정책을 추진하였다. 베트남 철수와 더불어 닉슨 정부는 세계적인 세력균형을 추진하고 제3세계에서의 혁명과 좌경화를 막기 위해여 유화정책을 모색했다. 닉슨은 1969년 아시아 국가는 내란이나 외침을 받을 땐 스스로 해결해야 한다는 것을 골자로 한 '닉슨독트린'(Nixon Doctrin)을 선언한다. 1971년에는 핑퐁 외교를 통하여 중국과의 평화의 물꼬를 틀었으며, 1972에는 소련에 대해서는 소위 '데탕트'(detente)라고 부르는 관계개선책을 적극적으로 모색함으로 평화협정에 서명한다. 이렇게 유능한 정치가이자 늘 업무에 최선을 다하는 모습을 보여준 닉슨은 1972년 워터게이트

(Watergate Affair)에 연루되고 거액의 탈세를 했으며 다국적 기업으로부터 거액의 불법자금을 수수했다는 혐의를 받는다. 닉슨에 대한 탄핵이 이루어지고, 결국 닉슨의 사임으로 이어지는 정치적 상황에 미국 국민들은 경악하지 않을 수 없었다.

60년대에 매우 큰 사건 중의 하나는 미국의 베트남 전쟁 참전이다. 미국의 입장에서 보면 베트남 전쟁은 밑 빠진 독에 물 붓기와 다름없었다. 무능과 부패로 국민의 신망을 잃은 남베트남 정권을 유지하려고 50만 명을 투입하는 무리수를 두었던 미국은 국내적으로 반전 평화운동이 촉발되고 국제적으로 비판여론이 상승하자 방향을 수정하지 않을 수 없었다. 1973년 파리회담을 탈출구로 하여 세계 최강을 자랑했던 미국 군대는 만신창이가 된 채, 베트남 전쟁이라는 진창에서 겨우 헤어나게 된다. 5만 8천 명의 전사자, 30여만 명의 부상자 외에도 2,000억 달러가 넘는 전쟁비용은 고스란히 정부의 고질적인 재정적자로 이어졌다. 이 전쟁으로 인하여 미국은 초강대국으로서의 자존심에 치명적인 타격을 받았을 뿐만 아니라, 국제사회에서 그동안 쌓아올린 '자유세계의 경찰'이라는 도덕적 정당성까지 상실한다.

1964년 민권법이 제정됨으로써 흑인의 법적권리는 크게 개선되었으나 미국은 여전히 백인중심의 사회였다. 겉으로 드러나는 번영의 그늘에서 흑인들은 여전히 차별과 불평등을 참아낼 수밖에 없었다. 1960년대 중반 흑인의 평균수입은 백인의 절반에도 미치지 못 하는 데 반하여, 실업률은 백인의 2배를 넘었다. 흑인인권에 대한 법이 의회를 통과했지만, 현실에서 느끼는 흑인인권의 체감도는 여전히 냉랭했다. 흑인민권운동은 1963년 마틴 루터 킹(Martin Luther King, 1929-1968)의 리드로 진행된 대규모 행진에서 절정에 달했는데, 워싱턴의 링컨기념관 앞에 운집한 약 25만의 군중을 향해 킹 목사는 "나는 꿈이 있습니다"(I have a dream)라는 유명한 연설로 흑백 차별 없는 미래에 대한 자신의 꿈과 희망을 천명한다.

1960년대 베트남 전쟁과 흑백 인종문제는 수많은 미국 대학생들을 급진적인 좌경화로 빠지도록 만들어버린다. 이들은 신좌파(New Left)라는 불온세력을 형성한다. 이들 좌익계열 대학생들은 교내시위, 수업거부, 점거농성 등 과격한 방법으로 국가와 대학 당국의 방침에 저항했다. 언론자유운동과 민주사회학생연합의 영향을 받은 일부 학생들은 또 다른 급진주의 무리에 가담했다. 이들 중 일부는 마르크스주의자이자 무정부주의자였으며, 또 다른 일부는 흑인민족주의자였다.

한동안 조용하던 여권신장운동은 페미니즘 운동의 대모, 베티 프리단(Betty Friedan, 1921-2006)의 등장으로 새로운 국면에 접어들게 된다. 1963년 출간된 프리단의 『여성의 신비』(*The Feminine Mystique*)는 여권운동 부활의 신호탄이었으며, 1964년 미국에서 가장 영향력 있는 페미니스트 조직인 전미여성기구(NOW: National Organization for Woman)를 창설하는 계기가 된다. 여권운동이 가열되자 일부 급진 페미니스트들은 이제까지 성의 정체성 문제로 억압당해온 동성애자 편을 들기 시작했다. 그리하여 1960년대 말의 흑인민권운동, 급진 페미니즘, 반전운동 같은 혁신운동은 동성애자 권익운동(gay rights movement)에 힘을 실어주어 1969년 뉴욕에서 동성애자 해방전선(Gay Liberation Front)이 결성되는 결과를 낳는다.

70년대 말 피임방법의 발달과 낙태의 합법화는 젊은 세대로 하여금 출산을 성공적으로 제한할 수 있게 해주었다. 여권신장으로 여성의 목소리가 커지고 여성의 직업이 보장되자 이혼율도 급등하여, 이혼율이 혼인율의 절반을 넘어서는 사태까지 초래된다. 이후 이런 사회문제를 심각하게 인식하고 분석하는 수많은 작가와 작품이 등장한다.

60년대 이후의 미국문단에서 두드러진 현상은 유대계 작가와 흑인 작가 등 소수민족(minority) 출신 작가들의 활약이다. 흑인 소설가로는 『보이지 않는 사람』(*Invisible Man*, 1952)의 랄프 엘리슨(Ralph Waldo Ellison, 1914-1994)에 이어 『뿌리』

(*Roots*, 1976)의 작가인 알렉스 헤일리(Alex Haley, 1921-1992), 『가장 푸른 눈』(*The Bluest Eyes*, 1970), 『솔로몬의 노래』(*Song of Solomon*, 1977) 등을 내놓은 토니 모리슨(Toni Morrison, 1931-)과 『컬러 퍼플』(*Color Purple*, 1983)의 작가 앨리스 워커(Alice Walker, 1944-) 등이 유명하다. 이들은 흑인의 역사, 아프리카 신화, 미국에서의 생활 등 다양한 소재로 예술성이 뛰어난 작품을 내놓는다.

유대계 작가로는 J. D. 샐린저에 이어 솔 벨로(Saul Bellow, 1915-2005), 버나드 맬러머드(Bernard Malamud, 1914-1986), 노먼 메일러(Norman Mailer, 1923-2007), 필립 로스(Philip Milton Roth, 1933-2018) 등이 시야가 넓고 깊이 있는 소설을 내놓는다. 이들은 물질주의가 급속도로 발달된 미국사회에서 유대인의 소외된 상황과 인간 실존의 문제를 각자의 방식으로 매력 있는 문학작품을 내놓는다.

이 밖에 포스트모더니즘의 대표작가 존 바스(John Barth, 1930-)는 『연초 도매상』(*The Softweed Factor*, 1960)에서 돈을 좇아, 새 삶을 찾아 신대륙행을 감행하는 주인공을 통해 현대의 순수와 순결 등 기존의 가치를 비틀고 풍자하는 한편, 『도깨비 집에서 길을 잃고』(*Lost in the Funhouse*, 1968)에서는 폭동과 도살, 그리고 집단자살이 난무하는 현대사회에서 자신의 존재 의미를 찾기 위해 방황하는 현대인을 묘사한다. 조셉 헬러(Joseph Heller, 1923-1999)는 『캐치-22』(*Catch-22*)에서 제2차 세계대전 참전의 체험을 살려 전쟁소설의 형식을 이용하여 미국 자본주의 체제를 신랄하게 비난한다. 토마스 핀천(Thomas Pynchon, 1937-)은 『중력의 무지개』(*Gravity's Rainbow*, 1973)에서 지식만을 추구하는 현대 인텔리의 헛된 노력을 비웃는다. 켄 케시(Ken Kesey, 1935-2001)는 60년대의 정신병원의 비인간적이고, 억압적인 상황을 『뻐꾸기 둥지 위로 날아간 새』(*One Flew Over the Cuckoo's Nest*, 1975)에서 묘사한다. 존 업다이크(John Updike, 1932-2009)는 『달려라 토끼』(*Rabbit Run*, 1960)로부터 시작되는 연작소설(Rabbit Series)을 통해 현대 미국 중산층의 비틀거리는 삶을 유려한 문체로 그려낸다.

베트남 전쟁 이후 미국문학의 특색 중 하나는 인간이 상상할 수 있는 모든 형태의 성애(sex) 장면을 적나라하게 묘사하는 것이 통용되었다는 점이다. 영국의 올더스 헉슬리(Aldous Huxley, 1894-1963)의 『연애대위법』(*Point Counter Point*, 1928)을 연상하게 하는 업다이크의 『달려라 토끼』 시리즈는 물론이고, 동성애 소재를 다루어 보수주의 비평가로부터 포르노(porno graphic)라 매도당한 고어 비달(Gore Vidal 1925-2012)의 『도시와 기둥』(*The City and the Pillar*, 1948)과 『마이라 브레켄리지』(*Myra Breckinridge*, 1968)도 등장한다. 유대인 가정의 억압적인 분위기와 도덕과 편견에 사로잡힌 유대사회에 대한 반항으로 자위행위에 몰입하는 포트노이의 독백이 서술되는 필립 로스(Philip Milton Roth, 1933-2018)의 『포트노이의 불평』(*Portnoy's Complaint*, 1969) 등은 미국사회에서 성 해방 분위기가 이미 구축되어 있음을 반영한다.

한편으로, 20세기 중반 극작가로서는 『세일즈맨의 죽음』(*Death of a Salesman*, 1949)의 아서 밀러(Arthur Miller, 1915-2005)와 『욕망이라는 이름의 전차』(*A Streetcar Named Desire*, 1947)를 쓴 테네시 윌리엄스(Tennessee Williams, 1911-1983), 『동물원 이야기』(*The Zoo Story*, 1959)와 『미국의 꿈』(*The American Dream*, 1961)을 쓴 에드워드 올비(Edward Albee, 1928-2016) 등 뛰어난 작가들이 대거 등장한다.

50년대와 60년대에는 미국사회의 대 변형과 함께 그 시대를 반영하는 뛰어난 문학작품들이 대거 등장한다. 시, 소설, 희곡, 비평 등 문학 장르에 상관없이 세계 최고의 문학작품들이 등장 한 것이다. 미국의 경제적 번영으로 인한 인간성 상실, 극심한 빈부차로 인한 계층 간의 갈등, 흑백과 유색인종의 갈등, 고도화된 과학 물질문명 사회에서의 인간의 공허와 허무, 전쟁으로 인한 외상(trauma)과 정체성 상실 등 실로 다양한 문제에 대한 작가들의 재현과 해결책들이 문학적 차원에서 제시된다.

2) 전쟁문학

① 윌리엄 마치(William March, 1893–1954)

윌리엄 마치는 6권의 장편과 4권의 단편소설집을 썼다. 비평가들은 호평을 하였으나 대중들의 반응은 시들했다. 마치는 노스캐롤라이나의 시골에서 루터파 목사의 11명의 자녀 중 맏이로 태어났다. 부친은 술에 취하면 에드거 앨런 포의 시를 암송하는 등 객기를 부리는 사람이었고, 모친은 자녀들에게 읽고 쓰는 법을 가르칠 정도로 지적이었다. 가난한 흑인가정의 장남으로 가사에 보탬이 되기 위해 그는 10세의 나이에 신문팔이를 시작으로 생활전선에 뛰어든다. 그는 고학으로 앨라배마 주립대학 법과에 입학하였으나, 돈이 없어 졸업을 포기하고 법률사무소 서기로 있다가 해군에 지원한다.

『K 중대』(*Company K*, 1933)는 제1차 세계대전 때 해군에서 사병으로 복무했던 경험을 토대로 군인의 시각으로 바라본 비인도적인 전쟁에 대한 실망과 심적 갈등을 토로한 자선적적인 소설이다. 이 작품은 소득 없는 전쟁에 대한 비판을 담은 대표적인 반전소설이다. 『나쁜 종자』(*The Bad Seed*, 1954)는 사이코패스를 앓고 있는 로다(Rhoda)라는 여덟 살 여자아이가 연속살인을 하는 내용이다. 로다의 어머니가 서술을 담당한다. 이 작품은 긴박감이 흐르는 스릴러 소설로 주인공 로다는 악마와 순수함이 공존하는 작은 악녀의 원형적 캐릭터이다.

② 존 허시(John Hersey, 1914–1993)

존 허시는 선교사로 활동 중인 부친 때문에 중국 천진에서 태어나 열 살 때 미국으로 건너갔다. 저널리스트이자 교수였던 존 허시는 신문이나 논픽션의 딱딱하고 생생하게 기술하는 신 저널리즘(New Journalism) 문체를 소설에 도입한 보도문학의 대표적 인물 중 한 사람이다. 히로시마 원폭에 대한 그의 기사는 최고의 특종으로 평가받는다. 제2차 세계대전 때에는 『타임』 지와 『라이프』 지의 종군기자로 활약했고 종전 후에도 『뉴요커』 지 기자로 일본에서 활동한다.

『아다노의 종』(*A Bell for Adano*, 1944)은 무기를 만들려고 혈안이 된 파시스트 일당으로부터 아다노 마을의 종을 무사히 지켜냄으로써, 주민의 존경과 찬사를 받은 미군 소령을 둘러싼 전쟁과 미담의 이야기이다. 이 작품은 소령이 시민의 식생활을 해결하고 질서를 회복하여 새로운 희망을 주기 위해 얼마나 노력했는지 잘 보여준다. 미군 소령의 따스한 인간애와 의를 행하는 실천적 의지가 생생하게 그려진다.

『히로시마』(*Hiroshima*, 1946)는 제2차 세계대전의 종말을 초래한 일본의 히로시마 원폭투하를 다룬 작품이다. 이 작품은 원폭투하에서 살아남은 6명의 생존자들의 증언을 담아냄으로써, 르포르타주(reportage) 문학의 장점을 최대로 살리고 있다. 수식어를 구사하지 않고 생생하게 기술하는 논픽션 식의 문체가 이채롭다.

이 밖에 기자가 아닌 군인의 눈으로 본 전쟁의 참상을 그린 『인간과 전쟁』(*Men and War*, 1946), 제2차 세계대전 중 유대인 감금문제를 주제로 한 『벽』(*The Wall*, 1950)에는 나치 독일에 의한 폴란드 바르샤바 게토의 설치와 파괴에 대한 비화가 생생히 기록되어 있다.

③ 어윈 쇼(Irwin Shaw, 1921–1977)

어윈 쇼는 뉴욕 출신으로 브루클린 칼리지를 졸업하고 방송 일에 종사하다 극을 쓰게 된 작가이다. 독재자의 위협을 다룬 도덕극(a morality play)인 『점잖은 사람들』(*Gentle People: A Brooklyn Fable*, 1939)과 반전극 『시체를 묻어라』(*Bury the Dead*, 1946) 등 강렬한 사회의식을 함축한 극을 썼다. 그는 제2차 세계대전에 참전하여 여러 곳을 다니며 다채로운 전쟁경험을 했는데, 전장에서의 경험을 토대로 한 소설, 『젊은 사자들』(*The Young Lions*, 1948)은 국제적인 명성을 그에게 안겨주었다. 3명의 병사를 중심으로 전쟁 전후의 생활을 대비적으로 묘사하며 전쟁과 파시즘, 그리고 인종차별을 비판한다. 인간의 내면과 존재의미를 그려내는 쇼의 심리묘사는 당대의 압권으로 불릴만하다. 이 작품은 제2차 세계대전이 낳은 최고의 전쟁소설로 인정받는다.

그 후 어윈 쇼는 좌익과 우익 양 세력 사이에서 고뇌하는 방송관계자의 고민을 다룬 『곤란한 방송』(*The Troubled Air*, 1951)과 결혼생활의 문제점들을 노출한 『루시 크라운』(*Lucy Crown*, 1956) 등을 발표하면서 일류작가로서의 입지를 굳힌다.

④ 고어 비달(Gore Vidal, 1925-2012)

미국소설가이자 에세이스트인 고어 비달은 뉴욕주 웨스트포인트에서 태어나 워싱턴 D. C에서 자랐다. 제2차 세계대전 당시 북태평양에서 근무한 경험을 바탕으로 『돌풍』(*Williwaw*, 1946)을 출판하면서 작가의 길로 들어선다. 뜻밖의 돌풍을 만난 작은 수송선에서 선장 이하 전 승무원은 불안과 두려움을 느낀다. 선원들의 불안과 두려움의 묘사를 통해 전쟁에 대한 환멸과 권태를 생생하게 기술한다.

비달은 특히 게이나 레즈비언 같은 동성애자를 다룬 작품이 많다. 비달은 사회규범에 반하는 남자동성애를 다룬 게이 소설(gay novel), 『도시와 기둥』(*The City and the Pillar*, 1948)과 페미니즘과 성전환을 소재로 일기의 형식으로 쓴 사회풍자소설 『마이라 브레킨리지』(*Myra Breckinridge*, 1968)를 출판한다. 보수파 비평가들은 이 작품을 포르노(pornographic)라 매도한다. 그 후 그는 『줄리안』(*Julian*, 1964), 『워싱턴 D. C.』(*Washington D. C.*, 1967) 등 정치풍자소설을 쓰기도 했다.

⑤ 허먼 우크(Herman Wouk, 1915-)

우크는 러시아에서 이민 온 유대인의 아들로 뉴욕에서 태어나 컬럼비아 대학을 졸업하고 한때 라디오 각본에 손을 대다가 군에 입대한다. 제2차 세계대전 중에는 해군장교로 참전하여 실전에 배치되어 전쟁을 체험한 뒤 4년간의 복무를 마치고 해군생활의 경험을 토대로 『케인호의 반란』(*The Caine Mutiny*, 1951)을 내면서 하루아침에 인기작가가 된다. 이 작품은 제2차 세계대전 중 케인호에 탑승한 승무원의 시각을 통하여, 전장의 산만함과 전후 미국사회에서의 대립과 갈등을 특색 있게 묘사하고 있는 소설이다. 낡을 대로 낡은 시설 속에서 규율은 실종되고 상관의 명령조차 무시되는 공간은 전후 미국사회의 한 단면이다. 경험이 많은 함장이 전출되자, 새로 부임한 함장은 일시에 분위기를 쇄신하려고 꾀하지만 복원력을 상실한 배처럼 무너진 질서는 쉽사리 회복되지 않는다. 승무원들의 반란(revolt, rebellion)으로 인한 군사재판이 이 작품의 극적 클라이맥스(dramatic climax)가 되고 있다. 이 소설은 17주 동안 뉴욕타임스 베스트셀러의 톱으로 군림한 인기작품이다.

『도시 소년』(*The City Boy: The Adventure of Herbie Bookbinder*, 1948)은 10대 주인공들의 사랑싸움을 다룬 소설이다. 이 작품은 디킨스의 소설 같은 느낌이 들고, 규율을 무시하는 악동들의 활동은 마트 트웨인의 헉과 톰을 생각나게 만든다.

『마조리 모닝스타』(*Marjorie Morningstar*, 1955)는 스타의 꿈에 부푼 유대인 처녀의 이야기이다. 1950년대 뉴욕의 유태인 가정에서 자란 마조리는 자유분방한 소녀이다. 그녀는 스타가 되기 위하여 사회적, 종교적 규범을 따르기를 거부함으로써, 전후 미국사회에 흔한 전통에 반항하는 신여성의 표상이다.

⑥ 제임스 존스(James Jones, 1921-1977)

대표적인 전쟁소설가 중 한 명인 제임스 존스는 일리노이주 로빈슨

(Robinson)에서 태어나 고등학교를 졸업한 뒤 육군에 입대한다. 하와이에서 복무하던 중 진주만 공습을 겪기도 한다. 이후 남태평양 솔로몬제도의 과달카날 전투(Battle of Guadalcanal, 1942-1943)에 참여하여 큰 부상을 입고 후송되어 멤피스에서 8개월 동안 병원 신세를 진다. 제대 후 토마스 울프(Thomas Woolfe 1900-1938)가 쓴 『고향을 바라보라 천사여』(*Look Homeward, Angel*, 1929)의 성공을 자극을 받아 작가가 되기로 결심한다. 하지만 각광을 받지 못하다가 자신의 군 생활 경험을 바탕으로 『지상에서 영원으로』(*From Here to Eternity*, 1951)를 발표하여 일약 베스트셀러 작가가 된다. 이 작품에서 존스는 일본군의 진주만 공습을 앞두고 하와이 미군 영내의 권투시합을 둘러싸고 벌어지는 일련의 비인간적인 사건을 자연주의 기법으로 묘사한다. 존스는 이 소설에서 부대 권투시합에서 상대의 눈을 멀게 한 죄책감으로 권투를 그만두려는 병사를 영창에 보내는 등 비인간적이고 부조리한 군대의 비리를 고발하면서, 허무한 인생과 사랑과 용서의 의미를 다시 한 번 되돌아보게 만든다.

그밖에 존스는 생사의 경계선을 넘나들던 과달카날 전투에 대한 회고작인 『희미한 붉은 선』(*The Thin Red Line*, 1962)과 전투에서 부상을 입고 후송된 멤피스 병원에서의 경험담을 담고 있는 『휘슬』(*Whistle*, 1978)을 출판한다.

2. 남부 르네상스(The Southern Renaissance)

1) 남부 문예부흥과 신비평

미국사회의 산업화가 가속화함에 따라 물질주의(materialism)가 만연하는 등 자본주의의 병폐가 드러난다. 미국의 남부는 농경문화를 기반으로 하여 과거의 전통을 고수하고자 한다. 그리하여 남부 출신의 문인들을 중심을 한 남부 르네상스가 개화하게 된다. 이들은 윌리엄 포크너, J. D. 샐린저, 존 크로우 랜섬(John Crowe Ransom, 1988-1974), 크린스 브룩스(Cleanth Brooks, 1906-1994)를 위시하여 다수의 여류작가들이 포함된 시인, 소설가, 비평가들의 집합체로서 테네시(Tenessee)주 내슈빌(Nashville)에 있는 밴더빌트 대학(Vanderbilt University)을 중심으로 활동한다. 이들은 기존 미국의 체제, 제도 권위 등에 반발하는 새로운 문인들로서 밴더빌트 대학의 기관지 『탈주자』(*The Fugitive*)와 문예잡지, 즉 『서던 리뷰』(*The Southern Review*), 『스와니 리뷰』(*The Sewanee Review*), 그리고 『케니언 리뷰』(*Kenyon Review*) 등을 주된 발표지로 삼아 신비평(New Criticism)이라는 비평이론을 정착시킴으로써 20세기 비평에 크게 공헌한다.

신비평은 밴더빌트 대학에서 오랫동안 영문학 교수로 재직하고 있던 존 크로우 랜섬을 위시해서 제자 알렌 테이트(Allen Tate, 1899-1979), 로버트 펜 워렌(Robert Penn Warren, 1905-1989), 그리고 크린스 브룩스 등에 의해 주도된다. 신비평은 1935년에서 1950년경에 이르기까지 전개된 비평이론이다. 이 신비평의 이론은 에즈라 파운드, I. A. 리처즈, T. S. 엘리엇 등의 비평적 이론에서 크게 벗어나지 않는다. 신비평주의자들은 선배들의 이론적 바탕 위에 제각기 포인트를 조금씩 달리하여 시의 형식에 주안점을 두어 시론과 비평이론을 전개한다.

랜섬은 시가 인간의 마음을 존재론적으로 파악한다는 점에서 과학에 대립된다고 하였고, 인간 경험에 대한 완전한 지식을 전할 수 있는 존 단을 위시한 형이상학파의 시를 이상적인 시로 간주한다. 테이트는 긴장이론(tension theory)을 제시하여, 시에서 사상이 있는 것도 아니고 감정이 있는 것도 아니고, 오직 '여러 요소 사이의 상호작용,' 즉 긴장이 있을 뿐이라고 주장한다. 워렌은 "시란 어떤 특별한 요소에 들어있는 것이 아니라, 우리가 시라고 부르는 일련의 상관관계, 즉 구조에 의존한다"고 말한다. 이것은 랜섬의 존재적 시론이나 테이트의 긴장적 시론과 별로 다르지 않는 시론이다. 브룩스도

시를 하나의 유기적인 조직체로 보았다. 시에 나타나는 진술은 그것이 시 전체 속에서 어떤 기능을 갖느냐가 문제의 핵심이 된다는 것이다. 단어 하나, 비유 하나라도 그것이 전체 문맥에 대한 관계로써 판단해야 한다는 것이 브룩스의 주장이다. 이 신비평에 의거하여 시를 이해하려면 작가나 작품의 시대환경 등의 요소를 멀리 하고, 작품 존재론적 접근, 즉 작품 자체만을 충실히 분석하는 비평적 방법을 채택하여 시종일관 시의 구조와 시의 이미지를 분석하는 일에 전념해야 한다는 것이 신비평주의자의 공통적인 주장이다.

남부 출신의 신진 소설가들은 대학 캠퍼스라는 비교적 자유로운 분위기 속에서 정신적인 자유를 향유했으며 20세기 중반 미국의 정신적 황폐상을 자연주의 수법으로 비교적 생생하게 그리는 데 주안점을 둔다. 남북전쟁 이래로 오랫동안 미국의 남부는 후진 지역이었으며, 인종문제와 소위 가난한 백인 등 복잡한 문제가 이 지역 작가들의 상상력을 자극한다. 하지만 이들은 이런 문제점들을 이 지역 풍토성에만 국한하지 않고, 미국의 전역으로 나아가 인류 전체의 문체로 확대시키고자 했다.

2) 남부 르네상스 작가 및 작품세계

① 캐서린 앤 포터(Katherine Anne Porter, 1890-1980)

포터는 텍사스(Texas)주 인디언 크리크(Indian Creek)의 가톨릭 집안에서 태어났는데, 유명한 단편소설가 오 헨리(O. Henry)는 가까운 인척이었다. 두 살 때 어머니가 죽자 그녀는 할머니 캐서린(Catherine Ann Porter)에게 보내진다. 할머니가 죽자 텍사스와 루이지애나의 친척집과 셋집을 떠돌아다니며 생활한다. 문법학교(grammar school)에서의 정규수업 1년이 교육의 전부였다. 16세에 첫 결혼에 실패한 뒤 여러 번 혼인했으나 결혼생활은 실패의 연속이었다. 1914년 시카고로 도망가서 잠시 엑스트라 배우로 영화에 얼굴을 비치기도 했으나 텍사스로 돌아와 순회악극단의 배우와 가수로 활약한다. 1915년 이혼과 더불어 포터는 할머니의 이름을 이어받아 필명을 캐서린 앤 포터라 지었다. 그 해 결핵으로 진단받고 2년간 요양생활을 하며 스스로 작가가 되기로 결심했다고 전해진다. 1918년에 인플루엔자에 걸려 회복은 되었으나 얼굴색만은 여전히 창백하였는데 이때의 경험은 오롯이 『창백한 말, 창백한 기수』(*Pale Horse, Pale Rider*, 1939)에 담겨 있다. 이 작품은 중편소설이며, 1918년 콜로라도(Colorado) 덴버(Denver)에서 인플루엔자가 창궐할 때 구사일생으로 살아남은 작가의 체험을 바탕으로 한다. 이 작품에서 포터는 언론인 여성, 미란다(Miranda)와 그녀를 구하려다 죽은 병사, 아담(Adam)의 인간관계에 초점을 맞추고 있는데, 사랑과 죽음의 문제를 환상적으로 엮어낸다. 여기서 창백한 말을 탄 기수는 바로 성서의 요한계시록에서 발췌한 죽음을 상징하는 초자연적인 존재이다. 이 소설에 대해 로버트 펜 워렌은 세계 단편소설 중 최고의 수준에 속한다고 극찬한다.

포터는 1919년 언론에 간여하면서 뉴욕의 그리니치빌리지(Greenwich Village)로 주거지를 옮기고 뉴욕과 멕시코를 오가며 취재생활을 했다. 이 시절 그녀는 멕시코의 민족지도자 디에고 리베라(Diego Rivera, 1886-1957)를 위시한 좌익운동의 멤버들과 친분을 쌓는다. 하지만 포터는 사회주의 혁신운동에서 벗어나 가톨릭으로 복귀한다. 1948년에서 10여 년간 포터는 스탠포드, 미시간, 워싱턴앤리 대학 등에서 인기 있는 교수로 근무한다.

「꽃피는 유다」("Flowering Judas," 1929)는 그녀의 첫 성공작인데, 이 작품은 1929년 『하운드 앤드 혼』(*Hound and Horn*) 지에 발표한 단편소설이다. 멕시코 혁명을 배경으로 꿈과 이상을 실현하기 위해 혁명운동에 뛰어든 한 미국 처녀에 대한 이야기이다. 그녀는 어린이에게 영어를 가르치며 혁명부대에서 연락책으로 활약한다. 하지만 그녀는 교회를 비밀리에 찾으면서 혁명이념에 투철하지 못하다는 비난을 받는다. 또한 그녀는 자신을 쫓아다니는 뭇 사내를 외면하고, 내심 마음에 둔 청년에게도 약을 전해주어 죽게 함으로써 사랑도 외면한다. 꿈에서 종교를 상징하는 유다의 꽃을 먹기 싫어 소리치는 것은 그녀의 종교에 대한 거부로 볼 수 있다. 포터는 이상에 불타는 여성이 이상과 현실에 적응하지 못하고 정신적으로 반항하고 방황하는 젊은 여성의 미묘한 심리상태를 추적한다. 그녀의 문학을 '거부의 문학'이라고 일컫는 이유가 여기에 있다.

이듬해 이 작품은 『꽃피는 유다와 기타 이야기』(*Flowering Judas and Other Stories*, 1930)라는 소설집으로 출간된다. 포터는 종종 여성들이 겪는 내적 경험을 정확하게 묘사하는 동시에, 남성들에게 의존하려는 여성의 심리를 정밀하게 그려낸다.

60년대 초반부터 포터는 건전한 사회를 유지하기 위해서는 인간 상호간의 책임이 필요하다는 주제로 장편소설을 쓰기 시작하는데, 『바보들의 배』(*Ship of Fools*, 1962)가 그것이다. 이 작품은 1930년대 후반 나치가 대두했던 시기에 독일 상류층 사람들과 난민을 태운 여객선을 무대로 전개되었는데, 독일인과 라틴인 남녀들이 벌이는 다양한 암투를 그린 작품이다. 포터는 이외에도 평론집, 『지나간 나날』(*The Days Before*, 1952)을 내놓는다.

여성 특유의 섬세한 감각으로 인간 내면을 파헤친 포터의 소설들은 시대를 뛰어넘어 오랫동안 절찬을 받는다. 그녀가 즐겨 다룬 소재는 배반, 죽음, 악의 근원 등이며, 주인공의 대다수가 환경과 처지에 조화하지 못한 인물들이다. 포터는 "아름다운 것을 악용하고 훼손하는 것은 엄청난 죄악이다. 우리에게는 아름다움을 온전히 지켜나가야 하는 책임이 있다"라고 주장한다. 포터는 남부를 대표하는 작가이지만, 작품의 주제는 남부의 문제에 국한된 것이 아니라 보편적인 것이었다.

② 유도라 웰티(Eudora Welty, 1909–2001)

웰티는 미시시피(Mississippi)주 잭슨(Jackson)의 부유한 가정 출신으로 부친은 보험회사 간부이고 모친은 교사였다. 모친의 영향으로 그녀는 어릴 때부터 독서를 즐겼는데, 그것이 작가의 길로 가게 된 계기가 된다. 미시시피 주립대학, 위스콘신 대학을 거쳐 컬럼비아 대학에서 광고학을 전공한다. 뉴욕에서 일자리를 찾으려 했으나 대공황의 절정기에 졸업을 했기 때문에 여의치 않았다. 고향으로 돌아와 라디오 방송에서 지역사회에 관한 칼럼을 쓰는 일을 맡는다. 뉴딜정책을 시행하는 정부출연기관(Works Progress Administration)에서 홍보업무를 하며 지역의 이야기를 수집하고 인터뷰하며 사진을 찍기도 했는데, 그것이 그녀의 작품에 크게 반영된다. 웰티는 고향 미시시피를 사실적으로 묘사하는 동시에 신화를 인용하여 남부가 안고 있는 문제점들을 인류의 보편적인 것으로 확산시킨다.

『떠돌이 세일즈맨의 죽음』(*Death of a Travelling Salesman*, 1936)은 문학잡지 『원고』(*Manuscript*)에 기고한 작품이다. 이 작품은 미시시피의 오지에서 한 떠돌이 행상인이 길을 잃고 헤매다 남군을 만나 고생을 하는 이야기를 담고 있다. 사실적 묘사와 죽음을 앞둔 세일즈맨의 심리묘사가 뛰어나다는 평을 듣는다.

『초록 커튼』(*A Curtain of Green*, 1941)은 고독한 인간의 정신분석에 관심을 보인 그녀의 첫 번째 단편집이다. 이 작품의 성공으로 그녀는 구겐하임 장학금을 받아 프랑스, 영국, 아일랜드, 독일 등지를 여행할 수 있었고, 영국에서는 옥스퍼드와 케임브리지에서 객원 교수로 재임하기도 한다.

『도둑 신랑』(*The Robber Bride Groom*, 1942)은 한 신사 도둑이 숙녀를 유괴하고 나서 곧장 사랑에 빠지는 줄거리로 진행된다. 이 작품은 그리스 신화 큐피드와 프시케(Cupid and Psyche)의 신화가 인용된다.

『황금사과』(*The Golden Apples*, 1949)는 남부 미시시피 지역 민간에서 전승되어오던 이야기를 그리스 신화를 인용하여 재구성한 것이다.

『낙천가의 딸』(*The Optimist's Daughter*, 1972)은 퓰리처상 작품으로 그녀의 글솜씨가 유감없이 발휘된 장편소설이다. 그녀의 문체는 오랜 언론활동 덕분에 간결한 압축미를 지니고 있는데, 시인 하워드 모스(Howard Moss, 1922-1987)는 『뉴욕 타임스』에 "간결의 기적을 이룬 작품"(a miracle of compression, the kind of book)이라고 이 작품을 칭찬한다.

웰티는 워렌과 포터의 영향을 많이 받는다. 사실 포터는 웰티의 첫 소설집, 『초록 커튼』의 서문을 써주기도 했다. 섬세한 웰티의 글은 포터의 작품을 모델로 삼았지만 웰티는 코믹하고 그로테스크한 분야에 더욱 심취했다. 그녀는 플래너리 오코너(Flannery O'Conner, 1925-1964)처럼 비정상적이고 괴벽스러운 인물들을 자주 등장시킨다. 그녀는 폭력을 다루면서도 인간적이고 긍정적인 위트를 많이 사용한다.

③ 플래너리 오코너(Flannery O'Conner, 1925-1964)

오코너는 남부문학을 대표하는 작가 중 한 명으로 소설가이자 수필가이다. 조지아(Georgia)주 서배너(Savannah)에서 태어나 조지아 주립여대를 거쳐 아이오와 대학을 졸업했다. 아이오와 대학에서 창작 장학금을 받으면서 작가의 길로 들어선다. 부친처럼 희귀병에 걸려 죽을 고생을 하면서도 그녀는 감상주의를 철저히 배격한다. 음산하면서도 위트가 살아있는 그녀의 블랙유머는 표현주의적 블랙코미디 소설, 『미스 론리하트』(*Miss Lonelyhearts*, 1933)의 저자 나다니엘 웨스트(Nathaniel West, 1903-1940)와 관련이 있다.

남부의 여타 작가들과는 다르게 오코너는 등장인물과 거리를 두며 그들의 우행이나 무능을 폭로한다. 그녀의 소설에 등장하는 인물들은 종교나 미신의 이유를 들어 폭력을 행사한다. 자신만의 교회를 세우려 광분하는 목사의 이야기, 『현명한 피』(*Wise Blood*, 1952)에는 그녀의 이와 같은 특성이 잘 드러난다. 그로테스크한 고딕소설, 『현명한 피』는 현실사회에 염증을 느낀 한 광신주의 목사가 산간벽지에 자신만의 교회를 짓고자 혈안이 된 이야기를 다룬다. 그의 교회는 그리스도가 없는 교회, 부활의 기적이 이루어질 수 없는 교회로서 신앙이 상실된 교회이다. 오코너는 독실한 가톨릭 신자였지만, 그녀의 소설에는 기적과 살인, 순결과 음탕, 배반과 복종, 구원과 폭력이 공존한다. 이 소설에서 오코너는 현대사회에서 불신되는 신의 위치와 위상을 고찰하면서, 거칠고 추한 세상에도 신의 은총이 깃들 수 있다는 믿음을 역설한다.

『선한 사람 찾기 어려워』(*A Good Man is Hard to Find*, 1955)는 애틀랜타에 사는 베일리(Bailey) 가족이 여름 휴가차 플로리다로 여행을 떠났다가 발생한 사건을 다룬다. 베일리 가족은 차 사고로 도로에 정지해 있다가, 미스피트(Misfit)라는 탈옥범의 인질이 되어 죽음을 당한다. 탈옥범은 현실에서는 격리되어야 할 악마의 상징이고, 그의 마수에서 가족을 구하고자 하는 할머니는 가족의 대표이자 구세주(the Messiah)의 표상이다. 할머니는 상황파악을 하지 못하고 탈옥범에게 무분별한 욕설을 하는 등, 탈옥범과 의사소통에 실패한다. 오코너는 이 소설을 통해 현대의 물질문명 사회에서 소통의 부재로 인한 인간 분열의 극한상황을 묘사한다. 그녀는 이 작품에서 섬뜩하고 충격적인 내용을 다루고 있음에도 불구하고, 단순하고 간결한 문체로 디테일하게 사건을 묘사한다.

오코너의 소설은 근본적으로 악의적 요소로 채워져 있다. 그녀는 평범한 일상이 악과 조우하면서 갑작스럽게 참혹한 죽음의 상황으로 변모되는 부조리 상황을 그린다. 작품 속에는 넘치는 블랙유머, 음산한 분위기, 그로테스크한 인물, 폭력 상황 등으로 인해 그녀는 미국 고딕소설의 대가라 불린다.

④ 카슨 매컬러스(Carson McCullers, 1917–1967)

매컬러스는 남부 르네상스의 대표적 작가로 소설, 단편 희곡, 에세이, 그리고 시 등 다방면에서 활약한다. 매컬러스는 조지아주 콜럼버스에서 태어났다. 조부는 남부전쟁의 영웅이었으며 아버지도 시계상 겸 보석상을 하는 등 비교적 여유 있는 집안이었다. 매컬러스는 고등학교를 마치고 뉴욕에 있는 줄리아드음대에 진학했으나 고향으로 돌아와 콜럼버스 대학에서 야간에 개설된 창작강의를 들으면서 작가의 길로 접어든다. 그녀는 스무 살 때 결혼했으나 남편은 곧 자살하고 그녀도 온갖 질병에 고생하다가 세상을 떠난다. 그녀의 일생은 질병과 애정 문제로 번민한 생애였으며 그녀의 우울한 고독미는 그녀 소설의 특징이다.

그녀의 작품은 남부 고딕소설이라는 장르를 따른다. 그녀는 침체된 남부 마을을 배경으로 힘들게 살아가는 사람들이 겪는 다양한 공포, 정신적인 고독과 소외, 이루어지지 않는 사랑, 성 정체성의 혼란 등을 다양한 시각으로 조명한다. 『마음은 외로운 사냥꾼』(*The Heart is a Lonely Hunter*, 1940)은 그녀의 데뷔작이자 반파시스트 작품이다. 귀머거리 존 싱어(John Singer)는 친구를 잃고 하숙을 하게 된다. 하숙을 하면서 그는 여러 사람들과의 인간관계를 형성해 나간다. 사춘기 말괄량이이자 음악 애호가로서 피아노를 살 꿈에 젖어있는 믹 켈리(Mick Kelly), 알코올 중독자이자 떠돌이 선동가인 제이크 블런트(Jake Blount), 뺀질뺀질한 식당주인 비프 브래넌(Biff Brannon), 백인을 증오하는 흑인의사 베너딕 코프랜드 박사(Dr. Benedict Mady Copeland) 등은 싱어를 찾아가 이야기를 나누고 위로를 받고자 한다. 하지만 존 싱어는 귀머거리이기 때문에 그들의 하소연을 경청할 수 있는 입장이 못 된다. 이 작품에 등장하는 고독한 군상들은 위로받지 못하는 고독한 영혼의 소유자들이고, 그들이 위로를 얻고자 찾아가는 존 싱어 역시 외롭고 나약한 존재일 뿐이다. 이 작품을 통해 작가는 인생이란 가시밭길에서 지치고 피곤해도 자신들을 이해해주고 보듬어줄 수 있는 존재를 찾는 일은 거의 불가능하다는 것을 시사한다.

『황금 눈동자의 영상』(*Reflection in a Golden Eye*, 1941)은 1940년 말에 『하퍼스 바자』(*Harper's Bazaar*) 지에 연재된 작품으로, 남부군영의 장교 사택에서 일어난 한 편의 성풍속도를 그린 작품이다. 이 작품에는 동성애 성향 때문에 부부의 금실이 좋지 않은 장교부부를 둘러싸고 이색적인 성풍속도가 펼쳐진다. 사생활을 엿보기를 즐기는 사병과 바람기 많은 장교부인 사이에 사랑의 술래잡기가 시작된다. 아내는 정부를, 병사는 아내를, 장교는 그 병사를 가슴에 품는다. 이 작품에서 매컬러스는 현대사회의 난잡한 성문화에 대해 뼈 있는 경고를 보낸다.

『슬픈 카페의 발라드』(*The Ballad of the Sad Cafe*, 1951) 역시 왜곡된 러브스토리이다. 여성이지만 남성보다 굳건한 아밀리아(Amelia)는 곱사등이인 사촌 라이먼(Lymon)을 사랑하게 된다. 아밀리아를 사랑한 매시(Macy)는 불같이 화를 내고 둘 사이를 이간질하며 라이먼을 자기 사람으로 만든다. 아밀리아와 매시가 육탄전을 벌일 때, 라이먼은 매시와 한 패가 되어 아밀리아를 상대한다. 그와 매시는 이미 동성의 연인 사이가 되었던 것이다. 이 작품의 중심 테마는 현대사회에 만연된 굴절된 사랑과 성 정체성의 혼란이며, 현대인의 고독, 소외, 좌절, 허무 등을 다양한 각도에서 그린다.

매컬러스의 작품 스타일은 남부 고딕소설이며, 그녀는 남부의 조그만 읍내의 부적응자와 부랑자의 정신적 고독과 소외를 탐구한다. 그녀는 괴상한 등장인물의 외로움과 고통을 현대 인류의 보편적인 것으로 확대시킨다.

⑤ 콘래드 리치터(Conrad Michael Richter, 1890-1968)

리치터는 펜실베이니아 파인그로브(Pine Grove)에서 루터파 목사의 아들로 태어난다. 어릴 때부터 여러 곳을 떠돌아다니며 성장한 탓에 여러 개척민들의 후손을 만나 이야기를 듣게 되는데 그것이 그의 문학의 자양분이 된다. 일찍이 지역 주간지의 편집인이 되었으나, 클리블랜드(Cleveland)로 옮겨가 아동잡지사를 설립한 후 작가의 길로 들어선다.

『대초원』(*The Sea of Grass*, 1936)은 19세기 후반 서부 뉴멕시코에서 목장 개간을 둘러싸고 갈등을 빚는 큰 목장 경영주들이 벌이는 싸움을 그린 변경소설이다. 동부에서 병약한 아내를 대동하고 서부로 온 사나이는 야심찬 호적수 상대를 만나 싸움은 피할 길이 없고, 어른들의 알력과 갈등 속에서 자식들의 애정문제는 해결될 기미가 보이지 않는다.

『깨어나는 대지』(*The Awakening Land*)는 19세기 초 오하이오 골짜기에서 힘들게 살아간 개척민의 삶을 추적한 3부작 대하소설이다. 제1부 『숲』(*The Trees*, 1940)은 개척민 일가가 펜실베이니아에서 오하이오 골짜기로 이주해 오면서 겪는 온갖 위험과 고난, 그리고 개척지에서 새로운 터전과 가정을 일구면서 겪는 역경을 장녀 세이워드(Sayward)의 관점에서 서술된다. 제2부 『농장』(*The Field*, 1946)은 세이워드의 결혼과 가족의 부양, 그리고 개간사업이 소개된다. 그들의 농장은 개척민의 정신적 고향인 '달빛 교회'(Moonshine Church)를 중심으로 자리 잡는다. 제3부 『도회지』(*The Town*, 1950)는 그들의 보금자리가 현대 산업화의 중심지로 바뀌어가는 모습을 세이워드의 막내아들의 시각에서 관찰된다. 이 작품은 개척시대 변경에서 불굴의 용기와 끈기를 가진 한 여성의 가족애, 양육과 헌신, 사회적 변천, 과거시대에 대한 향수 등을 그린 감동적인 대서사시이다. 작가는 자연을 기근(famine), 질병(disease), 사고(accidents), 야생동물(wild animal) 및 독뱀(snakes), 위험한 인디언(Indians) 등이 우글거리는 위험지대로 보고, 그것을 개척하는 과정에서 어린아이가 성숙한 어른으로 성장할 수 있음을 시사한다.

『삼림 속의 빛』(*The Light in the Forest*, 1953) 역시 개척시대 변경에서 일어난

실화적 사건을 다룬 변경소설이다. 개척시대 펜실베이니아 변경에 버려진 한 백인 소년, 존 바틀러(John Bulter)는 그 지역의 한 인디언 퀼로거(Cuyloga)에게 구조되어 '진정한 아들'(True Son)이란 이름의 인디언으로 양육된다. 그는 자신이 인디언의 피를 이어받았다고 믿고, 인디언 방식으로 살아가면서 백인들과 백인 사회를 증오한다. 인디언과 미국의 평화협정으로 그는 포로교환 형식으로 백인 사회로 보내진다. 하지만 그는 죽음을 무릅쓰고 탈출을 시도한다. 그는 백인 인종주의자이자 무자비한 인디언 사냥꾼 엉클 윌스(Uncle Wilse)를 죽이고 탈출에 성공한다. 그는 우여곡절 끝에 백인 친부를 만나고, 자신이 백인이라는 사실을 깨닫게 된다. 인디언 부족이 백인의 배를 공격하려 하자 그는 이 사실을 백인 사회에 밀고함으로써 키워준 인디언 양부를 배신한다.

콘래드 리치터는 미국 개척시대에 개척민의 삶을 서정적으로 묘사한 작가이다. 자신의 체험과 미국민속에 대한 탐구를 바탕을 둔 그의 작품은 자연과 인간의 갈등이 주된 테마이다.

⑥ 코맥 매카시(Cormac McCarthy, 1933–)

매카시는 소설가, 극작가, 시나리오 작가 등 다양한 분야에서 활약한 작가이다. 그는 남부 고딕소설, 서부소설, 종말론적 소설 등 다양한 장르에 걸쳐 총 열 작품을 썼다. 매카시는 로드아일랜드(Rhode Island)주 프로비던스(Providence)에서 태어났지만 부친의 직장이 있는 테네시(Tennessee)주 녹스빌(Knoxville)로 옮겨간다. 테네시 주립대학 재학시절 『불사조』(*Phoenix*)라는 작품을 발표한다. 탁월한 비평가이자 예일대 교수인 해럴드 블룸(Harold Bloom, 1930–)은 매카시를 "포크너의 『내가 죽어갈 때』(*As I Lay Dying*, 1930) 이후 현존하는 미국의 작가들 가운데 가장 미학적 성취를 이룬 작가"라고 평가하면서,

토마스 핀천(Thomas Pynchon, 1937-), 돈 데릴로(Donald DeLillo, 1936-), 필립 로스(Philip Milton Roth, 1933-2018) 등과 더불어 미국의 현대문학을 대표하는 소설가라고 극찬한다.

『핏빛 자오선』(*Blood Meridian, or The Evening Redness in the West*, 1985)은 19세기 중반 멕시코 전쟁이 끝난 후 미국 남서부와 멕시코 북부를 무대로 끔찍하게 자행되었던 인디언 학살사건과 미국과 멕시코, 그리고 인디언 간에 무자비하게 전개된 살육전을 역사적 사실과 픽션을 교묘하게 혼합한 남부 고딕소설이자 서부소설이다. 이 소설은 다분히 폭력적 기질을 타고난 한 소년(the kid)이 가출하여 30년 동안 정처 없이 떠돌아다니면서 겪게 되는 끔찍한 폭력의 만화경을 보여준다. 십대 중반의 소년은 살인, 방화 등 폭력이 난무하는 미국의 남서부를 지나면서 어쩔 수 없이 여러 폭력 집단에 끌려들어가 인디언과 잔혹한 전투를 벌이고 심지어 인디언 머리 가죽을 벗기는 인간 사냥꾼의 갱단의 일원이 되기도 한다. 그가 만난 사람들 가운데는 사이비 판사가 있는데, 그는 폭력의 대부이자 악마의 사자이다. 소년은 생지옥 같은 폭력의 현장을 순례하면서 차츰 선한 어른(the man)으로 변하지만 판사와 적대적인 관계를 갖게 된다. 이 작품은 한 소년의 눈을 통해 서부개척기의 신화 이면에 감춰진 탐욕스러운 백인들의 만행을 낱낱이 고발하고 있다. 하지만 작가의 비판 대상은 그런 추악한 백인을 넘어 인류의 내면에 잠복하고 있는 잔혹한 폭력성이다.

『선셋 리미티드』(*The Sunset Limited*, 2006)는 '드라마 형식의 소설'(A Novel in Dramatic Form)이라는 부제가 붙은 작품이다. '선셋 리미티드'는 뉴올리언스에서 LA를 왕래하는 장거리 여객열차의 이름이다. 이 극에는 대학교수이자 무신론자 화이트(White)와 전과자 출신 전도사 블랙(Black)이 등장한다. 블랙이 선셋 리미티드가 오가는 플랫폼에서 열차에 뛰어드는 화이트를 구하면서 소설은 시작된다. 모든 액션은 블랙의 누추한 아파트에서 일어난다. 믿음과 무신론을 대표하는 화이트와 블랙은 인간의 고통, 신의 유무, 자살에 대한 정당성 등에 열띤 논쟁을 벌인다.

『도로』(*The Road*, 2006)는 지구 종말과 구원의 문제를 다룬 고딕소설로 퓰리처 수상작이다. 작가는 이 작품의 배경으로서 원인 모를 재해로 파괴된 묵시록적(post-apocalyptic) 상황을 제시한다. 도로는 파괴되고 인적은 끊어졌으며 거리는 사자들이 즐비하다. 살아남은 사람들도 적개심을 품고 서로를 노린다. 먹지 않으면 먹히는 상황에서 이름이 결코 밝혀지지 않는 부자가 필사적으로 도망친다. 다가오는 겨울을 버티기 힘들 것이라는 생각으로 그들은 막연히 따듯한 남쪽으로 도피한다. 아버지는 기침할 때마다 피를 토하지만 거듭되는 위험, 노출 그리고 굶주림으로부터 아들을 보호하고자 한다. 그들이 가진 것은 목숨 연장에 필요한 최소한의 물품과 권총 한 자루에 총알 둘, 모든 위험이 도사린 세상에서 살아가기엔 턱없이 부족한 용품이다. 그들은 자비로운 신의 도움만을 기다리지만 신의 손길은 멀기만 하다. 마침내 목적지 남쪽 바다에 당도했지만 그곳 역시 생지옥이다. 아버지는 죽고 아들도 생을 포기하려 할 때 신의 사자가 나타난다.

이 작품에서 작가는 지구 종말적인 상황에서도 굴하지 않고 한줄기 희망의 빛을 찾아 남쪽 바닷가로 향하는 부자의 눈물겨운 행보를 그린다. 암흑 속에서 라이터의 불빛에 의지해 길을 찾아가면서도 아버지가 보여주는 아가페적인 사랑과 아들의 의연한 모습은 인간이 최악의 상황에서도 서로 믿고 의지한다면 결코 멸망하지는 않을 것이라는 희망을 암시한다. 작가는 대담한 상상력을 발휘하며 종말론적 상황에서 인간의 심리를 고도의 간결한 문체로 풀어낸다.

3. 할렘 르네상스(Harlem Renaissance)

1) 흑인 문예부흥 운동의 배경

미국의 역사는 초창기부터 아프리카에서 강제로 끌려온 흑인들의 눈물과 땀의 희생 위에서 이룩되었다고 해도 과언은 아니다. 백인들은 자신들이 노예로 부리는 흑인들을 자신들과 동등하게 대우할 수는 없었다. 남북전쟁 후 노예해방이 선언된 뒤에도 다수의 백인들은 흑인들을 자신들과 다르다 생각한다. '용광로'(melting pot) 사고 이면에는 뿌리 깊은 인종차별과 인종분리 사고가 잠재되어 있다. 정치, 경제, 사회, 문화 등 각종 차별로 인하여 백인 위주의 주류사회에서 밀려난 흑인들은 가난의 질곡에서도 헤어나지 못한다. 미국의 흑인들은 피부색에 의한 백인들의 차별과 배제로 인격은 고사하고 정체성마저 위협받는다.

링컨에 의한 노예해방선언 이후에도 흑인들은 백인들이 쳐놓은 덫에서 헤어나지 못한 채, 가난과 힘겨운 싸움을 해야만 했다. 『노예로부터 출세』(*Up From Slavery*, 1901)의 저자인 부커 T. 워싱턴(Booker T. Washing, 1856-1915)은 흑인들이 미국사회에서 살아남기 위해서는 교육을 받아야 한다고 주장한다. 그는 흑백의 타협을 위해 흑백분리정책을 일단 수용하자는 의견을 제안함으로써, 흑인들로부터 백인의 하수인이라 공격을 받는다. 하지만 그는 흑인들이 미국의 사회에서 당당하게 인정을 받으려면 미국사회가 원하는 학문과 기술을 익혀야 한다고 역설한다. W. E. B. 두보이스(William Edward Burghardt Du Bois, 1868-1963)는 『검은 민족의 영혼』(*The Souls of the Black Folk*, 1953)에서 백인들의 인종적 편견과 차별이 흑인의 마음에 미치는 영향을 연구한다. 그는 미국사회에서 흑인들은 '이중의식'(double consciousness)을 가질 수밖에 없음을 역설한다. 그는 아프리카 흑인이 미국의 백인과 대등한 문화적 실체임을 주장한다. 더 나아가 붕괴된 흑인사회 내부를 재건함으로써 흑인이 미국사회의 당당한 구성원으로서 자리를 잡기를 염원한다.

뉴욕 맨해튼의 업타운 주택 지구에 위치한 할렘은 1920년대 소위 재즈시대(Jazz Age)를 맞아 열정과 창조의 분위기가 넘쳐난다. 흑인들의 재즈는 태풍처럼 미국을 휩쓸었고, 듀크 엘링턴(Duke Ellington, 1899-1974) 같은 재즈 연주자와 작곡가는 미국 전역과 해외에서 스타가 된다. 베시 스미스(Bessie Smith, 1894-1937) 등의 블루스 가수들은 적나라한 감정을 보여주는 솔직담백하고 감각적이며 비꼬는 가사를 발표한다. 흑인영가는 독창적이며 아름다운 종교음악으로 널리 이해되기 시작한다. 흑인배우 에델 워터스(Ethel Waters, 1896-1977)는 무대에서 이름을 날렸으며 흑인들의 춤과 미술은 흑인음악 및 흑인연극과 함께 크게 유행한다. 덩달아 흑인의 문학도 새롭게 조명받는다.

할렘에는 다양한 재능을 가진 예술가와 다양한 시각을 가진 문인들이 공존한다. 할렘 르네상스의 후원자인 칼 밴 베흐턴(Carl Van Vechten, 1880-1964)이 발표한 감상적 소설, 『검둥이 천국』(*Nigger Heaven*, 1926)은 사회경제적 불평등 앞에서 흑인이 겪어야 하는 씁쓸한 당시의 상황을 낙천적으로 묘사한다. 시집 『할렘 와인』(*Harlem Wine*, 1926)의 저자인 카운티 컬른(Countee Cullen, 1909-1946)은 기존의 전통적 시 형식을 유지하면서 운율을 맞춘 훌륭한 시를 발표해 흑인은 물론 백인들로부터도 찬사를 듣는다. 그는 진정한 시인이라면 인종이란 문제로 시의 주제나 스타일을 바꾸어서는 안 된다고 믿었다.

자메이카 출신의 정치가, 저널리스트, 기업가이자 '흑인대중운동단체'(Universal Negto Improvement: UNIA)의 설립자 마커스 가버(Marcus Garvey, 1887-1940)는 '흑인은 아프리카로'라는 슬로건을 내걸고 범-아프리칸리즘(Pan Africanism)을 전개한다. 진 투머(Jean Toomer, 1894-1967)는 자신이 쓴 시는 흑인, 앵글로색슨, 그리고 백인의 시도 아니며, 더 많은 것을 얻기 위해 흑인이라는 경계선을 넘어서고 싶다고 부언한다. 투머는 인종차별도 인종분규도 배격하며 피부

색깔에 상관없이 다함께 일구어가는 조화로운 사회를 염원한다. 투머를 위시한 할렘의 지성인들은 부유하고 영향력 있는 아프리카계 미국인으로서 의사, 교육자, 화가, 작가, 사업가, 목사, 법관 등 다양한 분야에서 사회 지도층으로 활동하면서 수용 가능한 인종적 주장을 모색한다.

제2차 세계대전 이후 지속된 경제적 발전으로 인해 미국은 세계 최강국으로 부상했지만, 소외된 흑인들은 경제적 혜택에서 제외된 채 고난의 삶을 이어가야 했고 불만의 목소리는 나날이 높아진다. 60년대에는 킹 목사(Martin Luther King Jr., 1929-1968)와 말콤 X(Malcolm X, 1925-1965)를 주축으로 한 흑인민권운동이 일어난다. 킹 목사는 1963년 8월 18일 워싱턴 D. C. 링컨 기념관 앞에서 "나에겐 꿈이 있습니다"라는 유명한 연설을 통해 흑인과 백인의 평등과 공존에 대한 꿈과 희망을 천명한다. 하지만 비폭력, 비무장 평화 운동을 통해 흑인들의 인권 향상을 도모하던 그는 꿈을 이루지 못하고 사라져야 했다. 한편 말콤 X는 "나는 미국인이 아니다. 나는 피해 입은 수백만 흑인 중에 한 명일 뿐이다. . . . 우리는 검다는 것을 자랑스럽게 생각하고 아프리카 출신임을 명예스럽게 생각하며 우리가 스스로 앞날을 개척하고 건설해나가는 주역임을 깨닫고 열심히 일하자"라고 역설한다. 그는 킹 목사의 흑백 동화적 견해를 비판하며 '눈에는 눈'이라는 대결 방식을 천명한다. 나아가 그는 "빵이 없다면 평등은 무슨 의미가 있는가?"라고 반문하면서 경제적 평등을 통해서 흑인들의 자주와 자립을 강조한다.

1920년대 초기 할렘 르네상스와 1960년대 제2의 흑인문예부흥을 거쳐 20세기 말에 이르는 동안 흑인 작가들의 문학적 주제와 내용은 변천을 거듭한다. 노예해방론자이자 명연설가인 프레더릭 더글러스(Frederick Douglass, 1817-1895)에서 30년대의 리처드 라이트(Richard Wright, 1909-1960)에 이르기까지 흑인 작가의 작품들의 경향은 흑인의 인권과 정체성 확립에 치중한다. 이후 현대 흑인 작가들은 자신들뿐만 아니라 백인 독자층을 의식하는 작품을 내놓기도

한다. 한편, 20세기 후반에 등장한 토니 모리슨(Toni Morrison, 1931-)을 위시한 여성 작가들의 경우 흑인사회 내부의 문제로 눈을 돌려 살인, 폭행, 강간, 근친상간, 배신과 같은 흑인사회의 문제와 치부를 드러내는 자성적인 성격을 띠기도 한다.

흑인민권운동 이후 문화예술 방면에 대한 흑인들의 관심이 커졌는데, 그 선두에는 1965년 뉴욕의 할렘지구에 흑인예술순회극장과 학교를 창설하여 흑인예술운동(Black Arts Movement)[8]에 앞장선 아미리 바라카(Amiri Baraka, 1934-2014)가 있다. 아미리 바라카는 반 시오니즘을 옹호한 시인, 소설가, 극작가, 에세이스트, 음악 및 사회비평가등으로 사회 다방면에서 활동한다. 그의 시, 「어떤 사람들이 미국을 날려버렸다」("Somebody Blew Up America," 2001)는 세계무역센터를 파괴한 9.11 테러는 부시 대통령과 이스라엘이 개입한 테러사건이라 주장해 논란을 불러일으킨다. 영국에서 활동하는 작가, 저널리스트, 정치활동가인 마이크 마커스(Mike Marqusee, 1953-2015)가 쓴 『구원의 노래: 무하마드 알리와 60년대의 정신』(*Redemption Song: Muhammad Ali and the Spirit of the Sixties*, 1999)도 흑인들의 사기를 크게 진작시킨다. 1966년 6월 흑인학생들로 구성된 급진적인 반전, 반차별 운동단체인 '학생비폭력조정위원회'에서 제창한 '블랙파워 운동' 역시 흑인들의 인권 및 흑인들의 예술문화 활동에 큰 자극제가 된다.

8) 이 운동은 순수한 흑인의 가치관과 예술관에 따라 흑인예술을 창출하고 그런 예술 활동을 활성화할 것을 목표로 삼는다. 예술 활동에 대해 백인 중산계급과 생각을 달리했던 흑인예술운동의 예능인들은 예술을 통해서 인종차별 및 사회적 불평등에 맞설 자율적인 예술가 단체를 결성할 것을 도모한다. 이 운동은 60년대 후반에서 70년대 초반에 걸쳐 미국의 민중민주주의의 환경을 조성한 주요 세력으로 평가된다.

2) 할렘 르네상스 문학의 특징

20세기 미국 흑인문학은 기존 질서와 전통에 거역하고 새로운 것을 추구하려는 모더니즘 정신이 흑인의 특수한 시대적, 사회적 상황에 대한 새로운 인식과 결합하여 독특한 흑인문화를 창출한다. 이런 흑인 특유의 문학을 할렘 르네상스라 부르는데 다음과 같은 특징을 나타낸다.

(1) 흑인 작가들은 백인이 그들에게 부여한 정체성을 거부하고, 그들 고유의 정체성을 찾으려고 주체적이고 능동적인 자세를 취한다. 이들은 검둥이라는 열등감을 떨쳐내고 당면한 흑인의 삶과 상황을 겸허하게 받아들이며, 그것을 심미적인 태도로 바라본다. 그들의 정신적인 고향인 아프리카의 대자연에 대한 향수와 탐색, 흑인 민속문화에 대한 관심, 원시성에 대한 예찬이 나타나고, 흑인의 인종적 자긍심을 촉구하는 현상이 두드러진다.

(2) 할렘 르네상스는 흑인들만의 지엽적인 문화현상이라기보다 미국문화, 나아가 서구문화의 변화와 밀접한 관련을 맺고 있다. 기존의 가치를 부정하고 자신들의 전통 속에서 새로운 대안을 찾으려는 할렘 르네상스의 노력은 비단 흑인들만이 아니라 당대의 백인 지성인들로부터도 지지도 받았다.

(3) 할렘 르네상스 운동가들은 흑인의 인종적 정체성과 전통 및 풍속의 보전을 도모하면서 미국인으로서 책임과 역할을 강조한다. 그들은 새로운 시대에 맞는 새로운 문화의 창달에 동참하면서 미국 시민의 일원으로서 미국의 발전에 적극적으로 참여하길 갈망한다.

(4) 흑인 르네상스 운동가들은 아프리카인이란 인종적 정체성의 수용과 '흑인은 아름답다'라는 자긍심을 고취하는 주제의식을 공유하면서 예술과 문학에 있어 새로운 소재 계발과 새로운 기법의 실험 등으로 미국문학의 발전과 저변확대에 크게 이바지한다.

3) 할렘 르네상스의 주요 작가

① 진 투머(Jean Toomer, 1894–1967)

할렘 르네상스의 대표작가인 진 투머는 인종을 초월한 미국인의 정체성을 그리려고 노력한다. 하지만 카운티 컬른(Countee Cullen, 1909–1946)이 기존의 형식을 유지하면서 전통적인 운율을 고집한 데 반해, 투머는 종래의 주제나 시의 스타일을 철저히 무시하며 새로운 형식을 실험한다.

그는 제1차 세계대전 후 혼란기를 맞아 흑백의 분규가 심한 조지아주 시골에 위치한 흑인들을 위한 실업학교 교장으로 재직하면서 흑백의 갈등으로 남부 사회가 겪고 있는 혼란과 아픔을 몸소 체험한다. 북부와 중서부로 인구 대이동(Great Migration) 때문에 노동력 부족을 염려하는 농장주들과 북에서 들어오는 값싼 노동력을 막으려는 집단 간에 불화가 야기된다. 흑인들에게 린치를 가하면서 백인의 우월성을 강화하려는 폭력 행위와 노사갈등으로 인하여 남부지방은 격심한 혼란을 겪는다. 이런 혼란의 상황을 투머는 「조지아 에세이」("Georgia Essay")라는 논평으로 『리버레이터』(*Liberator*) 지에 연재한다.

투머의 대표작으로 간주되는 『사탕수수』(*Cane*, 1923)는 할렘 르네상스를 대표하는 실험 시이자 소설이다. 윌리엄 칼로스 윌리엄스(William Carlos Williams, 1883–1963)의 『패터슨』(*Paterson*, 1946–1958)처럼, 이 작품은 시와, 산문체로 된 짤막한 글귀, 이야기, 자전적인 기록 등이 결합되어 있다. 이 시에 등장하는 한 흑인은 조지아주의 농촌, 워싱턴 D. C., 일리노이, 시카고 등지의 흑인사회 안팎에서, 그리고 미국 남부에서 흑인 교사로 일하며 자아를 찾으려고 노력한다. 『사탕수수』에서 투머가 그린 조지아주 시골 흑인들의 모습은 자연스러우며 예술적이다. 이런 흑인들의 모습은 시카고나 워싱턴의 도시 흑인들의 모습과 대조를 보이며 더욱 빛을 발한다.

② 랭스턴 휴스(Langston Hughes, 1902-1967)

재즈와 블루스의 시인으로 일컬어지는 랭스턴 휴스는 흑인의 재즈 리듬을 수용하여 자신의 시에 블루스, 흑인 영가, 구전되는 전설, 그리고 흑인들의 풍속을 결합시킨다. 미주리주의 조플린(Joplin) 빈민가에서 흑인 혼혈아로 태어난 휴스는 캔자스(Kansas)주 로렌스(Lawrence)에서 어린 시절을 보낸다. 부모의 이혼으로 외할머니와 쓸쓸하게 불우한 소년기를 보낸 그에게 책은 유일한 친구였다. 외할머니가 그에게 흑인의 정체성과 자긍심을 불어넣었다고 전한다. 그는 중서부 여러 도시를 전전하다가 오하이오 클리블랜드에서 고등학교를 마쳤는데, 고등학교 재학시절 그는 이미 시, 단편, 극 등을 발표하여 문학적 재능을 선보인다. 그는 요리 보조원, 세탁부, 버스 보이 등 잡역부 생활을 전전하면서, 1926년 펜실베이니아에 소재하는 흑인 대학인 링컨 대학교에 입학한다. 그는 아프리카 미국인의 삶과 역사를 연구하는 단체에 가입하는 한편, 학내에서 흑인 친목단체를 조직한다. 링컨 대학에서 문학사 학위를 받은 그는 어머니가 있는 할렘으로 옮겨와 소련과 캐리비안 여행을 다녀온 것 외에는 대부분 그곳에서 보낸다. 그는 피부색에 의한 차별과 편견을 비난하면서 흑인 하층민의 삶을 슬프고 아름답게 노래하였다. 그는 시인, 사회활동가, 소설가 극작가 칼럼니스트로 활동하면서 침체한 흑인사회에 용기와 희망을 수혈하는 데 앞장섰다. 그는 재즈시라 불린 새로운 시문학을 개척했으며, 할렘 르네상스의 리더 역할을 담당한다.

그의 첫 소설, 『웃음 수밖에 없어』(*Not Without Laughter*, 1930)는 캔자스주 시골 읍내를 배경으로 인종차별과 편견 때문에 힘들게 살아가는 흑인들의 삶을 아름답고 슬프게 묘사한 작품이다. 자선전적 요소가 강한 이 소설에서 휴스는 플롯보다는 주인공 샌디(Sandy)의 성장과 각성에 초점을 맞춘다. 「검둥이 강에 대해 말하다」("The Negro Speaks of Rivers," 1921, 1925)는 서사시의 형태를 취하면서 아프리카적이면서도 전 인류에게 통용되는 유산을 수용하고자 한다. 이 시는 세상의 모든 위대한 강처럼 아프리카 문화도 천천히 전 인류의 혈관 속으로 서서히 스며들 것이라 노래한다.

휴스는 인종 간 불평등, 흑인의 복원력(resilience), 자긍심, 희망, 음악, 인종적 비애 등 다양한 주제로 시를 창작한다. 그의 시는 대체로 애상의 분위기를 띤 재즈와 블루스 리듬으로 표현되고 흑인들의 삶을 통찰력 있게 묘사한다. 그는 흑인들에게 좌절하지 말고 현실의 어려움을 극복해 가라고 격려한다. 그는 작품에서 다양한 차원으로 흑인들의 전통과 문화를 묘사하면서 흑인들로 하여금 백인과의 관계에서도 과격한 행동을 자제하도록 당부한다.

③ 카운티 컬른(Countee Cullen, 1909–1946)

컬른은 단지 흑인들만을 위한 시인이 아니라 모든 인류를 위한 시인이 되기를 갈망한다. 그는 인종을 초월하여 보편적인 시를 창작하고자 한다. 하지만 그는 과연 이 세상이 흑인시인의 시에 관심을 가질까 하는 의구심을 갖는다. 그의 유명한 시 「놀라지 않을 수 없네」(“Yet Do I Marvel”)의 마지막 라인은 이 점을 표현한다.

Yet do I marvel at this curious thing:
To make a poet black and bid him sing!

나는 이 이상한 일에 놀라지 않을 수 없네:
시인을 검게 만들고 그로 하여금 노래하도록 하다니!

컬른 시의 주제는 사랑의 기쁨과 슬픔, 아름다움, 그리고 짧은 인생이다. 하지만 이러한 주제 뒷면에 항상 흑인의 아픔과 고통이 숨겨져 있다.

So in the dark we hide the heart that bleeds,
And wait, and tend our agonizing seeds.

어둠 속에서 우리는 피 흘리는 심장을 숨기고 있네,
기다리면서 우리의 고통스러운 씨앗들을 돌본다.

흑인은 어둠 속에서 피 흘리는 심장을 숨기고 있고, 큰 고통의 씨앗을 돌보고 있다는 표현은 흑인이 미국사회에서 차별과 배제의 삶을 영위하고 있다는 사실을 시사한다.

④ 조라 닐 허스턴(Zora Neale Hurston, 1891–1960)

조라 닐 허스턴은 소설가, 인류학자, 민속학자이다. 허스턴은 미국의 앨라배마 출신이지만, 그녀가 3세 전에 가족이 플로리다에 있는 흑인만의 도시 이턴빌(Eatonville)로 이사한다. 이턴빌에서의 경험은 그녀의 에세이 「흑인이 된 기분」("How It Feels to Be Colored Me," 1928)에 잘 묘사되어 있다. 그녀는 이턴빌에서 자유와 긍지 속에서 흑인공동체와의 일체감을 맛보며 어린 시절을 보낸다. 부친은 농부, 목수, 침례교 설교자등의 직분을 갖고 있었으며 그 도시의 시장을 역임하기도 했다. 교사로 있던 모친이 일찍 죽자 그녀는 고향을 떠나 잭슨빌에 있는 기숙학교로 보내졌으나 계모가 학비를 보내주지 않아 퇴학당했다. 그녀는 16세 때 심한 상실감을 느끼며 유랑극단의 일원이 되어 뉴욕에 처음 발을 내딛는다. 청중을 사로잡은 탁월한 재능을 가진 이야기꾼이었던 그녀는 식당 종업원, 보모 등 잡역을 전전하면서 만학으로 26세 때 고등학교를 졸업하고 하워드 대학에 진학한다. 1921년 대학문예지에 「존 레딩 바다로 가다」("John Redding Goes to Sea")를 발표하면서 그녀의 명성이 알려지게 된다.

허스턴은 1920년대 후반에서 30년대 초반까지 남부 흑인사회의 민담, 설화, 노래, 금언과 속담 그리고 공예 등에 관해 연구하였는데, 흑인 민속에 관한 인류학자로서의 관심과 지식은 그녀의 작품에 중요한 자산으로 작용한다. 1934년 허스턴은 처녀작 『요나의 박넝쿨』(*Jonah's Gourd Vine*)을 발표하는데, 이 작품은 유대인의 시오니즘에 충실한 젊은 흑인목사의 정신적 방황을 담은 것이다. 1935년 그녀는 자신이 수집한 플로리다 지방 흑인의 민담, 설화, 노래 그리고 남부 흑인들 사이에서 전승되던 부두(Boodoo)교에 관한 내용을 모아 『노새와 인간』(*Mules and Men*, 1935)이라는 책으로 편찬하는데, 독창적이고 우수한 민담집이라는 평가를 받는다. 1937년 허스턴은 구겐하임 연구기금을 받아 자메이카와 아이티 등 카리브 연안을 여행하는데, 이곳에서의 경험과 그 지역 민속을 모아 『내 말에게 말하라』(*Tell My Horse*, 1938)라는 제목으로 출간한다. 그녀는 천부적인 구어체 실력을 발휘하여 마크 트웨인의 전통적 맥을 이었다고 칭송받는다. 그녀의 글은 흑인의 구비문학전통에서 나온 다채로운 언어와 코믹하면서도 비극적인 이야기로 독자를 매료시킨다.

허스턴의 대표작 『그들의 눈은 신을 응시하고 있었다』(*Their Eyes Were Watching God*, 1937)는 아름다운 혼혈 여성이 세 차례나 결혼을 하면서 성숙해 가고, 결국 행복을 되찾는 이야기이다. 이 소설은 남부 시골에서 일하고 있는 흑인들의 삶을 생생하게 그려낸다. 자선적 요소가 가득한 이 소설은 평범한 것을 아주 아름답게 그려내는 그녀의 재능이 유감없이 발휘된다.

여성운동의 선구자로 평가받는 허스턴은 자서전, 『길 위의 흙 자국』(*Dust Tracks on a Road*, 1942)을 발표하면서 작가로서의 주가를 올린다. 그녀는 이 책이 흑백 인종간의 이해의 증진에 공헌했다는 이유로 『새터데이 리뷰』(*Saturday Review*) 지가 제정한 '애니스필드-울프상'(Anisfield-Wolf Award)을 받는 영광을 누린다. 비록 그녀는 할렘 르네상스 문인들의 공통 이슈인 흑백문제를 본격적으로 다루지는 않았지만, 자신의 작품에서 남부 흑인들의 삶, 유머, 예술, 삶의 지혜 등을 생생하게 묘사하여 흑인들의 자긍심을 높였다는 점에서 앨리스 워커와 토니 모리슨 등 현대 작가에게 큰 영향을 주게 된다.

4) 현대 미국 흑인 작가

① 리처드 라이트(Richard Wright, 1908-1960)

미국의 흑인문화를 획기적으로 바꾸어놓았다 할 수 있는 리처드 라이트의 생에는 백인의 세계에서 성공하기 위하여 엄청난 장애를 극복한 흑인 소년의 전설이 되고 있다. 그의 나이 다섯 살 때 가난한 소작농이었던 아버지는 도망치고 어머니는 두 아들을 데리고 테네시주 멤피스로 옮겨갔고 이어서 헬레나로 이주하여 라이트를 고아원에 맡겼다. 1940년 중등과정을 간신히 마친 10대의 라이트는 멤피스의 백인 전용 도서관에서 책을 훔쳐가며 헨리 루이스 멩켄(Henry Lous Mencken, 1880-1956), 시어도어 드라이저(Theodore Dreiser, 1871-1945), 싱클레어 루이스(Sinclair Lewis, 1885-1951), 셔우드 앤더슨(Sherwood Anderson, 1876-1941) 등의 작품이나 기존 비평가들의 작품을 탐독한다. 그는 결국 남부를 탈출하여 시카고로 갔으나 불경기와 빈곤이 그를 맞이한다. 그는 숙모 집에서 5년간 지내면서 고교를 졸업하고 작가생활로 접어든다. 한때 시어도어 드라이저, 싱클레어 루이스 등의 사회비판과 폭로주의 리얼리즘이 그에게 특히 많은 영향을 주어 좌경화된 그는 결국 공산당에 입당한다.

그는 남부의 인종적 편견을 그린 네 편의 소설을 묶어 첫 단편소설집 『톰 아저씨의 아이들』(*Uncle Tom's Children*, 1938)을 출판하면서 작가로 인정을 받는다. 곧이어 리얼리즘 소설 『토박이』(*Native Son*, 1940)를 내놓으면서 작가로서 입지를 굳힌다. 이 작품은 비거(Bigger)라는 주인공의 행동을 다큐멘터리 식으로 추적하여, 미국에서 생활하는 흑인들의 기구한 운명을 파헤친 장편소설이다. 이 작품은 3부작으로 구성되어 있는데, 제1부는 '공포,' 제2부는 '도주'라는 제목으로 3일간의 사건을 다루고, 제3부 '운명'은 한 달간의 사건을 다룬다. 교육을 받지 못한 20세 흑인 청년 비거는 실수로 백인 고용주의 딸을 죽이고 증거를 인멸하기 위해 그녀의 시체를 불태운다. 그리고 비밀을 알고 있는 흑인 여자친구가 자신을 배반할지도 모른다는 두려움에 사로잡혀 그녀도 살해한다. 비록 아프리카계 미국인들 일부는 라이트가 흑인 등장인물을 살인자로 묘사했다며 비난했지만, 이 작품은 숱한 논쟁의 주제가 되어왔던 인종차별을 시의적절하게 표현한 것이다.

라이트는 1940년대는 프랑스로 건너가 그곳에서 거트루드 스타인(Gertrude Stein, 1874-1946)과 장 폴 사르트르(Jean Paul Sartre, 1905-1980)를 알게 되고, 그들의 영향으로 1944년부터는 공산당과 완전히 인연을 끊는다. 라이트는 자선전적 소설, 『흑인소년』(*Black Boy*, 1945)을 발표하고 프랑스로 귀화한다. 이후 그는 두 장편 『아웃사이드』(*The Outsider*, 1953)와 『야만스러운 휴일』(*Savage Holiday*, 1954)을 포함해 여러 작품을 발표한다. 하지만 미국에서와 같은 성공을 거두지는 못한다. 마지막 장편 『긴 꿈』(*The Long Dream*, 1958)에서 또다시 미국의 흑인의 문제를 정면으로 다루었으나, 예전과 같은 감동을 주지 못한다는 평을 듣는다.

라이트의 성공은 어떤 뚜렷한 문학적 기교나 문체에 의해서가 아니라 어떤 환경과 조건에 있는 열정적 인간의 상황을 정직하게 그려내고 있다는 점에 근거한다. 그는 흑인의 자긍심이자 성실성의 심벌로 간주된다.

② 랠프 월도 엘리슨(Ralph Waldo Ellison, 1914-1994)

엘리슨은 오클라호마에서 태어나 부친이 일찍 죽고 편모슬하에서 자란다. 고교 시절에는 음악에 빠져 음악 장학금을 받고 터스키기 전문학교(Tuskegee Institute)에서 수학한다. 작곡과 조각을 배우기 위해 뉴욕에 나왔다가 랭스턴 휴스, 리처드 라이트와 친해지면서 작가의 길을 걷게 된다. 그는 음악학교에서 흑인 교장이 흑인을 홀대하는 것을 보고 충격을 받았다. 대학 밖의 삶 역시 위안이 되지 못했으며, 범죄자가 설교자로 나서는 종교도 마음에 들지 않았다. 저항 작가의 길을 걷게 된 엘리슨은 1938부터 1942년까지 『뉴 메시즈』(*The New Masses*) 지에 서평, 평론, 소설 등을 열성적으로 기고한다. 라이트에 의해 대표되는 항의문학은 폭로주의나 자연주의와는 다르게, 상징과 풍자를 사용하여 부당한 사회현실을 차원 높게 비판한다.

엘리슨의 『보이지 않는 사람』(*Invisible Man*, 1952)은 엘리슨의 유일한 장편소설이며, 표도르 도스토옙스키(Fyodor Mikhailovich Dostoevsky, 1821-1881)의 『지하생활자의 수기』(*Notes from Underground*)에서 힌트를 얻은 작품이다. 엘리슨은 전기회사로부터 전기를 훔친 흑인 남성의 이야기를 자신의 환멸적이고 비참한 경험에 비추어 그로테스크하게 묘사한다. 이 작품은 남부에서 북부로 온 흑인 청년의 인생 역정을 피카레스크(picaresque) 양식으로 묘사한 걸작으로, 현실사회가 흑인이나 하층민에게 꿈과 그것을 실현시키는 기회를 전혀 제공하지 못하고 있음을 고발한다. 이 작품은 이름 없는 주인공이 자신을 응시하는 눈으로 인간 존재의 내부를 파헤치며, 엘리슨의 자서적적 요소가 강하게 반영되어 있다. 주인공은 노예해방령에 의해 법적으로는 노예가 아니었지만, 흑인 차별이 여전한 남부에서 태어난 흑인 청년이다. 백인 중심의 사회에 순응해 살아가야만 하는 그는 끊임없이 타인에 의해 자신의 역할을 부여받는다. 자신이 누구이며 무슨 이유로 존재하는가라고 언제나 자문한다. 하지만 그는 자신을 돌아볼 겨를이 없다. 백인이 은혜를 베풀듯 보내준 대학에서 사소한 실수로 쫓겨난 그는 취업추천서라고 여겼던 총장의 추천서의 내용이 자신을 영원히 대학으로 돌아오지 못하게 하는 음모란 사실을 알고 충격을 받는다. 유일하게 자신의 인간적인 모습을 인정해주는 곳이라 여겼던 할렘에서도 설 자리가 없어지면서 그는 자신이 쓸모없는 존재, 즉 보이지 않는 인간임을 깨닫는다. 엘리슨은 인간성을 박탈당한 채 보이지 않는 존재로 살아가야 하는 미국 흑인의 모습을 통해 소외된 현대인의 곤궁한 처지와 고뇌를 그린다. 이 작품은 전미도서상을 받은 수작이다.

③ 제임스 볼드윈(James Baldwin, 1924–1987)

소설가이자 에세이스트인 볼드윈은 랠프 엘리슨과 더불어 1950년대 미국 내 흑인들의 어려운 삶을 날카롭게 조명한 작가이다. 그는 백인들의 허식과 위선을 파헤친 작품을 발표하여 존경과 원망을 동시에 받는다. 그의 주인공들은 과장된 야망에 의해서가 아니라 정체성 혼란으로 고통받는다.

볼드윈은 뉴욕 할렘 출신으로 친부는 누군지 모른다고 그가 말한 바 있으며 1927년 모친이 농부이자 침례교 목사와 결혼하는 바람에 새아버지를 맞게 된다. 어릴 때는 가난하여 끼니조차 해결이 힘든 불우한 생활을 영위했는데, 독서로서 삶의 의미를 찾았다 한다. 성경, 찰스 디킨스(Charles Dickens, 1812–1870), 도스토옙스키 그리고 해리엇 비처 스토(Harriet Beecher Stowe, 1811–1896) 부인의 책을 즐겨 읽는다. 그는 초등학교 때 그의 재능을 알아보고 훌륭한 작가가 되라고 격려한 선생님에게 영향을 받았고, 1930년대 활약한 좌익성향의 선배작가 리처드 라이트의 작품에서 큰 자극을 받았다고 고백한 바 있다. 그는 14세의 어린 나이에 교회 설교자가 되는데, 이 경험이 호소력 있는 문장과 입담 좋은 스토리를 구성하는 데 크게 도움이 된다. 그의 문학적 재능은 수필집, 『누구도 내 이름을 몰라』(*Nobody Knows My Name*, 1961)와 『다음에는 불』(*The Fire Next Time*, 1963)에 잘 반영되어 있다. 특히 『다음에는 불』에 실린 「내 마음의 영토에서 보낸 편지」("Letter from a Region of My Mind")에서 볼드윈은 인종간의 차별을 종식해야 한다고 감동적으로 호소한다. 고등학교 재학시절에는 학교잡지에 시와 단편을 발표하면서 작가의 꿈을 키운다. 그는 1941년 뉴욕 시립대학에 들어갔으나 집안사정으로 이듬해 그만두고 군에 입대한다.

군 제대 후 철도원으로 근무하면서 자신의 글을 여러 잡지에 투고해 문학 부문에서 상을 받아 파리를 방문하기도 한다. 그는 파리 체류 중 자전적 소설, 『산 위에 올라가서 고하라』(*Go Tell It on the Mountain*, 1953)를 발표한다. 이 작품은 기독교 교회에서 개종문제로 고민하면서 자아와 신앙을 수호하려는 14세 소년의 이야기를 다룬다. 볼드윈은 압제와 위선에 오염된 교회의 불의와 실상을 고발하고, 교육받지 못한 흑인들의 비애와 울분을 고스란히 표출시킨다.

「지오바니의 방」("Giovanni's Room," 1955)은 파리에 살고 있는 미국 백인청년의 흐트러진 삶과 인간관계의 실패에 초점을 맞추고 있는 작품이다. 전도유망한 백인청년이 유행과 향락의 도시 파리에서 당시로서는 결코 용인 받을 수 없는 동성애, 양성애 사이에서 방황하다가 붕괴된다. 이탈리아 게이 청년 지오반니 방에서 벌어지는 동성 간에 벌이는 사랑행위는 3류 치정행각에 불과하지만, 백인이라는 허울 뒤에 감춰진 위선과 허식을 고발하는 작가의 비판정신과 절제된 그의 문장 덕분에 품격 높은 작품으로 승화되고 있다. 이 작품은 흑인이며 게이였던 작가 자신이 터부시되는 동성애를 고발하고 있다는 점에서 주목을 끈다.

『또 하나의 나라』(*Another Country*, 1962)는 1950년대 뉴욕의 그리니치빌리지를 무대로 이성관계의 실패로 자살을 선택한 재즈 드러머의 몰락을 그리고 있는 작품이다. 3인칭으로 서술되고 있지만 등장인물의 심리를 날카롭게 파헤치고 있는 이 소설에는 당시로서 금기시되는 동성애, 양성애뿐만 아니라 자살과 혼혈 커플, 혼외정사 등 비윤리적인 요소가 많이 삽입되어 있다. 이 때문에 볼드윈은 존경과 비난을 동시에 받아야 했다. 흑인 재즈 드러머 루퍼스 스콧(Rufus Scott)은 처음 만난 남부 처녀와 하룻밤 동침한 뒤 미련 없이 헤어지지만, 동성애를 즐긴 백인 남자와는 쉽게 헤어지지 못한다. 그는 동성애와 이성애를 오가면서 마음의 위안을 찾고자 하나 마음의 안식처를 찾지 못하고 끝내 허드슨강(Hudson River)에 투신한다. 생의 목적을 섹스에서 찾고자 한 스콧의 세계는 결국 '또 하나의 나라'였던 것이다.

볼드윈은 흑인이면서 게이였기 때문에, 사회적 편견을 뛰어넘을 수 없었다. 나중에 작가는 흑인의 민권신장과 차별철폐에 적극적으로 참가했음에도 불구하고 그가 게이라는 사실로 인해 인권운동과 투쟁에 대한 공적이 폄하되는 면도 없지 않아 있다. 그는 소설가로서뿐만 아니라 흑인민중의 대변자로서 인권 투쟁의 제일선에서 열성적으로 활약한 사람이다.

④ 앨리스 차일드리스(Alice Childress, 1916-1994)

배우, 극작가, 그리고 소설가인 차일드리스는 가사도우미, 사진기술자, 기능사, 세일즈레이디, 보험설계사 등 다양한 경험의 소유자이다. 사우스캐롤라이나(South Carolina) 찰스턴(Charleston)에서 태어난 그녀는 9세 때 양친이 헤어지는 바람에 뉴욕 할렘으로 옮겨와 할머니와 살게 된다. 할머니는 비록 문맹이었지만, 그녀의 문학적 재능을 발견하고 그것을 살리도록 격려한다. 하지만 고등학교를 마치자 할머니가 별세하는 바람에 대학을 포기하고 극단에 참여한다. 1939년 그녀는 '미국흑인극단'(American Negro Theatre)에서 정식으로 드라마를 공부해 애환에 찬 흑인들의 삶에 초점을 맞춰 물질적 고통과 폭력의 위협 속에서 근근이 살아가는 흑인들의 삶을 그린다. 시어도어 브라운(Theodore Brown)의 『네이처맨』(*Natureman*, 1941)을 비롯한 여러 연극에서 그녀는 배우로서 찬사를 받는다. 『별 볼 일 없는 영웅』(*A Hero Ain't Nothin' but a Sandwich*, 1973)은 1970년대 도회지 게토에 살고 있는 열세 살짜리 벤지(Benjie)가 겪어가는 성장소설이다. 헤로인에 빠져 주변 사람들에게 폐를 끼치며 사고뭉치로 살아가던 벤지는 결국 우리가 살고 있는 세상에는 더 이상 영웅이나 구세주가 존재하지 않는다는 것을 깨닫게 된다.

⑤ 궨덜린 브룩스(Gwendolyn Brooks, 1917-2000)

브룩스는 1900년대 교육을 제대로 받지 못하여 도태되는 도시 흑인들의 일상을 여과 없이 표현한 여류시인으로 1960년대 후반 흑인예술운동에도 깊이 관여했던 인물이다. 그녀는 캔자스(Kansas)주 토피카(Topeka)에서 태어났으나 생후 6주 만에 가족은 시카고로 이주한다. 주변 및 학교에서의 인종차별에도 불구하고 그녀는 안정되고 단란한 가정에서 성장한다. 그녀는 13세 때 「저녁 무렵」("Eventide")이란 작품을 발표하여 주변을 놀라게 하고, 16세 때는 75편의 시를 포함한 포트폴리오를 만들어 시카고 흑인신문 『시카고 디펜더』(*Chicago Defender*)에 계속 보냈으나 채택되지 않아 비서직 등 여러 직업을 전전해야 했다. 1943년 시 워크숍에 참가하면서 그녀의 시가 알려지고, 1943년 중서부작가연맹으로부터 시 부문 상을 받는다. 1962년 케네디 대통령 초청으로 의회도서관에서 시낭송회를 가지면서 시인으로 인정받는다. 시카고 컬럼비아 대학을 위시한 여러 대학에서 시를 가르치고, 범세계적으로 수십 개의 명예학위를 받으면서 여류명사가 된다.

1945년 첫 시집 『브론즈빌의 길거리』(*A Street in Bronzeville*)를 발표하여 호평을 받는다. 그녀는 이 작품에서 주변의 평범한 삶을 주제로 비범한 시어를 사용하여 성공을 거둠으로써 구겐하임 연구기금을 받는다. 1949년에는 시카고에서 성장한 한 흑인 소녀의 삶을 연작시 형태로 엮은 두 번째 시집 『애니 앨런』(*Annie Allen*)을 출판함으로써 흑인 최초로 퓰리처상을 수상한다. 이 시집은 3부로 된 연작시이다. 1부는 "어린 소녀 시절의 비망록"(Notes from the Childhood and Girlhood)이라는 제목으로 애니의 출생, 그녀의 어머니, 인종차별, 살인과 죽음 등에 대한 삶의 굴곡을 스케치한다. 2부는 호머[호메로스(Homeros)]의 유명한 『일리아스』(*Ilias*)를 모방하듯 "애니어드"(Anniad)라는 제목으로 전쟁에 참전하여 돌아와 결혼했지만 떠나고 다시 귀가하는 그녀의 애인과의 사랑에 대한 환상적인 꿈의 세계를 그린다. 3부는 "여성다움"(Womanhood)으로 그녀가 추구하는 새로운 세상의 모습을 담아낸다. 이 시집은 자기중심적이고 낭만주의자인 에니의 모습이 성장하면서 현실적이고 이상적인 애니의 모습으로 바뀌는 과정을 보여준다 하겠다.

1950년 말 흑인들의 민권운동이 고조되자 브룩스의 작품도 자유와 평등을 위한 투쟁의 색채가 짙어진다. 브룩스는 1960년 시집 『콩을 먹는 사람』(*The Bean Eater*)에서 미시시피주에서 린치를 당하고 죽은 14세 소년의 비극과 아칸소 리틀 록의 학교에서 인종차별폐지 문제로 빚어진 흑백의 갈등을 담아낸다. 1968년에 발표된 「메카에서」("In the Mecca")에서는 말콤 엑스(Malcolm X, 1925-1965)를 위시한 흑인해방운동의 지도자가 다루어진다. 브룩스는 『폭동』(*Riot*, 1969), 『상륙』(*Disembark*, 1981), 『귀가』(*Coming Home*) 등 20여 권의 시집과 『모드 마사』(*Maud Martha*, 1953) 등의 소설을 남긴다. 그녀는 시는 전통적 발라드에서 소네트까지 다양하고, 블루스 리듬에 자유 시형을 구사했으며, 등장인물들은 대체로 도시의 가난한 소시민이었다.

⑥ 애드리엔 케네디(Adrienne Kennedy, 1931-)

케네디는 60년대 흑인예술운동의 중심인물이며, 1960년 대 미국을 대표하는 진보적인 여류 극작가 중에 한 사람이다. 그녀는 피츠버그에서 태어나 오하이오의 클리블랜드에서 자랐으며 어머니는 교사, 아버지는 사회사업가였다. 그녀는 비교적 인종차별이 없는 곳에서 성장했기 때문에 오하이오 주립대학에 입학할 때까지는 차별과 편견을 직면하지 않았다.

『검둥이의 요술쟁이집』(*Funnyhouse of a Negro*, 1962)은 자신의 경험을 바탕으로 쓴 첫 작품으로 흑인의 심리와 정체성을 다루고 있다. 그녀의 극은 시적이고 낙천적인 언어, 비전통적 플롯, 단편적인 포맷(fragmented formats), 표현주의적 요소를 가미한 후기 모더니즘의 경향을 보인다. 그녀는 흑백간의 심리적 갈등과 정신분열에 관한 묘사가 돋보이는 『올빼미 응답하다』(*The Owl Answers*, 1963), 수잔 알렉산더라는 주인공을 삼은 시리즈 극인 『알렉산더 극』(*The Alexander's Plays*, 1992) 등 18편의 극을 썼다. 그녀의 극은 플롯이 없고 상징적이며, 미국인의 다양한 경험을 탐색하기 위하여 역사적, 신화적, 가상적인 인물이 등장한다.

⑦ 토니 모리슨(Toni Morrison, 1931-)

오하이오(Ohio)주 로레인(Lorain)의 노동자계층 흑인가정에서 태어난 모리슨은 워싱턴 D. C.의 하워드 대학 영어과를 졸업하고 뉴욕의 코넬 대학에서 윌리엄 포크너(William Faulkner, 1897-1962)와 버지니아 울프(Virginia Woolf, 1882-1941)에 대한 연구로 석사학위를 받은 인텔리 작가이다. 텍사스서든 대학에서 2년간 강의를 한 뒤 모교 하워드 대학에서 영문학을 가르쳤으며(1957-1964), 유명출판사 랜섬하우스 뉴욕본부의 편집일을 맡는 등 전문 편집인으로 활동한다.

그녀의 처녀작 『가장 푸른 눈』(*The Bluest Eye*, 1970)은 의지가 강한 소녀 피콜라 브리드러브(Pecola Breedlove)가 자신을 학대하는 아버지를 극복하는 과정을 담고 있다. 피콜라는 자신의 검은 눈이 마술적으로 파랗게 변해 자신이 더욱 사랑스럽게 될 거라 믿고 있다. 모리슨은 이 소설을 통해 작가로서의 정체성 또한 창조했다면서 "나는 피콜라였으며, 클로디아(Claudia MacTeer)였고 또 모든 이였다"라고 말했다. 모리슨은 『술라』(*Sula*, 1973)에서 순종적이고 인습적 여성과 교활한 신여성 사이의 우애와 사랑, 갈등을 다룬다. 『솔로몬의 노래』(*Song of Solomon*, 1977)에서는 흑인 남성 밀크맨 데드(Milkman Dead) 가족의 100년간의 역사를 바탕으로 흑인사회의 치부를 여과 없이 드러낸다. 이 세

작품을 출간한 이후 모리슨는 정치적, 문화적으로 20세기의 매우 중요한 작가 중의 한 명이 된다.

『타르 베이비』(*Tar Baby*, 1981)는 서로 다른 세상에서 살아온 두 이질적인 청춘 남녀가 시련과 고통을 이겨내고 화합하는 러브스토리이다. 소르본 출신 아름다운 패션모델인 처녀와 카리브 해 섬에서 육체노동을 하는 청년의 러브스토리는 처음부터 시련을 맞는다. 하지만 두 남녀는 다른 흑인들이 고결성을 잃지 않고 사랑하면서 살아가는 모습을 보고 감화되어 서로 진정한 소통을 이루며 사랑을 키워간다. 모리슨은 소설 제목인 '타르 베이비'는 모든 것을 단결시키는 흑인 여성을 상징한다고 설명한다.

『빌러비드』(*Beloved*, 1987)는 남북전쟁 후 도망노예법이 발효된 노예주, 켄터키에서 자유로운 주, 오하이오로 도망치다가 추격해온 보안군에서 사로잡힐 위험에 처하자, 노예가 되는 것을 막기 위해 사랑하는 딸을 죽인 마거릿 가너(Magaret Garner)의 실화를 토대로 쓴 작품이다. 소설에서는 주인공 세서(Sethe)는 딸을 죽이고 나머지 세 아이도 죽이려 하나 뜻을 이루지 못한다. 죽은 딸이자 신비로운 인물인 빌러비드는 형체를 달리하며 자신의 목숨을 빼앗아 간 어머니와 함께 살기 위해 되돌아온다. 이 작품은 흑인으로 태어난 비애, 노예생활의 애환, 낙인까지 찍는 학대, 노예를 피하기 위해 자식을 죽이는 쓰라린 모정 등 가슴 뭉클한 내용이 충만하여 모리슨의 대표작으로 꼽아도 손색이 없다.

모리슨은 인종차별과 노예문제뿐만 아니라 미국역사에서 드러나지 않은 흑인들의 고난과 비극의 역사를 가장 핵심적으로 다룬다. 그녀는 어려서 부친에게 들은 흑인들의 전래적인 이야기와 더불어 '아프리칸 디아스포라'(African Diaspora)로 인해 정처 없이 유랑을 거듭한 흑인들에게 '집'(home)이란 무엇인가를 수난의 역사와 연관하여 고찰한다. 1922년부터 모리슨은 흑인공동체의 민속과 신앙, 생활 패턴을 이용한 흑인신화의 재구성에 관심을 가지며, 그 결과를 담은 『재즈』(*Jazz*, 1991)를 발표한다. 이외에 모리슨은 뮤지컬 대본 『뉴올리언스』(*New Orleans*, 1983)와 오페라 대본 『마거릿 가너』(*Margaret Garner*, 2005)를 내놓는다. 모리슨은 흑인의 정서가 녹아든 서정성과 흑인 전통의 리듬감을 바탕으로 탁월하고 독특한 문제를 창출한다. 서사시적 테마(epic theme), 생생한 대화(vivid dialogue), 그리고 세밀하게 묘사된 캐릭터 등은 그녀 작품을 빛내주는 주옥같은 편린이다.

⑧ 앨리스 워커(Alice Walker, 1944–)

작가, 시인, 여성 활동가로 활약한 워커는 조지아주 푸트넘(Putnam)에서 가난한 소작농의 딸로 태어난다. 남의 땅을 빌려 농사와 목축을 하던 가난한 집안의 그녀가 대학에 갈 수 있었던 것은 오로지 하녀 일을 하던 어머니의 눈물겨운 노력 덕분이었다. 할머니로부터 옛이야기를 들으며 자란 그녀는 8세부터 남몰래 글을 썼다고 전해진다. 그녀는 1952년 오빠가 쏜 비비탄 총에 맞아 오른쪽 눈을 실명한다. 이 사고가 일어난 뒤 그녀의 성격은 내성적으로 변하고, 마치 버림받는 사람인 양 실의에 빠지기 일쑤였다. 하지만 다친 눈 덕택에 그녀는 사람과 사물을 마음으로 보는 심안을 얻었고, 참을성을 키우고 진실한 인간관계를 중시하게 된다. 19세 때 그녀는 전면장학생으로 애틀랜타에 소재하는 스펠먼 대학(Spelman College)에 입학했다가 뉴욕에 있는 사라로렌스 대학(Sara Lawrence College)으로 옮긴다. 1965년 대학을 졸업하고 스펠먼 대학 역사교수이자 진보적인 시민운동가 하워드 진(Howard Zinn)의 영향을 받아 '미국시민권운동'(U. S. Civil Rights Movement)에 관심을 갖게 된다. 1967년 결혼 후 흑인 역사 컨설턴트와 작가로 활동하면서 잭슨 주립대학 등에서 강의한다. 잡지 『Ms』의 편집 일을 하면서 워커는 페미니스트 작가이자, 『그들의 눈은 신을 보고 있었다』의 저자인 조라 닐 허스턴(Zora Neale Hurston,

1891-1960)의 작품과 주제에 고무되어 작가가 된다.

워커의 첫 소설 『그랜지 코펄랜드의 세 번째 삶』(*The Third Life of Garange Copeland*, 1970)은 조지아의 시골 그랜지(Grange) 가의 3대가 겪는 삶의 굴곡과 애환을 다룬다. 사실상 노예나 다름없는 그랜지는 지주의 착취를 도저히 참을 수 없어 가족을 남겨둔 채 북으로 도망친다. 하지만 그를 찾아 나선 아들의 신세만 망치고 다시 돌아올 수밖에 없게 된다. 그랜지는 도시의 생활은 다소 경제적 도움은 되지만 도덕적 타락으로 인도한다는 것을 깨닫게 된다.

1976년 워커는 두 번째 소설 『머디언』(*Merdian*)을 발표한다. 이 작품은 남부에서 시민권 운동에 참여하여 활동했던 인권운동가의 삶을 묘사한다. 이 작품은 그녀의 경험을 토대로 쓴 자서전적 소설이다.

『컬러 퍼플』(*Color Purple*, 1982)은 의붓아버지에게 능욕당해 두 번이나 출산을 해야 했던 14세의 나약하고 순진한 소녀가 성장해나가면서 삶에 눈떠가는 과정을 그리고 있는 작품이다. 이 소설은 최고 인기작이자 그녀의 대표작이다. 워커는 이 작품에서 세상의 온갖 추악한 불의와 부정 앞에 노출된 천진스러운 소녀의 이야기를 서술하면서 백인 인종주의자와 흑인 가부장제의 야만과 포악을 고발할 뿐만 아니라, 인내와 생존, 그리고 진실한 사랑을 찾으려는 주인공의 눈물겨운 노력을 담아낸다. 군더더기 없는 간결한 문체와 산뜻한 전개방식으로 베스트셀러가 되었고, 영화(1985)와 브로드웨이 뮤지컬(2005)로도 각색되어 큰 인기를 끈다.

자칭 '여성주의자'였던 워커는 여성의 시각으로 흑인의 존재를 부각시키면서 오랫동안 존재해온 인종차별 문제와 페미니즘을 연결시킨다. 토니 모리슨(Toni Morrison, 1931-), 자메이카 킨케이드(Jamaica Kincaid, 1949-), 토니 케이드 밤바라(Toni Cade Bambara, 1939-1995) 등과 같은 유명한 흑인 소설가들처럼 워커는 이웃과 같이 현실적인 사람들의 꿈과 좌절에 초점을 맞추고, 고상하면서도 시적인 리얼리즘을 사용한다. 워커는 지금까지 금기시되었던 흑인 여성에 대한 흑인 남성의 폭력과 학대, 억압 등의 주제를 택하여 흑인이 당면하고 있는 현실적 문제를 진솔하게 표현한다. 그녀의 작품들은 인간의 존엄성을 강조한다.

4. 비트문학

1) 비트세대

1950년대 후반부터 60년대 초에 뉴욕의 그리니치빌리지(Greenwich Village)와 샌프란시스코의 노스비치(North Beach)를 중심으로 활동한 일군의 전위 시인과 소설가를 총칭해 비트작가라 하고, 그들과 뜻을 같이하는 젊은 세대를 비트세대라 일컫는다. 이들은 현대의 산업사회가 몰고 온 물질적 혜택을 거부하고 기존의 질서와 도덕에 저항하며 문학의 아카데미즘에도 반기를 든다. 당시 지배적이던 모더니즘의 억제와 구속에 반발하고 내재적인 자아를 무제한 해방시키기 위해 장발에다 맨발로 다니는 것을 좋아하고 모던 재즈를 듣고 마리화나를 애용하며 음주와 섹스를 탐닉했다. 이들 중에 핫(hot) 비트족이라 불리는 사람들은 미래에 대한 두려움을 찰나적인 욕구에서 위안을 얻고자 술과 마약, 그리고 섹스를 탐닉했으나, 쿨(cool) 비트족은 선과 명상 등 불교 및 동양철학을 통해 심신의 안정을 찾고자 했다.

비트세대의 대표적 작가 앨런 긴스버그(Allen Ginsberg, 1926-1997)의 시집 『울부짖다와 기타 시』(*Howl and Other Poems*, 1956)는 재즈를 청취하면서 오후를 보내는 사람들, 정신없이 수다 떠는 사람들, 선을 위해 행방을 감춘 사람들, 세 번이나 자살에 실패한 남자 등을 파노라마식으로 나열한다. 잭 케루악(Jack Kerouac, 1922-1969)의 『노상에서』(*On the Road*, 1957)는 플롯이나 구성도 없는 소설로, 일종의 방랑 이야기다. 주인공 모리아티(Dean Moriarty)는 아무런 동기도 없이 자동차를 타고 서부로 질주한다. 방랑하는 동안 맛본 생명감과 자유가 그에게는 전부다. 재즈, 마약, 섹스 등에 도취되고 선을 동경하며 친구들만의 특수한 그룹을 만들어 '스퀘어'(square)라고 부르고 일반사람들에게 등을 돌리는 그들의 기묘한 행동은 구시대에 대한 강력한 반항이었다. 그들은 인위적으로 잘 다듬어진 작품보다도 소박한 것을 선호했다. 그들의 내면에는 미국의 전통을 재확인하고 현대문명 속에 매몰된 개성을 회복하려는 의지가 있었다. 따라서 그들은 마음의 토로나 폭발을 존중하고, 무의식주의(automatism)에 절대적인 믿음을 가졌다.

2) 비트작가

① 윌리엄 버로우즈(William Burroughs, 1914–1997)

미주리주 세인트루이스의 부유한 명문가에서 태어난 버로우즈는 하버드에서 영어와 인류학을 공부하고 비엔나로 건너가 메디컬 학교를 다닌다. 1942년 제2차 세계대전에 참가하여 군 경험을 얻고자 하나 해군 입대를 거절당한다. 이에 실망한 그는 마약에 빠지는데, 이후 일생 마약에 취해 살아가게 된다. 1943년 뉴욕에 있는 동안 긴스버그와 케루악과 교우하면서 반문화운동에 앞장섰다. 그의 대부분 작품은 멕시코시티, 런던, 파리, 베를린, 남미 아마존, 모로코의 탕헤르(Tanger) 등을 전전하는 헤로인 중독자의 경험담을 표현한 자서선적 소설이다. 마약중독자의 고백 소설인 「정키」("Junkie," 1953)는 버로우즈의 첫 소설이자 성공작이다. 이 작품은 느슨하게 연결된 일련의 우화적 소품들로 구성되어 있는데, 버로스는 이 소품들은 어떤 순서로 읽어도 상관없다고 말한다. 독자는 미국에서 멕시코과 모로코 탕헤르, 그리고 가공도시 인터존(Interzone)까지 마약중독자이자 작가의 분신인 윌리엄 리(William Lee)

를 추적하도록 요청받는다. 이 작품은 여러 면에서 작가의 경험을 충실히 반영한다.

『네이키드 런치』(*Naked Lunch*, 1959)는 버로우즈의 인기작이자 대표작이다. 『네이키드 런치』의 서술이 마약중독자인 윌리엄 리의 고백으로 이루어져, 스타일에 있어 일관성이 없고 혼돈된 구조를 가지며, 이미지도 파편화되어 있다. 하지만 이 작품의 주제를 파악하는 일은 그렇게 어렵지 않다. 이 작품은 지배 권력의 메커니즘과 그 권력에 대한 저항과 거부, 그리고 상실된 자아의 정체성을 회복하는 과정을 제시함으로써 개인의 삶 깊숙이 영향력을 행사하는 제도적 폭력에 대한 통렬한 비판을 담고 있다. 『네이키드 런치』에서 권력의 속성을 가장 잘 나타내는 인물은 벤웨이(Benway)이다. 그는 자유공화국(Freeland Republic)인 아넥시아(Annexia)의 정치적 고문으로 "조종자, 상징 시스템(symbol system)의 코디네이터, 모든 단계의 심문과 세뇌, 그리고 통제의 전문가"이다. 이 소설의 서술자이자 주인공인 윌리엄 리가 한때 마약을 탐닉했던 삶을 살았던 것처럼, 그는 다른 사람에 대한 지배 욕구에 사로잡혀 일반 국민들을 마음대로 조종하고 통제하고자 한다. 그는 국민들의 불평과 불만을 최소화하기 위해 생필품을 충분히 공급하고, 개인적 차원에서 성적 욕구를 충족시킬 수 있는 여건을 조성한다. 또한 그는 지금까지 악명 높았던 집단수용소를 폐쇄하고, 대규모 체포와 특별한 경우 외에는 강한 반항심을 조장하는 고문을 금지시킨다. 이렇게 그는 표면적으로는 국민들의 호감을 살 수 있는 선심 정책들을 쓰면서도, 내심으로는 일반 국민들이 집단적으로 반항하지 않는 순종자가 되도록 만들어버린다. 마약중독자로 경찰을 피해 다니다가 아넥시아로 흘러들어와 정치 스파이로 벤웨이의 정치적 탄압행위들을 지원해야 하는 역설적 상황에 처하게 된 윌리엄 리는 정당과 국가와 같은 조직의 최고지도자가 권력을 탐닉했을 경우 어떻게 일반 국민들을 지배하고 탄압하는지 파악한다. 윌리엄 리는 지배 권력의 마약과 같은 부정적이고 파괴적인 속성을 깨닫고, 작품 창작이라는 주체적 행위를 통해, 그리고 자신의 의식개혁을 통해 지배 권력의 억압과 횡포로부터 탈주한다.

버로우즈는 비직선적(non-linear)이고 회귀적인 스토리 진행방법을 내세워 자신만의 독창적인 문학 세계를 창조한다. 현대인의 실존적 소외와 위기 문제를 제기하고, 마약중독과 같은 현대의 병리 현상을 파헤치면서 포스트모던 소설기법을 실험했다는 측면에서 버로우즈는 높이 평가받을 만하다.

② 잭 케루악(Jack Kerouac, 1922–1969)

케루악은 매사추세츠 로웰의 가난한 프랑스계 가정에서 태어난다. 케루악은 1956년에 『노상에서』(*On the Road*)를 발표하면서 무명에서 일약 비트세대를 주도하는 작가로 부상한다. 『노상에서』는 특별한 목적도 없이 떠돌아다니는 비트족들의 에피소드로 구성된다. 이 작품은 술, 마약, 재즈, 섹스 과속운전 등 당시 비트족들이 경험할 수 있었던 도락과 흥취를 아무런 맥락 없이 나열하고 있는 일종의 악한 소설이다. 주인공은 명확한 동기도 없이 고물 자동차로 서부로 향한다. 그는 이 방랑 여행을 통해 생명력과 자유와 방임, 그리고 재즈와 마약, 때론 섹스를 탐하고 선을 동경한다. 어떻게 보면 주인공의 일관성 없는 행동이 이 소설의 전부이다.

케루악의 다른 작품으로, 작가와 어린 소녀의 연애사건을 중심으로 현대인의 흐트러진 성 도덕을 다룬 『지하사람들』(*Subterranean*, 1958), 선의 강한 구도정신에 공감을 나타내는 『달마행자들』(*Dharma Bums*, 1958), 시집으로는 『멕시코시티』(*Mexico City*, 1959)와 『한때』(*Once*, 1968) 등이 있다.

케루악은 컬럼비아 대학 시절 앨런 긴스버그 등을 만나 비트작가들과 친교를 맺으면서, 비인간적인 권력 사회에 생리적으로 반발한다. 그는 자연발생적이고 감각적이며 체계가 없는 문체를 의식적으로 사용해 순간적 자아의 충족과 종교적 깨달음을 추구한다. 그는 월트 휘트먼(Walt Whitman), 토마스 울프(Thomas Wolfe), 헨리 밀러(Henry Valentine Miller) 등의 영향으로 형식적 기교에 구속받지 않는 창작을 시도하며, 극도로 반문명적 태도를 취한다. 그의 대부분의 작품은 기성 사회의 도덕과 윤리를 떠나 감각적으로 자기도취나 만족을 추구하며 떠돌아다니는 비트족의 생활을 그린 것이다. 그가 즐겨 사용한 작품의 주제는 가톨릭 신성, 불교의 선, 재즈, 마약, 섹스, 가난, 목적 없는 여행 등이며, 현실 도피적이라는 점에서 히피 운동의 원조라 할만하다.

③ 앨런 긴스버그(Allen Ginsberg, 1926–1997)

비트세대의 리더 중의 한 사람이던 긴스버그는 시인이자 비평가였던 필립 래먼시아(Philip lamantia, 1927-2005)로부터 초현실주의(surrealism)를 소개받고, 프란츠 카프카(Franz Kafka, 1883-1924), 허먼 멜빌(Herman Melville, 1819-1891), 표도르 도스토옙스키(Fyodor Mikhailovich Dostoevsky, 1821-1881), 에드거 앨런 포(Edgar Allan Poe, 1809-1849), 에밀리 디킨슨(Emily Dickinson, 1830-1886), 딜런 토마스(Dylan Thomas, 1914-1953) 등으로부터도 영향을 받는다. 그의 시는 산만한 구성 가운데 예언적인 계시를 시사하며, 비트족의 문화적, 사회적, 비순응주의(non-conformity) 저항정신을 강조한다. 그는 현대의 '월트 휘트먼'이라고 지칭되기는 하지만, 비트작가들과 교우하면서 때로는 외설적인 표현을 서슴지 않았다.

대학을 졸업한 후 긴스버그는 샌프란시스코 일대를 방랑하면서 개리 슈나이더(Gary Synder, 1930-)와 로렌스 펄링게티(Lawrence Ferlinghetti, 1919-) 등과 교류하면서 황폐한 전후 세계를 날카롭게 묘사한 장편서사시 「울부짖음」("Howl," 1956)을 내놓는다. 그는 환상적인 체험을 위하여 일부러 마약에 취하기도 하고 참선을 배우러 인도에 찾아가기도 했는데 귀국 길에 일본에 들러 선을 공부하고 신간선 열차 안에서 새로운 각성을 경험했다 한다. 그 후 그는 만트라(Mantra, 眞言: 참된 말, 진실한 말, 진리의 말)를 암송하며 데모의 선두에 서기도 하고, 각종 반사회, 반문화 활동에 참여한다.

「울부짖음」은 현대 미국사회에 대한 격렬한 분노의 표출인 동시에 암담한 현실의 벽 앞에서 울부짖는 처절한 애가라고 할 수 있다.

> I saw the best minds of my generation destroyed by madness, starving
> hysterical naked,
> dragging themselves through the negro streets at dawn looking for an
> angry fix,
> Angel-headed hipsters burning for the ancient heavenly connection
> to the starry dynamo in the machinery of night,
>
> 나는 내 세대의 최고 정신이 광기에 의해 파괴되는 것을 보았다.
> 굶주리고, 히스테리를 부리며, 벌거벗은 채,
> 독한 마약을 찾아 새벽 흑인들의 거리로 몸을 질질 끌며,
> 천사머리를 한 비트족들, 밤의 기계장치 속에서 별처럼 빛나는
> 발전기와 아주 오래된 천상의 교류를 찾아 타오르는 . . .

이 시는 위선과 허식, 패권주의, 획일화된 규범, 황금만능주의 등이 판치는 미국사회를 통렬하게 비판한 시이다. 현실에서 아무런 희망도 갖지 못한 비트족의 암울한 삶을 토로한 이 작품은 문란한 성생활, 이교에 의한 구원, 마약에 의한 환각 등을 옹호하고 있으므로 미국의 기존 질서에 정면으로 도전한 셈이다. 그리고 이 시는 긴스버그가 그의 인생의 동반자 피터 올로스키(Peter Orlosky, 1933-2010)를 포함한 여러 명의 남성과 동성애를 즐긴 자신의 수치스러운 양심이 반영되어 있다. 그는 이 시에서 동성애법이 범죄로 규정된 상황에서 터부로 여겨지는 동성애와 양성애를 동시에 즐기는 성애를 묘사함으로써 재판에 회부되는 등 큰 물의를 불러일으킨다.

그 밖에도 그의 시, 「제소아 로드의 9월」("September on Jessore Road," 1971)은 방글라데시의 독립전쟁의 희생자를 추모하는 동시에 난민 탈출에 대해 국제적인 환기를 불러일으킨다. 월남전 말엽에 쓴 시집 『아메리카의 몰락』(*The Fall of America*, 1974)은 예언가로서 그의 풍모를 잘 보여준 작품으로 전미도서상을 위시한 여러 상을 휩쓴다. 1995년에 발표한 「코스모폴리탄 그리팅스 1986-1992」("Cosmopolitan Greetings: Poems, 1986-1992")는 시 부문 퓰리처상을 수상한 작품이다.

긴스버그는 50년대 비트세대의 선도적인 시인 중 한 사람이다. 그는 군사패권주의, 물질만능주의의 현대 미국사회를 공박한다. 또한 동성애를 범죄시하는 상황에서 성적으로 억압을 받는 사람들의 편에 서서 동성 간의 성의 자유를 주장한다. 그는 나아가 매카시즘 광풍에서 순한 양처럼 살아가는 일반 미국인의 순응주위에 대해서도 비판의 화살을 아끼지 않는다.

④ 개리 스나이더(Gary Snyder, 1930-)

스나이더는 초기에 비트운동에 관여했으나 60년대 후반부터는 히피의 공동체생활과 환경보호운동의 대변자 역할을 맡는다. 자연 생태계 보존과 불교철학에 관심이 깊어 그의 작품 곳곳에 그것들이 투영되어 있다. 그는 여러 해 동안 캘리포니아 대학 교수로 재직하면서 중국의 고전부터 일본의 현대문학에 이르기까지 많은 동양의 서적을 번역했으며, 한동안 캘리포니아 예술위원회에서 활동한다.

스나이더의 시는 자신의 일상에서 겪는 신화적이고 종교적인 경험과 종말 위기에 처한 인류의 운명을 다루고 있다. 특히 자연계의 파괴와 착취를 정당화하는 인간중심의 사상과 종교에 비판을 가한다. 그는 동양의 철학, 특히 불교의 선을 통하여 인간과 자연계의 화합을 모색하며 미국 인디언의 생활 지혜에서 인류가 나아가야 할 방향을 찾으려 시도한다. 그의 시의 형식은 월트 휘트먼에서 에즈라 파운드를 거쳐 일본의 하이쿠에 이르기까지 다양한 유형을 보여준다.

초기에 발표한 두 시집, 『잡석』(*Riprap*, 1959)과 『신화와 텍스트』(*Myths and Texts*, 1960)에는 그가 북미 태평양 연안 온대수림에서 벌목꾼과 산림관리원으로 일할 때 얻은 체험과 이미지가 두드러지게 나타난다. 『오지』(*The Black Country*, 1967)와 『파도에 대하여』(*Regarding Wave*, 1969)에서는 실생활 속에 영성을 용해시키고 있는데, 이것은 스나이더가 인간의 영성을 중시하는 동양 철학에 더욱 심취했음을 보여준다. 후기 시집으로는 퓰리처 수상작인 『거북이 섬』(*Turtle Island*, 1974)과 『도끼 자루』(*Axe Handles*, 1983) 등이 있다. 특히 『거북이 섬』에서 그는 우리가 살고 있는 지구를 영원한 생명을 지닌 '거대한 거북이'로 은유하며, 온 인류가 서로 지혜와 힘을 모아 이 섬을 지켜야 한다고 호소한다.

5. 풍속소설가

풍속소설은 어떤 특정한 시대를 무대로 그 시대의 풍습과 풍물을 소개하며 그 시대의 삶을 생생하게 묘사하는 시대 소설이자 역사소설이다. 미국의 풍속소설은 낭만주의 초기의 소설가 제임스 페니모어 쿠퍼(James Fenimore Cooper, 1789-1851)의 『가죽 각반 이야기』(*The Leather-Stocking Tales*, 1823)가 있고, 남북전쟁 후 19세기 후반 지방적 풍습과 방언 등의 사실적 묘사에 중점을 두고 사실주의의 기조로 삼았던 지방색 문학(Local Colorism)이 있다. 여기서는 20세기 후반에 활약한 풍속소설가를 소개한다.

1) 존 치버(John Cheever, 1912–1982)

치버는 매사추세츠(Massachusetts)의 퀸시(Quincy) 출신으로 아무도 원치 않는 아이로 태어났다는 심적 고통 속에서 자란다. 부모의 불행한 결혼생활과 가정의 붕괴로 치버는 외로운 유년시절을 보내야 했다. 고등학교 때 학내서 담배를 피웠다는 이유로 퇴학을 당했는데 이때의 경험이 『뉴 퍼블릭』(*New Public*) 지에 발표한 첫 단편 「퇴학」("Expelled," 1930)의 바탕이 된다. 고교를 중퇴한 후 16세부터 독서와 창작에 매달리며 작가의 수양을 쌓았는데 문학이 그의 유일한 도피처였다. 군을 제대한 뒤 본격적으로 소설을 쓰기 시작했고 『뉴요커』 지 등의 잡지에 계속적으로 단편소설을 발표하여 호평을 받았다. 이런 단편소설들은 「어떤 사람들의 인생」("The Way Some People Live," 1943), 「거대한 라디오」("The Enormous Radio," 1954), 「세이디 힐의 가택 침입자」("The Housebreaker of Shady Hill," 1958), 「나의 다음 소설에는 등장하지 않을 몇몇 사람, 장소, 사물들」("Some People, Places and Things That Will Not Appear in My Next Novel," 1961), 「여단장과 늙은 과부」("Brigadier and the Gold Widow," 1964), 「사과의 세계」("The World of Apples," 1973) 등이다. 이 작품들은 치버 특유의 냉소적이고 장난스러우며 다소 불경스러운 느낌을 주는 소설이다. 이들 중,「거대한 라디오」는 사소한 일상과 그 일상을 지배하는 음울한 불안감이 두드러지기에 마치 새뮤얼 베케트(Samuel Beckett, 1906–1989)의 극이나 안톤 체호프(Anton Chekhov, 1860–1904)의 희곡을 읽고 있는 느낌을 준다. 명확하지 않으나 분명하고, 부조리 속에서도 리얼한 공간, 이것이 치버의 문학 세계다.

『웹쇼트 가의 역사』(*The Wapshot Chronicle*, 1957)는 부조리한 상황을 잘 보여주는 장편소설이다. 이 작품은 매사추세츠 어촌에 사는 300년의 유구한 역사를 지닌 전통적 가구가 현대화의 파도에 휩쓸려 붕괴되는 과정을 추적하는 일종의 역사소설이자 피카레스크식의 소설이다. 주인공 카벌리(Coverly)는 부모가 원하지 않는 차남으로 태어났다는 피해의식에 사로잡혀 형 모제스(Moses)에 대한 열등감에 괴로워한다. 그는 살인, 자살, 마약, 알코올 중독 등의 방법으로 부조리한 현실로부터 탈출하려고 한다. 그는 실존적 자아를 찾기 위해 가족으로부터도 자신을 고립시키며, 의미 없는 애정행각을 벌이기도 한다. 하지만 또 다른 고독과 소외에 몸부림칠 뿐 부조리의 악순환은 계속된다. 이 소설은 찰스 디킨스(Charles Dickens, 1812-1870)나 헨리 제임스 유의 가족설화 스타일의 소설이고 속편으로는 『웹쇼트 가의 스캔들』(*The Wapshot Scandal*, 1964)이 있다.

존 치버는 그의 단편소설로 퓰리처상을, 『웹쇼트 가의 역사』로 전미도서상(National Book Award)을, 그리고 『웹쇼트 가의 스캔들』로 국립예술원 메달을 수상한다. 치버는 '교외의 체호프,' '교외의 음유시인'으로 불리며, 현대 미국의 최고 문장가의 한 명으로 꼽힌다. 그는 중심부의 화려함보다 외곽의 평범함 속에서 작품의 주제를 발굴하여 담담한 언어로 표현한다. 그는 단편소설, 드라마 대본, 영화 시놉시스(synopsis), 잡지기사 등 여러 방면에서 활동하였다.

2) 존 업다이크(John Updike, 1932-2009)

업다이크는 펜실베니아주 리딩(Reading)에서 네덜란드계 부친과 작가인 모친 사이에 외아들로 태어난다. 고등학교부터 미술에 뛰어난 재능을 보여 전액 장학생으로 하버드에 입학하였으나 영어로 전공을 바꾸어 우등생으로 졸업한다. 후에 옥스퍼드에 1년간 유학하며 만화가가 되기 위해 1년간 미술을 공부한다. 그는 영국에서 돌아와 『뉴요커』 지에 시와 단편 그리고 예술과 문학 비평을 기고하면서 작가로서의 소양을 쌓는데, 이 잡지사에 채용되어 2년간 정규직으로 근무한다. 1957년 작품 활동에 전념하기 위해 그는 잡지사를 그만둔다.

업다이크의 작품에서 가장 유명한 것은 분명 『달려라 토끼』(*Rabbit Run*, 1960), 『돌아온 토끼』(*Rabbit Redux*, 1971), 『토끼는 부자』(*Rabbit is Rich*, 1981), 『쉬는 토끼』(*Rabbit at Rest*, 1990), 『토끼 회고』(*Rabbit Remembered*, 2001)로 구성된 5부작으로 된 토끼 시리즈이다. 업다이크는 펜실베이니아 교외를 배경으로 중산층이 겪고 있는 가정문제를 다루면서 권태와 우울을 투사시켰는데, 이 토끼 시리즈는 40년에 걸친 미국의 사회적, 정치적 역사를 배경으로 주인공의 인생 역정과 희로애락을 마치 대하소설처럼 풀어놓는다. 이 시리즈 중 첫 번째 작품, 『달려라 토끼』는 50년대를 반영하면서 삶의 목적과 애정을 상실한 젊은 가장의 좌절과 방황을 그린다. 학창시절 농구 스타였던 주인공 해리 래빗 앵스트롬(Harry Rabbit Angstrom)은 사회에 나와 나름대로 적응해보려고 좌충우돌 토끼처럼 뛰어보지만 뜻을 이루지 못하고 아내와 애인 사이를 오가며 방황을 일삼는다. 『돌아온 토끼』는 60년대 반문화에 주목하며 인생에서 분명한 목표를 찾지 못하거나 일상에서 탈출구를 찾지 못한 주인공의 흔들리는 모습을 담고 있다. 『토끼는 부자』는 베트남 전쟁이 시들해지면서 사람들의 관심이 자기중심적으로 변했던 70년대를 배경으로 한다. 이 작품에서 앵스트롬은 유산을 상속받아 부자가 되지만 삶의 여러 가지 문제, 즉 아내의 음주, 골칫거리인 두 아들, 자신의 바람기 등에 직면한다. 『쉬는 토끼』는 80년대 문화 퇴보 속에서 주인공의 자신과의 화해와 우연한 죽음을 다룬다. 끝으로 『토끼 회고』는 이제 주인공은 죽고 없고, 주인공의 아들 넬슨(Nelson)과 그의 사생아 아나벨(Annabelle)이 지난 상처를 이겨내고 새로운 사랑을 성취하는 것을 보여준다.

업다이크의 분신으로 볼 수 있는 래빗 앵스트롬은 20세기 후반 미국에서 살아가는 평범한 인물로, 사회와 대중문화에 대한 그의 반응은 이 시대의 일반적인 성향을 대변한다. 업다이크는 잭 케루악의 『노상에서』에 대한 반응으로서 이 작품을 썼다고 말했다. 그는 미국의 젊은 가장이 맹목적으로 노상에 나간다면 어떤 일이 일어날까 아마도 사람들이 다친 그를 버려두고 떠날 것이라는 것을 보여주고자 이 작품을 썼다고 말한 바 있다. 이 작품은 업다이크의 출세작이자 대표작으로 현대 미국인의 공허감을 유감없이 보여준 걸작이다.

업다이크는 1982년 『돌아온 토끼』와 『쉬는 토끼』로 두 번씩이나 퓰리처상을 받았고, 부친을 모델로 한 『캔타우로스』(*The Centaur*, 1963)로 전미도서상을 수상한다. 『캔타우로스』는 업다이크 소설 가운데 가장 개인적이며 실험적인 소설로 평가받는다. 이 작품의 배경은 작가의 고향이 모델이 된 펜실베이니아의 가상적 마을 올링거(Olinger)인데, 작가는 이곳을 무대로 고등학교 교사와 그의 아들과의 관계를 그리스 '켄타우로스' 신화에 비유한다.

업다이크는 뉴잉글랜드 교외를 향토소설의 무대로 등장시키곤 하는데, 『커플스』(*Couples*, 1968)와 『나와 결혼해주오』(*Marry Me*, 1976)가 여기에 해당된다. 특히 『커플스』는 매사추세츠(Massachusetts)의 타르박스(Tarbox)에 거주하는 열 쌍의 중산층 커플의 성생활을 희극적, 풍자적, 서정적, 철학적으로 대담하고 진솔하게 묘사하여 화제를 불러일으킨다.

업다이크는 행실이 나쁜 목사를 꼬집은 일기체 소설, 『아주 오랫동안』(*A Month of Sundays*, 1975)에 이어 『쿠데타』(*The Coup*, 1978)를 내놓는데, 이 작품은 포스트 식민주의 시대 미국과 다른 나라의 관계에 대한 작가의 관심을 반영한 소설로 아프리카의 에티오피아(Ethiopia)를 모델로 한 가상 국가, 쿠시(Kush)를 무대로 한다.

업다이크의 스물두 번째 소설 『테러리스트』(*Terrorist*, 2006) 역시 화제의 문제작이다. 이 작품은 이집트에서 온 교환 학생과 미국인 여성 사이에 태어난 주인공 18세 이슬람 청년이 정치적 이유가 아닌 사회적, 종교적인 이유로 자살 폭탄테러에 나서는 이야기이다. 이 작품에서 업다이크는 테러리스트의 입장에서 폭탄테러에 나설 수밖에 없는 이유를 찾기 위해 평범한 청년이 테러리스트로 변해가는 과정을 치밀하고 세심하게 추적한다. 아랍권의 시각으로 미국에 대한 증오의 원인을 파헤치려는 이런 시도는 큰 파란을 불러 왔으나, 업다이크는 단지 테러리스트의 관점에서 사건을 재조명하고 싶었다고 말한다.

업다이크는 10대부터 글을 쓰기 시작하여 20편이 넘는 장편소설을 위시해 단편과 평론, 시, 극 등을 남긴 다산 작가이다. 그는 평범한 중산계층의 일상을 소재로 현대사회의 무료함과 불안을 예리하게 파헤친다. 인물과 사건에 대한 통찰력이 탁월하며, 문체와 표현력은 화가처럼 정확하다.

3) 윌리엄 스타이런(William Styron, 1925-2006)

미국의 소설가이자 에세이스트로서 1950년대 『파리 리뷰』 지의 편집고문으로 활동한 스타이런은 역사의식과 현대 생활의 사회적 · 심리적 혼란이라는 주제를 결합시킨다.

스타이런은 버지니아(Virginia) 동부 저지대 뉴포트뉴스(Newport News)의 역사적으로 유서 깊은 힐턴 마을(Hilton Village)에서 태어났다. 부친은 조선소 일꾼으로 우울증을 앓았고 모친은 일찍 암으로 죽는 바람에 그의 소년 시기는 매우 불우했다. 그는 공립학교에서 3년을 마치고 교리와 복종을 강요하는 미션스쿨에서 시련을 겪었으며, 대학도 몇몇 학교를 거쳐 듀크 대학으로 진학한다. 그는 해병대 장교 양성과정에 들어가 훈련과 학업을 동시에 수행하며 해병대 중위로 전선으로 나갈 준비를 하다가 일본이 항복하는 바람에 대학으로 돌아와 학업을 마친다. 대학 시절 그는 학교 문예지 『액티브』(*The Active*)에 여러 편의 단편소설을 발표한다. 1947년 스타이런은 대학을 졸업하고 뉴욕의 『맥그로힐』(*MC Graw-Hill*) 지에서 편집 일을 맡는다.

스타이런의 첫 소설, 『어둠에 누워』(*Lie Down In Darkness*, 1951)는 의식의 흐름 기법으로 로프티스(Lofts) 집안이 붕괴되는 과정을 진지하게 묘사한다. 이 소설은 1945년 8월 히로시마 원자폭탄이 떨어진 직후 어느 하루 오전 11시에서 저녁때까지의 시간에 버지니아 포트워릭시(작가가 태어난 뉴포트뉴스)의 역에서 묘지까지의 제한된 시간과 장소에서 일어난 일, 즉 투신자살한 딸의 유해를 옮기는 장송을 다룬다. 이 장송에 참석한 사람들의 회상과 독백을 통하여 30년에 걸친 로프티스 일가의 몰락이 생생하게 그려진다. 이 가문의 당대 주인 밀턴(Milton)은 시대의 흐름을 읽지 못하여 몰락하여 술과 여자를 탐닉하며 방황을 한다. 부친의 기질을 이어받고 부친만을 의지하던 딸, 페이턴 로프티스(Peyton Loftis)는 모친, 헬렌(Helen)의 냉대와 부친의 방황 때문에 자제력을 상실하고 12층에서 뛰어내린다. 딸의 죽음에 충격을 받은 헬렌은 목사에게 "당신의 신은 얼치기 바보이고 나의 신은 악마입니다"라고 폭언을 퍼붓는다. 이 소설은 사랑의 의미와 애정의 언어가 상실된 현대를 절망과 불신의 시대라고 간주한다. 이 작품은 비평가들로부터 열렬한 호평을 받고 미국 예술원상과 이탈리아가 수여하는 로마상(Roma Prize)을 받는다.

스타이런의 세 번째 소설, 『집에 불을 질러라』(*Set the House On Fire*, 1960)는 이탈리아 아말피 해안(Amalfi Coast)의 미국 국적 이탈자에 관한 소설이며, 영어판은 별로 호응을 받지 못했으나 불어로 번역되어 베스트셀러가 된다.

『내티 터너의 고백』(*The Confessions of Nat Turner*, 1967)은 1831년 버지니아 노예폭동 지도자 내트 터너를 내레이터로 한 작품이다. 이 작품은 인종차별을 조장한 작품이라는 비난과 상상력이 넘치는 대작이라는 논란을 불러 일으켰던 화제작으로 1968년에 퓰리처상을 받는다.

『소피의 선택』(*Sophie's Choice*, 1979)은 작가지망생 스팅고(Stingo)의 관점으로 쓴 작품이며, 그가 작가 지망생이고 듀크 대학 졸업생이란 점에서 스타이런의 자서전적 색채가 느껴지는 장편소설이다. 이 작품은 아우슈비츠 홀로코스트에서 살아남은 폴란드 가톨릭 여성 소피와 유대인이라는 덫에 갇혀 자유를 구속당하고 히스테리 증세를 보이는 네이선(Nathan), 그리고 현대 미국의 지성으로 일류 작가를 꿈꾸는 스팅고, 이들의 삼각관계가 빚어내는 비극적 러브 스토리이다. 이 세 사람이 연출하는 슬픈 사랑이야기 위에 나치의 유대인 대학살, 미국 남부 노예제도, 인종차별 등 악의 본질로 간주되는 역사적 비극을 작가는 세 등장인물을 통하여 리얼하게 풍자한다. 작가에 의해 불멸의 여성상이 된 소피는 자식의 생명을 구하려는 모정의 입장에서 가장 심각한 선택을 강요당한다. 소피는 반유대주의자를 경멸하면서도 부친의 강요로 그의 제자와 결혼하고, 나치를 혐오하면서도 나치 사령관의 정부가 되어야 하고, 가스실로 보내는 남매 중에서 하나를 택하라는 선택을 강요당한다. 더불어 소피는 전망 밝은 스팅고와 절망에 허덕이는 네이선 중에 한쪽을 택하도록 강요당한다. 이 작품은 모든 선택의 결과가 부정적임에도 불구하고 중대한 선택을 강요당하는 한 여성의 숙명을 극적으로 그려낸다.

4) E. L. 닥터로우(Edgar Lawrence Doctorow, 1931–2015)

뉴욕의 브롱크스(Bronx)에 태어난 닥터로우는 브롱크스 과학고등학교를 졸업하고 오하이오(Ohio)의 케니언 대학(Kenyon College)을 다녔는데, 유명한 시인이자 신비평의 거두인 존 크로우 랜섬(John Crowe Ransom, 1888-1974)과 함께 공부했다. 그는 대학 재학 중 연극 동아리에 몸담기도 했으며 철학을 전공한다. 군에 입대하여 제2차 세계대전 후 연합군의 통치하에 있는 독일의 통신부대에서 근무한다. 제대한 뒤, 영화사에서 영화 대본을 교정하는 일을 한다. 이때 그는 첫 소설, 『하드타임으로 오라』(*Welcome to Hard Times*, 1960)를 쓰게 된다. 이 소설은 하드타임이라 명명된 다코타의 작은 읍내 정착민에 대한 이야기이다. 정체를 알 수 없는 한 무뢰한이 하드타임에 나타나 마을을 온통 불사르고 살인, 겁탈로 마을 사람들을 위협한다. 마을의 레코드가게 주인 블루(Blue)는 분연히 일어나 얼이 빠진 남은 주민을 결속해 마을을 구하고 재건한다.

『다니엘 서』(*The book of Daniel*, 1971)는 핵폭탄 제조 기밀을 소련으로 넘기려 했다는 죄목으로 처형당한 로젠버그(Rosenberg) 부부의 사건을 소재로 삼는다. 닥터로우는 이 작품에서 미국의 민주주의의 정신과 이상이 얼마나 위협받고 있는가에 대한 강한 우려를 표명한다. 그는 독자에게 진실의 소리를 듣도록 끊임없이 촉구한다. 그는 오늘의 미국사회가 권력의 힘과 개인의 자유를 어떻게 조율할 것인가에 대한 질문을 던지는 동시에 사형제도의 폐지를 강하게 시사한다.

『래그타임』(*Ragtime*, 1975)은 뉴욕을 배경으로 약 1900년부터 미국의 제2차 세계대전 개입까지의 역사를 다룬 시대소설이다. 역사적 서술기법을 택한 이 소설은 미국역사에서 중요한 사건과 인물을 다루면서, 가상의 인물과 실제의 인물을 함께 등장시킨다. 이 작품은 깃발과 화약제조로 부자가 된 어떤 가정의 역사에 초점을 맞춘다. 거센 외풍이 불어닥치자, 주민들은 애국심으로 무장하여 흑백의 인종분규를 지양하고 합심하여 국난을 극복한다. 흑백의 인종 차이를 극복하고 '하나의 미국'(American Melting Pot)을 재현시킨다는 점에서 이 작품의 종말은 그의 데뷔 소설, 『하드타임으로 오라』의 결말과 유사하다.

6. 유대계 르네상스(Jewish American Renaissance)

1) 유대계 문학의 형성

1950년대에서 60년대에 걸쳐서 역량 있는 일련의 유대인 작가들이 미국 문단의 주류를 형성한다. 유대인들이 미국 신대륙에 등장한 것은 소수의 스페인과 포르투갈 이민자들이 당시 뉴 암스테르담으로 불리던 지금의 뉴욕에 도착한 1654년 무렵이었다. 그 후 유대인들의 이주는 19세기 초반부터 20세기 초까지 꾸준히 이어져 1914년까지 독일계와 우크라이나계를 위시한 동유럽계의 유대인 이민자의 수는 200만 명을 웃돌았다.

유대인 문학은 1882년 포르투갈계 유대인 엠마 라자러스(Emma Lazarus, 1849-1887)가 미국 최초의 유대인 시집인 『샘족의 찬가』(*Songs of Semite*, 1882)와 소네트 『새로운 거상』(*The New Colossus*, 1883)을 출간한 것을 시초로 삼을 수 있다. 이 시들은 러시아 황제 알렉산더 2세의 학살의 만행을 피해 다수의 유대인이 미국에 입국했다는 것을 듣고서 그들을 위로하기 위해 쓴 것이다.

20세기에 접어들어 유대문학의 선구자라 할 수 있는 아브라함 카한(Abraham Cahan, 1860-1951)을 위시하여 나다니엘 웨스트(Nathaniel West, 1878-1935), 메리 엔틴(Mary Antin, 1881-1949), 마이클 골드(Michael Gold, 1893-1967), 헨리 로스(Henry Roth, 1906-1995) 등이 유대인 작가로서 문단의 주목을 받았다. 그 후 1950년을 넘어서면서 버나드 맬러머드(Bernard Malamud, 1914-1986), 아이작 싱어(Issac B. Singer, 1904-1991), 솔 벨로(Saul Bellow, 1915-2005), 필립 로스(Philip Milton Roth, 1933-2018) 등 뛰어난 문인들이 나타나 유대계 문학을 미국문학의 주류로 끌어들이게 된다. 이들에 이어 E. L. 닥터로우(Edgar Lawrence Doctorow, 1931-), 그레이스 팰리(Grace Paley, 1922-2007), 수잔 손탁(Susan Sontag, 1933-2004), 신시아 오우직(Cynthia Ozick, 1928-) 등이 미국문단에서 주목받는다.

유대계 작가들은 미국이라는 개방적이지만 배타적인 문학적 토양 위에서 순응(adaptation)과 동화(assimilation)가 불가피한 상황을 겪으면서, 때로는 고집스러운 이방인으로서, 때로는 주류에 편입되길 갈망하면서, 자신들의 눈으로 본 미국사회를 그려낸다. 현대 미국사회의 한계나 문제점을 지적하고, 비정상적으로 비대해진 문명사회 그 자체나 그것이 초래하는 폭력의 그늘에서 상대적으로 나약해진 인간의 왜소성을 부각시킨다. 또한 그들은 다른 작가들이 타부시하는 인종차별과 서부개척의 신화나 산업화 과정에서 미국이 저지른 비윤리적인 과오와 악업을 지적하기도 한다.

2) 유대계 문학의 특성

유대인들은 선택된 민족이라는 민족적 자부심에도 불구하고 수천 년 동안 천시와 냉대를 받아왔으며, 늘 학살의 위협과 불안 속에서 숨죽이거나 유랑생활을 해야만 했다. 그들의 삶의 목적은 오직 어떤 역경에서도 살아남는 것 자체였기에 그들 작품에 등장하는 인물들은 실존적으로 인간이 겪는 비극의 주인공이 될 수밖에 없었다. 하지만 유대계 작품의 주인공들은 박해와 소외, 그리고 열등의식을 극복하기 위해 현실적 고뇌를 하거나 힘들고 쓰라린 삶에 대해 부정적인 태도를 보이지 않는다. 유대계 작가들은 오히려 긍정적이고 희망적인 태도로 현실을 바라보며 현실에서는 다소 어려움을 겪지만, 보다 나은 미래로 나아가려는 잠재력을 가진 상징적인 인물들을 자신들의 작품에 등장시킨다.

1920-1930년대의 유대계 미국인들은 미국사회에서 심각한 인종차별을 겪었고, 그러한 차별과 냉대 속에서 평등과 생산의 재분배를 내세운 마르크시즘 쪽으로 기울 수밖에 없었다. 역경과 고난 속에서 소련과 유럽에서 새로운 세상을 찾아온 그들에게 마르크시즘은 역사의 진보나 과학의 발전보다 더 나은 사회에 대한 비전을 보여주었다. 사실 1930년대 미국의 사회주의나 공산주의 작가의 상당수가 유대인이었다. 하지만 1940년대에 들어오면 유대인 작가들은 실존주의의 영향으로 이데올로기와 정치에 환멸을 느끼게 된다. 반유대주의와 나치의 대학살 등의 참상을 경험한 이들은 전후 풍요로운 산업사회의 메커니즘에 하찮은 부속품으로 전락해버린 현대인의 고립과 소외문제에 관심을 갖게 된다. 그들은 고독과 소외, 방황과 좌절의 질곡에서 실존적 고뇌를 통하여 자아상실의 위기와 무의미한 삶의 부조리에 빠진 현대인의 모습을 그리는 데 열중한다. 이들 유대인 작가들이 현대인의 고민에 접근하는 방식에는 제각기 차이가 있으나, 현대의 부조리 사회에서 개인의

고독과 소외를 극복하고 자아 인식을 통하여 현실과 화해하는 방식에는 대체적으로 공통점을 보인다. 그들은 자칫 비관적으로 볼 수 있는 인간의 미래를 보다 긍정적이고 낙천적으로 봄으로써, 인간성에 대한 변함없는 믿음을 강조하는 작품을 계속적으로 내놓는다.

3) 유대계 작가

① 아브라함 카한(Abraham Cahan, 1860-1951)

메리 앤틴(Mary Antin, 1881-1949)이 공개적으로 이민을 촉진시키는 데 앞장섰다면 카한은 러시아에서 온 이민들을 교육시키고 미국문화에 동화시키는 데 앞장섰다. 신문편집인, 사회주의 선전가, 정치가이자 소설가인 카한은 제정러시아 말 러시아 지배하에 있던 리투아니아에서 태어났다. 조부는 유대인 랍비였고 부친은 히브리어와 탈무드를 가르치는 교사였기 때문에 그는 신앙심이 돈독한 가정에서 자랐다. 카한은 사회주의에 흥미를 느끼고 있었는데 당시 러시아에서는 유대인들은 근대화를 방해하는 세력으로 간주되어 사회적으로 배척받고 있었다. 카한은 랍비가 되는 교육을 받았으나 톨스토이와 체호프에 빠져 있었기 때문에 러시아어를 배우는 데 열을 올렸다.

1881년 러시아의 차르 알렉산더 2세가 한 사회주의혁명 당원에게 암살당하자 불온인사에 대한 대대적인 가택수색이 실시되고 이어 대대적인 암살과 숙청이 자행되었다. 이리하여 러시아 유대인의 대탈출이 시작되었는데 수많은 사람들이 팔레스타인 지역으로 들어갔으며, 미국에 온 사람들도 200만 명이 넘었다. 카한은 미국에 오자마자 사회주의자들의 모임에 참가하는 한편, 사회주의 선전의 전도사가 되었다. 곧 좌익계열 신문 『노동자들의 뉴스』(*Arbeit Zeitung(Worker's News)*)의 편집인이 되었고, 1887년에는 정식으로 사회주의노동당에 가입하였다. 1990년 미국사회주의자와 유대이민의 상징인 좌익계 신문, 『주이시 데일리 포워드』(*Jewish Daily Forward*) 창립에 앞장섰으며 1903년부터 편집인으로 수십 년 동안 활약하게 되었다. 이 신문은 뉴스와 정보, 문화비평과 단편평론뿐만 아니라 당시 미국의 정치, 경제, 사회, 문화적 양상을 알리는 미디어로서 무려 25만 명 이상의 독자층을 갖고 있었다.

『자비로운 시합』(*Providential Match, Short Stories*, 1895)은 그의 첫 단편집으로서 유대인의 다양한 풍습을 담아내고 있다. 『예클: 뉴욕 게토의 이야기』(*Yekl: A Tale of the New York Ghetto*, 1896)는 자선적인 성격이 강한 소설로, 러시아에 살던 유대인들이 미국사회에 동화되는 과정을 그린다. 『데이비드 레빈스키의 출세』(*The Rise of David Levinsky*, 1917)는 그의 대표작이자 최고 인기작이다. 여성에게 관심을 가짐으로써 신앙 대신 사업의 길로 들어서는 주인공은 자본주의 사회에 동화되어 독특한 세일즈 기법을 구사하여 의류산업에서 성공한다. 이 작품 역시 그의 자선적의 성격이 짙은데 러시아를 탈출해 미국사회에 적응하는 과정을 묘사한 것은 다른 작품과 비슷하다.

유대인 문학의 선구자 카한은 러시아 출신 유대인들이 겪는 고충과 고난을 묘사함으로써 현대 고립과 소외가 만연된 미국사회에 적응하는 것이 얼마나 어려운 것인가를 보여준다. 그는 20세기 미국 산업사회의 고질적인 소외와 폭력의 문제를 예리하게 진단하고 감각적 언어로 명쾌하게 그려낸다.

② 아이작 싱어(Isaac Singer, 1904–1991)

노벨문학상 수상자이며 단편소설의 대가인 아이작 싱어는 폴란드 바르샤바에 있는 랍비 법원장의 아들로 태어나 1935년에 미국으로 이민 온 작가이다. 싱어는 평생 이디시어(독일과 동구권 유대인 사회에서 통용되던 언어로 독일어와 슬라브어, 히브리어가 합성된 언어)로 글을 썼다. 싱어는 유대계 일간지, 『주이시 데일리 포워드』의 편집자로서 폴란드 유대인들의 역사와 서민들의 삶과 미국에 건너온 유대인의 삶의 애환을 사실적이고 신화적으로 그렸다. 그 일간지에 이디시어로 발표된 싱어의 글은 나치의 만행과 유대인의 대학살에 대한 증언의 역할을 톡톡히 했다.

『모스카트 가』(*The Family Moskat*, 1950), 『영지』(*The Manor*, 1967), 『대장원』(*The Estate*, 1969)은 19세기에서 양차대전까지 폴란드 유대인들의 삶을 싱어의 가족사를 중심으로 조명한 연대기적 소설이다. 싱어는 유대인을 자국민으로 동화시키려는 유럽 각국의 편입 정책에 대항하여 정체성을 지키려다 박해당하는 탄압 과정을 추적한다. 『모스카트 가』에서 그는 특이한 인물과 성격을 선보이고 간통과 여성의 동성애 등을 대담하게 묘사함으로써 보수덕인 비평가들의 지탄의 대상이 되기도 했다.

『고라이의 새틴』(*Satin in Goray*, 1955)은 그가 공동설립한 문예지인 『글로버스』(*Globus*)에 연재한 작품으로 흉포한 코사크인(Crossacks)에게 폴란드 유태인 1/3이 희생당한 1648년 고라이(Goraj) 참사를 중심으로 오랫동안 박해받은 유대인의 비극을 그려내면서 광적인 구원주의에 빠진 유대인들의 어리석음을 풍자한다.

『바보 짐펠과 기타 이야기』(*Gimpel The Fool and Other Stories*, 1953)는 솔 벨로(Saul Bellow, 1915-2005)가 영어로 번역하여 『파르티잔 리뷰』(*Partisan Review*)에 발표한 작품으로 1930-1940년대 나치에 의해 파괴된 잃어버린 세계를 회상시켜주는 11편의 단편이야기로 엮여져 있다. 11편 모두에서 유대인의 종교생활, 그들의 전통의식, 그들만의 가치관이 사실적이고 신화적으로 선명하게 묘사되어 있다.

『적들, 사랑이야기』(*Enemies, A Love Story*, 1966)는 나치의 유대인 대학살에서 구사일생으로 살아남은 자가 피치 못하게 세 명의 여성과 사랑을 나누는 운명을 그린 작품이다.

『슐레미얼 바르샤바로 갔다와 다른 이야기들』(*Shlemiel Went to Warsaw, and*

Other Stories, 1968)과 그의 회고록인 『즐거운 날: 바르샤바에서 성장하는 한 소년의 이야기』(*A Day of Pleasure: Stories of a Boy Growing Up in Warsaw*, 1970)는 싱어의 가장 널리 알려진 아동소설이다.

아이작 싱어는 유대인 작가들 가운데 드물게 이디시어로 18편의 장편, 14편의 어린이 책, 12편의 단편집 외에 다수의 회고록, 에세이, 기사 등을 쓴 다산 작가이다. 그는 극한상황에 처한 인간의 도덕성에 의문점을 갖고 욕망의 덧없음과 운명의 아이러니를 블랙 유머로 꼬집는다. 그는 유대인의 전설과 민담, 종교와 신비주의 등을 바탕으로 아이러니와 위트를 결합한다. 인간에게 보편적으로 존재하는 폭력과 비겁함, 그리고 성적 본능에 대한 예리한 통찰을 보여준다.

③ 버나드 맬러머드(Bernard Malamud, 1914–1986)

맬러머드는 러시아 유대인의 아들로 뉴욕의 브루클린에서 태어난다. 맬러머드는 대공황 시대에 소년기를 보냈는데 영화를 즐겼으며, 특히 찰리 채플린(Charles Chaplin, 1889–1977)의 희극을 좋아했다고 알려진다. 정부대여금으로 뉴욕 시립대학에 입학했고, 1942년 컬럼비아 대학교에서 토마스 하디(Thomas Hardy, 1840–1928)에 대한 논문으로 석사학위를 받았다. 워싱턴의 인구조사국에 감시 근무하다가 10년간 고교교사를 거쳐 오리건 주립대학으로 옮겨 영어와 영문학을 가르치면서 소설을 썼다. 그는 1961년 버몬트주에 소재하는 베닝턴 칼리지로 옮겨 문학 전공강의를 맡는다. 1967년 맬러머드는 미국예술과 학아카데미 회원이 된다.

맬러머드의 첫 소설 『내추럴』(*The Natural*, 1952)은 프로야구의 세계를 배경으로 리얼리즘과 환상을 결합한 신화적인 작품이다. 이 작품은 왕년의 스포츠 스타였지만, 이제는 잊혀버린 한 중년의 전직 야구선수의 인생역정을 그린다. 그는 T. S. 엘리엇의 『황무지』에 나오는 '어부왕의 신화'(Fisher King Myth)를 차용하여 고통과 시련, 죽음을 통해 재생되는 신화적인 수법을 구사한다.

두 번째 소설 『조수』(*The Assistant*, 1957)는 뉴욕을 배경으로 그의 젊은 시절을 회고한다. 유대인 이민자인 브루클린의 식료품상과 비유대인이자 그의 조수인 건달 청년과의 갈등과 부조화, 그 속에서 화해와 협력, 그리고 화합을 시도하는 인간관계를 다룬다.

『잡역부』(*The Fixer*, 1966)는 차르 치하의 러시아(Tsarist Russia)에서 반유대주의의 역경 속에서 억울하게 고초당하는 잡역부의 이야기로 1967년 전미도서상과 퓰리처상을 동시에 수상한 걸작이다. 러시아 키예프(Kiev) 교외의 한 유태인 촌에서 잡역부로 있는 야코프 복(Yakov Bok)은 아내가 이교도인 사내와 눈이 맞아 도망친 굴욕감을 참을 길이 없어 부락을 떠난다. 키예프에 도착한 야코프는 우연히 반유대인 과격파 단체에 속하는 한 부유한 노인의 눈에 들어 이름을 러시아식으로 바꾸고, 노인이 경영하는 벽돌공장의 작업반장에 뽑힌다. 비리를 저지르고 있던 공장장 일파와 싸우는 중에 그의 신분이 들통나고 공교롭게도 러시아 소년 살해사건에 휘말려 살인혐의로 체포된다. 살인범은 사실 소년의 어머니와 그녀의 정부였지만, 당국은 반유대주의를 확산시키기 위해 이 사건을 정치적으로 이용한다. 체포된 야코프는 갖은 고문을 당하면서도 자백을 거부한다. 한편 밖에서도 지성인들이 진상규명을 요구하며 구원의 손길을 내민다. 이런 상황에 면회 온 아내를 용서한 야코프는 떳떳하게 공판정으로 나간다.

맬러머드는 최악의 상황에서 좌절을 하면서도 역경을 통해 성숙하여 새로운 삶을 희구하는 인간성을 추구한다. 다음에 언급되는 작품 역시 마찬가지이다. 『차용자』(*The Tenants*, 1971)에서는 1960년대 후반 유대인과 흑인의 인종적 갈등 속에서 예술과 생활을 융합시키려는 두 작가의 하릴없는 노력과 처참한 결말을 다룬다. 『듀빈의 삶』(*Dubin's Lifes*, 1979)은 매력적인 여성을 만나

아내와 애인 사이를 오락가락하는 전기작가의 비윤리적 애정행각과 그가 향유하려는 예술과 인생을 다룬 자서전적 소설이다. 『신의 은총』(*God's Grace*, 1982)은 핵전쟁 이후 말세적 상황에서 침팬지들을 교육시켜 새로운 에덴동산을 건설하려고 심혈을 기울이는 주인공의 안타까운 상황을 우화적으로 그린다.

맬러머드의 재능은 단편소설에서 돋보인다. 그는 1958년 첫 단편집 『마법의 통』(*The Magic Barrel*)을 내놓는데, 여기에는 이미 발표된 13편의 단편이 동시에 수록되어 있다. 이 단편들은 대체로 유대인 민화에서 수집한 내용을 담고 있으며, 인간의 고난, 격조 높은 휴머니즘, 좌절의 극복과 정신적 성장 등을 주제로 삼는다.

맬러머드의 두 번째 단편집 『바보 먼저』(*Idiots First*)는 1963년에 발간된다. 여기에는 1950년 『하퍼스 바자』(*Haper's Bazaar*) 지에 발표한 「생의 비용」("The Cost of Living")과 『코멘터리』(*Commentary*) 지에 실린 「바보 먼저」를 위시하여 13편의 단편들이 포함되어 있다. 『바보 먼저』는 맬러머드가 자주 이용하는 현실과 환영, 자연적인 요소와 초자연적인 요소 등을 능숙하게 융합시킨 작품들이다.

맬러무드의 세 번째 단편집은 『피델먼의 그림: 전시』(*Pictures of Fidelman: An Exhibition*, 1969)로서 「마지막 모히칸」("The Last Mohican," 1958)을 위시하여 이전에 발표된 것 가운데 애착이 가는 여섯 작품을 모아 편찬한 것이다. 이 작품들은 제각기 독립된 단편이다. 하지만 공통의 주인공 아서 피델먼(Arthur Fidelman)이 나오는 다섯 개의 단편에 「베니스의 유리공」("The Blower of Venice," 1969)을 더하여 여섯 편을 연속적으로 읽다보면, 이 작품은 단편들을 모아 하나의 장편으로 엮은 장편소설적 구성을 가지고 있음을 알 수 있다. 이 작품에는 유대계의 한 미술학도가 진정한 예술의 완성이라는 목적을 가지고 이탈리아 여러 곳을 전전하면서 잡다한 경험을 하지만, 애정행각에만 그치고 마는 한 청년의 방황이 그려져 있다. 이 소설들에서 맬러머드는 이민 온 사람들의 거친 말투를 있는 그대로 쓰는 등 투박하고 간결한 문체를 즐겨 썼지만, 때로는 감정에 호소하거나 은유적인 어법을 구사하기도 한다.

비평가들은 맬러머드의 소설에서 윤리적 문제를 분석하고 그를 예술적 완성을 추구하는 도덕적 작가라는 데 의견을 같이 한다. 그는 인간의 내면에 잠재된 도덕성을 추구하고 그것을 긍정적으로 탐색하고 확인하려고 했던 휴머니스트였다.

④ 솔 벨로(Saul Bellow, 1915–2005)

솔 벨로는 캐나다 퀘벡(Quebec)주 유대인 가정의 네 자녀 중 막내로 태어났다. 양친은 러시아의 상트페테르부르크(Saint Petersburg)에서 비교적 부유하게 살다가 사업실패로 인하여 대서양을 건너 새로운 세계를 찾아 정착한 곳이 몬트리올 근교의 라쉰(Lachine)이었다. 하지만 여기서도 부친의 잇따른 사업실패로 말미암아 시카고로 이주하기에 이른다. 유대인인 솔 벨로는 이디시어밖에 몰랐으므로 시카고에 와서 영어를 배우지 않으면 안 되었다. 어려운 환경에서 고학을 하다시피 청소년기를 보냈다. 이 시절은 재즈시대로 미국의 경제는 호황에 접어들었으나 솔 벨로의 집은 여전히 가난을 벗어나지 못했다. 경제 대공황 시절 공산당에 입당한 고등학생 솔 벨로는 친구들과 함께 러시아문학단체(Russian Literary Society)를 결성하여 이념 서클활동을 하며 시, 평론, 희극을 쓰기 시작하였다. 1933년 솔 벨로는 시카고 대학에 입학했으나 학풍이 맞지 않아 노스웨스턴 대학(Northwestern University)으로 전학하여 인류학과 사회학을 전공한다. 그의 전공이 그의 작품세계에 영향을 준 것은 분명한 사실이었다. 그는 해리엇 비처 스토(Harriet Beecher Stowe, 1811-1896)의 『톰 아저씨의 오두막』(*Uncle Tom's Cabin*, 1852)을 읽고 작가가 되기로 결심했다고 한다.

그는 성경을 즐겨 읽고 셰익스피어를 애독했으며 표도르 도스토옙스키(Fyodor Mikhailovich Dostoevsky, 1821-1881)를 비롯한 19세기 러시아 작가들에게 심취했다.

1938년 솔 벨로는 공산당과 결별하고 대공황의 실업대책 기구인 시카고 공공사업촉진청(Works Process Administration)에 근무하면서 어린이교육 분야에서 다년간 봉사했다. 1946년부터 미네소타 대학의 강사로 채용되고, 이어서 프린스턴 대학, 뉴욕 대학 등에서 문학과 창작이란 강좌를 담당한다. 1948년에는 구겐하임 장학금을 받고 1년간 파리에서 생활하고 귀국하여 미네소타 대학 영문학과 조교수로 임명된다.

『허공에 매달린 사나이』(*Dangling Man*, 1944)는 솔 벨로가 29세 때 쓴 첫 장편소설이다. 이 작품은 현대사회의 한 구석에서 직장을 그만두고 생명을 담보할 수 없는 전쟁터로 나가는 입대를 기다리며 공중에 매달린 신세가 된 27세인 조셉(Joseph)의 심리적 상태를 의식의 흐름 기법과 일기체의 문장으로 기록한 것이다. 이 소설에서 조셉은 공중에 매달려 하염없이 시간을 보내면서 참다운 인간존재의 방법을 모색하며 고뇌한다. 징집을 기다리는 동안 아내의 수입으로 근근이 삶을 이어가는 그는 친구들로부터 소외당하고 무기력한 삶을 바꾸기 위하여 입영을 조기 지원해보지만 그것마저 뜻대로 이루어지지 않는다. 이 소설은 결국 자신의 정체성을 찾지 못하고 원하는 바와 반대 방향으로 자신을 내던지는 현대인의 의식을 보여준다.

『희생자』(*The Victim*, 1947)는 불안정한 현대인의 본질에 대한 날카로운 관찰 기록이다. 희생자의 주인공 아사 레벤탈(Asa Leventhal)은 맨해튼에 있는 한 잡지사에서 편집 일을 맡고 있는 유대계 청년으로 그는 언제나 유대인이란 피해의식 때문에 불안과 소외감에 젖어 있다. 그는 자신이 가해자인지 피해자인지조차 의식을 하지 못하고, 정체성의 혼란 속에서 불안하게 살아간다. 이 소설은 자기중심적 고집이 강하기 때문에 세상 사람들이 자기에게 해를 끼칠 것이라 염려하며 노심초사 살아가는 주인공이 여러 체험과 고뇌를 통해서 아집이라는 마음의 성벽을 무너뜨림으로써 새로운 인간으로 거듭나는 과정을 추적한다.

『오기 마치의 모험』(*The Adventures of Augie March*, 1953)은 현실적으로 실패자이면서도 자신에게 주어진 인생의 지침을 고수하는 주인공의 인생역정을 다룬 피카레스크(picaresque) 풍의 소설이다. 이 소설은 주인공 오기(Augie March)가 서술을 담당하는 일인칭 소설이다. 대도시 빈민가에 사는 유대계 미국인을 주인공으로 삼고 있지만, 그는 유대의식으로 고뇌하거나 반유대주의 때문에 피해를 입지도 않는다. 강인한 성격을 타고난 오기는 반항하지 않으며, 운명을 깊이 통찰하고 애정을 갖으며, 다양한 인생의 모험을 통해 자신의 운명을 극복해 간다. 이 소설의 주인공 오기는 내적으로 운명을 개척하려는 의지를 관철시키고 있지만, 외적으로는 마음 내키는 대로 자연주의적 편력을 계속하는 악한소설의 주인공이다.

『오늘을 잡아라』(*Seize the Day*, 1956)는 중편이라 해도 좋을 정도로 얇은 책이다. 주인공 윌헬름(Wilhelm)은 44세 중년으로 수년간 처자식과 떨어져 혼자 살아가는 실업자이다. 윌헬름은 자신이 무능하다는 생각에 사로잡혀 결국 완전히 무능해진다. 여성, 직장, 기계, 상품 시장 등과의 관계에서 모두 실패하며 돈도 몽땅 잃게 된다. 그는 불행한 일이 불가피하게, 그리고 연속적으로 일어나게 된다는 유대교 민간설화에 등장하는 "억세게 재수 없는 사람," 즉 슈레미얼(schlemiel)의 한 예이다. 하지만 그는 우연히 들어간 교회에서 낯선 사람의 시신을 보고 울컥하며 인류공동의 사랑을 느낀다. 이것은 곧 그의 실존적 경험이 되고, 그는 타인의 죽음을 통해 자신의 삶의 참뜻을 인식하게 된다. 죽음도 삶의 일부라는 것을 인식한 윌헬름은 과거의 잘못을 인식하고 새로운 사람으로 거듭난다. 솔 벨로는 주인공의 재생과 더불어 그와 전 인류와 연계된 사랑을 통해 생의 희망과 존엄성을 긍정한다.

『비의 왕 헨더슨』(*Henderson the Rain King*, 1959)에 나오는 헨더슨 역시 자아

중심적 사고에 매달리면서 실존적 딜레마에 빠진다. 그는 부자이면서 건장한 중년으로 외면적으로는 매우 행복해 보인다. 하지만 그는 자신의 무질서와 권태, 그리고 정신적 공허감으로 허물어진다. 무료함을 달래기 위해 그는 집안에서 돼지를 사육한다. 돼지는 더럽고 탐욕스러운 동물로 곧 현실세계의 타락을 시사한다. 이어 그는 아프리카로 관광을 떠나 다양한 경험을 한다. 신비의 여왕으로부터 불가사의한 힘과 지혜를 얻지만, 다른 나라로 도망쳐 그곳 왕으로부터 인간과 인간성, 그리고 죽음에 관한 교훈을 얻는다. 헨더슨은 비의 왕이 되지만 늙어 체력이 떨어지면 교살되어 숲속에 버려진다는 사실을 전해 듣고, 또다시 도망을 친다. 마침내 문명세계로 돌아온 헨더슨은 춤을 추는데, 이 춤은 절대적인 조화 속에서 인류가 공존할 수 있는 가능성을 담보하는 기쁨의 춤이라 하겠다.

『허조그』(*Herzog*, 1964)는 자서전적 색채가 짙은 작품으로 현대 인텔리의 내면세계를 날카롭게 조명하고 있는 작품이다. 시카고 대학 조교수로 재직하고 있는 허조그는 정치철학과 사회사상을 가르친다. 그는 정숙한 아내와 헤어지고 미모의 여성과 재혼하는데, 그녀의 권유로 교수직을 사임하고 시골에 머물러 저작에 전념하고자 한다. 일이 뜻대로 진척되지 않아 대학으로 복귀한 그는 그가 일자리까지 알선해준 친구와 정을 통하고 있던 아내에게 이혼 당한다. 상처를 덮기 위해 유럽여행을 하고 돌아온 그는 뉴욕의 야간 대학에서 성인강좌를 담당하게 되는데, 여기서 새로운 여성을 만나 관계를 맺게 된다. 새로운 삶을 살아가려는 그에게 우울증세가 나타남으로써 발송할 의사도 없는 편지를 마구 쓰는 등 이상증세를 보인다. 전처 사이에 태어난 딸이 학대받는다는 소문을 접한 허조그는 복수하러 가지만, 그는 아내와 정부가 따사로운 가정을 일구고 자신의 딸에 대한 애정이 남다르다는 사실을 깨닫는다. 그는 각성하여 새로운 사람이 된다. 그는 친지나 가족들을 인정으로 맞아들이고, 인간의 가치를 재평가하며 현 사회를 수용함으로써 자기중심적 마음의 벽을 허물게 된다. 이제 그는 고통, 소외감, 자만심, 옹고집 등을 떨쳐버리고 기쁨, 연대감, 겸손, 신앙심 등을 기꺼이 받아들인다.

『새믈러 씨의 혹성』(*Mr. Sammler's Planet*, 1970)은 60년대 국내외적으로 혼탁했던 미국을 배경으로 현대 과학문명의 광기를 고발한 소설이다. 주인공은 여러 번 죽음의 사선을 넘나들며, 또한 현대사회가 내포한 추악한 사건을 경험하면서도 인간의 마음속에는 신을 수용하고 신뢰하는 정서가 깊숙이 자리잡고 있다고 믿는다. 이 소설에는 인간성 속에는 궁극적인 선이 내포되어 있기 때문에 삶을 긍정하고 현실을 사심 없이 수용하여 적대자와 화해함으로써, 바람직한 사회를 건설 할 수 있다는 솔 벨로의 인간에 대한 믿음이 드러난 작품이다.

솔 벨로 문학의 두드러진 특징은 첫째, 그의 작품의 등장인물들은 언제나 자신이 터 잡은 곳에서 떠날 준비가 되어 있는 이방인이다. 이것은 2천년 동안 이어져온 유대인에 대한 박해와 추방의 역사에서 비롯된다. 둘째, 그의 주인공들의 지적인 성향과 기질인데, 이것은 유대인이 가지고 있는 교육중시 사고에서 기인한다. 셋째, 20세기 소설에서는 거의 사라져 버린 공동체적 우주관이 그의 작품에 들어 난다는 점이다. 넷째, 주인공들의 광대 기질을 거론할 수 있는데 이것은 유대인들이 냉혹한 현실을 견디어내기 위해 체득한 유머에서 기인한다. 다섯째, 현대인들이 거의 외면하고 있는 종교적 신념이나 도덕률을 솔 벨로의 주인공들은 견지한다는 점이다.

솔 벨로는 시어도어 드라이저(Theodore Dreiser, 1871-1945)를 필두로 하는 자연주의 문학과 1930년대의 프롤레타리아 문학, 40-50년대 문단을 주름잡은 존 더스 패서스(John Dos Passos, 1896-1970) 등의 모더니즘 작가들의 실험주의, 그중에서도 제임스 조이스(James Joyce, 1882-1941)의 영향을 크게 받았다. 그리고 표도르 도스토옙스키(Fyodor Mikhailovich Dostoevsky, 1821-1881)를 위시한 러시아 작가들과 토마스 하디(Thomas Hardy, 1840-1928), 데이비드 허버트 로렌스(David

Herbert Lawrence, 1885-1930) 등의 영국작가, 스탕달(Stendhal, 1783-1842) 같은 프랑스 작가 등에게 폭넓은 영향을 받는다. 그러므로 솔 벨로를 문학적 기법이나 문학사적으로 어떤 특정한 사조에 편입시키기는 곤란하다. 그는 문학형식보다 주제나 내용 면에서 자신의 유대적인 세계관을 바탕으로 인간의 삶을 폭넓게 사유한 작가이다. 그는 자신의 작품을 통해 문명의 본질과 개인의 자유를 다루었고, 인간존재의 근원적인 면을 성찰한다.

⑤ J. D. 샐린저(Jerome David Salinger, 1919-2010)

러시아 유대계와 아일랜드계의 피를 이어받은 샐린저는 뉴욕 출신으로 맨해튼에서 성장한다. 중학 시절부터 단편을 쓰기 시작했고 웨스트사이드의 유명한 사립 고등학교 다닐 때, 학교성적은 괜찮았다고 전해진다. 그는 펜싱을 하고 학교신문에 간여했으며 배우로 학교의 연극에도 등장했는데, 타고난 재능이 있었으나 부친의 반대로 배우의 길은 접는다. 하지만 유대인이라는 사실 때문에 새 학교에 적응이 어려워지자 부친은 군사학교에 입학시킨다. 1939년 컬럼비아 대학에 입학하여 당시 『스토리』 지의 편집자인 휘트 버넷(Whit Burnett, 1899-1973)이 가르치는 유명한 창작강좌를 들었고, 이후 버넷을 멘토로 삼아 작가의 길로 접어들게 된다.

1941년 샐린저는 「메디슨 탈출모반」("Slight Rebellion Off Madison")이라는 단편소설을 내놓았는데, 이것은 『호밀밭의 파수꾼』(*The Catcher in the Rye*, 1951)의 입문서가 되는 중요한 단편이다.

1948년 단편소설 「바나나피시」("Bananafish")를 『뉴요커』 지에 싣기로 하고 편집자들과 수정작업에 들어갔는데, 결국 제목이 「바나나피시 최고의 날」("A Perfect Day for Bananafish")이라는 타이틀로 바뀐다. 이 작품에는 희가극(vaudeville) 연기자 가족 글래시스(Glasses)의 조숙한 아이들이 등장한다. 영특하지만 개인적인 고민으로 자살해버린 장남 시무어(Seymour)를 포함해 7남매[Buddy, Boo Boo, Walt, Walker, Zooey, Fanny]가 등장한다. 이 작품은 장남 시무어의 신혼여행 장소인 플로리다에서 일어난 믿기 어려운 슬픈 이야기를 다루고 있는데, 흥미 있는 대화와 간결한 스타일 때문에 『뉴요커』 편집자들의 관심을 끌었다. 전쟁 후유증을 앓고 있는 시무어는 해변에서 만난 꼬마들의 앙증맞은 질문에 답이 궁해지자 모면할 방편으로 즉흥적으로 이야기를 지어낸다. 먹이를 구하러 구멍으로 들어간 바바나피시는 너무 욕심스럽게 먹는 바람에 나오지 못하고 죽고 만다는 이야기이다. 이야기를 마치자 꼬맹이들은 떠나가고 그는 권총을 꺼내어 자살하고 만다.

J. D. 샐린저는 1951년 세계적인 걸작이자 문제작 『호밀밭의 파수꾼』을 내놓는다. 이 작품에서 샐린저는 홀든 콜필드(Holden Caulfield)라는 주인공을 내세우는데, 그는 반항아이면서도 예리한 인지력과 감각을 지닌 청년이다. 하지만 그는 진지한 대화가 불가능하고 상호소통이 안되며 위선과 허위로 가득 찬 기성사회에 환멸을 느끼고 고뇌하는 현대인의 전형이다. 홀든이 단순한 사회 부적응자가 아니라 비이간적이고 허무주의적인 전후 사회에서 나름대로 바르게 살려고 노력하는 젊은이라는 사실이 중요하다. 샐린저는 원자폭탄의 충격으로 인류의 미래가 암담해지고, 교회를 비롯한 기성사회의 모든 조직이 불신을 받으며, 매카시즘(McCarthyism)의 광풍 속에서 의리와 인정을 도외시하고 자기 보신에만 급급하던 순진한 50년대 미국인(Tranquilized Fifties)에게 블랙 유머로 경종을 울린다.

16세 불량청소년 홀든 콜필드는 크리스마스가 다가오는 어느 날, 세 번째 고등학교에서도 제적되어 집으로 향한다. 부모를 대할 면목이 없고 또한 속임수로 가득한 더러운 세계에 절망하면서도 사람이 그리운 그는 마음의 벗을 찾아 3일 동안 길거리를 방황한다. 홀든은 술과 담배를 취하며 어른행세를 하고, 매춘부를 만나며, 오페라를 보러 간다고 허풍을 떨고, 영화 주인공처럼 폼을 잡고, 부잣집 도련님 티를 내는 등 너스레를 떨고 있다. 홀든이 반발하고 좌절하는 현대사회의 허위, 허식, 무신경, 약육강식, 비굴 등은 그를 사회적 반항아로 내몰고 있는 요인이다. 방랑 중 그가 접촉한 인간들도 하나같이 사회의 암적인 존재들로서 그에게 위안을 주기보다는 외로움과 혐오감만 더욱 부채질한다. 그런 상황에서도 그는 수녀, 어린이, 얼어붙은 연못가의 오리 등 무력하면서도 순수한 것에 대한 애련의 정을 갖는다.

홀든은 뉴욕을 떠나 서부로 도망치고 싶어 한다. 미국인에게 서부는 문명세계로부터 도피, 기계와 제도로부터 탈출, 위선과 허위로부터의 도망을 가능케 해주는 이상적인 낙원이다. 그곳은 자유와 평등, 그리고 독립이 보장된 신화적 장소요 구원의 장소이다. 홀든은 서부로 동행할 동지를 찾지 못하고 혼자라도 떠날 결심을 하지만 함께 가자고 따라나서는 철부지 여동생에게서 희망의 빛을 발견하고 조용히 뜻을 접는다. 호밀밭은 어린아이들이 숨바꼭질하기에 안성맞춤인 장소이다. 홀든은 스스로 술래가 되어 동심의 세상에서 천진난만하게 노는 어린이를 잡아 피안의 천국인 서부로 데리고 가고 싶었던 것이다. 홀든 콜필드는 부정과 부패로 얼룩진 어른의 기성세계에서 유일하게 보람 있는 일은 순진무구한 아이를 붙잡아 부패한 세계로 들어가지 못하게 하는 것이라 생각한다. 하지만 아이들의 성장은 멈출 수 없고, 성장은 순수성의 상실을 의미하는 것이기에 호밀밭의 파수꾼, 홀든의 노력은 허공의 메아리로 끝날 뿐이다.

1953년 샐린저는 이전에 『뉴요커』 지에 발표된 7편과 거부된 2편을 합하여 『9개의 단편』(*Nine Stories*, 1953)이라는 명칭으로 출판한다. 앞서 거론한 「바나나피시 최고의 날」도 물론 여기에 포함되어 있다.

『프래니』(*Franny*, 1955)와 『주이』(*Zooey*, 1957)는 『뉴요커』 지에 이미 발표된 중편소설로, 1961년에 합본되어 『프래니와 주이』(*Franny and Zooey*, 1961)라는 이름으로 편찬된다. 『프래니』는 글래시스 가문(Glass family)의 막내인 프래니가 예일 대학촌에 가서 애인과 주말 데이트를 즐기다가 서로의 대화의 합일점을 찾지 못하고 결별하는 이야기이다. 이 작품은 인생의 불확실성과 이기심에서 깨어나는 프래니의 정신적 성장과정을 보여준다. 『주이』는 남매간에 오해를 풀고 인정과 사랑을 회복하는 이야기이다. 글래시스 가문의 정신적 지도자이자 장남인 시무어가 죽자, 가족 전체가 구심력을 잃고 허물어진다. 특히 둘째인 버디(Buddy Glass)와 막내인 프래니는 오해를 풀지 못하고 반목한다. 주이는 형 버디를 대신하여 프래니에게 형의 목소리를 흉내 내며 진심어린 사과와 따뜻한 충고를 한다. 프래니도 그의 책략을 알았지만 짐짓 모르는 체하며 사과를 수용한다. 여대생 프래니는 인간 사회의 불확실성과 인간 이기주의에 회의와 불신을 느끼고 마음의 문을 닫았었다. 주이의 따스한 충고가 누이 프래니의 불신을 녹여버린다. 남매간의 사과와 용서, 오해와 이해, 인정미 넘치는 충고는 가족과 불화를 극복하고 결속으로 나아가는 계기가 된다.

「목수여, 지붕의 대들보를 높이 올려라」("Raise High the Roof Beam, Carpenters," 1955)와 「시모어」("Seymour: An Introduction," 1959) 역시 합본하여 1963년에 『목수여, 지붕의 대들보를 높이 올려라와 시모어』(*Raise High the Roof Beam, Carpenters and Seymour: An Introduction*)로 편찬된다. 「목수여, 지붕의 대들보를 높이 올려라」에서 글래시스 가문의 둘째이며 군복무 중인 버디는 휴가를 이용해 천재 시인 시모어 형의 결혼식에 참가한다. 하지만 형은 식장에 나타나지 않고 버디는 형 대신 신부 친척들에게 곤욕을 치른다. 나중에 버디는 형이 신부와 여행을 떠났음을 알게 되고 형의 일기장을 통해 전쟁의 후유증으로 인한 정신질환 때문에 그동안 형이 신부 가족들에게 과도하게 부대끼고 있었다는 것을 파악하게 된다. 샐린저는 시모어가 신부 가족으로부터 '잠재적 동성애자,' '정신분열증 환자'로 매도되는 장면을 통해 사회 부적응자를 바라보는 사회적 인식과 시각이 얼마나 가혹하고 냉랭한가를 생생히 보여준다. 이 작품은 흐름이 경쾌하고 대사가 생기가 넘쳐 샐린저의 특징을 유감없이 보여주는 걸작이다. 「시모어」는 세월이 흘러 마흔 살이 된 버디가 오래 전에 자살한 천재 시인이자 7남매의 구심적이던 장남 시모어를 회상하는 작품이다. 뚜렷한 내용이 없이 버디의 긴 독백으로 지루하게 이어지는 작품으로 샐린저의 매력을 느끼기는 어려운 작품이다.

"1920년대 헤밍웨이와 피츠제럴드를 제외하고는 그 어떤 작가도 샐린저만큼 대중적 인기와 비평자의 관심을 끈 작가는 없었다"라고 시카고 대학 제임스 밀러(James Miller, 1947-) 교수가 이야기한 바대로 J. D. 샐린저는 한때 '샐린저 현상'이라는 붐을 일으킬 만큼 전후 세대에게 폭발적인 인기를 누렸다. 샐린저의 대표작 『호밀밭의 파수꾼』은 학교라는 기성조직에 정면으로 도전하는 작품이다. 학교라는 신성한 장소에 저항하는 콜필드의 체제 저항적 태도는 당시 억눌려 있던 젊은이들의 마음과 상통했던 것이다. 콜필드의 거침없는 언사, 노골적인 욕설, 시대 반항적인 태도 등은 점잖음을 추구하는 미국문단에 충격을 준다. 또한 허위와 위선, 불신과 기만 속에서도 안정만을 추구하던 기성세대도 큰 파문을 불러일으킨다.

⑥ 노먼 메일러(Norman Mailer, 1923–2007)

뉴저지(New Jersey)주 롱브랜치(Long Branch)의 리투아니아계 유대인 집안에서 태어나 뉴욕의 브루클린(Brooklyn)에서 성장한 메일러는 16세 때 하버드에 입학하여 비행공학을 전공한다. 재학시절 그는 단편소설 「세계에서 가장 위대한 것」("The Greatest Thing in the World")으로 『스토리』(*Story*) 지 주최 학생창작콘테스트에서 1위를 차지한다. 1944년 메일러가 징병으로 미 육군에 입대했을 때는 태평양 전쟁의 열기가 한참 고조되고 있었다. 필리핀에 배속된 메일러는 전쟁의 승패보다 제2차 세계대전을 소재로 위대한 소설을 쓰고 싶었다.

그는 스스로 소총부대에 지원하고 루손(Luzon I.) 등지에서 전투에 참여하였는데 이때의 체험이 오롯이 『벌거벗는 자와 죽은 자』(*The Naked and the Dead*, 1948)에 고스란히 녹아있다.

『벌거벗는 자와 죽은 자』는 제2차 세계대전 때 패주하는 일본군을 추격하는 미군부대 안에서 일어난 사건을 그린 작품이다. 일본 패잔병을 섬멸하기 위해서 커밍스(Cummings) 장군의 지휘를 받은 미군은 이른 새벽 목표한 섬에 기습 상륙한다. 죽음의 공포에 사로잡힌 일부 병사들 사이에는 반전 기운이 일어난다. 시체가 즐비한 싸움터에서 살아있는 자는 적의 시체에서 금니를 빼앗는 등 치졸한 행동을 서슴지 않는다. 새로 전입해온 하버드 출신의 헌(Hearn) 소위는 커밍스 장군의 독선과 권력지향에 반대하고 동성애 유혹을 거부하는데, 그 때문에 부당하게 인사배치를 받아 급기야 전사한다. 이 작품은 군부라는 권력기구의 횡포를 폭로함과 동시에 전쟁터라는 극한상황에 처한 인간의 삶과 죽음, 절망과 비참함을 적나라하게 묘사한다.

『바바리 해안』(*Barbary Shore*, 1951)은 제2차 세계대전 후 미국의 정신적인 위기감을 표현한 작품이다. 메일러는 이 작품에서 프롤레타리아의 패배, 스페인 혁명과 스탈린주의의 비판, 공산주의자와 FBI의 갈등, 매카시의 광풍으로 침몰해가는 미국의 현실에 대한 분노를 표현한다.

『사슴 공원』(*The Deer Park*, 1955)의 프롤로그로 『요가를 공부한 남자』(*The Man Who Studied Yoga*, 1951)를 내놓는데, 이 작품은 정신분석을 받고 있는 40대 부부의 이야기이다. 메일러는 파티를 열고 도색영화를 즐기며 쾌락을 추구하고 고통, 고독, 퇴폐, 정신병 등 현대의 모든 문제들을 여기에 노출시킨다. 『사슴 공원』은 섹스에 대한 지나친 묘사 때문에 여러 출판사로부터 거절당한다. 메일러는 이 작품의 마지막 부분을 개작하여, 할리우드를 무대로 아름다운 연애, 난잡하고 음란한 행동, 영화계의 비리와 공산주의의 마수, 예술의 패배 등을 리얼하게 묘사한다.

메일러는 「하얀 검둥이」("The White Negro")라는 글에서 새로운 미국의 실존주의자이자 미국의 병폐에 과감히 맞서는 반체제 인사이며 모험주의자인 힙스터를 논한다. 여기에서 메일러는 1920-1940년대에 재즈와 스윙뮤직에 매료되어 흑인의 복장, 흑인의 은어, 흑인 뮤직 등 흑인의 문화를 자신의 것으로 받아들인 수많은 젊은 백인들의 기행을 기록한다. 또한 미국문명이 나아갈 방향으로 마르크스의 '자본론'과 프로이트의 '정신분석학'을 결합시킨 '정신 경제학'에 기반을 둔 자본 정책의 필요성을 주장한다. 이 글은 이 시대의 정신세계를 이해하는 데 없어서는 안 될 중요한 자료다.

1959년 메일러는 18세부터 발표해온 단편, 에세이, 논문, 인터뷰 등을 모아 『나 자신을 위한 광고』(*Advertisements for Myself*)를 출판한다. 이 책에는 「그녀의 전성기」("The Time of Her Time")를 위시한 단편소설 13편, 논문과 에세이는 「하얀 검둥이」를 위시한 16편, 시는 「곤경」("Dead Ends")을 위시한 4편, 인터뷰 2편 등이 수록되어 있다. 이 책은 시대에 비하여 지극히 급진적이고 외설적인 내용이 포함되어 있음에도 불구하고 많은 비평가로부터 호평을 받았다.

『아메리칸 드림』(*An American Dream*, 1964)은 신, 전쟁, 살인, 성 본능, 흑인, 시간, 강박관념 등 인간심리에서 유래하는 모든 테마를 총체적으로 묘사하여 병든 기성세대와 개인과 개인 사이에 야기되는 갈등과 모순을 지적한 소설이다.

『밤의 군대』(*The Armies of Night*, 1967)는 메일러가 1967년 10월 베트남 반전데모에 나섰다가 체포되었을 때의 쓰라린 체험을 표현한 작품이다. 이 작품으로 메일러는 다시 한 번 세인의 관심을 끌고 퓰리처상을 받는다. 메일러는 이 작품에서 스스로 자신을 3인칭으로 내세워, 자신의 성격이나 사상을 평가함으로써 '소설로서의 역사,' '역사로서의 소설'이라는 문학적 접근을 시도한다. 이 작품은 다큐문학(documentary literature)의 틀을 크게 타파한다. 이 작품은 양심적인 반전운동에 목숨을 건 미국인에 대한 아름다운 기록, 영혼의 절규,

병든 미국사회에 대한 날카로운 비판 등을 표현한 소위 기록문학(reportage)의 수작에 속한다.

『왜 우리는 베트남에 있는가?』(*Why are We in Vietnam?*, 1967)는 베트남 전쟁을 소재로 한 반전소설이다. 이 작품에는 D. J라는 소년이 서술자이자 주인공으로 등장한다. 이 소년의 부친이 속해있는 사냥 팀이 알래스카에서 무자비한 수렵행위를 자행한다. 메일러는 이 수렵행위를 메타포로 활용하여 베트남 전쟁의 폐해를 고발한다. 회색 곰을 잡기 위해 알래스카로 건너온 수렵부대는 코끼리도 넘어뜨릴 수 있는 강력한 총을 사용하여 회색 곰뿐만 아니라 늑대, 양, 순록마저 사냥하면서 잔인한 살생 유희를 즐긴다. 이것은 베트콩을 잡기 위해 베트남에 들어온 미군들이 선량한 시민까지 무참히 살해하는 만행을 시사한다.

『사형수의 노래』(*The Executioner's Song*, 1979)는 사형선고를 받은 살인범에 대한 호소력 있는 연구보고서이다. 이 작품은 살인죄로 기소된 개리 길모어(Gary Gilmore)의 삶과 처형에 관한 이야기이다. 이 소설의 타이틀은 본인의 시집, 『카니발과 기독교인』(*Cannibals and Christians*, 1966)에 나오는 시의 이름에서 따왔다고 한다. 메일러는 살인범의 가족과 친구들, 그리고 희생자의 가족과 친지들을 인터뷰하는 등 현실감을 부여한다. 길모어는 항소보다 처형을 원했고, 자신의 처형방식을 스스로 결정해 총살로 생을 마감한다. 이 작품은 메일러의 소위 창조적 논픽션이라 불리는 '뉴저널리즘 소설'의 대표작으로 간주된다.

『매춘부의 환영』(*Harlot's Ghost*, 1991)은 1960년대 미국 CIA에 대한 가공적인 역사를 다룬 작품이다. 메일러는 소설 속에 실존 인물과 가공인물을 병치시킴으로써 사실적 효과를 극대화시킨다. 이 소설은 쿠바 혁명, 60년대의 마피아, 그리고 케네디 대통령의 암살 등과 관련이 있는 CIA 요원 해리 허버드(Hary Hubbad)의 자살을 다룬다. 해리 허버드의 자살에 의문을 품은 아내 역시

CIA 요원인데, 그녀로부터 들은 이야기를 토대로 해리의 죽음과 케네디 대통령의 죽음에 의문을 품고 거대조직인 CIA를 탐색하는 이야기로 전개된다.

『숲속의 성채』(*The Castle in the Forest*, 2007)는 메일러의 마지막 작품으로 악령(demon)의 눈으로 본 히틀러의 어린 시절에 대한 이야기이다. 이 작품에서 메일러는 히틀러를 근친상간에서 태어난 악종으로 규정하며, 그의 어린 시절을 예수 그리스도의 어린 시절과 대비시킨다.

노먼 메일러는 20세기 미국이 당면한 현실에서 인간의 실존적 고통을 묘사하려고 노력한 작가이다. 그는 '뉴저널리즘'이라는 표현기법을 소설에 도입하여 구체적이고 정확한 서술을 추구했다. 메일러는 1950년대 비트세대에 접근하여 현대사회를 지배하는 기성조직의 획일주의에 반기를 드는 한편, 억눌린 성의 자유를 천명하였다.

⑦ 필립 로스(Philip Milton Roth, 1933-2018)

로스는 엄격한 유대교를 신봉하는 부친 허먼 로스(Herman Roth)와 모친 베스(Bess)의 아들로 1933년 3월 19일 뉴저지(New Jersey)주의 뉴억(Newark)에서 태어났다. 그는 뉴억에서 중고등학교를 다녔고 1950년에 대학도 럿거스 대학(Rutgers University)의 뉴억 분교에 입학했으나 문학적으로 불모지인 이 대학에 흥미를 잃고 1년 뒤에 펜실베이니아(Pennsylvania)주에 있는 버크넬 대학(Bucknell University)으로 전학을 하게 된다. 이 대학에서 로스는 대학의 문예잡지인 『엣세트라』(*Et Cetra*)의 편집인으로 일했으며 그 대학을 우수한 성적으로 졸업한다. 그는 시카고(Chicago) 대학원에서 영문학을 전공하여 문학 석사학위를 취득하지만, 박사(Ph. D.) 프로그램에는 실패한다. 로스는 1957년 6월부터 1958년 2월에 걸쳐서 『뉴 리퍼블릭』(*New Republic*)에 텔레비전과 영화비평을 쓴다.

로스는 1958년 2월에 마거릿 마틴슨(Margaret Martinson)과 결혼한 후, 본격적으로 작가활동에 착수한다. 로스는 1959년에 『콜럼부스여, 안녕』(*Goodbye, Columbus*, 1959)을 출판한다. 이 작품으로 그는 전미도서상(National Book Award)을 수상한다. 로스는 『콜럼부스여, 안녕』을 통해 현대 미국사회에서 유대성과 유대교의 문제점들을 지적하고, 유대인으로서 반성이 요구됨을 시사한다. 로스는 1962과 1963년도에 창작담당교수(Winter-in-Residence)의 자격으로 프린스턴 대학(Princeton University)에 체제하면서, 최초의 장편소설 『해방됨』(*Letting go*, 1962)을 쓰고, 『그녀가 좋았을 때』(*When She Was Good*, 1967)도 준비한다. 『해방됨』에서 로스는 유대교를 신봉하는 아버지와 당황하고 좌절한 아들과의 관계를 탐색하고, 『그녀가 좋았을 때』에서는 술주정뱅이이고 욕설을 일삼는 아버지와 순종적이지만 지나치게 도덕만을 강조하는 기독교를 믿는 딸과의 관계에 초점을 맞춘다. 이 두 작품은 비평가들이나 독자의 관심을 크게 끌지 못한다. 하지만 로스는 1969년에 『포트노이의 불평』(*Portnoy's Complaint*)을 출판해 다시 주목받는다. 로스는 이 작품에서 엄격한 유대교의 계율에 고뇌하는 한 인간의 육체적 불능을 취급하면서, 자신이 속한 사회에 적응하지 못하고 반항하는 왜곡된 한 인간상을 작품화한다.

『포트노이의 불평』 이후 로스는 단순히 유대가정뿐 아니라 사회적 현실에 매우 민감하게 된다. 로스는 30년대의 경제 대공황, 제2차 세계대전, 대학살(Holocaust), 냉전, 매카시즘, 베트남 전쟁, 60년대와 70년대의 반전시위 그리고 여권운동 등 제반 사회현실을 직접 경험했다. 따라서 로스로서는 사회적 현실 그 자체를 등질 수 없었다. 『우리 패거리』(*Our Gang*, 1971)는 한마디로 정치적 풍자소설이라 할 수 있다. 로스는 이 작품에서 닉슨(Nixon) 행정부의 도덕적 타락, 재집권을 향한 야욕, 국민에 대한 정치인의 거짓과 기만, 전쟁마저도 자기들의 권력유지 수단이 되고 있는 현실, 집권자의 언론조작, 그리고 정치권력이 국민 개개인의 삶을 억압하고 생존마저 위협하고 있는 현실 등을 풍자한다. 『위대한 미국소설』(*The Great American Novel*, 1973)에서 로스는 미국의 유명한 야구팀의 흥망을 그리면서 물질주의로 가득 찬 미국의 사회현실을 풍자한다.

로스는 『사실: 소설가의 자서전』(*The Fact: A Novelist's Autobiography*, 1988)에서 작가의 개인적 삶을 통해 소설과 삶, 환상과 현실에 대하여 탐색한다. 『사기』(*Deception*, 1990)에서는 영국을 배경으로 소설가 필립(Philip)의 사랑이야기가 서술된다. 하지만 이 두 작품은 크게 비평가들이나 독자에게 관심을 끌지 못한다.

1990년대에 로스는 작가적 역량을 재인정받을 수 있는 뛰어난 작품을 내놓는다. 로스의 아버지 허먼의 삶과 질병 그리고 죽음을 다루고 있는 『유산: 진정한 이야기』(*Patrimony: A True Story*, 1991), 유대 미국작가인 필립 로스가 이스라엘에서 자신의 이름을 사용하고 있다는 소식을 듣고 자신의 더블(double)을 찾으려 여행을 떠난다는 『샤일록 작전: 고백』(*Operation Shylock: A Confession*, 1993), 중년의 포트노이라고 할 수 있고 섹스와 죽음에 대한 의식에 사로잡혀있는 미키 사바스(Mickey Sabbath)의 삶이 묘사되는 『사바스의 극장』(*Sabbath's Theater*, 1995)이 바로 그것이다. 로스는 『유산: 진정한 이야기』로 전미비평가상(National Critics Circle Award)을, 『샤일록 작전: 고백』으로 펜/포크너상(Pen/Faulkner Award)을, 『사바스의 극장』으로 전미도서상(National Book Award)을 수상한다.

로스의 많은 작품들은 작품의 화자나 주인공으로 누가 등장하느냐에 따라 대략 두 그룹으로 분류가 가능하다. 첫 번째는 데이비드 앨런 케페쉬(David Alan Kepesh)가 등장하는 작품이고, 두 번째는 네이선 주커만(Nathan Zuckerman)이 등장하는 작품이다. 『유방』(*The Breast*, 1972), 『욕망의 교수』(*The Professor of Desire*, 1977), 그리고 『죽어가는 동물』(*The Dying Animal*, 2001)은 데이비드 앨런 케페쉬가 등장하는 작품이다. 케페쉬는 극단적으로 이성과 성적욕망의 내면적 갈등으로 고뇌한다. 『유방』은 뉴욕 주립대학의 문학 교수인 케페쉬가 길이 6피트, 무게 155파운드나 되는 여자의 유방으로 변신한 내용을 담고 있다. 『욕망의 교수』는 관능적 욕망과 이성적 절제 사이에 생긴 갈등을 문학을 통하여 승화시켜 보려는 케페쉬의 고뇌에 찬 자서전적 이야기이다. 로스는 『죽어가는 동물』에서 대학교수이자 TV에도 출연하는 저명한 비평가인 케페쉬와 그의 학생인 콘수엘라 카스티요(Consuela Castillo)의 연애사건을 다룬다. 이 작품은 20세기 미국문학계를 떠들썩하게 만들었던 『포트노이의 불평』(1969)의 계보를 잇는 작품이다. 이 소설은 처음부터 끝까지(마지막에 딱 한 번을 제외하고) 주인공의 대사만으로 이루어진 작품으로, 『포트노이의 불평』과 유사한 서술형식을 취하고 있다. 이 작품의 주인공은 전작 『유방』과 『욕망의 교수』의 주인공과는 달리 70세의 노인으로 등장한다. 로스는 이 작품에서 늙어 간다는 것, 죽는다는 것, 그럼에도 불구하고 여전히 들끓는 인간의 욕망에 대해 성찰한다.

로스는 케페쉬뿐만 아니라 주커만이라는 인물을 작품의 화자나 주인공으로 여러 작품에 등장시킨다. 물론 주커만이 처음으로 등장하는 작품은 1974에 발표된 『남자로서의 내 인생』(*My Life as a Man*)이다. 하지만 여기서 주커만은 직접적인 화자가 아니라 유대작가 트라노폴(Tranopol)이 쓴 단편소설 속 주인공으로 나온다. 1979년에 출판된 『유령작가』(*The Ghost Writer*, 1979) 때부터 주커만은 직접적인 화자이자 주인공으로 등장한다. 이후 30여 년간, 즉 『무책임한 주커만』(*Zuckerman Unbound*, 1981), 『해부학 수업』(*The Anatomy Lesson*, 1984), 『프라그의 야단법석』(*The Prague Orgy*, 1985), 『카운터 라이프』(*The Counterlife*, 1986), 『미국의 목가』(*American Pastoral*, 1997), 『나는 공산주의자와 결혼했다』(*I Married a Communist*, 1998), 『인간의 오점』(*The Human Stain*, 2000), 『유령 퇴장』(*Exit Ghost*, 2007)까지 총 9편의 작품에 등장한다. 필립 로스는 이 9편을 묶어 '주커만 시리즈'(Zuckerman Books)라 명명한다.

로스는 『유령작가』, 『무책임한 주커만』, 『해부학 수업』을 각각 따로 출판했다가, 1985년에 끝맺는 글(에필로그)로 『프라그의 야단법석』을 첨가하여 『책임 있는 주커만: 3부작과 끝맺는 글』(*Zuckerman Bound: A Trilogy and Epilogue*, 1985)로 출판한다. 이 작품에서 주커만은 부모와의 갈등, 사회의 냉대, 그리고 주변사람들의 편협한 사고로부터 심한 중압감을 느끼고, 작가로서 자신이 겪는 소설쓰기의 고뇌를 피력한다. 주커만은 현실세계와 개인적 경험을 문학작품 속에서 조화시켜 의미를 부여하는 문제, 실재와 상상의 세계에서 생겨나는 괴리감, 순수문학과 일상경험과의 거리 등의 문제를 탐색한다.

로스의 상상력과 소설의 기법에 대한 실험은 『카운터 라이프』에 이르러 절정에 달한다. 제목 자체가 시사하고 있는 바와 같이, 『카운터 라이프』에서는 실제 삶과 다르거나 대응되는 가상의 삶, 혹은 현실에서 이루어지지 못해서 타인의 삶을 통해 거꾸로 비춰보는 삶이 다루어진다. 로스는 메타픽션적인 서술기법을 활용하여 '자아'를 새롭게 변화시키는 방법을 찾고자 한다.

로스는 『미국의 목가』를 시작으로 『나는 공산주의자와 결혼했다』와 『인간의 오점』으로 이어지는 '미국 3부작'을 발표하며, 유대인이라는 민족적 정체성을 뛰어넘어 가장 미국적인, 즉 미국역사를 주 배경으로 보편적 인간의 삶의 문제를 다룬다. 로스는 『미국의 목가』로 퓰리처상을, 『나는 공산주의자와 결혼했다』로 앰버서더상(Ambassador Book Award of the English-Speaking Union)을, 그리고 『인간의 오점』으로 펜/포크너상을 수상함으로써 현대 미국소설의 최고 작가로서 위치를 확고히 한다.

로스는 『미국의 목가』에서 1960년대의 급격한 사회변화가 뉴저지의 한 가정에 미친 영향을 그리면서 완강한 테러리스트(terrorist)인 딸을 가진 아버지의 고통을 묘사한다. 『나는 공산주의자와 결혼했다』[9]에서는 1950년대를 배

---

9) 1990년에 로스는 1976년부터 오랫동안 함께 살아온 영국 배우 클레어 블룸(Claire Bloom)과 결혼한다. 1994년 그들은 이혼하게 되는데, 블룸는 1996년에 자신의 로스와의 결혼생활을 다룬 『인형의 집을 떠나며』(*Leaving a Doll's House*)라는 회고록을 출판한다. 이 책에서 블룸은 로스를 "여성 차별주의자"(misogynist)로, 그리고 "만사를 자기 뜻대로 하려는 사람"(control freak)으로 묘사한다. 몇몇 비평가들은 실존 인물 블룸과 『나는 공산주의자와 결혼했다』의 등장인물, 이브 프레임(Eve Frame)의 유사성을 지적하기도 한다.

경으로 매카시즘의 희생자의 삶을 묘사한다. 이 작품은 매카시즘 시대의 마녀사냥을 둘러싼 인간적 진실이 얼마나 추악한 것인가를 생생하게 보여준다. 즉 로스는 숭고함이나 국가를 내세우는 이념이나 이데올로기의 본질에는 실제로 그것을 이용해 권력을 얻으려는 자들의 추악한 욕망이 자리 잡고 있다고 판단한다. 더 나아가 로스는 마녀사냥이 매스미디어와 결합하고 있는 양상을 파악한다. 로스는 모든 개인이 스스로 자유롭게 정의할 수 있는 나라로 미국을 묘사하면서도 정치꾼들, 밀고자들, 언론이라는 광대들 때문에 실제로는 변덕스러운 운명이 인간성을 규정지을 수 있음을 보여준다. 로스는 추악함과 우스꽝스러움의 결합이 현대 미국사회의 본질이 되고 있음을 날카롭게 비판한다. 『인간의 오점』에서는 빌 클린턴(Bill Clinton) 대통령과 모니카 르윈스키(Monica Lewinsky)의 섹스 스캔들을 배경으로 아테나 대학 고전문학 교수인 콜먼 실크(Coleman Silk)에 대한 사회의 도덕적 규탄이 다루어진다. 로스는 『인간의 오점』에서 편협한 가치관, 획일적인 규범만을 강조하는 사회와 자율적인 삶을 살기를 원하는 개인과의 갈등문제, 더 나아가 인종과 사회계층의 구조적 갈등 문제에 전착한다.

미국 3부작을 통해 변화하는 미국사회와 개인의 삶을 관계를 탐색한 로스는 『미국에 대한 음모』(*The Plot Against America*, 2004)에서 가상의 역사를 상상하면서, 그 역사 속에서 삶을 영위하는 개인, 또는 한 유대가정의 수난과 역경의 삶을 묘사한다. 로스는 이 작품에서 1940년 미국 33대 대통령 선거에서 공화당 후보인 찰스 린드버그(Charles Lindbergh)가 프랭클린 루스벨트(Franklin Roosevelt)를 누르고 대통령에 당선되었다면 미국의 역사는 어떻게 전개되었을까를 가정한다. 로스는 이 작품에서 역사와 개인, 유대인이면서 미국인으로 산다는 것이 무엇을 의미하는가를 점검한다. 이 작품의 출판으로 로스는 "2003-2004년 미국을 테마로 한 뛰어난 역사소설"이라는 평가를 받으며 미국역사가협회상(Society of American Historians' Prize)을 수상한다.

주커만이 등장하는 마지막 작품은 『유령퇴장』(*Exit Ghost*, 2007)이다. 이 작품은 『유령작가』와 여러모로 쌍둥이 같은 작품이다. 『유령퇴장』에서 주커만은 50여 년 전 E. L. 로노프(E. L. Lonoff)와 에이미 벨레트(Amy Bellette)와의 짧은 만남을 회상한다. 『유령작가』에서 주커만은 유대인의 전통에 대해 비판적인 시각을 담은 단편을 발표한 후 아버지와 불화를 겪게 되고, 정신적 지주를 찾아 로노프를 방문했다. 그리고 그곳에서 총명하고 아름다운 스물일곱 살 유대인 여인 에이미를 만나고, 상상 속에서 그녀를 안네 프랑크로 둔갑시켜 그녀와 결혼함으로써 가족에게 자신의 정당성을 인정받고자 했다. 그러나 그것은 단 하룻밤의 일에 지나지 않았고, 주커만은 이후 로노프와 에이미가 어떻게 살았는지 모른다.

그런데 이제 『유령퇴장』에서 50년 만에 주커만과 에이미가 늙고 병든 채 조우한다. 에이미는 뇌종양 수술을 받아 머리에 흉측한 흉터를 지니고 있었고, 뇌종양 때문에 기억력도 판단력도 온전치 못한 여인이 되어 있었다. 에이미는 주커만에게 로노프가 평생 철저히 숨겨온 비밀, 즉 이복누이와의 근친상간을 폭로하는 전기를 리처드 클리먼(Richard Kliman)이 쓰고자 하며, 클리먼을 막아달라고 간청한다. 주커만은 에이미의 부탁을 들어주기 위해 클리먼을 만나지만, 그를 설득하지 못한다. 오히려 그 자리에서 오랜 세월 알고 지내온 또 다른 지인의 죽음에 대한 소식을 듣고 충격받는다. 주커만은 클리먼의 젊음 앞에 노쇠한 자신이 얼마나 무력한가를 깨닫는다. 로스는 이 작품을 통해 작가로서의 삶, 순수문학과 상업문학의 갈등, 그리고 죽음을 앞둔 인간의 실존문제 등을 성찰한다.

로스의 후기 작품들, 즉 『에브리맨』(*Everyman*, 2006), 『울분』(*Indignation*, 2008), 『전락』(*The Humbling*, 2009), 그리고 『네메시스』(*Nemesis*, 2012)는 모두 예기치 않은 불운으로 인한 죽음을 맞이했거나, 몰락을 하게 된 인생에 대한 깊은 성찰이다. 로스는 『에브리맨』에서 늙고 병들어 죽어가는 한 남자의 이야기를 그린다. 이 소설은 삶과 죽음, 나이 듦과 상실이라는 문제에 대한 예리한 통찰을 보여준다. 이 작품은 그에게 세 번째로 펜/포크너상의 영광을 안겨준다. 『울분』에서는 한국전쟁이 한창이던 1950년대 초 미국을 배경으로 한 유대계 청년의 삶을 다룬다. 미국사회 혹은 역사가 상처받기 쉽고 취약한 개인에게 어떤 영향을 미쳤는가에 대해 끊임없이 탐구해왔던 로스는 이 작품에서도 특정한 역사적 상황에 놓여 있는 한 개인의 비극을 밀도 있게 다룬다. 『에브리맨』에서 '한 노인의 삶'을 통해 나이 듦과 상실, 그리고 죽음에 대해 이야기 했다면, 『울분』에서는 '젊은 청년의 삶'을 통해 삶과 죽음에 대해 고찰한다. 『울분』은 불길한 기운을 예감하면서도 차마 떨치지 못하는 격정, 자기 파멸적인 분노, 그리고 그것을 통제할 수 없는 젊음에 대한 이야기이면서, 논리적으로는 설명할 수 없는 삶과 죽음에 관한 이야기이다.

『전락』(*The Humbling*, 2009)은 로스가 일흔 여섯의 나이에 펴낸 서른 번째 책으로, 생에 대한 저자 특유의 비정한 통찰과 사유가 돋보이는 작품이다. 미국 연극계의 전설적인 존재인 사이먼 액슬러(Simon Axler)는 부모를 잃고 상실감에 괴로워하다가도 무대에만 오르면 확고한 존재감으로 단숨에 관객을 사로잡는 천생 배우다. 예순 다섯 살이 될 때까지 단 한 번도 무대에서 실패해 본 적 없던 그에게 어느 날 갑자기 끔찍한 일이 일어난다. 배우로서의 마력, 즉 연기재능이 사라져버린 것이다. 더 이상 연기를 할 수 없게 된 그는 절망 속에서 자신이 자살을 할지도 모른다는 공포에 휩싸인 나머지 제 발로 정신병원에 입원한다. 그는 정신병원에서 26일 동안 자신의 몰락의 원인을 찾고자 했지만 별다른 이유를 찾을 수 없었고, 단지 자신의 배우생명이 끝났다는 결론에만 도달한다. 하지만 뜻밖에도 그는 병원에서 시블 밴 뷰런(Sybil Van Buren)을 만나게 된다. 미술치료 시간에 처음 만난 시블은 저녁식사를 함께하자며 접근해오더니 액슬러에게 남편을 죽여달라고 부탁한다. 시블은 남편이 딸을 성폭행하는 것을 목격했지만, 지역의 유명인사인 남편에 의해 도리어 정신병원에 갇혀버렸다고 자신의 삶에 대해 하소연한다. 그녀는 2미터에 이르는 거대한 몸집을 가진 액슬러라면 영화 속 킬러처럼 남편을 살해해 줄 수 있을 거라 생각한다. 액슬러는 그녀의 부탁을 거절하고, 이 둘의 관계는 여기서 끝나게 된다. 병원에서 퇴원 후 액슬러는 동료배우의 딸인 페그린(Pegreen)과 사랑에 빠지지만, 동성애자였던 페그린은 다른 여성을 만나게 되자 그를 버리고 떠나게 된다. 삶의 전부였던 연극 재능을 상실하고 사랑에도 실패한 액슬러는 삶의 의미를 찾지 못하고 자살을 선택한다. 이 작품은 연극적 재능을 잃음으로써 존재 이유를 찾지 못한 천재 연극배우의 비극적 이야기이다. 『전락』은 창작 능력을 상실한 작가의 종말로도 읽을 수 있을 것이다.

『네메시스』(*Nemesis*, 2012)는 2012년 돌연 절필을 선언한 로스의 마지막 작품이다. 발표하는 작품마다 꾸준히 주목을 받아왔고, 열렬한 논쟁의 한복판에 서있었던 그는 단호하게 절필을 선언했고, 그 후 그의 말은 번복되지 않았다. 로스는 '네메시스'의 의미에 대해 '운명, 불운, 어떤 이를 골라 희생자로 만드는 극복할 수 없는 힘'이라고 설명하는데, 이 작품의 주인공 버키 캔터(Bucky Cantor) 역시 이 상황에 직면한다. 1944년 여름의 뉴어크, 스물세 살의 버키는 놀이터 감독으로 놀이터에서 아이들을 돌보는 일을 한다. 버키는 체력은 좋았지만 시력이 안 좋아 다른 친구들처럼 전쟁터에 나가지 못한다. 그는 전쟁터에 나가지 못한 자신에 대해 죄책감과 수치심을 느끼지만, 놀이터 아이들을 최선을 다해 헌신적으로 돌봄으로써 아이들의 존경과 선망의 대상이 된다. 그러던 중 폴리오(polio) 유행병이 뉴어크 전역을 장악한다. 아직 폴리오 백신이 개발되지 않았던 시절, 아이들이 하나, 둘 폴리오에 감염돼 병원에 실려 가고, 도시 전체가 불안과 공포에 휩싸인다. 처음엔 그는 아이들을 두고 떠날 수 없다고 생각하지만, 결국 여자친구 마샤(Marcia)의 권유로 뉴어크를 떠나기로 결심한다. 그는 마샤가 있는 포코노산맥(Pocono Mountains)의 인디언 힐로 건너가 마샤와의 행복한 결혼을 꿈꾼다. 하지만 그는 자신 역시 폴리오에 감염되었다는 사실을 알고, 사랑하는 마샤를 떠나기로 결심한다. 설상가상으로 뉴어크에서 자신을 따르던 아이들이 더 많이 죽어간다는 소식과 전쟁터에서 친구들의 사망 소식이 들려오자, 그는 홀로 뉴어크에서 탈출한 자신에 대한 지독한 자책과 환멸에 빠져버린다.

로스는 1970년에 국립예술작가협회의 위원에 선출되며, 펜실베이니아 대학(Pennsylvania University)을 비롯한 몇 개 대학에 출강한다. 1988년에는 뉴욕 시립대학의 헌터 대학(Hunter College)의 교수로 임용된다. 그는 1998년에는 백악관에서 예술가 명예훈장(National Medal of Arts)을 받고, 2002년에는 미국문학에 공헌한 인물에게만 주어지는 전미도서재단의 훈장(National Book Foundation Medal)도 받는다. 그는 전미도서상과 전미도서비평가협회상을 각각 두 번, 펜/포크너상을 세 번, 미국역사가협회상을 한 번 수상한다. 그는 2006년에는 "불멸의 독창성과 뛰어난 재능을 지닌 작가"에게 수여되는 펜/나보코프상(PEN/Nabokov Award)을 받고, 2007년에는 "지속적인 작업과 한결같은 성취로 미국문학에 큰 족적을 남긴" 작가에게 수여되는 펜/솔벨로상(PEN/Saul Bellow Award)을 받는다. 그는 미국문학의 고전들을 엄선해 출간하고 있는 비영리 출판사인 '라이브러리 오브 아메리카'(Library of America)에서 생존했던 기간에 최초로 완전결정판을 출간한 작가이다. 그는 1959년 등단 이후 반세기 넘게 활동하며 서른 권이 넘는 책을 펴낸 작가로 미국작가 중 가장 재능 있고, 가장 창의력 있는 작가로서 문학계의 각광을 받는다. 그는 절필을 선언한 후 6년 만인 2018년 5월에 사망한다.

7. 미국 원주민 르네상스(Native American Renaissance)

1) 원주민 르네상스

원주민 르네상스란 용어는 『미국 원주민 르네상스』(*Native American Renaissance*, 1983)의 저자, 케네스 링컨(Kenneth Lincoln)이 처음으로 만들어낸 용어이다. 이 책에서 링컨은 1969년 소설 부문에서 퓰리처상을 받은 N. 스콧 마머데이(N. Scott Momaday, 1934-)의 『새벽으로 지은 집』(*House Made of Dawn*, 1968)이 비평가들로부터 호평을 받은 뒤, 아메리카 원주민 작품의 숫자가 놀랍게 증가했다는 점을 지적한다.

사실상 『새벽으로 지은 집』이 나오기 전에는 원주민의 소설 작품이 대대적으로 발간된 적은 한 번도 없었다. 19세기 윌리엄 에이피스(William Apess, 1798-1839)를 위시한 일군의 작가들이 작품을 발표한 적은 있지만, 그다지 주목을 끌지 못했다. 1930년대 『코요테 이야기』(*Coyote Stories*, 1933)의 저자인 모닝 다브(Mourning Dove)를 위시한 작가들이 작품을 출판했으나, 상대적으로 그 숫자는 얼마 되지 않았다.

하지만 60년대 후반에서 70년대 전반에 젊은 한 무리의 미국 원주민 작가들이 시와 소설분야에 등장하여, 수년 만에 미국 원주민 문학의 영역을 크게 확장시킨다. 동시에 캘리포니아 대학을 위시하여 여러 대학이 다양한 프로그램을 통해 미국 원주민 연구를 위한 자료를 획기적으로 확충하고 있고, 문학 수업에도 미국 원주민 출신 작가들의 작품이 텍스트로 활용되고 있다.

미국 원주민 문학을 이해함에 있어 주의해야 할 점이 있다. 여타 소수인종들과는 달리 미국 원주민들은 이민을 통해 미국 땅에 들어온 백인들에게 원래 소유했던 땅을 빼앗기고 역사로부터 배제되어 민족 절멸의 위험에 처한 역사의 비극적 아이러니를 경험한 민족이다. 미국 원주민집단에 자신들만의 공동체와 문화를 유지해야 하는가, 혹은 미국생활의 주류 속으로 스며들어 동화해야 하느냐의 선택은 실존을 위한 절박한 문제이다. 그들은 절박한 실존상황에서 자신들의 민족적 기원에 내포된 역사, 언어, 구전문학, 음악, 전설, 신념 체계, 종교의식, 혹은 도덕적 이념 등의 복원을 통해 개인적·민족적 정체성을 회복하고자 한다. 그들은 일차적으로 백인들에 대한 공포와 분노, 그리고 현재 삶에 대한 좌절 등의 부정적인 감정을 갖게 됨으로써 주류 백인 문화에 대한 강렬한 저항을 표출한다. 하지만 그들은 급변하는 미국사회에서 부족의 명맥 유지와 생존을 위해 배타적이고 무조건적인 자민족중심주의를 주장할 수는 없는 노릇이다. 따라서 그들은 주류 백인 문화와의 타협과 공존 가능성을 타진한다. 과거의 심리적 외상을 치유하고 자신들의 집단적 정체성, 즉 다인종·다민족 사회에서 자신들의 안정된 공존을 위해 '전략적 융화'(Strategic Reconciliation)라는 생존전략을 택한다.

2) 원주민 르네상스 작가

① N. 스콧 마머데이(Navarre Scott Momaday, 1934-)

마머데이는 키오와(Kiowa) 인디언 후손의 시인이자 소설가로 케네스 링컨이 규명한 미국 원주민 르네상스의 대표적 인물이다. 그의 대표작은 『새벽으로 지은 집』이다. 이 작품의 주인공, 에이블(Abel)은 자신이 태생적으로 속해 있는 원주민 문화와 급속하게 변화하는 미국문화 사이에서 적응하지 못하고 방황한다. 에이블은 문화적 전치(displacement)를 경험한다. 에이블은 집을 떠나 백인 사회로 나아가려 할 때, 불안감과 두려움을 가질 수밖에 없었다. 그에게 "그가 잘 되기를 빌어주거나 앞으로 일이 어떻게 진행될 것인가를 알려줄 사람이 아무도 없었다"(*House Made of Dawn* 21). 왜냐하면 에이블은 자신의 아버지가 누구인지도 몰랐고, 그의 어머니와 형은 그가 어렸을 때 죽었기 때문이다. 그래서 그는 "홀연 마을과 계곡, 그리고 언덕들로부터, 마치 그가 알고 있는 모든 것, 그리고 알아왔던 모든 것으로부터 멀리 그리고 수 개월 동안 떨어져 있었던 것처럼 극도의 외로움"(21)을 느낀다. "외로움과 공포의 중심에 놓여 있는 에이블"(21)은 결국 도시에서 산업사회의 문화에 적응하지 못한다. 결국 그는 백인 사회와 원주민사회의 경계선상에서 방황하고, 혼돈과 절망의 상태에 처하게 된다.

미국 원주민계 소설에 등장하는 인물들이 느끼는 심리적 갈등은 때로 억압된 열등감이나 분노의 형태로 내재되거나, 혹은 그것이 짐짓 무시되거나, 또 때로는 극단적인 폭력적 행위로 표출된다. 『새벽으로 지은 집』에서 에이블은 알비노(albino)[10]인 프라구아(Fragua)를 살해한다. 에이블은 이 알비노가 백인들 세계의 악과 연관된 것으로 생각한다. 에이블은 자신이 알비노를 죽인 것은 전통적인 인디언 방식에 따라 적을 제거한 것으로, 그리고 그에게 기회가 주어진다면 다시 알비노를 죽이는 일을 주저하지 않겠다(91)고 생각하지만, 그에게는 열등의식과 좌절이 내재해 있었다. 에이블의 폭력적 행동은 에이블이 해결해야만 하는 문화적 갈등에 대한 상징적 표현이다. 따라서 『새벽으로 지은 집』은 미국문화와 원주민 문화 사이에서 정체성을 상실한 에이블의 정체성 회복 과정 및 치유 과정에 대한 서술이다.

마머데이를 비롯한 미국 원주민 작가들은 자신들의 민족적 기원에 내포된 역사, 언어, 구전문학, 음악, 전설, 신념체계, 종교의식, 혹은 도덕적 이념 등을 복원하려는 강렬한 욕망을 표출한다. 하지만 그들은 기존의 민족적 구분 점을 통해 자신들을 옛 기원으로 환원시키려는 것이 아니라는 점에 주목할 필요가 있다. 백인의 문화와 미국 원주민의 문화 사이에는 이미 문화의 혼종성이 이루어져 두 민족 모두 자신들의 고유의 문화를 찾는다는 것은 힘

10) 백색종. 선천성 색소 결핍증에 걸린 사람[동물, 식물]을 가리킨다.

든 일이 되어버렸다. 그래서 마마데이가 회복, 유지하고자 하는 민족 전통은 "백인의 문화를 거부하고 아메리카 원주민 문화로, 다시 말해 변형을 허용하지 않는 순수한 문화로의 역사적 복원이 아니다"(Veil 62). 그들이 추구하는 것은 미국 원주민 문화와 이질적인 백인 문화와의 상호교류와 교배를 통해 변화되고 발전된 역동적인 새로운 민족문화의 창조이다.

마마데이는 현대를 사는 미국 원주민이 정체성을 확립하는 데 있어 이질적인 두 문화, 즉 미국 원주민 문화와 백인 문화 사이의 교류, 그리고 그 교류를 통한 변화가 중요하다는 점을 강조한다. 그래서 그는 자신의 작품에서 주인공의 정신적 구원에 결정적인 역할을 하는 인물을 백인의 문화와 미국 원주민 문화를 성공적으로 융합시킨 인물로 설정한다. 『새벽으로 지은 집』의 경우엔 프란체스코(Francisco), 토사마(Tosamah)가 여기에 해당된다.

『새벽으로 지은 집』에 등장하는 에이블의 할아버지 프란체스코는 그가 살고 있는 두 세계, 즉 푸에블로 미국 원주민 세계와 기독교 세계를 조화롭게 포용한 인물이다. 그는 "자주 키바(kiva)[11]로 들어가 뿔과 짐승 가죽을 쓰고, 우리[푸에블로 미국 원주민]의 가장 오래된 적인 뱀을 숭배"(*House Made of Dawn* 46)하는가 하면, 가톨릭교회의 "성찬식 쟁반과 빵을 보관하는"(46) 일을 하기도 한다. 토사마는 로스앤젤레스(Los Angeles)의 허름한 2층집 지하실을 "일종의 교회"로 개조하여, 도시에 살고 있는 미국 원주민을 상대로 사목하는 "목자이자 태양의 사제"(79)이다. 그는 "권위적이고 고통스러워하는 전형적인 가톨릭 사제의 모습"(80)으로 요한복음을 주제로 설교를 하지만, 또 한편으로는 "비의 산을 향하여"(The Way to Rainy Mountain)라는 주제로 산악인이던 키오와족이 평야라는 새로운 환경에 적응하여 생존해온 역사에 관해 열변을 토하는 미국 원주민 주술사/웅변가의 모습을 띠기도 한다. 그의 예배의식은 키오와

---

11) 북미 푸에블로 인디언(Pueblo Indian)의 지하 예배장.

족의 전통적인 피요테(Peyote) 의식과 기독교 의식을 혼합한 것으로 예배 중 그는 예수와 부족의 신인 "대 영혼"을 함께 찬양한다. 프란체스코와 토사마는 "적의 이름과 몸짓을 가장했지만 그들의 은밀한 영혼을 끈질기게 지키면서 오랜 시간 동안 저항을 했고 [현실]을 극복해온"(52) 미국 원주민을 대표한다. 이들은 미국 원주민으로서의 본질이나 정체성을 훼손시킨 것은 아니다. 오히려 이들은 자신들이 섭취한 백인 문화를 부족의 맥락에 위치시킴으로써 부족의 전통과 삶의 방식을 포기하지 않은 채 그것을 능동적으로 발전시킨 인물들이다.

『새벽으로 지은 집』의 경우, 에이블의 정신적 치유과정에서 부각되고 있는 여인은 백인인 안젤라(Angela)이다. 마머데이는 "안젤라는 에이블과 상반되는 역할을 한다. 그녀는 푸에블로 세계의 안티테제(antithesis)이다. 그녀와 에이블이 문화적 태도에 있어 정반대의 위치에 있다고 할지라도 어떤 점에서는 서로 연관된다. 그녀는 우리로 하여금 전통적인 관점에서는 볼 수 없었던 특별한 방식으로 푸에블로 세계와 에이블을 볼 수 있도록 해준다"(Weiler, interview with Momaday 171)라고 말한다. 역설적이게도 백인인 안젤라는 에이블에게 부족의 전통을 확인시켜준다. 그녀는 잔인하고 부패한 백인 경관인 마르티네즈(Martinez)에게 무차별적으로 구타당한 후 입원한 에이블을 찾아와, 곰과 여인 사이에서 태어나 수많은 모험을 거친 후 위대한 지도자가 되어 자신의 부족을 구원하는 미국 원주민영웅에 대한 이야기를 들려준다. 이 이야기는 에이블로 하여금 귀향을 재촉하는 결정적 계기가 된다. 마머데이가 에이블의 구원자로 백인 여인을 선택하였다는 사실은 두 문화 간의 관계를 "대립보다는 대화적 관계"(Krupat, *Ethnocriticism* 19)로 파악하고자 하는 작가의 의도가 반영된 것이다.

『새벽으로 지은 집』에서 백인 문화와 미국 원주민 문화의 융합의 극치는 "새벽 달리기" 의식에 가장 잘 나타난다. 『새벽으로 지은 집』의 종반부에서 에이블은 조상의 땅에서 전통적인 “새벽 달리기” 의식에 참여하는데, 이는 “비록 그가 다리에 힘이 빠져 넘어졌다 하더라도 그의 감정적, 정신적 건강 상태를 상징한다”(Veil, *Four American Indian* 62). 에이블은 할아버지의 죽음에 잠시 흔들리지만, 슬픔을 억누르고 제메즈(Jemez) 전통에 따라 할아버지의 장례준비를 마친다. 에이블은 할아버지 시신을 보호구역 선교를 담당하는 올긴 신부에게 맡기고, 나바호 기도문을 노래하며 새벽의 달리기 의식에 다시 참여하는데, 이는 다양한 문화들을 포용하여 그 안에서 자신의 위치를 찾고자 하는 그의 의지의 표현으로 볼 수 있다. 올긴 신부는 카톨릭를 대표하고 “새벽 달리기”는 미국 원주민의 전통문화를 상징하기 때문에, 에이블이 할아버지 시신을 신부에게 맡긴다는 점, 그리고 제메즈의 전통적 달리기 의식에 참여한다는 점은 두 문화의 융합을 상징한다. 에이블의 달리기 의식은 이질적인 두 문화[백인 문화와 미국 원주민 문화]의 대립을 극복하고 [자아정체성을] 성취하는 정신적 조화의 이미지이다. 마머데이는 미국 원주민들이 현대 미국사회에서 생존하기 위해서는 백인의 문화를 무조건 배척하면서 미국 원주민 문화로의 맹목적인 회귀가 아니라, “문화적 다원성, 그리고 그 안에서의 개인 정체성 확립”(Raymond 71)의 중요성을 역설한다.

마머데이는 자신의 두 번째 소설, 『옛날 아이』(*The Ancient Child*, 1989)에서도 부족의 전통으로부터 단절된 채 힘겹게 살아가는 한 원주민예술가의 자아상실을 다루면서, 키오와족의 곰의 신화와 연계하여 정체성 회복의 과정을 그려낸다.

마머데이는는 시인으로도 활발하게 활동하였는데, 그가 펴낸 시집으로는 『기러기 비행』(*Angle of Geese*, 1974), 『허리가 잘록한 무희』(*The Gourd Dancer*, 1976) 등이 있다. 마머데이는 수필과 비평 38편을 모아 『언어로 만들어진 사람』(*The Man Made of Words*)을 출판한다.

② 제럴드 비즈너(Gerald Vizenor, 1934-)

비즈너는 프랑스계 이민 3세인 모친과 아메리카 원주민 아니시나베(anishinaabe) 부족인 부친 사이에 혼혈로 태어나 인종과 문화의 경계로 인한 폭력을 직간접으로 경험한다. 비즈너의 대표작, 『챈서즈』(*Chancers*, 2000)는 버클리 소재 캘리포니아 주립대학을 배경으로, 학문이라는 미명하에 미국 원주민의 무덤을 파헤쳐 뼈와 유품을 훔쳐다가 대학박물관에 진열하는 등 미국 원주민 문화를 파괴하고 모독한 미국당국의 "부당한 범죄행위"를 고발한 소설이다. 비즈너는 자신의 작품을 통해 백인에 의한 수탈의 역사를 직접 혹은 간접적으로 드러낸다는 측면에서, 그리고 미국 원주민 문화와 전통의 쇠퇴, 그리고 현대 미국 원주민의 정신적 혼란과 상실감을 그 어느 작가보다 강력하게 표출한다.

하지만 비즈너의 『챈서즈』에서의 저항의 메시지는 직접적인 증언이나 표현이라기보다는 우회적이고 풍자적으로 차원에서 전달된다. 버클리 소재 캘리포니아 주립대학의 에티오피아 출신의 뇌 해부학자 폴 스노우(Paul Snow) 박사와 강연할 때 인디언의 전통적 손 인형을 이용하는 루비 블루 웰컴(Ruby Blue Welcome) 박사는 박물관에 진열된 인디언의 뼈를 꺼내어 긴 의자에 늘어놓고 그 뼈 위에서 성행위를 즐긴다. 이들은 단지 미국 원주민들의 뼈 위에서 성행위를 할 때에만 황홀경에 도달하는 편집증 환자이다. 물론 이들은 성행위 도중 절정의 순간에 살해당하지만, 이들의 행위에는 비즈너의 냉소적인 시각이 숨어 있다. 미국 원주민들은 죽은 사람에 대해 말하는 것조차 불경스러운 것으로 여긴다. 더구나 죽은 자의 뼈나 시신을 범하는 행위는 그 죽은 자가 자연으로 돌아가 자연과 화합하지 못하게 하는 행위이기 때문에 절대적인 금기사항이다. 대학에서 지성을 상징하는 폴 스노우 박사와 루비 블루 웰컴이 자신들의 성적 쾌락을 위해 습관적으로 미국 원주민들의 뼈

위에서 성행위는 한다는 것은 미국 원주민의 전통적 가치관의 파괴를 의미한다. 이 작품에서 백인에 의한 미국 원주민의 가치관의 파괴가 편집증적인 성행위로 희화된다.

비즈너의 『챈서즈』의 등장인물은 모두 캘리포니아 주립대학에 재직 중인 학생이나 교수, 직원으로 미국 원주민 제식행위에 참여하는 두 부류의 무희들로 크게 분류할 수 있다. 한 부류는 적개심과 피해의식에 사로잡혀 과격한 폭력과 살상을 감행하는 태양 무희들(solar dancers)이고 다른 한 부류는 성적인 쾌락과 광란으로 생존을 축하하자는 원형 무희들(round dancers)이다. 태양 무희들은 백인 한 사람을 죽이면 죽은 인디언 한 명이 부활한다고 믿는 여덟 명의 집단이다. 누가 선택되어 부활하느냐의 문제는 순전히 우연(chance)에 의해 결정되기 때문에 이들은 자신을 "챈서즈," 즉 "우연을 만드는 자"(chancers)라고 명명한다. 제2차 세계대전 참전 퇴역군인인 클라우드 버스트 상사(Sergeant cloud Burst)를 중심으로 한 이 집단은 사악한 미국 원주민 괴물 윈디구(wiindigoo)의 악마적인 분노를 폭력으로 구현한다. 이들은 미국 원주민 문화를 무시하거나 파괴하는 데에 관련된 대학 관계자들을 차례로 살해한다. 또한 그들 역시 작품 끝에서는 누군가에 의해 참혹한 죽음을 당한다.

태양 무희들은 희생된 미국 원주민의 세계를 복구하여 백인 문화와 구별해야 한다고 주장하며 호전적인 성향을 취한다. 반면에 원형 무희들은 회유책에 의존하며 태양 무희와 적대관계를 형성한다. 원형 무희들은 피터 로지스(Peter Roses)를 중심으로 성적인 쾌락의 절정에서 생명이 잉태되는 것처럼 미국 원주민의 피를 계승하면 부활이 실현된다고 믿는다. 원형 무희들은 분노와 충돌보다는 화해와 타협을 추구한다. 이 두 부류는 사라져 가는 미국 원주민 문화를 부활시킬 수 있는 방법, 즉 백인 문화와 배타적인 관계를 유지할 것인가, 그렇지 않으면 타협을 도모할 것인가 하는 양자택일의 방법을 상징한다.

비즈너의 『챈서즈』는 명확하게 정체성을 규명하기 힘든 인물들의 목소리가 나열된다. 비즈너 자신의 중국 여행기인 『그리버: 미국 원숭이 왕의 중국 체류기』(*Griever: An American Monkey King In China*, 1987)와 『세인트루이스에서의 어둠: 곰 심장』(*Darkness in Saint Louis: Bearheart*, 1978)의 등장인물이었던 축산업자와 벨라돈나(Belladonna)가 『챈서즈』의 지면상에서는 허구의 인물로 등장한다. 이 인물들은 『챈서즈』에 등장하는 소설상의 실재 인물들인 라운드댄스(Round Dance), 배드마우스(Bad Mouth), 토큰화이트(Token White), 패스트푸드(Fast Food), 사냥꾼, 관광객과 미국 원주민들의 과거의 역사나 현재 당면한 문제 등에 대해 서로 얘기를 나눈다. 이렇게 비즈너는 다른 차원의 인물의 목소리를 구별 없이 평면상에 나열시킨다. 이는 어떤 사건이나 상황, 또는 역사에 대한 이분법적인 판단은 항상 오류가 있을 수 있음을 암시하기 위한 서술 전략이다.

비즈너는 『챈서즈』에서 실제와 허구의 경계를 와해시킨다. 비즈너는 포카혼타스(Pocahontas)나 이쉬(Ishi)와 같은 실재한 역사적 인물들을 자신의 작품에 등장시킨다. 이 실존했던 역사적 인물들은 작품 속의 허구의 인물들과 혈연, 우정으로 엮인다. 예를 들면, 허구의 인물 토큰화이트는 야히(Yahi)족의 최후의 생존자인 역사적인 인물 이쉬를 자신의 친오빠라고 믿는다. 『그리버』에 등장했던 튤립 브라운의 조카인 콘크 브라운(Conk Browne)은 자신이 친언니인 포카혼타스의 뼈를 구출했다고 주장한다.

비즈너는 권력을 잡고 있는 자들에 의해 역사가 조작될 수 있음을 지적한다. 비즈너의 논지는 궁극적 진리라고 여겨지는 역사도 어떻게 보면 꾸며진 이야기 즉, 허구일 수밖에 없다는 것이다. 우리가 사실이라고 믿는 것도 어떤 특정한 상황에 의해 허구가 될 수 있는 것이다. 비즈너는 미국 원주민의 인종적 정체성에 대한 규정이나 미국 원주민에 대한 이해가 사실과는 무관하게 우리들에게 관습적으로 받아들여져 우리의 의식을 지배할 수도 있다 점을 부각시키면서 왜곡된 역사에 대한 강한 저항을 드러낸다.

비즈너의 『챈서즈』에서는 정체가 불분명한 화자가 때로는 작가로, 때로는 라운드 댄스 바로 옆 연구실을 사용하는 미국 원주민교수로 자주 등장한다. 이 화자는 "자신[작가이기 때문에] 컴퓨터를 가진 트릭스터(Trickster), 혹은 변형이라는 최고의 전통을 가진 트릭스터"(*Chancers* 11)로 불리기를 원한다. 이 화자는 "자신의 이야기는 진실하며 교묘히 속이는 원주민 고유의 모순을 담은 샤머니즘적 우화"이기 때문에, "자신의 이야기는 분리라기보다는 신화적 연결을 창조"(11)하는 것이라고 주장한다. 이처럼 비즈너의 작품에는 현실적으로는 존재하기 힘든 신비스러운 존재들이 등장해 강한 메시지를 남긴다. 이 존재가 바로 트릭스터이다.

트릭스터는 서구 유럽의 전설이나 동화에서 단지 코믹한 인물로, 그리고 셰익스피어의 희극에서는 어릿광대로 등장해 어떻게 보면 별로 중요하지 않는 역할을 담당한다. 하지만 아메리카 원주민의 이야기에는 트릭스터가 꼭 사람이 아니라 동물, 신, 사람, 돌 등 거의 모든 형태로 등장해 이야기의 중심 역할을 담당한다. 비즈너는 『죽은 목소리』에서 "어떤 젊은 여자가 바람과 사랑을 나눈 결과 . . . 혼혈인 트릭스터가 탄생했다"(23-24)고 함으로써, 트릭스터는 자연과 인간의 결합에 의해 탄생했음을 밝힌다.

트릭스터는 상상의 산물로서 기존의 관념을 해체시킨다. 트릭스터는 "독자를 . . . 속여 진정한 세상은 상상력이며 . . . . 기억할만한 세상은 '놀이'(play), 심각한 '놀이'이며 언어 게임임을 상기하도록 만든다"("Trickster Discourse" 69). 트릭스터는 "이야기 속의 인물[또는 형상]이며 풍부하고 거친 상상력의 언어 게임이다"(*Heirs* 80). 트릭스터는 언어 게임이기 때문에 이야기 속에서 말해진 것 또는 듣는 것, 그 모든 것을 반박하여 전복시켜버린다. 트릭스터 이야기는 교회 예배와 같이 제식적이고 고정된 형식이 있는 것이 아니다. 트릭스터는 고정된 틀을 거부한다. 따라서 트릭스터가 만드는 새로운 세상은 "발견되거나 의존적이며 소비되는 세상이 아니라 수행과 창조의 세계이다"("Trickster Discourse" 69).

트릭스터는 구속과 억압으로부터의 해방을 추구하기 때문에, 트릭스터는 "희망을 불러 일으키고, 슬픔과 괴로움, 그리고 고민 등을 달래주고, 치유하는 일종의 생각"("Trickster Discourse" 70)이 된다. 따라서 수난을 겪었던 미국 원주민이 생존할 수 있었던 것은 상상력 속에서 트릭스터와 함께 했기 때문이다. 요컨대 미국 원주민들의 트릭스터 담론은 자신들을 둘러싸고 있는 편견과 오해의 신화를 파괴하여, 상처뿐인 과거를 치유하고 암담한 현실을 상상력을 통해 초월하고자 하는 의지의 표현이다.

하지만 아이러니한 측면은 미국 원주민 문학에서 트릭스터는 이상적이고 도덕률을 엄격하게 지키는 인간은 결코 아니라는 사실이다. 그렇다면 미국 원주민 작가들이 의도적, 혹은 전략적 차원에서 트릭스터라는 문학적 기제를 활용하는 이유는 어디에 있을까? 미국 원주민 작가들이 트릭스터를 활용하는 궁극적인 목표는 미국 원주민과 백인의 경계를 와해시켜 제거하는 것이 아니라 경계의 의미를 재검토하여, 경계로 인해 파생된 상처를 치유하는 데 있다. 비즈너에 따르면, 이 경계는 말이 글자 또는 문서로 옮겨지고 고정되면서 생겨난 것이다. 비즈너는 글자 또는 문서에 대한 추종자를 "글쟁이"(wordies)라 명명하고, 바로 이 글쟁이들 때문에 현재 미국 원주민들은 "돌과 이야기로 전해 내려온 우리의 삶의 방식도 기억할 수 없게 되었다"고 주장한다(*Dead Voices* 135). 비즈너는 "문명에 의해 우리의 목소리는 죽고 트릭스터의 전쟁[글자나 문서로 기록하는 것이 아니라 구어로 이야기를 전수하는 것]은 말이 글자와 문서로 고정되면서 끝났다"(137)고 한탄한다. 그는 미국 원주민 작가는 "문서화된 죽은 목소리를 넘어 계속해서 끊임없이 살아있는 목소리를 내야 한다"(135)고 역설한다.

비즈너는 트릭스터에게 사회의 고착된 지식을 극복하고 글쟁이들의 짓밟힌 상상력을 회복하는 치료사로서의 사명을 부여한다. 『죽은 목소리』의 화자는 자신이 아침에는 곰, 새벽에는 새가되고 바퀴벌레가 되기도 하고 마지막에는 트릭스터가 된다고 묘사한다. 이는 동물과 인간, 그리고 트릭스터 사이의 경계가 사라지는 평화와 자유를 형상화한 것이다. 따라서 트릭스터 이야기는 어떤 교훈을 주기 위한 것이 아니라 역설과 풍자, 웃음, 그리고 궁극적으로는 치유의 효과를 지향하는 "창조적인 상상력과 융통성을 함축한다".

미국 원주민 작가들은 트릭스터를 활용하여 글자나 문서가 아닌 이야기하기를 통해 과거의 상처를 치유하고 변화된 상황에 맞는 신축성이 있는 새로운 민족 전통을 창조하고자 한다. 또한 그들이 새로운 민족 전통을 확립하고자 하는 이유는 미국에서의 생존을 위한 정신적 지주를 세우고자 하기 때문이다. 비즈너는 수난의 역사를 저항적 입장에서 재서술한다는 측면에서 어떤 작가보다 미국 원주민의 문화를 정확하게 대변한다. 또한 그들은 생존 전략으로 미국 원주민 문화와 백인 문화와의 융합 가능성을 타진함으로써 시대 상황에 맞는 민족 전통을 재창조하고자 한다.

③ 제임스 웰치(James Welch, 1940–2003)

웰치는 몬태나(Montana)주 브라우닝(Browning)에서 태어났는데, 아버지는 블랙피트(Blackfeet) 인디언, 어머니는 그로벤트리(Gros Ventre) 인디언 후손으로 양친 모두 아일랜드계 백인의 피도 물려받았다. 그의 대표작은 『피의 겨울』(*Winter in the Blood*, 1974)이다. 이 작품에서 웰치는 블랙피트 부족과 관련된 "피의 겨울"의 이야기를 작품의 주 소재로 삼는다. 블랙피트 부족은 1883과 1884년 사이에 식량부족으로 약 25%가 추위와 기근으로 사망하고, 나머지 생존자들은 보호구역의 경작할 수 없는 척박한 땅에 마치 "소처럼 끌려가" 수용된다. 이 사건이 화자의 할머니와 옐로 캐프(Yellow Calf)의 회상을 통해 『피의 겨울』에서 서술된다. 웰치는 실제로 일어난 과거의 사건을 미국 원주민의 입장에서 서술함으로써 백인에 의해 왜곡된 미국 원주민역사를 다시 쓰고자 한다.

웰치는 『피의 겨울』에서 화자의 부상당한 무릎을 통하여 개인적 차원에서는 화자가 육체적, 심리적 불구 상태에 있다는 것을, 그리고 정치적 차원에서는 백인들의 아메리카 원주민에 대한 수탈의 완성과 아메리카 원주민의 완전한 패배를 암시한다. 먼저 개인적 차원의 심리적 혼돈과 정체성 상실을 살펴본다. 아메리카 원주민 보호구역에 수용된 화자는 무릎부상과 함께 형 모세(Mose)의 죽음을 막지 못했다는 죄의식에 시달린다.[12] 화자는 "매가 달로부터 멀리 떨어져있는 것처럼 나도 내 자신으로부터 멀리 떨어져 있다"(*Winter in the Blood* 2)고 함으로써 자신의 내적 심리상태를 드러낸다.

정치적 차원에서 화자의 부상당한 무릎은 운디드니 대학살(Wounded Knee Massacre) 사건을 연상시킨다. 이 사건은 1890년 12월 29일, 미군에 의해 운디드니 언덕에서 벌어진 아메리카 원주민 대학살 사건이다. 미군 제7기병대 500여 명은 기관총 등으로 무장하고 수족(Sioux)을 무장해제하던 중 1명의 수족 용사가 칼을 놓지 않는다는 이유로 총격을 가해 여성과 어린이를 포함해 200명 이상의 수족을 죽이는 대량학살을 감행한다. 이 사건은 미군과 인디언 사이의 마지막 전투로 역사적으로 기록된다. 이 사건으로 인해 아메리카 원주민의 조직적인 저항은 끝나게 되고, 백인들은 남아 있는 모든 "적대자"인 미국 원주민들을 보호구역에 수용한다(Davis 29). 웰치는 『피의 겨울』에서 무릎부상을 입은 화자를 등장시킴으로써, 생명력이 없고 무기력한 화자의 삶이 단지 화자 개인의 삶뿐만 아니라 백인들에게 모든 것을 빼앗긴 미국 원주민 전체의 삶임을 주장한다. 이 작품에서 웰치는 화자의 정신적 혼돈과

12) 화자는 1940년 겨울, 아메리카 원주민 보호구역에서 형과 함께 방목하던 소를 우리로 데려오는 일을 맡게 된다. 고속도로를 가로질러 소를 몰던 중 불의의 자동차 사고로 형은 죽고, 화자는 자신의 애마인 버드(Bird)에서 떨어져 무릎에 큰 부상을 입는다. 사고임에도 불구하고 화자는 형의 죽음의 원인이 자신에게 있다는 죄의식에 시달리게 되고 극심한 무력감과 정체성 상실을 경험한다.

정체성 상실의 근본적인 원인이 개인의 내적 분열과 사회 부적응에 있는 것이 아니라 백인의 수탈의 역사에 있음을 분명히 한다.

하지만 웰치는 민족절멸의 위기상황에서 무조건적인 배타적 입장만을 취하지는 않는다. 이는 『피의 겨울』에서 "비행기 남자"와 백인 교수 가족과 관련된 에피소드에서 알 수 있다. "비행기 남자"는 화자에게 누군가에 쫓긴다고 이야기하며 캐나다로 탈출할 수 있도록 도와달라고 요청한다. 카키색 옷을 입은 회화적 인물인 "비행기 남자"는 화자가 『스포츠 아필드』(*Sports Afield*)라는 잡지에서 읽었던 "사자 사냥꾼"에 대한 이야기를 연상시킨다. 아프리카로 건너간 "원탁의 기사" 혹은 "비의 왕" 역할을 하는 솔 벨로(Saul Bellow)의 『비의 왕 헨더슨』(*Henderson, the Rain King*)에서 헨더슨을 생각하면, "비행기 남자"는 가장 전형적인 백인을 상징한다. 따라서 그의 부탁을 거절하지 않는 화자의 모습은 백인에 대한 화해와 용서를 나타낸다.

또한 화자와 백인 교수 가족과의 조우는 현재 미국에서 살고 있는 미국 원주민과 평범한 백인가족 간의 있을 수 있는 구체적 삶의 모습이다. 백인 교수는 "인디언들은 [저수지에 나는] 거북이를 먹느냐," 그리고 "사진을 찍어도 되느냐"(*Winter in the Blood* 101-02) 하는 등 호기심을 갖고 화자를 대한다. 하지만 그는 혹시 화자가 미시간(Michigan)에 오게 되면 자신을 찾아오라는 호의도 베푼다. "마치 아픈 소처럼 흐릿한 눈"을 가진 그 교수의 딸은 화자에게 애정의 표시로 "자줏빛 종이로 감싼 복숭아"를 건네준다(102). 화자는 백인 교수의 병약한 딸에 대해 애정과 연민의 정으로 그것을 받아들인다. 소녀의 어머니가 자신의 딸의 몸 상태를 묻는 질문을 하자, 화자는 소녀와 자신을 동일시해 소녀 대신 자신이 대답을 하려고 한다. 백인 소녀에 대한 이러한 화자의 태도는 "비행기 남자"의 경우에서처럼 백인과 미국 원주민과의 상호 연민과 유대가 가능함을 드러내는 단적인 예이다.

『크로우족을 속이다』(*Fools Crow*, 1986)는 성년기에 접어든 '화이트 맨스

독'(White Man's Dog)이라 불리는 한 젊은 블랙피트 인디언과 그의 종족에 대한 이야기이다. 외인들의 침략은 인디언의 전통적인 삶의 방식을 변화시키고, 인디언들은 그들과 싸우든지 동화되든지 선택의 기로에 선다. 주인공은 비록 허약하지만 주술의 힘을 얻어 크로우족을 공격하여 많은 말을 빼앗음으로써 '풀스 크로우'(Fool's Crow, 지혜와 힘을 지닌 신성한 인디언)란 별명을 얻고 일약 영웅이 된다.

웰치는 수난의 역사에 대한 분노, 그리고 인종적 차별과 배제라는 지우기 힘든 상처이자 아픔을 치유하기 위해, 그리고 자신의 민족정체성을 확립하기 위해 민족문화 유산을 활용한다. 이는 웰치가 인디언 전통양식과 주술의식뿐만 아니라 사라져가는 인디언의 삶의 방식을 자세히 묘사한다는 점에서 알 수 있다. 또한 웰치는 자신의 작품을 통해 백인에 대한 용서와 화해, 두 문화의 공존 가능성을 타진한다.

④ 레슬리 마몬 실코(Leslie Marmon Silko, 1948–)

실코는 뉴멕시코주의 앨버키키(Albuquerque)에서 태어나, 미국정부가 지정한 인디언 보호구역인 올드라구나(Old Laguna)에서 성장한다. 실코의 첫 번째 작품은 대학 시절에 쓴 단편, 「비구름을 몰고 올 남자」("The Man to Send Rain Clouds," 1969)이다. 이 작품은 작가로서 그녀의 이름을 알린 출세작이다. 1968년부터 1974년까지 실코는 많은 단편소설과 시를 발표하는데, 그녀의 첫 시집 『라구나 여인』(*Laguna Woman*, 1974)은 이 시기에 발표한 그녀의 대표시집이다.

『의식』(*Ceremony*, 1977)은 작가로서의 그녀의 명성을 굳힌 대표작이다. 『의식』에서 묘사되는 미국 원주민 문화와 백인 문화의 접촉은 자연스러운 개방과 교류가 아닌 백인에 의한 강압적 통합과 문화적 침탈에 의해 이루어진다. 이런 상황에서 『의식』의 주인공 타요(Tayo)는 미국 원주민 문화와 백인 문화 사이에서 극심한 정체성 혼란을 경험한다. 타요가 정체성 혼란을 겪게 된 표면적인 이유는 전쟁에서 사촌 로키(Rocky)를 지키겠다고 한 이모와의 약속을 지키지 못하고 혼자만 살아 돌아왔다는 점,[13] 그리고 가축을 돌보고 지키겠다고 한 삼촌 조시아(Josiah)와의 약속을 지켜내지 못했다는 사실 때문이다.

타요는 전쟁 중 필리핀의 밀림에서 끝없이 내리는 폭우를 저주하는데, 라구나에 닥친 6년 동안의 극심한 가뭄이 그 저주로부터 비롯된 것이라고 생각하면서 심한 자책감과 죄의식을 갖게 된다. 하지만 보다 심층적인 이유는 타요가 백인의 수탈의 역사, 민족문화의 억압, 그리고 인종주의에 근거한 비가시적인 편견과 배제로 인해 자민족문화와 미국문화, 소수민족 구성원으로서의 의무감과 주류 미국인이 되려는 욕구 사이에 분리되어 심한 내적 갈등을 경험했기 때문이다. 타요는 자신의 인종적 조건에 의해 미국사회에 동화될 수 없고, 자신이 미국사회에서 배척당하고 있다는 느낌을 갖게 된다. 타요는 가뭄으로 땅이 메말라 "풀이 누렇게 변하며 성장을 멈춘 것"(*Ceremony* 14)처럼, 생존의지를 상실한다.

하지만 여기서 간과할 수 없는 것은 실코가 미국 원주민 전통문화의 우월성만을 부각시키고 있지만은 않다는 점이다. 실코는 미국 원주민 문화와 백인 문화의 차이를 인정하면서 두 문화 간의 협상과 중재를 통한 융합의

---

13) 타요의 이모는 자기 동생이 백인과 무분별한 성관계를 가짐으로써 눈이 적갈색인 혼혈아, 타요가 태어났다 생각하고 타요를 부끄러움과 수치의 대상으로 본다. 또한 타요의 이모는 전쟁 중 원주민 보호구역 내 학교에서 축구영웅으로 장래가 촉망되던, 자신의 아들인 로키는 사망하고 타요만 살아남아 귀향한 것에 대해 달갑게 생각하지 않는다. 침묵과 공허면이 일고 있는 이모 집에서 타요는 그 어떤 마음의 평화를 찾을 수 없었다. 타요는 전쟁 중 집안의 수치인 자신이 죽고, 희망인 로키가 살아 왔어야 했다는 심한 자책감에 빠져버린다.

가능성을 타진한다. 다시 말해 실코는 백인 문화의 무조건적인 거부나 단순한 저항의 차원을 넘어 적극적인 교류, 다시 말해 백인 문화와의 접촉을 통해 변화하고 진화하는 역동적인 민족 전통의 창조를 강조한다. 실코는 백인들이 미국 대륙으로 들어오기 이전의 민족 전통을 회복하고, 그것에 유일한 가치를 부여하는 배타적 민족중심주의를 주장하지는 않는다. 이들은 백인과 아메리카 원주민의 인종과 문화의 차이를 강조하는 것이 아니라, 보편적 인간으로서의 유사성과 상호 연관성, 그리고 문화적 동등성을 강조함으로써 상호 존중의 윤리와 갈등의 평화적 해결을 모색 한다

실코의 두 번째 소설, 『사자의 역서』(*Almanac of the Dead*, 1991)는 치유의 의식이나 미래에 대한 희망적인 『의식』과는 대조적으로 인류의 미래에 대한 암흑과 절망적인 비전을 제시했다는 점에서 충격적이다. 방대한 분량의 이 소설에는 마약과 무기, 장기 밀매, 성의 상품화 등을 통해 부와 권력을 축적하는 부패 한 기업가나 비도덕적인 개인의 이야기로 충만하고, 자연은 파헤쳐진 채 신음하는 모습으로 그려진다. 실코는 이 작품에서 현대 서구 사회의 탐욕과 이기심, 천박한 자본주의, 인종차별, 그리고 황금만능 물질주의 등 자본주의의 병폐와 타락을 강하게 비판한다. 그리고 그러한 자본주의적 부패와 타락에서 벗어나지 못한다면 인간은 묵시록적 종말을 피할 수 없을 것이라 경고한다.

1999년 발표한 세 번째 소설, 『모래 언덕 속의 정원』(*Gardens on the Dunes*)은 백인 군인들에 의해 집과 가족을 파괴당한 한 인디언 여성 인디고(Indigo)가 서로 상극 관계에 있는 백인 사회와 원주민사회의 화해를 추진하는 이야기이다. 이 소설은 19세기 말에서 제1차 세계대전까지를 시대적 배경으로 미국 남서부 사막지역에 사는 원주민 세계와 백인 사회를 병치시키면서 페미니즘, 노예제도, 그리고 대지의 정복과 사라진 식물 등의 소재를 교묘하게 엮어낸다.

『이야기꾼』(*Storyteller*, 1981)은 단편소설과 시, 독창적인 글, 신화, 자서전 등을 모은 작품이다. 실코는 물질주의적 욕망에 사로잡혀 자연을 파괴하는 백인 문명에 대한 비판과 더불어 미국 원주민의 전승되는 '이야기 전통'(storytelling tradition)의 중요성, 다양한 문화적 종교적 의식의 소중함 등을 여성 특유의 아름다운 필체로 묘사한다.

『옐로 우먼과 고결한 미인』(*Yellow Woman and a Beauty of the Spirit: Essays on Native American Life Today*, 1996)은 다양한 주제의 단편, 라구나 푸에블로(Laguna Pueblo)에서 보낸 어린 시절의 이야기, 혼혈인으로서 그녀가 받아야 했던 인종차별, 클린턴 대통령의 이민 정책에 대한 솔직한 비판, 푸에블로의 신화와 더불어 아스텍과 마야 고전의 상실에 대한 애통함 등이 수록된 그녀의 수필집이다.

실코는 마머데이를 비롯한 다른 원주민 작가들과 마찬가지로 자신의 작품 속에 미국사회에서 정체성을 상실하고 방황하는 젊은 원주민 세계에 대한 깊은 우려를 표명한다. 실코는 부족의 전통적 이야기, 자연의 모든 존재를 포용하고 그들과 조화로운 삶을 강조하는 전통적 가치관, 백인에 의해 왜곡된 역사, 그리고 민족의식의 회복을 통하여 미국 원주민으로서 문화적·민족적 정체성을 확립하고자 한다. 실코는 현대 자본주의 미국사회의 인종적 편견과 부패 등을 아주 적나라하게 비판하면서도, 두 문화 간의 갈등을 대화와 중재를 통해 풀 수 있는 가능성을 열어놓는다.

⑤ 루이스 어드릭(Louise Erdrich, 1954-)

루이스 어드릭은 시인이자 소설가이며 아동문학에 관한 저서도 다수 발표한다. 그녀는 미네소타주에서 부친으로부터 독일의 피, 모친으로부터 프랑스와 인디언 피를 물려받는다. 그녀는 7남매 중의 장녀로 태어났으나로 노스다코타주의 오지브웨이(Ojibwa)족 인디언 보호구역이 있는 웨페턴(Wahpeton)에서 성장한다. 이곳에서 교사로 근무했던 부친의 글쓰기 성원 덕분에 그녀뿐만 아니라 자매들도 시인과 아동문학가로 활약한다. 어드릭은 다트머스 대학을 거쳐 조지홉킨스 대학에서 석사학위를 받고 인류학자이자 원주민 연구 프로그램 책임자로 일하고 있는 마이클 도리스(Micheal Dorris)와 결혼하여 미니에폴리스에 살고 있다. 그녀는 치페웨이(Chippewa) 인디언의 터틀마운틴 밴드(Turtle Mountain Indian Reservation in North Dakota) 회원으로 등록하고, 인디언 문화와 문학에 관한 서적을 주로 파는 독립서점을 운영하고 있다.

『사랑의 묘약』(*Love Medicine*, 1984)은 어드릭의 첫 소설인데, 1993년과 2009년에 각각 수정 보완해 확대판을 내놓는다. 이 작품은 노스다코타(North Dakota)주 터틀마운틴 인디언 보호구역(Turtle Mountain Indian Reservation)에 살고 있는 사람들의 60년 삶의 모습을 탐구한다. 청춘남녀의 치열한 삼각관계를 둘러싸고, 두 가문의 3대에 걸친 애증의 삶을 묘사한다. 폭풍우 속에서 귀가하던 한 여성의 죽음으로부터 시작하는 이 소설은 여러 장으로 연결되어 있는데, 각 장마다 다른 서술자가 등장하여 때로는 1인칭 관점에서 때로는 3인칭 관점에서 서술된다. 인간의 보편적인 남녀 간의 사랑과 결혼을 토대로 백인의 문화와 원주민 문화의 갈등, 민족문화의 붕괴 위기, 미국 원주민 문화의 재정립 문제가 서술된다. 이 작품은 어드릭의 탁월한 시적 묘사와 박진미가 넘치는 열정 덕분에 그녀의 출세작이 된다. 필립 로스(Philip Roth)로부터 "최근에 새롭게 등장한 가장 흥미로운 미국 소설가"(the most interesting new American novelist to have appeared in years)라는 찬사를 받는다.

『둥근 집』(*Round House*, 2012)은 전미도서상을 수상한 어드릭의 최근 작품이다. 노스다코타주의 한 인디언 보호구역에서 한 여성이 추행을 당한다. 정신병력 있는 피해자가 입을 봉하자 수사가 난항에 부딪힌다. 단란했던 가정에 먹구름이 몰려오고 그녀는 가족과 소외된 채 고독 속에 침잠한다. 경찰과 남편의 수사가 실마리를 잡지 못하자 세월만 속절없이 흐른다. 그녀의 아들이자 주인공이 성장하여 친구들의 도움을 받아 범인을 찾아낸다. 마침내 주인공이 범인과 대면하여 어머니의 복수를 할 기회를 갖지만 실패한다. 하지만 뒤에 숨어 있던 주인공의 친구가 대신 범인을 쏘아 죽인다. 복수를 통해서 가족의 화목은 어느 정도 회복된다. 어드릭은 인디언 보호구역 안에서의 가정의 붕괴에 연민의 정을 느끼고 있다. 용서와 화해를 통한 공동사회와 가정의 복구는 그녀의 관심이자 주제이다.

어드릭은 「가족 상봉」("Family Reunion," 1984)이라는 시에서 술에 취해 언제나 폭력만 일삼던 삼촌의 귀가를 염려하는 질녀의 근심과 걱정, 끈끈한 가족애를 묘사한다. 어드릭은 드라마를 응축해놓은 듯한 강열하고 인상적인 극적 독백을 시에서 창조한다.

소설가이자 시인인 어드릭은 주로 인디언 보호구역을 배경으로 그곳에 사는 미국 원주민들의 삶을 묘사한다. 백인의 주류 문화로부터 배제되고 소외된 미국 원주민들의 삶의 실상, 즉 알코올 중독과 실업과 가난, 그리고 무지로 인한 폭력 등으로 고통받는 사람들의 모습을 동정적으로 그린다.

8. 현대 미국의 연극

미국의 연극은 20세기에도 한동안 영국과 유럽의 연극을 흉내 냈다. 대개 영국에서 오거나 유럽 언어에서 번안된 작품들이 연극계를 주도하고 있었다. 극작가들을 보호하거나 홍보하지 못했던 부실한 저작권법은 독창적인 연극이 나올 수 없는 환경이었다. 또 실제 연극보다는 배우들이 찬사를 받았던 '스타 시스템'도 한몫했다. 미국인들은 미국의 극장을 찾은 유럽 배우들을 보기 위해 모여들었다. 또한 수입 와인처럼 수입된 연극은 미국 내에서 제작된 작품들보다 더 높은 사회적 위치를 차지했다.

19세기에는 모범적인 민주주의적 인물이 등장하고, 선악이 뚜렷하게 구별되는 연극인 멜로드라마가 인기를 얻었다. 노예제도 같은 사회문제를 다룬 연극도 많은 관객을 불러 모았다. 이런 연극들은 때로 『톰 아저씨의 오두막』과 같은 소설을 각색한 것이었다. 20세기 전까지 미국에는 미학적 실험을 시도한 진지한 연극은 존재하지 않았다. 그러나 대중문화는 특히 보드빌(vaudeville)에서 결정적인 발전을 보였다. 백인들이 흑인 분장을 하고 공연한, 흑인의 음악과 풍속에 기초한 민스트럴 쇼(minstrel show)는 독창적인 형식과 표현 방법을 모색한 것으로 평가받는다.

1) 유진 오닐(Eugene O'Neill, 1888-1953): 미국 연극의 거장

미국 현대연극의 선구자인 유진 오닐은 1920년대까지 상업적 수준에 머물던 미국 연극을, 유럽으로부터 새로운 사조의 도입과 극적 실험을 통해 예술적 수준으로 승격시킨 연극계의 거장으로 인정받는다. 그는 퓰리처상을 네 번이나 수상하고 1936년 노벨문학상을 수상함으로써 범세계적인 명성을 획득한다. 그는 당시 인기를 누리던 연극 『몬테크리스토 백작』(*Le Comte de Monte-Cristo*)의 배우 겸 연출가 제임스 오닐(James O'Neill)의 셋째 아들로 브로드웨이 한 호텔에서 태어난다. 난산이었기 때문에 의사는 산모의 고통을 줄여주려고 아편주사를 놓게 되는데, 그 결과 오닐의 어머니는 본의 아니게 아편중독자가 되어버린다. 유진의 어머니 메리(Mary Ellen Quinlan)의 아편중독은 아버지는 물론 자식들에게 중대한 영향을 미친다. 유진은 어머니의 약물중독이 자신 때문이었다는 죄의식 때문에 평생 갈등과 번민 속에 살게 된다.

오닐은 현실의 삶 뒤에 숨은 진실은 결코 추하지 않으므로, 삶의 현실을 기꺼이 받아들여야 진솔한 삶의 의미를 찾을 수 있다고 믿었다. 다른 작가들이 인간과 인간의 관계를 중시하는 데 반해 자신의 관심은 인간과 신과의 관계에 있다고 밝힌다. 그래서 그의 극의 주인공들은 운명의 손아귀에서 벗어나지 못한다. 그리스 비극의 주인공처럼 오닐의 주인공들은 패배를 알면서도 운명의 신에게 도전하는데, 오닐은 그러한 도전정신 속에 인간의 숭고함이 있다고 보았다.

오닐의 극은 비관주의적 색채가 강하다. 이것은 오닐이 프로이트, 니체, 쇼펜하우어의 영향을 받았기 때문이다. 오닐의 주인공들은 프로이트의 무의식적인 이드(Id)에 사로잡힌 유형으로 '심리적 운명'(Psychological Fate)과 맞싸우는 인간의 모습을 보인다. 쇼펜하우어의 염세주의는 주변 환경에 의해 희생되어가는 인간의 모습을 보여주는 오닐의 '자연주의적 결정론'(Naturalistic Determination)을 더욱 심화시켰다. 니체로부터는 냉엄한 우주 앞에 선 인간이 취해야 하는 유일한 자세는 실망과 패배를 겸허하게 수용하는 것이라는 것을 배웠다. 오닐은 '오늘날 병폐의 근원을 파헤치는 것'(to dig at the roots of the sickness of today)이 극작가의 사명으로 생각한다. 오닐은 이러한 병폐의 원인은 '전통적인 신의 죽음'(the death of the Old God) 때문이며 현대 과학기술문명이 신을 대치할만한 새로운 구원의 존재를 제시하지 못한 데 기인한다고 본다. 오닐은 신이 없는 생은 무의미하며, 인간은 죽음의 공포로부터 행방될 수 없다고 믿는다.

오닐이 잃어버린 신을 찾아 방황하는 것은 "신을 찾으려다 악마를 찾았노라"(I looked for God but I find the Devil)라고 말한 스트린베리(August Strindberg, 1849-1912)와 맥을 같이 한다. 노벨문학상 수상 연설에서 오닐은 자신은 스트린베리의 영향을 크게 입었다고 밝히고 스트린베리를 "표현주의의 아버지"(the father of Expressionism)라 칭찬한다. 표현주의 연극은 자연주의 극과 마찬가지로 사실주의 극에서 파생되었으며, 인간의 내면과 무의식의 세계, 즉 욕망, 갈등, 포부, 좌절, 환상과 같은 심리적인 내적 현실을 주관적으로 묘사한다. 또한 표현주의 문학은 물질과 정신의 대립에서 오히려 정신적 가치를 중시하려는 문학이며, 인간의 자율성과 주관적 가치를 중시하여 외형 밑에 내재한 인간의 심리적, 내적 현실을 있는 그대로 표현하려 한다. 표현주의 극은 다음과 같은 특징과 기법을 지닌다.

(1) 저서전적 요소: 개인의 가장 주관적인 내부세계의 묘사에 충실하기 때문에 자연히 자서전적인 요소를 극중에 강하게 도입한다.

(2) 등장인물: 작가 자신의 분신이거나 주인공의 의식 가운데 잠재한 한 특성을 나타내기 때문에 개성 있는 산 인물이 되지 못하고 유형화된 인물이다. 이 인물들은 개성 있는 인격체라기보다는 고정화된 인물이거나 풍자화된 인물이며 사회의 한 집단을 대표하는 인물이다.

(3) 언어: 유형화된 인물들이 사용하는 언어는 몽환적인 분위기 가운데서 사고의 지속성이 없는 복잡한 심리적 갈등을 표현하기 때문에 논리를 필요로 하는 일상언어와는 달리 잘라낸 듯한 단편적인 것이다. 이 단절된 언어표현을 보강하기 위해서 음향효과를 많이 사용하며, 음악은 논리적인 언어보다 인간의 근본정서에 호소함으로써 언어이전의 심리상태를 효과적으로 전달할 수 있기 때문이다.

(4) 독백의 사용: 표현주의 작가들은 독백을 사용하는데 이것은 등장인물의 외형을 뚫고 들어가 내부세계의 사상과 감정을 관객에게 전달하기 위함이다.

(5) 주제: 파괴적이고 부패한 현실에서도 도피하여 개인의 내부세계로 침잠하려는 유아론적 경향을 보여준다.

다른 모든 극작 기법과 마찬가지로 표현주의도 인간의 가치 탐구를 주된 임무로 간주한다. 오닐은 정신적인 지주를 잃고 둥지를 찾지 못해 방황하는 현대인의 심리상태와 실존 문제를 표현하는 것이 극작가의 참된 의무라 믿는다.

오닐은 뱃사람으로 방황한 체험을 바탕으로 소위 S. S 글렌케어 사이클(S. S. Glencairn Cycle)로 불리는 『카디프를 떠나 동쪽으로』(*Bound East for Cardiff*, 1916), 『집으로의 오랜 항해』(*The Long Voyage Home*, 1917), 『캐리비의 달』(*The Moon of the Caribees*, 1918) 등 3부작과 『위험지대에』(*In the Zone*, 1919) 등의 단막극을 내놓는다. 이 초기 해상 극에서 오닐은 낭만적인 색체를 띠면서도 운명의 신 바다와 숙명론적으로 투쟁해서 패배 당하는 인간의 모습을 리얼하게 그려낸다.

최초의 브로드웨이 성공작이자 퓰리처 수상작인 『지평선 너머』(*Beyond the Horizon*, 1920)에서 오닐은 인간의 힘으로는 극복할 수 없는 내적, 외적 상황 때문에 예민한 성격의 인물이 꿈을 실현하지 못하고 죽어가는 모습을 보여준다. 이 극은 성격이 대조적인 두 형제가 한 여자를 동시에 사랑함으로써 서로를 망치면서 도달 할 수 없는 지평선 너머에 있는 행복을 찾아가는 항해를 그린 것이다. 꿈 많은 젊은 지성인 로버트 마요(Robert Mayo)는 집안에서 하는 농장일로부터 벗어나기 위해 숙부를 따라 항해를 떠날 준비를 한다. 그의 형 앤드류(Andrew)는 농장 일에 만족하고, 소꿉친구였던 애인 루스(Ruth)와 결혼하기를 희망한다. 로버트는 바다로 떠나기 전 루스에게 사랑을 고백하고, 그녀가 반응을 보이자 로버트는 도피의 기회를 포기하고 그녀와 결혼한다. 애인을 뺏기고 마음의 상처를 입은 앤드류는 원래의 자신의 성격이 실용적 농부의 기질이면서도 바다로 나가버린다. 농장은 로버트의 형편없는 관리로 퇴락하고 루스는 자신의 실수를 깨닫고 로버트를 미워하고 앤드류를 기다린다. 그러나 앤드류는 그녀를 잊은 지 오래고 로버트는 폐병으로 죽음을 맞이한다. 이 극은 오닐이 항상 취급하는 문제, 즉 인간 심리, 가족의 와해, 왜곡된 사랑, 신비에 싸인 행복의 추구 등이 등장한다. 이 극에서 오닐은 행복이란 자연에 순응하여 자기 기질과 조화를 이루는 것이 인간 행복의 한

조건임을 암시한다.

『황제 존스』(*The Emperor Jones*, 1920)는 스트린베리의 『다마스쿠스로 가는 길』(*Road to Damascus*, 1898)과 흡사한 작품으로 표현주의적이며 상징주의적 기법이 활용된 극이다. 철도역 구내의 짐꾼 출신이며 살인 전과자이자 탈옥수인 흑인 존스(Brutus Jones)는 코크니(Cockney) 출신의 장사치 스미서(Smithers)와 더불어 무자비한 전제군주국을 만들어 무지하고 미신적인 토인들을 다스린다. 하지만 토인들의 원망을 사면서 폭동에 직면한다. 황제 존스는 생존을 위해 밀림으로 도망치면서 옷을 벗어버린다. 그는 자신의 황제 옷을 벗어버림으로써 권력과 부에 대한 욕망도 떨구어버린다. 숲속의 어둠은 그의 공포를 더욱 증가시키고, 깊은 밀림 속으로 들어 갈수록 그의 공포와 히스테리는 더욱 심해진다. 마침내 눈에 보이는 모든 사물이 악령으로 보인다. 공포 속에서 미친 듯이 그는 자기 앞에 있는 환영들을 향해 총을 쏘아 댄다. 존스의 내면에는 흑인으로서의 노예선의 생활, 노예시장에서의 경매 등이 파노라마처럼 떠오른다. 오만에 빠졌던 존스는 자신이 보잘 것 없는 존재임을 깨닫는다. 존스의 혼돈스러운 상황이 보다 심해질수록 북소리는 점증되고, 총알이 그의 가슴을 관통하자 심장의 멎음과 동시에 북소리도 멎는 상황은 오닐의 표현주의 수법의 진수이다.

오닐은 『털북숭이 원숭이』(*The Hairy Ape*, 1922)에서 인간이 심리적으로 원시적인 상태에서만 궁극적인 행복을 찾을 수 있음을 역설한다. 이 극도 『황제 존스』처럼 무대장치를 과장되게 구성함으로써 등장인물의 심리적 상황을 반영하는 초현실주의, 혹은 표현주의 기법이 실험된 극이다.

오닐의 『느릅나무 아래의 욕망』(*Desire Under the Elms*, 1924)은 뉴잉글랜드 가정비극(domestic tragedy)에 그리스 신화를 가미한 것으로 극의 구성상 에우리피데스(Euripidēs, BC 484-BC 406?)의 『피폴리투스』(*Hyppolytus*, BC 428)와 소포클레스(Sophocles, BC 496-BC 406)의 『오이디푸스 왕』(*Oedipus Rex*, BC 425)과 유사하다. 이

작품은 뉴잉글랜드 지방의 한 농가에서 에브라임 캐벗(Ephraim Cabot) 노인과 그의 아들 에벤(Eben), 그리고 교만하고 야심만만한 여인 애비 퍼트넘(Abbie Putnam) 사이의 삼각관계를 통하여 색욕과 물욕으로 인한 인간의 비극을 다룬다. 에브라임은 76세의 나이에 젊고 관능적인 셋째 부인 애비를 데려온다. 둘째부인이 데려온 의붓아들 에벤은 이 농장이 죽은 어머니의 소유라 생각하고, 이 농장을 상속을 받지 못할 수도 있다는 두려움과 아버지에 대한 분노로 가득 찬다. 애비와 에벤은 첫눈에 서로 끌리게 된다. 에벤은 처음에 애비의의 접근에 항거하지만, 마침내 그녀의 유혹에 굴복한다. 애비는 에벤과의 관계로 아기를 갖게 되는데, 에브라임은 이 아기가 자신의 아들이라 믿는다. 아버지와 심한 말다툼 끝에 애비가가 자신을 이용한 것으로 짐작한 그는 격분한다. 애비는 아기가 에벤과의 사랑에 방해가 되며, 아기만 없으면 그들의 사랑이 원래대로 되돌아 갈 것으로 짐작하고 아기를 질식사시킨다. 이 인도에 어긋난 범죄에 겁을 먹은 에벤은 애비를 손수 보안관에게 넘기려 한다. 그러나 마침내 그녀의 유아살해의 동기가 자신임을 깨달은 에벤은 자신도 공범이라 주장하고 그녀와 벌을 나누어 받기로 결심한다. 에브라임만이 혼자 농장에 남게 된다. 저녁에 시작하여 아침에 끝나는 이 극에는 이 집을 감싸고 있는 느티나무 등 여러 상징들과 더불어 작가의 깊은 인간애가 담겨있다.

오닐은 『위대한 신 브라운』(*The Great God Brown*, 1926)에서 가면과 방백을 사용해 표현주의 기법의 새로운 유형을 시험한다. 주인공 디온 안토니(Dion Anthony)는 그리스 신화의 술과 예술의 신 디오니소스(Dionysus)의 자질과 포르투갈의 성인인 성 안토니오(St. Anthony)의 지적능력을 겸비한 창의적 예술가이다. 윌리엄 브라운은 평범한 이름이 암시하듯 미국의 물질주의를 상징한다. 마거릿(Margaret)은 인습적이고 관례적인 결혼을 상징하는데, 그녀는 디온의 본질보다 가면을 사랑한다. 한편, 창녀 시빌(Cybel)은 풍요와 향락의 원천이자 사랑의 표상인 대지의 여신(Mother Earth) 키벨레(Cybele)를 상징한다. 마거릿과 반대로 시빌은 디온의 실체를 사랑한다. 오닐은 마거릿과 시빌의 디온에 대한 서로 다른 사랑을 제시함으로써, 인간은 인습적인 환경에 의해 겉으로 드러난 사실만 가지고 다른 사람을 판단하고, 자신을 숨기기 위해 위장된 가면을 쓴다는 점을 암시한다. 또한 디온과 브라운의 서로 이질적인 본성은 고대 앤드로진(Androgyne) 양성신화를 연상시킨다. 이 신화에 의하면, 인간은 원래 단성이었고, 신에 의해 양성으로 분리되었으며 분리된 각 반쪽은 나머지 반쪽을 찾아 하나가 되는 조화로운 합치를 갈망한다는 것이다. 디온과 브라운은 본래 하나의 개체로서 그 개체가 가지고 있는 예술적 감각과 실용적 면을 대표하는 동시에 한 개체 속에서 서로 갈등하는 양면의 심리를 나타낸다.

『이상한 막간극』(*Strange Interlude*, 1928)은 와해되는 가정에 대한 심리적 분석의 결과물이다. 이극에서 오닐은 니나(Nina)라는 여성의 소녀시절부터 30대 후반에 이르기까지 삶을 다룬다. 오닐은 어떻게 인간들이 '무의식적인 자아' (Unconscious Id)와 환상에 사로 잡혀 생의 현실을 직면하지 못하는지를 보여준다.

『상복이 어울리는 엘렉트라』(*Mourning Becomes Electra*, 1928)는 아이스킬로스(Aeschylus)의 3부작 『오레스테이아』(*Oresteia*), 즉 『아가멤논』(*Agamemnon*), 『공양하는 여인들』(*The Libation Bearers*), 『자비의 여신들』(*The Eumenides*)을 남북전쟁 후 미국의 상황에 적용시킨 것으로, 『귀가』(*Homecoming*), 『쫓기는 사람들』(*The Hunted*), 『귀신들린 사람들』(*The Haunted*)로 구성된 3부작이다. 이 극은 와해되어가는 가정을 지배하고 있는 죄와 복수에 대한 이야기이다. 그리스 비극에서는 복수의 신(Nemesis)이 인간의 운명을 좌우하지만, 오닐의 극에서는 프로이트의 이고(Ego)와 이드(Id), 즉 의식 세계와 무의식 세계의 투쟁이다. 오닐은 오이디푸스적인 아버지-딸, 어머니-아들 사이의 사랑과 어머니-딸, 아버지-아들과의 미움 등, '현대적 의미의 심리학적 운명'(modern psychological fate)에 의한 비극을 연출한다.

『얼음 장수 오다』(*The Iceman Cometh*, 1946)에서 오닐은 삶에 대한 희망과 의욕을 상실하고 과거에 대한 환상 속에서 술에 의지해 살아가는 인물들을 등장시킨다. 저마다 슬픈 과거를 지녔고 이제는 분별력과 기억력마저 술에 마비되어버렸고, 언제나 "내일"이면 회복할 수 있다는 꿈을 한 번도 버린 적이 없는 일단의 낙오자들이 뉴욕(New York)의 웨스트사이드(West Side)의 싸구려 주점에 모여 앉아 돈 잘 쓰는 세일즈맨 히키(Hickey)가 도착하기를 기다린다. 오랜 시간이 흐린 뒤 도착한 히키는 너무나도 달라져 있어 모두에게 충격을 준다. 그는 자신이 마침내 용기를 내어 자기의 참모습과 직면하고 모든 과대망상을 버리고 나니 마음의 평화와 만족을 얻을 수 있었다고 말하고 다른 친구들도 그렇게 되도록 도와줄 생각이라며 차례로 그들이 오랫동안 꿈꾸어 온 계획을 실천에 옮기도록 강요한다. 물론 그 계획은 실패하기 마련이고 그렇게 되면 그들도 자신들의 참모습을 알게 될 것이라는 희망에서였다. 그러나 그들은 자신들의 마지막 남은 한 가닥의 희망마저 잃어버리게 된다는 충격 때문에 더 한층 절망 속에 빠져들어 급기야는 술로도 달랠 수 없게 된다. 그러자 히키는 죄책감과 분노에 사로잡혀 자신이 변하게 된 자초지종을 털어 놓는다. 오랫동안 고통을 겪으면서도 자신의 주정과 외도를 한결같이 용서해온 천사 같은 아내의 고통을 풀어주기 위해, 자기가 이 주점에 오기 바로 몇 시간 전에 아내의 머리에 총알을 쏘아 넣은 사실을 고백한다. 이미 전화로 연락해놓은 대로 히키는 경찰에 체포되어 끌려가는데, 다른 친구들은 그가 잠시 동안 정신이 나갔었나보다 정도로 생각할 뿐 또다시 술과 과대망상의 세계로 빠져든다. 오닐은 싸구려 술집에 기생하는 낙오자들의 패배감과 환상, 절망과 과대망상 등을 포근한 인간애로 감싸고 있다.

『밤으로의 긴 여로』(*Long Day's Journey into Night*, 1956)는 오닐에게 마지막 퓰리처상을 안겨준 대작이다. 이 극은 1912년 8월 어느 날 안개에 덥힌 타이론(Tyrone) 가에서의 약 18시간 동안의 고통스러운 하루의 생활을 다룬 자서전적 작품이다. 이 하루 동안에 이 집안 식구들은 저마다 자신의 실패와 죄악을 직면하게 되고 좌절감과 공허감 속에 하루를 마무리한다. 긴장이 감도는 이 집의 가장은 제임스 타이론(James Tyrone)으로 은퇴한 자만심이 강한 배우 출신이다. 어린 시절 찢어지게 가난했던 그는, 구두쇠가 되어 푼돈에 인색하고 큰돈엔 눈이 어두웠다. 그는 연약하고 상냥한 아내 메리(Mary), 술과 낭비벽 때문에 언제나 집안의 골칫거리인 큰아들 제이미(Jamie), 오랜 방탕과 방종한 생활 끝에 폐병을 앓고 있는 둘째 아들 에드먼드(Edmund, 오닐 자신)와 함께 살고 있다. 에드몬드를 낳을 때 몰핀에 중독되고 남편과의 오랜 유랑생활과 마약과의 끊임없는 싸움 때문에 지칠 대로 지쳐버린 메리는 또다시 중독에 굴복한다. 그녀는 집안의 남성들을 비난하고 자책한다. 그녀의 상태는 날로 악화된다. 가족들은 속수무책으로 메리가 꿈과 환각의 세계로 점점 더 깊이 빠져 들어가는 것을 지켜볼 수밖에 없게 된다. 오닐은 타이론 가의 눈물겨운 가정이야기를 동정과 이해, 화해와 용서를 통해 '가정 비극'(domestic tragedy)을 예술의 경지에 올려놓는다. 매정한 운명의 신이 그들의 안정적인 삶을 앗아간다. 사랑과 증오가 강력하게 대비되고, 깊어가는 밤은 내일이 없는 것처럼 영혼을 말살시킨다. 그러나 악에 대항하는 어떤 구원의 빛도 존재하지 않아 보이지만, 그 암흑의 밤도 사랑과 동정에 의해 조율될 수 있음을 시사한다.

자연주의 문학에 큰 영향을 받은 오닐은 인간을 세상의 거대한 힘에 사로잡힌 존재, 자연으로부터 유리되고 물질적이고 속물적인 속성에 의해 비인간화 된 존재로 본다. 과거에 압도되어 현실을 살아갈 수 없는 인간, 살려고 발버둥 쳐 보지만 빠져나갈 길은 보이지 않고 내일조차 기약할 수 없는 인간, 그것이 오닐이 보는 인간관이다. 지나치게 허무주의적이라는 비난을 받기도 하지만, 오닐은 미국의 연극을 혁신시킨 위대한 극작가란 사실은 어느 누구도 부정하지 못할 것이다. 그는 유럽의 고대 그리스 비극의 요소를 도입하거나 표현주의, 상징주의 기법을 차용함으로써 미국의 연극을 한 차원 높이는 데 결정적인 기여를 한다. 그가 토대를 다져놓은 미국 연극의 전통은 오늘날에 이르기까지 수많은 극작가에 의해 계승되고 있다.

2) 손튼 와일더(Thornton Wilder, 1897–1975)

손튼 와일더는 표현주의 기법을 사용하면서도 일상생활을 사실적으로 그리는 데 성공을 거둔다. 그는 위스콘신(Wisconsin)의 메디슨(Madison)시에서 신문기자이자 편집인의 아들로 태어나 오버린 칼리지(Oberlin College)를 거쳐 예일 대학(Yale University)에서 학사, 프린스턴 대학(Princeton University)에서 불문학 석사학위를 받았다. 아버지가 홍콩과 상해의 총영사로 근무했기 때문에 그는 유소년 시절을 중국에서 보냈다. 그의 가문은 종교적이고 지적 분위기로 넘쳤는데, 이것이 후일 그의 작품의 분위기를 지배한다. 어릴 때부터 남다른 문학적 재능을 보인 와일더는 오벌린 칼리지과 예일대의 문학지에 단편과 희곡을 종종 투고했으며 프린스턴에서도 계속적으로 습작을 했다.

와일더의 초기 극의 무대는 먼 과거나 멀리 떨어진 장소가 대부분이었으나 1930년 이후에는 미국인의 일상생활로 관심을 돌렸다. 1931년 그는 미국의 일상을 배경으로 삼은 희곡집 『긴 크리스마스 정찬 및 기타 단막극』(*The Long Christmas Dinner and Other Plays in One Act*)을 펴냈다. 창작에 대한 그의 철학은 새로운 어떤 것을 창조하는 것이 아니라, 과거의 실제를 더 분명히 하고 새로운 방법으로 표현하는 것이다. 전 작품에 흐르는 그의 공통적인 주제는 인간이 지닌 모든 영속적 가치, 즉 애정, 친절, 이해, 헌신과 봉사이며 휴머니즘 그 자체이다. 하지만 그는 다양한 희곡에 있어서 극작과 상연의 가능성을 넓혀준 무대기법의 실험자였다. 이 극에서 와일더는 무대상의 시간적인 제약성을 극복하기 위해, 크리스마스에 가족을 전부 등장시켜 식사 도중에 떠나고(죽고), 새로운 인물이 도착하는(태어나는) 수법을 쓴다.

와일더의 대표작으로 간주되는 『우리 마을』(*Our Town*, 1938)은 뉴햄프셔의 그로버스 코너스(Grover's Corners)라는 자그마한 마을에서 며칠간에 일어난 평범한 일상의 사건들을 파노라마처럼 그린다. 주요 등장인물이 속해 있는 깁스(Gibbs) 가와 웹(Web) 가 사이에서 일어난 애정과 결혼, 그리고 죽음을 다룬다. 이 작품에서 와일더는 독특한 무대기법을 사용하는데, 그것은 바로 무대장치나 소도구를 거의 배제한 '텅 빈 무대'(bare stage)이다. 텅 빈 무대로 진행되는 극에서는 단지 배우의 무언극 연기와 관객의 자유로운 상상력이 필요하다. 또 하나의 기법은 '무대 매너'(stage manner)인데, 주인공이 극의 사회자와 내레이터를 겸하는 역할을 하면서 허수아비 같은 배우들을 조종하는 방식이다.

『우리 마을』은 뉴햄프셔의 한 마을에서 일어나는 일상을 보여주지만, 죽은 뒤의 환상에 대한 고찰이 아니라 살아 있을 때 이해하지 못하는 인생의 의미와 경이로움을 상기시켜주려는 것이다. 이 극에서 액션은 1901년에 시작하여 2년간 지속되는데, 과거의 회상 장면으로 플래시백이 자주 나오고 이따금 미래도 보여주는 수법을 취한다. 극의 구성은 3막으로 되어 있고, 각 막은 사랑, 결혼, 죽음, 등의 이름을 지니고 있어 스토리의 내용을 미리 짐작게 한다. 극이 진행되는 동안에 무대 매니저가 사건을 친절하게 설명해주는데, 그는 등장인물들의 과거, 현재, 미래에 대해 자신이 알고 있는 바를 소상하게 이야기 한다. 『우리 마을』에서 두 가문의 가장 중 깁스는 의사이고, 웹은 지역신문의 편집자이다. 1막은 이른 아침부터 잠자리에 들 때까지의 일상생활의 단순한 사건으로 이어지고, 2막은 학생회장이자 투수인 깁스가의 맏아들 조지(George)와 예쁘고 똑똑한 웹 가의 맏딸 에밀리(Emily)의 사랑과 결혼으로 이어지는 과정이 그려진다. 3막은 에밀리가 혼인 후 9년 만에 아이를 낳다가 죽지만 20회 생일을 맞아 부활하여 지난날을 회고하는 내용으로 짜인다. 극이 진행됨에 따라 작품의 배경이 되는 그로버스 코너스는 모든 인류의 생활 터전을 상징하고, 조지와 에밀리의 삶은 모든 인류의 삶을 대표한다.

1942년에 공연된 『위기일발』(*The Skin of Our Teeth*)에 등장하는 인물은 조지(George), 매기(Maggie), 그들의 자녀 헨리(Henry), 글래디스(Gladys), 그리고 하녀 사비나(Sabina)이다. 이들은 비록 뉴저지의 작은 마을 엑셀시오(Excelsior)에 사는 평범한 사람들에 불과하지만, 이들은 인류의 각 계층을 대표한다. 조지와 매기는 아담과 이브이고, 사바나는 몽마(night monster) 릴리스(Lilith), 헨리는 카인이다. 조지는 언제나 지식을 파고드는 인텔리를 대표하고, 매기는 주부이자 영원한 어머니상이다. 사비나는 관능적 기질의 소유자이고, 핸리는 반항적 인물이다. 여기의 등장인물들은 자신들의 역할을 벗어나 『위기일발』이라는 동명의 극중극에서 연기하는 배우들처럼 연기한다. 극이 진해됨에 따라 과거와 현재는 동시에 나타나는데, 가족들은 생활 속에서 여러 가지 승리를 맛보는 동시에 자연이나 인간의 악의적인 행동으로 초래된 재앙을 경험한다. 와일더는 평범한 사람들의 일상을 통하여 태어나고 사랑하고 죽어가는 일련의 과정을 인류 전체의 삶으로 확산시키며, 죽음조차도 삶의 과정으로 긍정하고자 한다.

3) 클리포드 오데츠(Clifford Odets, 1906–1963)

오데츠는 필라델피아에서 태어났으나 어린 시절 뉴욕에서 보낸다. 학창 시절 아마추어 감독과 배우로 활약한 그는 고등학교를 졸업한 뒤 곧장 연기를 직업으로 삼는다. 1928년 그는 이념적인 단체인 극장길드(Theatre Guild) 산하 연기클럽에 가입하면서 당시 유럽과 미국의 신진작가들의 새로운 희곡을 공연하는 데 큰 자부심을 느낀다. 극장길드의 경제적 도움과 격려를 받고 있던 이 클럽은 스스로 그룹극장(Group Theatre)이라 칭하면서 당시 진보적이고 좌익 색채가 짙은 인사들을 포섭한다. 오데츠는 배우 가운데 이 클럽에 가입하도록 초청받는 영광을 얻는다.

1935년부터 1940년에 이르기까지 그룹극장은 오데츠가 쓴 7편의 희곡을 공연한다. 그러나 그의 첫 작품 『레프티를 기다리며』(*Waiting for Lefty*, 1935)는 그룹극장과는 상관없이 오프-브로드웨이(Off-broadway)에서 상연된다. 이 작품은 독일의 브레히트(Bertolt Brecht, 1898-1956)와 마찬가지로 마르크스적 입장에서 자본계급의 착취와 이에 대항하는 무산계급 노동자들의 봉기를 촉구하는 선동선전극(Agitational propaganda drama)이다. 이 극에서 오데츠는 삽화적인 구성과 과거와 현재를 병치시키는 표현주의적 기법을 사용한다.

『레프티를 기다리며』는 총 6개의 에피소드로 구성되어 있고, 노동조합의 지도자인 레프티는 끝내 나타나지 않으며 그의 존재는 오직 화자인 조(Joe)의 입을 통해 확인된다. 레프티는 그의 이름이 암시하듯 좌익성향을 띤 모든 인물을 대변하는 유형화된 인물이다. 레프티는 패트(Fatt)라는 자본가 계급의 하수인에게 살해되었음이 밝혀지며, 이 소식을 들은 노동조합원들은 봉기해야 한다고 주변 사람들을 선동한다. 논리적으로 연결되지 않은 6개의 삽화는 무산자들의 어려운 삶과 저항이라는 주제에 의해 통일성을 이룬다. 오데츠는 이 극에서 당장 끼니 걱정을 해야 하는 노동자들의 생활과 이윤 창출에만 매달리는 악덕 기업인을 대조시켜 자유, 평등이라는 고귀한 이념이 깨어진 미국의 현실을 고발한다.

또 다른 성공작 『깨어나 노래하라!』(*Awake and Sing*, 1935)는 불경기에 살아남기 위해 투쟁하는 한 유대인 가정의 고난을 그린 극이다. 공산주의 이념에 물든 구세대와 이데올로기의 굴레를 벗어나려는 신세대 간의 갈등과 타협을 통해 당시 자본주의 미국사회의 갈등이 얼마나 심각했는지 잘 보여준다. 이 극은 구조상 『레프티를 기다리며』와는 차원이 다른 극으로, 플롯이 아주 복잡하고 세련된, 소위 '잘 다듬어진 극'(Well-made Play)이다. 노동운동의 지도자는 수많은 노동자를 규합하여 탐욕이 존재하지 않는 새로운 세상으로 인도한다.

오데츠는 이 밖에도 다수의 희곡을 내놓고 일련의 TV 각본과 영화, 시나리오 등 수많은 작품을 남겼으나 이념성이 지나치게 강하여 크게 성공한 작품은 드물다. 그의 데뷔작이자 대표작인 『레프티를 기다리며』 역시 예술작품이라기보다 자본주의 사회를 공격하며 사회주의 혁명을 부르짖는 계급투쟁을 선동하는 극이라는 인상을 준다. 이 극은 인간의 내적 갈등이 결여되었기 때문에 표현주의적 형식만 취했을 뿐 표현주의 심층구조의 표출이라는 수준에는 이르지 못한다.

4) 테네시 윌리엄스(Tennessee Williams, 1911-1983)

테네시 윌리엄스는 20세기 중반 미국 극단에 등장한 비중 있는 작가이다. 그는 제2차 세계대전 후 다소 침체된 미국 연극계의 중흥을 가져온 극작가 일뿐만 아니라, 시집과 장·단편소설과 많은 수필을 남긴다. 그의 작품은 자신의 과거를 기억하며 회상하는 일종의 '기억극'(memory play)으로 사실적 분위기보다는 상징성을 강조한다. 그의 작품은 대체로 미국 남부 몰락한 가정을 배경으로 삼고, 특히 가족 내에 존재하는 불안한 감정 및 해소하지 못한 성에 초점을 맞춘다. 그는 연극을 통하여 억눌린 성, 부조리한 현실, 당시 정치적 사회적 타성과 관습 등에 대해 과감히 도전함으로써 미국 극단에 신선한 충격을 준다.

윌리엄스는 미시시피주 콜럼버스에서 술꾼이자 외판원인 부친과 유서 깊은 가문 출신 모친 사이에 태어났다. 그가 일곱 살 때 가족은 부친을 따라 미주리주 세인트루이스로 이사했는데, 이때부터 그의 가정은 몰락하기 시작했다. 술주정뱅이 부친 덕에 10년 동안 16번이나 이사하는 등 불안정한 생활을 했는데 병약하고 수줍음이 많은 그는 친구들로부터 놀림을 받기 일쑤였다. 윌리엄스는 여러 대학을 전전하다가 최종적으로 아이오와 대학 영문과를 졸업한다. 대학재학 중 좌익성향의 극을 상연하는 등 사회참여 극에 많은 관심을 보였다. 졸업 후에는 할리우드의 대본작가로 일하면서 어려운 삶을 살아간다. 1944년 12월 시카고서 발표한 그의 대표작 『유리 동물원』(*The Glass Menagerie*)이 호평을 받아 이듬해 브로드웨이에서 공연됨으로써, 그는 연극계의 주목을 받기 시작한다. 자서전적 요소가 강한 이 작품에서 윌리엄스는 과거의 환상에 지배당한 채 현실 적응에 실패하고 힘들게 살아가는 인간의 모습을 그린다.

『욕망이라는 이름의 전차』(*A Streetcar Named Desire*, 1947)는 그의 출세작으로서 뉴올리언스를 배경으로 한 자서전적 요소가 강한 작품이다. 윌리엄스는 이 극에서 남부 상류사회를 배경으로 고상하지만 낙후를 면치 못하는 남부 귀족 문화와 새로이 등장한 산업시대 기계문화 간의 충돌을 그린다. 미국 남부의 몰락한 지주의 딸 블랑시(Branche)가 동생네 집을 방문한다. 동생의 남편은 스탠리(Stanley Kowalski)는 하사관 출신의 폴란드계 미국인으로 다혈질의 근육질로 산업사회의 노동자 계층을 대표한다. 그와 아내 스텔라(Stella)의 관계는 당연히 왕성한 육욕에 바탕을 둔 본능적 사랑이다. 스탠리의 관점에서 과거의 추억과 상상력에 의존하는 브랑시의 생활 방식은 아무짝에도 쓸모없는 허위와 허풍덩어리일 뿐이다. 브랑시는 창부의 기질을 소유했지만, 사라져가는 전통의 멍에에 얽매여서 욕정을 억누르고 귀부인처럼 행동한다. 야성미 넘치고 현실적인 스탠리에게 호감을 가지고 있었지만, 스탠리가 그녀를 겁탈하자 그녀는 미친 증세를 보인다. 브랑시는 결국 정신병원으로 보내지게 된다. 현실감이 결여된 남부의 위신과 긍지는 그녀와 더불어 모래성처럼 허물어진다. 무너져 가는 과거의 영광에 매달려 살아가는 몰락한 귀공녀의 쓸쓸한 말로를 그린 이 작품으로 윌리엄스는 연극비평가상과 퓰리처상을 받는다.

『뜨거운 양철지붕 위의 고양이』(*Cat on a Hot Tin Roof*, 1955) 역시 『욕망이라는 이름의 전차』처럼 3막으로 된 극이다. 이 극에서 윌리엄스는 목적을 위해 육친의 정이나 가족 간의 유대도 팽개치는 비정하고 삭막한 가정을 그린다. 미시시피 하구 부유한 대농장주 빅대디라 불리는 폴리트(Pollitt)는 65세 생일을 맞았다. 현실감이 결여된 그는 불치의 병에 걸렸으나 정작 본인은 모르고 있다. 큰 아들 구퍼(Gooper) 부부와 작은 아들 브릭(Brick) 부부는 그 사실을 알고 있으나 부친에게 감춘다. 아버지가 브릭을 유난히 좋아한다는 것을 알고 있는 구퍼는 동생에게는 자식이 없다는 것을 계속 주지시키면서 자신에게 유산을 물려주길 바란다. 오직 가난에서 벗어나기 위해 브릭과 결혼한 매기(Maggie)는 유산이 구퍼에게 넘어갈까 봐 시아버지의 비위를 맞춘다. 가문의 재산에 초연한 브릭에게는 형도 아내도 역겨울 뿐이다. 남편의 사랑을 받지 못하는 매기의 스트레스는 한계에 달하지만 욕망을 위해 뜨거운 양철지붕 위에 올라간 매기는 그냥 내려올 수는 없다. 매기가 시아버지가 물려줄 부를 포기하지 못하고 뜨거운 양철지붕 위의 고양이처럼 폴짝폴짝 뛰어다니는 것은 지난 날 자신의 가난에 느꼈던 비참함을 결코 되풀이하지 않겠다는 절실함의 표현이다.

매기가 남편의 사랑과 자식에 대한 욕심을 버리지 않고 끝까지 발버둥치는 것은 남편보다 훨씬 현실적이고 타산적인 신여성이기 때문이다. 거짓과 허위가 판치는 가운데 작가는 동성애와 부부생활의 위기, 배금주의, 고독과 소외 등에 대한 실감 나는 묘사를 통해 현대사회를 날카롭게 고발한다. 사실 윌리엄스의 작품에 자주 등장하는 알코올 중독, 우울, 좌절, 욕망, 정신이상, 동성애 등은 모두 작가 자신의 문제이기도 했다.

5) 아서 밀러(Arthur Miller, 1915-1980)

아서 밀러는 사실적 묘사와 사회적 윤리에 바탕을 둔 입센(Henrik Ibsen, 1818-1906)의 영향을 받아 사회의 비리와 모순을 고발하는 '사회문제극'(social problem play)을 주로 창작한 작가이다.

극작가이며, 소설가, 수필가 그리고 전기작가이기도 한 밀러는 뉴욕의 백인 중산층 거주지역인 할렘에서 출생한다. 아버지는 조그만 여성의류 공장을 운영했고 어머니는 전직 교사였다. 경제 대공황의 여파로 사업을 접은 부모는 브루클린으로 이사하였고 밀러는 이곳에서 아브라함링컨 고등학교를 나왔다. 고등학교를 간신히 마친 밀러는 지방방송국 가수, 트럭, 운전수, 웨이터, 자동차 부품점원 등 다양한 직종을 전전하며 돈을 모아 대학에 지원하지만 거듭 실패한다. 하지만 마침내 1934년 앤아버에 위치한 미시간 대학 저널리즘 학과에 입학하게 된다. 후에 그는 영문과로 전과한다. 하층생활에 대한 이때의 경험이 그의 작품을 쓰는 데 큰 도움이 되었다 한다.

밀러의 첫 번째 브로드웨이 데뷔작은 『모든 행운을 가진 사나이』(*The Man Who had All the Luck*, 1944)이다. 이 작품은 그리 인기를 끌지 못했지만 전국극장연합회상을 받아 밀러가 연극계의 인정을 받는 계기가 된다. 이어서 반유대주의를 다룬 그의 첫 번째 소설 『포커스』(*Focus*, 1945)를 쓴다.

극작가로서 밀러의 명성을 알리게 된 첫 번째 성공작은 『나의 모든 자식들』(*All My Sons*, 1947)이다. 이 작품은 제2차 세계대전 중 결함이 있는 비행기 부품을 군납하여 많은 조종사를 전사하게 만들고도 애써 자신의 행동을 정당화시키려는 악덕 기업가와 사회적 책임을 요구하는 그의 아들과의 대립과 갈등을 다룬 심리극이다. 입센의 영향을 받은 이 작품으로 밀러는 뉴욕연극비평가상을 받는다.

밀러를 미국 최고 극작가의 반열에 올려준 작품은 1949년에 발표한 『세일즈맨의 죽음』(*Death of a Salesman*)이다. 이 작품은 산업화의 첨단을 달리는 미국에 살면서도 구시대의 가치관에 집착하는 시대착오적인 사회 부적응자의 절망적인 내면세계를 그린다. 이 작품에서 밀러는 평생 자신의 존재 가치를 찾으려 했지만 현실감이 부족하여 늘 실패만 거듭하다 가족을 위해 마지막으로 자신을 희생시키는 한 가장의 비극적 말로를 묘사한다. 이 극은 미국의 경제 대공황의 여파로 몰락의 길을 걷는 로먼(Lowman) 가족을 대상으로 아버지와 아들, 남편과 아내의 비정하고 불안정한 인간관계를 다룬다. 63세의 세일즈맨 윌리 로먼(Willy Loman)은 오늘도 장거리 출장을 갔다가 별 소득도 없이 돌아온다. 객지를 떠돌던 장남 비프(Biff)가 집에 와 있었고, 부자는 사소한 일로 언쟁을 한다. 비교적 근면하고 성실하게 살아온 로먼은 무능이라는 멍에를 쓴 채, 가족에게 보험금이라도 남기기 위해 자신을 희생시킨다.

이 작품은 하루라는 압축된 시간 속에서 어느 외판원의 죽음을 통해 오로지 물질적 번영과 풍요만을 중시하는 자본주의적 가치에 대해 경종을 울리면서, 동시에 현대사회의 소통의 부재를 고발한다. 이 작품에서 아서 밀러는 표현주의적 기법을 사용해 시대에 뒤떨어지고 가족과의 진정한 소통도 하지 못한 한 인간의 절망적인 내면세계를 보여주면서, 물질주의적 사고가 팽배한 현대사회를 조망한다.

1953년 밀러는 또 하나의 걸작 『도가니』(*The Crucible*)를 발표한다. 이 작품은 과격한 청교도의 영향으로 마녀로 몰려 수많은 무고한 사람이 희생당했던 17세기 매사추세츠 세일럼의 마녀 재판을 묘사한 것이다. 이 작품에서 밀러는 1950년대 미국의 사회·정치계뿐만 아니라 연예계까지 온통 공포로 몰아넣은 매카시즘(Mccarthyism) 광풍을 비판한다. 1955년에 발표한 『다리 위에서의 조망』(*A View from the Bridge*) 역시 매카시즘에 대한 풍자극의 성격을 지니고 있다.

『몰락 이후』(*After The Fall*, 1964)는 여배우 마릴린 먼로(Marilyn Monroe, 1926-1962)

와의 5년간의 결혼생활이 투영되어 있다. 이 극은 유대인의 대학살과 50년대의 반공산주의 운동을 배경으로 고발과 배반의 문제를 다룬다.

밀러의 작품은 리얼리즘에 충실하면서 자연주의적 색채가 짙다. 실수와 실패에도 불구하고 자신의 존재 가치를 부각시키려는 주인공을 등장시키고, 주변 인물들을 짜임새 있게 배치하여 극의 흥미를 부각시킨다. 밀러는 개인과 가족의 사회적 책임과 양심의 문제, 물질만능시대를 살아가는 피곤한 현대인의 모습, 매카시즘과 같은 반인간적인 폭력에 고개 숙인 양심 등을 거론하며, 시대를 비판하는 작가정신을 보여준다.

6) 에드워드 올비(Edward Albee, 1928-2016)

제2차 세계대전이 끝난 뒤부터 1960년까지 아서 밀러나 테네시 윌리엄스에 의해 명맥을 유지해오던 미국의 연극계에 새로운 바람을 불어넣은 작가가 올비이다. 그는 기존의 전통적 방법을 타파하기 위하여 유럽에서 대표적 부조리 작가로 꼽히던 새뮤얼 베케트(Samuel Barclay Beckett, 1906-1989)의 부조리극을 미국에 도입시킨다. 그는 새로운 연극기법을 구사하며 인간의 고립과 의사소통의 결핍 등의 사회문제를 클로즈업시킨다. 올비는 인간 존재의 무의미를 통감하고 무대에서는 어떤 논리적 사고도 소용이 없다는 것을 굳게 믿고, 이야기 중심의 극 진행을 지양하고 본능과 직관을 중시하여 '휴지와 침묵'을 빈번하게 사용한다.

『동물원 이야기』(*The Zoo Story*, 1959)는 그의 첫 작품으로, 이 극은 미국 최초의 부조리극으로 간주된다. 이극의 원 제목은 '피터와 제리'(Peter and Jerry)로, 이 두 사람이 등장하여 자아감금(self-imprisonment)의 상황에서 스스로 만족하는 환상을 보여준다. 이 작품을 통해 올비는 현대사회에서 소통의 부재로 인한 인간의 고독과 소외를 탐구한다.

『모래박스』(*Sandbox*, 1960)는 단막극으로 15분 정도 소요되는 소품이며 뉴욕의 '재즈 갤러리'에서 처음 공연되었다. 이 극은 일종의 실험적인 부조리극으로서 배우가 청중에게 직접 연극에 대한 내용과 상황을 알려주는 등 파격적인 기법을 선보인다. 하지만 관객들은 매우 혼란스러웠고 비평가들은 '부조리주의자의 플롯'(absurdist plot)이라 혹평한다.

『누가 버지니아를 두려워하랴?』(*Who's afraid of Virginia Woolf?*, 1962)는 중년부부의 결혼생활을 분석하는 3막짜리 극이다. 인텔리 중년 교수 부부는 서로 사랑해서 연애결혼을 했지만, 이제 그들 사이의 사랑은 실종되어 무늬만 남았다. 그들은 실존하지 않는 자식에게 애정의 끈으로 매달리지만, 서로에게 못마땅하여 시시때때 부부싸움을 일삼는다. 늙어서 단점만 보이고 서로에게 기대할 것이 사라지니 실망이 미움으로 바뀐 것이다. 그들은 서로 상처를 입히는 것밖에 그들의 사랑을 확인하지 못하는 부부이다. 그들은 젊은 동료교수 부부의 면전에서도 싸우며 서로의 약점을 지적하고 기만을 폭로한다. 그들은 파경 직전에 이르지만 싸우는 과정 중에 자신들의 과거를 뒤돌아보게 된다. 오랜 세월 함께 살면서 대화가 실종된 부부는 소통의 부재로 서로를 원망하며 살아왔으나 순간적인 직관과 통찰을 통하여 인생과 사랑에 대한 각성을 경험한다. 두 사람은 이제 자신들이 만들어낸 환영을 매장하고 실재하지 않는 것에 의지하지 않고 그들만의 힘으로 새로이 출발할 것을 다짐한다. 이 극은 부조리극이지만, 이 극은 두 부부 사이에 고함과 욕설이 오가면서, 부조리한 현실을 극복하는 결말을 보여준다는 점에서 다른 부조리극과는 차이를 보인다. 이 극은 올비의 대표작으로 꼽히며 그에게 토니상을 안겨준 인기작이자 성공작이다.

9. 최근 미국시

1) 로버트 로웰(Robert Lowell, 1917-1977)

로웰은 뉴잉글랜드 지방에서 태어나 보스턴의 전통적 분위기인 청교도적 기질과 자연을 배경삼아 시를 썼다. 케니언 대학(Kenyon College) 재학시절에는 신비평(New Criticism)의 선구자들인 랜섬(John Crowe Ransom, 1888-1974), 워렌(Robert Penn Warren, 1905-1989), 브룩스(Cleanth Brooks, 1906-1994) 등으로부터 시학의 영향을 받는다.

로웰은 현대문명의 황폐와 혼돈에 민감하게 반응하여 인간의 잔인함과 물질만능 주의를 통렬히 비난한다. 그는 강한 역사의식을 바탕으로 현대문명을 이해한 뒤 그것을 전통적, 종교적 상징으로 파악하고자 한다.

로웰은 반전론자로서 제2차 세계대전의 참전에 거부하여 감옥 처분을 받은 뒤, 이에 자극을 받아 『위어리 경의 성』(*Lord Weary's Castle*, 1946)이라는 시집을 발표한다. 로웰은 이 시집에서 전통적인 형식과 절제된 스타일로 전쟁으로 인한 인간들의 어리석음과 잔인성을 극명히 드러낸다. 로웰은 이 시로 퓰리처상을 수상한다.

로웰은 「빛의 아이들」("Children of Light," 1946)에서 인디언을 죽인 청교도들과 남은 곡식을 가난한 이들에게 보내지 않고 그냥 태워버리는 청교도의 후손에 대해 날카롭게 비난한다. 로웰은 "우리의 아버지들은 가축과 돌로 빵을 얻고 / 인디언들의 뼈로 정원의 울타리를 만들었다"(Our fathers wrung their bread from stocks and stones / And fenced their gardens with the Redmen's bones)라고 쓴다.

로웰의 다음 작품, 『카바노프 가의 방앗간』(*The Mills of the Kavanaughs*, 1951)은 가족구성원들이 각자의 온화함과 결점을 드러내는 감동적이고 극적인 독백들로 구성된다. 로웰의 스타일에는 항상 웅대함과 인간적인 면이 혼합되어 있다. 종종 전통적인 각운을 사용하지만, 구어체적인 가벼움 때문에 이는 거의 배경 음악처럼 느껴진다. 오히려 이 시집은 로웰이 창조적인 개인적 언어를 만들 수 있는 돌파구를 마련해준 실험적인 작품이었다.

로웰은 『삶의 연구』(*Life Studies*, 1959)라는 저서에서 고백시(confessional poetry)라는 낯선 시 분야를 선보여 당시의 시인들에게 많은 영향을 끼친다. 이 저서에는 1편의 그의 산문 자서전과 「스컹크 시간」("Skunk Hour")을 포함한 15편의 그의 고백시가 수록되어 있다. 「스컹크 시간」은 물질문명의 병폐는 더 심해지지만, 무력하게 타락해가는 뉴잉글랜드의 전통적인 청교도의 영향력과 거리를 종횡무진 활보하며 돌아다니는 스컹크들의 동물적 본능을 대비시켜 현대인의 정신적인 혼돈상태를 풍자한다. 이 시는 그의 체험적 고백시이다.

로웰의 새로운 시는 전후 시의 분수령이 되어 많은 젊은 작가들에게 새로운 길을 터주었다. 시집 『죽은 연방군에게』(*For the Union Dead*, 1964), 『노트북 1967-69』(1970), 그리고 기타 후기작들에서 로웰은 심리 분석 경험을 다루면서 자전적인 탐색과 기법을 실험한다.

2) 실비아 플라스(Sylvia Plath, 1932–1963)

실비아 플라스의 부친은 보스턴 대학의 생물학 교수로 땅벌 연구의 세계적인 권위자였으며 그녀의 어머니는 교사였다. 플라스는 부친의 죽음으로 심한 충격을 받고 난 뒤 이듬해인 아홉 살 때부터 시를 쓰기 시작했다. 스미스 대학을 최우등으로 졸업하고 미국대학 우등생 클럽인 파이 베타 카파회(Phi Beta Kappa)의 회원이기도 했던 그녀는 1952년 대학교 3학년 때 극도의 신경쇠약을 경험한 바 있으며, 1953년 『마드모아젤』(*Madmoiselle*) 객원기자로 활동할 적에는 50알의 수면제를 삼키고 자살을 시도한다. 이때의 경험은 그녀의 유일한 소설이자 자전적 소설인 『유리그릇』(*The Bell Jar*, 1963)에 언급되어 있다.

이 소설에서 플라스는 자신의 자화상인 에스더 그린우드(Esther Greenwood)라는 젊은 여성을 등장시켜 자신의 경험에서 연유한 혼란스럽고 암울한 삶을 효과적으로 잘 극화한다.

플라스는 1955년 풀브라이트 장학금(Fullbright Scholarship)으로 케임브리지에 재학하던 중 영국의 시인 테드 휴스(Ted Hughs, 1930-1998)를 만나 1956년에 결혼한다. 부부는 도미하여 1년 이상을 미국에 체류하였으며, 그 시기에 그녀는 모교 스미스 대학의 강단에 서서 영문학을 학생들에게 가르쳤다. 이후 부부는 다시 영국으로 돌아와 런던에 안착한다. 하지만 그녀는 남편과의 불화를 겪으며 아들 니콜라스(Nicholas)가 태어난 해인 1962년 10월부터 결국 남편 휴스와 별거에 들어간다. 이 시기에 그녀는 한 달에 서른 편의 시를 써내는 열정을 보인다. 하지만 다음 해인 1963년 2월 11일 아침 가스오븐 속에 머리를 집어넣고 자살을 감행하여 32세의 젊은 나이로 생을 마감한다.

그녀의 시적 주제는 예술 이외의 모든 것을 초월하는 성스러운 부르짖음, 놀라운 고통의 표현으로 압축할 수 있다. 과거의 고통스러웠던 그녀의 개인적인 삶의 환경이 시적 자산이 되어 그녀로 하여금 그녀만의 독특한 시를 창조하게 만들었던 것이다.

플라스는 동요적인 운율과 잔인할 정도로 직접적인 표현을 과감하게 사용한다. 그녀는 대중문화에서 나온 이미지들을 솜씨 있게 활용한다. 「아빠」("Daddy")라는 시에서는 자신의 아버지를 영화에 나오는 드라큘라로 상상한다.

> If I've killed one man, I've killed two—
> The vampire who said he was you
> And drank my blood for year,
> Seven years, if you want to know.
> Daddy, you can lie back now.

There's a stake in your fat black heart
and the villagers never liked you.
They are dancing and stamping on you.
They always knew it was you.
Daddy, daddy, you bastard, I'm through.

만약 제가 한 명의 남자를 죽었다면 저는 두 명을 죽인 셈이죠.
그가 당신이라고 말했던 뱀파이어가
수 년 동안 저의 피를 빨아 먹어서요.
당신이 알기 원한다면 7년 동안이죠.
아빠, 당신은 이제 누워 쉴 수 있어요.

당신의 뚱뚱한 검은 심장에 말뚝이 박혀있네요.
마을 사람들은 결코 당신을 좋아하지 않아서요.
그들은 당신 무덤 위에서 당신을 짓밟고 춤을 추었지요.
그들은 이미 그것이 당신임을 알고 있었지요.
아빠, 아빠, 이 나쁜 놈아, 저는 이제 끝났어요.

이 시는 플라스의 대표적인 시로, 가부장적 아버지와 남편에 대한 페미니스트다운 고통스러운 그녀의 울부짖음이 드러난다.

3) 시어도어 레트키(Theodore Roethke, 1908-1963)

레트키의 시는 일반적으로 시가 발표된 순서에 따라 발전하고 있는 바, 한 인간이 성장해 감에 따라 시의 내용과 주제도 함께 발전해간다. 그의 초기 시는 어린 시절에 관한 시로서 이 세계 속에서의 자신의 위치를 규정해 보이는 시이며, 중기 시는 성숙한 청년으로서 자신과 자신 이외에 타인과의 관계 속에서 자아를 규정해나간다. 마지막 후기 시들은 이 세상을 떠나야만 하는 죽음을 면치 못한 운명의 존재로서 노년기의 시다. 그러나 그의 시의 발전은 직선적이라기보다는 자연계에서 볼 수 있는 것과 같은 쇠퇴(decay)와 재생(renewal)이 반복되는 주기적 발전이라 할 수 있으며, 동시에 영적 성장이 따르는 나선적(spiral) 발전이라 할 수 있다. 따라서 레트키의 시는 어둠에서 빛으로, 빛에서 어둠으로, 또다시 어둠에서 빛으로 나아가고 있다. 레트키는 자신의 시에 대해, "앞으로 나아가는 것보다 언제나 영구적인 회귀만 있을 뿐이다. 하지만 그것이 앞으로 나아가는 일이 될 것이다"(There is a perpetual slipping-back, than a going-forward; but there is some progress)라고 말하는데, 이는 그의 시가 나선적 진보임을 언급한 것이다. 그의 시 속의 이미지들은 반복되고, 반복되어 나타나는데, 이때의 이미지는 새로운 차원의 의미를 지닌다.

『열린 집』(*Open House*, 1941)은 습작기의 작품을 수록한 첫 시집이다. 거의 모든 시가 전통성을 크게 탈피하지 못한 정형적 서정시들로서, 이 시집에서 레트키는 여러 가지 사적기교를 실험한다. 그러나 그는 자신의 자아문제를 장차 자신의 시의 주제나 내용으로 삼겠다는 의도를 분명히 밝힌다.

『잃어버린 아들과 다른 시들』(*The Lost Son and Other Poems*, 1948)에서는 전혀 다른 기법을 사용하여 본격적인 자아탐구를 시작한다. 이 시집의 1편 「온실의 시들」("Greenhouse Poems")에서 레트키는 온실과 그 주변에서의 행복했던 어린 시절을 회상한다. 레트키는 식물들의 생명의지와 성장과 쇠퇴 등 온갖 생명현상의 현장으로서의 온실에 대한 기억을 더듬는다. 그는 모든 생명 현상과 성장에 대한 현미경적 관찰을 통해 삶의 근원으로 다가간다. 추상적 관념 속에 유폐된 자아는 영적 성장을 할 수 없기 때문에 그는 자아 추구를 위하여 원초적 생명의 근원인 온실에 몰입하여 자연 가운데 존재하는 모든 것들과 상호관계를 이룩하고자 한다. 온실 세계에서 레트키는 식물들의 생명의지와 영적으로 성장하려는 인간의 분투 사이에 유사성을 발견한다. 어린아이의 눈을 통해 세상을 바라볼 때, 시인은 온실의 식물과 일체감뿐만 아니라, 삶의 부정적인 면과 갈등, 그리고 죄의식까지도 경험한다.

「잃어버린 아들」("The Lost Son")은 개인의 인격형성과 자아의 확립을 위한 기본적 패턴이 제시된다. 특히 이 시는 단순히 존재를 위한 몸부림이라기보다는 보다 의미 있는 존재를 위한 몸부림에 관한 시다. 생명을 가진 유기체로 이 세상에 태어난 이상 시인은 어떻게 하면 조화로운 삶을 영위할 수 있을 것인가를 배우고자 한다. 통일된 존재로서 현실세계와 새로운 관계를 갖고자 한다. 생명의 근원과 무의식의 과거로 되돌아가 자아의 본질과 근원을 탐구하여 현재의 영적 위기에 대처한다. 여기에는 레트키 개인의 전기적 요소와 심리적, 신화적, 원형적 경험이 함께 나타나 있다.

자연과의 상호관계를 통해 원초적 생명의 근원으로 다가가 자아를 규명해보고 또 무의식의 과거로 되돌아가 자아의 근원을 탐구한 후, 레트키는 『바람을 위한 말』(*Words for the Wind*)의 '사랑의 시들'(Love Poems)에서 타인과의 관계를 통해 자아를 규명하고 확립함으로써 유폐된 자아에서 벗어나려 한다. 그는 연인에 대한 사랑의 형태로 타인과의 관계도 설정한다. 그 관계를 통해 육체와 영혼, 시간과 영원, 삶과 죽음 등을 생각하고, 이를 통해 보다 확고한 자아를 확립하고자 한다.

레트키는 50세에 접어들어 아버지 오토(Otto)와 어머니 베아트리스(Beatrice)의 죽음을 생각하고 자신의 죽음도 직시한다. 자신의 존재가 소멸될 수밖에 없는 운명이라는 것을 인식하게 되는 것은 영적 자아의 추구과정에 있어 불가피한 일이며 자연스러운 일이라 할 수 있다. 죽음의 한계상황에 임한 그는 삶과 죽음에 대한 명상을 통해 자아의 영적 성장이 이루어지기를 바란다. 그는 자아의 추구가 무의미한 것인가, 완전을 향한 자아추구는 삶을 떠나 죽음 속으로 침잠함으로써만 달성될 수 있는 것인가, 아니면 삶 그 자체 내에서 달성될 수 있는 것인가 하는 문제에 집중한다. 레트키는 영원한 심연의 벼랑에 서서 자신의 죽음과 절대자와의 관계에 대해 명상한다.

레트키는 문인들의 그룹을 형성하거나 문학적 입장이나 주장을 표방하는 문단의 어느 유파에도 소속하지 않았다. 그는 서두르지 않고 자신의 시작 활동을 계속해나갔기 때문에 갑작스러운 명성도 누릴 수 없었다. 그는 자신의 시 세계에 살고 있는 식물이나 미물들처럼 삶을 향한 진실한 몸짓을 통해 성장하면서 독특한 그만의 시 세계를 구축한다.

4) 엘리자베스 비숍(Elizabeth Bishop, 1911–1979)과 에이드리언 리치(Adrienne Rich, 1929–2012)

여성 시인들 중에는 엘리자베스 비숍과 에이드리언 리치가 최근 가장 많이 존경받는다. 비숍의 투명한 지성, 외진 풍경에 대한 관심, 여행과 관련한 은유들은 정확성과 섬세함으로 독자들에게 어필된다. 비숍은 자신의 정신적 선배인 매리앤 무어(Marianne Moore, 1887-1972)처럼 결혼하지 않았고, 철학적 깊이를 내포하고 있는 냉담하고 묘사적인 스타일로 멋진 시들을 창작한다. 「어시장에서」("At the Fishhouses," 1955)처럼 매우 추운 대서양 북부의 묘사는 비숍의 스타일을 잘 보여준다.

It is like what we imagine knowledge to be:
dark, salt, clear, moving, utterly free,

그것은 우리가 지식이 그러했으면 하는 것들과 닮았다
검고, 짜고, 맑고, 움직이고, 완전히 자유로운.

플라스, 에이드리언 리치 등의 열정적이고 "뜨거운" 시들과 비교해서, 비숍의 시는 매리앤 무어나 에밀리 디킨슨(Emily Dickinson, 1830-1886)의 시에서 찾을 수 있는 "차가운" 여성시 전통에 위치시킬 수 있다.

비숍의 「한 가지 예술」("One Art")은 상실의 슬픔을 극복하고자 하는 시인의 고뇌가 잘 드러나 있다.

The art of losing isn't hard to master;
so many things seem filled with the intent
to be lost that their loss is no disaster.

Lose something every day. Accept the fluster
of lost door keys, the hour badly spent.
The art of losing isn't hard to master.

Then practice losing farther, losing faster:
places, and names, and where it was you meant
to travel. None of these will bring disaster.

I lost my mother's watch. And look! my last, or
next-to-last, of three loved houses went.
The art of losing isn't hard to master.

I lost two cities, lovely ones. And, vaster,
some realms I owned, two rivers, a continent.
I miss them, but it wasn't a disaster.

—Even losing you (the joking voice, a gesture
I love) I shan't have lied. It's evident
the art of losing's not too hard to master
though it may look like (Write it!) like disaster.

잃음의 미학은 숙달하기 어렵지 않다
너무나 많은 것들이 잃어버릴 의도로 가득 차 있는 듯 하고
그것들을 잃는 일은 전혀 재앙이 아니다.

매일 무언가를 잃어버린다. 잃어버린 열쇠를 찾느라 당황하며
허투루 보낸 그 시간을 받아들여라.
잃음의 미학은 숙달하기 어렵지 않다

그 다음엔 더 멀리, 더 빠르게 잃어버리는 것을 연습해라
장소들, 이름들, 그리고 네가 여행하고자 했던 곳들을.
이것들 중 어떤 것도 재앙을 불러오지 않을 것이다.

나는 엄마의 시계를 잃어버렸다. 그리고 보아라! 내가 사랑하는
세 채의 집 중에서 지난 번, 혹은 그 이전의 집도 잃어버렸다.
잃음의 미학은 숙달하기 어렵지 않다

나는 두 개의 도시를 잃었다, 사랑스러운 그 도시들을. 그리고 광대한,
내가 소유했었던 땅들을, 두개의 강들을, 하나의 대륙을.
나는 그것들이 그립다, 그러나 그것은 재앙이 아니었다.

－심지어 너를 잃는 것도 (장난기 섞인 목소리와 내가 사랑하는 몸짓마
저도) 나는 거짓말을 하지 말았어야 했다. 그것 하나는 확실하다.
잃음의 미학은 숙달하기 그다지 어렵지 않다
혹여 그것이 (받아 적어라!) 재앙 같아 보일지라도.

리치는 비록 전통적인 형식과 운율에 맞춰 시를 쓰기 시작했지만 그녀의 작품들, 특히 그녀가 1960년대에 열렬한 페미니스트가 된 후에 쓴 작품들은

강렬한 감정을 표현하고 있다. 그녀가 특히 재능을 보인 것은 은유인데, 그녀의 뛰어난 작품 『난파선으로 잠수하기』(*Diving Into the Wreck*, 1973)는 여성의 정체성 찾기를 난파선을 찾아 잠수하는 것으로 표현한다. 난파선은 여성의 자아 상실과 같은 것이라고 화자는 말한다. 여성은 남성이 지배하는 영역을 뚫고 자신의 길을 개척해야 한다고 화자는 주장한다. 시인 드니즈 레버토프(Denise Levertov, 1923-1997)에게 바치는 리치의 시 「루프워커」("The Roofwalker," 1961)에서는 여성의 시 창작을 위험한 작업과 동일시한다.

10. 포스트모더니즘 / 최근 미국소설

1) 포스트모더니즘의 등장 배경과 의미

원자폭탄에 의한 제2차 세계대전의 종국을 바라보며 인류는 언제라도 종말을 맞이할 수 있다는 충격에서 오랫동안 벗어날 수 없었다. 신과 과학의 불신은 인간의 삶에 대한 인식을 실존적 부조리와 허무감으로 바꾸어 놓았다. 1960-1970년대 베트남 전쟁과 히피문학의 확산, 젊은이의 우상인 케네디 대통령의 암살, 흑인민권운동의 확산과 킹 목사의 암살, 이어서 히피운동, 여성운동, 동성애자 운동, 학생운동 등으로 권위에 대한 도전과 해체의 현상이 문화현상의 혼란을 표상하면서 서서히 20세기 말을 대변하는 사조로 확산되기 시작했다.

포스트모더니즘(postmodernism)이란 용어는 원래 건축분야에서 사용되었는데, 문학의 경우에는 모더니즘과 리얼리즘의 문학에 반발하여 1960년대 새롭게 시작된 문예사조로서 70년대에 공식적으로 사용된 용어이다. 포스트모더니즘이란 용어는 20세기 후반의 새로운 인식과 변화를 표현하는 말인 것은 분명하지만 그 방대한 영역을 비추어 볼 때 그 개념을 간단히 정의하기는 어렵다.

1950년대 말 비트운동과 60년대의 히피, 그리고 종말적(apocalyptic) 시대를 맞이하면서 종래의 전통적인 리얼리즘 방식으로는 20세기 후반의 가변적이고 불가해한 리얼리티를 표현할 수 없다는 결론에 도달한다. 포스트모더니즘의 선두주자라 할 수 있는 존 바스(John Barth, 1930-)는 『고갈의 문학』(*The Literature of Exhaustion*, 1967)이란 유명한 저서에서 '소설의 죽음'(The death of novel)을 선언하기에 이른다. 60년대의 많은 작가들은 문학의 적절한 규범을 찾지 못하고 뉴저널리즘, 메타픽션, 패러디 소설 등 다양한 문학의 형태를 실험하며 방황한다.

포스트모더니즘은 모더니즘의 정당성을 부정하는 반모더니즘이 아니라 모더니즘의 당위성은 인정하되 그 한계를 극복하고자 하는 역동적인 태도를 지닌다. 그것은 고답적이고 귀족적인 모더니즘과 문학뿐만 아니라 현실 반영에 낙관적인 태도를 보이고 있는 리얼리즘에 대한 반발로 시작되었다. 따라서 포스트모더니즘 문학의 성격은 모더니즘과 리얼리즘과의 현저한 차이점에서 탐색할 수 있다.

첫 번째로 생각할 수 있는 차이점은 질서와 총체성의 문제이다. 모더니즘과 리얼리즘은 양자 간의 대립과 반목에도 불구하고 현대를 혼란과 무질서 상태로 간주하여 질서와 총체성의 회복을 믿거나 추구한다. 하지만 포스트모더니즘에서는 질서나 총체성의 회복은 허위와 기만에 불과하며, 획일적이고 전체주의적 지배체제는 미명일 수 있다는 점을 경계한다.

두 번째로 부각되는 차이점은 작가의 역할 면이다. 모더니스트 작가들은 사회로부터 분리된 특별한 존재이며 전지전능한 신적인 존재라는 낭만주의적 믿음을 가지고 있어, 그들의 의식 밑에는 특권의식과 권위의식이 깔려있다. 그러나 포스트모더니즘 작가들은 모더니스트와는 상반된 입장을 취하여 작가가 제시할 수 있는 보편적인 진리는 없으며 독자와 더불어 공동으로 창작해야 한다는 견해를 갖는다.

세 번째로 포스트모더니즘은 모더니즘이 중시하는 계시의 현현(Epiphany)을 믿지 않고 있는데, 포스터모더니스트에게는 계시의 현현이란 파멸을 의미하며 현재는 신의 뜻이 유보되어 있는 종말적 시대인 것이다. 이것은 토마스 핀천(Thomas Pynchon, 1937-)의 『49호 품목의 경매』(*The Crying of Lot 49*, 1966)에 잘 드러난다. 결과적으로 포스터모더니즘은 모더니즘과 다르게 구심점, 축, 그리고 절대적 확신도 결여되어 있다.

네 번째로 텍스트 면에서도 차이를 보인다. 포스트모더니즘의 텍스트는 수많은 가능성을 향해 열려 있다. 즉 모더니즘 계열의 소설은 질서와 조화가 회복되거나 커다란 원을 그리며 되돌아오는 결말을 보이지만, 포스트모더니즘의 텍스트는 결말이 없다. 미국 포스트모더니즘 소설의 선구자 도널드 바셀미(Donald Barthelem, 1931-1989)의 『아버지가 우는 모습』(*Views of My Father Weeping*, 1970)의 결말이 그러하다.

이상과 같은 관점에서 볼 때, 포스트모더니즘은 마비되고 경직된 제도권 예술의 횡포에 반발하여 다양성, 상대성, 정체성, 고유성 등을 표방하는 문예사조이다. 나아가 귀족주의, 엘리트주의, 예술지상주의에 입각해 예술의 상품화를 거부하던 모더니즘과는 판이하게 다르다. 아울러 토마스 핀천의 첫 장편이자 음모 소설인 『브이』(*V*, 1963)에서 시사하는 바와 같이 포스트모더니즘은 내용과 형식면에서도 탈 서구적 이고 반제국적이며 반체제적이다.

포스트모던의 세계에 살고 있는 인간은 스스로 역사의 수레바퀴에 치인 무력화된 자아의 모습, 역사의 퇴행으로 비인간화한 모습, 과학과 능률의 미명하에 압제당한 모습, 왜곡되고 기형화한 이성 중심의 문명의 의해 벼랑 끝으로 밀려난 낙오자의 모습으로 인식된다. 그 인간이 속한 세계는 역설과 부조리가 활개치고 부패와 비리가 만연하며, 고급문화와 천박한 문화가 갈등하는 세계이다. 이에 포스트모던 작가들은 부조리와 불연속, 부재와 불확정의 원리가 그들의 삶을 유린하고 있음을 깨닫고 왜곡된 현실을 해체하고 해체를 통해 현실을 재창조해야 한다고 생각한다.

포스트모더니스트들은 1920년대 모더니스트들의 유사한 실험정신을 발휘하려 했다. 이들은 기존의 모든 소설의 형식이 소잔되었음을 인정한다. 그들은 형식, 목적, 계획보다 무형식, 유희, 우연을 우선시하고 총체적 담론보다 분산과 해체를 앞세운다. 한편 그들은 문학에로의 초탈을 시도한 모더니즘과 대조적으로 반문학(침묵, 꿈, 흉내 등) 메타픽션으로 진입과 회귀를 시도하고, 무한적 완전에 대한 강박관념 대신에 기계론적 시간의 우발성을 더욱 강조한다.

포스트모더니즘은 합법성의 위기라 불렸던 오늘날의 문화현상에 대한 당연한 비판이며 그런 현상을 설명하고 교정하려는 노력은 높이 살만하다. 하지만 포스트모더니스트들이 현실(reality)에 뿌리를 내리지 못한 파편적 담론을 양산했다는 비난을 피하기는 어려울 것이다.

2) 포스트모더니즘 작가

① 존 바스(John Barth, 1930-)

존 바스는 메릴랜드주의 케임브리지에서 독일계 이민 3세로 태어났다. 그는 그 지방 고교를 졸업한 뒤 줄리아드음대에서 잠시 음악공부를 한 적이 있지만, 존스홉킨스 대학에서 문학을 전공했다. 그는 펜실베이니아 주립대, 뉴욕 주립대 등에서 교단에 섰었다. 그는 아카데믹한 환경을 발판으로 미국을 대표하는 부조리 문학의 기수가 되었고, 난해하기로 유명한 독특한 문학세계를 구축한다.

그는 『선상 오페라』(*The Floating Opera*, 1956)로 작가의 길에 접어든다. 이 작품은 자살이라는 주제를 내세워 서술자가 자신의 삶을 뒤돌아보는 내용의 소설이다. 이 작품은 전형적인 실존주의 희곡과 융합한 장르 해체적인 단편 소설집이다.

『도로의 끝』(*The End of the Road*, 1958)에서는 낙태라는 문제를 중심으로 복잡한 사랑의 행보를 그린다. 이 작품은 제이콥 호너(Jacob Horner)를 주인공으로 하는 1인칭 소설이다. 석사학위를 못 받아 문법이나 작문 따위를 가르치는 제이콥은 쾌활한 사실주의자를 자처하지만 실수투성이 교사이다. 그는 수많은 실수를 범하면서도 동료교사의 아내와 사통을 즐긴다. 그녀가 임신을 하자 돌팔이 의사에게 낙태를 맡겨 죽게 만들고 만다. 이 소설은 실수와 아이러니로 특징을 보이는 포스트모더니즘적 메타픽션이며, 제이곱은 블랙유머 문학의 주인공(anti-hero)의 원형을 보여준다.

『담배 도매상』(*The Sot-weed Factor*, 1960)은 앞의 두 리얼리즘 소설을 보완하기 위해 본래 3부작을 계획했으나 수정되어 나온 작품으로 바스의 포스트모더니즘을 이해하는 데 이정표가 되는 소설이다. 이 작품에서 바스는 「담배 도매상 혹은 메릴랜드로의 항해, 사티로스」("The Sot-weed Factor, or A Voyage to Maryland, A Satyre", 1708)라는 서사시를 남긴 메릴랜드(Maryland)의 시인 에버니저 쿡(Ebernezer Cooke, c.1665-c.1732)의 행적을 좇으면서 역사를 새로이 가공하고 그것을 피카레스크 양식으로 재구성하여 뛰어난 패러디 역사소설을 탄생시킨다. 1680-1690년 런던과 메릴랜드를 배경으로 이 시의 주인공 에버니저는 메릴랜드주에 있는 담배농장을 관리하기 위해 영국을 떠난다. 그 여정 내내 에버니저는 해적, 인디언, 매춘부, 폭도 등에 둘러싸이면서 예상치 못한 모험을 하게 된다.

그는 여행 중에 만나는 사람들에게 스무 개가 넘는 이야기를 듣게 되는데, 이야기들이 모여 모자이크처럼 하나의 그림으로 완성되고 마침내 『담배 도매상』이란 서사시적인 소설이 탄생한다. 바스는 이런 서사시적 내용을 우스꽝스럽게 패러디하여 현 시대의 문학이 고갈의 문학이라는 이론에 도달한다. 이 소설은 미국 포스트모더니즘의 이론가이자 선도적 작가인 존 바스의 대표작이자 가장 흥미 있는 풍자소설로 꼽힌다.

『산양치기 소년, 자일스』(*Giles Goat-boy*, 1966)는 냉전이라는 묘한 우화 같은 현실 속에서, 이 세상을 대학 캠퍼스로 비유하며 온 세상을 패러디하는 코믹 소설이다. 염소로 길러지는 소년 자일스는 그 자신이 구세주, 그랜드 튜터(Grand Tutor)라 믿게 된다. 이 작품은 20세기의 대학을 '절대로 반박할 수 없는 논리와 정신 이상의 컴퓨터가 지배하는 세계'로 비유하고 있으며, 새로운 형식과 가능성을 타진해보려는 실험의 장으로 간주한다. 이 소설은 그러한 가상의 공간에서 과학소설의 방법론을 제시하는 메타픽션이다.

『도깨비 집에서 길을 잃어』(*Lost in the Funhouse*, 1968)는 글쓰기와 독서과정에 대한 14개의 단편소설로 이루어져 있다. 바스는 일부는 크게, 일부는 작게 만드는 도깨비 거울로 가득한 집으로 독자를 유인한다. 바스는 이야기 그 자체보다 그것이 어떻게 만들어지는가에 더 많은 관심을 보인다. 바스의 의도는 독자에게 독서와 글쓰기의 테크닉을 알려줌으로써, 텍스트의 이야기가 실제인 줄 알고 빠져드는 일을 방지하는 것이다. 리얼리즘의 허구를 탐구하기 위하여 바스는 독자에게 지금 독서하는 중이라는 것을 상기시키는 반영적 장치를 사용한다.

『키메라』(*Chimera*, 1972)는 이전 작품들보다 더욱 메타픽션의 성격이 강하다. 그리스 신화에서 키메라는 머리는 사자, 몸통은 염소, 꼬리는 뱀인 괴물이다. 이 괴물의 모습처럼 이 작품은 3편의 중편, 즉 「두나자디아드」("Dunyazadiad"), 「페르세이드」("Perseid"), 그리고 「벨레오포니아드」("Bellerophoniad")로 구성된 작품이다. 이 소설의 제목들은 신화에서 키메라라는 괴물을 죽이는 데 참여했던 두냐자드(Dunyazad), 페르세우스(Perseus), 벨레로폰(Bellerophon)을 나타낸다. 바스는 스스로 자신을 마신이라는 인물에 투영해 『천일야화』(*One Thousand and*

One Nights) 속의 등장인물(혹은 화자나 저자)인 셰에라자드(Scheherazade)와 두냐자드(Dunyazad) 자매와 만나 그들에게 죽음의 위기를 넘길 수 있는 묘안(아직 만들지 않은 천일야화 이야기)을 일러준다. 바스는 다양한 시점을 변화시키고, 화자와 청자의 역할을 바꾸고, 이야기 속의 권력관계를 전도시키고, 이야기 속의 이야기, 이야기들에 대한 이야기를 패러디 하면서 전통적인 저자와 독자의 관계, 원본과 모방의 관계, 소설 내부와 외부의 관계를 무의미하게 만들고 안과 밖의 경계를 해체시킨다.

바스는 『편지』(*Letters*, 1979)에서 자기 자신을 등장 인물화 시키고, 『로맨스』(*Romance*, 1982)에서는 스파이라는 대중적 소설의 한 모티브를 활용하여 여교수인 아내와 스파이인 남편의 부부 이야기를 서술한다. 또한 『옛날 옛적에』(*Once Upon a Time*, 1994)에서는 상투적 인물과 장소, 그리고 상황 등을 다시 도입한다. 이렇게 바스는 소설 창작의 새로운 영역을 개척하기 위한 글쓰기 실험을 한다.

존 바스의 초기 작품은 솔 벨로의 작품처럼 존재에 대한 질문을 담고 있는 실존주의적 색채가 짙고 도피와 방황을 다룬다. 60년대 그의 작품들은 리얼리즘적인 요소가 줄어드는 대신 패러디를 사용함으로써 훨씬 더 코믹해진다. 후기의 작품들은 코믹한 요소가 줄어들면서 메타픽션적인 요소가 짙어진다. 바스의 작품은 문학적 전통에 대한 역사적 재인식, 포스트모더니즘의 전형적인 다시쓰기(rewriting)의 관례와 패러디로 유명하다. 바스는 리얼니즘과 모더니즘을 극복한 포스트모더니즘 소설만이 '소생의 문학'(The Literature of Replenishment)임을 역설한다.

② 윌리엄 H. 개스(William H. Gass, 1924-)

개스는 1924년 노스다코타의 파고(Fargo)에서 태어났으나 출생 직후 오하이오주의 철강타운인 워렌(Warren)으로 이사했다. 거친 인종주의자인 아버지와 수동적이고 알코올 중독자인 어머니의 사이가 좋지 않았으므로 개스는 어린 시절 불행했다고 토로한다. 워렌 읍에는 서점이 없었기 때문에 개스는 손에 닿는 책은 무엇이든지 독파했다. 개스는 훗날 값싼 포켓 책의 등장이 그의 문학적 삶을 구원했다고 고백한다. 제2차 세계대전 때는 3년 반 동안 해군에서 복무했는데 그는 그 시절을 인생 최악의 시기라고 불렀다. 그 후 개스는 케니언 대학을 거쳐 코넬 대학에서 철학박사학위를 취득한다. 대학원 시절 거트루드 스타인(Gertrude Stein, 1874-1946) 여사의 작품에 심취했다고 전한다. 그는 세인트루이스의 워싱턴 대학을 위시해 여러 대학에서 강의를 맡는다.

『점쟁이의 행운』(*Omensetter's Luck*, 1966)은 그의 첫 소설로서 1890년대 오하이오의 조그만 도회지의 삶을 그린 것인데, 비평가들은 그의 언어적 기교를 높이 사서 그를 중요한 작가로 인정한다. 이 책에 대해 『하퍼스』 지는 "우리가 읽고 싶은 가장 흥미 있고 열정적이며 아름다운 소설"(the most exciting, energetic and beautiful novels we can ever hope to read)이라고 호평한다.

『그 나라의 심장 중에 심장에서』(*In the Heart of the Heart of the Country*, 1968)는 인간 소외와 사랑의 어려움을 극화시킨 5개의 단편이야기를 한데 엮은 것이다. 같은 해 나온 『윌리 님의 외로운 아내』(*Wille Master's Lonesome Wife*, 1968)에서는 일직선으로 나열되는 전통적인 내레이터 기법에서 벗어나기 위해 사진과 인쇄술을 응용한 실험적 구조(Experimental constructions)를 선보인다. 『미들 C』(*Middle C*, 2013)는 1938년 유대인인 척하면서 가족을 오스트리아에서 영국으로 탈출시킨 한 음악인의 삶을 조명한다.

게스는 다산 작가임에도 불구하고 글을 쓰는 일이 너무나 힘들다고 실토한다. 서사적 소설 『터널』(*The Tunnel*, 1995) 한 편을 쓰는 데 26년이나 걸렸다고 털어놓는다. 이렇게 글을 쓰는 늦은 속도에 대해 그는 "내 솜씨가 형편

없기 때문에 천천히 쓴다. 보통 수준에 도달하기 위하여 나는 여러 번 다시 써야 한다"라고 겸양을 표한다. 이는 개스가 글을 얼마나 신중하게 쓰는가에 대한 간접적인 표현일 것이다. 개스는 리얼리티는 사실의 문제가 아니라 하나의 성취라고 주장한 평론집, 『픽션과 삶의 모습』(*Fiction and the Figures of Life*, 1970)을 포함하여 7권의 에세이집도 출판한다.

③ 미니멀리즘 작가들(Minimalism and Its Writer):
a. 도널드 바셀미(Donald Barthelme, 1931–1989)

미국의 대표적인 미니멀리스트(minimalist) 작가 도널드 바셀미는 미국의 보르헤스(Jorge Luis Borges, 1899–1986)로 불리는 소설가이며 포스트모던 소설의 아버지라 평가받는다. 그의 아버지는 유명한 건축가이자 휴스턴 대학 건축학 교수였다. 소설가이자 신문기자, 대학교수 등 다양한 활동을 한 바셀미는 1964년 『돌아와 칼리거리 박사』(*Come Back, Dr. Caligari*)를 출간한 이래 포스트모더니즘 성격의 많은 소설을 발표한다.

『백설공주』(*Snow White*, 1967)는 독일 그림(Grimm) 형제의 고전 동화 『백설공주』를 패러디한 작품으로 자본주의와 대중문화의 홍수 속에 살아가는 현대 미국인을 풍자하고 있는 작품이다. 바셀미의 현대판 『백설공주』 주인공은 1960년대 맨해튼 그리니치빌리지의 한 아파트에서 일곱 명의 난쟁이와 혼숙하고 있다. 그녀는 동화와 마찬가지로 검은 머리칼에 눈처럼 하얀 피부를 갖추었지만, 대학에서 여성학을 가르치는 당당한 인텔리 여성이다. 아름답고 지적인 백설공주는 집안일이 힘들다고 불평하고, 난쟁이들과의 성생활에도 싫증을 내고, 지루한 일상에 염증을 느끼고 있으며, 권태로운 일상과 가부장적인 분위기로부터 탈출을 꿈꾼다.

한편, 빌딩을 청소하고 유아용 식품을 만들어 팔면서 가끔 사창가도 찾는 일곱 난쟁이는 꿈과 로맨스를 잃어버린 현대판 미국 남성들의 초상이다.

이처럼 『백설공주』의 등장인물은 하나같이 윤리와 도덕의식이 결여되어 있다. 하지만 도덕과 낭만적 사랑의 결핍 속에서 백설 공주는 자유분방하게 살아간다. 그녀는 주체적인 삶을 적극적으로 갈망하는 페미니스트 여성의 표상이다. 바셀미는 이 소설에서 단편적인 에피소드를 시작도 끝이 없이 파편적으로 나열하는 콜라주 기법을 도입하는 등 전통적인 글쓰기 기법을 해체한다. 나아가 소설 속에서 백설 공주의 자유분방함과 불만을 통해 1970년대 페미니즘의 등장을 예고한다. 이 작품을 통해 바셀미는 미국 소비자본주의의 병폐, 정부의 무능, 인종주의 문제 등을 비판하고 풍자한다.

『죽은 아버지』(*The Dead Father*, 1975)는 바셀미의 부친과의 갈등이 반영된 작품이다. 바셀미와 그의 아버지는 문학에 대해 자주 논쟁했는데, 부친은 심미적이고 아방가르드적이었으나 포스트모더니즘을 이해하지 못했다. 바셀미의 어버지는 권위적이고 바셀미에게 많은 것을 요구했으며, 바셀미는 반항으로 일관한다. 이 작품에서 아버지는 죽었다지만 여전히 살아있는 존재로 남는다. 이 죽은 아버지는 신적인 존재이자 인간적인 존재이기도 하고, 생명이 없는 거상이기도 하다. 아버지는 우리가 추구하는 질서뿐만 아니라, 우리가 탈출하고 싶어 하는 구속과 통제이기도 하다. 하지만 이 소설이 진행됨에 따라 아버지는 점점 사라진다. 작가는 권위에 대한 무차별적인 공격을 가한다. 봉건주의는 조롱받고 엘리엇이나 조이스와 같은 모더니즘의 대가들은 패러디의 대상이 되며, 객관적인 진실의 개념은 땅에 떨어진다. 이성과는 완전히 작별을 고하고, 자연주의와도 확실히 구별되며, 텍스트의 질만 강조되는 이 소설은 매우 황당한 요소로 채워진다. 이 소설은 마치 언어적 기교로 빚어낸 초현실주의자의 그림처럼, 몽환적인 아름다움을 창출하며 왜 포스트모더니즘 소설이 그토록 논쟁을 불러일으키는지 그 이유를 제시한다.

b. 리처드 브로티건(Richard Brautigan, 1935–1984)

비교적 고전적인 문학형식을 선호한 브로티건은 1960년 히피성향의 작가이다. 시인이자 단편소설가인 브로티건은 워싱턴(Washington)주 타코마(Tacoma) 공장 일꾼 출신의 아버지와 식당 종업원인 어머니 사이에 외아들로 태어난다. 하지만 그의 부모는 일찍 이혼했고, 어머니가 여러 번 재혼하는 바람에 그는 늘 정서적으로 불안했다. 지독하게 가난했던 브로티건은 차라리 교도소에 들어가 배불리 먹고 싶어서 경찰서 유리창을 파손했다고 고백한 적이 있다. 그는 오리건(Oregon)주 유진(Eugene)에 정착할 때까지 거의 10년간 북서 태평양 연안 지방을 전전하면 인고의 세월을 보냈다. 그는 유진 고등학교에 다닐 때 학교신문 기자로 활약했고 1952년 첫 시집 『빛』(*The Light*)을 학교신문에 싣기도 했다. 도쿄와 몬태나에 잠시 다녀온 것을 제외하고, 브로티건은 1952년부터 줄곧 샌프란시스코에서 살았다.

브로티건은 샌프란시스코 길거리에서 시를 나누어주거나 시 클럽에서 시를 낭송하기도 했다. 이때 발표한 작품으로는 장편시집 『강물의 귀환』(*The Return of the Rivers*, 1957)과 일반시집 『갈릴리 히치하이커』(*The Galilee Hitch-Hiker*, 1958) 등이 있다. 60년대 브로티건은 퍼포먼스 시인으로서 샌프란시스코의 히피들과 함께 반문화운동에 앞장섰다.

1961년 그는 첫 소설 『빅 서 출신의 남군장군』(*A Confederate General From Big Sur*)을 내놓았으나 독자의 관심을 끌지 못했다. 이 소설은 남북전쟁에서 활약한 빅 서 출신 장군의 후손이라고 믿는 황당한 사나이에 대한 이야기이다. 어느 곳에서도 기록이나 증거가 없지만, 이 사나이는 자신의 믿음의 진실을 캐려고 노력한다. 이 소설의 의도는 사실(reality)보다 정신(mind)이 위에 있음을 보여주는 것이다.

『미국에서 송어 낚시』(*Trout Fishing in America*, 1967)는 중편소설로 명확하게

진행되는 스토리가 없는 추상적인 일련의 에피소드로 연결된 작품이다. 각 장마다 동일 인물이 자주 등장하며 배경은 세 장소, 즉 어린 시절 추억의 장소인 태평양 연안 북서부 지역, 하루살이 성인 시절의 샌프란시스코, 가족의 캠핑 여행 장소인 아이다호 등이다. 브로티건은 이 작품에서 자연이 변천되는 모습을 미국의 문화와 견주면서 현실을 신랄하게 비판한다. 이 책에 수록된 대부분의 에피소드는 변천된 미국의 사회상이다. 이 책에서 송어를 낚시하는 행위는 미국의 자연친화적이고 목가적인 꿈을 대표한다. 화자가 낚시를 하러 찾아간 곳에 하천이 없어지고 그 대신 나무계단이 있었다는 이야기는 미국의 이상적 꿈이 물거품처럼 사라졌다는 것을 상징한다. 송어 하천과 자연은 단지 그냥 자연물이 아니라, 미국인이 이상으로 삼았던 꿈의 근원이었다. 반복적으로 등장하는 벤저민 프랭클린(Benjamin Franklin)의 동상과 워싱턴 광장은 미국인의 꿈이요, 성공의 본보기이다. 그런데 함께 나오는 술주정뱅이와 노숙자는 그 꿈의 좌절과 미국식 자본주의의 실패를 상징한다. 작가는 양측을 대비시켜 미국의 이상이 더 이상 꽃 필 수 없다는 것을 강하게 시사한다. 이 소설에 담긴 강렬한 반체제, 반문화 정신은 미국의 물질 만능주의를 비판하고 목가적인 꿈을 잃은 현대인의 허무를 서술한 것으로 70년대 허무주의에 편승하여 세계적으로 호응을 받았다.

브로티건은 『워터멜론 슈가에서』(*In Watermelon Sugar*, 1968), 『낙태』(*Abortion*, 1977), 『호클린 몬스터』(*Hawkline Monster*, 1974), 『바빌론의 꿈』(*Dreaming of Babylon*, 1977), 『도쿄-몬태나 특급』(*The Tokyo-Montana Express*, 1980), 『바람이 다 날려 보내진 않을 거야』(*So The Wind Won't Blow It All Away*, 1982) 등의 소설을 발표했고, 『사랑하는 그레이스의 기계』(*Machines of Loving Grace*, 1967), 『롬멜은 이집트 심장부로 돌진한다』(*Rommel Drives on Deep Into Egypt*, 1970) 등의 시집을 내놓았다.

『낙태』는 그가 실험한 패러디 장르 소설이며, 캘리포니아의 가상의 도서관과 거기서 일하는 은둔형의 사서에 대한 이야기이다. 이 작품의 서술자인 사서는 오로지 인쇄되지 않은 책만을 받아주는 이상한 도서관에서 근무한다. 아이들이 크레용으로 그린 책, 10대들의 불안을 담은 책, 노인들이 미국문학을 쓸데없이 회고하는 책 등이 도서관으로 들어온다. 이 책들은 사서의 재량으로 목록화되고 서가에 배치된다. 어느 날 비다(Vida)라고 불리는 여성이 도서관에 나타난다. 그녀는 어색해하고 수줍어하는 성격이다. 그녀의 미모는 뛰어났지만, 그녀는 그것이 오히려 못마땅하다. 그녀를 쳐다보다가 교통사고를 일으켜 사람이 죽는 불상사가 있었기 때문이다. 그녀는 사서와 사랑에 빠지고 곧바로 임신한다. 두 사람은 낙태하기 위하여 멕시코 티후아나(Tijuana)로 여행을 했고, 돌아오자마자 사서는 도서관에서 퇴출당한다. 비다는 토플리스 바(topless bar)로 나가게 된다. 이 소설은 생명의 존엄성마저 무시되는 현대 미국의 기계화 사회를 조롱한 작품이다.

브로티건은 미국사회의 모순과 불합리한 현실을 풍자한다. 브로티건은 알코올과 우울증에 시달리다 이혼한 뒤 많은 사람과 염문을 뿌리다가, 결국 현실에 적응하지 못하고 자살로 생을 마감한다. 그는 시적인 운치를 살려 아름다운 언어로 자신의 작품을 수놓았다. 미국문화와 사회에 대한 강한 비판의식과 그의 시적인 표현 방식은 미국문학에 큰 족적을 남겼다.

④ 블라디미르 나보코프(Vladimir Nabokov, 1899–1977)

나보코프는 제정러시아 시대 상트페테르부르크의 귀족가문에서 태어났다. 부모의 높은 교육열에 힘입어 그는 어릴 때부터 러시아어, 불어, 그리고 영어에 친숙할 수 있었다. 러시아 혁명의 와중에 그들은 서유럽으로 탈출한다. 나보코프는 영국으로 와서 케임브리지 트리니티 대학에 등록한다. 1920년 가족이 베를린으로 옮겨감에 따라 그도 대학을 졸업하자마자 베를린으로 합류한다. 1922년 그의 아버지가 러시아 보수주의자들에 의해 암살당하자

생계가 어려워, 시인과 작가를 희망하던 나보코프는 언어강사, 테니스 트레이너, 그리고 복싱 스파링 파트너 등을 한다. 그는 유대인 처녀와 결혼하여 파리를 거쳐 1940년 드디어 미국으로 이민 온다. 맨해튼에 정착한 나보코프는 곤충학자로 미국자연사박물관에 자원봉사를 한다. 그는 비교문학 강사로 웰슬리 대학(Wellesley College) 교수진에 합류한다. 1948년부터 1959년까지는 뉴욕주 코넬 대학교에서 문학을 가르쳤으며, 1960년에는 스위스로 건너가 여생을 마친다.

『롤리타』(*Lolita*, 1958)는 중년의 남자 험버트(Humbert)가 살인혐의로 재판을 받고 있는 동안 지난 일을 회상하는 형식으로 진행되는 소설이다. 이 작품은 전적으로 험버트라는 한 인물의 관점에서 쓰인 일방적인 사랑과 욕망에 대한 기록이기 때문에 독자는 어디까지를 객관적인 사실로 받아들여야 할 것인가 판단하기 어렵다. 어린 시절 마음에 상처를 입은 험버트는 12세 양녀에 대한 사랑을 자제할 수 없다. 하지만 그 사랑은 도저히 용납될 수 없는 금단의 애정이자 괴벽에 지나지 않는다. 미성년자에 대한 성적 욕구에만 초점을 맞추면, 이 작품은 소설이 아니라 포르노그래피에 지나지 않는다. 이러한 치명적인 약점에도 불구하고 소설이 진행 될수록 험버트의 사랑은 도착적 사랑에서 보호자로서 책임과 의무가 수반되는 사랑으로 바뀌어 간다.

『창백한 불꽃』(*Pale Fire*, 1962)은 가공적 시인 존 쉐이드(John Shade)의 999행의 장시에 바탕을 두며, 찰스 킨보트(Charles Kinbote)라는 인물이 해석자 겸 내레이터를 맡고 있다. 소설의 일부인 서문에서 킨보트는 자신과 쉐이드와의 우정, 자신의 고향이자 가상 국가인 젬블라(Zembla), 시인 아내의 부탁으로 주석을 달게 된 동기 등을 밝힌다. 그리고 『창백한 불꽃』이 완성된 당일, 사망한 존 쉐이드를 추모한다. 작중의 가상 시인 쉐이드의 시는 독립된 작품으로도 우수하다. 하지만 이 작품의 진가는 킨보트가 시를 해석하면서 단 주석에 있다. 킨보트는 시에 대한 해석, 자신의 고향 젬블라의 마지막 찰스 왕에 대한 이야기, 그의 사랑과 그가 혁명으로 쫓겨난 이야기, 존 쉐이드의 가정 이야기, 도망친 찰스 왕을 살해하기 위해 암살자가 파견된 이야기 등을 두서없이 나열한다. 그것들은 얼핏 보면 무질서하게 보이지만, 전체적으로 조망하면 전체가 마치 모자이크 그림처럼 하나의 통일미를 갖춘 수채화처럼 되살아난다.

나보코프는 스타일상의 섬세함, 재치 있는 풍자, 독창적인 형식과 실험 등으로 존 바스를 비롯한 작가들에게 영감을 준다. 나보코프는 러시아와 미국문학 세계의 매개자로서 자신의 역할을 의식하고 있었는데, 고골리(Gogol, 1809-1852)에 대한 책을 집필했고, 알렉산드르 푸시킨(Aleksandr Sergeevich Pushkin, 1799-1837)의 『예브게니 오네긴』(*Evgenii Onegin*)을 번역했다. 『롤리타』의 비정상적인 사랑에서 보이듯이 과감한 그의 주제들과 표현주의적 묘사는 본질적으로 리얼리즘 경향을 지닌 미국소설 전통에 유럽의 표현주의를 도입한 것이 된다. 풍자적이면서, 향수 어린 그의 어조는 위트와 공포라는 이질적인 요소를 합친 토마스 핀천 같은 작가들에 의해 사용된, 반쯤 진지하면서도 반쯤 코믹한 정서적 언어 사용의 용례를 보여준다.

⑤ 커트 보니것(Kurt Vonnegut Jr., 1922-2007)

제2차 세계대전 이후 미국소설가 중에서 매우 독창적인 작가 중 한 명인 커트 보니것은 1922년 인디애나주의 독일계 미국가정에서 태어났다. 그의 아버지는 건축가였으며 어머니는 뛰어난 미인이었다. 그의 부모는 독일어를 유창하게 구사하였으나 제1차 세계대전 직후의 반독일 정서를 의식하여 아들에게는 독일어 가르치지 않았다 한다. 비교적 유복한 가정에서 자란 보니것은 처음에 사립학교에 다니다가 1930년대 경제 대공황으로 가세가 기울면서 공립학교로 옮기게 되고 고교시절에는 학교신문의 편집을 맡았다. 아버지와 형의 권유로 화학을 전공하기 위해 코넬 대학에 다니게 되지만, 별 두각을 보이지 못하다가 『코넬 데일리 선』(*Cornell Daily Sun*)에 글을 기고하기 시작하면서 작가로서의 경험을 쌓아간다. 그러던 중 1943년에 입대하여 세계대전에 참전하게 되고 최대 격전지 중 하나인 벨기에 아르덴(Ardennes) 지역의 벌지(Bulge) 전투에서 전쟁포로로 붙잡혀 드레스덴(Dresden)에서 포로생활을 한다. 전쟁 후 보니것은 시카고 뉴스 사무국에서 리포터로 활동하기도 했고, 뉴욕의 스키넥터디(Schenectady)로 옮겨 제너럴일렉트릭(GE) 회사의 홍보과에서 일자리를 얻기도 한다.

보니것은 1951년에 회사를 그만두고 창작에만 몰두하여 1952년에 첫 소설 『자동 피아노』(*Player Piano*)를 출간한다. 그리고 『타이탄의 마녀』(*Sirens of Titan*, 1959), 『태초의 밤』(*Mother Night*, 1962), 『고양이 요람』(*Cat's Cradle*, 1963), 『신의 축복이 있기를, 로즈워터 씨』(*God Bless You, Mr. Rosewater*, 1965), 그리고 그의 작품 중에서 가장 유명한 『제5도살장』(*Slaughterhouse-Five*, 1969) 등의 작품을 써 큰 인기를 얻는다.

『제5도살장』은 그전까지 그렇게 주목을 끌지 못했던 그의 이름을 널리 알린 가장 대표적인 작품이다. 또한 이 작품은 1960년대 미국의 사회변화, 시대정신, 그리고 당대 미국소설의 새로운 흐름을 가장 잘 반영하고 있다. 이 작품이 그렇게까지 높이 평가를 받고 대중의 관심을 끌 수 있었던 이유, 혹은 그 특징을 대별하면 다음과 같다.

첫째 『제5도살장』은 전쟁에 항거하는 반전소설이다. 이 소설이 발표된 1969년 미국은 베트남 전쟁으로 커다란 사회적 혼란을 겪고 있었고, 대학생들을 중심으로 한 반전운동이 사회 다방면에서 일어나고 있었다. 따라서 보니것의 드레스덴 비극의 폭로는 전쟁의 모순과 부조리함이 계속 되풀이되고 있는 베트남 전쟁의 현실을 동시대 독자들에게 고발한 것이 된다. 보니것에게 있어 전쟁은 대의와 명분을 위해 자행되는 부조리하고 잔혹한 행위일 뿐이다. 보니것은 전쟁의 경험을 기존의 사실주의적인 방법으로 묘사하는 방식이 아니라, 팀 오브라이언(Tim O'Brien, 1946-)처럼 파편적이며 해체적으로 제시한다. 전쟁을 자칫 진지하고, 논리적으로 기술하다 보면, 전쟁을 미화하고 정당화시키는 우를 범하기 쉽다. 따라서 보니것은 전쟁의 부조리함 그대로 조리 없게 서술하여 폭로한다.

둘째 보니것의 『제5도살장』은 사회비판과 풍자에 있어 독보적인 소설이다. 보니것은 제2차 세계대전에서 드러난 인간의 잔악성을 신랄하게 풍자하면서 인간이 자부하는 현대문명과 진보주의가 얼마나 비극적인 결과를 가져왔는지 다각적으로 점검한다. 보니것이 이를 위해 동원하는 것이 과학소설의 기법이다. 과학소설에서 흔히 등장하는 지구 바깥에 사는 외계인을 통해 인간이 당연하게 여겨온 가치관과 신념을 보게 함으로써 인간 스스로 비판적 거리와 시선을 가져보도록 유도한다. 이 작품에서 외계인으로 등장하는 트랄파마도르(Tralfamadore)인은 인간이 진리처럼 믿어온 신념과 관심을 여지없이 무너뜨린다. 트랄파마도르인은 과거, 현재, 미래가 따로 혹은 단선적으로 있는 것이 아니라 그 각각의 순간들이 동시에 존재한다는 4차원적 혹은 다차원적 시간관을 제시한다. 이러한 트랄파마도르의 시간관은 세상의 이치란 '그런 것이므로'(so it goes) 현재의 불행이나 죽음을 인내하고 받아들이게 하는 역할을 한다. 또한 이러한 시간관은 소설 형식에 대한 고정관념을 깨뜨려 기승전결로 구성된 선형적인 서사 대신에 트랄파마도르인의 책처럼 다양한 사건들이 콜라주의 동시다발적 형식으로 펼쳐지는 서사를 제시한다.

트랄파마도르인들은 지금까지 "서른한 개 행성을 다녀보고 백여 개의 행성에 관한 보고서를 뒤져봤지만 자유의지를 운운하는 곳은 지구밖에 없다"며 자유에 관한 언급 자체를 받아들이지 않는다. 우주로 납치된 빌리(Billy Pilgrim)가 "왜 하필 나냐?"라고 묻는 질문에 트랄파마도르인들은 "지구인다운 질문"이라 말하며, "인간은 호박에 갇힌 벌레"와 같은 존재라고 잘라 말한다.

이는 개인의 자유나 자유의지를 부인한다기보다는 자유주의적, 개인주의적 이상이 전쟁의 대의명분으로 이용된다든지, 혹은 그 이상과는 반대로 인간은 그를 둘러싼 거대한 힘들에 의해 좌지우지되어 왔음을 지적한 것이라 할 수 있다.

셋째 보니것의 『제5도살장』은 포스트모던 소설로서 주목할만한 작품이다. 이 작품이 크게 호응을 얻는 것은 사회비판이나 반전소설로서의 주제 못지않게 그의 소설이 지니는 장르적 신선함 때문이다. 비평가 레슬리 피들러(Leslie Fiedler)가 「경계를 가로지르고, 간극을 메우며」("Cross the Border-Fill the Gap")라는 글에서 강조했듯이, 보니것은 저급과 고급, 대중문학과 순수문학의 절충을, 과학소설과 본격소설의 접목을 이룩한다. 보니것은 과학소설의 통속적이며 유희적 특성을 인간사회의 부조리함을 파헤치는 본격소설의 진지함으로 가져온다.

『제5도살장』은 장르적 절충 외에도 비선형적인 플롯을 사용함으로써 소설의 서사형식에 혁신을 가져온다. 논리적으로 설명하거나, 도저히 믿을 수 없는 드레스덴 참사의 악몽과 부조리를 합리적으로 재현한다는 것은 불가능했기 때문이다. 단선적인 진행과 인과론적 질서에 치우쳐 현실을 재현하다 보면 삶의 다양한 경험과 의미를 위계적으로 재단하고 억압하게 된다. 인간 경험과 실재는 인과관계에 따라 순차적으로 설명될 수 없다. 종전의 믿음과는 달리 변화, 유동성, 임의성, 우연성, 동시성 등은 실재의 새로운 측면들이고, 시간 또한 유동적이며 굴절되기 쉬운 순간들로 파악되는 것이기 때문이다. 이러한 견해에 부합하는 새로운 형식의 서사에 대한 실험이 이 작품에서 시도된다. 시간 점프를 통해 이야기의 흐름이 무작위로 바뀌거나, 각각의 단락이 중간에 여백을 둔 채 토막들의 배열로 되어 있는 형상은 마치 채널을 임의적으로 바꿀 때의 텔레비전 스크린의 내용이나 텔레비전 뉴스 사건을 배열한 것 같은 느낌을 준다. 이처럼 보니것은 소설의 죽음이 여기저기서 거론되던 당대에 다른 매체를 의식적으로 염두에 둔 실험을 통해 소설의 새로운 가능성을 탐구한다.

넷째 『제5도살장』은 포스트모더니즘 소설에 자주 발견되는 '메타픽션적 자의식'(self-consciousness)을 잘 보여준다. 다른 작품에 등장한 기존 인물들을 재등장시킬 뿐만 아니라, 독자가 읽고 있는 이 작품이 허구임을 의식적으로 드러낸다. 이 점은 작가가 그간의 창작배경을 언급하면서 소설의 이야기를 어떻게 전개해나갈지 미리 밝히는 첫 장부터 분명하게 나타난다. 소설에 관한 소설, 즉 액자소설(frame-tale)을 첫 장부터 시도하고 있는 것이다. 소설의 주된 사건이 주인공 빌리 중심으로 진행될 때에도 중간 중간에 불쑥 개입하여 화자의 존재를 알린다. 보니것은 이야기의 사실성과 친밀도를 올리면서 다른 한편으로는 아이러니하게도 이야기의 허구성을 드러낸다. 즉, 전기와 허구, 실제와 상상의 경계를 흐리게 하고 임의적으로 넘나듦으로써 이야기의 진실성을 담보하는 동시에 이야기에 대한 지나친 감정이입과 환상을 차단한다. 이처럼 보니것의 『제5도살장』은 작품의 주제, 형식, 사회·문화적 시사점 등에 있어 20세기 미국소설을 대표하는 작품이라 아니할 수 없다.

『제5도살장』을 기점으로 보니것의 작품세계는 크게 세 시기로 구분할 수 있다. 『제5도살장』 이전에 발표된 초기작들은 보니것의 작가로서의 명성과 개성을 알리는 데 크게 기여한다. 중기에 해당되는 『챔피언의 아침 식사』(*Breakfast of Champions*, 1973), 『슬랩스틱』(*Slapstick*, 1976), 『제일버드』(*Jailbird*, 1979), 『명사수 딕』(*Deadeye Dick*, 1982) 등의 작품은 소설기법의 포스트모더니즘적인 혁신이 두드러진다. 그리고 후기소설로는 『갈라파고스』(*Galapagos*, 1985), 『푸른 수염』(*Bluebeard*, 1987), 『호커스 포커스』(*Hocus Pocus*, 1990), 『타임퀘이크』(*Timequake*, 1997)가 있다. 이 후기소설에는 보니것이 시종일관 다루어온 현대 문명에 대한 비판적 풍자와 동시에 치유와 개선의 전망을 함께 제시한다는 점에서 주제상의 변화를 엿볼 수 있다.

소설 외에도 보니것은 위트 있는 산문을 자주 발표했으며, 그림에도 조예가 있었다. 생전의 마지막 작품이 된 산문집 『나라 없는 사람』(*A Man Without Country*, 2005)은 말년의 베스트셀러가 되었으며, 소설 창작을 그만둔 뒤에는 아마추어 화가로 활동했다. 그리고 사후에는 생전에 발표되지 않은 글들로 이루어진 『아마겟돈의 회고』(*Armageddon in Retrospect*, 2008)를 비롯해 여러 권의 유고작이 출간된다.

보니것은 '20세기의 마크 트웨인'으로 불릴 만큼 유머와 풍자를 겸비한 뛰어난 사회비평가이기도 하다. 이성과 과학에 대한 맹신에서부터 개인주의, 물신주의, 인간중심주의, 전체주의 등에 이르기까지 서구 근대의 폐해와 그 안에서 드러나는 인간의 잔악성과 편협함을 보니것의 소설은 특유의 기지와 유머를 섞어가며 신랄하게 비판한다. 1960년대 말과 1970년대에 보니것은 베트남 전쟁에 반대하는 반전운동과 대항문화의 기수로서 명성을 떨쳤으며, 부시 정권의 대 이라크 전쟁에 반대하는 시위에서도 그 열기는 계속 이어졌다. 보니것은 또한 과학소설과 본격문학의 경계를 좁힌 작가로서의 의의가 크다. 과학소설적인 상상력과 소재를 즐겨 사용하는 그의 소설은 문학적 진지함과 대중성, 형식 실험과 대중소설의 통속성, 풍자와 유희를 접목한 포스트모더니즘적인 글쓰기의 선례가 된다.

⑥ 토마스 핀천(Thomas Pynchon, 1937–)

토마스 핀천은 뉴욕의 롱아일랜드에서 태어나 코넬 대학에서 항공물리학을 공부하다가 영어로 전공을 바꾸어 1958년에 졸업했다. 핀천은 공개를 피하는 작가로 유명하며 그의 생애는 베일에 가려져 있다. 핀천의 신선하고 환상적인 이야기들은 단서, 게임, 암호해석이라는 플롯으로 연결되고 있는데, 그의 암호 같은 구성과 유려한 시적 문체는 당시 코넬 대학의 강사로 재직하던 블라디미르 나보코프의 영향을 받았기 때문이다. 핀천은 유연한 문체로 편집증에 관한 이야기를 시적으로 표현한다.

핀천의 모든 소설은 유사한 구조를 지니고 있다. 주요 등장인물 중 최소한 한 명은 숨겨져 있는 거대한 음모를 모르고 있으며, 그 등장인물은 혼돈에서 질서를 만들어내고 세계를 해독하는 임무를 맡게 된다. 전통적으로 예술가들의 임무였던 이 일이 핀천의 작품에서는 독자에게 맡겨져, 독자는 책을 읽으면서 단서와 의미를 찾아야 한다. 이런 편집증적인 비전은 시간과 장소를 뛰어넘어 확장하는데, 핀천은 우주가 점차 소진된다는 의미의 엔트로피 이론(entropy theory)을 은유로 채택한다. 핀천은 또한 대중문화, 특히 공상과학소설 및 탐정 소설 기법을 자신의 작품에서 능숙하게 사용한다.

핀천의 『브이』(*V*, 1963)는 목적 없이 떠돌아다니면서 이상한 사업을 벌이는 낙오자 베니 프로페인(Benny Profane)과, 그와 상반되는 인물로 미지의 여성 스파이 V를 찾으려는 학식 있는 허버트 스텐실(Herbert Stencil)의 이야기이다. 중편소설 『49호 품목의 경매』(*The Crying of Lot 49*, 1966)는 미국 우체국과 관련된 비밀 조직을 다룬다. 『중력의 무지개』(*Gravity's Rainbow*, 1973)는 제2차 세계대전 말 영국을 무대로 독일의 V-2로켓의 설계, 제조, 발사 계획과 관련된 비밀을 둘러싸고 스파이를 찾으려는 탐색과 추적을 상징적으로 그린 패러디다. 이 작품은 지식만을 추구하는 과학과 기술의 무의미함을 풍자한다. 핀천의 소설에 나타나는 특성인 폭력성, 코미디, 새로운 기법 추구 등은 그를 미국의 포스트모더니즘을 대표하는 작가로 인정받게 해준다.

⑦ 돈 디릴로우(Don Delillo, 1936-)

디릴로우는 현대 미국의 대표적 작가로 에세이스트, 소설가, 극작가 그리고 단편소설가로서 다방면의 재능을 보여준다. 그는 미국 뉴욕 브롱크스

(Bronx)구의 이탈리아 주민 지역에서 노동자 계층의 대가족 가정에서 태어났다. 그는 여가 있을 때마다 재즈를 들으며 영화 비디오를 빌려 집에서 보곤 했는데, 유럽과 아시아 영화를 가리지 않았다. 그를 작가로 인도한 것은 독서, 재즈, 영화, 그리고 양친의 격려라고 그는 한 인터뷰에서 밝힌 바 있다. 그는 브롱크스의 포드햄 대학에서 커뮤니케이션아트를 전공하여 광고 분야에 취직했다.

그의 작품 주제는 텔레비전의 공해, 핵전쟁의 공포, 스포츠, 예능, 냉전, 디지털 시대 도래, 글로벌 테러리즘, 과도한 소비자 운동, 공조직과 사조직의 권력, 인성을 악화시키는 오락 등 현대 미국사회가 안고 있는 문제점들을 총망라한 것들이다.

1964년 디릴로우는 단편 「요르단 강」("The River Jordan")을 써 코넬대 문예지 『신세기』(*Epoch*)에 발표하면서 작가의 길로 들어선다. 그의 첫 소설로 알려진 『아메리카나』(*Americana*, 1971)는 4년에 걸쳐 쓴 역작이다. TV 방송사의 간부로 있다가 아방가르드 영화제작가가 된 데이비드 벨(David Bell)이 내레이터로, 미식축구 수비수 개리 하크니스(Gary Harkness)를 주인공으로 하는 1인칭 소설이다. 개리는 축구를 전쟁으로 생각하고 애인과 피크닉을 즐기면서도 핵전쟁을 염려한다. 현대문명이 낳은 인위적인 폭력과 인간의 기질을 연관시켰던 디릴로우는 현대 미국에 만연한 과학의 공포와 기술의 병폐를 블랙유머 형식으로 고발한다.

『하얀 소음』(*White Noise*, 1985) 역시 현대 과학의 소산인 공포와 인성의 상호작용을 추적한 포스트모더니즘의 대표작이다. 이 소설의 주인공 잭 글래드니(Jack Gladney)는 미국 중서부 전원도시에 있는 '언덕 위의 대학'(The College on the Hill)에 근무하는 대학교수이다. 그는 히틀러에 대한 연구로 유명하며, 네 번 이혼 후, 다섯 번째 아내이자 동료인 배빗(Babette)과 살아가고 있다. 그는 전 부인과 현 부인이 나은 많은 자식들과 함께 산다. 이 소설은 현대 과학이 만든 불모의 대지에 노출된 잭 일가의 1년간의 삶을 밀착 추적한다.

잭과 배빗은 죽음을 끔찍이 싫어하며 부부 중 누가 먼저 죽을까 궁금해 한다. 그들은 죽음의 공포에서 벗어나기 위해 신비의 약을 얻기 위해 수단과 방법을 가리지 않는다. 배빗은 윌리 밍크(Willie Mink)에게 몸을 제공하고 그 약을 얻지만, 효과는 없고 부작용만 생긴다. 잭은 동료 교수인 머레이 제이 시스킨드(Murray Jay Siskind)에게 죽음의 공포를 털어놓고 조언을 구한다. 시스킨드는 살인은 죽음의 공포를 덜어줄 것이라 말하며 살인을 교사한다. 시스킨드의 말을 듣고 잭은 배빗의 정부인 윌리 밍크를 죽이려 하지만 결정적 순간에 마음을 접는다. 작가는 이 소설에서 현대 과학과 기술의 병패, 과도한 소비주의, 자연환경의 파괴, 핵전쟁 발발의 위협 등 현대 미국 자본주의 사회가 안고 있는 다양한 문제점을 노정시킨다.

포스트모던 시대에 있어 가장 두드러진 특징은 모든 것들이 현대 과학과 기술의 산물이라는 점이다. 디릴로우가 자신의 대표작인 『하얀 소음』에서 보여주듯이 과학 기술의 발달은 인류에게 생활의 편리함을 갖다 주었지만, 역으로 인간의 생존 자체에 위협이 되고 있다. 자연환경의 파괴, 핵전쟁 발발의 위협 등은 인류로 하여금 언제나 불안의 상태에서 살 수밖에 없게 만들었고, 대중매체의 발달과 물질주의의 과잉은 인간 삶의 진정성을 상실하는 결과를 초래하였다. 디릴로우는 이런 위협과 불안 그리고 상실에 적극 대응하기 위한 하나의 방안으로써 "다양한 분위기와 스타일 그리고 목소리를 결합시킨 몽타주 기법을 활용하고, 공포와 유머를 결합시킨"(Lentricchia, "Introduction" 1) 위트를 통해 현대인의 삶의 아이러니와 모순을 드러낼 뿐만 아니라, 어떻게 보면 방향을 잃은 현대 미국문화에 대한 비판적 좌표를 제시한다. 디릴로우는 미국의 어두운 문화적 현실, 즉 과학 기술에 대한 거의 맹목적인 의존이나 텔레비전을 비롯한 대중매체만을 모든 판단의 근거로 삼는 행위, 생존에 대한 불안을 느낄 때마다 쇼핑몰에서 자행되는 자기충족적인 소비행각, 그리고 희망이 없는 반복적인 생활의 탈피를 위한 약물의 과다 복용 등을 결코 간과하지 않는다. 어떻게 보면 디릴로우는 미국문화에 대한 비판적 입장을 취하면서 자신의 소설 창작을 통해 인간 삶의 기본적인 조건들을 점검하고 미국의 문화적 전통의 하나인 건강하고 진정한 개인주의와 자유정신을 구가한다.

⑧ 팀 오브라이언(William Timothy O'Brien, 1946–)

팀 오브라이언은 미네소타주 오스틴에서 출생했으며 맥칼리스터 대학에서 정치학을 전공하고 월남전에 보병으로 참전한다. 제대 후 하버드 대학원에서 정치학을 전공한 후 『워싱턴 포스트』(*Washington Post*) 지에서 기자생활을 했으며, 그 후 전업 작가의 길로 들어선다. 그의 7권의 책은 모두 자신의 월남전 경험을 토대로 한다. 첫 번째 작품인 『내가 만일 전쟁터에서 죽는다면』(*If I Die in a Combat Zone*, 1973)은 작가의 전쟁수기이고, 두 번째 『카치아토를 쫓아서』(*Going After Cacciato*, 1978)는 1979년 전미도서상(National Book Award for Fiction)을 수상한 월남전을 다룬 최고의 걸작으로 평가받는다. 『그들이 운반해 간 것』(*The Things They Carried*, 1990)은 월남전 기간과 전후 병사들의 고통을 묘사하고 있으며, 『숲의 호수에서』(*In the Lake of the Woods*, 1994)는 베트남의 미라이 학살 사건에 참여한 것이 드러남으로써 정치적 생명을 위협받는 한 참전 군인의 전후 고통을 그린 소설이다. 이 외에 『북쪽의 불빛』(*Nothern Lights*, 1975), 『핵무기 시대』(*Nuclear Age*, 1985), 『사랑에 빠진 톰캣』(*Tomcat in Love*, 1998) 등의 소설이 있지만 크게 호평받지는 못한다.

그러면 오브라이언의 대표적인 작품, 한두 편을 좀 더 자세히 살펴보도록 한다. 팀 오브라이언의 대표작, 『카치아토를 쫓아서』는 주인공 폴 벌린(Paul Berlin)이라는 한 평범한 병사가 바닷가 관측초소에서 자정부터 다음날

동트기 전까지 혼자서 야간 경계를 보면서 그의 머릿속에서 벌어지는 생각을 기술한 작품이다. 실제로 소설은 하룻밤 동안의 관측소를 배경으로 하고 있지만, 그의 기억과 상상 속에서 전개되는 이야기는 벌린의 베트남 도착 후 몇 개월의 전쟁 경험과 베트남으로부터 파리까지 걸어가는 데 걸린 수개월의 시간을 포함한다. 따라서 소설의 구조는 주인공이 경험한 이미 일어난 사건들을 기록한 15개 장과 육로를 따라 파리까지 가는 모험과 에피소드로 이어진 상상의 노정을 그린 21개 장, 그리고 경계근무 시간 동안 관측초소에서 위의 사건들을 기억과 상상 속에 재현시키고 있는 벌린의 모습을 그린 10개의 장 등 세 부분으로 구성된다. 작가는 리얼리즘, 판타지, 내적 독백, 그리고 악한 소설의 모험과 알레고리 등의 문학적 기법을 사용하여, 자신의 전쟁경험을 이러한 3각 구조 속에서 형상화시킨다. 일부 비평가는 이 같은 소설구조가 통일성을 결여하고 있다고 비판한다. 하지만 이 소설에는 파리로 도주한 카치아토라는 병사를 잡는다는 상상의 추적 이야기를 중심으로 그를 쫓는 벌린이 속한 분대의 6개월, 8천 마일에 걸친 갖가지 모험과 에피소드가 일관성 있게 서술되고 있다는 점을 고려하면, 자칫 무질서하게 보일 소설에 논리와 통일성이 제공된다고 할 수 있다.

이 소설은 베트남 전쟁의 도덕적 현실을 묘사한다는 측면에서 여러 베트남 전쟁 소설과 크게 다를 바가 없다. 하지만 이 작품의 주인공 벌린이 지난 6개월 동안의 전쟁경험을 비극적 경험으로 결론짓고, 카치아토라는 병사의 탈영을 산정하여 그의 행로를 상상 속에서 추적함으로써 자신의 단독강화의 가능성을 탐색해본다는 점에서 독특하다. 이는 월남전의 상황이 벌린의 눈뿐만 아니라 그의 상상 속에서도 전개된다는 것이다. 오브라이언은 전쟁에 나간 평범한 병사에게서 나타날 수 있는 전쟁에 대한 혐오와 인간 보편적인 공포의 문제를 리얼리즘과 판타지를 적절하게 결합하여 새로운 전쟁문학의 가능성을 연다.

『칠월, 칠월』(*July, July*, 2002)은 '외상의 문제'[14]를 문학적으로 잘 형상화 하고 작품이다. 이 작품에는 베트남 전쟁이라는 과거의 충격적 사건, 그리고 그 충격과 유사한 과거의 아픔을 경험한 미네소타주 다튼홀 대학(Darton Hall University)의 69년도 졸업생들의 외상이 다루어진다. 이 졸업생들은 베트남 전쟁을 직접 경험했거나 전쟁과도 유사한 정신적 충격을 경험했기에, 고통스럽고 힘겨운 삶을 영위한다. 대학졸업 후 바로 베트남 전쟁에 투입되어 9일 만에 양쪽 다리에 부상을 입은 데이비드 토드(David Todd)는 죽은 동료의 시체가 의식 속에 떠오르고, 죽어가던 동료의 신음소리가 들려 정상적인 생활을 하지 못한다. 베트남 징집 기피자로 캐나다로 도피한 빌리 맥맨(Billy McMann)은 과거에 캐나다로 같이 도망가 살자고 약속했던 도로시 스티어스(Dorothy Stiers)가 나타나지 않는 것에 대한 배신감과 분노를 30년 동안 간직하고 산다. 데이비드 토드와 빌리 맥맨은 전쟁이라는 극한상황이 종결되었음에도 불구하고, 그 전쟁이라는 그림자로부터 벗어나지 못한다. 존 자카이티스(John M. Jakaitis)가 지적하고 있듯이, 데이비드 토드와 빌리 맥맨은 "자신들이 성장해 온 미국의 문화로부터 분리(displacement)되고, 일상적 존재(daily existence)로서의 [정신적] 붕괴를 경험했기에," 정상적 삶을 영위하지 못할 뿐만 아니라 과거에 얽매여 의미 없는 생존을 이어간다(192).

이들과 대학동창이었던 다른 등장인물들은 루르만(T. M. Luhrmann)과 데이

14) 외상(trauma)은 내부 또는 외부에서 오는 너무 강력한 자극으로 인해 인간정신이 갑자기 붕괴되거나 고장을 일으키는 현상을 가리키는 정신의학(psychiatry) 용어이다. "갑작스럽거나 재난적인 사건의 압도적인 경험"(Caruth, *Unclaimed Experience* 11)에 의해 인간 의식의 보호막이 깨어지고, 자아는 압도되어 중재 또는 통제력을 상실한다. 외상적 사건을 경험한 자아는 무의식으로 자신의 경험을 억압하지만, 과거의 '외상적 기억'(traumatic memory)은 일정한 시간이 흐른 후에도 사라지지 않고 예고 없이 반복적으로 주체의식의 표면으로 떠오른다. 따라서 외상적 기억은 자아의 감정균형을 파괴하고, 자아는 분열된다. 『칠월, 칠월』에 등장하는 주요 인물들은 과거의 외상적 기억으로 인해 "강렬한 두려움, 무력감, 통제 상실, 정신적 붕괴의 위협을 경험한다"(Herman 33).

드르 베렛(Deidre Barrett)이 '침묵 외상'(quiet trauma), '일상적 외상'(common trauma)으로 규명했던, 수술, 사별, 이혼, 꿈의 좌절 등의 고통을 경험한다. 도로시 스티어스는 유방암 수술로 한쪽 가슴을 절제함으로써 여성으로서의 아름다움을 잃게 된다. 엘리 애봇(Ellie Abbott)은 연인 하몬 오스터버그(Harmon Osterberg)가 물에 빠져 죽자 그가 익사한 물과 연관된 악몽으로 고통을 당한다. 말라 뎀프시(Marla Dempsey)는 베트남에 참전하여 부상당한 데이비드와 결혼을 하지만 외상 후 스트레스를 겪고 있는 데이비드가 부담스럽고, 미래에 대한 불안 때문에 데이비드를 떠난다. 마브 버텔(Marv Bertel)은 과체중이 주는 우울함에서 벗어나 자신감을 되찾아 비서인 산드라 디레오나(Sandra DiLeona)와 재혼하지만, 자신이 작가였다는 사소한 거짓말 때문에 그녀와 결별한다. 폴릿 해슬로(Paulette Haslo)는 매력적이었지만 적합한 결혼 상대자를 찾지 못해 결혼을 하지 못하고 목회자가 된다. 이 등장인물들이 현실세계에서 겪는 증상은 전쟁과 관련된 외상 경험자들이 보이는 증상과 유사하다. 과거에 겪었던 충격적인 기억들이 사라지지 않고 이들의 의식 속에 계속 떠오르며(침투), 그 기억은 자신뿐 아니라 타인, 특히 가족과도 원만한 관계를 유지하지 못하는 원인을 제공한다(과각성). 또한 그들은 고통스러운 과거를 애써 회피하려는 증상(억제)을 보인다. 이렇듯 『칠월, 칠월』의 거의 모든 등장인물들은 양상은 다르지만 '외상 후 스트레스 장애'를 보임으로써 각기 고립된 세계 속에서 헤어나지 못한 채 떠돌이 삶을 영위한다.

『칠월, 칠월』이 외상 치유의 실마리로 제시하는 것은 자신의 충격적인 일을 고백하는 '진실 게임'과 '동창생들의 합창'이다. 이 작품에서 동창회에 참석한 이들은 1년 전에 살해당한 캐런 번스(Karen Burns)와 물에 빠져 익사한 하몬 오스터버그를 위한 추도예배 후에 "자신에 대해 일어났던 가장 두려웠던 일을 고백"(*July, July* 230)하는 진실 게임을 하게 된다. 이 게임을 통해 『칠월, 칠월』의 각 등장인물은 과거의 두려웠던 기억과 직접 대면한다. 여기서 주목할 점은 이 과정을 통해 상처를 치유하는 것이 아니라는 점이다. 어떻게 보면 외상은 "일생에 걸쳐 지속적으로 영향을 끼치기에," "완전한 회복이란 불가능 할 수도 있다"(Herman 211). 하지만 잊고 싶은 과거의 고통을 직시하고 이야기함으로써 정신적 위안을 받을 수 있고 자신의 삶을 좀 더 나은 상태로 이끌 수도 있는 것이다. 자신의 고통스러운 과거의 기억이나 숨기고 싶은 자신의 비밀을 타인과 공유한다는 것은 이미 그것 자체만으로도 상당한 용기가 요구된다. 이 용기를 갖게 됨으로써 외상 경험자는 수동적, 부정적 삶의 태도를 버리고, 적극적・긍정적인 삶의 태도를 가질 수 있다. 이는 과거의 고통스러운 경험이 계속 뇌리에 남아 현실에서 자신의 삶의 일부분이 되어버린 상황과의 절연(Herman 203)을 의미하며, 동시에 과거와는 다른 새로운 모습으로 재탄생하게 된다는 것을 의미한다.

외상에 대한 해결책의 하나는 서로 경험을 나누고 협력하여 서로를 이해하고 믿으며 사랑하는 것이라는 팀 오브라이언의 메시지는 '동창생들의 합창'으로 표출된다. 잰 휴브너(Jan Huebner)는 "네게 가장 필요한 것은 사랑이야"(*July, July* 258)라고 에이미 로빈슨(Amy Robinson)에게 말하고, 이 둘은 함께 노래를 시작한다. 이들이 부르는 노래는 동창생들의 합창으로 이어지는데, 이는 마치 기적과 같은 상황이 된다. 동창생들은 "이미 자신들이 겪었던 고통과 실망을 이겨내기 위한 생존전략"으로 서로 마음의 문을 열지 못하고, "냉소주의"(Stocks 177)적인 입장만을 취해왔다. 서로 눈빛을 마주하고 친구와 함께 노래를 합창한다는 것은 처음 모였을 때 서로에 대한 이해가 부족했던 1969년 졸업생들이 서로의 고통을 알게 되고 '상호이해의 장'을 마련했다는 것을 의미한다. 1969년 졸업생들은 "동료이자 동등한 사람"(Herman 216)으로, 이전의 순수함과 따뜻한 인간애, 상호 연대감을 회복할 수 있는 긍정적인 모습을 보인다.

오브라이언은 이 작품을 통해 과거의 외상적 사건, 또는 그 기억이 어떻게 등장인물들의 현재 삶에 침투하여 죄책감을 불러일으키며, 자아를 분열시켜 고립과 단절을 초래하는지를 리얼하게 보여준다. 아울러 외상을 치유하고 극복하는 방안으로 인간 상호간의 소통, 이해와 공감, 그리고 사랑을 제시한다.

팀 오브라이언은 "진정한 전쟁이야기란 결코 전쟁에 관한 것만이 아니며, 오히려 전쟁소설은 사랑과 기억에 관한 것"(*The Things They Carried* 81)이라고 주장한다. 또한 브로스만(Brosman)은 "전쟁문학(war literature)이 삶에 대한 맹목적 충동과 모순, 그리고 인간의 공포와 죽음의 문제를 다루기 때문에 심리학적, 도덕적, 사회적, 그리고 미학적 기능이 존재함"을 역설한다(96). 팀 오브라이언과 브로스만의 주장에 따르면, 전쟁문학 혹은 소설은 단순히 독자의 흥미를 끌기 위한 폭력적인 행위에 대한 묘사나 작가의 필요에 의한 이념에 대한 역설만이 들어있는 것은 아니라는 것이다. 이들은 전쟁도 인간의 역사이자, 삶의 한 영역이기 때문에 궁극적으로는 인간 삶의 의미를 재성찰하는 서사가 될 수 있음을 주장한다. 팀 오브라이언과 브로스만이 전쟁문학, 혹은 소설의 의미와 기능을 확대해석하고 있는 것처럼, 『카치아토를 쫓아서』와 『칠월, 칠월』은 이들이 규정한 새로운 전쟁서사의 전형을 보여준다. 이 두 작품은 전형적이면서도 형태를 달리하는 전쟁소설이다.

⑨ 맥신 홍 킹스턴(Maxine Hong Kingston, 1940-)

국가의 경제적 부흥과 더불어 미국은 내부에 존재하는 소수민족 집단들의 차이를 인식하지 못하는 오류를 범했다. 유대인, 흑인, 일본인, 중국인 등 미국 내 소수민족들은 바로 소수집단이라는 물리적 조건 때문에 소외와 배제의 사회 분위기에 직면하지 않을 수 없었다. 특히 미국 내 아시아인들은 이질적인 동양문화로 인해 백인 주류의 미국사회에서 외국인 혹은 이국적인 사람들로 간주되어 정치적, 경제적, 문화적으로 소외된 타자의 영역에 머물러야만 했다. 1965년 이민법의 개정에 따른 아시아계 미국인 공동체의 급격한 인구변화, 1970년대 후반 두드러지기 시작한 미국과 아시아 국가 간의 정치적, 경제적 변화와 더불어 많은 아시아계 작가들은 아시아인들의 지위를 복원하려는 시도와 미국인으로서의 삶의 정체성을 확보하고자 한다.

윌리엄 볼하워(William Boelhower)는 그의 「소수민족 3부작: 문화적 흐름의 시학」("Ethnic Trilogies: A Poetics of Cultural Passage")에서 이민문학의 구조적 특징을 기억(memory), 해체(deconstruction), 그리고 재건(reconstruction)으로 이어지는 세 단계의 구조적 진행에 있다고 본다. 새로운 문화로 이주한 조상들은 자신들의 기억을 통해서 자국문화의 뿌리를 후손들에게 전달하려고 하고, 이러한 전달과정에서 후손들은 세대적, 문화적 거부감을 가지게 된다. 후손들은 전달받은 문화를 자신들의 관점에서 해체하고 자성적 비판을 통해서 재건한다. 이 단계에서 자국의 문화는 주류문화와 갈등을 일으키기도 하고 조화되거나 융화되어 하나의 새로운 문화로 바뀌게 된다는 것이다. 이러한 문화 구조적 특징은 중국계 미국 여성 작가, 즉 맥신 홍 킹스턴에게 발견된다. 그녀는 이민 작가, 소수민족 작가로서 갖는 볼하워가 제시하는 구조적 특징을 가지면서 미국인으로서 여성으로서 자신의 목소리를 낼 수 있는 정체성을 찾고자 한다.

맥신 홍 킹스턴은 1940년 10월 27일 샌프란시스코 시에서 동쪽으로 약 130킬로미터 떨어진 곳에 위치한 캘리포니아주 최대의 내륙항인 스톡턴(Stockton)에서 태어났다. 역사적으로 스톡턴의 차이나타운은 금산(Gold Mountain), 즉 캘리포니아 지역으로 이주해온 중국의 광산 노동자와 철도 노동자들이 기착한 장소 중의 하나이다. 이곳은 1880년경에 이르러 샌프란시스코 차이나타운과 새크라멘토 차이나타운에 이어 캘리포니아주에서 세 번째로 급성장한 곳이다. 맥신 홍의 부모 역시 스톡턴으로 이주했고, 이듬해 맥신 홍을 출산한다. 맥신 홍의 아버지는 중국에서 교사였고, 어머니는 산부인과를 전공한 전문 의료인이었다. 하지만 스톡턴에서 맥신 홍의 부모는 언어와 문화의 장벽 때문에 전문직의 삶을 이어갈 수 없었고, 인근의 도박장, 공장, 과수원 등을 전전하다가 세탁업에 종사한다. 다른 소수인종 이민 1세대와 동일하게 맥신 홍의 부모들은 가난한 노동자의 고단한 삶을 살았다.

스톡턴에서 태어나 유년기와 청소년기를 보낸 맥신 홍은 캘리포니아 대학으로 진학해 1962년 버클리에서 영문학 학사학위를 받았고, 같은 해 대학 동창인 얼 킹스턴(Earl Kingston)과 결혼한다. 이 둘 사이에서 아들 조세프(Joseph Lawrence Chung Mei)가 태어난다. 맥신 홍 킹스턴은 교사자격증을 취득하여 고등학교에서 영어교사로 일했으며, 1967년 하와이로 이주해 본격적으로 작가의 길을 걷는다. 맥신 홍 킹스턴은 다산 작가는 아니다. 그녀는 두 편의 자전적 소설, 『여인무사: 귀신들에 둘러싸인 소녀시절 회상록』(*The Woman Warrior: Memoirs of a Girlchild Among Ghosts*, 1976)과 『차이나 맨』(*China Man*, 1980), 그리고 알레고리적 우화라 할 수 있는 『여행왕 손오공』(*Trimpmaster Monkey: His Fake Book*, 1989)을 발표했고, 그 외 대여섯 편의 산문집을 출판했을 뿐이다. 이후 작가로서 이정표가 될만한 업적은 눈에 띄지 않지만, 미군의 이라크 파병을 반대하는 반전·평화 시위에 적극 참여한 것으로 알려져 있다. 그녀는 현재 캘리포니아주 오클랜드시에 살고 있다.

『여인무사: 귀신들에 둘러싸인 소녀시절 회상록』은 그녀의 삶뿐만 아니라 아시아계 미국문학의 지형도를 획기적으로 바꿀 정도로 전 미국적인 주목을 끈 작품이다. 그녀는 이 작품으로 '전미도서비평가협회상'(National Book Critics Circle Award)을 수상한다. 이 작품은 맥신 홍 킹스턴 자신의 삶이 반영된 자전적 소설로 딸과 어머니의 갈등을 그린 것이다. 이 소설에서 주인공이자 킹스턴 자신이기도 한 중국계 미국인인 화자와 그의 중국인 어머니와의 갈등은 서로 간의 문화적 차이와 언어장벽에 기인한다. 하지만 화자는 점차 자신의 가정사와 중국의 문화적 신화를 이해하면서 현재 미국에서 살고 있는 자신의 모습을 찾아간다. 이 소설에서 억압적인 어머니는 중국의 문화, 이데올로기만을 딸에게 강요한다. 하지만 딸의 입장에서는 그것은 하나의 심리적 억압으로 작용한다. 킹스턴은 어머니와 딸이 자신들의 과거, 현재, 미래에 대해 한 목소리로 기술할 수 있는 기회를 제공함으로써 모녀간의 갈등을 풀도록 유도한다. 딸인 화자는 동양의 문화에 대해 이해할 수 있게 되고, 어머니는 딸에게 자신의 입장을 이해시킬 수 있게 된다. 요컨대, 킹스턴은 『여인무사: 귀신들에 둘러싸인 소녀시절 회상록』에서 중국인 이민자의 딸로 1950년대 미국에서 성장할 때 얻은 문화적 충돌을 묘사했다 할 수 있다.

『여인무사: 귀신들에 둘러싸인 소녀시절 회상록』은 형식상 자서전이지만, 킹스턴의 실제 체험과 함께 유령에 관한 상상, 전설, 은밀히 전해 내려온 집안의 비밀 등, 다양한 이야기 소재를 역어낸 실험적 내러티브이다. 작가가 작품의 주인공이 되는 고전적 자서전이 아니라, 연이은 이야기에 등장하는 다수 인물들과의 관계 속에서 "나"라는 작가적 존재가 구성된다. 「귀신들에 둘러싸인 소녀시절 회상록」이란 부제가 시사하듯, 이 작품의 서술구조는 킹스턴이 어린 시절 자신의 상상력을 자극하던 모두 다섯 편의 다른 이야기들을 현재 성숙한 작가의식으로 당시 실제 삶의 콘텍스트를 유추하여 이야기하는 형식을 취한다. 각각의 이야기마다 다른 인물의 경우가 다루어진다.

그 첫 번째인 「이름 없는 여인」("No Name Woman")은 간통이라는 과오를 범하여 가족역사에서 삭제된 킹스턴의 고모의 비극을 재구성한 것이며, 「흰 호랑이들」("White Tigers")이라고 제목이 붙은 두 번째 이야기는 작가의 감정이입이 직접 전달되는 일인칭 서술 양식으로 중국의 전설적인 여인무사인 화무란(Fa Mu Lan)의 일대기이다. 세 번째 「무당」("Shaman") 편에서는 중국에서 기혼여성이었음에도 불구하고 계속 의학 공부를 계속하여 산부인과 의사가 되었으며 미국 이민 후에는 마흔 다섯 살이 넘어 여섯 아이를 낳아 키운 킹스턴의 어머니 브레이브 오키드(Brave Orchid)의 강인한 삶의 편력을 그린다. 이와는 대조적으로 네 번째 이야기 「서방궁에서」("At the Western Palace")는 브레이브 오키드와는 달리 소극적인 이모 문 오키드(Moon Orchid)의 현실에 적응하지 못하는 삶이 다루어진다. 그리고 다섯 번째 이야기 「오랑캐의 갈대피리를 위한 노래」("A Song for a Barbarian Reed Pipe")에서는 미국에서 태어나 미국문화 속에서 성장한 맥신 홍과 어머니 사이의 갈등의 요인인 세대격차와 문화적 차이가 극화된다. 모녀간 대립과 화해의 과정 속에 맥신 홍의 언어습득과 작가가 되기까지의 과정이 그려진다.

『차이나 맨』은 중국계 이민 2세대인 딸의 시점에서 자신의 아버지와 다른 수많은 중국인 남성 이민자들이 미국 시민이 되어 가거나, 혹은 미국 시민이 되는 데 실패하는 긴 여정을 서술한 역사적 · 자전적 기록이다. 『여인무사: 귀신들에 둘러싸인 소녀시절 회상록』은 출판 당시 논픽션으로 분류되어 서점의 자서전 코너에 진열되었다가 1990년대 이후 아시아계 비평가들에 의해 현실과 허구 사이의 경계를 허문 포스트모던 글쓰기의 전형으로 재평가되었다. 이와 유사하세 『차이나 맨』도 한편으로는 논픽션으로 간주되는 동시에 다른 한편에서는 신화와 전설, 민담과 우화, 심지어 꿈과 환상까지 역사적 사실과 절묘하게 배합된 혼종적 장르로 논의된다. 이 책은 우선 회고록에 해당하는 여섯 개의 큰 장으로 구성되어 있는데 각 장의 제목은 알파벳 대문자만 인쇄되어 있다. 이 주요 장 전후에 1편 내지 2편의 막간 장들이 자리잡고 있는데, 이 소품들의 장르는 신화와 전설에서부터 법조문, 신문기사문, 일기문에 이르기까지 다양하다. 이렇게 『차이나 맨』은 차례에서부터 복합적인 구조를 가지고 있다.

『여인무사: 귀신들에 둘러싸인 소녀시절 회상록』에서 시작된 킹스턴의 가족사의 기록은 『차이나 맨』에서 마무리된다. 『여인무사: 귀신들에 둘러싸인 소녀시절 회상록』이 자신의 어머니의 삶을 통해 중국계 여성들의 인간 조건 전반을 투영하고 있다면, 『차이나 맨』은 자신의 아버지의 삶을 통해 중국계 남성들이 겪었던 역사적 상황을 조명한다.

킹스턴은 『여행왕 원숭이』에서 현대 중국계 미국인들의 다문화적 정체성, 소수인종에게 작용하는 정치학, 그리고 다문화주의 시대의 '공동체' 개념을 고찰한다. 킹스턴은 미국시인 월트 휘트먼(Walt Whitman)을 연상시키는 주인공, 중국계 이민 3세인 위트먼 아 싱(Wittman Ah Sing)의 이름이 함의하는 알레고리적 우화를 활용한다. 위트먼은 조용한 정적인 인물이 아니라 창조적인 장난기가 넘치고, 재치와 유머로 가득 찬 인물이다. 위트먼은 미국에 무조건적인 동화보다도 손오공처럼 때론 유연하면서도 때론 강한 태도를 지닌 독특한 인물로의 변신을 꾀한다. 독자는 천상의 세계에서 벌어지는 부처와 삼장법사의 관계 속에서 손오공의 역할이 현 세계에서 위트먼의 역할과 다르지 않음을 인식한다. 『서유기』에서 천상의 복숭아 향연에 초대받지 못하자 그 향연에 침입해 혼란을 일으킨 손오공이 부처 세계의 가르침에 순응하면서도 알고 보면 끊임없이 저항을 모색하는데, 그것은 원숭이 되기를 행하는 위트먼의 역할과 같다. 위트먼은 미국이라는 세계에 적응하지 못하는 외부인/타인의 위치에서, 수동적인 입장이 아니라 능동적이고 주체적 입장으로 변모해 간다. 이 작품에서 킹스턴은 제국주의와 탈식민주의, 동양과 서양, 그리고 주체와 타자의 정치적 역학이 동시에 작동하고 있는 다문화주의 사회에서 인종 혹은 민족성으로 야기된 문제들의 해결 방안을 다양성과 연대성에 기반한 공동체에서 찾는다.

사실 『여인무사: 귀신들에 둘러싸인 소녀시절 회상록』이 출판된 이후 킹스턴은 프랭크 친(Frank Chin)과 같은 민족주의 성향이 강한 중국계 미국인 남성 비평가들의 강한 비판을 받는다. 그들은 페미니즘과 자서전이라는 친서구적인 중산층 글쓰기 전통에 기댄 『여인무사: 귀신들에 둘러싸인 소녀시절 회상록』이 중국계 미국인들이 당면한 여러 정치적 현안들과 이데올로기적 갈등들을 도외시하고 있다고 비판한다. 또한 그들은 그동안 문화 민족주의와 마이너리티 연대의 기치를 내걸고 활동해온 아시아계 미국문학 진영의 오랜 노력을 폄하시키는 부작용을 낳았다고 비판한다. 더 나아가 킹스턴의 서사전략은 가부장제와 남아선호사상과 같은 동양의 나쁜 전통을 폭로하는 동시에 중국 고전의 이국취미와 신비주의를 전용하는 오리엔탈리즘을 답습하는 오류를 범했다고 비판한다.

하지만 킹스턴은 『차이나 맨』에서 3대에 걸친 중국 남성들이 미국의 국가 건설에 어떻게 참여하고 기여했는지를 세세하게 기록한다. 또한 『여행왕 원숭이』에서는 부처님의 가르침에 반항적인 기질의 손오공이 삼장범사와의 여행을 통해 최고의 불제자가 되었던 것처럼, 중국계 이민 3세인 위트만은 다문화 사회에서 원숭이 되기를 통해 인종 혹은 민족성으로 야기된 문제들의 해결방안을 다양성과 연대성에 기반 한 공동체에서 찾고자 한다. 따라서 프랭크 친과 같은 민족주의 비평가들의 킹스턴에 대한 비판은 다소 왜곡되고 지나친 면이 없지 않아 있다.

킹스턴이 자신의 일련의 작품에서 추구하고 있는 것은 결코 중국인으로서의 민족 정체성을 확보하고자 한 것은 아니다. 다시 말해 킹스턴이 시도한 것은 중국의 전통과 관습, 그리고 역사로의 환원주의적 복원이 아니다. 프랭크 친과 같은 민족주의 비평가들은 킹스턴에게 민족주의적 전통문화의 자긍심 회복과 복원을 요구했다. 킹스턴의 창작 의도는 현재 미국에서 삶을 영위하고 있는 한 개인으로 정체성을 찾고자 함이다. 킹스턴이 자신들의 작품 주인공으로 하여금 중국계로서 자신의 뿌리를 찾는 시도를 하게끔 한 것은 결코 미국 현실과는 관련이 없는 것이 아니다. 킹스턴은 그동안 당연시되어온 기존의 성적, 문화적, 인종적 정의에 끊임없이 의문을 제기하면서, 중국인이면서도 미국인으로서 자신의 정체성을 찾는 일을 자신들의 창작의 목적으로 삼았다 할 수 있다.

⑩ 창래 리(Chang-rae Lee, 1965-)

창래 리는 1965년 7월 29일 서울에서 태어나 1968년에 미국으로 이주했다. 의학도였던 아버지가 먼저 미국으로 이주하고 1년여 후에 가족이 합류한다. 그 후 정신과 레지던트 과정을 마친 아버지는 뉴욕에서 병원을 개업했다. 한 인터뷰에서 그는 1세대 이민자인 아버지가 유창한 영어가 필요하지 않은 외과를 선택하지 않고 상담 위주의 정신과를 선택한 것이 그에게 많은 자극이 되었고 도전의식을 심어주었다고 고백한다.

그의 가족이 뉴욕의 부촌인 웨스트체스터 카운티에 정착한 후, 창래 리는 중산층의 전형적인 미국인으로 자라났다. 한 인터뷰에서 그는 자신이 미국학생과 다르다는 생각을 해본 적이 없고, 미국을 조국으로 느끼고 한국을 외국으로 생각하며 소년시절을 보냈다고 한다. 그러나 그가 한국계 이주민으로서 자신의 정체성을 각성한 것은 고등학교를 다닐 때라고 한다. 그가 다닌 고등학교는 미국의 전통 사립명문인 필립스엑시터 아카데미(Phillips Exeter Academy)이다. 고등학교의 하버드라고 불리는 이 학교는 대부분의 수업을 토론으로 진행했고, 이런 수업방식이 사춘기에 접어든 그의 민감한 감수성을 자극했을 것이다. 민족적 정서나 기질적인 측면에서 그는 한국계 미국인으로서 백인과의 차이를 인식했을 것이다. 그에게 잠재되어 있던 문학적 소양이 발아되고, 창작에 흥미를 느껴 문학에 몰두하기 시작한 것도 이 무렵이다.

예일대를 졸업한 후 그는 1년 정도 월스트리트에서 증권분석가로 일했다. 소설가로서 성공을 거둔 지금은 그가 월스트리트나 증권투자가 적성에 잘 맞았기 때문에 이 일을 계속했더라면 부자가 되었을 것이라고 농담조로 말하기도 하지만, 당시엔 전도유망하고 인정받는 직장을 그만두기는 쉽지 않았던 것 같다. 그는 "나는 부모님을 행복하게 해주기를 원했고 부모님이 나를 자랑스럽게 여기기를 원했다. 그래서 직장을 그만두고 창작을 시작할 때 마음이 무거웠다"라고 밝힌다.

힘든 결정을 내리고서 그는 소설 쓰기에 집중한다. 이때 쓴 소설은 미국의 중견작가 토마스 핀천의 문체에 영향을 많이 받았다고 한다. 핀천 역시 조이스처럼 고정된 해석에 저항하고 길들여진 인식에서 벗어나고자 노력했던 작가다. 습작소설로 창래 리는 오리건 대학에서 입학허가서를 받고, 1993년 석사학위를 취득한다. 석사학위를 위해 제출한 원고가 바로 『원어민』(*Native Speaker*)이다.

창래 리는 1995년 첫 소설 『원어민』과 1999년 말에 발표한 『제스처 라이프』(*A Gesture Life*)를 통해 주류사회에서 벗어나 이방인으로 살아갈 수밖에 없는 존재의 정체성에 대한 고민을 적나라하게 보여준다. 창래 리는 『원어민』에서 이민 1.5세대인 헨리 박(Henry Park)이라는 주인공을 통해 미국사회에서 이민자로서 겪는 정체성의 혼란과 미국사회로의 동화 문제를 제시한다. 『제스처 라이프』에서 창래 리는 이민 1세대인, 한국에서 태어난 일본인인 프랭클린 하타(Franklin Hata)의 굴곡이 있는 삶과 의붓딸인 서니(Sunny)와의 갈등을 서술함으로써 소수 민족 이민자들의 정체성 문제와 이민세대 간의 갈등 문제를 주로 다룬다.

창래 리는 자신의 세 번째 작품, 『하늘에 떠서』(*Aloft*, 2004)에서 가족이라는 사회의 최소 단위를 토대로 인간관계에 있어 신뢰와 믿음의 가능성, 그리고 의사소통의 부재로 야기된 오해와 갈등을 분석한다.[15] 『하늘에 떠서』에서는 『원어민』과 『제스처 라이프』와는 달리 특정 국가로부터 이민 온 사람들이

---

15) 창래 리는 『하늘에 떠서』의 한국어판 서문에서 "[이 작품은] 현대 가족생활의 기쁨과 어려움, 그리고 제약에 관한 소설"이며 "가족이라는 문제 자체가 어느 나라 어느 문화에서건 늘 중심적인 문제로 여겨져 왔다"고 이야기한다. 이는 창래 리가 『하늘에 떠서』에서 소수인종과 다수인종 간의 갈등이나 주변부와 중심부와의 집단 간 갈등으로 인한 정체성 문제가 아니라, 의사소통과 상호 이해의 부족으로 인한 갈등, 그리고 삶의 의미를 깨닫지 못하는 보편적인 개인의 삶의 문제를 다루겠다는 의지를 표명한 것이다.

미국사회에서 적응하면서 겪는 갈등이라기보다는 어느 정도 미국사회에 정착한 사람들의 보편적인 인간 문제를 다룬다. 다시 말해 창래 리는 『하늘에 떠서』에서 은퇴한 50대 후반의 남성, 제리 배틀(Jerry Battle) 일가의 삶을 조명하면서 가족 간의 갈등, 더 나아가 인간과 인간의 갈등, 개인과 사회의 갈등, 그리고 그 갈등의 해소와 극복에 초점을 맞춘다.

『하늘에 떠서』에 등장하는 인물들은 대부분 앵글로색슨계는 아니지만, 이민자로서 미국사회에 어느 정도 적응한 인물들이다. 어떻게 보면 그들은 미국의 주류사회에 편입된 인물들로, 그들은 자신들의 출신 국가나 사회적 배경 때문에 소외되거나 배척당하지 않는다. 이 작품의 화자 역시 이탈리아계 미국인으로서 몇 대째 미국에서 살아온, 물질적으로 사회신분상 안정적인 인물로 설정된다. 창래 리는 미국사회에 어느 정도 뿌리를 내린 인물들을 작품에 등장시켜 그들이 살아가면서 겪는 내적 갈등에 초점을 둠으로써 미국사회 전반에 대한 성찰을 시도한다.

『하늘에 떠서』에서는 서로 다른 민족적 배경을 갖는 다양한 인종, 그리고 남녀의 결혼을 통한 인종적 혼혈을 보여준다. 화자인 제리와 나이 들어 정신착란 증세를 보여 양로원에 들어가 있는 아버지는 이탈리아 출신 이민자이다. 사고인지 자살인지 분명하게 밝혀지지 않았지만 명을 달리한 제리의 아내 데이지 한(Daisy Han)은 한국계이다. 가족의 사업을 물려받은 아들 잭(Jack)과 대학에서 문학을 연구하는 딸 테레사(Theresa)는 제리와 데이지 사이에 낳은 자식들이다. 잭과 테레사는 자신들이 혼혈이라는 사실을 전혀 인식하거나 의식하지 않는다. 제리가 한때 좋아했으며 지금도 여전히 좋아하고 있는 리타(Rita)는 푸에르토리코(Puerto Rico) 출신이다. 테레사의 남자친구로 작가인 폴(Paul)은 데이지 한과 마찬가지로 한국계이다. 제리의 아들 잭의 아내인 유니스(Eunice)는 독일계이다. 이렇게 창래 리는 『하늘에 떠서』에서 현대 미국사회를 잘 대변해주는 다인종 가족을 등장시켜 그들의 갈등과 오해, 그리고 화합과 이해의 과정을 다룬다. 하지만 『하늘에 떠서』에서는 "테레사의 포스트모더니즘적 시각에 의한 문학 비평가로서의 비판을 제외하고, 흑백 논리에 근거한 인종 문제가 제시되지 않는다"(Case 26). 다만 제리를 중심으로 한 가족 관계에서 파생된 일상적인 문제가 주테마가 될 뿐이다. 이는 창래 리가 인간 보편적인 문제에 대한 접근을 시도함으로써 자신에게 주어지는 평가, 즉 한국계 미국작가라는 고정된 틀을 벗어나 미국작가로서의 위치를 확고히 하고자 한 것이다.16)

창래 리는 『항복자들』(*The Surrendered*, 2010)에서 전쟁과 폭력이라는 최악의 환경에서 살아남은 주인공들의 삶에 외상적 기억이 어떤 영향을 미치는지 보여준다. 창래 리는 준(June Han), 실비(Sylvie Tanner), 그리고 헥터(Hector Brennan)의 삶을 통해 그들이 각기 다른 방식으로 전쟁과 그 기억에 대응하는 이야기를 들려준다. 준은 오래전 자신의 눈앞에서 피 흘리며 죽어가는 동생들을 뒤로 하고 살기 위해 무작정 달려 피난 기차에 올라탐으로써 광기어린 생존 본능을 보여준다. 실비는 만주의 선교사촌에서 일본군에 의해 자행된 집단학살과 부모님의 죽음에 대한 기억으로 마약에 의존하는 삶을 영위한다. 헥터는 어버지의 죽음에 대한 책임감과 전쟁에서 목격한 동료와 포로들의 처참한 죽음에 대한 기억으로 인해 내일이 없는 사람처럼 체념의 모습으로 일관한다. 어떻게 보면 이들은 치열하고 냉혹한 인간 생존 현실의 '항복자들'이다.

준과 실비, 헥터가 가지고 있는 과거 사건의 충격, 즉 외상적 기억들은 그림자로 남아 끊임없이 그들의 의식을 지배하고, 삶을 오염시킨다. 이들은

---

16) 『제스처 라이프』가 출판된 직후 1999년 9월 30일, 『시사저널』에 실린 인터뷰에서 창래 리는 "나는 영어로 글을 쓰는 작가이다. 아마 이 사실이 나를 영어권 작가, 또는 미국작가가 되게 하는 셈이다. 그러므로 나는 미국 정서를 가지고 한편으로는 미약하나마 한국 정서를 가지고 소설을 쓴다. . . . 나는 한국에서 살아본 적도 없고 한국은 이곳과 상당히 다른 곳이라고 알고 있다"(성우제 107)라고 말한다. 이는 창래 리가 한국의 소재를 사용하지만 특정 민족이나 인종을 초월한 보편적인 작가임을 천명한 것이다.

한 순간에 옆에 있던 사람이, 또는 사랑하는 사람이 죽어가는 지옥과 같은 상황을 경험했던 것이다. 따라서 이들은 기억이 남긴 상흔 때문에 그 누구도 평범하게 살아가지 못한다. 그들은 과거 충격적 사건에 얽매어 있기에 그들의 자아는 분열되고, 삶은 고립되고 단절될 수밖에 없다. 그들에게 있어서 삶은 행복한 이상이 아니라 피하고 싶은 잔인한 현실인 것이다.

『항복자들』에 등장하는 인물들의 과거 충격적인 사건에 대한 상흔이 큰 만큼, 창래 리의 그 상흔에 대한 치유의 모색도 치열하다. 『항복자들』에서의 세 인물, 즉 준, 실비, 헥터는 『솔페리노의 회상』(*A Memory of Solferino*)이라는 책을 통해 과거 전쟁과 폭력의 기억에 직접적으로 대면한다. 이 인물들은 다른 사람들 역시 자기와 동일한 고통을 감내하며 생존해 왔다는 사실을 깨닫고, 상호 이해와 공감을 하게 된다. 또한 준이 마지막 숨을 거두면서 자신의 고통의 원인이었고 자신의 삶을 결정지었던 열차장면을 회상한다는 것은 준이 죽는 순간까지 고통과 상처, 그리고 죄의식을 다스리며 치열하게 삶을 살아왔다는 반증이 된다. 기억이 남긴 상흔과 치열하게 싸워온 준의 삶은 그 존엄성을 인정받기에 충분하다. 요컨대 외상 경험자에게 최선의 치유는 고난과 역경을 이겨내고자 하는 삶에의 용기와 이해와 공감을 밑바탕으로 한 인간관계 구축에 있다. 이는 비단 외상 경험자에게만 해당되는 것이 아니라, 타인과의 관계가 단절되어 고독한 삶을 살아가는 현대인들에게도 해당되는 일이다.

창래 리는 『만조의 바다 위에서』(*On Such a Full Sea*, 2004)에서 신중국에서 비모어(B-Mor) 구역으로 이주를 선택한 중국계 이민 집단의 삶을 토대로 경제적 여건에 의한 사회계층의 분화, 그리고 문화적 차이와 갈등이 심화된 미국의 미래사회를 그린다. 이 작품에서 묘사되는 미래사회는 인구를 조절하기 위하여 건강, 위생, 식품을 관리할 뿐만 아니라 주민들의 생물학적 특성들을 수치화・통계화하고 질병을 예측 관리한다. 하지만 지배 계층인 차터(Charter)

연합이 해결하지 못한 유일한 문제는 C-질환이다. 차터 연합은 비모어 노동자들의 건강을 체계적으로 관리하고 C-질환 치료법을 개발하기 위하여 매년 모든 주민의 혈액검사 결과를 기록하고 분석한다. 어느 날 갑자기 레그(Reg)를 납치해간 이유는 그가 예외적으로 C-질환에 대한 면역력을 갖고 있다는 혈액검사 결과가 나왔기 때문이며, 판(Fan)을 제약회사가 소유하려고하는 이유도 그녀가 임신하고 있는 레그의 아기 때문이다. 제약회사들은 판의 뱃속에 들어 있는 레그의 아이를 실험대상으로 연구하여 C-질환 치료법을 개발하여 막대한 부를 축적하려고 한다. 창래 리는 C-질환의 면역 항체가 지배계층인 차터구나 극빈자 층인 자치구(counties)도 아닌 비모어 이민자 집단에서, 그리고 그중에서도 원주민과의 혼혈인 판의 남자친구 레그와 판의 배 속에 들어있는 아이에게 있다는 점을 암시함으로써 미래사회를 구원할 대안으로 혼종성(hybridity)17)을 제시한다.

---

17) 호미 바바(Homi K. Bhabha)의 『문화의 위치』(*The Location of Culture*, 1994) 참조. 이 용어는 원래 자연과학에서 식물이나 동물의 두 분리된 종을 교배한 결과 도출된 잡종을 의미하는 용어였지만, (탈)식민주의와 제국주의 담론 안에서 그 의미가 확대되어 논의된다. 물론 식민주의자들은 식민지 경영의 결과 생성되는 문화적, 인종적, 그리고 언어적 혼종성에 부정적이고 경계적인 태도를 견지한다. 또한 민족주의자와 순수혈통주의자 역시, 혼종성은 곧 오염이며 타락이고 위협적인 것으로 생각한다. 하지만 역설적으로 기존의 경계를 넘어서는 혼종성은 바로 그 속성 때문에 잠재력과 새로운 가능성을 지닌 것으로 해석될 수 있다(이경란 82). 바바의 혼종성의 공간, 제3의 공간은 우선 세계가 1세계와 3세계라는 이분법적 도식으로 양분될 수 없다는 인식에서 출발한다. 1세계와 3세계를 대칭적으로 놓을 때 1세계는 3세계가 아닌 것이 되고, 3세계는 1세계가 아닌 것이 된다. 다시 말해 1세계에는 착취당하고 핍박받는 집단이 배제되고, 3세계에는 지배하고 억압하는 집단이 배제된다. 그러나 3세계가 언제나 어디서나 착취당하고 핍박받는 집단만으로 구성된 것도 아니고, 1세계가 지배자의 위용만을 자랑하는 것은 아니다. 3세계 역시 권력관계에 의해서 첨예하게 분할된 공간이며 1세계 역시 범지구화가 야기한 대량의 이주로, 자민족 출신이 아닌 수많은 집단들이 거주하는 곳이다. 다시 말해 바바는 주변집단 내에도 권력투쟁과 연관된 많은 집단이 있으며, 모든 집단을 고정된 범주로 단일화 된 집단으로 범주화하는 것은 문제가 있다고 본다. 따라서 바바는 두 문화가 겹쳐지는 혼종성의 공간을 저항과 전복성이 발휘되는 공간으로, 제3의 가능성이 생성될 수 있는 잠재태의 공간으로 재해석한다.

이 작품의 서술상의 특징은 판이 끊임없이 이주와 경계를 넘나들지만, 그녀의 내면 심리와 의식의 변화가 직접적으로 독자에게 전달되지 않고, 비모어 이민사회의 '우리들'(we)이라는 복수 화자(the first person plural)에 의해 전달된다는 점이다. 스스로 이주 공동체로 규정한 비모어의 복수 화자는 때로는 제한된 시점으로 때로는 전지적 시점으로 마치 연극무대의 코러스처럼 판의 여정을 따라가며 그녀의 모험을 서술한다. 그래서 모린 코리건(Maureen Corrign)과 앤서니 커민스(Anthony Cummins)와 같은 일부 비평가들은 이 복수 화자에 대해 부정적 견해를 피력하기도 한다.[18] 하지만 작가 리는 한 인터뷰에서 "이런 복수의 목소리는 일단 세워놓기만 하면, 그 시점을 제한하는 어떤 규칙도 없다. 모든 관점들이 유연하지만 이 관점은 훨씬 더 유연하다"(Leyshon 인터뷰)라고 함으로써, 이 복수 화자에 대한 매우 긍정적인 시각을 드러낸다. 더 나아가 그는 "『만조의 바다 위에서』가 '이야기'(tale)인 것만큼이나 '이야기하기'(telling)에 관한 것"이라고 고백한다(Leyshon 인터뷰). 이것은 마치 실코와 같은 미국 원주민 작가들이 백인들의 억압으로 삭제된 부족의 역사를 작품에서 '이야기하기'를 통해, 백인성에 의문을 제기하고 왜곡된 역사를 바로잡아 개인 혹은 집단적 정체성을 찾고자 하는 시도와 동일하다. 또한 복수 화자에 의한 판의 경계를 넘나드는 여정의 서술이 "'이야기'인 것만큼이나 '이야

18) 모린 코리건(Maureen Corrign)은 복수 화자가 "기도문을 읊조리는 것과 같은 평범한 서술을 하고 있고," 판이 주로 "외부 시선에 의해 묘사되기 때문에 [독자가 그녀의 내면세계 혹은 심리적 변화를 알 수 없기에] 모호한 암호(cipher)로만 남아 있을 뿐"이라고 주장한다(Web Page). 앤서니 커민스(Anthony Cummins)도 "리는 판의 이야기를 비모어 집단의 기억으로부터 나온 불안전한 민화(folk tale)처럼 구성한다. . . . 차라리 3인칭을 고수하는 편이 더 나았을 것"이라고 주장한다(Web Page). 비모어 구역에 갇혀 사는 이들 복수 화자가 자신들의 경계 밖 자치구와 차터구에서 벌어지는 판의 모험을 서술하거나 판의 심리와 꿈까지도 묘사함으로써 시점의 엄격성을 훼손한다는 점을 고려하면, 이들 비평가들의 견해는 설득력을 갖는다. 하지만 작가 리가 밝히고 있듯이, 이런 서술 전략은 의도된 것임을 주목할 필요가 있다.

기하기'에 관한 것"이기 때문에, 판의 모험에 대한 서술은 단순한 사실의 기록이라는 차원을 넘어 구전 설화나 전설의 경계까지 올라갈 수 있는 개연성을 갖는다.

판은 중심인물로서 복수 화자의 '이야기하기'의 대상이자, 복수 화자의 심적 변화의 촉매제가 된다(김진경 83). 마을 사람들은 직접 혹은 간접적으로 얻은 판의 여정을 따라가며, 다시 말해 "만일 우리가 그녀였다면 어떻게 했을까"(*On Such a Full Sea* 47)라는 생각을 하며 인식의 변화를 겪는다. 판의 여정을 따라가던 비모어 화자들은 수동적이고 순응적인 태도를 버리고 자신들의 삶의 변화를 꾀하고자 한다. 다시 말해 비모어 화자들은 시야의 확장과 깨어남을 경험한다.

『만조의 바다 위에서』는 레그를 찾아 정처 없이 떠나는 판의 모습과 함께 열린 결말로 마무리된다. 판은 폐쇄되고 수동적인 이민자들의 비모어 사회를 뛰어넘어 극빈자들이 모여 사는 자치구를 거쳐, 경제적 측면에서 대자본을 소유한 부유층이자 정치적 측면에서 관리자층인 차터구로의 문화적 경계를 가로지르는 여행을 감행했다. 그녀는 차터구와 비모어 구역, 그리고 자치주의 사람들, 혹은 그들의 문화적 갈등과 충돌을 극복하고 조화로운 공존을 도모할 수 있는 유목적 주체,[19] 혹은 가능성으로 제시된다.

---

19) 로지 브라이도티(Rosi Braidotti)의 유목적 주체(normadic subject)는 "기존의 범주들과 경험의 층위들을 돌파하고 가로지르며 사유하는 주체"를 의미한다. 브라이도티에 따르면 유목주의는 유목적인 민족과 문화의 경험으로부터 영감을 받은 것이긴 하지만, 보다 구체적으로 말하자면 "사회적으로 코드화된 사유방식과 행동방식에 안착되기를 거부하는 비판적 의식을 지칭한다"(5). 유목적 주체는 단지 세계를 떠돌아다니는 여행자의 의미가 아니라, "경계의 비고정성을 날카롭게 인식"하여 경계를 흐트러뜨리며 관습을 해체하는 주체를 표상한다(36). 유목적 주체는 이분법적 경계의 안-사이(in-between)공간을 새로운 형태의 주체성을 탐색할 수 있는 영역으로 삼는다.

American Literature through Time

1. Puritan Times: 1650–1750

Content: errand into the wilderness. be a city upon a hill. Christian utopia.

Genre/Style: sermons. diaries. personal narratives. captivity narratives, jeremiads. written in plain style.

Effect: instructive. reinforces authority of the Bible and church.

Historical Context: a person's fate is determined by God. all people are corrupt and must be saved by Christ.

2. Rationalism/ Age of Enlightenment: 1750–1800

Content: national mission and American character. democratic utopia. use of reason. history is an act of individual and national self-assertion.

Genre/style: political pamphlets. travel writing. highly ornate writing style. fiction employs generic plots and characters. fiction often tells the story of how an innocent young woman is tested by a seductive male.

Effect: patriotism grows instills pride. creates common agreement about issues. shows differences between American and Europeans.

Historical Context: tells readers how to interpret what they are reading or doing to encourage Revolutionary War. Support instructive in values.

3. American Renaissance/Romanticism: 1800–1855

Content: writing that can be interpreted 2 ways on the surface for common folk or in depth for philosophical readers. Sense of idealism. focus on the individual's inner feelings. emphasis on the imagination over reason and intuition over facts. urbanization versus nostalgia for nature. burden of the Puritan past.

Genre/Style: literary tale. character sketch. slave narratives. political novels and poetry. transcendentalism.

Effect: helps instill proper gender behavior for men and women. fuels the abolitionist movement. allow people to re-imagine the American past.

Historical Context: expansion of magazines, newspaper, and book publishing. slavery debates.

4. Gothic/sub-genre of Romanticism: 1800–1850

Content: sublime and overt use supernatural. individual characters see themselves at the mercy of forces out of their control which they do not understand. motif of the "double"—an individual with both evil and good characteristics. often involve the persecution of a young woman who is forced apart from her true love.

Style: short stories and novels. hold readers' attention through dread of series of terrible possibilities. feature landscapes of dark forests, extreme vegetation. concealed ruins with horrific rooms. depressed characters.

Effect: today in literature we still see portrayals of alluring antagonists whose evil characteristics appeal to one's sense of awe. today in literature we still see stories of persecuted young girl forced apart from her true love.

Historical Context: industrial revolution bring ideas that the "old ways" of doing things are now irrelevant.

5. Realism: 1855–1900

Content: common characters not idealized (immigrants, laborers). people in society defined by class. society corrupted by materialism. emphasizes moralism through observation.

Style: novel and short stories are important. prefers objective narrator. dialogue includes many voices from around the country. does not tell the reader how interpret the story.

Effect: social realism—aims to change a specific social problem. aesthetic realism—art that insists on detailing the world as one sees it.

Historical Context: Civil War brings demand for a "truer" type of literature that does not idealize people or places.

6. Naturalism/(sub-genre of realism): 1880–1900

Content: dominant themes—survival fate violence taboo. nature is an indifferent force acting on humans. "brute within" each individual is comprised of strong and warring emotions such as greed, power, and fight for survival in an amoral, indifferent world.

Genre/Style: short story, novel, characters usually lower class or lower middle class. fictional world is commonplace and unheroic—everyday life is a dull round of daily existence. characters ultimately emerge to act heroically or adventurously with acts of violence. Passion. bodily strength in a tragic ending.

Effect: this type of literature continues to capture audiences in present day—the pitting of man against nature.

Historical Context: writers reflect the ideas of Darwin (survival of the fittest) and Karl Marx (how money and class structure control a nation).

7. Modernism: 1900–1946

Content: dominant mood–alienation and disconnection. people unable to communicate effectively. fear of eroding traditions and grief over loss of the past.

Genre/Style: highly experimental, allusions in writing often refer to classical Greek and Roman writing. use of fragments, juxtaposition, interior Monologue, and stream of consciousness. writers seeking to create a unique style.

Effect: common readers are alienated by this literature.

Historical Context: overwhelming technological changes of the 20th Century. World War I was the first war of mass destruction due to technological advances.

8. Harlem Renaissance/(runs parallel to modernism): 1920s

Content: celebrated characteristics of African-American life. enjoyment of life without fear. writing defines the African-American heritage and celebrates their new identity as Americans.

Genre/Style: allusions in writing often refer to African-American spirituals. uses the structure of blues songs in poetry (ex-repetition of key phrases). superficial stereotypes later revealed to be characters capable of complex moral judgements.

Effect: This period gave birth to a new form of religious music called "gospel music." blues and jazz are transmitted across America via radio and phonographs.

Historical Context: mass African-American migration to Northern urban centers. African-Americans have more access to media and publishing outlets after they move north.

9. Postmodernism: 1946–Present

Content: people observe life as the media presents it, rather than experiencing life directly. popular culture saturates people's lives, absurdity and coincidence.

Genre/Style: mixing of fantasy with nonfiction. blurs lines of reality for reader. no heroes. concern with individual in isolation, detached unemotional. usually humorless narratives. metafiction. present tense. magic realism.

Effect: erodes distinctions between classes of people. insists that values are not permanent, but only "local" or "historical."

Historical Context: post-World War II prosperity. media culture interprets values.

10. Contemporary/(continuation of Postmodernism): 1980s–Present

Content: identity politics. people learning to cope with problems through communication. people's sense of identity is shaped by cultural and gender attitudes. emergence of ethnic writers and women writers.

Style: narratives—both fiction and nonfiction. anti-heroes. concern with connections between people. emotion-provoking, humorous irony. storytelling emphasized. autobiographical essays.

Effect: too soon to tell.

Historical Context: people beginning a new century and a new millennium. media culture interprets values.

| 참고문헌 |

강영안. 「데카르트의 코키토와 현대성」. 『포스트모더니즘과 철학』. 김혜숙 편. 서울: 이화여자대학교출판부, 1995.

김봉은. 『소수 인종의 문학으로 본 미국의 문화』. 서울: 한신문화사, 2002.

김용규. 「포스트 민족시대 혼종과 틈새의 정치학: 호미 바바 읽기」. 『비평과 이론』 10.1 (2005): 29-57.

김진경. 「디스토피아에서의 디아스포라적 상상력: 『만조의 바다 위에서』 연구」. 『미국소설』 22.3 (2015): 65-93.

고영란 외 10명. 『미국소설과 서술기법』. 서울: 신아사, 2014.

나희경. 「자기 은폐를 통한 자기 확인: 이창래의 『원어민』과 수키 김의 『통역자』를 중심으로」. 『현대영미소설』 13.2 (2006): 7-38.

______. 『자연과 문명의 분계』. 서울: 동인, 2016.

박은정. 『현대미국소설에 나타난 인종갈등과 문화민족주의』. 『현대영미소설』 9.1 (2002): 115-47.

성우제. 「어떤 언어를 쓸까 과도하게 집착한다」. 『시사저널』 (1999. 9. 30): 106-07.

이경란. 「혼종성과 정체성의 서사: 폴리 마셜의 『선택된 장소, 시간너머 사람들』」. 『현대영미소설』 18.2 (2011): 81-105.

이호영. 『미국문학의 이해』. 서울: 형설출판사, 2014.

장동진 외 3명. 『현대정치철학의 이해: 자유주의, 마르크스주의, 공동체주의, 시민권 이론, 다문화주의, 페미니즘』. 서울: 동명사, 2006.

장정훈. 「아메리카 원주민 작가－전도된 토박이/이방인 의식」. 『영어영문학』 53.1 (2007): 99-128.

_____. 「아프리카계 미국 작가 강요된 이민자 의식/ 파편적 토박이 의식」. 『영어영문학』 54.1 (2008): 77-105.

_____. 『중심에 선 경계인』. 서울: 동인, 2011.

Allen, Paula Gunn. ed. "The Feminine Landscape of Leslie Marmon Silko's Ceremony." *Studies in American Indian Literature: Critical Essays and Course Designs*. New York: MLA, 1983. 127-33.

Anderson, Crystal S. "Racial Discourse and Black-Japanese Dynamics in Ishmael Reed's *Japanese by Spring*." *MELUS* 29.3/4 (2004): 379-96.

Barret, Deidre. *Trauma and Dreams*. Cambridge, Mass.: Harvard UP, 1996.

Baudrillard, Jean. "Consumer Society." *Jean Baudrillard: Selected Writings*. 2nd Edition. Ed. Mark Poster. Stanford: Stanford UP, 2001. 32-59.

_____. *Simulations*. Trans. Paul Foss, et al. New York: Semiotext, 1983.

Benediktsson, Thomas E. "The Reawakening of the Gods: Realism and the Supernatural in Silko and Hulme." *Critique* 33.2 (Winter 1992): 121-31.

Bhabha, Homi K. *The Location of Culture*. New York: Routledge, 1994.

Boelhower, William. "Ethnic Trilogies: A Poetics of Cultural Passage" *MELUS* 12.4 (Winter 1985): 7-23.

Borgmann, Albert. *Crossing the Postmodern Divide*. Chicago: U of Chicago P, 1992.

Braidotti, Rosie. *Nomadic Subjects*. New York: Columbia UP, 1994.

Brosman, Catharine Savage. "The Functions of War Literature." *The South Central Review* 9.1 (Spring 1992): 85-98.

Caruth, Cathy, ed. *Trauma: Explorations in Memory*. Baltimore: The John Hopkins UP, 1995.

_____. *Unclaimed Experience*. Baltimore: The Johns Hopkins UP, 1996.

Case, Kristen. "Turbulence in Suburbia." *New Leader* 87.2 (March/April 2004): 26-27.

Chan, Jeffery Paul et al. "An Introduction to Chinese-American and Japanese- American Literature." *Three American Literatures*. Ed. Houston Baker. New York: MLA, 1982. 197-226.

Chavkin, Allan, ed. *Leslie Marmon Silko's Ceremony: A Casebook*. New York: Oxford UP, 2002.

Christian, Barbara. *Black Women Novelists: The Development of a Tradition, 1892-1976*. Westport, Conn.: Greenwood, 1980.

Collier, Eugenia. "The Closing of the Circle: Movement from Division to Wholeness in Paule Marshall's Fiction." *Black Women Writers (1950-1980): A Critical Evaluation*. Ed. Mari Evans. Garden City: Anchor, 1984. 295-315.

Cook, Rufus. "Cross-Cultural Wordplay in Maxine Hong Kingston's *China Men* and *The Woman Warrior*." *Melus* 22.4 (Winter 1997): 133-46.

Corrigan, Maureen "Chang-rae Lee Stretches for Dystopic Drama, but Doesn't Quite Reach." *NPR Books*, 14 January 2014. 〈http://www.npr.org/2014/01/14/262386113/chang-rae-lee-stretches-for-dystopic-drama-but-doesnt-quite-reach〉

Cruse, Harold. *The Crisis of the Negro Intellectual*. New York: Morrow, 1968.

Cummins, Anthony. "On Such a Full Sea Chang-rae Lee, Review." *The Telegraph* 19, January 2014. 〈http://www.telegraph.co.uk/culture/books/bookreviews/10578935〉OnSuch-a-Full-Sea-by-Chang-Rae-Lee-review.html〉

Davis, Jack L. "Restoration of Indian Identity in *Winter in the Blood*." *James Welch*. Ed. Ron McFarland, Lewiston. Idaho: Confluence P. Inc., 1986. 29-43.

DeCurtis, Anthony. "'An Outsider in This Society': An Interview with Don DeLillo." *Introducing Don DeLillo*. Ed. Frank Lentricchia. Durham: Duke UP, 1991. 43-66.

DeLillo, Don. *Ratner's Star*. New York: Vintage, 1976.

______. *White Noise*. New York: Penguin, 1986.

Denniston, Dorothy Hammer. *The Fiction of Paule Marshall: Reconsctuctions of History, Culture, and Gender*. Knoxvill: Tennessee UP, 1995.

Diawara, Manthia. "Cultural Criticism/Black Studies." *Borders, Boundaries, and Frames: Essays in Cultural Criticism and Cultural Studies*. Ed. Mae G. Henderson. New York: Routledge, 1995. 202-11.

Dirlik, Arif. *Postcolonial Aura: Third World Criticism in the Age of Global Capitalism*. Colorado: Westview, 1997.

Duvall, John N. "The (Super)Marketplace of Images: Television as Unmediated Mediation in DeLillo's *White Noise*." *White Noise*. Ed. Mark Osteen. New York: Penguin, 1998. 432-55.

Ellison, Ralph. *Invisible Man*. New York: Vintage Books, 1989.

Emerson, Ralph Waldo. *Selected Writings of Emerson*. New York: Modern Library, 1950.

Ferraro, Thomas J. "Whole Families Shopping at Night." *New Essays on DeLillo's White Noise*. Ed. Frank Lentricchia. Cambridge: Cambridge UP, 1991. 15-38.

Fitzgerald, F. Scott. *The Great Gatsby*. New York: Macmillan Publishing Co., 1986.

Gilbert, Sandra M., and Susan Gubar. *No Man's Land: The Place of the Woman Writer in the Twentieth Century-Volume 3: Letters from the Front*. New Haven: Yale UP, 1994.

Goellnicht, Donald C. "Blurring Boundaries: Asian American literature as Theory." *An Interethnic Companion to Asian American Literature*. Ed. King-Kok Cheung. Cambridge UP, 1997. 338-65.

Gordon, Milton M. *Assimilation in American Life: The Role of Race, Religion and National Origin*. New York: Oxford UP, 1964.

Gray, Richard. *A History of American Literature*, 2nd Edition. West Sussex: Wiley-Blackwell, 2011.

Hall, Stuart and Paul du Gay. *Questions of Cultural Identity*. London: Sage, 1996.

Halleck, Reuben Post. *History of American Literature (Classic Reprint)*. New York: American Book Company, 2017.

Hart, James D., and Leininger, Phillip (Ed). *The Oxford Companion to American Literature*, 6th Edition. New York: Oxford UP, 1995.

Hathaway, Heather. *Caribbean Waves: Relocating Claude McKay and Paule Marshall*. Bloomington and Indianapolis: Indiana UP, 1999.

Heberle, Mark. *A Trauma Artist: Tim O'Brien and the Fiction of Vietnam*. Iowa: Iowa UP, 2001.

Heidegger, Martin. *Being and Time.* Trans. John Macquarrie, and Edward Robinson. New York: Harper, 1962.

______. "The Thing." *Poetry, Language, Thought.* Trans. Albert Hofstadter. New York: Harper, 1971. 161-84.

______. "The Question Concerning Technology." *The Question Concerning Technology and Other Essays.* Trans. William Lovitt. New York: Harper & Row, 1977. 3-35.

Herman, Judith M. D. *Trauma and Recovery: The Aftermath of Violence—From Domestic Abuse to Political Terror.* New York: Basic Books, 1992.

High, Peter B. *An Outline of American Literature.* New York: Longman Inc., 1986.

Hogan, Linda. "Who Puts Together." *Studies in American Indian Literature: Critical Essays and Course Designs.* Ed. Paula Gunn Allen. New York: MLA, 1983. 169-77.

Jakaitis, John M. "Two Versions of an Unfinished War: 'Dispatches' and 'Going after Cacciato.'" *Cultural Critique* 3 (Spring 1986): 191-210.

Japtok, Martin. "Paule Marshall's *Brown Girl, Brownstones*: Reconciling Ethnicity and Individualism." *African American Review* 32.2 (Summer 1998): 305-15.

Kalra, Virinder S., Kaur, Raminder, and Hutnyk, John. *Diaspora & Hybridity.* London: SAGE, 2005.

Kaplan, E. Ann. *Trauma Culture.* London: Rutgers UP, 2005.

Karem, Jeff. "Keeping the Native in the Reservation: The Struggle for Leslie Marmon Silko's Ceremony." *American Indian Culture And Research Journal* 25.4 (2001): 21-34.

Kim, Elaine H. *Asian American Literature: An Introduction to the Writing and Their Social Context.* Philadelphia: Temple UP, 1982.

Kingston, Maxine Hong. *The Woman Warrior.* New York: Vintage, 1989.

Krupat, Arnold. *Ethnocriticism: Ethnography, History, Literature.* Berkeley: California UP, 1992.

______. *The Turn to the Native: Studies in Criticism & Culture.* Lincoln and London: Nebraska UP, 1996.

LeClair, Tom. "Closing the Loop: *White Noise*." *White Noise*. Ed. Mark Osteen. New York: Penguin, 1998. 387-411.

Lee, Chang-Rae. *Native Speaker*. New York: Riverhead Books, 1995.

______. *A Gesture Life*. New York: Riverhead Books, 1999.

______. *Aloft*. New York: Riverhead Books, 2004.

______. *The Surrendered*. New York: Riverhead Books of Penguin Group Inc., 2010.

______. "Amazon Exclusive: Chang-Rae Lee on *The Surrendered*." 15 June 2011. Amazon.com Review.
〈http://www.amazon.com/Surrendered-Chang-rae-Lee/dp/1594485011〉

______. *On Such a Full Sea*. New York: Riverhead Books. 2014.

Lehan, Richard. *The Great Gatsby: The Limits of Wonder*. Boston, Mass.: Twayne Publishers, 1990.

Lentricchia, Frank. "Introduction." *New Essays on DeLillo's White Noise*. Ed. Frank Lentricchia. Cambridge: Cambridge UP, 1991. 1-14.

______. "Tales of the Electronic Tribe." *New Essays on DeLillo's White Noise*. Ed. Frank Lentricchia. Cambridge: Cambridge UP, 1991. 87-113.

Leyshon, Cressida. Chorus of "WE": An interview with Chang-rae Lee. *The New Yorker* 7, January 2014.
〈http://www.newyourker.com/online/blogs/books/2014/01/thechorus-of-we-an-interview-with-chang-rae-lee.html〉

Lim, Shirley Geok-lin. "Twelve Asian American Writers in Search of Self-Definition." *Melus* 13 (1986): 57-77.

Luhrmann, T. M. "The Traumatized Social Self: The Parsi Predicament in Modern Bombay." *Publication-Society for Psychological Anthropology* 11 (2000): 158-93.

Ma, Sheung-mei. *Immigrant Subjectivities in Asian American and Asia Diaspora Literatures*. New York: New York UP, 1998.

Marshall, Paule. *Brown Girl, Brownstones*. New York: The Feminist, 1981.

Martin, Reginald. *Ishmael Reed and the New Black Aesthetic Critics*. New York: St. Martin's, 1988.

McCann, I. Lisa, and Pearlman, Laurie A. "Vicarious Traumatization: A Framework for Understanding the Psychological Effects of Working with Victims." *Journal of Traumatic Stress* 3.1 (1990): 131-49.

McGee, Partrick. *Ishmael Reed and the Ends of Race.* New York: St. Martin's, 1997.

Momaday, N. Scott. *House Made of Dawn.* New York: Harper & Row, 1968.

______. *The Man Made of Words.* New York: St. Martin's Griffin, 1997.

Norris, Frank. *The Octopus.* New York: New American Library, 1984.

O'Brien, Tim. *July, July.* New York: Houghton Mifflin Co. 2002.

______. *The Things They Carried.* New York: Broadway, 1990.

Outlaw, Lucius T. "Racial and Ethnic Complexities in American Life: Implications for African Americans." *Multiculturalism from the Margins: Non-Dominant Voices on difference and Diversity.* Ed. Dean A. Harris. Westport CT: Bergin and Garvey, 1995. 39-53.

Owens, Louis. *Other Destinies: Understanding the American Indian Novel.* Norman: Oklahoma UP, 1992.

Perkins, George & Perkins, Barbara. *The American Tradition in Literature*, 12th Edition. New York: McGraw-Hill, 2008.

Pettis, Joyce. *Toward Wholeness in Paule Marshall's Fiction.* Charlottesville and London: Virginia UP, 1995.

Pynchon, Thomas. *Gravity's Rainbow.* New York: Penguin Books, 1987.

______. *The Crying of Lot 49.* New York: Bantam Books, 1966.

______. *V.* New York: Harper & Row, Publishers, 1963.

Raymond, Michael W. "Tai-Me, Christ, and the Machine: Affirmation through Mythic Pluralism in *House Made of Dawn.*" *Studies in American Fiction* 11.1 (Spring 1983): 61-71.

Reed, Ishmael. *Japanese by Spring.* New York: Penguin, 1996.

______. Ed. *Multi-America: Essays on Cultural Wars and Cultural Peace.* New York: Viking, 1997.

Rozakis, Laurie E. *The Complete Idiot's Guide to American Literature*. New York: Alpha Books, 1999.

Ruland, Richard, and Bradbury, Malcolm. *From Puritanism to Postmodernism: A History of American Literature Revised*. New York: Penguin, 1997.

Sagar, Aparajita. "Anglophone Caribbean-American Literature." *New Immigrant Literature in the United States: A Sourcebook to Our Multicultural Literary Heritage*. Conneticut: Greenwood P, 1996. 171-86.

Schubnell, Matthias. *N. Scott Momaday: The Cultural and literary Background*. Norman: Oklahoma UP, 1985.

Shi, David E., and Tindall, George Brown. *America: A Narrative History* (Brief Tenth Edition). New York: W. W. Norton, 2016.

Silko, Leslie Marmon. *Ceremony*. New York: Penguin, 1977.

______. *Yellow Woman and a Beauty of the Spirit: Essays on Native American Life Today*. New York: Simon & Schuster, 1996.

Stobaugh, James P. *American Literature: Cultural Influences of Early to Contemporary Voices*. Green Forest, AR: Master Books, 2012.

Stocks, Claire. "Acts of Cultural Identification: Tim O'Brien's *July, July*." *European Journal of American Culture* 25.3 (2006): 173-88.

Tal, Kali. *Worlds of Hurt: Reading the Literature of Trauma*. Cambridge: Cambridge UP, 1996.

Tan, Amy. *The Joy Luck Club*. New York: Ivy Books, 1989.

Thomas, H. Niegel. *From Folklore to Fiction: A Study of Folk Heroes and Rituals in the Black American Novel*. New York: Greenwood, 1988.

Thoreau, Henry D. *Walden and Other Writings*. New York: The Modern Library, 2000.

Veil, Alan R. *Four American Indian Literary Masters: N. Scott Momaday, James Welch, Leslie Marmon Silko, and Gerald Vizenor*. Norman: Oklahoma UP, 1982.

______. "The Trickster Novel." *Narrative Chance: Postmodern Discourse on Native American Indian Literatures*. Ed. Gerald Vizenor. Norman: Oklahoma UP, 1993. 121-39.

Vickroy, Laurie. *Trauma and Survival in Contemporary Fiction*. Charlottesville: Virginia UP, 2002.

Vizenor, Gerald. "Dead Voices." *World Literature Today* 66.2 (Spring 1992): 241-42.

______. *Darkness in Saint Louis: Bearheart*. Minneapolis: Truck, 1978.

______. *Griever: An American Monkey King In China*. Minneapolis: Minnesota UP, 1990.

______. *Dead Voices: Natural Agonies in the New World*. Norman: Oklahoma UP, 1992.

______. "Trickster Discourse: Comic and Tragic Themes in Native American Literature." *Buried Roots & Indestructible Seeds*. Ed. Mark A. Lindquist, and Martin Zanger. Madison: Wisconsin UP, 1993.

______. *Chancers*. Norman: Oklahoma UP, 2000.

Weiler, Dagmar. "N. Scott Momaday: Storyller." *Conversations with N. Scott Momaday*. Ed. Matthias Schubnell. Jackson: Mississippi UP, 1997. 168-77.

Welch, James. *Winter in the Blood* (1974). New York: Penguin, 1986.

Williams, Laura Anh. "Foodways and Subjectivity in Jhumpa Lahiri's *Interpreter of Maladies*." *Melus* 32.4 (Winter 2007): 69-79.

Williams, Noelle Brada. "Reading Jhumpa Lahiri's *Interpreter of Maladies* as a Short Story Cycle." *Melus* 29.3/4 (Fall/Winter 2004): 452-64.

Willis, Susan. *Specifying Black Women Writing the American Experience*. Madison: Wisconsin UP, 1987. 53-82.

〈인터넷 참고 사이트〉

https://www.poemhunter.com/

https://en.wikipedia.org/wiki/

https://kr.usembassy.gov/education-culture/infopedia-usa/

ㄷ

ㄹ

ㅁ

ㅂ

ㅅ

ㅇ

ㅈ

ㅊ

ㅋ

ㅌ

ㅍ

ㅎ

지은이 **장정훈**

전남대학교 대학원 영어영문학 박사
전남대학교 영어영문학과 영미문화연구소 전임연구원 및 학술연구교수

논문

「혼종성의 역동성: 『갈색 소녀, 갈색 사암집』과 실코의 『의식』, 그리고 리의 『만조의 바다 위에서』를 중심으로」
「Invisible Power and a Flight for Self-Establishment: Focused on *Naked Lunch* & *One Flew Over the Cuckoo's Nest*」
「외상적 기억이 남긴 상흔의 치유: 팀 오브라이언의 『칠월, 칠월』과 이창래의 『항복한 자들』을 중심으로」
「일본계 미국인들의 분열된 자아 정체성: 모니카 소네의 『니세이의 딸』과 존 오카다의 『노노 보이』를 중심으로」
「저항과 전략적 융화: 제임스 웰치의 『피의 겨울』과 제럴드 비즈너의 『첸서스』를 중심으로」
「개인, 인종, 그리고 역사의 불협화음: 필립 로스의 『미국에 대한 음모』를 중심으로」 외 다수

저서

『미국근현대소설: 워싱턴 어빙부터 이창래까지』(공저, 한국문화사, 2017)
『중심에 선 경계인: 필립 로스의 소설로 읽는 유대계 미국인의 삶』(도서출판 동인, 2011)
『20세기 미국 소설의 이해 II』(공저, 도서출판 동인, 2005)
『노튼 포스트모던 미국소설』(공저, 도서출판 글월마로니, 2003) 외 다수

미국문학의 근원과 프레임
Resources and Frames of American Literature

초판 1쇄 발행일 2019년 2월 28일
장정훈 지음

발행인 이성모
발행처 도서출판 동인
주 소 서울특별시 종로구 혜화로3길 5, 118호
등 록 제1-1599호
TEL (02) 765-7145 / FAX (02) 765-7165
E-mail dongin60@chol.com
ISBN 978-89-5506-800-9
정 가 26,000원